U1003090

二〇二〇年度國家出版基金資助項目

国家出版基金项目
NATIONAL PUBLICATION FOUNDATION

沈德潛全集

①

（清）沈德潛 編著
賀嚴 整理

鳳凰出版社

圖書在版編目（CIP）數據

沈德潛全集 / （清）沈德潛編著 ； 賀嚴整理. -- 南京 ： 鳳凰出版社， 2021.12
ISBN 978-7-5506-3366-7

Ⅰ. ①沈… Ⅱ. ①沈… ②賀… Ⅲ. ①沈德潛（1673-1769）－文集 Ⅳ. ①I214.92

中國版本圖書館CIP數據核字(2020)第261628號

書　　名　沈德潛全集
作　　者　(清)沈德潛 編著　賀　嚴 整理
責任編輯　韓鳳冉　李相東　張永堃
特約編輯　蘭淑坤
出版發行　鳳凰出版社(原江蘇古籍出版社)
　　　　　發行部電話025-83223462
出版社地址　江蘇省南京市中央路165號，郵編:210009
照　　排　南京凱建文化發展有限公司
印　　刷　蘇州市越洋印刷有限公司
　　　　　江蘇省蘇州市吴中區南官渡路20號，郵編:215104
開　　本　880毫米×1230毫米　1/32
印　　張　253.375
字　　數　5318千字
版　　次　2021年12月第1版
印　　次　2021年12月第1次印刷
標準書號　ISBN 978-7-5506-3366-7
定　　價　2480.00圓(全十五册)
　　　　　(本書凡印裝錯誤可向承印廠調換，電話:0512-68180638)

沈德潛像

沈德潜故居

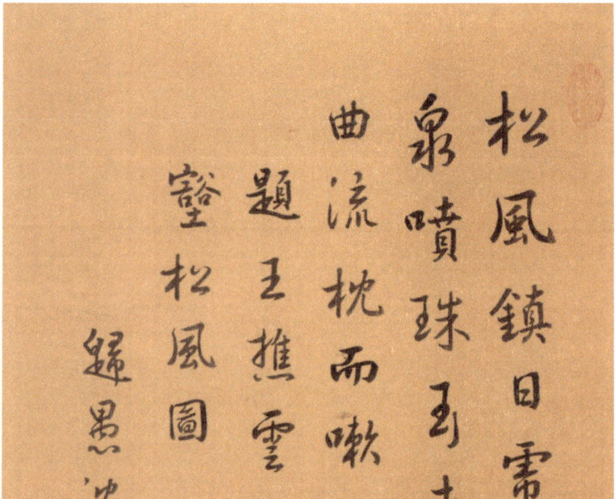

沈德潛行書詩軸（故宫博物院藏）

沈德潛字碻士

歸愚

德潛信印

壵士

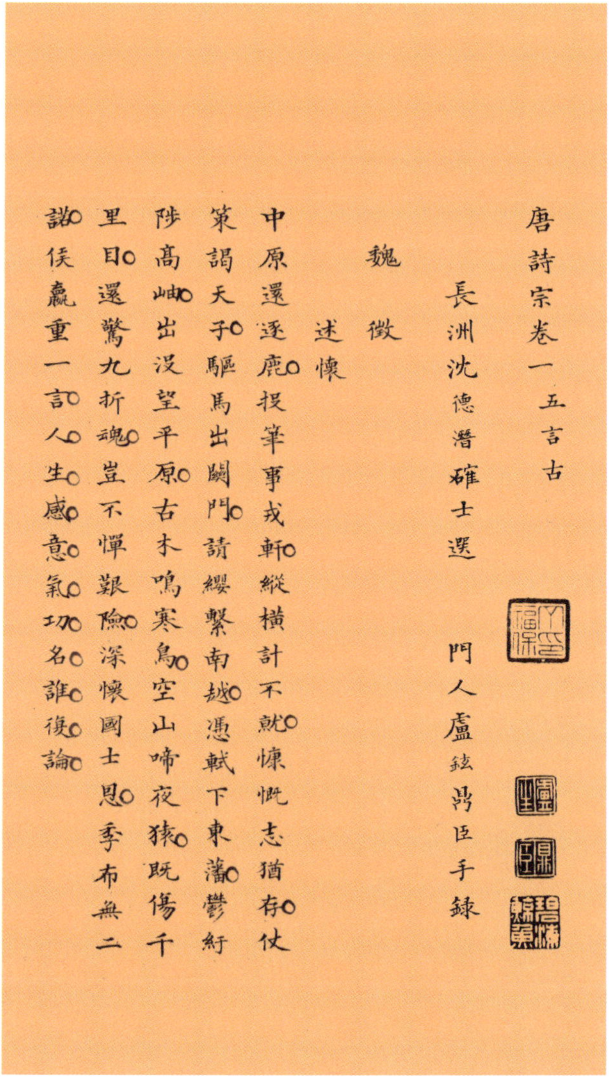
唐詩宗卷一　五言古
長洲沈德潛確士選
門人盧鉉昌臣手録
魏徵
述懷
中原還逐鹿投筆事戎軒縱橫計不就慷慨志猶存仗
策謁天子驅馬出關門請纓繫南越憑軾下東藩鬱紆
陟高岫出沒望平原古木鳴寒鳥空山啼夜猿既傷千
里目還驚九折魂豈不憚艱險深懷國士恩季布無二
諾侯嬴重一言人生感意氣功名誰復論

《唐詩宗》鈔本卷首（國家圖書館藏）

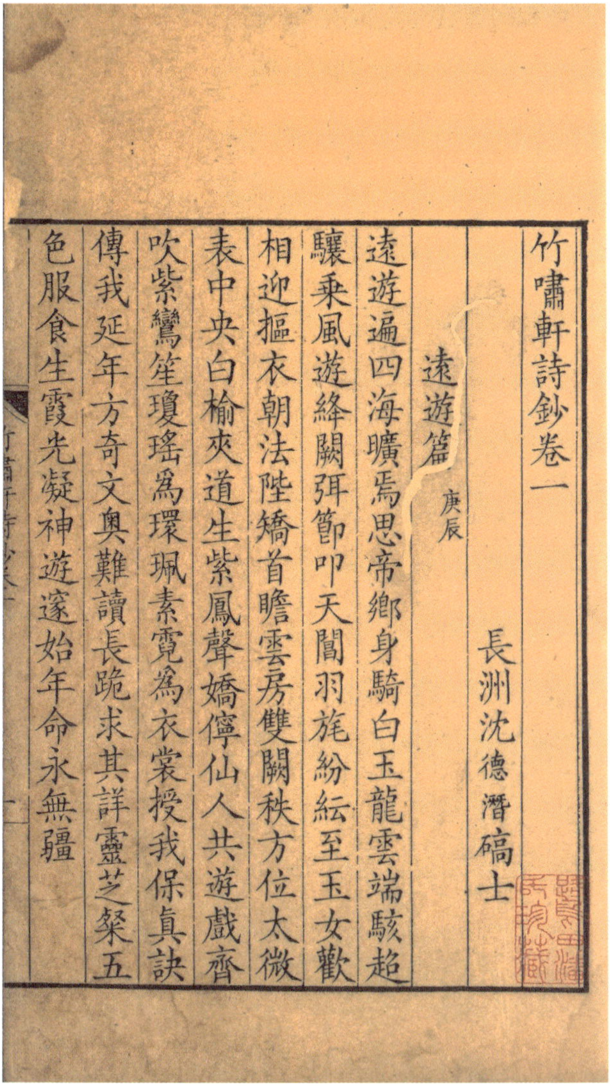
竹嘯軒詩鈔卷一

長洲沈德潛碻士

遠遊篇 庚辰

遠遊遍四海曠焉思帝鄉身騎白玉龍雲端駭超驤乘風遊絳闕弭節叩天閶羽旄紛紜至玉女歡相迎摳衣朝法陛矯首瞻雲房雙闕秩方位太微表中央白榆夾道生紫鳳聲嬌停仙人共遊戲齊吹紫鸞笙瓊瑤爲環珮素霓爲衣裳授我保眞訣傳我延年方奇文奥難讀長跪求其詳靈芝粲五色服食生霞先凝神遊邃始年命永無疆

清康熙刻本《竹嘯軒詩鈔》卷首（美國哈佛燕京圖書館藏）

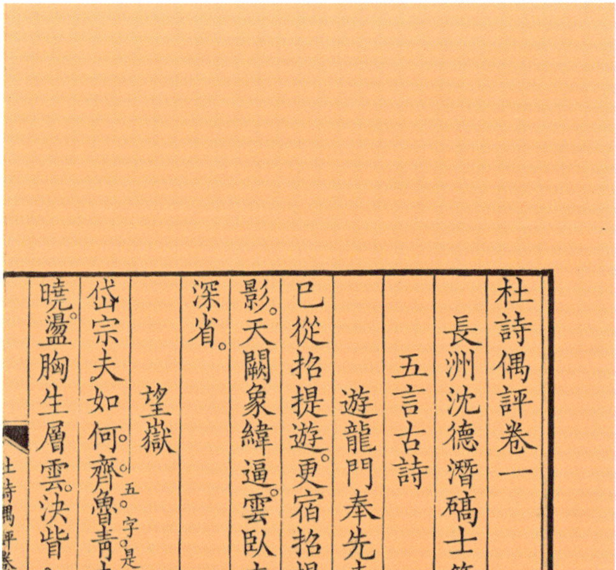

杜詩偶評卷一

長洲沈德潛确士纂　後學潘承松森千校閲

五言古詩

遊龍門奉先寺（即伊闕一名龍門非禹貢河東之龍門也）

已從招提遊，更宿招提境。陰壑生虛籟，月林散清影。天闕象緯逼，雲臥衣裳冷。欲覺聞晨鐘，令人發深省。

望嶽

岱宗夫如何，齊魯青未了。（五字是太山）造化鍾神秀，陰陽割昏曉。（分也）盪胸生層雲，決眥入歸鳥。會當凌絕頂，一覽衆

賦閒草堂本《杜詩偶評》（日本國立公文書館藏）

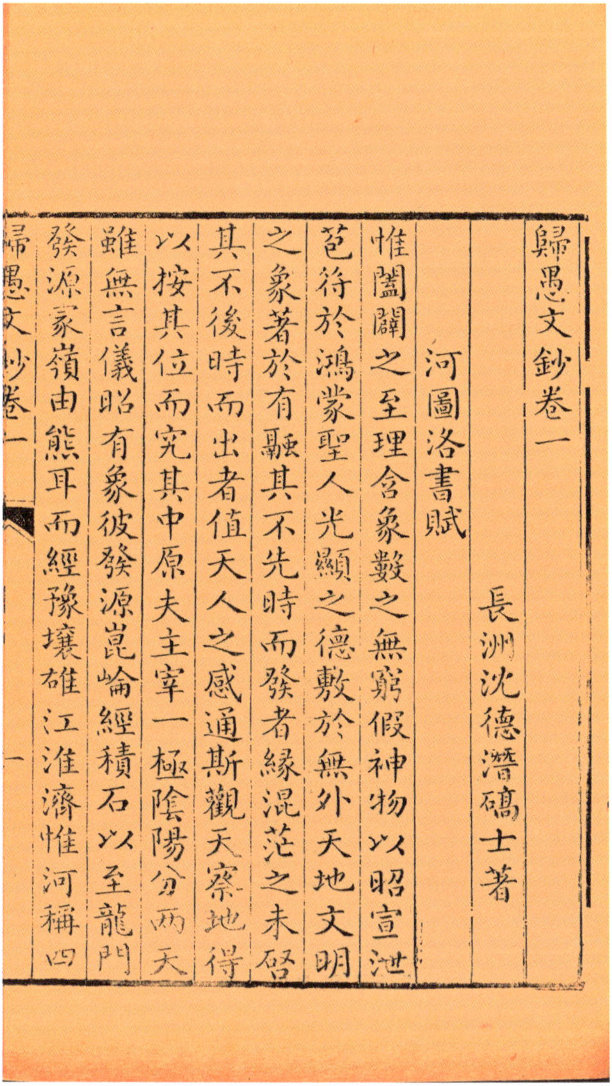

歸愚文鈔卷一

河圖洛書賦

長洲沈德潛碻士著

惟闔闢之至理含象數之無窮假神物以昭宣泄苞符於鴻蒙聖人光顯之德敷於無外天地文明之象著於有融其不先時而發者緣混茫之未啓其不後時而出者值天人之感通斯觀天察地得以按其位而究其中原夫主宰一極陰陽分兩天雖無言儀昭有象彼發源崑崙經積石以至龍門發源冢嶺由熊耳而經豫壤雄江淮濟惟河稱四

歸愚文鈔卷一　一

清乾隆刊本《歸愚文鈔》卷首（美國哈佛燕京圖書館藏）

總目録

第一册

第二册

第三册

第四册

第五册

第六册

第七册

第八册

第九册

第十册

第十一册

前言

賀嚴

沈德潛（一六七三—一七六九），字確士，號歸愚，長洲（今江蘇蘇州）人，一生歷康、雍、乾三朝，六十七歲中進士，官至内閣學士兼禮部侍郎，是清代詩壇的一代宗師。

一、家世生平

沈德潛祖先原是浙江吴興人，明洪武年間，處士壽四公始遷蘇州葑門外竹墩營居。世代敦禮守德，以詩自娱，多以教授爲業。

七傳祖沈勳，字有虔，一字愛筠。明成化中選貢，官國子助教。歸里時，商文毅公輅作《竹泉春雨》詩送行。沈勳曾經散家財賑濟災荒，後來有一次遇到了强盜，盜賊問其姓名，知道原來是救過自己命的恩人，連連叩拜而去。

曾祖沈世烈，字弘野，國學生，鄉飲介賓，誥贈内閣學士兼禮部侍郎，晉贈光禄大夫禮部尚書。

祖父沈欽圻，字得輿，邑庠生，以詩名於吴中，中年時喜愛劉長卿，晚年愛陸放翁，往復陶潛、杜甫，著有《晤書堂詩稿》。沈德潛十分敬重祖父的詩歌成就，在《明詩别裁集》中選其詩五首，《國朝詩别裁》中録其詩十二首，並評價道：『明季餘習，多崇景（竟）陵，先大父往復陶、杜，自攄胸臆，未嘗求工而自中繩削。』晚年編自己的詩文稿，進呈御覽，開卷即是祖父的詩，收入了其《示諸生》《讀韓文作》《讀陶詩》《讀杜詩》《梅》等六首。

沈德潛從小受教於祖父，祖父對他的影響很深。據《沈德潛自訂年譜》記載，祖父在沈德潛五歲初識字時，就『教以平上去入之聲，及反切、諧聲、會意、轉注』。六歲時，祖父作《示孫》詩贊云：『孫子纔六歲，偏能辨五聲。人工無可授，天籟自然清。詩許承吾業，名還望汝成。所嗟年耄矣，未見掣長鯨。』後稱譽『是兒他日可成詩人』。明清易代之際，隱居鄉里，以教授爲業。臨殁時説：『我家德薄，不以富貴功名望子孫，願鄉里稱善人足矣！』沈德潛入朝後感念祖父恩德，向乾隆請封誥，誥贈内閣學士兼禮部侍郎，晉贈光禄大夫禮部尚書。

父親沈鍾彦，字美初，沈德潛述其行曰『家無擔石，苦志課誦。遊衍藝苑，不求聲聞』（《沈歸愚自訂年譜》），以館課終其一生，亦誥贈内閣學士兼禮部侍郎，晉贈光禄大夫禮部尚書。

沈德潛承祖上遺風，爲人厚倫敦本，忠信孚誠。又作詩論文，教授子弟，一生不輟。沈德潛的前半生可謂坎坷多艱，幸晚遇特達，但逝後又榮辱迭變。

（一）攻苦力學

沈德潛生於康熙十二年（一六七三）十一月十七日，周歲生日時，祖父買了兩方圖章，一方刻有『沈潛之印』，一方爲『玉堂學士』。祖父對兩方印章十分喜愛，於是在『潛』字上增一『德』字，命名曰『德潛』。

沈德潛自幼隨祖、父刻苦攻讀，受到他們的悉心培育，五歲初識字，祖父就教以平上去入四聲及諧聲、會意、轉注等。六歲初讀書，沈德潛對祖父四聲之問便能一一應對裕如，祖父欣然云『是兒他日可成詩人』，並作五言律詩一首以贊之。七歲時隨祖父至蓍澤河宋氏館中讀書。祖父去世後，又隨父至湯光啓家所設館中學習。湯光啓爲人篤厚，沈德潛祖父歿，湯氏曾幫助料理喪事。湯氏又喜宴賓客，常延吴中文士家中宴飲，而其人亦工畫花卉，因此，沈德潛在童年時期就受到吴中濃厚的文化氛圍的熏陶。但沈德潛家境貧寒，祖母、母親曾經寒暑不輟地做手工以維持生計，但家用仍舊常常匱乏，不得不買豆麥屑雜飯爲食。家境的貧寒使得沈德潛在十一歲時就開始代父授課（時父親爲戚族蔣氏代理家事），從此便一邊授課一邊讀書，詩、古文無所不讀。讀古文選本至《李陵答蘇武書》、魏徵《十思疏》、李華《吊古戰場文》等作時，心中頗有感悟，並對古文産生了濃厚的興趣，以後也常常擬作。康熙二十五年（一六八六），沈德潛母親和祖母相繼辭世。父親料理完喪事後，依然去蔣氏家理事。沈德潛與幼妹二人衣食不周，孤苦伶仃，依然過著困苦的生活。

沈德潛十六歲時，父親閱其所撰古文，恐妨舉業，於是延聘施燦爲師，教授沈德潛時藝。翌年，父賜字確士，沈德潛正式開始師從施燦施星羽先生學習時藝，並深得施燦賞識。後來，施燦見其家貧無力延師，主動辭館歸家，沈德潛又前往宋廣業館中受業於蔣濟選。當時宋公子育民與沈德潛相善，曾語沈德潛曰：『唐有沈宋，我二人他日成名，亦當以沈宋稱。但唐之沈宋人品庸劣，吾輩磊磊落落，有所樹立，並稱沈宋，是所願也。』沈德潛亦深以其言爲是（《沈歸愚自訂年譜》，以下引文無注者皆出此），少年立志，其文學上的抱負即不同凡響。

康熙三十三年（一六九四），沈德潛院試録取，爲長洲博士弟子員。第二年，沈德潛二十三歲，於句容周氏館中正式設館授徒，並與俞氏完婚。在周氏館期間，沈德潛常與朱恭季、陳師洛等倡和詩篇，所課之徒張渭徵敬如父執，文學活動頻繁。

（二）遇合淹遲

康熙三十五年（一六九六），沈德潛參加省試落選。康熙三十七年（一六九八），在家中設館，四方從學者衆。四月，沈德潛應邀前往張嶽未家赴詩文會，詩友張嶽未邀之一同拜於葉燮門下學詩。葉燮，字星期，號已畦，嘉興（今屬浙江）人，晚年定居江蘇吴江横山，世稱横山先生，主要著作有《已畦集》和詩論專著《原詩》，是清代著名的詩論家、詩古文名家。沈德潛在葉燮衆門徒中亦爲佼佼者，葉燮曾以所撰詩古文，並及門數人詩致書漁洋山人王士禛，葉燮卒後漁洋復書至，書中極道葉燮詩文特立成家，絶無依傍。及門弟子中，以爲沈德潛與張嶽未不止得皮得骨，直已得髓。王漁洋還曾寄書尤滄湄垂問沈德潛之況，云『横山門下尚有詩人』。對前輩之宏獎，沈德潛感念於心，漁洋歿後，沈德潛作《王新城尚書寄書尤滄湄宫贊書中垂問鄙人云横山門下尚有詩人不勝今昔之感末並述去官之由云與横山同受某公中傷此新城病中口授語也感賦四章末章兼志哀輓》一詩以哭之。

康熙四十年（一七〇一），沈德潛館於尤鳴佩家，尤鳴佩見其所作詩，謂其子滄溟曰：『他日詩名不在爾輩下。』尤滄湄亦每與沈德潛賦詩倡和，並屢屢稱贊之。張匠門見其《擬古樂府》一册亦贊云：『古調不彈，此伯牙琴弦也。』（《沈歸愚自訂年譜》）得諸賢士嘆賞，沈德潛益思致力於詩。

康熙四十六年（一七〇七），沈德潛與吴中詩人張嶽未、徐龍友、陳匡九、張永夫等結『城南詩社』，詩社一月一舉，序齒批閲，互相賞駁。陳匡九評點各家時，謂沈德潛詩如文叔用兵，遇小敵怯，遇大敵勇，社中滿座談笑歡謔，當時吴中談詩社者莫不極推『城南詩社』。沈德潛詩作不僅爲社中人競相傳誦，並且詩名遠播，顧嗣宗就曾慕名攜詩稿請爲校勘。

康熙五十年（一七一一）二月，沈德潛科試三等，秋，參加省試。此次省試文，沈德潛已入圍，但主試趙晉於春秋房無憑文去取者揀出，沈德潛之名在將上草榜之時又被去掉，因而再次名落孫山。房考李氏爲沈德潛詳述闈中曲折，因自己無力與主試争辯而深感愧疚，於是贈其膏火之資以表同情。第二年，沈德潛爲自己取字『歸愚』，母難日，百感交集，賦詩云『真覺光陰如過客，可堪四十竟無聞。中宵孤館聽殘雨，遠道佳人合暮雲』，表達了他半生蹉跎的感慨。

沈德潛還曾館於廣南籍人方蕢朔家。方蕢朔係九谷先生方殿元之子，乃詩學世家。其弟方東華尤好接賞賓客，四方詩人來吳者每喜到方氏廣歌堂歡聚，沈德潛也因此結識了許多詩家文士。在此期間，沈德潛批選唐詩，名曰《別裁》，由陳樹滋借去回廣刊刻。沈德潛還刊刻了《竹嘯軒詩稿》及時藝《歸愚四書文》。康熙五十六年（一七一七）七月，沈德潛再赴省試，時逢金陵文會，與會者有儲六雅、王耘渠、王罕皆、曹謂庭、束聚五、荆其章、蔡芳三、顧天山、顧嗣宗等。十月，《唐詩別裁集》刻成，陳樹滋從廣南寄來，並請沈德潛補序。是月，開始選《古詩源》，歷時一年半完成並開始刊刻。康熙六十一年（一七二二），聯北郭詩社〔一〕，是歲，康熙薨，雍正帝即位。

雍正三年（一七二五），《古詩源》刻成，沈德潛又開始選編明詩。雍正四年（一七二六）二月，元和令江之煒聘修志書，沈德潛分修學校、水利、人物、藝文，歷兩年完成，因爲俗人篡改，俟後重修。八月省試，一、二場文已入彀，第三場，收卷吏徐氏以水洗去印上一字以報復當年沈德潛拒

〔一〕此據《歸愚自訂年譜》所載，沈德潛時年五十歲。《歸愚詩鈔》卷十六《北上述懷別諸同學》一詩云『聯吟北郭懷中歲』，句下自注曰：『予年四十餘，結北郭詩社。』其《方舟兄遺詩序》云：『猶記庚子、辛丑間，結詩社於北郭。』庚子年是康熙五十九年（一七二〇），辛丑年是康熙六十年（一七二一），與《年譜》所載略有出入。

不替作文之恨，房考王喬林深爲惋惜。

雍正七年（一七二九）四月，沈德潛移居木瀆山塘。是年冬，學使鄧公招往江陰欲薦爲大優，謂可得縣令，沈德潛以無作外吏才辭謝。此後，與朋輩遊山玩水，時相倡和，並專攻時文，共作百餘篇。雍正九年（一七三一）正月，沈德潛寓居古龍庵時，應寺人邀請撰成《説詩晬語》二卷，付鳴謙上人。三月，浙督李公聘修《浙江通志》《西湖志》，沈德潛赴館修志。同人會合，時相倡和，與方文輈、張存中、陳葆林、諸襄七、厲太鴻、周蘭坡、王介眉等人尤相契合。十月，所分志成，又分通志圖説。十二年（一七三四），《明詩别裁》選成。

雍正十三年（一七三五），詔帑修歷代忠臣賢士祠墓。制府高其倬以明代大銀臺徐如珂未有顯績不與名賢之列，沈德潛進見，力言其持身之正及在魏忠賢欲屠戮吴民以示威時力保吴民之功，高其倬從其言，祠墓並修。四月爲薦舉博學鴻辭入都，寓京中課古學，四方名流時相會合。是歲，雍正帝薨，乾隆帝繼位。乾隆二年（一七三七），館舊徒蔣重光家，批《唐宋八家文》、選《明墨》及《和聲》二集。

乾隆三年（一七三八）八月省試，九月放榜，沈德潛中第二名。沈德潛從二十幾歲起就參加省試，不中，之後，邊教館爲生，邊作文、作詩、習時藝、讀書、科考，每年都參加歲科試，三年一次省試。期間，許多門生都紛紛及第，而沈德潛卻屢試不中。就這樣生活了近半個世紀，在經歷了三十多次歲科試，十七次鄉試以後，終於在六十六歲高齡科試及第。

沈德潛科試及第後第二年，六十七歲，殿試成進士。五月，皇上御勤政殿引見新進士，欽點庶吉士，沈德潛得與館選。十一月乞假歸里。

（三）帝眷甚隆

乾隆五年（一七四〇），沈德潛仍課徒於吴江同里袁氏家。第二年北上就詞館，續刻古文稿、續批八家文百餘篇。乾隆七年（一七四二），御試詩文，沈德潛名列第四。乾隆曾於《南邦黎獻集》中讀到沈德潛詩，早知其詩名，此時見其年老，詢及姓名，知爲江南老名士，即授編修，並諭大學士張文和云『沈德潛係老名士，有詩名』，命和五律《消夏十詠》，稱旨，賞賜優厚。從此御製詩文皆命賡和，所和詩多爲帝激賞，頒賜益厚。九月，奉諭校勘新、舊《唐書》，分修《明史綱目》。第二年（一七四三），遷左中允、晉翰林院侍讀、左庶子掌坊、侍講學士、日講起居官，一歲之中官職屢晉，君恩稠疊，世所罕匹。不久，晉詹事府少詹事，欽點湖北試正主考。典試歸，晉詹事，召見時論及歷代詩之源流，帝云：『張鵬翀才捷於汝，而風格不及於汝。』旋又欽點武會試副總裁。

乾隆十一年（一七四六）三月，家中來信，夫人俞氏於正月辭世，方欲乞假，帝又授以内閣學士。沈德潛不敢有負君恩，祇命兒子種松南還料理，自己則作悼亡詩云：『三年我未看瓜苦，四紀君惟饜薺甘。抱病但聞辭藥石，蓋棺始得易衣簪。』乾隆於其詩集中讀到此詩，給假歸家料理，不予開缺。又感沈德潛爲父請封，聲淚俱下之衷情，誥封其曾祖、祖、父三代，並賜五言八韻詩，詩中有句云：『我愛德潛德，淳風挹古初。』與沈德潛並爲『江南二老』的錢陳群贈詩云：『帝愛德潛德，我羨歸愚歸。』一時成爲藝林美談。

歸鄉後，沈德潛到二棄草堂拜祭恩師葉横山之位，其時横山先生的舊時老門生尚存者九人，他們當中年紀最長者葉長楊八十一歲，年紀最輕的薛雪也已六十八歲，沈德潛七十五歲，這次聚會與香山九老會的人數相同、年齡也相近，成爲一時盛事。假滿回京，上命入上書房輔導諸皇子，授禮部侍郎，並賜詩云『兒輩粗知書，相期道孔顔』，又云『朋友重然諾，況在君臣間』，稱許沈德潛滿假即歸的急公重義之行。乾隆十三年（一七四八），欽點會試副總裁，沈德潛所取中之梁國治臚唱日賜進士第一人。是歲，沈德潛自陳年衰力孱，薦齊召南代己之位。乾隆念其患噎疾，允請，命解部職，仍食原俸，專在上書房行走。第二年，乾隆憫其年老，許仍食原品俸，歸里享林泉之樂，諭云『朕與之以詩始，亦以詩終』，令其校閲御製詩稿畢後還鄉。賜詩云：『清時舊寒士，吴下老詩翁。』又云：『近稿經商榷，相知見始終。』歸鄉時賜匾額『詩壇耆碩』。

乾隆十六年（一七五一）正月，巡撫王公延請沈德潛掌教紫陽書院，五月，沈德潛到紫陽書院。此後，沈德潛掌教紫陽書院十八年，培養人才無數。所教門生功課不惟有時藝，亦有詩、古文，並刊刻了鄉所定《杜詩偶評》，選編《國朝詩别裁集》等。

沈德潛七十七歲告老還鄉，而聖眷益隆。乾隆南巡，沈德潛四次接駕，每次都獲乾隆優賜。並曾三至京師，祝皇太后、皇上萬壽，與九老會，賜遊香山，圖形内府。

乾隆第一次南巡，沈德潛迎駕清江浦，乾隆命其在籍食俸，御賜詩曰：『玉皇案吏今煙客，天子門生更故人。別後詩裁經細檢，當前民瘼聽頻陳。』並在第二年沈德潛八十歲時，賜御製《歸愚詩序》手卷，御書『鶴性松身』匾額，並以藏佛、貂帽、銀鼠袍、天馬補服、椰子素珠、嵌玉如意、錦墊等爲沈德潛賀壽。

第二次南巡，乾隆賜詩沈德潛云：『星垣帝友豈無友，吴下詩人尚有人。』諭稱其爲『蓬瀛人瑞』，並加禮部尚書銜。

第三次南巡，沈德潛以九十歲高齡同錢陳群舟行迎駕。乾隆賜『九秩詩仙』匾額，並賜詩二律，其一爲與錢陳群同賜，起句云：『二老江浙之大老，新從九老會中回。』晉贈四代，誥命曾祖、祖、父並贈光禄大夫禮部尚書，曾祖母、祖母、母及亡妻俞氏、繼室朱氏並贈一品夫人。

乾隆第四次南巡，沈德潛扶病同錢陳群迎駕於武進。上召見於行宫，同錢陳群各加太子太傅，改食正一品俸，沈德潛孫沈維熙與錢陳群幼子並賜舉人，應禮部試。御賜詩將沈德潛與文徵明相比，云：『書畫雖輸詩勝彼，功名已過壽如他。』

乾隆三十四年（一七六九年）九月七日，沈德潛卒於家，享年九十七歲。

（四）身後榮辱

沈德潛逝後，乾隆憫悼其逝，親自作詩以誄，詔贈太子太師，賜謚文慤，並賜祭葬，入祀鄉賢祠。

沈德潛生時備受帝王優寵，死後也仍身膺顯榮。但没過十年，卻又因徐述夔案牽連，追奪階銜祠謚。

早在乾隆二十六年（一七六一），沈德潛曾將所選《國朝詩別裁集》進呈御覽。乾隆譴責沈德潛不應以錢謙益詩冠集首，又選入被雍正定爲『名教罪人』的錢名世所作詩二首，集中還直呼慎郡王名諱等，但乾隆此時言辭還比較温和，並命上書房删改重鐫。而到了乾隆三十四年（一七六九），沈德潛去世前不久，乾隆命查禁錢謙益之書，並密諭兩江總督高晉查繳沈德潛處錢謙益藏書，諭辭嚴厲。沈德潛逝世後八年，東臺縣民告發已故舉人徐述夔《一柱樓詩集》有『悖逆』語，由是演成酷烈的文字獄，牽連衆多。沈德潛曾爲詩集作序，並稱贊徐述夔品行文章皆可法。乾隆大怒，仆碑奪謚，削去一切封號。

乾隆四十四年（一七七九），乾隆又有所感懷，御製懷舊詩，仍將沈德潛列於五詞臣中，並仍將其與錢陳群並稱『江南二老』。

沈德潛科舉之路蹭蹬坎坷，遇合淹遲，但其無怨無尤，一直澹泊守志，博覽群書。年老得遇，帝眷優渥，又能無矜無驕。他一生未離教席，始爲塾館，達爲皇子侍讀，退職後歸鄉仍掌教書院，乾隆朝江南士子多出其門，著名學者王鳴盛、錢大昕、王昶、畢沅、段玉裁等都出其門下。

在文壇上，沈德潛是格調詩派的代表，也是繼王士禛以後的文壇領袖。不論在文學創作方面，還是在理論標舉上，都領導了一代文學風尚。尤其是以選本的形式表達其文學主張，正本清源，梳理詩歌史源流正變，引領了一代文學創作風氣。

二、文學成就

沈德潛在仕途上雖然晚達，但其文學活動很早就開始了。早在少年時期沈德潛就喜讀詩、古文，青年時又拜著名詩學家橫山葉燮爲師，深得葉燮賞識。當時的文壇領袖王士禛也曾給予他高度嘉許，贊譽其深得葉氏詩學的精髓。時沈德潛常與各種詩會、結城南詩社，與衆詩友互相倡和，詩作深得時人稱賞。康熙三十八年己卯（一六九九），尤西堂、朱竹垞、張匠門、惠天牧、徐徵齋、蔣仙根諸名流，曾作己卯送春會，王石谷、楊子鶴爲之圖，當日最長者爲尤西堂、朱竹垞，張匠門尚爲鄉貢士，惠天牧、徐徵齋並爲諸生，沈歸愚年纔二十七歲，也參與其中。諸賢賦詩作畫，極一時之盛。六十年後，己卯送春會時年僅二歲，還不能見客的蔣蟠猗又設後己卯送春會，時蔣蟠猗已然是皤然老翁，沈德潛也已經是文壇耆宿，列爲首座。與會者相與賦詠新詩、叙談往事，亦爲文壇佳話。

沈德潛晚年得遇乾隆帝的優寵遇也是緣其爲『江南老名士』，其詩名遠播海内外。日本臣高彜從海外寄書千餘言，溯詩學源流，詆諆錢牧齋持論不公，而以沈德潛爲中正。又贈詩四章，願附弟子之列，以期獎掖。沈德潛以爲外夷不宜以文字通往還，效文徵明不以書畫予遠夷之意，不作答以拒之。

沈德潛的文學成就體現在多方面，總括爲詩歌事業和文章事業兩大部分。

（一）詩歌事業

沈德潛在詩歌領域的貢獻表現在其詩歌創作、選詩、評詩等多方面。

第一，詩歌創作

沈德潛的一生是詩歌創作的一生。他少時即從其祖父學平上去入四聲，辨音識韻，五六歲童稚之作便令祖父頗爲贊賞。二十六歲學詩於當時著名詩學家葉燮，三十歲左右就已詩名大噪，《竹嘯軒詩鈔》十八卷，已收録七百八十二首詩。四十四歲起刻、五十歲刻成的《留飯草》《一一齋詩》等詩集受到葉燮的高度贊揚。晚年重編詩文集，其中《歸愚詩鈔》二十卷，收入一千四百三十二首詩，《詩鈔餘集》十卷，共七百五十首詩。七十七歲致仕，乾隆贈其『詩壇耆碩』匾額，並稱『朕於德潛，可謂以詩始，以詩終』。後來乾隆每次南巡，也必召見沈德潛，並與其以詩唱和。因其晚年許多應制詩，有人譏諷沈德潛的詩爲臺閣體之作，頌聖諛詞，這種評價有失公允。

沈德潛早年生活困苦，中年困頓於場屋，六十七歲以後受知於乾隆帝，致仕後徜徉於吴中。一生經歷豐富，前後内容隨著生活境遇的不同而有所變化，詩歌創作題材非常廣泛。在其現存的兩千多首詩中，舉凡民生疾苦、言志抒懷、山水田園、登臨懷古、詠史、詠物、酬唱贈答，甚至大到邊塞，瑣細到日常觀劇、題畫等莫不具備。

民生疾苦　其早年的作品關注社會民生，許多詩歌反映了百姓的疾苦和社會凋敝的現實。如《救饑行爲家椒園侍御作》寫百姓遭遇災荒後的生活：『傳聞淮徐間，饑民日屯聚。草根食盡剥木皮，到處俱成白榆樹。饑腸結澀喉出火，全家十五人顛仆。前年兒女隨路鬻，今年兒女無鬻處。子棄死父，妻棄死夫，同行不顧婦與姑。道旁過者那敢視，烏鳶啄屍滿路隅……』其淒涼悲慘令人不忍卒讀。詩集中還有《秋雨嘆》《秋霖嘆》這樣大量憂旱、苦雨的詩，對百姓的痛苦生活充滿同情。有的詩揭露官吏的暴行，如《制府來》一詩，寫兩江總督噶禮弄權虐民、貪贓枉法的穢行劣跡，竟至『但稱制府來，小兒不敢哭』。其他如《刈麥行》《漢將行》《後鑿冰行》《百一詩》《曉經平江路》等，對社會現實都有真實的反映。由於沈德潛如實記録了自身在民間的經歷和見聞，詩中呈現出的就不是歌舞昇平的康乾盛世，而是普通百姓深陷其中的嚴酷的社會生態。

言志抒懷　沈德潛六十七歲纔登第入仕，得到乾隆皇帝的賞識和優寵，不斷加官封爵。雖然晚達的際遇讓他獲得了莫大的殊榮，但是前半生困苦偃蹇，志不獲騁，詩歌中因此有不少是言志抒懷的内容。如《王韓起見過》詩寫道：『落魄滯江皋，三年一布袍。長貧真到骨，衆論尚吹毛。』但他『貧賤甘吾道』（《王韓起見過》），對自己的詩歌事業充滿了自信：『吾生落拓頗自負，作詩恥落元和後。』（《飲徐星友澹園》）其他如《有酒行》《到村後述興五首》等詩中也都表現出磊落的胸懷。

詠史懷古　沈德潛一生遊歷了許多名勝古跡，從小熟讀史書。據沈德潛自訂年譜，他在二十九歲時就因所作《北固懷古》《金陵懷古》《景陽鐘歌》等詩得到時人贊賞。歷史古跡和史書記載，不斷觸發著詩人的興感，遊跡所到，每有登臨，往往追古思今，多有感慨興寄。歷史人物的遭遇也常常引起詩人的同情和追懷，如《擬古詩十五章》對曹植、陶淵明、謝靈運、王維、孟浩然、儲光羲等詩人的詠嘆；《史閣部墓》《岳鄂王墓》《詠史》等詩則對歷史人物的命運寄予了深刻的同情。

山水田園　沈德潛還寫了大量的山水田園詩。他對長期生活的吴越之地有著特別深厚的感情，贊美『吴趨美風土，靈秀天所鍾』（《吴趨行》）。《吴江道中》寫江南水鄉的柔美：『煙裏鳴柔櫓，舟行趁早潮。湖寬雲作岸，邑小市依橋。野雁藏蘆葉，溪魚上柳條。那堪霜降後，楓落正蕭蕭。』《月夜泛舟太湖》描寫了月夜太湖的醉人風光……還有對田園生活的贊美。《春日村行》描寫田園生活的閑適：『果腹競何事？蕭然曳屐行。閑共白雲往，步尋流水聲。墟煙凝雨重，耕犢負犁輕。獨立板橋望，春山面面横。』《田家》頗有陶詩意趣：『農夫非高尚，養拙依田廬。榆柳覆茅屋，緑蔭映前除。閑引月下泉，灌我畦中蔬。』《遊婁東王氏樂郊園》寫園林的幽趣：『園林不厭深，佳境在無窮。緣山將數轉，屈折迷西東。忽然度洄溪，仍與前山通。』詩集中不衹有小橋流水的秀麗，也有高山大江的壯闊之景。如《金山》詩：『四顧臨無地，孤峰亦壯哉。天風盤鸛鶴，海月上樓臺。鐘梵從空落，江山入座來。雲堂龍聽法，深夜挾潮回。』孤峰峭立，江海潮湧，氣勢磅礴。其山水田園詩可謂隨物賦形，千姿百態。

酬唱贈答　沈德潛有著廣泛的交遊，個人戚誼、文學結社，結交了許多朋友，因此也寫了不少酬唱贈答的詩篇。如《和許丹臣感舊詩》《樾亭上人見示九秋新詠》《歸雁和方東華》《暨陽翁静子枉過草堂》《雨中過李芥軒村莊流連句日感舊述懷成詩五章示主人與林石文山共和之》等，情感真摯。

也有一部分奉和應制之作，這類詩歌主要寫於中第入朝以後，大都集中在《矢音集》《南巡詩》中。如《恭和御製柳絮詩元韻》《恭和御製消夏十詠元韻》《恭和御製落葉詩元韻》《恭和御製遊潭柘岫雲寺元韻》《恭和御製落花詩即用落葉元韻》《恭和御製桃花寺八景元韻》等。

其他如詠物詩、題畫詩等，亦言之有物。如題畫詩《題張鐵鷹畫鷹》：『鐵橋道人性疾惡，慣寫蒼鷹露奇狀。金眸閃爍爪拳鐵，猛氣棱棱出紙上。』頗有杜詩風骨。詠物詩中往往借物以詠懷，如《梅花》《秋蘭》《菊》《詠蟬》等。《續修四庫全書總目提要》評價道：『如《和詠柳絮》詩，則念百姓之無衣；《和駿骨圖詩》，則慮權奇之隱伏；和《觀打魚》，則思物命之宜留……』

《一一齋詩》中還有上承杜甫、元好問的論詩絶句，題爲《抄唐宋人詩稿數種，偶題絶句》，共十二首，對唐宋兩代的著名詩人，如陳子昂、李白、杜甫、韓愈、王維、孟浩然、劉長卿、柳宗元、韋應物、白居易、李賀、李商隱、蘇軾、歐陽修、梅堯臣、永嘉四靈、陸游等進行了評論。

清代戲劇興盛，從朝廷到市井，觀劇都成爲一種重要的娱樂活動。沈德潛也寫了一些觀劇詩，如《觀劇席上作》《觀〈燕子箋〉劇席上戲題》《觀〈盡忠傳奇〉座上作》等。

沈德潛執掌一代文衡，其文學創作取得了豐碩的成果。詩歌不僅内容題材廣泛，而且風格多樣，總體上中正和平，無躁戾之音。現留傳下來的詩作有兩千三百多首詩，結集有《歸愚詩文集》《竹嘯軒詩稿》《矢音集》等。

第二，詩歌選評

雖然沈德潛的詩歌創作題材豐富、風格多樣，但後世文學史書寫中對沈德潛詩學觀的重視遠超其作品。從四十多歲選評刊刻《唐詩别裁集》起，繼之《古詩源》《明詩别裁集》，八十二歲還起評《國朝詩别裁集》，直到九十六歲仍精選《宋金三家詩》。除了《説詩晬語》這部詩話著作外，其成熟的詩學思想都是以歷朝詩歌的選評來表達的。

《唐詩别裁集》二十卷卷，選録唐代二百七十餘人詩作一千九百餘首，分體編排。杜甫《戲爲六絶句》中有『别裁僞體親風雅』一語，沈德潛本之以名『别裁』。

沈德潛是繼王士禛之後的又一位詩壇領袖，上承明代前後七子和王士禛，論詩主唐音。王士禛宣導神韻説，所選《唐賢三昧集》以『神韻』爲宗，排斥雄奇壯闊之作，這在詩壇也帶來一些流弊。沈德潛編選此書則是欲『使人知唐詩中有「鯨魚碧海」「巨刃摩天」之觀』（《重訂唐詩别裁集序》），『以李、杜爲宗』，重點選録杜甫、李白、王維、韓愈、白居易、李商隱等大家名家的詩。同時也注重反映唐代詩歌創作的整體面貌，兼取不同時期不同流派、體裁和風格的作品，『備一代之詩，取其宏博』（《凡例》）。

《唐詩別裁集》初刻於康熙五十六年(一七一七),乾隆二十八年(一七六三)增補、重刻,道光間有清人俞汝昌作《唐詩別裁集引典備注》二十卷刻行。還有掃葉山房石印本、商務印書館排印本等,比較通行的是上海古籍出版社據重刻本加以校勘標點的排印本。

《古詩源》十四卷,是依據明代馮惟訥《古詩紀》等,選録上溯先秦、下迄隋代的古詩七百餘首。沈德潛雖然尊唐詩,但以一個傳統詩學家的詩學觀念,他認爲『詩至有唐爲極盛,然詩之盛,非詩之源也』,『則唐詩者,宋、元之上流,而古詩又唐人之發源也』(《自序》),故於選編《唐詩別裁集》後,又上溯探尋詩歌之源,而成《古詩源》。『溯隋、陳而上,極乎黄軒,凡《三百篇》、楚騷而外,自郊廟樂章,訖童謡里諺,無不備采』(《自序》)。

《明詩別裁集》十二卷,收録明代三百多個詩人一千多首詩歌。明代詩歌自明代就已有人進行整理和總結,如李攀龍的《明詩選》。至清代,許多大家都熱衷於明詩的整理,如陳子龍的《皇明詩選》、錢謙益的《列朝詩集》、王夫之的《明詩選》、朱彝尊的《明詩綜》都很有影響。沈德潛『合群公選本,及前賢名稿,别而裁之。於洪武之詩,删其輕靡,於弘、正、嘉、隆之詩,汰其形似,萬曆、天啓以下遂寥寥焉,而勝國遺老,廣爲搜羅』(《自序》),在各家選明詩的基礎上,審慎別裁,不『因人存詩』,不收『雷同沿襲、浮豔淫靡』之作,嚴格去取,大體上反映了明代詩壇的基本面貌。

《國朝詩別裁集》三十六卷,入選清代九百九十六人詩歌三千九百五十二首。始選於乾隆十九年(一七五四),二十四年初刻,二十五年重新修訂,二十六年增訂本刻成。同年十二月,乾隆認爲選詩不當，命南書房進行删改，將錢謙益、吴偉業、龔鼎孳等人的詩删去，毁掉原板，另行重刻，爲三十二卷。三十六卷本爲沈德潛原選，基本反映出乾隆前清代詩歌的概貌。書前有《例言》，作者名下有小傳，詩後有評語。

《宋金三家詩》始選於沈德潛九十六歲高齡的冬天，第二年七月選成（據《沈歸愚自訂年譜》），選本未及刊刻，沈德潛即去世，是沈德潛編選的最後一部詩歌選本。集中選録陸游、元好問、蘇軾的作品五百二十七首，其中蘇軾一百八十五首，陸游二百八首，元好問一百三十四首，陸游、元好問詩有評，蘇軾詩尚未來得及評點。這部詩選的詩學價值或許不及其他詩選，但卻是沈德潛晚年詩學思想變化的重要體現。

《杜詩偶評》在沈德潛自訂年譜中没有記録，《序》中題『乾隆丁卯秋八月長洲沈德潛題於京師之澄懷園』，乾隆丁卯即乾隆十二年。乾隆十二年潘承松賦閑草堂刻本爲初刻本。前有沈德潛的自序，次有潘承松撰的《凡例》。

上述詩選是沈德潛詩學思想的重要體現，也是其宣導『格調』詩的重要範本。

第三，詩學思想

沈德潛詩學成就卓著，他以唐詩爲正軌，以風雅爲準則，上溯古詩之源，下辨詩歌流變，批評宋詩近腐、元詩近纖、金詩未高。而唐詩尤以杜甫爲重。本於杜甫『别裁僞體親風雅』之意，沈德潛選編了《唐詩别裁集》《古詩源》《明詩别裁集》《國朝詩别裁集》等著名選本，還著有詩學評論之著《説詩晬語》《杜詩偶評》。沈德潛論詩特重『温柔敦厚』的『詩教』之用，認爲『詩教之尊，可以和性情、厚人倫、匡政治、感神明』，强調詩歌應『先審宗旨，繼論體裁，繼論音節，繼論神韻，而一歸於中正和平』(《重訂唐詩別裁集序》)。因此被稱爲格調詩派的代表，與神韻詩派、性靈詩派、肌理詩派成爲清代四大著名詩派。

先審宗旨，首重『詩教』

在《唐詩別裁集序》中，沈德潛强調：『既審其宗旨，復觀其體裁，徐諷其音節。』在《重訂唐詩別裁集序》中進一步説：『先審宗旨，繼論體裁，繼論音節，繼論神韻。』在《七子詩選》序中仍然重申此義：『予惟詩之爲道，古今作者不一，然攬其大端，始則審宗旨，繼則標風格，終則辨神韻，如是焉而已。予曩有古詩、唐詩、明詩諸選，今更甄綜國朝詩，嘗持此論，以爲準的。』可見其詩學思想和旨趣是一以貫之的。

其在各種場合談論詩之道，雖然措辭稍異，但大旨相同，尤其是『先審宗旨』一條從未改變。什麼是宗旨？沈德潛在《七子詩選序》中解釋：『竊謂宗旨者，原乎性情者也。』性情純正與否，是詩歌價值判斷的關鍵。他説：『唐人之詩，有優柔平中順成和動之音，亦有志微噍殺流僻邪散之響。由志微噍殺流僻邪散而欲上溯乎詩教之本原，猶南轅而之幽、薊，北轅而之閩、粤，不可得也。』(《唐詩別裁集原序》)詩以抒情言志，傳播開來，對讀者就是感發情志。因此，在沈德潛看來，詩歌的根本就是内涵而外發，並感發他人温柔敦厚、中順和平的性情。從這個意義上來説，詩歌就承擔著意義重大的教化功能。

他的惟一一部詩話之作《説詩晬語》，開首第一條即云：『詩之爲道，可以理性情、善倫物、感鬼神、設教邦國、應對諸侯，用如此其重也。秦、漢以來，樂府代興；六代繼之，流衍靡曼。至有唐而詩律日工，托興漸失，徒視爲嘲風雪、弄花草、遊歷燕衎之具，而詩教遠矣。學者但知尊唐而不上窮其源，猶望海者指魚背爲海岸，而不自悟其見之小也。今雖不能竟越三唐之格，然必優柔漸漬，仰溯《風》《雅》，詩道始尊。』由此，我們也不難理解，爲什麽推尊唐詩的沈德潛在編選《唐詩别裁集》後，又編《古詩源》。『爲有源頭活水來』，他是稟承著傳統『詩教』觀，正本清源，宣導詩歌美性情、移風化俗的社會功用。

在儒家傳統詩學觀念看來，詩歌的價值主要就在於其教化作用。《詩大序》云『風，風也，教也。風以動之，教以化之』『先王以是經夫婦、成孝敬、厚人倫、美教化、移風俗』。《詩經》之所以稱爲『經』，即因其以『思無邪』發揮著『温柔敦厚』的『詩教』大用。

然而詩歌發展過程中，往往踵事增華，斜逸旁出，日益偏離詩道。唐詩雖然取得了巨大成就，但卻是『詩律日工，托興漸失』，因此要『别裁僞體親風雅』，上窮詩源，下甄流變，孜孜於各代詩歌的《别裁》之選，以對整個詩歌史的正本清源，重尊詩道，恢復詩教。

重視格調氣骨

體裁、風格、音節，措辭各異，其意則一，即是詩的格調風骨。『風格者，本乎氣骨者也。』（《七子詩選序》）鄔國平、王鎮遠在《清代文學批評史》中分析『風格』之意，認爲：『所謂風格，沈氏視爲與「氣骨」相連的特徵，它並不是現代意義所説的「風格」，而是類似於《文心雕龍》中所説的「風骨」，指詩歌剛健宏放的風貌。』這是對詩歌體式格調的統一要求。

沈德潛大致崇尚『鯨魚碧海』的壯闊之美，『温柔敦厚』的性情之正，『微而婉』『和而莊』的藝術表達方式，但也充分考慮到不同時代氣運、不同詩歌體式的各異特質。《唐詩别裁集·凡例》所謂『詩至有唐，菁華極盛，體制大備』，詩歌的體式、法度完備，不同體裁的詩各有不同的審美品性。對詩人、詩歌、詩歌史的評價也不能一概而論，因此沈德潛對不同時代的詩歌分别編以斷代詩選本，選本的編纂體例也是分體編排，評點中指出不同詩人在不同體式中成就的高低。

强調神韻

沈德潛在《重訂唐詩别裁集序》中在宗旨、體裁、音節後又加上了『繼論神韻』，蔣重光在《明詩别裁集》序中説沈德潛選詩的標準是：『始端宗旨，繼審規格，終流神韻。三長具備，乃登卷帙。』神韻是詩歌内容形式，即沈德潛所言宗旨、體裁、音節綜合生成的氣質神態。

王士禛是『神韻』詩派領袖，沈德潛是『格調』詩派領袖。沈德潛論詩重格之剛健正大，調之雅正温和，但也並非惟論格調。如果衹强調『格調』，忽視詩歌風神、氣韻，詩歌的情感和審美感染力就會減弱。如他在評謝榛詩時就説：『四溟五言近體，句烹字煉，氣逸調高，七子中故推獨步。古體局守規格，有宗法而無生氣，弗取也。』（《明詩别裁集》）

史學意識

沈德潛論詩具有濃厚的史學意識，因此對明辨詩歌源流非常重視。他在《説詩晬語》第九條説道：『作文作詩，必置身高處，放開眼界。源流升降之故瞭然於中，自無隨波逐浪之弊。』他編選《古詩源》《唐詩别裁集》《明詩别裁集》《國朝詩别裁集》，後又編選《宋金三家詩選》，貫穿起來就是一部詩歌史。

從命名上來看，《古詩源》以『源』命名，作爲詩歌的源頭，正本清源，就是力倡古詩傳統，以古詩之清正規範後世詩歌的旁逸斜出。唐詩、明詩、清詩都謂之『别裁』，就是泥沙俱下，需加以分辨清理、裁剪删夷。《宋金三家詩選》選於其生命的最後兩年，其一生對唐宋詩的正朔之判很明確，但晚年詩學態度更加融通，於宋元取蘇軾、陸游、元好問三大家詩。

沈德潛認爲，在詩歌發展的自然流變中，《詩經》爲詩史的源頭，後代之詩皆爲流。在具體的發展演變過程中，又不斷有新體萌蘖，從四言到五言、七言，由古體到近體，每一種體式也都有各自的源流升降。而詩之各體，至唐大備。清理詩歌史，要對各體詩歌分别進行疏源導流的剖判。

（二）文章事業

除了在詩學方面的建樹以外，沈德潛的文章事業對當時文壇也有著深刻的影響。沈德潛的文章事業可以概括爲三個方面：一是各體散文創作；二是古文編纂及其文章學思想；三是對後學弟子的培養。

第一，沈德潛的散文創作實績

沈德潛創作的詩文作品生前即已結集刻版，並請乾隆爲之作序。乾隆年間教忠堂本的《沈歸愚詩文全集》就包括《歸愚文鈔》二十卷、《歸愚文鈔餘集》七卷，其中《文鈔》收録作品三百四篇，《餘集》收録作品一百六十三篇，二集共收散文作品四百七十篇左右，就其數量而言不可謂不豐。

這些作品的體裁極爲豐富，有賦、詔、考、辨、説、議、或問、論、記、序、跋、書、傳、銘、哀辭等近二十種文體。清代桐城大家姚鼐《古文辭類纂》選録戰國至清代的古文，依文體分爲論辨、序跋、奏議、書説、贈序、詔令、傳狀、碑誌、雜記、箴銘、頌贊、辭賦、哀祭等十三類，而沈德潛的散文創作遠遠涵蓋了這些體類。

沈德潛散文的題材内容非常廣泛，其中大量的序跋是有關文學問題的論説。在《沈歸愚詩文全集》中收録了序作七十多篇，這些序從各個角度、對各種文體闡述了自己的看法。

《古詩源》序中開篇立論：『詩至有唐爲極盛，然詩之盛，非詩之源也。』然後溯流而上，指出古詩乃唐詩之祖，一篇短短的序文對古詩源流做出了清晰的回溯。《唐詩别裁集》指出明代以來選家選唐詩的偏頗，表明自己選篇的宗旨是：『既審其宗旨，復觀其體裁，徐諷其音節，未嘗立異，不求苟同，大約去淫濫以歸雅正，於古人所云「微而婉」「和而莊」者，庶幾一合焉。』成爲他詩學思想的重要表達。《明詩別裁集》序、《國朝詩別裁集》序等，也莫不如此。沈德潛通過選本張揚其詩學思想，這些選本的序言就是他的詩論之作。

在爲其他人詩文集所作的序中，更是有大量的詩文評論。在《顧湘南時文遺稿》序中，沈德潛抨擊時文之弊，認爲『世之業科舉文者，紛紜揉雜。有土偶冠佩者矣，有詰詎不根者矣；有枯若斷梗，棼若亂絲，荒幻若土伯，昏昧若幽獨君者矣』，而肯定顧湘南所做時文醞釀根柢之深（《歸愚文鈔》卷十四）。在爲《李客山文稿》所作的序中，沈德潛又縱論古文源流，在對李客山古文的評價中詳細地説明了自己的古文主張。

沈德潛文章還有一個非常突出的内容，就是對經學、史學、禮制、地理等諸多學術問題的探討。

首先是對經學問題的討論。《古文〈易〉考》《〈尚書〉古文今文考》《〈周禮〉缺〈冬官〉考》等對《易經》《尚書》《周禮》等諸經疑案進行考辨。對《詩經》，沈德潛有五篇專論：《笙詩辨》對笙詩性質、是否有辭進行考辨；《〈周南〉〈召南〉説》《〈邶〉〈鄘〉〈衛〉説》則對十五國風的命名及創作地域進行論説；《〈豳風〉〈豳雅〉〈豳頌〉説》論證豳詩有風、雅、頌，不同於十五國風之屬諸國，而所以尊周公之意；《〈詩〉大小序或問》對《詩經》大小序的重要意義以問答的形式進行解説。

其次是對史學問題的考辨。沈德潛對史學有相當高的造詣，中華書局一九七五年出版的新、舊《唐書》標點本，就是以沈德潛校勘的武英殿本爲底本進行標點的。在對新、舊《唐書》進行校勘時，沈德潛作了《新、舊〈唐書〉考》及跋。在文中沈德潛對新、舊《唐書》之優劣、其各自史料來源的可靠性、編排體例的合理性等做出評説，指出二者各有得失，不可偏廢，評價的爲公允。

《資治通鑑綱目》是朱熹生前未能完稿的史學著作，他衹完成了綱的部分，目的部分後由其門人趙師淵續編完成。全書以『綱目』爲體，綱仿《春秋》，目仿《左傳》，因其書嚴分正閏、明辨綱常，受到明清朝廷的高度推崇。康熙親筆御批，乾隆又修成《御撰資治通鑑綱目三編》。對這部在清廷備受重視的史書，沈德潛自然也會潛心研讀。《歸愚文鈔》卷五中連續有四篇文章是對《資治通鑑綱目》所涉及史事、制度、宗旨問題的論説。

《歸愚文鈔》和《餘集》中還有大量古今人物傳記，以傳命名的篇目就有近四十篇，其中不乏有意識的史傳之作。這些作品繼承了《史記》《漢書》以來優良的史傳文學傳統，特別是一些布衣文士窮而彌堅的志節，在沈德潛爲他們所作的傳記中給人留下了深刻的印象。如《施先生傳》以樸素的文筆叙事間以議論，對他的受業之師施燦的純孝之情、簡淡之志娓娓道來，樸實真誠。

沈德潛在地理學方面，也有精心編纂之作。他曾參與大學士梁詩正主持的《西湖志纂》的分修事宜，後又與王露重加輯録，將四十八卷的巨帙删繁就簡，撰爲十卷。《四庫全書總目提要》對十二卷内府藏本《西湖志纂》的成書過程叙述比較明確：『國朝大學士梁詩正、禮部尚書銜沈德潛等同撰。初，雍正中，浙江總督李衛修《西湖志》，延原任編修傅王露總其事，而德潛以諸生爲分修。凡成書四十八卷。雖叙次詳明，而徵引浩繁，頗嫌冗蔓。至乾隆十六年，恭逢聖駕南巡，清蹕所臨，湖山生色。德潛因取舊志，復與王露重加纂録，芟繁就簡，别爲十卷。而梁詩正亦奏請重輯《西湖志》。會德潛書稿先成，繕録進御。蒙皇上優加錫賚，特製詩篇，以弁其首。並敕詩正，即以德潛此稿合成之。詩正復偕王露參考釐訂爲十二卷，於乾隆十八年十二月奏進。』（《四庫全書總目提要》，［清］紀昀等，『地理類』山川之屬，一百十三卷，文淵閣著録）

沈德潛在纂修《西湖志纂》時做了大量的工作，還著有《浙江省通志圖説》。對浙江省各州、府、城市、山川等詳細進行繪圖陳説，殊見學術功力。而《文鈔》中更有大量遊記散文，寫景、抒情、議論，既見性情，復現學力。

沈德潛的學術類文章中還有一類是對古今治政的議論及對諸子文章的評騭。前一類文章如《六國論》《秦始皇論》《陳平論》《鼂錯論》《王安石論》，後一類文章如《讀〈莊子〉》《讀〈荀子〉》等。

上述學術考證、辨析性文章在《沈歸愚詩文集》中占有很大的比重，如果再加上文學評論的序跋之作、《説詩晬語》這樣的詩話著作，集中單行的《浙江省通志圖説》等地理類文章，這樣的作品就占了沈德潛文章三分之一强的數量。

從沈德潛的具體作品情況來看，沈德潛是一個學者型的文人。集中很少見到專門描寫社會民生的文章，這樣一些内容衹是散見於各類文章中。作爲一個學者型文人，而不是一個政治家，沈德潛關注的主要内容不是社會民生，而是經、史、子、集的學術思辨。

還有一些描寫個人生活、抒寫個人生活情趣的文章，如《南郭燕集記》記南郭薛氏園友朋宴别盛事，語言工麗而自然，氣氛歡洽而優容。《雨中遊虞山記》對雨中遊虞山的奇境描寫工細，而遊歷的感受也寫得真切有味。《歸愚齋記》引經據典，對自己『歸愚』之號的解釋一反其憨實儒生的面貌，充滿老莊意味。這樣一些作品點綴在衆多厚重的學術考證、學理思辨性文章中，使沈德潛的文集呈現出栩栩生氣。

沈德潛的文章創作得到了後人極高的贊譽。沈德潛的同時代人儲大文説：『長洲有沈德潛，博學爲諸生冠。』（儲大文《存研樓集》卷一六《復鄧粤學書》，清刻本）《沈歸愚自訂年譜》中記載，尹繼善對乾隆説：沈德潛爲『江南老名士，極長於詩』，『大學士張文和公云「文亦好」』。可見，沈德潛當時就已文名顯著。直到清末，沈德潛的文章也仍然受到很高的稱揚，如楊子畢評價説：『沈文恪詩賦文章尉爲一代泰斗。』（《芳菲菲堂詩話》，海上娜嬛社，清宣統元年）

第二，沈德潛的古文纂輯及其文章觀

沈德潛稱名於後世，主要是因其編選了幾部充分體現其詩學主張的詩歌選本。擅長以選本來樹立文學創作範式的沈德潛，並没有忽視散文作品的編選和評點，其著名選本就是《唐宋八家文讀本》。唐宋八大家即唐代的韓愈、柳宗元，宋代的歐陽修、蘇洵、蘇軾、蘇轍、曾鞏、王安石。明初，朱右曾經編選唐代韓愈、柳宗元，宋代歐陽修和曾鞏、王安石、蘇洵、蘇軾、蘇轍的文章，輯爲《八先生文集》，但影響不大。明代中葉，古文家茅坤編纂《唐宋八大家文鈔》，最早提出『唐宋八大家』的稱號，『唐宋八大家』之稱也就從此確定下來，至今人已成常識。八家代表唐宋古文的最高成就，也已成定論。茅坤的選本在當時就産生了很大的影響，《四庫全書總目提要》稱其『家弦户誦』。但是茅坤的選本一百四十四卷，卷帙浩大，不便於一般人閱讀。

沈德潛編選的《唐宋八家文讀本》祇有三十卷，篇幅適中，方便初學者閱讀和揣摩。沈德潛在序中表明此選的目的就是『俾學者視爲入門軌途，志發軔也』。

《唐宋八家文讀本》三十卷，共選八大家文三百七十八篇。其中，蘇軾入選的文章最多，共七卷；韓愈次之，共六卷；以下依次爲歐陽修，五卷；柳宗元、蘇洵，各三卷；蘇轍、曾鞏、王安石，各二卷。這樣的選篇分量顯然是比較恰當地反映了八大家在文學史上的成就和歷史地位的，由此也可看出沈德潛深具特識的文學史眼光。

這部古文選本的編選初衷是教習子弟，因此，選本中有眉批、旁批和總評，或考辨史事，或論結構章法，或評點文氣，或賞鑒筆致……或出己見，或引前人評語，評騭賞析，多切中肯綮。

沈德潛詩論非常豐富，有詩話《説詩晬語》，大量的詩集序跋、書信、選本中也時見詩學觀的表述。相對而言，沈德潛文章觀的表述材料相對匱乏。但總觀其文及其文章選本，我們不難看出沈德潛的文章觀。最突出的有兩點：一是高度的歷史意識，二是根深蒂固的道統觀念。

沈德潛論詩非常注重史的源流升降，特别注重在詩歌史的發展座標中評價詩歌、詩人的成就和地位。如《説詩晬語》這部詩話著作就是應小白陽山寺僧『疏源流升降』之乞請，有觸即書，日積月累而成。在文章評點中亦復如是，沈德潛特别强調學習古文寫作要探源溯流。在爲《李侍御傳》祇寫了明臣宋用晦以死守城，抵禦清兵的壯烈之舉；《蔣都督傳》大力表章蔣若來誓死與李自成、張獻忠起義軍作戰的義行。其他如孝子、烈婦之傳，文集中纍纍可觀。這些作品有的寫守土衛國的壯士，氣壯山河。但也有大量忠孝節烈的愚腐宣教，讓人難以卒讀。沈德潛重視宣揚此種品節的根源就是他認爲『夫文章之根本，在弗畔乎道』。

這種文以載道的觀念是上承唐宋古文家、宋代理學家的理論而來的。唐代古文家韓愈、柳宗元主張『文以明道』，宋代朱熹認爲『文從道出』，他們都以『道』爲文章的根本。沈德潛作爲儒家文學觀的身體力行者和理論上的總結者，也視『道』爲文章的根本。

以上是作爲一個服膺儒術的傳統文人在文學觀念上所表現出的尤爲突出的兩個方面。但作爲一代文壇盟主，沈德潛的文學觀也有融通的一面，有對『文』的本質的深刻理解，也有對文章技法的高度重視。

在《答滑苑祥書》一文中，沈德潛詳細闡説了自己的文學觀點。在分析了文章家之流弊，闡明『文章之根本在弗畔乎道』這一總的原則的基礎上，沈德潛更細緻地論述了爲『文』之開闔變化之道：『六經四子，吾之宗旨也。六經四子外，吾之問途於其中，而分別去取焉者也。其間合者，究其所由合；離者，究其所由離。吾折衷乎六經四子之旨，將合與離俱爲吾用。而背乎道者，亦可引而正之，以歸於道，則文章之根本立矣。根本既立，次言體法。體與法有不變者，有至變者。言理者宗經，言治者宗史，詞命貴典要，叙事貴詳晰，議論貴條暢，此體之不變者也；有闢有闔，有呼有應，有操有縱，有頓有挫，如刑官用三尺，大將將數十萬兵，而紀律不亂，此法之不變者也；引經斷史，援史證經，詞命中有叙事，叙事中兼議論，此體之至變者也；泯闔闢、呼應、操縱、頓挫之跡，而意動神隨，縱横百出，即在作者，亦不知其然而然，此法之至變者也。吾得其不變者，而至變者存焉。既觀乎道，以探文之源；復準乎體與法，以究文之流。而且運之以才，輔之以情，深之以養，達之以氣，夫然後發而爲文，若吾未嘗標新矜異於古人，而古人自不足拘攣繩縛乎吾，則其言自吾而立，而秦漢八家之見，俱可不存，又何至沾沾焉逐人後塵，以日汩没於瀾倒波頽之中耶？』（《歸愚文鈔》卷十五《答滑苑祥書》）

這一大段文論顯現出沈德潛文學家的本色，其論體法，論體之變與不變，縱横捭闔，左右逢源，自家語言，切身體會，非常清晰地指出了各體寫作的要領。其『運之以才，輔之以情，深之以養，達之以氣，夫然後發而爲文』一語中的，指出文章寫作中才、情、學養、氣不可或缺的關鍵作用。沈德潛詩從學於葉燮，葉燮論詩重『才、膽、識、力』，沈德潛論文提出『才、情、養、氣』，師弟子在文學主張上既一脈相承，顯然又因中有革。沈德潛明確提出『輔之以情』，認識到情在文學中的感染力，同時又强調學養之重要性，這些都是對葉燮文學觀的修正和深化，更切近到文學的本質問題。

第三，沈德潛對後學弟子文章事業的培養

沈德潛在文章事業方面也培養了一大批後人，其中不乏卓有成就者。

沈德潛從二十幾歲起就參加省試，終於在六十六歲高齡科試及第。第二年六十七歲殿試成進士。在成進士之前數十年間的坐館生涯中，沈德潛培養弟子無數，同爲『江南老名士』的錢陳群就說他：『弟子經講畫者，多成名以去。公顧益刻苦自勵，形於詩歌，無幾微怨尤語。』（《香樹齋文集續鈔》卷三《贈太子太師大宗伯沈文慤公神道碑》，《四庫未收書輯刊》第九輯一九册）入仕後，沈德潛還做過省試正中考，而七十七歲告老還鄉後又掌教紫陽書院，繼續課徒。彭啓豐在爲沈德潛作的墓銘中説道：『公晚歲主紫陽書院，以詩文道後進，有一藝者必獎懲之。』（《芝庭先生集》卷一三《光禄大大太子太師禮部尚書沈文慤公墓銘》，同治十年刻本）因此，沈德潛一生培養的門人可謂不計其數。正如清末學者郭麐所言：『歸愚尚書歸老山林，主盟風雅十餘年間，四方人士望走其門，天下以爲巨人長德，景星慶雲相傳。』（《靈芬館詩話・歸愚尚書》，清嘉慶二十一年刻本）

沈德潛的門人王昶曾在《湖海詩傳》中歷數沈德潛門下士之優異者：『沈文慤門下，承其指授者，以盛青嶁（盛錦）、周迂村（周凖）、顧禄百（顧詒禄）、陳經邦（陳樾）爲最。其後則王鳳喈（王鳴盛）、錢曉徵（錢大昕）、曹來殷（曹仁虎）、褚左峨（褚廷璋）、趙損之（趙文哲）、張策時（張熙純）及予。後有考詩學源流，爲接武羽翼之説者，不可不知。若企晉（吴泰來）雖曾親風旨要，未嘗有瓣香之奉也。』

徐珂在《清稗類鈔・文學類》中也説到，從沈德潛受業者，『其初以盛錦、周凖、陳樾、顧詒禄爲最著。其後則有王鳴盛、王昶、錢大昕、曹仁虎、黄文蓮、趙文哲、吴泰來之吴中七子……又有褚廷璋、張熙純、畢沅等之繼起。再傳弟子則有武進黃景仁，私淑弟子則有仁和朱彭』。並評價說：『乾嘉以來之詩家，師傳之廣，未有如德潛者。』

盛錦、周準、陳樾、顧詒祿等皆以詩名，文名不著。錢大昕、曹仁虎、王昶、趙文哲、王鳴盛、吴泰來、黃文蓮都是江蘇嘉定（今上海嘉定）、青浦（今上海）一帶人，都以文學詞章齊名。沈德潛對這七位弟子的詩歌給予了高度贊賞和極力推揚，編選他們的詩集《七子詩選》，七人因此被推爲『吴中七子』。

沈德潛的弟子多於經史之學有很大的造詣，其對乾嘉時期文人的影響是毋庸置疑的。沈德潛所具有的這種影響力，一方面是由於他在文壇的崇高地位，而更要的還是由於沈德潛自身治學的廣博及其文章思想的成熟。

不僅如此，沈德潛編纂的文章選本在海外也有著很大的影響，如日本德川時代寬政年間（一七八九—一八〇〇），沈德潛編選的《唐宋八家文讀本》傳入日本，日本官私學校都把它作爲教科書，約有二十種版本。

雖然爲一代詩宗，但沈德潛的文學事業絶不僅限於詩歌創作，其價值也絶不是僅僅體現在其詩學思想方面。此文僅是因有感於學界對沈德潛文章事業的極度忽視而對此所作的泛泛的叙論，而沈德潛的文章、文選事業、其培育弟子的業績，以及由此爲清代文學和清代學術帶來的影響，還有待更全面的發覆和更深入的探討。

凡例

一、現存版本

（一）詩文集

詩文集有全集本、有單行本。

全集本

《沈歸愚詩文全集》

①筆者所見卷數最多的爲教忠堂刻本七十五卷本，包括十五種：《歸愚詩鈔》二十卷，《歸愚詩鈔餘集》十卷，《歸愚文鈔》二十卷，《歸愚文鈔餘集》八卷，《歸愚詩餘》一卷，《黄山遊草》一卷，《台山遊草》一卷，《浙江省通志圖説》一卷，《南巡詩》一卷，《矢音集》四卷，《八秩壽序壽詩》一卷，《九秩壽序壽詩》一卷，《説詩晬語》二卷，《歸田集》三卷，《沈歸愚自訂年譜》一卷。

②教忠堂刻本七十三卷本，包括十五種：《歸愚詩鈔》二十卷，《歸愚詩鈔餘集》十卷，《歸愚

文鈔》二十卷,《歸愚文鈔餘集》八卷,《歸愚詩餘》一卷,《黃山遊草》一卷,《台山遊草》一卷,《浙江省通志圖説》一卷,《南巡詩》一卷,《矢音集》四卷,《八秩壽序壽詩》一卷,《九秩壽序壽詩》一卷,《説詩晬語》二卷,《歸田集》一卷,《沈歸愚自訂年譜》一卷。

③ 七十卷本,乾隆刻本,十一種:《竹嘯軒詩鈔》十八卷,《歸愚詩鈔》十四卷,《歸愚詩鈔餘集》六卷,《歸愚文鈔》十二卷,《歸愚文續》十二卷,《説詩晬語》二卷,《黃山遊草》一卷,《台山遊草》一卷,《恭頌南巡詩》一卷,《歸田詩》二卷,《浙江省通志圖説》一卷。

④ 六十九卷本,教忠堂刻本,十三種:《矢音集》四卷、《八秩壽序壽詩》一卷、《九秩壽序壽詩》一卷、《黃山遊草》一卷、《台山遊草》一卷、《南巡詩》一卷、《浙江通省志圖説》一卷、《年譜》一卷、《歸田集》不分卷、《歸愚詩鈔》二十卷、《詩鈔餘集》十卷、《歸愚文鈔》二十卷、《文鈔餘集》七卷。

⑤ 六十六卷本,教忠堂刻本,七種:《歸愚詩鈔》二十卷、《歸愚詩鈔餘集》八卷、《歸愚文鈔》二十卷、《歸愚文鈔餘集》八卷、《矢音集》四卷、《歸田集》一卷、《説詩晬語》二卷。

⑥ 六十六卷本,乾隆刻本,七種:《歸愚詩鈔》二十卷,《歸愚詩鈔餘集》十卷,《歸愚文鈔》二十卷,《歸愚文鈔餘集》八卷,《矢音集》四卷,《歸田集》三卷,《恭頌南巡詩》一卷。

⑦ 五十七卷本,清刻本,四種:《歸愚詩鈔》二十卷,《歸愚詩鈔餘集》十卷,《歸愚文鈔》二十卷,《歸愚文鈔餘集》七卷。

⑧ 四十三卷本,乾隆刻本,五種:《説詩晬語》二卷,《歸愚文鈔》十二卷,《歸愚文續》十二

卷,《歸愚詩鈔》十四卷,《歸田集》三卷。

單行本

全集本中各本都有單行本,卷次不一,尤以《歸愚詩鈔》《歸愚文鈔》最爲繁雜,兹不盡録。特録全集中没有或少有之集如下:

①《竹嘯軒詩鈔》

有康熙五十五年刻本,十卷; 雍正二年增刻本,十八卷; 雍正刻乾隆印本,十八卷; 乾隆十六年刻本,十八卷; 乾隆四十九年刻本,十八卷; 乾隆刻本,十八卷; 清刻本十八卷。

②《一一齋詩》

十卷,清刻本,哈佛大學圖書館藏本。

③《沈德潛進呈詩文稿》

《詩稿》一卷,《文稿》一卷,《詞稿》一卷,《北上草》一卷,《近草》一卷,爲乾隆年間沈德潛手鈔本,現藏故宫博物院。二〇〇〇年故宫博物院所編《故宫珍本叢刊》中予以收録,題爲《沈歸愚詩文稿》。

(二) 歷代詩文評選

①《唐詩宗》

不分卷本,中國社會科學院文學研究所善本室藏。現存四册,封題『沈確士鈔本唐詩宗』,扉頁題『唐詩别裁』。前有沈德潛和陳培脈作於康熙五十六年（一七一七）的序文各一篇，次爲凡例，次爲正文。應爲現存最早的沈德潛唐詩選本的殘本。

十七卷本，爲鈔本，共六册。國家圖書館藏。前有沈德潛所作《唐詩宗序》，次爲例言，與不分卷本凡例完全一致。正文每卷皆題『長洲沈德潛確士選，門人盧鉉鼎臣手録』。應爲現存最早且最完整的沈德潛唐詩選本。

②《唐詩别裁集》

十卷本，康熙五十六年陳樹滋刻於廣南。爲《唐詩别裁集》最早之刻本。二十卷，重訂本，乾隆二十八年（一七六三）教忠堂刻本，此本流行最廣，有多種翻刻本、評注本，上海古籍出版社和中華書局分别出版了排印本和影印本。

③《古詩源》

十四卷本。康熙五十八年（一七一九）成書，雍正三年（一七二五）刻成，後有多種翻刻本。一九五七年，文學古籍刊行社出版據《四部備要》本校訂的排印本，後通行的中華書局排印本即據此本重印。

④《明詩别裁集》

十二卷本。雍正十二年（一七三四）成書，有乾隆四年（一七三九）刻本，後有多種翻刻本。一九七五年，中華書局出版影印本。

⑤《國朝詩别裁集》

原選本三十六卷，始選於乾隆十九年（一七五四），完成於乾隆二十二年（一七五七），乾隆二十四年（一七五九）初刻，乾隆二十五年（一七六〇）重新修訂。乾隆二十六年（一七六〇）增訂本刻成，同年十二月乾隆帝命南書房删改重鎸爲三十二卷，將錢謙益、吴偉業、龔鼎孳等人的詩删去。以乾隆二十五年（一七六〇）三十六卷本最完備。一九七五年，中華書局影印乾隆二十五年（一七六〇）三十卷本，名《清詩别裁集》。

⑥《杜詩偶評》

四卷，成書於乾隆十二年（一七四七），有潘承松賦閒草堂刻本、嘉慶八年（一七九六）番禺桂阿石室本等。

⑦《唐宋八家文讀本》

三十卷。成書於乾隆十五年（一七五〇），乾隆十七年（一七五二），陸暗亭鎸成，名《批選唐宋八家文》，後有多種翻刻本，書名也各不相同，有《唐宋八大家文讀本》《唐宋八大家文》《唐宋八家古文讀本》等。《中國古籍總目》著録六種版本：乾隆十五年（一七五〇）小郁林刻本、嘉慶十八年（一八〇六）刻本、光緒十四年（一八八八）刻本、光緒二十七年（一九〇一）上海同文俊記石印本、宣統元年（一九〇九）江左書林刻本、光緒二十四年（一八九八）上海江左書林石印本。流傳到日本後，有二十多種版本。

（三）其他

①《浙江省通志圖説》

一卷，長洲周準欽萊評點。有《沈歸愚詩文全集》本，也有單行本。

②《沈歸愚自訂年譜》

一卷。教忠堂刻本，止乾隆二十七年（一七六二）九十歲；乾隆三十一年（一七六六）精刻本，止乾隆三十一年（一七六六）年九十四歲；清刻本，止乾隆三十四年（一七六九）九十七歲。

③《舊唐書考證》《新唐書考證》

沈歸愚參與校訂，《舊唐書》《新唐書》附考證本，每條考證標明考證者。無單輯考證本。

④與修《西湖志纂》

雍正九年（一七三一），沈德潛參修《西湖志》；乾隆十七年（一七五二），傅太史闇陵（王露）删訂嚮日所同修《西湖志》十卷，請沈德潛代奏上呈；乾隆十八年（一七五三），大學士梁詩正就沈德潛删削李衛所修《西湖志》稿，合而成之，厘爲十二卷，於十二月奏進；至乾隆二十年（一七五五）由賜經堂代刻進呈，入藏内府（見《四庫總目》著録），十二卷，首一卷，《清代内府刻書圖録》著録。後又不斷增輯，有乾隆二十三年（一七五八）增輯本，乾隆二十七年（一七六二）增爲十五卷首一卷本，圖三十七幅。

⑤ 與修《元和縣志》

雍正四年（一七二六），沈德潛五十四歲。元和令江之煒聘修志書，沈德潛分得《學校》《水利》《人物》《藝文》，經過二年的修纂，共成此志，後爲人私改刻壞，舛訛不堪，有待重修。乾隆二十四年（一七五九），許治接任元和知縣，乾隆二十六年（一七六一），聘八十九歲的沈德潛爲總裁，門人顧詒禄具體主持纂修事宜，共三十六卷。

二、收録本及所用底本

（一）《歸愚詩鈔》《歸愚詩鈔餘集》《歸愚文鈔》《歸愚文鈔餘集》《歸田集》《矢音集》《黄山遊草》《台山遊草》《南巡詩》《八秩壽詩》《九秩壽詩》《歸愚詩餘》《沈歸愚自訂年譜》《説詩晬語》《浙江通省志圖説》，以《沈歸愚詩文全集》教忠堂刻本七十三卷本爲底本，以教忠堂刻本七十五卷本、六十九卷本等各本參校。《沈歸愚自訂年譜》又參以乾隆三十一年（一七六六）精刻本。

（二）《一一齋詩》，以哈佛大學圖書館藏清刻本爲底本。

（三）《竹嘯軒詩鈔》，所用底本封題『原槧本』十八卷本，校以乾隆刻本。

（四）《杜詩偶評》，以賦閑草堂刻本爲底本。

（五）《新唐書考證》《舊唐書考證》，從文淵閣《四庫全書》收録考證的《新唐書》《舊唐書》中輯出沈德潛考證條目。

（六）《古詩源》，以雍正三年（一七二五）刻本爲底本。

（七）《唐詩宗》，以盧鉉鼎手録十七卷本爲底本。

（八）《唐詩別裁集》，以乾隆二十八年（一七六三）教忠堂重訂本刻本爲底本。

（九）《唐宋八家文讀本》，以乾隆十五年（一七五〇）刻本爲底本，校以安政刊《增評唐宋八家文讀本》。

（十）《宋金三家詩選》，以乾隆三十四年（一七六九）陳明善原刻本爲底本。

（十一）《明詩別裁集》，以乾隆四年（一七三九）刻本爲底本。

（十二）《清詩別裁集》，以乾隆二十五年（一七六〇）教忠堂刻本爲底本。

（十三）輯軼詩、文。從其他總集、別集、地方志、沈德潛書法作品等文獻中輯出。

（十四）未收：不能明確析出沈德潛親力纂修内容的《西湖志纂》《元和縣志》；《沈歸愚自訂年譜》中没有説明是其編選的《七子詩選》；現署名沈德潛，但《沈歸愚自訂年譜》中没有提到的書，如《暢叙譜》；不能確證爲沈德潛選撰之著等，一概未收録。

三、點校説明

（一）使用新式標點。書名、篇名用書名號《 》，如：《史記·孔子世家》；舉作者名而無篇名者一律不加書名號，如李白詩。

（二）原本圈、點徑直删去。

（三）注文中的引文，如引原文加引號，如有删節或撮舉大意，不加引號。特指引語、人物獨白或對話加引號。

（四）按邏輯結構適當進行分段。

（五）原文中注雙行小字，整理本改爲單行楷體；眉批、旁批置句後，尾評一仍其舊，一律單行排版，用楷體。

（六）底本正確而他本誤者不出校記；底本誤而他本正確者出校記。

（七）凡異文之可通可解者，寫入校記；除少數證據確鑿、屬於訛誤的外，均不予改動，而將異文寫入校記。

（八）對避諱字之刊刻、挖除、缺筆等，改回原字，不出校記。如『玄』字，有時缺首筆，有時缺末筆，一律改回，不出校記。

（九）通假字、異體字、簡化字等，爲尊重原本面貌，予以保留，不出校記；確屬難以辨認的字出校記。

（十）凡底本正文及注有訛、脱、衍、倒者，據各校本出校記。

（十一）校文不作考釋、辨析。底本原有的校語一依舊貌，不作改動。

（十二）因本書收録文獻衆多，體裁各異，全書體例難以統一，故做局部統一。請讀者見諒。

本册目録

歸愚詩鈔

歸愚詩鈔卷二

歸愚詩鈔卷四 …… 五七

歸愚詩鈔卷六……一〇三

歸愚詩鈔卷九

歸愚詩鈔卷十

歸愚詩鈔卷十二

歸愚詩鈔卷十四……二九〇

歸愚詩鈔卷十五

歸愚詩鈔卷十七

歸愚詩鈔卷十九……四〇〇

歸愚詩鈔餘集

歸愚詩鈔餘集卷二

歸愚詩鈔餘集卷三

歸愚詩鈔餘集卷四……五二〇

歸愚詩鈔餘集卷五

歸愚詩鈔餘集卷六

歸愚詩鈔

歸愚詩

沈德潛將錄其《歸愚集》，前稽首而請序，且曰：『人臣私集，自古無御序例，第受特達之知，敢恃寵以請。不即望序，或訓示數語，可乎？』德潛老矣，憐其晚達，而受知者惟是詩。余雖不欲以詩鳴，然於詩也，好之、習之，悦性情以寄之，與德潛相商榷者有年矣。兹觀其集，故樂俞所請，而序之。

夫德潛之詩，遠陶鑄乎李、杜，而近伯仲乎高、王矣，乃獨取義於昌黎『歸愚』之云者，則所謂去華就實，君子之道也。夫子之訓小子曰：『何莫學夫詩？』使如後世雕龍祭獺之爲者，聖人將斥而禁之，顧反疏其源而道其流乎？亦惟是名教之樂，必有言之不足，而長言之者，舍是，其何以哉！昌黎因文見道，始有是語，固不必執風骨、體裁，與李、杜較甲乙。而歸愚叟乃能深契於此，識夷守約，斂藻就澹。於向日所爲壯浪渾涵、崚嶒矯變，人驚以爲莫及者，自視若不足，且有悔心焉。是則李、杜、高、王所未及言，而有合於夫子教人學詩之義也。夫非常之人，然後有非常之遇。德潛受非常之知，而其詩亦今世之非常者，故以非常之例序之。異日者，江國行春，靈巖駐蹕，思欲清問民艱，暇洛新什，將訪歸愚叟於愚公溪谷之間矣。

詩古文書窗所夙嗜。踐祚以來，萬幾鮮暇，雖時寄興吟詠，而古文不數數爲之。是序構思染翰，至四刻始就，非復有櫜日弓燥手柔之樂，況能津逮古人耶？歸愚叟於近代詩家，視青邱、漁洋，殆有過之無不及者，故樂爲之序，不復計其工拙遲速，書卷以賜。歲云暮矣，封事稍稀，更償文債，亦足爲藝林增一勝事也。

乾隆辛未小除夜書於坤寧宮之東閣

歸愚詩鈔卷一

長洲沈德潛碻士

古樂府

梁父吟

曾子耕泰山之下，值天大雨雪，不得歸。思念其母，作《梁父吟》以見志。《樂苑》載其事，亡其辭，擬古辭以補之。〔一〕

力農于野，泰山之側。雪閉川原，欲歸不得。一解。
欲歸不得，眷念我母。我母念我，悵望隴畝。誠通境隔，中心何有？二解。
禄養由命，色養由人。豈因賤貧，莫侍饔飧。三解。
小鳥反哺，往來深樹。嗟我人兮，而不如微羽。四解。

昊天蒼蒼〔二〕乎，其知我心傷乎！五解。

校記

〔一〕『《樂苑》載其事，亡其辭，擬古辭以補之』一段，《竹嘯軒詩鈔》（雍正刻本，下同）卷一作『今《樂苑》載其事，亡其辭，予欲傳孝子心也，擬古辭以補之，共五解。』

〔二〕『蒼蒼』，《竹嘯軒詩鈔》卷一作『明明』。

短歌行

宇宙浩浩，古今茫茫。俯仰慷慨，憂來無方。一解。
我欲上天，誰徹其梯？增城遥遥，困於濁泥。二解。
愁難寄天，憂難埋地。羡彼木石，何營何慮？三解。
南鄰椎牛，北鄰負薪。虞卿窮愁，鄧禹笑人。四解。
同心離居，哀傷不已。同居離心，一席千里。五解。
鳳鸞有聲，鴟鴞怪之。汝則我怪，我聲不移。六解。
人生瀛海，飛矢斯亟。新故循環，三命有極。七解。
拂袖起舞，對酒高歌。人不作達，將如之何？八解。〔一〕

校記

〔一〕『一解』等，《竹嘯軒詩鈔》卷十一此詩不以『解』分。

隴頭流水〔一〕

辭家赴隴頭，隴水東西逝。流作嗚咽聲，中有征人淚。一解。
隴水鳴濺濺，隴阪高入天。驅馬登隴阪，不敢望秦川。二解。
朝過飲馬窟，夜經古戰場。天寒枕刀卧，驚魂不還鄉。三解。

校記

〔一〕《竹嘯軒詩鈔》卷一詩題後有『三解』，詩中無『一解』『二解』『三解』等标注。

箜篌引

公乎公乎，黄河怒濤高蹴天，九龍奪珠戰深淵，狂蛟鋸齒垂饑涎。公乎公乎頭欲白，輕將性命託河伯，河伯邀汝遊鬼國。公乎公乎，中流失足悔已遲，旁人垂戒妻哭之，箜篌坎坎聲何悲。

戰城南

戰城南，苦寒月。刀聲過處紅雨飛，一片黄沙堆白骨。戰罷飛狐西，又戰金河東。今日壯士死，他日將軍功。軍中夜宴撾鼉鼓，錦帳妖姬對歌舞。殘兵僵卧風雪中，鬼馬相隨鬼妾語。鬼妾語，鬼馬號，雄鷄剪夢天不高。羽書曉過陰山麓，十萬髑髏作人哭。

將進酒

華月滿筵，清尊在手。世間萬事吾不知，此中唯可飲美酒。考鐘鼓，吹笙竽。擁衆嫭，披羅襦。今我不樂，不樂將何須？古來但聞醉者有時醒，不聞醒者千秋萬歲常歡娱。登高而望，望彼四域。纍纍丘墳，鬱鬱松柏。求爲仙人安可得？求爲酒人，酒人良可求。暮與俠客飲，朝隨狗屠遊。

塘上行〔一〕

蒲生水中央，託根難久長。君情如膠漆，中路遽參商。一解。

自昝蛾眉長，不怨衆女妒。行止由他人，棄置那復顧？二解。
故交雖難忘，不如新相知。敝屨雖難棄，不如新履綦。三解。
霾曀有時散，陽光有時臨。願得陽光臨，照見葵藿心。四解。

校記

〔一〕《竹嘯軒詩鈔》卷一詩題後有『四解』字，詩中無『一解』『二解』『三解』『四解』等標注。

種瓜篇

陳思王《種葛》《蒲生行》《浮萍》等篇，文藻有餘，而怨懟或甚，似非風人之旨，因擬是篇。

種瓜東園中，蔓緣高樹枝。年少爲君婦，瓜葛相因依。恪勤事君子，舉動循禮儀。蒙君丘山惠，終始無猜疑。豈知生不辰，中道忽乖違。乖違夫如何，棄置諒所宜。自惟多諐尤，恃愛不能知。丈夫秉高節，豈爲顔色衰。昔爲磐石固，今若浮萍移。願君諒微誠，菅蒯終可治。陽曦有晚照，行雲有還期。請看園中瓜，交結不相離。

美女篇

洛陽二三月，遊女出采芳。並軫大堤上，聯袂蘭皋傍。幽閒誰氏子，城南獨條桑。素手勞采摘，枝葉低以昂。微風動輕裾，明霞照晨妝。顧瞻道傍女，各各生輝光。或隨執金吾，或嫁侍中郎。就中最貴顯，蚤侍瑯琊王。而我處盛年，百兩何時將？貴賤各相匹，禮義慎周防。廣川自有舟，明河自有梁。失時秪自惜，失身賤無方。三復《行露》詩，浩嘆處空房。

猛虎行〔一〕

猛虎食人，不能出山林；蝮蛇毒螫，不能升雲岑。吁嗟！機械之巧，無如人心。一解。

渭水雖清，灌溉之利，不如濁涇；狐裘徂暑，不如絺綌纖輕。君子在下位，雖有蘊蓄，何從施行。二解。

騏驥一日千里，躑躅隴阪，幸遇伯樂長鳴。純鈎雖利，不遇薛燭，孰知其名？甯戚飯牛車下，不遇齊桓，難致公卿。三解。

校記

〔一〕《竹嘯軒詩鈔》卷二詩題後有『三解』，詩中無『一解』『二解』『三解』等標注。

行路難〔一〕

客歌長歌聲亦長，客歌短歌聲亦短。成名須當少年時，毋令秋霜鏡中滿。昔爲《明堂詩》，亦擬《長楊賦》。賦剪秋空雲，詩浥金莖露。巧手織成錦繡段，三年空挂珊瑚樹。出門偶逢鄉里兒，金多位高志氣舒。歸家便欲焚筆硯，還聞武帝慕相如。詞賦爛漫復何益？致君更有萬言書。姓名不教狗監識，〔二〕白首下帷空躊躇。

校記

〔一〕《一一齋詩》卷五《行路難》爲兩首組詩。

〔二〕『姓名不教狗監識』，《竹嘯軒詩鈔》卷二及《一一齋詩》卷五均爲『可憐不逢楊得意』。

山人勸酒

山人在山住，土木爲同身。醉酒復高歌，一曲空山春。巢由愛名不足道，何況爾輩商山人？

舉觴酬綺皓，願君且飲酒。酒中有味君自知，世事紛紜莫開口。漢王意叵測，誰能顧虚聲？區區四老翁，漫云羽翼成。勿爲子房誤，兼喪身與名。子房一身懼莫保，辟穀尋仙苦不早。何如翩然隨我歸去來，山中飲酒，日日桃花開。

苦寒行

窮冬天地閉，兼旬斷白日。悲風振林壑，朔氣砭肌骨。居人猶苦寒，行子更慘慄。行路既已難，何況遠戍卒。傳聞燉煌郡，八月即飛雪。驕馬行不前，筋竿凍欲折。鐵衣冷難挂，征夫淚成血。倦投羊羣卧，饑取冰漿啜。倚劒臨大荒，萬里陰雲結。寧不懷室家？强寇猶未滅。念彼防邊人，慨焉心斷絶。

飲馬長城窟

朝飲馬，夕飲馬，飲馬乃在長城下。黄河之水環邊牆，晝夜滔滔流不舍。結髪從軍三十年，年年辛苦爲防邊。家鄉天外斷音問，夢魂欲度關山難。馬羣奔騰，水聲嗚咽，水邊髑髏堆霜雪。髑髏不知何代人，摠是中原征戍卒。驅馬飲水水氣腥，渾流洗盡金創血。金創血，流今古，萬里無家不言苦，此身分作邊城土。

烏夜嘑

老烏啞啞宿枯樹，月照空巢濕清露。依依爲伴單棲人，夜夜哀鳴向天曙。烏頭有時白，行人無時歸。空房聽啼烏，中心愴以悲。海水常枯石常爛，妾心不移申旦旦。

吴趨行

吴趨美風土，靈秀天所鍾。尼父未及遊，讓德舊已崇。文章實淵藪，豈唯財賦雄。而何民俗移，奢忲頹古風。江河日滔滔，莫挽波流東。不思開國初，感嘆將焉窮。

王明君

毳帳琵琶曲，休彈怨恨聲。無金償畫手，妾自誤平生。天賦殊尤質，翻爲異域人。君王不好色，遣妾去和親。

作蠶絲

春蠶忽作繭，團團吐新絲。外有纏綿意，中心那得知。

北風行

北風吹沙漠，萬里白草折。海水十丈冰，蛟龍眼流血。

悲歌行〔一〕

莫以瑚璉器，持問田家叟。莫以宮中妝，誇示下里婦。瑟不如竽，抱此焉徂？仰天而歌，其聲烏烏。歌聲烏烏何太悲？烈士壯年日就衰。

校記

〔一〕《竹嘯軒詩鈔》卷一及《一一齋詩》卷八詩題均作「悲歌」。

苦哉遠征人爲友人賦

苦哉遠征人，謫發赴王程。念君本儒官，安能韎韋跗注留邊城？·邊城嚴寒風色惡，旗竿凍折戟難拓。望中失卻紇干山，如席雪花卷空落。聞笳已是心欲死，傳箭還令骨如斫。萬里辭家別六親，可憐三載不逢春。春風桃李江南客，朔氣烽煙塞下軍。蘇武傳書空付鴈，緹縈贖罪竟無人。

關山月

別有城南少婦心獨苦，夢想玉門在何許。望斷金鷄赦遠人，夜聽烏啼淚如雨。

天風吹月度長城，照徹關山分外明。寒逼銕衣人萬里，光連玉帳夜三更。邊聲盡唱從征樂，成客能輕去國情。破鏡刀環兒女意，莫教傳語漢家營。

孤兒行

孤兒苦難言，啗人食荼蓼。長兄不見憐，今年將取嫂。

枯魚過河泣

魴鯉入肆，其目不閉。寄語河中魚，市價方騰貴。

孟門行

素絲成羅襦，温潤稱玉體。一朝愛新製，棄捐笥篋裏。君家玉堂在孟門，蘭橑桂棟高清旻。豪華少年滿堂坐，主人何心憐故人。美酒酌以金叵羅，奉君歡宴爲君歌。主人飲此壽無算，年年歲歲樂如何。雲際飛來雙白鵠，無端彈射遭君逐。梁燕難忘舊日恩，籋口還思補君屋。

折楊柳歌詞〔一〕

折柳送征夫，青青不忍折。春風知我意，長條自吹折。
長條爾何物，送郎天邊去。恨不持斧斨，斫盡江頭樹。

校記

〔一〕《竹嘯軒詩鈔》卷六《折楊柳歌詞》共三首，此處收録兩首。

紫騮馬〔一〕

匹馬邊州路，驊騮迴出羣。此行湏努力，壯士正從軍。接戰穿殘壘，追奔躡亂雲。驍騰馳萬里，仗爾策殊勳。

校記

〔一〕《竹嘯軒詩鈔》卷三及《一一齋詩》卷一詩題均爲『賦得紫騮馬送人從軍』。

少年行

少年氣敵富平侯，白馬金羈到處遊。醉卧倡樓歌古曲，伊州才罷又甘州。
幽并俠客氣如龍，會合河橋酒正濃。飲罷各留名姓在，他年江海儻重逢。

塞下曲

鴐鵝聲急半空哀，風旋龍沙欲起堆。飲罷酪漿天色暮，月明獨上李陵臺。

敕勒川頭練甲兵，黄羊谷口豎干旌。雲昏萬馬難分色，雪急三軍不辨營。

移兵絶域出伊甘，白鴈金笳聽不堪。二十萬人回首望，河源翻在大荒南。

千重砂磧萬重山，三載燒荒未擬還。流盡征夫眼中血，誰人月下唱《陽關》？

提封遠到海西頭，吹角能防塞外秋。卻笑唐家邊境小，但教諸將取涼州。

擬邊庭怨

永定河邊冰欲開，懷鄉高上赫連臺。凌空試問南飛鴈，帶得家園春色來。

秋風動地卷蓬蒿，涼月光中看寶刀。鄰帳胡笳吹不斷，肯容歸夢度臨洮。

塞上四時辭

排空歸鴈度金河，壯士春來喜荷戈。望裏芊芊青草色，玉門關外摠陽和。

寄到鄉園白苧衣，榆關五月暑猶微。怕聞頭痛山邊路，雲氣燒空鳥不飛。
獵獵西風落日黃，酪漿飲罷卧沙場。胡笳聲静霜華滿，飛上征人鐵裲襠。
漫空急雪上龍堆，防寇還聞羽檄催。只恐黄河冰凍合，左賢萬騎忽飛來。

企喻歌

前隊彎硬弓，後隊把長槍。男兒相結伴，不必在同鄉。
瘦馬啖黄葉，肥馬啖黄禾。馬上有錢人，馬足風雲多。
蒼鷹摩高天，不爲燕與雀。壯夫出塞行，不爲珪與爵。

久别離

春光昨夜至，楊柳齊青青。青青弄影空閨裏，蕩子之婦難爲情。憶昔君别時，春風江上生。手折堤畔柳，送君此遠征。何爲十年無尺素？望君迢迢有如隔蓬瀛。不能身爲楊柳花，隨風東西南北同君行。妾心如磐石，君身豈浮萍？東風兮東風，爲我吹君返行旌。

遠別離

遠別離，乃在蠻煙瘴雨之窮鄉。聞者心驚而魄慄，而況行子浮湘度嶺，千里萬里之炎荒？飛蟲、妖狐、玄蜂、赤蝗，兩頭有蛇，四足有鯉。猩猩見客而啼，鸜鸜見客而喜，君胡爲兮至於此？或傳蒼頡作字，天雨粟，鬼夜哭。人生識字胎禍患，不如結繩之代忘寵辱。上有高山，下有浚谷，萬丈一墮緣失足。伊人高卧巖之幽，師黄炎兮友商周，紫芝爲糧兮，猿狖與遊。而胡舍此罹竄投，躭榮嗜進夫何尤？遠別離，腸斷絶。淚滴潯江水，波流帶嗚咽。故山空白雲，英英長薇蕨。待君歸來，聽松風兮弄明月。

長別離

遠別離，路修阻。長別離，成千古。而況遠別復長別，兩恨縈迴寸心苦。草枯有時而榮，日晦有時而晨。嗟我一心人，飄散隨煙雲。舊與同歲寒，不與同春温。一彈《別鶴操》，再彈《離鸞曲》。一彈再彈不成聲，夜長誰閉鰥魚目。遠別離，長別離，南雲迴望無已時。緬之子兮縹緲，矢泉壤兮爲期。他生願化無情識，頑頓形骸同木石。

大墻上蒿行

蒿根託古牆，那得如人長？讀書求功名，那得爲公卿？君心願封侯，但學曲如鈎。如鈎恐不足，黄河有九曲。

野田黄雀行

江南黄雀大且肥，田中啄粟羣争飛。江北黄雀瘦而小，田中斷粟啄荒草。荒草無味啄砂礫，啾啾似向人求食。豪家少年工彈射，弓矢金丸伺其側。黄雀乞微命，爲我謝少年。明年食粟長肥肉，入君庖饌方甘鮮。

烏生八九子

烏生八九子，哺雛勞欲死。哺鷇雛長成，各自矜爪觜。八九子，一一南北東西飛。盤中攫肉城上棲，故林那肯仍來歸。老烏多子轉煢獨，夜寒只向空巢宿。

董嬌嬈

當罏酒家女，彷彿董嬌嬈。問年三五餘，春柳同風標。玉指削葱根，丹唇破櫻桃。足下朱絲履，頭上翠雲翹。清槽壓清酒，喚客嘗春醪。使君東方來，軒蓋何揚揚。一見當罏女，願贈明月璫。許以千金值，載歸鬱金堂。試看紅襟燕，雙棲瑇瑁梁。試看紫鴛鴦，交頸宿池塘。女言告使君，君有千黃金。君重千黃金，妾重千載心。鴛鴦自有偶，梁燕難分襟。使君閨中婦，爛兮詠錦衾。勿令蘭蕙質，時誦《白頭吟》。

日出入行

倏升扶桑，倏沉崦嵫。一丸東跳復西走，不知始自何日，終於何時。何人能揮戈，何人使再中。秦皇漢武，揔爲飛光所愚弄。妄思求仙入海，登天騎龍。驪山與茂陵，畢竟叢荒草。況聞天上葬神仙，縱使成仙亦枯槁。何如胸無磈壘，心與天遊。任作息於蚤暮，付榮落於春秋。循蜚以來，四萬八千彈指數。静中閲古，膠膠擾擾同浮漚。羲和聞言，茫然失步。六龍奔忙，鞭龍不住。不知何日停車輪，悠遊暘谷，俯仰同閑雲。

履霜操

《琴操》有《履霜》，原詞實多怨懟，非以教孝也，予特擬其辭云：

晨興履霜，兒足已寒，兒腹已饑，兒衣已單。父兮母兮，兒故多愆。兒不承順，父實我天。兒不承順，母實我憐。呼號旻天，不如泣父母前。

新嫁孃

未熟姑心性，但聞姑最賢。愛姑如愛母，妾自得姑憐。

神君曲

荒祠入夜神鼓鳴，神君騎馬空中行，神馬降處霜花青。女巫通神作神語，鸞車今夜迎神女。祀神不虔衆當死，我爲汝祈神恕汝。神帷開處歆蒸肴，陰氣著人森寒毛，雄雞一聲天欲高。旋風吹馬上神樹，老鴉啞啞銜肉去。

采菱曲

東家采紅蓮，西家采紫菱。蓮花比儂艷，菱絲繫儂情。移船出浦遲，纖手弄漣漪。心心期薢茩，秦人以菱爲薢茩，與邂逅同。貪眉鴛鴦飛。水清菱花香，水濁蔆角鮮。采清不采濁，斯意儂自憐。湘藕同心生，芙蕖守紅死。異蒂連紫莖，纏綿亦如此。女伴笑相逢，隔船兩招手。相約並船行，相憐暫相偶。采得折腰紅，歸家持贈郎。清歌終一曲，明月滿迴塘。

采蓮曲

閘上采蓮船，學唱《采蓮曲》。桂檝輕摇蕩，鴛鴦映花宿。横塘香水流，流繞白蘋洲。搴折並頭花，女伴皆迴眸。沙頭日晚櫂船歸，采得芙蓉欲遺誰？蕩子天涯尚飄泊，風前孤負最長絲。

西洲曲 題友人〔一〕《西洲繫柳圖》

春風楊柳花，君從江北住。秋風楊柳黄，君下西洲路。妾家桃葉渡，年少慣乘潮。送君出西洲，同上木蘭橈。蘭橈復蘭槳，風輕任揺蕩。兩兩紫鴛鴦，往來緑波上。波上守紅花，水底同心藕。郎君不肯留，枉種相思柳。相看南浦雲，淚下霑羅衾。衰柳不堪折，哀歌那忍聞。三春白門柳，八月廣陵濤。因風將遠夢，珍重到江皋。

校記

〔一〕『題友人』，《竹嘯軒詩鈔》卷九爲『題如皋姜自芸』。

迎神曲 侯氏三忠祠〔一〕

天門高，呀然開。儀肅肅，神靈來。神靈來，太常公。披朱衣，冠芙蓉。激雷電，斷金鐵。排趙嬈，擊曹節。掖庭危，邊疆敗。公直言，攖螯蠆。經百折，歷九死。死握拳，生嚼齒。靈在天，欣同類。揖楊左，肩周魏。靈既來，升華堂。羞燔炙，達薌薌。靈安坐，奏清徵。颯金颷，寒衆體。修肸蠁，忠孝門。聚星辰，光乾坤。祀太常公震暘。〔二〕

坎其擊鼓，廟庭之下。俟我雲車，迎我風馬。車馬繽紛，通政降只。飛龍玄螭，牙角從只。血痕斑斑，心憤痛只。論伸冤獄，力折强藩。運丁陽九，龍馭升天。銜鬚受刀，決脰報君。精衛填海，身腐心存。卞壼授命，盱眙從死。不辱門風，是父是子。辭鈞天所，來饗齊明。絪絪緼緼，達以精誠。鴟梟妖狐，伏而不鳴。祀通政公峒曾。〔三〕

鬼雄前隊操戈殳，髑髏纍纍血糢餬。飛車兩旁翻絳旗，中有義士髯而鬚。髯而鬚，侯季子。地老天荒，鐘鏞遷徙。廣柳車内藏忠臣陳卧子，事敗連駢棄東市。升玄冥，謁帝扃。上帝謂而忠貞，相隨而考而兄。出入玉闕金庭。被髮翩然，娭遊下土。周覽城郭，心悲離黍。後車載美人，冠帔何容與。當年巢破卵不完，連娟修眉殉其主。神靈風雨飄颯如，酹神清爵神來乎。祀太學公岐曾。〔四〕

校記

〔一〕《竹嘯軒詩鈔》卷十七詩題爲『侯氏三忠祠迎神曲』。

〔二〕『祀太常公震暘』，《竹嘯軒詩鈔》卷十七作『右祀太常公諱震暘』。

〔三〕『祀通政公峒曾』，《竹嘯軒詩鈔》卷十七作『右祀通政公諱峒曾』。

〔四〕『祀太學公岐曾』，《竹嘯軒詩鈔》卷十七作『右祀太學公諱岐曾』。

歸愚詩鈔卷二

長洲沈德潛碻士

新樂府

慈烏嘆

慈烏復慈烏，慈烏撫雛聲嗚嗚。朝爲雛呼，暮爲雛呼。一巢育三雛，慈烏棄雛先自殂。一雛雖長惸然孤，未能返哺聲淚枯。

制府來

客述制府，始末甚詳。因成樂府四解，誌往事，儆後來也。

制府來，勢炎赫。上者罪監司，下者罪二千石。屬吏驅使如牛羊，千里輦重來奔忙，鞠𦙶上壽登公堂。制府賜顔色，屬吏貼席眠。破得百家産，搏得制府歡，制府之樂千萬年。一解。

揚旗旌，麾三軍。制府航海清海氛，聲名所到，步步生風雲。居者闔户，行者側足。但稱制府來，小兒不敢哭。軍中隊隊唱凱還，内實百貨裝樓船。文武郊迎，次且不得近前，制府之樂千萬年。二解。

制府第，神仙宅。夜光錦，披牆壁。明月珠，飾履舄。貓兒睛，鴉鶻石。兒童戲弄當路擲，平頭奴子珊瑚鞭。妖姬日夕舞綺筵，賞賜百萬黄金錢。天長地久雨露偏，制府之樂千萬年。三解。

太陽照，水山傾。黄紙收制府，片刻不得暫停。軺車一兩，千里無人送迎。婦女戟手詈，童稚呼其名。爰書定在旦夕，求爲厮養，厮養不可得盤水。加劍請室間，從前榮盛如雲煙，制府之樂千萬年。四解。

民船運

天旱河流乾，糧船難運行。官府日捉船，挽漕輸神京。虎吏奉符帖，遠近皆震驚。商船斂錢送，放之匿郊坰。民船空兩手，點之充官丁。大船幾百斛，中船百斛盈。江干集萬艘，一一標旗旌。三月〔一〕發京口，四月〔二〕停淮城。五月〔三〕下黄流，六月〔四〕指濟寧。口糧半中飽，枵腹難支撐。黠者盗糧粒，愚者時呼庚。太倉急轉輸，王事有期程。運官肆榜笞，牛羊役窮氓。夜月照黄蘆，白浪聞哭聲。願汝停哭聲，努力事遠征。大農有賢者，惠汝如孩嬰。

校記

〔一〕『三月』，《竹嘯軒詩鈔》卷十七作『五月』。
〔二〕『四月』，《竹嘯軒詩鈔》卷十七作『六月』。
〔三〕『五月』，《竹嘯軒詩鈔》卷十七作『七月』。
〔四〕『六月』，《竹嘯軒詩鈔》卷十七作『八月』。

菱湖曲

菱湖湖邊多種菱，女兒采采蕩舟行。菱角如鍼刺人意，菱絲似帶牽人情，西日欲落晚風横。晚風横，可柰何？歌一曲，定風波。

旃檀林

悲周女〔一〕也。女太倉人。信佛教，〔二〕不字，出家香象菴。婬尼引强暴亂之，不從，爲所殺。金多欲寢其事，州守李廉知之，置以法，遠近稱以貞尼。〔三〕沈子重其烈，惜其爲尼也，作樂府，〔四〕記其事。

旃檀林，奉世尊。歸菩薩教，生成正果，死當入甘露門。周女信其説，志欲超根塵。不作人間配，薙髮離慈親。離慈親，朝法王。法王舊弟子，沈溺慾海無慈航。静室日演秘密法，此間可以登天堂。涇與渭，不同流。淫與貞，疾如仇。摩登貪婬復好殺，昬夜乃與强梁謀。從我由爾，違我由爾。從我爾生，違我爾死，佛門不肯輕貸爾。

崑山之玉，可碎不可玷。百鍊之剛，可折不可卷乎。可憐空中妙蓮花，片片摧落霜刃間。揮金飽里正，里正代關説。伍伯及胥吏，合掌大念佛。齊聲自刎頸，佛門那肯貪婬復好殺？賢守不愛錢，曖昧得知之。發奸具款伏，一朝械杻何纍纍。師子林，師子牀，如何送我歸圜墻。我生何罪歸圜牆？我佛救我登天堂。

妙蓮花，終古青。烈女死，顔如生。停尸七日，七日晝夜無蠅虻。〔五〕四衆共羅拜，設位迎神明，幡幢寶盖來宫庭。墓門樹女貞，青青常不枯。樹無連理枝，枝有單棲烏。棲烏夜啼，聲聲啼向天。生前未返哺，至今含恨在九泉。人生有倫理，空用朝法王。寄言世間女，終身只合守閨房。

校記

〔一〕『周女』，《竹嘯軒詩鈔》卷十六爲『周氏女』。

〔二〕『信佛教』，《竹嘯軒詩鈔》卷十六爲『信佛氏教』。

〔三〕『稱以貞尼』，《竹嘯軒詩鈔》卷十六爲『以貞尼稱之』。

〔四〕『作樂府』，《竹嘯軒詩鈔》卷十六爲『作樂府三章』。

〔五〕『蠅虻』，《竹嘯軒詩鈔》卷十六爲『飛虻』。

白楊謡

風蕭蕭，白楊樹。一年堪作薪，十年堪作柱。不種公卿門，但種公卿墓。

白楊樹，古時墓。不見子孫來，但見牛羊卧。轉眼犂作田，轉眼平作路。

聖駕謁陵，禮成，恭賦樂府十章有序

皇帝在位之八年，懋建皇極。天人協應，萬物由庚，禮樂明備。念國家創業開基，起於遼陽。祖宗功德，艱難積累。報本追遠，敢忘昭事？園陵在盛京者，禮應展謁。爰命宗伯，諏吉日，奉皇太后，於孟秋初旬，乃發乘輿。百靈呵護，羣工景從。道塗所經，萬方縱觀，千里如堵。城邑連歡，川岳生色。既至盛京，祇祓齋宫，潔清壇壝。時唯質明，肅將祀事。崇牙樹羽，磬管賁鏞，壺濯牲牢，莫不陳列。五等六服，羌戎蠻貊，咸來助祭。皇帝愉愉勿勿，洞洞屬屬。俯興稽拜，穆乎有容。祝以孝告，嘏以慈告。列聖在天之神，來饗禋祀，儼若相接。水源木本，一氣感通。由曾孫仁孝之心，著存于秉圭執鬯間也。三陵既周，燕喜受祉。諸蕃來朝，共球並集。海隅日出，頫首享王。既已文治溥浹矣，皇帝復念振作武功。宣威中外，進退憑旗鼓，變化備陣法。同岐陽之大蒐，寓于敖之講武。而又推仁錫類，覃被遠邇。大禮告蕆，六飛乃回。以達孝暨天下，以惠澤利萬人。祖考寵綏，天地明察。祭則受福，永膺純嘏。聖人所謂通於神明、光於四海者，乃於今日遇之也。小臣備員侍從，未能宣揚孝德。敬擬樂府十章，以備瞽矇謳誦。辭曰：

聖人大孝，繼繩世德。世德伊何？發祥長白。天造鴻業，乃眷與宅。列聖在天，園寢孔安。

橋山汾陰，守以祠官。地維鞏厚，王氣鬱盤。報本崇先，溯源自古。幽明可通，孝思爲主。遥遥瀋遼，言巡東土。志繼世宗，事述聖祖。

右《聖大孝》一章，二十句。

練時日，吉且良。奉慈仁，啓天閶。發鑾輅，隨龍驤。帝問省，侍鳳輦。心齋栗，容愉婉。馳蒼虬，揚雲罕。大丙侍，勾陳肅。岳引旌，川隨轂。過都邑，省風俗。垂白老，携兒女。歡雷動，民歌舞。手加額，親堯禹。天顔喜，慈語温。出關隘，回陽春。望園陵，蒸祥雲。

右《發鑾輅》一章，三十句。

盛京樂，民風厚。畝盈黍稌，窌積紅朽。商賈鱗集，既蕃既阜。盛京樂，慣田獵。從狼發豵，弓彎馬捷。割鮮烹肥，家餽户饁。盛京樂，樂雍熙。衢尊春臺，登之酌之。昔聞聖祖之報本，今覩聖孫之受釐。吾民何幸，得生聖人之時。盛京樂，樂不可支。

右《盛京樂》一章，二十二句。

朝鮮挾陵之左，山海控陵之右。龍鳳拱而盤翼，精靈朝而趨走。孝孫秉禮告虔，陳設豆登尊卣。焚蕭膋兮升香，薦嘉德兮珪璋。三后饗兮明堂，垂邃延兮衮裳，神欣欣兮樂康。僾然愾然，聞見儼恪，不遺餘奠。報魯孫以百福，昭式禮于孔熯。監孝思之烝烝，卜昊天之眷眷。

右《謁三陵》一章，一十七句。

敬瞻永陵，始祖所式憑。姜嫄履武，后稷廼篤生。敬瞻福陵，太祖此永寧。太王居岐，肇基廼勃興。敬瞻昭陵，太宗之佳塋。文王勤止，養晦逾光明。我皇昭報，對越以精誠。躬膺圖籙，翼翼而兢兢。締造艱難，守成弗易勝。勤恤匪解，天命以永凝。

右《懷祖烈》一章，二十句。

醪假通神明，禮成萬樂備。頒胙遍寵錫，肆筵設高會。天厨稠疊出大官，牲牢既饗紛包膾。飽德醉酒聯華戎，六合一家無内外。皇澤浹，羣臣拜，盈廷歡娱，萬方寧泰。高臺置酒歌《大風》，漢高區區樂豐沛。

右《禮成宴》一章，一十四句。

建中殿名。朝堂，我皇當陽，撫臨下方。樂浪東陬。椎髻氈裘，咸和咸柔。雲合龍趨，水航陸驅，競來陪都。貢賮獻琛，兜離侏任，鴟鴞好音。追隨鳳鸞，拜舞稱藩，同漢呼韓。助祭辟公，來朝輸忠，肅肅躬躬。耆義服神，蹈德咏仁，萬年外臣。

右《羣蕃朝》一章二十一句。

文德貴綏懷，武備戒休燕。一人韎韐作六師，獮狩合圍還教戰。烏蛇翔赴，箕翼舒張。霧連雲散，陣分圓方。止齊兮堵墻，跳蕩兮飛揚，弓滿月兮戈雪霜。剽禽狡獸難遁藏，荼火日月威疆場。下大綏，收壁壘。四校呼，七萃喜，悉率左右燕天子。海隅清晏纘武功，祖宗王業由此起。

右《大狩閲》一章，二十句。

錫類者必廣乎仁孝，推恩者不遺乎民人。頒賚賞而沛乎德惠，速置郵而布乎絲綸。滋液滲漉，潤物者雨。漸摩噢咻，育物者君。居聖人之大寶曰位，普天心之愛物曰仁。觀百族之沐膏浴澤，由天子之尊祖敬親。

右《永錫類》一章，一十二句。

六龍發兮，涼露金風之蕭爽。六龍迴兮，清霜玉雪之飄零。歷唐山，過灤河，抵神京，臣民頫首，顒顒拜迎。乃奉聖母歸慈寧，御太和殿，千官朝賀彤廷。謂聖皇孝治天下，凡有血氣，修孝德于環瀛。東鶼西鰈不足貴，紫芝銀瓮何足稱？雨暘時若，家給人足，奏上治於隆平。

右《六龍迴》一章，二十一句。

亢　陽

《亢陽》六章，憂旱也。天子側身修行，靡政弗舉，皇太后步禱請命，雨乃旋降，史臣作詩記之。

亢陽告災，去冬徂春。爰迨炎夏，四郊如焚。大風揚塵，冥冥熅熅。井枯渠涸，汙下成龜文。菜麥兩無，何以活我民？一章。

帝命禮官，乃行大雩。郊宫山川，奠瘞斯周叶。予一人有不德，下民其何辜？爾諸臣，或有矯誣，或有戲豫，或有沓沓，或有嘔嘔。反躬洗心，毋仍爾故。二章。

帝命地官，振貸發粟。首自邦畿，遠連山谷。胥吏毋中飽，充民之腹。帝命秋官，並清岸獄。誅殛放流以下，脱乃桎梏，弛乃抶撲。庶邀天和，上天其從欲。三章。

恭維聖母，憂心怲怲。步禱齋宫，爲民請命。人有弗誠，天無弗聽。惟大父母，胡忍子病？顧回仁慈，以救而萬姓。四章。

四山出雲，萋萋油油。雨來祁祁，平畎盈溝。連昕接昏，沾足四郊叶。後時勤力，猶及有秋。五章。

天高高，明以倬。答誠敬，蘇民瘼。猗我民，耕以鑿。報賽田祖，合飲醵。繼自今，暘雨若。于胥樂兮！六章。

奉勅恭撰《平定金川鐃歌》八章〔一〕

皇帝在阼，至仁大武。無雷日朏，悉臣悉主。況大渡、馬湖以南，番酋處所。久鄰我置吏，久賴我鎮撫。鳥獸無知，侵凌邊圉，蒙昧乎堯禹。一章。

蠢爾小醜，距趯翅張。恃茲碉門，嵑焉高岡。旁煽而種類，沸羹蜩螗。始命剪之，遷延歲杪。爲奸猖所愚，餉糜師老。如螳斯奮，如兔斯狡，欲逃我天討。二章。

聖人赫怒，爰興師征。廟謨神武，授茲忠貞。集羽林，簡精兵，足糗糒，揚旄旌。虎牙干城，烝徒增增，咸統於恒恒，拜受命於帝之訓，鼓行而前山川震，將卒歡呼忘行陣。三章。

踰厜㕒，冒霜露，七千里餘如跬步。斬奸頑，斷間諜，靡旌摩壘賊震讋。將軍從天下，虓虎軍聲鏖，天威所到賊敗逃。掀其籬藩，困其邊幅。翼圍箕張，勢迺窮蹙。四章。

維彼觳觫，喬嶽壓之。維彼枿芽，賁育摺之。內絕餽饟矣，外絕援黨矣，願革面而稽顙矣。經略元臣，謂爾不龔。今何戰戰，前何洶洶？扚爾脰，梟爾顱，誓剷爾元凶。五章。

捷書夜奏，達於楓宸。天子曰『俞哉！我威已振，我兵已神。惟彼既輸誠，獸類亦人。戢以武，柔肌以恩。予以不死，同覆以天。』庶跂行喙息之輩，得侁侁而甡甡。元臣之報國以忠，大君之好生以仁。六章。

軍門開，番酋來，繫頸乞命聲何哀。元臣推誠心，傳諭旨謂：『皇帝德並蓋載，不孥戮爾，赦爾死罪與更始。』番酋罷泣聲歡喜，萬歲齊呼徹壁壘，南人從此不反矣。七章。

大軍旋歸，于郊于墉。鵷班遠迎，聚觀耆童。元臣抑抑彌虛盅，帝謂綏靖惟汝庸。加爵異服饗彤弓，參贊旅卒胥酬功。煥天文，紀功載，勒石於辟雍。千萬億年，昭仁武於無窮。八章。

校記

〔一〕十四卷本《歸愚詩鈔》卷十四詩題爲『聖武遠揚金川平定告捷紀功，奉敕恭撰鐃歌八章』。

洞庭橘枝辭元人詩元有題無詩〔一〕

吴娘采摘合歡枝橘名，憶着狂夫遠别離。肯信過淮真化枳，妾心石爛不遷移。

一夜青霜顆顆丹，吴儂生計滿林巒。上方久卻揚州貢，不使包山有橘官。

校記

〔一〕十四卷本《歸愚詩鈔》卷一詩題下無小注，詩共録五首。

恭擬《補亡》六章經進〔一〕附

維南有陔，萬物煦育。維我高堂，昕夕往復。几杖安和，享兹清福。一章。

維南有陔，采采草食。調饍以進，容顔愉懌。高堂顧之，其樂何極！二章。

宛然孩童矣，眷焉追從矣。我敬我親，我安我畎畝，我輕我三公矣。三章。

右《南陔》三章，二章章六句，一章五句。

白華之白，白如玉兮。我念所生，矢幽獨兮。不受點污，懼我親之辱兮。一章。

白華之白，白如雪兮。我念所生，全清節兮。不染埃壒，遺我親以潔兮。二章。

英英白雲，潤彼白華。應時舒萼，顯爾芳華。葆真敷榮，繄之子之克家。三章。

雨露既濡，白華成實。供廼籩豆，維旅秩秩。承家開國，繄之子之黼黻。四章。

右《白華》四章，章六句。

好風南來，翼我華黍。農薅婦饁，赤日方午。嗟嗟爾勤苦。一章。

而胡炎月，溝兹藴隆。百神是禱，焦勞深宫，冀蘇爾三農。二章。

大雨時行兮，華黍滋榮兮，九穀蕃登兮。惟我民之休，惟上天之仁，惟我皇之誠兮。三章。

右《華黍》三章，二章章五句，一章六句。

平平王庚，實爲周行。萬物由之，既安且康。開陽闔陰，濡雨霽暘。一章。

蕩蕩王庚，通達九州。萬物由之，既和且柔。動明息晦，順春斂秋。二章。

愔愔我皇，念周四域。予己以勞，予民以逸。錫福錫保，同歸皇極。三章。

右《由庚》三章，章六句。

幽幽崇丘，上羅椐杻。託植得所，仰干青旻。君子爲學，盤固本根。一章。

幽幽崇丘，下流蒙泉。澄潭虚中，出無窮焉。君子畜德，濬深廣淵。二章。

陟崇丘巔，睇彼曠野。一氣之中，芒芒函夏。所處既高，萬物皆下。凡百君子，慎立身者。三章。

右《崇丘》三章，二章章六句，一章八句。

物類有儀，禀天之命。飛潛動植，各遂其性。人道由之，本于一敬。一章。

平林茂茂，禽則翔留。溪水湝湝，魚則泳游。聖人居高，賢哲交修。二章。

主有旨酒，嘉賓共斟酌兮。各由其儀，萬類共咸若兮。爲無爲，名無名，熙熙樂兮。三章。

右《由儀》三章，二章章六句，一章七句。

校記

〔一〕『經進』，十四卷本《歸愚詩鈔》卷十一爲『應制』。

補禽言 附

割麥插禾

割麥插禾，新婦下田。黄秧分科，歸來煮飯養阿婆。

於忽乎

於忽乎！白日落，青春徂。今日新婦他日婆，有花不看將如何？

稽古

稽古秀才不知書，帝字認作虎。

麥　枯

麥枯麥枯，十日九雨爛麥鬚，收歸上場化麥奴。化麥奴，剩麥稃，悍吏下鄉催麥租。

咄咄怪

咄咄怪，東家兒郎太狡獪。眼中不見丁字形，腰間取印如斗大，咄咄怪！

歸愚詩鈔卷三

長洲沈德潛碻士

四言古詩

神龍篇

神龍失淵，不如鰷魚。鴻鵠鎩翮，不如鶤鶋。瑾瑜不售，不如珉璨。聖哲不用，不如庸愚。周公居攝，管蔡謗之。展禽直道，三黜士師。顔淵拾塵，跡涉嫌疑。讒毀之來，孰知是非？

擬逸民詩

香餌雖美，蛟龍深藏。罻羅雖巧，鸞鳳高翔。爵禄雖貴，巢許徜徉。修身潔行，千載垂光。

三賢詩

睢州湯尚書潛菴公

嵩高間氣，篤生真儒。烈婦之子，公母趙罵流寇被難。徵君孫名鍾元之徒。管樂素卑，伊顔是趨。大本既立。事功有餘。臺閣重臣，奉命撫吴。惟德物感，惟誠衆孚。有鬼淫昬，害逾妖狐。漁色漁利，憑藉師巫。公疏除之，民以不瘉。吴有五通神爲妖，公疏告除其害。返樸還淳，潤涸噓枯。入爲宫傅，預教勤劬。宵人嫉忌，飛語謗誣。共執退公，肆張置罦。公但引慝，坦坦舒舒。聖主素諒，恩禮如初。溘焉霜露，朝野悲吁。昔公初政，督兵轉儲。吉虔有寇，狂狡吞屠。妙算雄略，剪除狸貙。立德既卓，論功匪迂。擬諸文成，方駕同驅。易名廟食，有待聖謨。

蔚州魏尚書環極公

史魚如矢，汲黯戇直。朝有正人，國是整飭。維蔚州公，矜持標格。霜潭清嚴，冰崖崱屴。

諫垣封駁，肯避譴謫。時當居憂，林廬偃息。鰌鉏軒舞，狐狸跳擲。詔起田間，副相是職。用汝領袖，資汝彈劾。盡相窮形，疏列鬼蜮。公劾程汝璞、劉源諸人。崇山放棄，兩觀誅殛。鉅憝無援，剪其羽翼。申榜朝堂，臺臣歛跡。有申飭巡城、巡鹽諸御史榜文。畿輔巡行，遠近傳檄。公以都御史巡行畿輔。飯飽魚羹，裘披素緎。既被清風，亦欽儉德。遷階司寇，藉詰姦慝。皤然乞身，課耕勸穡。哲人既往，勁節可式。胡今在廷，脂韋圓石。披讀公傳，凛凛體魄。勿讓前良，須眉如戟。

當湖陸侍御稼書公

聖人之道，明於宋賢。朱子繼承，如日中天。金谿高明，較直捷焉。緜延不已，流而近禪。公起當湖，信道能篤。步趨紫陽，世遠私淑。理析毫芒，謹幾慎獨。内養充完，出匪干禄。試烹小鮮，政成劇縣。拂大吏心，謂此風漢。以廉爲矯，以勤爲慢。蕭然去官，幾罹陛岸。民失慈母，奔走號呼。天高聽卑，慰爾烝徒。因廷臣薦，起之於家。立朝嶽嶽，期復唐虞。整肅紀綱，惟言官責。誠意正心，平日用力。前席入告，輔養聖德。當宁改容，同官失色。凡兹剛直，學培本根。正氣浩然，勇過孟賁。遺書誦讀，星宿崑崙。斯人言行，千載常存。

泰玄神廟在泰山

惟泰玄神，羣靈之主。肅肅穆穆，列曹分部。珪珽冠冕，朝于帝所。行人瞻拜，進俯退俯。
上方晴明，下界雷雨。指點青煙，中分齊魯。

題查敬誠相國《西征圖》

相國查公出示《西征圖》，此公奉命爲寧遠大將軍，總六師，受廟謨，破賊於古吉兒和碩齊，作圖以紀蕩平也。於時醜類駭怖，邊庭貼服。永永年代，無敢有違越聲教者。績既成，晉公文華殿大學士，紀年雍正癸丑。作畫者，軍諮祭酒郭朝祚。公命潛題詠，乃作詩曰：

先皇在阼，歲在癸丑。萬方内朝，中執樞紐。陸讋水慄，羣效奔走。維爾西戎，其凶胥恇。
狼貪豕突，擾我邊疆。脅誘黨與，叫號撞搪。先皇赫怒，矢安荒徼。蠢兹雜種，洪爐燎毛。誰統
六軍，慎簡臣僚。咨爾老臣，能文能武。爲大將軍，生殺在汝。宜剿而勦，宜拊而拊。登壇秉鉞，
大申天討。十萬貔貅，視我旗纛。成算在密，决機於早。元戎自天，飛度葱嶺。龍虎鸛鵝，變化
俄頃。軍聲敓人，震懾狙獷。前軍遇賊，攻殺合圍。中權握鈴，羽扇頻揮。浩如驅海，猛如奔雷。

鯖鼩襲虎，螳螂當車。敢逞毒螫，願全頭顱。駴魄喪胆，投干棄殳。緊緊獻俘，折馘斬級。驚鳥斯籠，窳獸斯縶。積甲山齊，丐命雨泣。鋤誅元惡，肆赦脅從。而能革心，許而朝貢。布揚皇仁，覺而惛懵。爰草露布，上達九重。先皇曰咨，惟汝之功。晉階相位，用獎公忠。爵以酬庸，威以靖遠。重舌貫胸，毋敢挺撊。相公忘勞，夙夜黽勉。軍諮祭酒，從軍往日。山川戰陣，點筆紀實。豆人寸馬，精神欲出。邊氛揃焉，廟謨宣焉。忠孝全焉，畫圖傳焉。貽諸子孫，永千年焉。

題塞曉亭閣學《翰林院侍宴恩榮圖》

歲在甲子，月維陽月。翰院落成，天章高揭。有『稽古論思』『集賢清秘』二額。六龍臨幸，千官分列。乃降鑾輿，乃謁先師。乃升御座，乃飭禮儀。大樂合作，錫宴廷墀。分韻詠歌，君倡臣續。三十八人，同工異曲。徧及辭臣，柏梁聯屬。在列諸臣，惟中秘選。不由翰林，不與斯讌。冰銜清寒，人共欣羡。爰有天潢，夙擅才華。鸞龍競奮，包羅諸家。帝曰爾能，實惟寵嘉。命綴清班，同賡咸誐。金枝玉葉，來登蓬瀛。秺侯博陸，難與比榮。貞觀房杜，景龍沈宋。不聞宗臣，厠于法從。公也兼之，親賢交重。作圖繪景，述事紀恩。繪景伊何？飛龍鳳麟。紀恩伊何？睦族右文。在昔太白，内廷賦詩。亦越東坡，金蓮送歸。公與瓊筵，鳳池在兹。藝林流傳，千秋揚詡。文興道隆，兼篤宗譜。擬抒清辭，媿非吉甫。

奉敕恭題御書《無逸篇》後

惟天行健，惟聖同符。公旦誥王，《無逸》成書。宋璟箴君，《無逸》繪圖。我皇鑒觀，書於尺幅。敬德所關，惟日不足。表裏《豳風》，警心觸目。一章。

王敬作所，所其《無逸》。彌縫罅漏，功期密勿。食息動静，協於克一。我皇書之，日夕乾乾。維鳥在林，維魚在淵。久而安安，毋或離焉。二章。

周家開基，實惟后稷。食爲民天，土爰稼穡。知民之依，無忝厥辟。我皇書之，首重艱食。身居法宫，心周疆埸。爲民祈年，時萬時億。三章。

有殷三宗，勤勞斯壽。血氣循軌，精神固守。享祚綿遠，得天獨厚。我皇書之，主敬自强。主敬毋怠，自强毋荒。善氣導迎，萬壽無疆。四章。

太王王季，抑畏敬天。文王勤民，懷保惠鮮。累世咸和，扶植顛連。我皇書之，篤念前德。天作高山，發祥長白。配命作求，永永無斁。五章。

知小人依，貴於允蹈。知而不知，民病曷療。三宗文王，黽勉克劭。我皇書之，自期迪哲。經晝區處，矩無弗絜。先後同揆，商周比烈。六章。

更端惟七，冠以嗚呼。意在言先，慮深遠乎。咨嗟作訓，泳嘆陳謨。我皇書之，等於咈吁。彼在廷者，慎勿獻諛。誰規守成，攄藎效愚。七章。

責難事君，亶心爲政。《無逸》一篇，始終祇敬。惟兹承天，惟兹凝命。我皇書之，援古勵今。代金鏡録，當大寶箴。其監于兹，一哉皇心。八章。

雷銀臺翠庭屬題蘭澤齋

蘭爲國香，品居最貴。空谷自芳，蘅茎同類。尼父調琴，楚臣結佩。培厥本原，滋榮無既。粤慎菴公，在昔先民。秉心潔白，履行温純。性愛薌蘭，比君子人。清浥心腑，静遠荆榛。黄磁淺窄，分藝兩盎。護如嬰兒，以養以長。天和並霑，風微露沆。共臭同心，玄言相賞。迄今兩世，逾三十年。蟠根彌固，受氣彌全。抽莖敷花，倍於從前。揚揚猗猗，清香代傳。清香代傳，取以名齋。田氏之荆，弟兄和諧。王氏之槐，後躋鼎台。元氣不傷，天休自來。平泉草木，竟何有哉。孫枝翠庭，繩武裕後。理析毫釐，學開蒙蔀。榮匪科名，貴匪組綬。樹蕙滋蘭，匪畹匪畝。封泥於斗，沃水於盆。香雪盈室，祖澤斯存。范硯魏笏，與蘭並論。德馨遠聞，閩中清門。

題大司寇沖和公《奉使圖》

東服朝鮮，實箕子國。蠶桑禮樂，别於蠻貊。自周至今，馴擾供職。中朝遣使，綏此疆域。

雍正三年，歲在乙巳。詔使册封，金書玉璽。委任辭臣，布德宣旨。出山海關，沿鴨緑水。布德惟何？惠爾震方。宣旨惟何？叙爾典常。代傳爾土，朝貢相望。國王稽拜，天威肅將。戴皇朝德，聯主賓誼。布席設樂，魚龍嬉戲。男婦耆童，來觀天使。雜沓歡呼，齊聲萬歲。使臣有暇，徧覽提封。街衢平直，嵐嶺玲瓏。蒟木各殊，耕作從同。井疆遺澤，猶留古風。箕子開國，力行井田，今遺址尚存。成禮而還，四夷輝映。士能通經，邦國之慶。大儒將事，始終一敬。拜揚帝廷，不辱君命。迺命畫師，設色成繢。迺抒永言，傾吐珠琲。披卷散帙，皇化斯在。奉命屢經，準此行邁。後三使朝鮮。初任翰苑，今握中樞。垂三十年，强健如初。富鄭文潞，同此遠謨。安内靖外，永贊唐虞。

題明孝廉包鷟幾遺像

在昔先民，僧帽儒服。寤寐不忘，在《指南録》。時丁陽九，孝廉晦跡。逋逃空門，名山宕客。誰爲精衛，填海身亡。哭祠彭越，不畏提湯收吴易屍歸葬。歸老煙雲，終身株橜。采蕨芼薇，餐雪噉葛。慕晞髪叟，長慟西臺。英魂茫茫，招之使來。有同年友，澗上考槃。踰垣閉門，遠颺羽翰。徐孝廉枋隱居澗上，湯文正撫吴，屢訪之。遯入秦餘杭山，終不見。高隱枯禪，心同地異。先後云殂，浩然無媿。今瞻遺挂，是儒是僧。寒氣滿堂，六月凝冰。後賢世守，勿替清風。與鷟鳳遊，常瞻冥鴻。

潘甸村觀梅小照

歐公詠雪，用白戰體，後東坡仿之。兹仍其體寫梅，不用故實，不着形容，前此所未有也

清瘦高寒，性禀無始。回天地春，輿臺凡卉。伊人契合，譬乳入水。閒來小園，悠然曳蹝。心醉目成，笑而相視。不知所樂，其樂胡底。幾生修到，惟我與爾。誰知我心？膝前稺子圖有幼子。磐石留連，溪橋倚徙。日晚忘還，閑雲歸矣。

冬日喬慕韓自白田至，感舊言懷，出示近詩並《劍磎説詩》二卷，未遠風騷，欣焉成詠

冰雪川原，時當飲蜡。故友相思，千里命駕。爲認容顔，不驚衰謝。胸次崚嶒，中蟠嵩華。狎主敦盤，高談王霸。起予衰頹，壯心暫借。共寫離懷，秉燭良夜。詩道波流，滔滔何底？雕斲喪真，綺靡乖體。不圖今日，復聞正始。味無味處，其味無已。詣臻古淡，超然塵滓。嗜者誰人？箏笛悅耳。海上琴聲，成連邈矣。

詩家品炙，始於鍾嶸。表聖承之，續者儀卿。餘子紛糺，岐説争鳴。誰别白黑，劔溪平衡。叩虚返寂，取神離形。引弓不發，躍如以呈。中正清泠，騷雅門庭。爲語後來，問途已經。

頌韓文懿公

末學穉齡，識公姓字。謂天上人，下土翹跂。既讀公文，日星鳳麟。怪奇瓌麗，一歸大醇。龍門峻絶，敢望登堂。公赴内召，左右雲房。並世而生，未識公面。繡裳衮衣，想像公旦。哲人云亡，文府漸蕪。蛇神土伯，跳踉叫呼。欲起衰靡，惟昌黎公。錫以尊名，來自九重。按厥歲年，已符四紀。久而重光，公實不死。公實不死，勸勉來學。宗經砥躬，毋自菲薄。末學素心，慰於今兹。聊攄小言，揭於公祠。

八十述懷

雪滿天地，有客叩門。負戴素交，挈榼携尊。壽我八十，禮意殷勤。謂我久客，十年京塵。面目未改，依然天真。觴酌勸我，情同飲醇。酒半賦詩，高歌有神。四座温温，寒月生春。

早年失恃，中年失怙。無父母兒，心摧腸腐。終鮮弟兄，睘睘踽踽。晚歲喪妻，孑身撑拄。

中懷欲白，向誰告語：形影周旋，惟我與我叶。賴古聖賢，晤對居處。身在中吴，心遊東魯。

白首致身，遭唐虞帝。謂臣不欺，超遷卿貳。褒封四葉，天章屢賁。十載賜閑，授禄衡泌。

自慙衰年，報稱無地。永矢廣隅，晚節益勵。擊壤歌衢，泳游聖世。

飛光逐人，烏過雷掃。童心嬉嬉，問年耄老。學道無成，著書難了。厚實何須，榮名匪寶。

唯有寸心，守拙辭巧。巧拙兩忘，棲神渾灝。笑彼仙遊，茫茫蓬島。

鳥思故林，魚思故淵。自別葑溪，廿有五年。蘿屋荒隤，鼠雀互穿。父祖世守，神明在焉。

童時釣遊，夢寐縈牽。今母難日，中懷悁悁。願言蓋茆，仍來息肩。歸老於斯，悠然樂天。

輓覺羅孝娥

娥係大宗伯予凡公女，大中丞樗亭妹。少爲乳媪墮地，傷成疾。長不字，孝事二人。讀書窮理，成《素言》一册，皆倫常切要語，與名儒語録相表裏也。年二十八没。樗亭屬作墓碣，並系以詩。

日下之英，天潢之派。宗伯之女，中丞之妹。少歲穎悟，勵志向學。循矞引纆，一宗先覺。

切而女誡，微而心性。廣而治平，歸於誠敬。亦成韻語，藴道乃哦。琴德養心，粹然中和。侍嚴

親側，垂二十年。依兄事母，鈴閣承歡。嬰疾無爲，求道斯果。禔祼受傷，天玉成我。班昭補史，

宣文授經。泳游理胔，此獨精能。是爲女士，是爲男子。人亡書存，死而不死。表兹清懿，以作女箴。敦彝窮理，共矢此心。

《逸園圖》三章

慕逸園名久，癸酉春往遊。主人迎客，坐高臺，眺花林，酌清酒，至晚始别。後屬題畫卷，因述前事，並及爲園之由，見予之重主人，不獨以園之佳也。

太湖之濱，潭山之側。孝子廬墓，依親體魄。孝子之子，樂志邱樊。日月既久，葺而成園。因山爲壁，引泉爲池。古木爲門，繁花爲籬。舉世勞勞，斯人獨逸。眠雲葆真，何有縲紱。課奴種樹，呼兒讀書。此外無求，其樂何如！

梅林承足，高高平臺。主客共登，攀蘿陟階。俯窺寒林，晴雪千堆。忽連忽斷，閑雲往來。遥接湖光，迷漫無涯。主人留客，兩忘形骸。芼彼山蔬，酌以清醑。談諧世外，超然塵埃。清風送香，花片入杯。醉心忘還，夕陽緩催。

黄癡倪懶，會而成圖。筆分理合，詎論形模。此卷亦然，或蒼或腴。南宗正傳，歸於王家叶。大阮存素名愫，小阮日初名昱。樓閣煙雲，水天竹樹。虚白無痕，遥青欲露。指點高丘，舊經行處。一回披攬，一回神遇。時涉名園，無煩杖屨。

乾隆聖德詩 謹序

唐韓愈《元和聖德詩》，頌憲宗討劉闢功也。闢故姦猖，然集天兵討之，一旦剪屠，視挽回天災，校分難易。乾隆癸酉秋，霪霖暴漲，黃河奔流，前後衝決淮徐隄防。人民蕩析，千里成海。奠川安民，艱於討逆。皇帝宵旰憂勤，指授方略，頒金轉粟至無算，數命大臣建築撫綏，要於奠安。諸臣同心協力，惟懼失墜。不半載，河循正道，民多生色。比憲宗討叛功奚啻什伯？臣係舊史官，道揚敷陳，本屬職業，作四言詩一章，具載聖天子回天仁民之德，名《乾隆聖德詩》，以昭示臣庶。其辭曰：

天心本仁，有時行義。湯湯洪流，帝堯之世。堯仁如天，憂勞成治。以德挽之，轉橫而利。皇帝御極，中和調劑。大道蕩平，民生熙遂。十有八年，惟癸酉歲。大江南北，風物和藹。麻麥已收，禾黍成穟。億兆喜悅，三時不害。而胡秋霖，連旬陰曀。黃流漲溢，奔騰湧沸。流入洪澤，挾之驚潰。齧食金隄，險牐難閉。清淮受傷，維揚相繼。如釜之形，波高埤堄。匝月壇昬，徐復告沴。銅山橫決，綿延蕭沛。會通合流，茫茫何地。木末棹舟，樓角激汰。漂没糧粒，蕩汨埋瘞。雞犬無聲，殊方一概。偶露高原，殘黎交萃。缺衣乏食，形同鬼魅。誰能見之，而不流涕。此故天災，亦由人事。宣泄失宜，楗石少倚。聚訟議繁，猳猳狒狒。殫力周防，曷由顛躓？九重聞災，五夜惴惴。我民何辜？罹此困憊。矢救此方，生死肉骴。先遣大臣，乘傳急遞。審視上聞，莫或隱避。大臣入告，圖繪形勢。何以治之？經久勿壞。皇帝曰都，小慧是戒。河身宜卑，支流毋滯。入海爲歸，師禹大智。大臣入告，斯民雕瘵。何以活之，依然飽醉？皇帝曰俞，毋致流離。饑者使食，寒者使衣。露者使家，去者使徠。能復舊觀，詎行小惠？大臣入告，籌畫經費。何以輸之？斟量不匱？皇帝曰吁，財用勿計。粟轉他州，巴蜀協濟。近地秋糧，截留先逮。金錢千萬，糜自大内。如水滂施，仁澤汪濊。大臣承命，衆心奮勵。就實去文，任勞忘瘁。長堤堅築，蟻穴恐敗。哀黎拊恤，鴻羽恐鎩。經之緯之，何有掣礙？如活病人，神王斯瘥。相距六月，温肅頓異。舟車駢集，商賈鱗次。酒旆招客，魚鹽列肆。雞則有母，牛則有牸。語笑嬉遊，男婦耆稚。吾儕安恬，敢忘所自？不逢我皇，與魚同逝。仁風翔洽，千里溥被。小臣林居，傳聞郵置。始訝天行，繼欽聖叡。無能展籌，問心抱媿。願告臣工，黽勉克勤。以敬事天，天心仁愛。以勤撫民，民風綏艾。河伯效靈，川祇備位。慎終如始，夙夜匪懈。一德一心，勿貳勿怠。登兹太平，永永年代。小臣不文，職司紀載。作爲歌詩，用誌保泰。

歸愚詩鈔卷四

長洲沈德潛碻士

五言古詩

古風[一]

南山望不極，終古煙雲深。中有静者流，結廬山之岑。微言自剖析，妙理常搜尋。寥寥千載下，如見軒虞心。

青青百尺松，下有千歲苓。采之欲相贈，爲君延修齡。遠道不可致，物薄世所輕。臨風空佇立，嘆息此微誠。

昔人重行義，今人重禄仕。道德一無成，屈身取青紫。高爵人共欽，失己良可恥。君子獨不然，流行與坎止。

君子能善始，尤貴善其終。勳名一何高，峨峨齊華嵩。末路不自振，蹉跌竟無功。小人伺間隙，衆口交相訌。知止乃不殆，懷古欽高風。見首不見尾，千古稱神龍。

南國有遺老，志節師伯夷。武周本聖人，而敢傲睨之。薛荔煖吾寒，白石飽吾饑。時攜同志士，巖谷采紫芝。斯人既淪喪，山水無清輝。搔首懷古歡，清風有餘思。

文章本天成，所貴在自然。柰何矜小智，而日窮雕鐫。言語非不工，性情何有焉。著述逾百家，紛然散雲煙。何如務樸學，努力探真詮。

鸞鶴翔九天，燕雀賀廣厦。螻蟻營一穴，神龍澤天下。品類萬相殊，局量不相假。彼誠足矜憐，卑鄙何爲者。

前有車馬客，呵殿道途中。車前列旗旐，馬後隨刀弓。行人不敢視，望塵趨下風。途間有耕農，容貌如龐公。相遇不廻首，行歌曲未終。

鳳鳥備文藻，高集青梧枝。衆人共驚怪，見者實已希。鴟鴞得腐鼠，笑汝常苦饑。引頸望八極，何處可奮飛。謀食非所難，此志不願違。

長松挺層岡，幽蘭秀巖穴。以此君子心，當彼高士節。不求美人采，豈願工師伐。畢生老根株，悠然守孤潔。

翩翩共飛飛，飛飛求其巢。或則棲杏梁，或則棲蓬茅。從此不相見，忘爲舊時交。偶然出銜泥，復見古原上。時命苟不同，意氣分卑亢。卑者歛羽歸，亢者凌風颺。對面分秦越，觸目起惆悵。

尺地能生草，寸燭能照人。丈夫既富貴，奈何利一身。良田連萬頃，甲第通青雲。骨肉等行路，誰念病與貧。所親尚如此，功名焉足論。

人生如春花，開者行當埽。更如霜中葉，外綺内已槁。君子疾無聞，盛名亦忌早。隆隆遍京雒，中懷未聞道。華寔不相符，流譽空美好。寄言同門友，韜光以爲寶。

登高發遐想，天地何浩渺。白日無時閑，過眼疾於鳥。雕琢喪本真，少壯忽醜老。歸根在虚無，名位焉足寶？所以古達人，逍遥出塵表。

佳人坐高樓，高入青雲端。手撫龍唇琴，攘袖發清彈。按節碧空裏，流音采霞間。下士處塵埃，無由覿令顔。聽曲各言好，幽意誰能傳。持以寫懷抱，豈嘆知音難。

校記

〔一〕《竹嘯軒詩鈔》卷十五此組詩共十七首。

擬古詩十五章

陳思王贈友

飛雲隨飄風，俄頃千里隔。微躬滯東藩，良友聚京邑。仰惟覆載寬，瑕垢許自責。諸君珪玠品，天廟薦瑶席。昔佐神武猷，今輔聖明德。麗藻祇文身，建豎庶經國。朽株思抽條，況乃松與柏。得魚緣設網，有秋在力穡。因風將遠懷，附此雙飛翮。

左記室招隱

静羽息故林，達人返前轍。予識隱淪趣，同心望朝列。安止占背艮，潔清懷井洌。草食資蕨薇，雲構依巖穴。麋鹿諧友羣，夢寐入冰雪。生當姚姒代，德盛罕所闕。苟虚皋益贊，盍抱由光節。望望歸田廬，賦詩羡明哲。

陶彭澤飲酒

千念倐起伏，片時集今古。本無匡世畧，而胡夢尼父。尼父亦何爲？志欲變齊魯。事權苟不屬，皇皇竟奚補？何如遊醉鄉，沉冥滅聞覩。置身天地初，後輩視堯禹。此境到者知，此味共誰語。

自我歸去來，冠帶辭我躬。河山或改色，松菊仍舊容。故人罕枉駕，索居養愚蒙。惟有中天月，入户如過從。酌月把尊酒，豈惜瓶罍空。愛此太古光，照我太古胸。[一]

詎有遺世懷，嬾慢自成癖。禮樂束縛人，樂志在山澤。南鄰走相過，無煩度阡陌。不鄙湏也請，問答惟稼穡。談深共飲酒，相與盪胸臆。醉醒匪豫謀，斟酌隨所適。嗒然與天遊，何分主與客。

校記

〔一〕四十四卷本《歸愚詩鈔》卷十二後尚有『此時天與人，同在空明中』二句。

謝康樂遊山

老莊告退餘，山水情彌襟。蹔爾辭簿領，懽焉事登臨。攀蘿入翳蔚，循磴陟嶔崟。後儒戒休息，前猛探幽沈。跡絶惑路斷，境轉知巖深。陽崖天雞唱，陰岫清猿吟。中有辟世人，無悶巢居心。忘機履可接，欲晤蹤難尋。建德聞自昔，永嘉到方今。坎艮任流止，堅白守規箴。環中良有得，行當投華簪。

謝宣城登望

出守時序易，庶理弛且張。暇日登高城，遊目周四疆。瀠洄認春穀，峍屴指陵陽。雲外聚煙火，林端出帆檣。稍覩風物改，漸喜生民康。所嫌文奏勞，手版淹一方。何處是京畿，一氣遠茫茫。欝矣葵藿衷，末由對曦暘。敢言樹枌櫃，税鞅還江鄉。

何水曹觀梅

忝預鄒枚列，蕪城滯此身。吹臺雪初霽，東閣梅先春。的礫標豐韻，孤高抱苦辛。一枝塵块外，數點清溪濱。物以冷偏艷，情因澹逾真。淮南叢桂後，誰復托沉淪。

王右丞飯僧〔一〕

晚歲思繕性，方外亦吾徒。深山有高僧，心清與道俱。昨日訂晨齋，今蚤過吾廬。便設脱粟飯，兼摘園中蔬。既飽念衆生，糧粒不願餘。散之飼鳥雀，亦復施游魚。感此惻隱性，自顧愛物疏。日晚送君還，悵望雲山居。

校記

〔一〕《竹嘯軒詩鈔》卷一、《一一齋詩》卷七詩題均作『王右丞維飯僧』，詩文與此同。十四卷本《歸愚詩鈔》卷十二詩題作『王右丞維尋僧』，詩文亦不同，全詩爲：『前身疑枯禪，因愛空門友。

携筇向寒山，一路經林藪。嗽泉滌凡襟，聞梵空群有。上人超人天，外内冥已久。無塵不待析，離相何煩取。憐我有夙緣，許我辭骸垢。慈烏鳴閒庭，山雲入虚牖。相對得静機，淵然忘擊叩。』

孟山人待友〔一〕

靄靄山景夕，歸鳥棲林藪。萬籟正寂然，月吐斷崖口。置酒攜古琴，待我山中友。夜琴亦已終，華月升高柳。之子不我過，獨酌盈尊酒。

校記

〔一〕十四卷本《歸愚詩鈔》卷十二《孟山人待友》詩爲：『山寺晚來過，閒雲返虚谷。故人曾有約，相與共齋粥。空堂佛火上，煙樹巢禽宿。良覿竟何如，臨風悵幽獨。』

儲太祝田家

蒙密暖林木，迎陽設紫門。數間黄茆屋，住久成一村。初焉聚鄰舍，漸次成婚姻。婦女走饁饟，農夫互鉏芸。草具味偏旨，勞力情彌欣。勿負天時好，免爲婾惰民。井稅苟可將，多藏復何云。

官家免租糧，村無吏如虎。經年不入城，黽勉事農圃。泥潦塗四肢，炎月汗流雨。何來車馬客，軒軒氣豪舉。爲憐筋力勤，甘食田家苦。人生貴適意，所樂在珪組。看我京洛遊，俄焉作官府。

元道州諭舊

瀼溪我故鄉，遊釣夙所安。瀼人如弟兄，昕夕同盤桓。一别十餘載，夢寐懷丘樊。我今復來過，徒侶仍當年。禮恭闕真意，爲我曾纓鞶。今我即故我，滔蕩全其天。人生重與輕，豈在窮達間。巢林適蜩鳩，篞羽勞鵷鸞。肯使清溪水，照此塵土顔。行當掃軌轍，終焉把漁竿。

韋左司寄舊〔一〕

郡齋苦天寒，〔二〕密雪灑深竹。念兹山居友，抱獨卧空谷。杖策擬過從，草堂夜同宿。積雪山路平，川原斷樵牧。〔三〕

校記

〔一〕十四卷本《歸愚詩鈔》卷十二詩題爲『韋左司寺居』，全詩爲：『暫謝符竹旁，欣依化人廬。清磬度蘿垣，飛禽下齋厨。不須説《楞伽》，晏坐静有餘。大道物我外，形跡貴捐除。覩此風幡影，遊心在空虚。〔二〕』

〔二〕『郡齋苦天寒』，《一一齋詩》卷七作『郡齋冬日冷』。

〔三〕『川原』，《一一齋詩》卷七作『天寒』。

柳儀曹溪遊〔一〕

楚南誰共遊，獨行偶形影。風泉屢移聲，濁褐瀨匯千頃。路轉開遠林，霞明絢平嶺。山水羣效靈，動定一心領。人愚境因辱，機忘慮能省。夷居久已安，何湏慕鄉井。

校記

〔一〕《竹嘯軒詩鈔》卷一、《一一齋詩》卷七，詩題均爲『柳員外溪上』。

水亭

磵水合衆派，亭隅瀉潺湲。水石本無聲，相觸偶成喧。清冷契真性，静聽欲忘言。因思洗耳翁，猶厭瓢聲煩。

晚過龍井菴〔一〕

衝寒過野塘，到寺日將没。〔二〕齋廚動微煙，高松〔三〕落殘雪。欲共枯禪語，相對無言説。

校記

〔一〕《一一齋詩》卷七詩題作『雪後過龍井庵』。
〔二〕『到寺日將没』，《一一齋詩》卷七作『到寺足方息』。
〔三〕『高松』，《一一齋詩》卷七作『冬青』。

龍門

斗峭疑鬼工，分劈兩崖對。中有飛龍形，爪角露奇怪。路窄攀垂藤，險若蛇倒退。峽路名。前山急雨過，雷霆聲在内。遠望已夕陽，雲氣此冥晦。努力陟巔頂，氣象更什倍。羣峰列眉低，俯見飛鳥背。長嘯青雲梯，一洗胸次隘。

千尺雪

寒山瀉寒泉，引脉自巖穴。一落千尺强，飛此有聲雪。出山流尚清，在山性逾潔。老僧寂無言，悟彼廣長舌。

田家雜興[一]

家計依田疇，播種毋敢慢。貧賤寡所欲，[二]飽腹仰藜莧。但湏風雨時，滿望在歲晏。豐歉鄰里知，勤苦一家慣。所期丁男長，娶婦禮粗辦。子孫世爲農，吾族自無患。

賣薪不嫌賤，買牛不嫌老。山野多樸誠，平生守直道。子弟善力作，無煩藉庸保。種藥鉏自携，灌畦甕能抱。閑行過古墳，墓門半荒草。及時湏作達，豈必長壽考。歸來飲美酒，暫令容顏好。

村墟起暝色，牛羊各來歸。田家晚炊罷，猶自開柴扉。鄰里夜相過，團坐情依依。共誇麥苗盛，共憂桑葉稀。兒女齊長大，所需食與衣。地遠人俗淳，言語心無機。秖談農家事，焉知誰是非。

翁老不記年，古樹共寒暑。次男已頭白，長孫早嫁女。閑行看隴頭，油油好禾黍。中情忽多感，歸向兒孫語。有年勿好奢，須憶無年苦。儉樸人共誚，吾意獨有取。

白雲護山村，紅葉隱茅屋。門前跨板橋，户後羅修竹。牛閑繫道旁，磨癢向古木。是時秋氣高，霜重秔稻熟。老農顔色喜，蚤〔三〕晚食新穀。惟苦欠文墨，舉動成鄙俗。〔四〕今年幸有秋，送子入里塾。

校記

〔一〕《一一齋詩》卷六此組詩共六首。

〔二〕『所欲』，《一一齋詩》卷六爲『嗜欲』。

〔三〕『蚤』，《一一齋詩》卷六作『旦』。

〔四〕『舉動成鄙俗』，《一一齋詩》卷六作『未便通尺牘』。

館娃宫〔一〕

秋氣慘梧宫，宫中散歌舞。英雄與兒女，寂寞俱黄土。高臺歇鳴弦，香逕凋蘭杜。一聽山寺鐘，色相空千古。

校記

〔一〕《館娃宫》《琴臺》《吴王井》《研池》《采香逕》爲一組詩，總詩題爲『靈巖雜詠』。

琴　臺

月出斷崖口，人寂山蒼然。獨坐盤石頂，調琴憶當年。寒松響蕭颯，磵水流潺湲。髣髴哀絃聲，棲烏驚不眠。

響屧廊

吴王貯越女，結構起軒敞。白紵舞初停，步屧傳纖響。離宫竟安在，蕭條但榛莽。空廊照斜月，樵叟獨還往。

涵空閣

高閣瞰湖影，萬頃吞遥空。放眼送去鳥，拂袖招天風。層嵐繞座浮，隱見如羣龍。禹書渺難讀，悵望靈威宫。

吴王井

雙井分日月，淵涵在山頂。〔一〕寒泉何泠泠，曾照宫娥影。山齋灌菜圃，時來下修綆。千載鑑亡國，還思景陽井。

校記

〔一〕『雙井分日月，淵涵在山頂』，《一一齋詩》卷一作：『雙井傍崖石，石闌委荒梗。』

研　池

山骨巧斵破，一泓貯清泠。塔影卧金碧，天光倒空青。相傳古研池，科斗常從横。醉後欲濡毫，堪令風雨驚。

采香逕

美人朝采芳，衣裳濕輕露。采采携筐歸，蜂蝶繞紈素。君王迷不醒，香氣濃於霧。同時種葛女，采葛忘日暮。

翫花池

宫娃種花處，餘香散川谷。寶靨照芳叢，盡日看不足。紅顔逐花落，野水餘寒淥。白鳥破煙飛，時下波心浴。

農夫〔一〕

農夫非高尚，養拙依田廬。榆柳覆茅屋，緑陰映前除。閑引月下泉，灌我畦中蔬。葵藿冀一飽，意足不願餘。何須解文翰，聊看農家書。即此百年内，身心常晏如。

校記

〔一〕《竹嘯軒詩鈔》卷四詩題爲『田家』。

分賦古鼎詩三十韻

龍文燭晃朗，雲氣覆靁霌。丈室神彩凝，高座古鼎在。肅穆儼介珪，鄭重埒鼐鼒。蟠螭足參立，貫索耳雙對。無色不駮犖，有狀悉萃薈。藏伏饕餮魂，追取贔屭態。髼鬛天马羣，脽尻鼫鼠輩。上鏤雷回文，下鑄乾艮卦。鼻瓃別俯仰，窺軋誌腹背。字類鄒嶧碑，銘非考父誡。跟肘細分析，詰曲空抑噫。初疑周虎彝，亦異虞瓦泰。比紀甗增價，並石鼓稱最。腹儉失名號，口呿詫靈怪。康瓠俗情閟，玉鉉庸耳聵。常然鸞易熟，函牛汁堪嘬。取郜魯非禮，售贗宋竟昧。染指嗤子公，覆餗訕元載。滋味仗調燮，法物諒珍愛。器列禋祀時，用昭廟堂内。正直形不頗，静虚量匪隘。吐景成晶瑩，歒雲散埃壒。烹煎明作離，灌溉澤資兑。實黄流在中，席文茵于外。左陳伯索盂，右置師㿌敦。塵劫逾千秋，神遊歷三代。相對共〔一〕捫摸，襆坐勤盼睞。扶風傳瑰奇，彌明謾狡獪。博物蒐典籍，琢句恧曹鄶。世寶垂億年，作歌期保艾。

校記

〔一〕『共』，《竹嘯軒詩鈔》卷四、《一一齋詩》卷九均爲『供』。

詠史

白起阬趙卒，身首亦分離。蒙恬制險塞，兄弟遭誅夷。王翦滅六國，三世禍隨之。此曹殉功名，斬刈無不爲。功名雖倖成，天道詎可欺。積凶有餘殃，古聖秉良規。殺人實自殺，推刃復何悲。

子房欲報韓，椎秦中副車。後人共惋惜，此見猶拘墟。當日祖龍死，神器歸扶蘇。劉項雖蹷秦，未易遽翦除。蒼蒼有深意，秦社應榛蕪。毋議狙擊者，而謂智術踈。

漢兵敗沮水，俎上置而翁。向非侯公言，已入鼎烹中。天子幸有父，此實誰之功。區區蕭與曹，何足比勳庸。置酒未央日，奈何忘侯公。功大不見酬，爵賞真懵懵。嗟哉紀信死，歿世無褒封。

風林無静羽，急湍多躁鱗。漢武用酷吏，欲以禁姦民。蒼鷹與乳虎，擊斷稱能臣。禁姦姦日起，草竊晝夜聞。君看龔渤海，治民貴拊循。盜賊化良善，千古頌深仁。

熱官真爛熟，既久恐無味。二疏昔在漢，爵位並師傅。天子加隆禮，儲君屢眷注。超然黄鵠舉，嘆息動行路。非秖懼傾覆，功成自當去。君思飲醇酒，半醉有歡趣。君思遊名山，半路有餘慕。

行路有時渴，不飲盜泉水。立身有時貧，不爲亂賊仕。堂堂七尺軀，道義足自砥。失身取高位，爵禄反爲恥。出門慎其隨，大易著名理。何爲荀文若，屈身昧知止。末路終見疑，身死名亦毁。緬懷管幼安，徵辟終不起。

孫郎年十七，霸圖起江東。唐宗亦弱齡，仗義圖關中。二公洵人豪，慷慨還相同。一則成帝業，一則遭凶終。天苟助伯符，併魏除姦凶。成敗論古人，陋識殊未公。鄙哉孫仲謀，降曹拜下風。彼亦豚犬流，烏足稱英雄。

機雲山川秀，讀書平原邨。高臺發清響，才華吐奇芬。盛名重江左，卓犖冠衆羣。一從入洛後，白雲扃其門。累葉將家子，甘受仇邦恩。亂世不自戢，用兵慕高勳。多才秖自累，誰爲賦《招魂》。唯有華亭鶴，清唳空山聞。

遊南山石壁

石壁插湖口，礫裂具萬狀。蛟龍拔古湫，陰崖閟靈藏。亂挂猢猻藤，樵人不敢上。湖波齧山足，衝激聲愈壯。取徑入巖腹，路危藉筇杖。放眼眺震澤，漭瀁失歸向。衝漫與白浮，三山名。左右列屏障。遠峰吐青螺，點點貯盤盎。生平山水胸，及兹始一放。天風吹衣裳，撲面濺寒浪。悄然覓歸路，沙磧行可傍。落日不逢人，林端起樵唱。

自米堆山過錢家磡，取道至漁洋灣，入曇花菴作

米堆下林麓，舉眼納莽蒼上。漁洋卧湖波，遠望平於掌。言經上陽村，微徑穿榛莽。籬落午雞鳴，煙叢人語響。居民傍蘆洲，家家業漁網。逶迤之漁洋，山坳路紆枉。具區覽全勝，背面俱漭泱。曇花隱蒼翠，行客斷還往。枯禪禮佛餘，清磬出方丈。晤彼静者樂，頓作遺世想。他年擬誅茆，聊此息塵坱。

馬家山看梅

昔年夢羅浮，曾入梅花邨。身墮幽香中，冰雪清心魂。今來馬家山，小憩依雲根。遥村堆冷艷，萬樹明朝暾。微微送香氣，浥浥飄清尊。花光接湖影，疑逐煙雲奔。徘徊目成久，心醉欲忘言。何當坐月夜，仰見參横昬。

義　瞽《于清端公年譜》中紀其事

羅城距合州，相隔數千里。長官赴王命，刻期擔行李。猺民遮道留，慟哭各自歸。惟有一瞽

者，日夕相追隨。長官問瞽者，爾來何所求。瞽者語長官，官能知我不。合州最遥遠，有如上天去。官橐無一錢，那能達前路。愚民業賣卦，得錢助長官。長官不我嗔，送官到雙關。從此二月餘，方入合州城。便辭長官去，遠道孤身行。長官不言清，瞽者不言德。迄今公傳中，居然瞽者在。

訪倚石菴

雲外聞鐘聲，林中尋古寺。山花點布袍，落葉響芒屧。失路不逢人，還依蘿逕去。

飛來峰

入眼忽驚怖，高峰冣奇特。空巖訝玲瓏，絶磴嘆偪仄。石角利劒形，峭壁古鐵色。無須五丁鑿，豈仗臣靈擘。恍疑靈鷲峰，來從化人國。樹木不著土，長根走危石。飛泉激山足，鍾乳滴巖隙。跼步入空洞，側身探昏黑。灣環得古湫，神龍此窟宅。俯瞰裂坤軸，杳冥不可測。陰風襲衣裾，毛骨俱悚惕。當年西域僧，楊璉真伽。佛像肆鐫刻。變相逾百千，成功秪一昔。宋陵既遭毁，名山亦罹厄。我欲施鑱鑿，鏟平千仞壁。有志竟未能，對此空嘆息。

獨釣

水清魚可數，投竿意悠然。魚驚釣絲影，散處蓮葉間。終日閑我鈎，静對溪南山。僧來施魚食，祝魚避深淵。感此多惻隱，罷釣行歌還。

古詩二章贈施覺菴考功

鸞鳳儀明庭，一鶴翔碧虚。雅志慕張邴，遺榮賦《遂初》。築室廉讓間，宛然隱者廬。歸岫望閑雲，縱壑觀遊魚。妙善慮長冥，達生理無餘。雲卧晝寂寞，鍵户時著書。抱膝懷古賢，千秋見軒虞。

雲煙落几上，花竹秀階下。中有林卧人，昕夕究風雅。文府盈珪璧，宫懸響韶夏。晤言坐空亭，清風自瀟灑。片語示機理，萬物歸陶冶。苦心知者希，因憐嗣音寡。偃仰林園中，慨焉俟來者。

事鬼

愚民好事鬼，性命托女巫。女巫昏夜至，披髮當筵趨。神絃奏神鼓，吞刀復吐火。紙錢窸窣嗚，旋風入窗户。巫言神君來，絳纛驂赤貍。巫言將軍來，髑髏懸纍纍。巫言夫人來，冠帔紛陸離。山魈寒狐輩，皭皭軒車隨。澆酒薦血肉，滿案堆如山。遥見雲霧中，隱隱歆杯盤。巫傳衆神命，帝君大歡喜。報汝殽俎豐，福汝而祐汝。豈獨疾病消，吉慶更無比。女巫饜錢帛，笑語乍出門。女巫乍出門，剪紙歌《招魂》。

登穹窿絶頂望震澤

三峰疑連鼇，力盡上鼇背。岌嶪倚天半，仿象登地肺。足踔目亦眩，萬狀露奇怪。聳身千仞巔，放眼五湖界。驚濤白茫茫，吴越勢交匯。波間峰疑笠，澤畔洲如芥。長空混瀾汗，元氣流沆瀣。山水浩古今，登陟此一快。何當從仙靈，采藥出塵外。

理秋花

羣族俱有動，孤懷豈無營。閑居偶秇植，繁花遶柴荆。人事既已齊，雨露方滋榮。秋深顔色好，時至發精英。開謝亦偶然，卉木自忘情。忘情同卉木，庶以養吾生。

曉經平江路

曉經平江路，相遇逃亡民。非人復非鬼，匍匐泥塗間。老翁拄竹杖，老妻相牽攀。病婦布裹頭，雙足赤不纏。兒女盛竹筐，其父擔道邊。行李蘆葉席，坐卧無冬春。十十與五五，鄰里兼姻親。問從何方來，云是衢州人。比年遭大水，畎畞連通津。秋成乏籽粒，正課不得完。天高官長酷，已令骨髓乾。苟能免征求，豈辭行路難。去住總一死，寧作他鄉魂。聞之黯然悲，此邦亦無年。昨者罹水灾，蔀屋少炊煙。强梁肆攫奪，禮讓徒云云。今歲滋多雨，復恐傷平田。公門貴仁恕，撲扶豈所先。勿使懷鄉民，胥傚輕轉遷。此意竟誰陳，氣結不能言。

讀摩崖碑聯句 徐夔龍友、沈德潛碻士

有客贈古碑，夔。攜來湘江澤。跋涉路四千，潛。光芒字三百。道州燦高文，夔。平原壽真跡。佶屈媲周誥，潛。典麗並嶧嶧。瞥眼威鳳騫，夔。驚心瘦蛟蟄。搨從青雲梯，潛。挂向雪色壁。羲娥中天明，夔。魑魅四郊匿。真本今古垂，潛。正氣頑懦激。誦讀起恭敬，夔。憑吊增嘆息。有唐天寶年，潛。王綱久淪溺。金刀逞奸回，夔。黄虯肆蟊賊。喧闐漁陽鼙，潛。倉皇馬嵬

驛。幸蜀棄宗廟，夔。誓師整兵革。成王握中權，潛。郭相策羣力。風旗卷空翻，夔。雷鼓轟耳疾。獑猢紛駋駃，潛。鴻蒙劃開闢。舊物收兩京，夔。中興光四極。功勳扇巍巍，潛。都邑表翼翼。時危亟征討，夔。世亂重社稷。大孝非温凊，潛。即位豈篡逆。扶持神人合，夔。禪受父子得。所惜末路乖，潛。遺恨慚咎職。制腹心良娣，夔。掣肘腋輔國。筆削定功罪，潛。前後判曲直。儒生闇時勢，夔。議論逞凌轢。秖因南内舛，潛。並刺靈武逼。斷獄失平情，夔。讀史欠卓識。碑文秖褒頌，潛。老手無掎摭。騰歡驗衆口，夔。至難顯成跡。頌云『事有至難，宗社再安，萬姓騰歡』。浯翁以至難爲深文，頗失其旨。勿以片語疑，潛。頓起千載惑。他年過浯溪，夔。附詩勒崖石，潛。

歸愚詩鈔卷五

長洲沈德潛碻士

五言古詩

擬古[一]

杖策臨中田，故人遠來顧。殷勤相勞苦，握手披情愫。爲陳離别來，幾見歲華莫。日月不暫閑，新者倏成故。聞有列仙人，乃在名山住。願言往從之，迢迢隔雲路。

白榆光歷歷，節序届廪秋。淡淡明河間，盈盈今古愁。天人苟無情，靈匹何相求。緘情託青雀，永言結綢繆。

團團古時月，清光下中庭。虚檐交微風，絡緯風前鳴。一與清景遇，慨焉念平生。古人對月時，亦似今人情。我欲往問之，世遠其冥冥。

蓬蒿有一士，所憂匪饑寒。偃仰陋室中，心已周人寰。本非忘世人，不願輕飛搏。有鳥名鳳皇，棲息崑崙巔。一鳴來虞廷，載鳴來岐山。乘時展羽翮，網羅良已難。

纖手理素絲，素絲潔且治。札札弄鳴機，終日忘勞瘁。上織連理枝，下織雙翡翠。裁以金剪刀，縫成合歡被。予美在遠道，千里遥相寄。願言附玉體，時得充君御。物微意或深，相期勿捐棄。

形影不相離，處暗有時歇。與君非一身，安得不仳別。仳別路日遠，時序忽已晚。君車無停軸，妾念車輪轉。車輪有還時，形影終追隨。但恐秋林花，摇落無光輝。

悽悽復切切，念君當離別。別離行萬里，萬里從此始。送君南陌頭，僕夫戒行輈。惜此須臾景，岐路少遲留。遲留各解散，飛鳥東西遠。霜風變寒林，遊子腸欲斷。良玉終出山，潛虬終躍淵。君子重令德，離合何足嘆。願君崇修名，及兹壯盛年。

飄風吹微雲，舒此皎月光。銀漢澹無波，列宿正從横。徘徊仰高天，惋彼參與商。吾有同袍友，燕好情無方。展翰升雲路，佇足瑶臺傍。處高視聽易，得意故情忘。瓠瓜難薦客，織女不成章。

凌苕附高樹，倏忽百餘尺。憑空何蔥蒨，過者望顏色。高樹忽摧伐，凌苕亦狼籍。柔蔓委道旁，末路依荆棘。此時蘭蕙花，幽香散中澤。

驅車東城路，彌望多蒿萊。廣廣阡術間，中有池與臺。傳是公侯第，樓閣與雲齊。美人在天半，素手攀虹蜺。四序倏徂謝，榮盛等灰埃。歌梁緬遺音，飛鳥猶徘徊。嬋娟空復情，主人安在哉？今古盡如此，且息雍門哀。

南海有故人，棲止羅浮下。遺我枯桐枝，云自靈洲野。斲爲文軫琴，其音何大雅。初彈懷湘吟，寥寥嗣音寡。再彈文王操，時俗誰知者。悵望南雲端，愴焉涕盈把。

校記

〔一〕《竹嘯軒詩鈔》卷十二此組詩共十四首。

贈真崖大兄三章

棘猴終難成，木鳶終難飛。讀書不務寔，智巧將何爲。吾兄綴道論，奮焉掃浮辭。成敗昭史筆，微妙涵聖涯。邊笥無不有，任用羣兒譏。羣兒尚華縟，用爲青紫梯。青紫非不好，朝榮夕已萎。

生平倦趨走，遊山獨飛揚。吳越明秀區，遠道時裹糧。林屋既恍惚，娃宮亦荒涼。西湖十里間，明鏡涵清光。想登紫陽峰，放眼觀錢唐。日月翻頹波，雲山空青蒼。英雄竟何在，江潮浩茫茫。恨未岳頂遊，直上排天閶〔一〕。行當朝玉皇，天闕驂龍翔。

名士如名山，夙昔所欣愛。來登羣賢堂，交遊及冠蓋。中年忽有得，吾道在韜晦。外飾華易消，内腴理常在。灌畦明月中，晞髮白雲外。客來勸著書，含笑嘗不對。悠然面西山，爽氣襲襟帶。

校記

〔一〕『閶』，《竹嘯軒詩鈔》卷十二爲『昌』。

石林精舍晤天鈞上人

尋山不厭誤，紆廻入精廬。寒潭映古佛，山禽窺梵書。道人野鶴瘦，晤言静有餘。觀空本無相，涉想皆成虚。自慚形跡累，身世未捐除。

貫華閣晚眺

晚霽上高閣，身出雲物表。倚檻流遠目，下界見微渺。葉葉天際帆，點點煙中鳥。有動自應息，無生庶能了。清磬送客歸，夕陽挂木杪。

辭家

遠村荒雞聲，庭户光已白。遊子起束裝，云有南徐役。婦病尚纏綿，向我長太息。温語作好懷，勸我加餐食。苦無醫藥資，回汝舊顏色。欵欵别鄰里，依依對親戚。離顏如草木，霜露忽凋易。時序已晚暮，窮賤竟何益。

冬日偶然作〔一〕

客途易增感，而又當隆冬。慘慘天欲雪，萬木鳴悲風。檐端噪饑雀，荒渚亂哀鴻。忽動衣食懷，俯仰慙耕農。辛苦集暮節，百念勞寸衷。寧無北門憂，要須勵〔二〕固窮。非分豈所安，古賢多屢空。

校記

〔一〕《竹嘯軒詩鈔》卷十三爲組詩，共兩首。

〔二〕『勵』，《竹嘯軒詩鈔》卷十三爲『厲』。

送徐龍友北上

天馬思歷塊，豪鷹志凌霄。吾友將遠行，展駕臨河橋。壯氣溢眉宇，興與山嶽高。左牽紫絲韁，右握鞘中刀。慷慨發浩歌，歌聲激寒潮。男兒志四方，宇内憑所遭。誰能戀妻子，低顏守蓬蒿。

訂交廿載餘，敦盤時間作。懷文耀黼藻，出匣露鋒鍔。風雲氣揚揚，星宿胸落落。一朝別我去，翱翔在遼廓。躍馬過大伾，顧盼渡河洛。從中州入都。願著祖逖鞭，豈羡陸賈橐。丈夫能自立，吾道任龍蠖。胡爲馬尾蠅，千里有所託。

蠙珠産淮海，球琳出殽雍。寶光照山川，終爲天室貢。當今正湏材，蒐羅到菰葑。九天雷雨作，下土萬物動。之子英偉資，胸吞幾雲夢。郢斤自成風，羿彀豈不中。直上黄金臺，突兀壓儕衆。鄙人謀一身，賢達爲世用。盡雪處士羞，儒林有威鳳。

汪南沙泛海圖

送者自崖反，伊人獨鼓枻。天水浮虚空，兩儀著何際。神仙亦尋常，誰能問身世。倘逢方子春，携琴共遐逝。

初夏三首

庭陰一花落，忽已朱明初。歸心逐天風，飛度吴城隅。家園紛草木，雨過緑有餘。含桃熟籬落，竹筍穿階除。遶舍白水流，糾笠聚新畬。閨人學飼蠶，料理筐與籧。喚女求桑柘，采采同勤劬。感時念遠人，林陰立踟躕。

勺湖秀雲木，蒼然自成林。念當孟夏交，鄰園共清陰。衆鳥悅情性，咬咬流好音。時來同志士，嘉會成盍簪。疏絃發古弄，新聲汰哇淫。追遊欣在昔，離羣感自今。忽忽付夢寐，悠悠懷所欽。試問五湖水，相思深不深。

怪石卧清池，耕父拾鴛瓦。舊是錢王園，僻在城南野。時偕童冠遊，春服興瀟灑。〔一〕遠循榆柳郵，共入雞豚社。物我各有適，所得詎迺假。二載虛巾屐，時光逐野馬。不知二三子，還復追遊冶。故鄉足清娛，羈旅何爲者。

校記

〔一〕『瀟灑』，《竹嘯軒詩鈔》卷十四爲『蕭灑』。

古詩三章答計維嚴

青鳥天上來，銜書到我側。遺我古篆文，奧旨人莫測。耀艷綴文藻，纏緜寫胸臆。知有列仙人，愛我如饑惄。掌樂取牛鐸，引鍼在磁石。意足調自諧，神合氣不隔。斯理未易言，相賞詎形迹。

煙波隔東西，渺瀰百餘里。我家門前流，君家門前水。君乘五湖船，來溯葑溪偏。主人采山出，良晤竟無緣。波流宛轉通，人生自相逢。相逢定何日，目斷雲煙重。思君如連環，輾轉無始終。文章起頹波，滔滔蕩無底。行水遺其原，氾濫何時已。之子紹家學，清詞通妙理。已陟六代藩，言究風騷旨。導河自積石，治雍終弱水。大雅期復作，扶輪自兹始。非君誰與言，顧我將老矣。

江上題雪牀上人詩卷

江波上明月，風露霑衣襟。篷窗散卷帙，枯禪有清音。寒林秋磓動，煙岫孤猿吟。異響歸一聽，有得妙無心。静對忘語言，空明江水深。

懷顧禄百

閑雲凝高天，靄靄被六字。偃仰殊寘懽，眷焉慕儔侣。朱方予倦遊，燕臺子軒舉。念子英妙年，藻采翔鳳羽。宫懸重咸韶，明庭需鼎吕。懷寶違素心，銜玉同賈豎。所賴通門友，道合膺珪組。惓惓緘寸衷，無由通晤語。北望賦停雲，蒼茫久延佇。

遊大石 在陽山麓旁有雲泉菴

卑由推鎮山，大石擅奇蹟。造物試摶弄，鴻蒙劃開闢。匪由愚公移，[一]或是巨靈擘。峰横鳥側飛，崖懸枝倒植。一柱危結搆，飛梁險笻屐。陰洞吹寒風，終古翳昏黑。蒙密竹樹交，掩映化人宅。静憩依蒲團，問飯經香積。已蹔隙中影，偶得喧餘寂。登陟緬曩賢，文采辨石刻。有吴匏菴、史明古諸公倡和詩碑刻。名山待人重，巖谷頓生色。事往目轉睫，清詞半湮泐。孰垂千載名，感嘆情何極。

校記

〔一〕『匪由愚公移』，《竹嘯軒詩鈔》卷十五爲『匪由五丁鑿』。

尋滴水巖

空巖擁歸雲，探幽屢迷誤。山徑落葉深，披尋得前路。隔林響淙潺，境轉寒泉遇。陰崖山骨穿，虚竇水脉露。羣沫下涓滴，歲久石疑蠹。中藏不息機，詎並奔流注。澄潭無纖埃，觀心静浮慮。神骨自凄寒，清境難久住。行逢晚樵還，共躡蒼茫去。

題張翼庭詩稾

寒泉帶雪流，孤鶴霑露警。一編野緑詩，韋柳共淵静。感深理弗隔，興超塵自屏。石湖采蘋花，清吟泛煙艇。美人渺天末，悠悠碧雲冷。

淮陰侯

淮陰貧賤時，甘受少年侮。如何既封侯，羞與噲等伍。能忍功有成，滿假禍斯取。敧器貴挹損，此事鑑諸古。

喜晤張子永夫

空塘停棹聲，孤郵訪圭竇。三年重會面，丰采故如舊。貌瘦戰勝肥，家貧著述富。話言終日夕，多半屬耒耨。時止占艮背，无咎覯井甃。試問明堂材，何如散木壽。時永夫五十。

鐘鳴羣動息，明月出巒嶺。疎林散浮煙，平莽接餘景。並坐玩清光，慮澹無可屏。人生幾會合，况此良夜静。因思後面難，轉惜前別永。坐久風露寒，空山孤鶴警。

歲暮思故衣，老去思故友。生平喜結納，意氣期不朽。中道忽翻覆，乖暌復何有。種樹莫種棘，滋蔓恐傷手。唯餘敦信交，有孚自盈缶。君看南山松，青青冣長久。

張石帆移居

幽人白雲懷，去住任卷舒。徙宅郛墅間，宛在城西隅。野水沿廢圃，蒲柳蔓荒墟。激流還植援，黽勉衛蓬廬。擷葵清露下，藝薤小雨餘。看婦夜織紝，課兒朝讀書。偃仰得所安，知止空百滇。匪躭高隱名，卑棲罣憂虞。巢禽忘樹木，游魚忘江湖。適己無外慕，飛沉俱晏如。

簡魏念庭憲副

火雲日燒空，旌節滯海外。陋壤無堂皇，僦屋成官廨。案牘紛相仍，炎天每冠帶。沙户十萬家，彫瘵望沾丐。時逢災祲年，糧粒等珠貝。足兵先足食，撫輯此爲冣。救時策空籌，憂民病難瘥。近聞耳患除，蟻鬭分勝敗。政冗神清閑，形勞體舒泰。乃知《德充符》，注莊有神會。時以注莊十二卷見寄。

海東望江南，杳杳無涯垠。遠道遺雙鯉，傳書葑溪濱。憐我子桑病，知我原憲貧。分俸到蓬華，厚誼同指囷。固窮寒士操，念舊君子仁。殷勤拜嘉惠，感激用意真。更示新詩篇，命分玉與珉。高山忘崒嵂，深水忘奫淪。若谷羣情難，況在綱紀臣。翹首雲海間，悠然見古人。

泛碧浪湖泊道場山下

泛泛碧浪湖，乍離峴山亭。吴興太守段康建亭於山，名顯山亭，後改峴山。荷蒲無故色，寒林有餘青。驚鱗潛水草，沙鳥立雲汀。但憐空翠過，幾忘舟楫行。青山與白塔，隱隱如相迎。已覘墟落近，漸識炊煙生。野叟作吴語，相顧殊有情。涼月誰共對，村酤易爲醒。明發入雲去，遥尋清磬聲。

遊道場山如訥禪師證道於此，故名

吴興山水窟，道場峙西南。孤塔出雲表，上摩天蔚藍。杖策入初地，問法叩花龕。空中聞妙香，旃檀雜優曇。噴流灑飛雨，斷坂支危嵐。崩奔崖谷暗，渟著空青涵。傲睨快胸臆，登頓凌巉巖。遥山矗起卧，湖波鏡開函。神往境自超，象勝興能耽。願言采靈藥，雲際携長鑱。

下道場山至何山有何鍇讀書處

度嶺辭法雲，穿林入煙樹。古藤罥布袍，洑流濕芒屨。何山隔幽谷，盤紆引修步。野鳥名自呼，鷩麏類相顧。峭蒨難爲狀，明秀實天聚。中有古石臺，高人讀書處。已耽仁者樂去聲，亦慕顔子庶。感興緬往躅，遊目諧新遇。亦知暫時留，眷戀何能去。隱隱遠鐘聲，回首雲間路。

登弁山絶頂望太湖有白雀寺

我登吴興城，遥指弁山高。今來弁山巔，衆峰皆兒曹。陰崖渫雲霧，峭壁走猿猱。聖師昔談經，白雀今還巢。已謝上嶺危，復歇登亭勞。盪胸浩煙波，五湖環周遭。滅没洲嶼失，襟帶吴越交。一氣何混茫，變幻隨昏朝。龍威渺難即，鴟夷不可招。長嘯激天風，萬竅俱鳴號。

山中曉起見白雲初吐

山鳥早唤人，携屐引山步。山容淨如沐，蒼翠沾曉露。虚巖雲氣生，縷縷上輕素。飄忽散清風，遥空詎久住。幻化亦何有，賞愜隨目遇。欲往尋幽人，恐失林間路。

百一詩〔一〕

食爲民所天，重穀本王政。吴民下下田，况處繁華境。年來旱潦餘，十室九懸磬。而何奸牙徒，手握貴賤柄。一石一兩奇，賈直市中平。出洋四倍之，囤户互相競。海洋紛寇賊，毒惡類梟獍。有天無地處，劫掠逞剽輕。金多開糧粒，蘖芽未敢横。一朝通内地，種類交手慶。奸牙爾何心，豢寇奪民命。官司無如何，伍伯空伺偵。此輩本么麽，夙秉貪饕性。同爲版籍民，豈不畏甲令。敢爲民食蠹，根柢那可問。如癰匿腸肺，詎識毒氣盛。久久終潰决，軀體受其病。斯意當語誰，令我憂心怲。

丁糧盛蘇松，難與他郡較。供賦民力疲，况復增火耗。每兩五六分，七八漸稍稍。近者加一餘，官長任所好。捉輕兼捉青，官奪吏乃勦。争先植其私，百私並尤傚。贏餘囊橐充，正供逋欠告。緬昔康熙初，大臣秉鈞要。政簡民力肥，黍苗陰雨膏。云何四十年，萬室困凌暴。充腹尚不給，焉能顧庸調。天家闕財賦，浚削竟何效。官司懼失職，加耗議讙噪。救焚用膏脂，炎炎看原燎。善政利漸復，積弊期迅掃。閶闔一何高，排雲聽誰叫。

南方多暴客，殺奪爲耕耘。韡刀裹紅帕，行劫無昏晨。事主訴縣官，縣官不欲聞。朱符遣悍吏，按户拘四鄰。保甲及里正，鋃鐺入公門。鞫讞恣撻辱，需索空雞豚。盗賊實遠颺，株累連衆人。縱虺虐鰕魟，主者何不仁。前年中丞公，志欲窮其根。峻法緝湖寇，遠慮防海氛。一從彈劾歸，若輩彌紛綸。遂令湖海間，屯聚如飛蚊。吾思牧民術，先威而後恩。治弊用重典，古人之所云。霜雪既已加，相濟在春温。鋤誅豈常用，盗賊亦平民。

芳蘭鉏其根，賤於水中蒲。士人虐其類，輕於市中屠。炎炎當路人，金多崇體軀。遇士故無禮，棄之等泥塗。士流亦戇直，敢非其大夫。所以士與官，鑿枘兩相殊。近聞窮廬子，冠裳而纍俘。官長大嫚駡，虎吏傷肌膚。李樹代桃僵，絶命於非辜。林間一鳥死，百鳥聲喧呼。同類爲舉幡，蒼黄走街衢。官長赫然怒，謂此梗化徒。誓將一網盡，那復分龍魚。王制選造士，允爲邦國儲。儒行貴自重，文章砥廉隅。兩者均失之，厥咎歸誰歟。江河日東趨，頽陽日西徂。摧折已自今，後日將何如。緬懷申屠蟠，搔首空躊躕。

校記

〔一〕《竹嘯軒詩鈔》卷十七本組詩共五首。

觀插蒔

黄梅旬日雨，溝塍水瀰漫。農家勤插蒔，田畯不湏勸。新苗立泥途，糾笠聚疆畔。微風曳漣漪，青青動波面。媿我手足閑，感彼筋力健。連年五行乖，窮民遘癲旱。况復官長峻，填寘亦宜犴。韓詩『岸獄』作『犴』。今當暘雨若，虎吏兼遠竄。頓忘身家累，但適種藝願。阡陌滿生機，油然在轉盼。何處起歌聲，前村緑楊岸。

重過柏堂懷樾亭上人

古柏長青青，枯禪已云逝。書卷滿流塵，竹閣晝常閉。病餘煮藥鼎，依然置堦砌。人生皆暫合，彼此如附贅。萬有歸虛無，誰能固根蔕。老淚不須彈，爲轉華嚴偈。

登清涼山

躡蹬上煙叢，雲木性所戀。無風松自響，有澗路疑斷。兹山未峻極，衹齊蔣陵半。清曠豁遠目，指顧得壯觀。大江岷峨來，一氣混瀾汗。羣山龍蜿蜒，千里作屏翰。城郭環蝃蜺，煙火逾百萬。繁華江左雄，形勝天下冠。六代等置碁，紛紛幾龍戰。真人起濠泗，創業區寓縣。考卜協地靈，定鼎屬天眷。末季煽腥氛，神器喪荒晏。宫闕址已湮，興替理可見。事往迹恍惚，感來情悽惋。唯有青山色，今古常不變。

夏日田居雜興

野人非養高，無事入城府。循分理故業，菑畬秇禾黍。炎月課僮僕，經行向前浦。稻田流水聲，溪南夜來雨。老幼急農作，饁餉連婦女。饑劬知甘味，憔悴多好語。新苗扇凉風，生意滿村墅。筋力勿中惰，有秋天或許。

鵶鳴晨光動，落月在高柳。老人喜早凉，獨坐清溪口。遠煙散林隙，明霞絢峰首。寸心澹無求，木石對儕偶。何來一釣童，長竿持在手。香餌誘潛鱗，斯意在貪取。年少多機心，淳悶復何有。

籬下掐瓠葉，疆畔摘瓜華。烹芼持作羹，隔屋招鄰家。鄰家過我飲，相與談桑麻。雜坐忘主賓，歡然起高歌。中有少年子，胸次感慨多。忽述市朝語，世運劇頹波。夷跖漫不分，三五日已遐。酌酒勸少年，那復知其佗。願爾盡此酒，陶陶養天和。

纖雲卷夕風，月華麗檐隙。農談當清夜，並坐傍井陌。蹔謝泥塗勞，聊得肢體適。歡此禾苗好，應彼官税急。但恐子孫愚，莫識丈與尺。天運諒有由，忖量亦何益。河轉星已稀，露下螢欲息。明發事田作，遑惜驕陽炙。

過學山園

閑園莽蕭瑟，獨遊適亭午。深林啼竹雞，石梁竄松鼠。旅葵長於人，藤花落如雨。緬當斷手年，經營閱寒暑。雖非平泉莊，彷彿輞川墅。文藻散荒煙，聲華委黄土。澗泉咽不流，似訴興衰語。

過陳見復山居

輕帆溯琴湖，猶帶葑溪雨。眷焉訪故人，暮色投村墅。主人喜我至，殷勤具雞黍。物新人唯舊，相對忘賓主。溪山世外情，琴尊夜深語。檐際宿鳥驚，林端月華吐。偶然戀雲蘿，移居向山澤。悠遊三畝園，昕夕對木石。虞山一角青，時露太古色。猿狖當僮僕，花藥侍巾舄。豈輕人爵榮，習静自成癖。君看虞羅旁，何礙沙鷗適。

泛富杯湖

白雲遠山來，散作湖邊雨。輕舟漾寒塘，趣途信柔櫓。縷縷濕墟煙，沉沈暗津鼓。漁師不相識，相問還相語。源通流自清，山迴境逾阻。美人渺難即，悠然悵南浦。時將訪蔡子方山。

王耘渠春曉讀書圖

躭書如貪人，年老志未滿。又如遊名山，深入自忘返。哲匠好探玄，曉起不暇嬾。竹間翠欲流，枝枝露猶泫。挹露注硯池，磨丹事鉤纂。獵古遑陵暴，會心恣遊衍。規矩范輸班，糟魄誚輪扁。瑤環茁蘭蓀，風姿秀九畹。而翁呼與言，所貴詎纓冕。家貧術迺富，汲深綆匪短。和風散繁衿，朝暾上高阪。相期契軒虞，任人笑湣湎。

香餌投深澤，無由誘蛟龍。罻羅張凡禽，朱鳳能高冲。伊人脱權門，孑身返蒿蓬。見幾善高蹈，罹罻憐羣蒙。觀理無失行，讀書有全功。成敗監古今，榮悴非窮通。從軍陋王粲，投閣嗤揚雄。年來氣彌鋭，知日不再中。及此節候佳，侵曉臨春風。我本嬾慢人，無心事雕蟲。把卷未及半，鼾睡如兒童。胸中無一點，千古歸虚空。披圖發笑粲，此事讓君公。耘渠號牆東，故以王君公比之。

題淵明像

淵明本志士，慷慨詠荆軻。有願託空言，天也無奈何。采菊聊寄興，飲酒陶天和。忘我並忘天，世事遑知他。至今南村詩，可續西山歌。

九日登賀九嶺初見霜葉祖傳吴王賀重九處

陶公愛重九，我意同斯語。遊興高令節，山行覓儔侶。已謝籃轝逸，遂陟崇岡阻。譙樂想霸圖，傳聞匪稽古。縱步無近尋，流眄有遠覩。隔隖動齋鐘，半嶺聞樵斧。楓林點輕霜，紅葉燦可數。貌腴神欲凋，浮榮難久處。超遥偕同遊，泬寥感秋序。倚杖佇蒼茫，輕煙起平楚。

遊天池

山靈招我深，輕策上層阪。巔頂涵清池，坎艮象成蹇。水寒魚不生，穴黝龍疑偃。想當融結初，天匠費鐫鑱。鑑影鬢眉寒，洗心煩鬱遣。沼緣把垂藤，趺坐藉蒼蘚。是時暮樵還，風送歌聲遠。雲凝蘿徑濕，煙動僧廚飯。聊追謝監遊，詎同阮公返。不見青蓮花，羽化空遥緬。

竹塢訪文文肅讀書處

山深境亦寒，人家住叢竹。言尋故相居，指引隨樵牧。秋籜點林閒，斜日下蘿屋。登堂緬古人，當年此耕讀。經術協天眷，貞亮秉鈞軸。道直泯險夷，恩渥輕寵辱。曾罹孟博危，復遘曲江逐。斯人已云亡，巖壑留高躅。望遠重致身，懷賢恥干祿。清風激頑懦，名山享尸祝。何處來溪毛，寒泉羞杞菊。

宿清足軒，贈鳴謙鴻漸二釋子

飛鳥晚投林，予亦棲方丈。開簾耿明河，東峰月稍上。相對道門舊，杳然斷心想。觀空得縣解，超塵指迷罔。夜静聽始清，風泉發幽響。

曉登小白陽山

山嵐曉濛濛，踏雲仰層頂。林深光未顯，峰折路疑引。陟岡輕嶮巇，縱目得深迥。遥巒勢環抱，隱隱作蕃屏。參錯互煙水，横縱間畦町。是山客少過，地阻名未炳。仿佛高蹈流，韜聲晦箕穎。人嫌洞壑寒，我愛松石静。攀條驚鶻棲，漱澗分狷飲。握蘭緬道侶，雲卧逢真境。晞髮巖之幽，初陽照孤影。

追悼盧生景程

苦憶彌留時，牀前握手語。依依復眷眷，欲咽口還吐。老病傷慈親，癡幼憐兒女。遷延卜葬地，三世未歸土。是時天氣寒，小樓夜方午。疑有山鬼聲，隱隱嘯風雨。片刻判千齡，浮雲散何許。有目郍能瞑，積恨吾憐汝。

偶然檢敝簏，得子遺我書。我時客朱方，迢迢悵羈孤。勉我加餐食，勸我懷抱舒。知我念老親，謂言適起居。屈指逾十年，觸手增嘆吁。子今家中事，拮據謀所湏。經理累慈母，長成看童雛。欲慰亡者心，託辭致區區。臨風發悲愴，何由達黃壚。

子辭世上塵，我徙山中宅。相望紆溪間，蒼茫一水隔。偶經故里門，雲樹少顏色。重上之子堂，空幃晝闃寂。一棺已塵封，往來驗鼠跡。回思授經初，六載共晨夕。蛾術同積累，攻木待剖析。浮漚感存亡，彈指成今昔。身世總如斯，銜悲亦何益。

歸愚詩鈔卷六

長洲沈德潛碻士

五言古詩

遊積翠

澗奔夾道流，峰沓兩崖束。萬竹紛崇岡，小庵隱深谷。此間變昏旦，明晦或難卜。幾忘長林穠，但覺庭陰沃。地夷無跼步，緣斷有清福。蒲團此晏坐，相顧鬢眉綠。觀空了形器，自照同土木。鳥獸不相驚，知余澹無欲。

茅　篷在鍾吾山笠帽峰下

茅篷結空巖，已及萬仞半。直上無鉤梯，疑是連雲棧。左右圍青崖，如缺環一面。其前湧太湖，萬頃流汗漫。境荒鳥不巢，磴險樵或斷。山僧熟道機，邀吾話公案。有語道不着，何從分半院。憐余入山深，爲誤伊蒲饌。晷短景難領，林昏日易晏。白雲忽還山，嵐嶺幾回變。

晚入鄧尉山宿還元閣

晚鐘流巖壑，尋聲經疊嶂。重遊二十年，雲山故無恙。來登四宜堂，聊此息笻杖。老桂漸凋殘，吾生豈强壯。憑軒送遠目，百里納清曠。晴雪漫陂陀，香風透屏障。花影連湖光，夕陽摇滉漾。俄頃寒煙凝，遥嵐换形相。夜投還元閣，高枕鳥巢上。風雨驚夢魂，松濤入紙帳。

虎山橋夜泊

渚禽已歸巢，孤舟維野岸。月上霜煙空，寒林白於旦。犬吠識荒村，泉響緬深澗。清極難成眠，寂寥夜將半。

六十初度

昔我五十時，身留卞山村。與客日賦詩，取樂無昏晨。今年屆六十，高枕靈巖雲。中間歲月駛，恍似波流奔。往時羇旅客，半已爲陳人。而我幸好在，鬚髮俱如銀。景短念自長，道藴蕲探真。自傷衰朽質，官骸漸眵昏。世味雖已踈，理趣仍難親。還思假我年，勿使終無聞。

弱齡喪慈母，膩垢少完衣。中年罹大故，長爲無父兒。嗚鹿隨野鹿，觸目增傷悲。顯揚亦人情，貧賤與心違。前瞻願空結，後顧事尤非。癡兒有童心，稼穡詎能知。弱息賦黄鵠，空彈寡女絲。百感集暮年，憂來浩無涯。天運諒如此，悁悁亦奚爲。

有客晨叩門，挈榼携尊酒。逢我覽揆辰，置酒爲我壽。自言力貧薄，黽勉具升斗。感客殷勤言，艱難意良厚。今秋海大風，洪濤蕩陵阜。室無釜甑具，路有窮獨叟。吾鄉亦大無，糧粒空畎畝。民窮禮節失，簞豆生讓詬。君今申情好，何以報瓊玖。襍坐互斟酌，華月上榆柳。醉後起浩歌，爲君鼓瓦缶。

題沈荻廬幽居圖

荻港風蕭蕭，幽人雲水隔。遥山九點青，秋雪半湖白。高懷賦郊居，連蜷狀雌霓。時乘一葉舟，泛此煙波宅。想象蘆中人，月明夜吹笛。

經仙掌峰至石屋文文肅嘗讀書於此

尋山得靈閟，險磴緣雲上。峰裂十指形，云是仙人掌。造化弄奇巧，留此意外想。蹊危少安步，石仄容孤往。廻矚途屢變，遥睇景難象。古洞勢谽谺，深入轉開朗。境寂返聽真，無風動虚響。石扇疑啓閉，仙蹤乍惚恍。哲人躭誦讀，於此得幽賞。出山嬰華簪，罹禍幾鉤黨。撫躬審行藏，懷賢緬疇曩。何如此冥心，玄珠探象罔。

淮陰侯釣臺

淮陰未遇日，投竿楚水湄。終日不得食，每遭市人嗤。時逢衆母漂，有母憐其饑。進食亦偶然，報施非所知。英雄感人惠，偏在艱難時。蓄此必報心，鐘室蹈禍機。吾來登釣臺，波流緑瀰瀰。陰風吹寒雲，疑有精靈歸。感念藏弓言，慷慨有餘悲。

過牐

截流利轉漕，險要閉版牐。奔流挂丈餘，玉虹下石硤。驚霆擺礌硠，鐘懸響鞺鞳。未到耳先震，乍覿氣已讋。客舟排檣竿，喧豗亂鵝鴨。懦者權欲弭，勇者浪堪踏。長年理戙篙，鳴金衆夫集。退行索齊挽，逆上船疑立。忘身與水鬬，性命輕於葉。人定終有濟，忽奪兩崖入。中流自在行，安危判一睫。出險更思險，心定膽轉怯。猛省戒垂堂，未敢貪利涉。前途浩茫茫，願言慎舟楫。

過海淀訪彭芝庭宫允，即送之江右

皇居邇西山，從臣宇鱗次。遠道訪故人，軺車挽長轡。海淀匯衆流，波光漾溶滴。迴塘牸牛眠，沙岸羣鳧戲。秔稻摇微風，水花送香氣。

帝心念三農，豳風在畿地。恍然過湖郵，眷焉動鄉思。前行瞻五雲，陂陀稍留憩。而胡金閨彦，高館隱蒼翠。入門疑長林，閑雲棲薜荔。

相别已三年，相思隨日積。相見語難傳，情深轉緘默。在貴每忘賤，俗情異今昔。君展垂天羽，猶念卑飛翮。追數廿載前，藝圃共探索。各勉百年身，相過一區宅。誼因契闊深，業以歲時殖。丈夫貴道合，豈在形與迹。攄抱存古懽，樂酒慶今夕。

書謝皆人詩卷後

之子持玉衡，量才貢天府。中州選騏驥，六詔收鼎吕。詔遣赴西江，炎月正徂暑。爲國重得人，照物湏秉炬。邇來變文風，争先偭遺矩。潭潭復嗚嗚，方篋而員簠。不知誰開先，連延到九土。相期挽頽瀾，宗經泝三古。剪燭話良宵，聞雞添别緒。行行戒前旌，骫骫不違處。

重九後一日，許别駕雙渠寓齋平臺眺覽，用謝康樂《九日戲馬臺》韵

亂泉流竹陰，寒氣到衣袂。一編香祖詩，日夕静相對。並忘嗜愛心，尋味語言外。

前宵風色悽，寒花似經雪。葉脱繁林瘦，水定空潭潔。今日稍和暖，乍過重陽節。客路念廪秋，嘉招聚羣哲。平臺出人境，西山露林缺。身高流目遠，慮澹羈心悦。撫今慙林棲，溯往感朝列。地爲達官故宅。鳴絃韻徐動，浩歌節方闋。理得輕名譽，道在合軌轍。采菊易盈把，含情難

爲别。各珍歲寒心，老我忘蹇劣。

簡金東山

聖代重明史，纂脩自夙昔。康熙己未年，史臣各分職。鴻辭衆耆儒，湯潛菴、汪鈍翁、毛西河、尤悔庵、朱竹垞、潘次畊諸公。鄭重操徽纆，晨星漸零落。繼起踵其迹，萬季埜、姜西溟諸公。茸城王司農。史稿彙鐫刻，羣材搜擇富。四紀歲月歷，至尊勞睿覽。煌煌下令敕，史裁龐可觀。未殫才學識，詔令重纂脩。諸臣秉正直，君雖鄉貢士。公卿並側席，延訪入史局。衆指推巨擘，常啓金匱緘。鉅典共紬繹，兹事誠大難，一字判淑慝。談遷彪固後，曄壽共標格。廬陵追前蹤，餘子難爲役。發凡及起例，詎敢肆胸臆。有明三百年，大事貴綜覈。文皇逼金川，靖難昭順逆。忠義藉表揚，誣謬需删革。《從亡随筆》《致身録》之類。土木蹶乘輿，立君奠中國。奪門陷于王，厲階首徐石。大禮議興獻，君臣逞剛愎。尊親人子心，奈何稱皇伯。稱孝宗爲皇伯考，則大統中絶矣。言官予廷杖，不死遭竄謫。婦寺持太阿，三案亂白黑。遂令鎮撫獄，填積忠毅骼。天怒人復怨，秦晉熾蛾賊。國步既板蕩，思陵殉社稷。中外死節臣，决脰如飲食。勸忠自興朝，闡幽待史册。此皆關法戒，予奪嚴剖析。君本嗜學人，食雞欲千蹠。素聞南董良，紀事能核實。爲語諸同館，要須慎筆墨。野乘防虚無，實録更决擇。一語違寸心，人禍連鬼責。努力報聖明，千秋光載籍。

八月〔一〕十六夜集畊石寓齋得『袖』字

圓景如昨宵，乍昏吐遥岫。歡言赴嘉招，同心並蘭臭。小山紛木石，長筵雜飣餖。户小避卷波，戲劇聊射覆。滔蕩從吾適，寓言入悠謬。西牆寒光動，俄頃白於晝。樛枝影垂蛟，驚巢鵲翻鷇。佳節雖浪擲，中秋夜同人宴集，予以事未赴。良會喜重覯。惟時頓八紘，網羅到巖竇。四郊鳳麟遊，千里騄駬驟。我本漫浪人，踪跡侣猿狖。偶作離山雲，夢寐懷橘柚。妄動戒拂頤，無咎卜井甃。還期同羣彥，扶掖啓蒙霧。夜久河影斜，嚴更送殘漏。凉露寂無聲，涓涓濕襟袖。

校記

〔一〕十四卷本《歸愚詩鈔》卷五詩題無『八月』二字。

詠史

搏虎不旋踵，斷蛇不易腕。陳蕃與竇武，協力誅奄宦。密謀貴通神，迅擊尚走電。而何露章奏，誇慢同戲玩。喋血滿掖庭，劫后遷别殿。成敗判頃刻，受禍緣不斷。别有注訓流，倉卒昧成算。除姦伏戎兵，遽召甘露變。〔一〕犹豫固敗國，躁妄亦罹患。邪正雖殊途，遇事同瞀亂。緬懷平勃謀，深交有成見。

氣節人本根，推激禍所伏。東漢顧厨輩，標榜興大獄。骸骼填牢户，肢體被三木。排擊由閹豎，流毒遍士族。諸賢既云亡，王室亦日蹙。危言操褒貶，夫豈國家福。惟時申屠蟠，因桑以爲屋。絶迹梁碭間，超然出榮辱。黨禍後代興，貞行誰能續。雲際冥冥鴻，千秋仰高躅。

校記

〔一〕『别有注訓流，倉卒昧成算。除姦伏戎兵，遽召甘露變』，十四卷本《歸愚詩鈔》卷五爲：『唐代注訓流，除姦昧成算。倉卒伏戎兵，遽召甘露變。』

山中雜興〔一〕

我本山中人，但識山中事。猿狖作比鄰，雲木關寤寐。晞髮當初暘，濯足臨水次。地險心神夷，巖壑每平視。行止豈豫謀，興到隨所寄。山郵酒新熟，頹然取一醉。

山鳥亦求侣，山麕亦念羣。山居久寂漠，懷我素心人。素心在遠道，雲路難相親。欲寄三秀草，無由致殷勤。臨風默惆悵，倚樹望歸雲。

有客城中來，儀容自舉舉。憐我山野人，應接寡言語。勸我讀《詩》《書》，略識堯與禹。方今風教盛，珪璋滿文府。多謝嘉客言，賦質本樸魯。鴉鵲占吉凶，草木識寒暑。曆日且不觀，焉能辨今古。

山田雖犖确，耕芸湏及早。鑲黍連婦豎，勤劬藉庸保。灌畦疏澗泉，殺草朽辛蓼。涼風翼新苗，油油顔色好。力作苟不虧，西成獲所寶。吾生亦人情，勞力營一飽。過足復何湏，轉使胸襟擾。

風雨嵐氣合，濛濛昏林樹。今晨天宇高，欲往遥郵去。微風清布衣，積淤濕草屨。丁丁樵斧聲，杳杳溪南路。洑流阻前行，悵望雲生處。

雷雨動浹旬，枯朽蒸芝菌。欲拾煙霧迹，携筐越修畛。林紆莖徐生，峰轉路猶引。聊遂藿食謀，匪慕達人隱。前途滅行踪，空林竄麏麚。

校記

〔一〕十四卷本《歸愚詩鈔》卷五收録七首。

題錢訥生《印湏圖》

雲路天茫茫，空江波漫漫。渡頭争利涉，乘此舟航便。舟航豈不便，輕涉匪我願。我友期未來，佇立垂楊岸。

經徂徠山懷古

徂徠勢連延，嵐嶺如走馬。亭云梁父間，兹山實匹亞。緬懷躬畊人，抱犢卧林野。作詩紀聖德，衮鉞判匪假。羣小謗𧨏騰，含冤在泉下。三復明復言，憤激何爲者。

答曹謙齋見贈並題詩稾〔一〕

燕臺復會合，念君尚垂翅。如逢任鹵華，練裳而葛帔。遇蹇維心亨，嶽嶽秉道氣。恐我違素衷，苟且厠微位。初衣受緇塵，林壑抱慙媿。箴規豈偶然，猶存古人誼。感君意綢繆，書之藏篋笥。願與白鷗羣，洗心兩無累。

雅鄭誰復分，正聲日以熄。鏤刻非不工，性情漸乖隔。之子慕詵咸，憲章在古昔。寂寥成連琴，海水相蕩激。所守苟不移，道在終有識。聽曲賞其真，藉尔鳴盛德。遇合俟時命，憂樂匪通塞。他年詠猗那，輝先耀邦國。

校記

〔一〕十四卷本《歸愚詩鈔》卷六本組詩共三首，此處只録有第二、三首。

同館諸公送予南還，分賦吴中故跡，予得雅宜山，即以志别

林居夙所躭，偶作塵海客。應接喪本真，眷焉念泉石。雅宜面鍾吾，瘦削見山脊。境深松自寒，壑阻流逾湜。當年履吉翁，於此布吟席。藻雅雖云亡，碉户仍在昔。言辭文翰侶，行就薜蘿宅。去去訪娜如，一名娜如山。一筇亂山碧。

舟行寶應高郵間書觸目

舟過八寶田，直下秦郵路。盂湖連汜光，陂形摠非故。斷續失隄岸，雰靄合煙霧。人家濤浪中，屋宇隱隱露。高地存丁男，十室九顛仆。充腹仰草根，棲身雜野鶩。愁霖始凛秋，積潦歷寒沍。下流倘宣泄，滔滔自東注。曾聞丘濬言，海口疏宜預。天灾實流行，人事豈終誤。舟行偶觸目，儒生匪借箸。風利指蕪城，更向蒼茫去。

月夜泛舟太湖

短棹出胥口，放眼忽渺漫。暮景四野合，圓月升雲端。微微流遠目，隱隱吐煙鬟。浩歌聲激

越，擊汰弄潺湲。身在冰壺中，心骨俱清寒。魚龍静夜出，跋浪生洄瀾。送我助長風，舟疾如飛翰。平生苦結轖，頓覺胸懷寬。此時探歷心，已上高峰間。

暘隖

山形如玦環，聚族成郫塢。東向受初陽，和風滿林莽。人家藝花竹，傍湖業網罟。嫁娶不出郫，禮讓成賓主。世氛日囂喧，隔水風偏古。我行訪林屋，失道遵杜渚。居人知我至，相邀具雞黍。地僻多遠心，情真寡浮語。把卷懷前哲，讀蔡九逵、秦存古詩。臨風久延佇。

石公山

青螺點蒼波，登陟忽巒岫。山石備萬形，變態各奔湊。荒幻理所無，俶詭境罕覯。造物費鐫鑱，用力幾莫就。亭臺嵌巖阿，因地成締搆。風衖一罅天，歸雲百尺竇。石公與石姥，峙立分左右。我來秋已深，遥林熟橘柚。問齋饌伊蒲，随目觀衆皺。夜留來鶴亭名巔，霜寒伴猿狖。

林屋洞

洞天名幽虛，禹書閟靈藏。三門會一穴，靈瓏斵天匠。蟻進連蚍行，始窄漸空曠。堂房位廣深，鐘磬列形相。金庭玉柱間，石芝許供饟。俯睇凝雲煙，仰聽翻波浪。南行通羅浮，西指達巴閬。石門忽半掩，塵踪此蔽障。天工弄狡獪，仙凡劃相望。境深路轉賒，志專神豈喪。誓將葆我真，仙籍終可訪。一笑對左神，名山尚無恙。

雨宿包山寺

暮雨湖上來，青林忽然匿。名山依約間，寒鐘引遊屐。冒雨越溪橋，言入化人宅。山僧少禮數，相見如舊識。導我上齋閣，爲我換巾幘。款款接笑語，渾忘主與客。暝煙積窗户，濕翠寒几席。夜久滅見聞，紙帳空堂寂。魂夢亦孤清，一燈耿虛壁。

自包山至羅漢寺

乍離師子窟，言指應真寺。淙潺越脩澗，虛無挹空翠。紅樹初綴霜，秋林轉多媚。古墳鬱松五百揔楸，豐碑尚堪識。如何姦諛骨，而使名山愧。有黄潛善賜塋。路轉逢祇林，昔時布金地。欲問維摩詰，超然脱一身，形骸貴捐棄。慈鳥無凡聲，幽花有閑意。老僧不誦經，食罷且耽睡。文字。

明月灣

明月照九土，一灣擅嘉名。斯義何所取，境地應空明。居人淳古風，種樹兼力耕。雞犬多静意，兒童息喧争。聲名非所知，况慕簪與纓。見我生客來，耳目俱相驚。願爾毋相驚，我亦同爾情。來探山水窟，心淨形骸輕。還期明月夜，領此冰壺清。

毛公壇

龍威竊禹書，天地無大文。劉根長緑毛，遺世如垢氛。林屋雖隔凡，仙壇匪迷津。當年煉丹時，矢志凝不紛。積此萬古心，委蜕在白雲。一念苟退悔，何方可輕身。寄言學仙者，采藥還養真。行當從毛公，更思窮左神。

縹緲峰

高峰七十二，縹緲稱獨尊。拔起湖波間，半嶺雲煙屯。登頓到絶頂，岋嶫身堪蹲。上窺蒼浪界，下洞虚無根。三州落眼底，隱見分涯垠。遥遥道場山，一髪留青痕。長風忽然來，驚濤互吐吞。虚巖勢飛動，疑逐洪流奔。我心慕遠遊，何由悵神魂。便思驂青鸞，逍遥上崑崙。

消夏灣

山坳形灣環，湖滑與之準。六月無炎威，徑深地虚北。荒王此消夏，凉氣到衾枕。世遠散雲煙，跡廢成畦畛。居民事耕鑿，餘業課茶筍。蠢者爲魚蠻，揚帆拾蛤蜃。我行已後時，寒風自淒緊。荻花偏秋雪，荷香失殘粉。何當長夏來，葛衣試新紾。静坐悟榮落，露下觀朝槿。

大小龍渚

老龍化爲石，雄視黿與鼉。二山。何年卧湖波，夭矯難騰飛。從以小龍子，蜿蜿形躨跜。樹木産石罅，歲久成樛枝。爪角俯煙浪，鬐鬣摇雰霏。土人來伐薪，面目俱黔黧。尋幽偶相遇，詑我能忘疲。境危接引斷，路滅窮探稀。多謝伐蕘者，窮薄輕崄崎。我心同石頑，等視險與夷。未能遊石虵，媿負山靈期。以日晚，未及遊。

黿山神女祠

石黿瞰湖濱，厥形取維肖。出水何蹣跚，昂首更雄虓。上有神女祠，代遠失位號。靈旗輕飄翻，野鳥晚啅噪。神光離合間，依稀見玉貌。侍從何娉婷，珠璫揔年少。神絃已無聞，秋成聊賽報。我心何所祈，無煩擲杯珓。朗吟韋公詩，《九歌》有遺調。明當乞靈風，送我湖上棹。

寄袁生質中

旅寓百城樓，虚牕納莽蒼上聲。放懷論羣書，起予賴吾黨。艱深理阻絶，會悟忽開朗。主人敬愛客，朋鴐時亦枉。琴尊上扁舟，明河采菰蔣。節序過輕雲，風雪走塵坱。聚首忘歡會，别後覺惘惘。回首南天雲，湖鄉成夢想。

讀書貴精專，所重非飣餖。譬諸植嘉木，培根枝自茂。又如服良藥，積久效廼奏。吾子英妙年，性喜探藝囿。流目得大意，遊心少疑竇。惟恐近涉獵，誇多以爲富。好學在深思，片言亦窮究。德鄰既磋磨，經師況指授。張賓王同學。豐年俟他時，子今且耕耨。

古詩三章寄呂松坪方伯

稟秋條言别，乃在由拳里。鳳羽悵分飛，萬里從兹始。驄馬赴平羌，陳臬向邊鄙。予亦辭孤蘆，索米遊燕市。金臺望雍州，一氣向西指。浮雲從空來，或者經弱水。丈夫輕形骸，詎在接綦履。寸心兩無違，天末尺有咫。

君本忠孝家，馭下能煦育。繡衣念赭衣，唯恐一路哭。撫綏貴順情，一羊戒九牧。既憂民力疲，亦惧先人辱。循行騰惠聲，簡在及遠服。出布三晉政，和風到茆屋。心清諒不回，任重難自足。唐堯有遺風，還期化邦俗。

憶昔定交初，作合緣文字。磁石能引鐵，相感以一氣。命訂先公詩，星芒垂五緯。還傳投贈篇，家學能不墜。勉我立脩名，勸我敦古誼。召辱豈無階，履榮應有地。感君意纏綿，藏之在篋笥。欲報金玉音，區區莫由致。臨風緘書札，願附雙飛翅。

懷趙意林聞將來京師

西溪寒香國，往者共沿泝。人在雲英中，迷花不知處。泉聲清心魂，嵐翠留杖屨。别來將十年，曉夢散無據。君廬仍養拙，我衣未蒙浣。何時吹南雲，來向幽燕住。同羣易爲悰，無悶或可庶。把晤話前因，神往冰霜路。

君家富藏書，七略收已衆。弟兄相師友，挾册每吟誦。匪誇浩博名，亦藉經世用。聞君將束裝，遠道騎白鳳。携書萬卷餘，牛車亦爲重。得深蔀已徹，心公客還共。行當往借讀，胸襟洗塵霧。絃歌同餘清，聊以忘屢空。

宗經〔一〕

宗經抉其心，言文行乃遠。軌畬非一轍，作述義歸顯。不知始何人，立心尚乖舛。採掇羅新言，志荒入抵讕。艱深文淺陋，務華根必鏟。璧方珪轉員，上履下斯冕。黑風飄鬼國，龍伯共遊衍。况逢登高呼，應者首俱俛。體要思古人，至味在彝典。西流日滔滔，逝波何日返。

校記

〔一〕十四卷本《歸愚詩鈔》卷八詩題作「雜詩」。

寄陳少章時七十初度〔一〕

人生不讀書，目不知聖賢。人生多讀書，矻矻窮歲年。先生嗜汲古，修綆投淵泉。經史暨子集，馳驟兼漁畋。掇腴棄薾魄，得要忘蹄筌。圭璧聚文府，輝光到山川。戰勝貌自肥，理足天能全。至今年七十，放眼羲黄前。

少歲尊高名，大賢之所許。湯文正公。後聞重色養，循陔采蘭茝。蘿屋四五椽，曾不蔽風雨。此中大有人，車過身頻俯。予慙失業徒，夙昔通縞紵。邇從京雒遊，悠悠悵修阻。窮經違樸學，禔躬乏宗主。何時返南國，從君酌今古。

校記

〔一〕十四卷本《歸愚詩鈔》卷六本組詩收録三首，此處收録第一、二首。

題溪山清遠圖

吴興好溪山，清泠復平遠。人家住冰壺，桑陰散雞犬。何處鷗波亭，閑雲自舒卷。

輓蔣静存太史〔一〕

同譜三百餘，惟君冣年少。英氣溢眉宇，高懷發長嘯。胸中有不然，振臂頭屢掉。男兒生世間，赤手搏虎豹。前途萬餘里，騰趠自許到。古鼎歊雲煙，大圭重廊廟。而胡瓊樹枝，霜風忽摧撓。閶闔高無極，冥冥郍能叫。

祖德本貽謀，纂承竟無據。忠厚可綿延，胡爲舍之去。寡妻哭向天，歲月淚中度。後起已有人，保抱尚童孺。他年讀父書，爲期正遲莫。人生重好脩，躭道若馳騖。守軌倘脆折，斯增君子懼。修短亦偶然，年命聽諸數。不悔嗜善心，顔子其可庶。

校記

〔一〕十四卷本《歸愚詩鈔》卷八本組詩共三首，此處收録第一、第三首。

遣興

鄰樹散初榮，空庭藹餘緑。枝間小鳥鳴，清音愛晨旭。静坐觀物化，新機往而復。吾心適無事，閑展道書讀。炫長斯見短，希榮乃得辱。入世戒有爲，養性在無欲。窗外響松風，茶鐺煮初熟。

詠桃花源〔一〕

建德國可遊，送者自匡反。桃花洞可尋，問津人自罕。莊生本寓言，彭澤意隱顯。境在天地間，匪近亦匪遠。蓬壺渺難即，跬步轉堪踐。玉沙與瑶艸，仙跡常在眼。寸心泯營競，動履俱夷坦。誰云魏晉後，三古終難挽。詎使武陵源，千春只遥緬。

校記

〔一〕十四卷本《歸愚詩鈔》卷九本組詩共二首，此是第二首。

題《五同會圖》

有明孝宗代，衆正聚斗杓。升庸健劉與遷謝，抑塞張綵並焦芳。高天麗景慶，鳳林息鴟鴞。吾鄉多達人，接跡登螭坳。文定掌秩宗，吴公原博。文恪貳銓曹。王公濟之。李公少常伯，世賢。陳公糺羣寮。玉汝。吴公司冏卿，禹疇。相與連軫鑣。同時既同郡，同朝傍雲霄。志同道又同，節概何清翛。拜揚各承弼，退食相招邀。琴酒襍談讌，經史供厨庖。命工繪五同，林壑齊逍遥。聚散安可常？存没隨所遭。孝宗乘龍馭，鸞鶩無安巢。鬼蜮盜魁柄，主張惟豎刁。五公漸淪喪，世風日惛怓。于今三百年，事往馳風飆。五家俱清門，興謝殊同條。畫卷半散軼，沉埋委蓬蒿。冏卿有賢裔，寄跡江之皋。述祖仰德業，懷舊欽賢豪。楚弓楚人得，什襲藏錦綢。先代靈爽存，呵護自前朝。遠道寄示我，珍重英瓊瑤。披圖見前型，老成鬢蕭騷。上以覘廟堂，國步區聾昭。下以卜家運，世澤分榮凋。古道今漸漸，波流或滔滔。安得五君子，如岳聳岹嶢。一洗脂韋風，爲時勵頑澆。

黃崐圃先生招集看菊

秋深天宇空，氣肅萬物潔。高齋有餘英，留此霜下傑。哲匠喜幽芬，嘉招當令節。仿佛洛下翁，杖履聚耆耋。末坐綴後生，髩髮欲成雪。對花静忘言，白雲共怡悅。時暮易爲感，慮淡罕所闕。落英真可餐，心迹兩清絶。

南方藝佳菊，風格比高士。北地滿町畦，紛紜漫紅紫。主人有真賞，羅致輕千里。根荄既遠來，土壤亦遷徙。一朝風露下，集此殊方美。生平愛才心，移之到佳卉。所好物自歸，夢寐通彼此。此意誰復同？臨風悵無已。

酒半展畫圖，先民結良會。茶陵聚羣賢，展李西涯《看菊圖》。風流解冠帶。我鄉六七公，吴匏庵、王守溪、陳玉汝、李世賢諸公。人文此爲最。客同西園盛，花重柴桑愛。龍鸞奮明廷，冰雪見清裁。把卷緬曩哲，撫時仰前輩。菊仍往日花，交豈今人態。珍重歲寒心，晞髮塵埃外。

將之定州涉水作

急流衝平沙，驚浪劇奔馬。行人謀截流，紛紛滿田野。深溝幾滅頂，淺渡亦没踝。使者猶濡軌，僕從俱苟且。方懷濟物心，敢視同土苴。彼哉獸役人，縱己胡爲者。

觀龍興寺大佛像真定縣

中山古雄郡，傑閣入雲際。佛像與閣齊，七丈人仰跂。鑄像始開皇，成於大唐帝。金銅百萬斤，天家豈論費。朱邪逞干戈，鑿毁十之二。後周不佞佛，銷鎔代金幣。宋帝復舊觀，後王世無替。徼福千年仍，布金萬里莁。疏觀歷代碑，林立雄贔屭。宣揚象教力，周孔莫與儷。一心遍恒河，彈指救萬類。塵劫永不磨，仗此大智慧。嘗聞佛氏教，執着乃爲累。觀空超無無，計功或沾濡。吾生勞行役，聊此息屨扉。踏閣瞻龍象，放眼睇幽薊。冥搜真可追，曠然豁胷次。落日欲銜山，流光餘紫翠。

將之磁州，一路所見，如故鄉風物

滏州沃衍地，彌望皆原田。平畦間阡術，微波遶淪漣。雨餘小水鳴，泱泱流清川。荇藻帶摇漾，蔆芡絲沿緣。翻空下白鷺，浮水來烏鍵。數枝紅蓼花，當風媚嫣然。宛如湖鄉景，不見逾三年。倏忽縈寸心，飛度鮆溪煙。此行將王事，役役駈鞍韉。畊釣夙所業，未暇全其天。故林付夢寐，悵悒凉風前。

扁鵲墓

蕩蕩蕩陰里，荒荒扁鵲塋。積此終古恨，草生不復青。當年活人多，到處留令名。活人轉見殺，忌者争相傾。毋怪後世毉，庸庸保其生。

望蘇門山懷古

漸車過衛河，沿緣淇水澳。緬懷泛松舟，空聞詠菉竹。遥遥蘇門山，蒼蒼入吾目。湫湫百泉源，淙淙下飛瀑。晉人高隱處，潔身抱幽獨。嘯臺鸞鳳聲，逌然振虚谷。不隨阮公狂，忍見嵇生僇。後賢闢山堂，孫徵君奇逢。躬畊真所欲。任俠氣已除，學道心靡足。兩朝卻徵聘，百年老薖軸。清風接軌軫，千秋兩黄鵠。斯人不可招，山林誰抱犢。悵望空躊躕，征車催轉轂。

渡黄河之滎澤懷古

銀潢從天來，萬古河流黄。無風浪自湧，入耳驚雷硠。一艑峨峨下，破空馳帆檣。截流徑飛渡，雲山指滎陽。昔時角兩雄，廣武古戰場。險要據成臯，勝敗争敖倉。豎子竟成名，英雄許誰當。嗣宗雖狂論，其氣慨以慷。王霸今安存，濁流但湯湯。前期駐隞城，日晚煙蒼茫。

爲夢堂司馬題《虎山夜泊圖》

昔年訪梅花，崦西泛舴艋。沉寥山水窟，夜永煙霜冷。幽香淨心懷，孤鶴時一警。自從羈日下，此景付沉冥。忽披冰雪卷，清氣歸溟涬。酌月虎山橋，微光上東嶺。山水憺娱人，慮静何煩屏。因之憶舊遊，夢魂落煙艇。

閱囚籍有感

報囚當秋月，囚籍何紛紜。貪盗與淫殺，一一乖常倫。咎繇有餘怒，唐帝無哀憐。何爲郅隆代，干紀多莠民。閱實故其罪，鍛鍊或非真。太寬失刑憲，太密防銜冤。死中求一生，全憑寸心仁。求生百不得，此心庶可捫。那敢恃聰察，視人如雞豚。取快秪一時，應計子與孫。願體三刺意，毋虧聖人恩。

觀舞劔

廣庭家無譁，冷燄照四壁。利劔露鋒刃，壯夫岸巾幘。忽然奮袖舞，驀爾向空格。應節符進止，輕身肆騰擲。退步想七縱，曲踊異三百陌。回旋走雙輪，開闔張八翼。颯颯冰華飛，疊疊銀濤激。梨雲散高天，蓮花耀重帟。晶熒電光閃，蕭摵霜飆逼。叢射截利矢，羣掆斷長戟。擊柱鏗有聲，斫地蹟留迹。疾來素練奔，徐罷流虹匿。斂翮落妖鳥，破膽驚鬼蜮。遥睇目並眩，迫眎舌俱齘。神勇覩自今，趫捷聞在昔。猿公授奇人，莊子説前席。宋意笑慶卿，沛公仗項伯。大言天外倚，絶伎筵前得。撫時際黄炎，柔遠靖蠻貊。不頓純鉤芒，祗衛君子德。豈重三尺兵，並輕萬人敵。干羽舞廷階，永使苗民格。

歸愚詩鈔卷七

長洲沈德潛碻士

五言古詩

別亡妻墓

白衣白髮翁，來祭亡妻墓。麥飯澆山泉，生平此饜飫。汝魄依尊章，眷屬時相聚。我老方遠行，征軺赴長路。眷焉不忍別，欲去屢瞻顧。我心餘愴怳，恐汝常不寤。回首望高原，愁雲滿深樹。去去天一涯，魂夢難飛度。我生復幾何，崦嵫景將暮。百歲歸其居，行與汝重遇。

送周迂村南歸

京華人海中，役役揔名利。君家獨超然，孤雲不受制。冠盖斷酬接，冰雪入夢寐。采詩百餘篇，囊中已不匱。來既無所因，去亦無所繫。半載共晨夕，一朝遽分袂。離別易增感，垂老心尤悸。誰謂丈夫別，竟與兒女異。登車即天涯，會合難預計。佇立望征塵，浮雲杳無際。

哀愚民效白太傅體

吾吴禮讓俗，胡然逞凶虓。無食訴長官，面縛乞平糶。長官怒赫然，敲撲如賊盜。愚民忘分義，烏鴉亂叫譟。千百爲一羣，厥勢同聚嘯。大吏捕曹惡，草疏上陳告。若輩當誅夷，迅疾不待教。至今蚩蚩魂，昏寐永無覺。追泝無食由，此事足悲悼。吴民百萬家，待食在商艀。轉粟楚蜀間，屯積偏涯隩。商利權奇贏，民利實釜竈。彼此兩相須，歉歲補凋耗。不知何人斯，建議與衆拗。常平博虛名，商屯竟一掃。譬如水無源，立涸看流潦。三吴既紛争，兩浙亦召鬧。腹枵輕國法，燕雀化鷹鷂。誰非斯人徒，而忍刈蓬藋。方今籌東南，民食此最要。安民在通商，利倍商遠到。粟多價自平，賑荒有成效。今皇見萬里，威惠及夷獠。聽言如轉圓，因勢利以導。起斁重救急，飲食先學校。霜雪回春温，下土陰雨膏。請看無知民，回心慕忠孝。

奉敕書《貞觀政要》後〔一〕

論治漢文後，唐文皇繼諸。一弛而一張，文武道並湏。聽諫受戇直，用人斥佞諛。貞觀近三代，斯言諒非虚。雖少睢麟德，已臻平治謨。吴兢輯《政要》，勒成十卷書。宣宗書屏風，小康得令譽。紀綱垂後代，詎云補區區。準之等金鏡，握之運乾樞。我皇膺圖籙，上布軒與虞。一心念民瘼，午夜猶勤劬。秉燭披往籍，作範同盤盂。戒偏中乃從，棄駁純斯趨。還期弼直者，俞哉兼咈吁。勿俾魏鄭公，擅聲貞觀初。

校記

〔一〕十四卷本《歸愚詩鈔》卷十一題爲『奉敕恭和御製《讀〈貞觀政要〉》』。

奉敕題牟益《擣衣圖》，用謝惠連韻

秋氣入庭户，節序將人催。叢叢綻瘦鞠，瑟瑟飛古槐。彼美念遠人，於悒不敢啼。凉風尋幽幔，明月瞰空閨。同心兩無忤，素手各相携。開笥檢舊服，把杵下閑堦。仿佛女嬃砧，音響悽以哀。更爲裁紈綺，錦字密緘題。畫師寫閑静，共望征夫歸。未知別後體，還稱故時衣。貞心既已傳，生面若爲開。聊詠《東山》詩，愜當誰云非。

題齊次風少宗伯《台山讀禮著書圖》

麻衣掩荒廬，地在赤城麓。僂步携苴杖，灑血漬苫蓐。痛心何怙人，銜哀向誰告。遺澤把父書，古禮究喪服。呼籲動鬼神，吊唁感麛鹿。想象楢溪旁，春草或未緑。俄傳天語至，資爾舊講讀。平世無欲情，編校即空谷。况當踰小祥，堂斧已堅築。但期經史光，勿限歲月促。報命殫肅恭，訂古啓椷匵。《戴記》觀會通，成周審經曲。班史核是非，《西京》綜紀録。漢魏曁有唐，注疏殊種族。途岐無兩是，道合有同宿。是時窮陰閉，風雪僵竹木。四山噤鳥雀，大地斷樵牧。瓊臺没層顛，石梁凍飛瀑。獨有素冠人，虚堂秉明燭。千行細鉤纂，十指忘皴瘃。既久卷軸成，封函達書局。垂爲不刊業，酉山光煒煜。帝曰爾南來，綏爾以茀禄。前輩寫作圖，帥蘭皋前輩。苦心傳尺幅。取意不取形，意到理自足。子孝永不忘，君恩久彌渥。敬告爲子臣，倫行慎相勖。

送家松友孝廉南歸四章

秋氣滿寥廓，木葉千林飛。之子動離心，慨焉賦旋歸。日夕共談討，半載相因依。一朝遽分袂，值此霜露滋。遠别本傷神，更逢年老時。因思後晤遥，倍覺離情悲。

枝葉遡本根，科名同譜籍。况當意氣合，形骸久不隔。省諐並箴規，履道互補益。情隨周旋深，業以歲時積。葆真勵自今，結念緬在昔。共守歲寒心，青青看竹柏。

今年試春官，未采藍田玉。予抱慙恧懷，東坡失方寂。子獨安義命，冲然守虚谷。鉅以纖造基，遠由邇展轂。行將圖後效，歸去搜敝簏。試探未滿心，宵長秉明燭。

輕帆下潞河，計日歸衡門。循陔賦采蘭，調饍潔芳蓀。長筵羅子姓，寒月逾春温。始知天倫樂，不數三公尊。顧我猶匏繫，索居而離羣。夢魂不言勞，飛度吴江濆。

寧郡王招集東園看菊

賢王夙愛士，嘉招赴東園。東園足野趣，曲折成邱樊。秋高吐清芬，佳菊盈庭軒。先時閟精英，及兹霜露寒。本非繁華質，不争艷陽天。花兼人共淡，境與心俱閑。主賓静相對，幽契憺無言。所珍匪蘭肴，落英良可餐。

月令記黄華，後世紛五色。逸韻偕豐容，種族分南北。於今盛海洋，敷榮島間國。造化呈殊形，職貢歸有德。園中備羅列，玉篆標題額。扶傾插椶本，浥潤資泉脉。人遊獻平邸，轉似柴桑宅。所好自歸懷，物我終不隔。

命工繪作圖，抽思匯成譜。圖以寫形神，譜尤備枚數。譬諸傳氏族，韋杜天尺五。寒燠稽四時，墳埴辨九土。順性還其天，集苑自我主。席間細把玩，語妙同揮麈。因譜驗花叢，印合匪誇詡。歡餘晚風清，夕陽散郊墅。

食豆粥

連朝缺糧粒，土竈煮豆粥。頗近田家味，取足充我腹。奴子心不然，見之起慙恧。謂我爲達官，二品重章服。縱無五鼎養，何妨饜粱肉。自奉同監門，曷以處童僕。我爲奴子言，爾勿輕麥菽。用物戒暴殄，節性澹嗜欲。撫時況艱虞，嘅焉起頻顣。連年山左荒，齊魯一路哭。掘草剥樹皮，形狀如鳩鵠。夫婦兩相棄，兒女無處鬻。人肉上碪俎，骸胔烏鳶啄。江浙米告無，商販停舸舳。一石三兩餘，炊煙稀茆屋。民愚聚鴉噪，官刑斷蛇蝮。

聖心遍撫綏，衆未安邦族。況今大金川，連營極巴蜀。地險重駐防，兵多急輸粟。運糧上青天，後者受刑剭。軍中枵腹徒，僵仆填阬谷。我曹得安飽，撫躬媿竊禄。雖非蕪蔞亭，意味近淳樸。方今奢汰者，珍味窮水陸。下箸直萬錢，縱恣越邊幅。非分嬰網羅，得禍一何速。我今自食貧，庶免覆公餗。奴子聞我言，侈念頓消縮。主人古性情，塵海抱幽獨。口腹遜他人，安恬遠鴆毒。我儕免饑餒，何敢萌貪黷。歡言慰奴子，從兹享清福。食苦亦得甘，俯仰無不足。何以佐饔殯，作羹芼杞菊。

贈劉給事蘭谷

宛陵負正氣，立身恥叜叵。事君無隱心，勿欺始能犯。主德慎初終，人言辨側諂。持謙斯受益，防僞先屏讇。兩疏載史宬，天下服其敢。平居諧友朋，温潤同琬琰。荏苒笑柔木，巉絶别崖广。藝林重韻語，羣推造古澹。詩外事正多，毋以風華掩。

呈陳體齋師

我師如松柏，秉性獨且正。温温就子舍，辭氣悉退屏。侃侃立中朝，議論矢恭敬。邪正審用人，治忽關立政。責難兼格心，敢恃意氣盛。諫草不復留，欲彰我后聖。生平喜詠詩，風旨别雅鄭。仿佛秦中吟，傳寫民利病。何當達九重，遠照代金鏡。

題《松雲聽梵圖》集《聖教序》字

雲寒松復深，半嶺積空翠。心静多遠聞，境閑息凡慮。幽巖流禪音，煙中藏古寺。想象東阿王，吾山聞梵貝。有聲得湛寂，無相謝智慧。松耶與雲耶，不礙空明地。還期淨聞根，更超無上義。吾山，《漢書》讀『魚山』。

憶故山披雲、花藏、汲雲諸淨室

硯山山下路，水石涵孤清。籬落掩�間，一路開禪扃。種梅滿晴雪，人號梅花僧。不須焚妙香，微風散寒英。我來坐林下，相對惟目成。目成心更醉，一醉何時醒。自從別故山，幾載勞吾形。誰寄江南枝，空對冰霜凝。林花應笑我，負茲草堂靈。忽忽付夢寐，縈繞孤煙青。倘逢老尊宿，話舊寒雲汀。

回車嶺

雲煙仙人宮，鸞鳳仙人馬。安得從之遊，度嶺如廣野。此心平險夷，廻駕胡爲者。

白雲洞

黃山雲作海，泰山雲出洞。爲霖本無心，澤物及蠕動。悠然復還山，惟藏乃能用。

仙人橋

仙人空中行，何須石梁度。其下萬丈深，猿鶴亦廻步。輕身倘能過，真與仙人遇。

到家述懷

主恩天共覆，詔許歸鄉土。嗟予厠中朝，慙如腹背羽。年衰庸以昏，疾作欻而瘲。一朝携輕裝，旋里仍環堵。江湖同日月，夢寐依君父。惴惴集木心，寧問〔一〕出與處。圃荒且荷鋤，按區藝蘅茝。興高探林泉，隨在携朋侣。生平慎飲冰，所重尤苟取。薄植防化茅，高鳥肯啄腐。晚節倍守初，老去猶處女。

謹輓定安親王四章

前遭國母喪，今聞親王逝。至尊重神傷，早朝輟臨御。林居傳消息，驚定淚交注。臣民惣惶惕，德行况曾傅。相聚三春秋，一别何由晤。日下望茫茫，老病難旋赴。唯祈夢魂中，得與神明遇。

賢王數間平，好古與樂善。王心慕古賢，文行夙黽勉。憶當趋朝時，丁卯夏日，上命上書房入侍講讀。入侍天所遣。觀禮鏡齊明，〔二〕汲古綆防短。朝嬰而夕側，采納到拙蹇。深沉或未足，天真並已罕。而胡二豎侵，上藥莫能斡。幸有文華存，選樓共遥緬。

去年承恩歸，蒙王賦詩送。禮文倍殷勤，藻采耐吟誦。詎意天上雲，覆被到菰葑。還家誇里閭，傳觀五色鳳。於今詩空存，開篋付悲痛。相期復重過，藝術待磨礱。詩意謂德潛祝皇上五十萬壽，重會合也。斯言竟成虚，回憶恍如夢。

在昔輔導時，詩文互披覽。文期理疎達，詩貴味古澹。所忌入晦盲，途徑趨僻險。經時進御前，聖人首頻頷。日月照萬方，星芒亦難掩。龍種已有孫，襲爵異分陜。他日付雕鐫，會見光琬琰。

校記

〔一〕問，疑刻寫之誤，應爲『問』。

〔二〕『觀禮鏡齊明』一句，原版空白，據他本補。

投聖恩寺夜宿還元閣

自我羈春明，名山付夢寐。今來名山中，依依如宿契。夕陽淡湖波，遥林迎紫氣。老僧認容顔，茶話尚堪記。白髮無可增，素衣喜不漬。入夜宿高閣，松濤響清吹。骨冷神亦寒，偃卧添襆被。醒聞鐘梵聲，泠泠落空際。心跡兩無著，何者爲身世。行當析塵塵，了此第一義。

病中作

卧病憎夜長，望辰如望赦。及辰復纏綿，忽忽又昏夜。水火戰陰陽，年老吁可怕。此中豈有鬼，韓公亦謾罵。平日不慎攝，臨事空驚詫。人生有始終，百年秖傳舍。童子無可呼，門人勿行詐。静心以俟之，悠悠付元化。

經七里瀨謁嚴先生祠

亂峰束清流，千折景明麗。先生棲其間，遊釣適我意。故人爲天子，何與狂奴事。三公亦浮雲，惡有一諫議。范史空矜張，所重禄與位。我來謁古祠，清風披薜荔。仰視箕潁心，冥鴻想天際。釣臺留遺踪，峻嶒俛無地。下視舟行客，茫茫總名利。

自七里瀨至烏石灘作

玄英宅已遥，釣臺尚堪攬。輕帆入清湍，漾漾風微颭。江狹千曲紆，山逼兩涯斂。沙明礫可拾，翠映波疑染。鷗鷺各爲羣，眠立雪分點。戍柝傳喧喧，津皷聞紞紞。峰合路欲窮，境轉仍澂灩。篙師與灘争，利便忘夷險。一折復一灘，撇捩服其敢。怪禽啼叢木，炊煙上崕广。無營景俱恬，有得意彌慊。建德昔名邦，雲外指黮黕。長吟懷謝公，今古同所感。

紫陽山謁朱子祠

昔年子朱子，讀書紫陽峰。肩承程周緒，孔孟日再中。致君本誠正，樂道随窮通。邪正不兩立，宵小羣相攻。占遯守恬退，行藏斷諸衷。至今小山名，仰止如華嵩。我來講學地，瞻拜摅虔恭。自慚讀公書，理境猶未融。研摩干禄學，缺略反己功。行當勵耄年，還思皷衰慵。

自梁下至潛口作

東風掃積陰，天許遊名山。輕身上籃轝，屈折尋溪灣。村邨放桃花，含笑何嫣然。籬落散雞犬，蔀屋動炊煙。是時土膏潤，舉趾來中田。三農有好懷，相見開歡顔。語言未盡通，指趣依約間。具言歲時和，兼逢長官賢。覩此風俗淳，逾念民依艱。行行赴潛口，處處翻濤瀾。地與人名符，退藏義所安。前途失平坦，遥指千煙鬟。

自潛口行三十里宿山家

一路灘聲迎，一路灘聲送。紆廻入亂山，崎嶇步難縱。嵐嶺四圍合，罅隙疑引縫。境轉心目開，仍見天宇空。平疇花竹間，人家業耕種。漲滿筏急流，溪喧碓常動。前行日下舂，四野煙光重。野猿發哀吟，驚禽起奇哢。橋斷涉水行，融和已消凍。行行投山家，蘿屋傍巖洞。遇我如故人，摘蔬饋清供。静坐憶所經，一燈恍如夢。

度石磓嶺

谷深沸淙潺，山亂圍合沓。緣山臨無際，注目氣先讋。徑仄趾不受，石礙頂欲壓。覓路穿高雲，盤盤百千級。同行肩難並，後進履防躡。磴危碎石支，沙崩古楂接。亦知垂堂戒，尋幽願深入。到頂身屢疲，趨下目轉睫。半途不退悔，踰險終寧帖。寄語學道人，用志慎毋怯。

浴湯泉

清泉孕丹砂，嘉名著巖壑。陰陽變温凉，大造司橐籥。養晦明夷同，交融既濟若。盈以藴其美，虚以出其惡。能盈復能虚，終古常不涸。予懷矢日新，潔躬在疏瀹。氣蒸雲上浮，性定流不躍。物生厭清寒，我心忌熛灼。惟兹中和德，調劑無偏著。願言滌塵煩，清心契沖漠。

慈光寺懷普門和尚

黄山亘古來，吟詠始太白。蒙茸氣鬱盤，奇奥未探歷。後賢踵事者，面目略能識。前明普門師，遠道來滇僰。馴擾豺虎心，追躡猿鳥跡。積誠通人天，九重召前席。慈寧疊賚予，敕建香林域。一心役百靈，到處剪荆棘。巖壑獻奇巧，高深徧笻屐。盡洩兩大閟，造化難愛惜。乃知空門中，具此大願力。移之衛孔周，經世多擘畫。往事感塵沙，兩燬於火。清名重今昔。一覩木蓮花，令人念遺澤。

發慈光，一路經老人峰，緣天都峰趾，過斷凡橋，上木梯，至文殊院宿

欲窮升仙境，言別金仙宅。取逕傍巘嶬，穿松入蒙密。盤盤路忽高，十步三憩息。巖深谷虚牝，澗瀉泉噴激。經過老人峰，傴僂似迎客。峨峨陟横雲，境界頓開闢。沿緣天都趾，仰睇蓮花菂。崖裂容一人，磴仄礙雙屐。扶掖憑山僧，駏蛩勢難隻。尻高首偏下，穿洞行匍匐。入井復出井，牽綆用全力。支木接斷橋，梯空上危壁。中斷。〔一〕到頂地平坦，舊締化人域。千峰總圍抱，一氣周羃歷。造化理所無，到者人方識。辛苦苟未經，奇快何由得？彌勒許同龕，留此桑下迹。

校記

〔一〕『中斷』，《黄山遊草》無此注。

天都峰

黄山天下奇，天都峰之特。絶地九百仞，陡下如斧劈。勢疑塞高空，體許鎮地脉。四面總换形，不改性正直。無心拔衆上，衆自莫敢敵。通體斷寸膚，萬石怒分坼。虯枝蟠千年，蒼蘚積五

色。石室開曠朗，甘泉流罅隙。或云仙人都，軒轅此遊息。浮丘與容成，飛行無留迹。斯理果不誣，長生歸有德。胡爲學仙人，空聞鍊金石。

登蓮華峰

天公弄狡獪，產茲石芙蓉。外瓣疊攢簇，中竅環玲瓏。始進本曠如，漸高體難容。緣莖上千級，穿孔攀百重。梁危俯懸流，梯接凌虛空。屈伸抱崖石，絶壁難支笻。四體失所司，目眩心冲冲。力盡到巔頂，四顧風雲通。左右指江海，一氣冥濛中。始知黟山峰，華嶽争長雄。豈惟藕如船，笑問昌黎翁。

下百步雲梯，過蓮華溝，穿鰲魚洞作

山轉路滅没，險逾川中棧。斗然遇雲崖，直下足難踐。已累百步梯，誰數九折坂。探奇志勇猛，前進不敢嬾。氣鋭力副之，崎嶇亦平坦。迴合望欲迷，凹凸勢莫鏟。行過蓮花溝，一線蚫蜿蜿。是日雲煙凝，四望失巉嶫。策恐支虛沙，足防滑蒼蘚。高步躋危岡，怪偉忽在眼。有境窺門垣，無底入甑甗。呀呷疑吞人，僂行敢驕蹇。漸穿巨鰲腹，神定體幾痯。飛鳥斷踪迹，樵者見亦罕。行當逢容成，丹臺路匪遠。過此爲煉丹臺。

登獅子峰望石筍矼

奇巖搏象形，雄踞高巉嶙。發興登其巔，餘勇賈未窘。後顧氣混茫，前瞻境虚牝。到眼驚喜並，荒幻見石筍。刺天攢千戟，迸地出萬菌。破碎互相糅，逼迮遞徐引。覩此靈奇質，衆類覺窘蠢。物象随人名，俚俗半堪哂。鬼工險莫加，天匠巧欲盡。而胡六六峰，轉使嘉名隱。跡高人莫知，箕潁樂肥遯。維時罡風來，䆗谷吼聲殷。愜心願少延，佇足防未穩。下阪屢迴矚，眷戀猶不忍。

登始信峰

陗峰斗然裂，下瞰無底淵。危杠支斷厓，偃松兩厓連。攀松度危杠，直造峰之巔。定空庵名留丈室，鳥巢此棲禪。平視五供峰，仙掌疑擎天。俯視散花隝，四序春芊綿。仰視石筍矼，萬株立我前。收攬有獨得，分取人無權。境界到始信，難向塵中傳。何當偕白猿，高枕峰頭眠。

憩雲外峰趾，度數嶺至皮篷以杉皮爲篷

我從雲中來，又尋雲外路。稍稍憩雲根，盤盤蹋微步。黯黯穿荒榛，喧喧聞瀑布。山花媚遊人，徑仄不暇顧。少焉逢坦夷，短笻且停駐。廻瞻峰頭雲，是我經行處。澗泉趨正絶，涉水濕芒屨。何來午鐘聲，星星空際度。撥雲問香林，蔥鬱娑羅樹。山僧松圓孫，耕厓係程孟陽後人。猶餘詩人趣。相遇不言禪，默默得静悟。前行逐孤雲，更向巉巖去。

陽明書院

觀人取大節，疵類在所捐。魯公篤忠貞，成仁重丘山。豈以二氏學，苛責俾無完。峨峨文成公，出身當險艱。瀕死觸逆奄，決機禽叛藩。一戰平八寨，餘威讋羣蠻。忠可貫金石，力能靖烽煙。至今中天閣，書院名。英風留几筵。柰因良知學，多口交詆讕。吠影旋吠聲，童昏狂且顛。持論貴平允，出入毋黨偏。公應悔講學，衆應戒求全。術業縱未純，建豎終不刋。寄語陵轢人，甚勿逞諓諓。

宿大佛寺有述

誰將五丁力，開巖成堂皇。鑿石肖古佛，形倍郟鄏[一]長。見者悚然驚，委體投空王。我來晚棲宿，齋鉢分餘糧。相接有老僧，自云來楚疆。少歲嘗從軍，曾受刀箭創。垂老投佛門，拜經十五霜。聞言感精誠，苦行貴有常。夜深宿僧寮，一燈耿孤光。殷殷梵放聲，夢寐俱清凉。明當陟雲表，回首空蒼茫。

校記

〔一〕『郟鄏』二字模糊，八十七卷本《歸愚集》爲『郟鄏』。

度滕公嶺同行者葉君義山、析塵、質瞿二上人

昔度平靖關，高嶺半煙霧。今上滕公嶺，巔頂不知處。十步三憩息，拄杖屢回顧。峰巒變陰晴雲，林襍古今樹。諸山四迴環，未午疑日暮。崕傾向人落，磔裂勢欲怒。路半力已疲，境轉氣仍怖。老我攀藤行，山僧入雲呼。力窮終陟岡，度險得坦步。石屋無一人，惟留白雲住。遥遥山外山，疊疊馬奔注。款語問山僧，何處天台路。僧言汝堅心，應真行可遇。天台路在前，只須驀直去。

度萬年寺後嶺，穿林涉澗，緣岡踰嶺，二十餘里，至石梁

出雲復入雲，度嶺還上嶺。遥山千圍合，環抱下疑井。跼步恥後怯，鼓勇赴前猛。涉澗流方激，穿林光欲暝。是時秋氣高，萬樹微霜凝。丹砂間點漆，錯雜類文錦。遊目奇已過，醉心趣旋領。輕身降平陂，横從辨畦町。覓徑得荒菴，萬松庵。叩門乞苦茗。廻憶攀陟餘，險夷變俄頃。前聞輕雷聲，殷殷路修永。行將度石梁，漸入仙人境。

石梁觀瀑

巨靈用全力，兩涯忽分斷。放出三白龍，夭矯互鬥戰。莫窮水之源，直下急於箭。巨石不容水，水怒力逾悍。水石兩相争，倒躍勢撇漩。如傾萬斛珠，噴灑濺崖岸。匯合赴一門，迅疾激雷電。俯看奔騂馬，仰睇掛匹練。久坐心骨寒，乍驚耳目眩。石梁跨穹窿，劒脊險逾棧。猿鳥亦回踪，客子敢輕竄。過此逢仙真，堪使凡骨换。雲裳許裁服，芝草當餐飯。津逮有何人，渺焉悵雲漢。

瓊臺望雙闕

山形如缺瓜，峨峨倚天半。插根清泠淵，陡削天匠鏟。欲上無梯級，鳥路懸一綫。行人緣線升，有足不敢健。猿挂憑攀藤，蝸旋疑陟棧。終焉上層巔，攬奇遂初願。兩峰劃然開，雙闕峙對面。宛如龍門鑿，亦似伊闕斷。放眼千青螺，重重裹峭蒨。此中列仙人，踪跡多變幻。寸心果精堅，鶴駕行可見。何處天姥峰，夢魂餘眷戀。

寒巖

突兀萬仭岡，一獅踞其頂。猙獰欲搏人，象犀勢俱屏。旁有石象、石犀。寒山昔宴坐，三年等俄頃。至今蟠膝處，石上留餘影。虹梁跨彎環，下視氣深迥。横飛瀑如練，倒掛藤疑綆。晴空蓄風雷，白晝幻昏冥。人生塵土胸，到此庶一醒。野猿時嘯羣，孤鶴忽聞警。試讀寒山詩，清言發深省。朱夫子謂：『寒山詩有唐人道不到處。』

過金地嶺記所遇

層巒千廻折，陡下忽平坦。洄洄松根泉，蒼蒼坡間蘚。藉蘚挹泉流，酌取泠然善。何來一老僧，龐眉手自撚。問僧年幾何，行將三大衍。年百四十。示我養生方，無爲順仰俛。忘身並忘心，數自莫能管。大藥在偶逢，苓术肖龜犬。服之屏營爲，亦足壯關鍵。能經與鳥申，古語術空緬。冣下鍊金石，伐性適自殄。語罷超然行，忽近旋忽遠。我欲往求之，雲路迷深淺。

宿八乂路

晚投八乂路，歸鳥同棲止。村店滿風沙，村民半人鬼。蓋茆仍見天，土牆欲頹圮。迎客有病翁，看人多野豕。蕎麥屑作糧，連村無粒米。問渠何以然，未答先流涕。下相黄河濱，四年三大水。禾苗無半存，廬舍蕩如洗。此間稍高亢，猶存舊鄉里。幸逢天子聖，賑貸得不死。即死已後時，感恩入骨髓。聞言黯然悲，天灾何由弭。空懷利濟心，無術救傾否。草具進晚餐，勞人易充餒。土銼聊偃息，夢落荒寒裏。聞雞復長征，又見車塵起。

題蔣文肅畫茄爲梁冢宰

收回畝畝身，園蔬解藝蒔。白莧榮夏初，紫茄長夏季。相逢畫圖中，華與實俱備。纍纍露下垂，澹澹風前媚。寫自南沙公，頗得趙昌秘。仿佛覩豳風，細及瓜壺類。從知調燮人，不忘田家味。哂彼何曾徒，空然恣豪貴。

過南旺懷古

成祖昔遷都，天庾重輓漕。乃命宋大夫禮，治水藉利導。窮年勞人力，金錢屢凋耗。會通河未成，水源失領要。南來艱高仰，北去阻淤淖。大夫心焦勞，曷以稱明詔。老儒有白瑛，建議如燭照。議開汶水源，百里費穿鑿。一水從中來，汩汩復浩浩。兩股忽平分，人力合天巧。向南引糧艘，注北達倉窌。大夫相形勢，草疏乃入告。英主從老謀，浮論誰敢撓。此實萬世利，成蹟留崖澳。熙朝重豐功，五等隆位號。賜暎伯爵。布衣易冕服，沉淪忽有耀。功德苟澤物，没世猶食報。我從神京回，踪跡憑一棹。風利不得泊，末由親廟貌。允念輸輓勞，嘅焉付憑吊。

泲水舟中作

登程幾兩月，途路秖及半。石尤阻於先，時泊運河畔。版牐繼中阻，一水忽分斷。啓閉有程期，牐吏之所擅。比於瀧吏尊，前去阻無算。終日守船牕，瞀瞀錯昏旦。去家已半載，時序幾遷換。眠食懷鄉園，曠邈隔禹甸。無田乏糧粒，緩急仰親串。祖墓夢寐中，魚菽何由薦。鄉園亦念我，情辭若聞見。童穉望我歸，竹馬索戲玩。姬人望我歸，加餐久未勸。明舊望我歸，離索共惋嘆。諸生待我來，疑義湏剖判。卉木待我來，乾土資溉灌。兩地交寸心，縈懷屢回旋。相彼羣飛鳥，瞬息越天漢。無由往從之，仰焉起欣羨。

歸愚詩鈔卷八

長洲沈德潛碻士

七言古詩長短句附

琵琶引贈仇青蒼

古來琵琶妙手誰第一？段師指授〔一〕康崑崙。杜彬皮絃亦絶技，對山慷慨稱入神。又聞樂工查八十，纓纓黄袴遊侯門。二百年來誰繼起？仇生青蒼今快士。興酣振袖撥檀槽，一曲清音動人耳。棖棖忽奏陳隋聲，聲聲脆滑春鶯鳴。乍如十三女兒調俊舌，又疑明珠萬顆迸出玻璃瓶。急絃幽咽音迫促，緩絃掩抑更相續。宫中恍奏《後庭花》，馬上疑彈《夜遊曲》。停聲轉軸調忽高，絃危語切何嘈嘈。將軍臨陣驄馬驕，縱錚鐵騎揮短刀。途窮矢盡鼓聲死，啾啾新鬼啼荒郊。劃然一響收捍撥，豪情十丈胸中發。自言壯歲嘗從軍，瀚海長驅肆馳突。劍鍔分開漠北雲，馬蹄蹋破陰山雪。邊關曲調醉中彈，萬里征人暗流血。歸來被褐老江干，零落棲遲二十年。常對西風搔短髮，更思射虎向藍田。鬱輪袍曲君休製，徼倖功名衆所憐。〔二〕

校記

〔一〕指授，《竹嘯軒詩鈔》卷一作『壓服』。

〔二〕『徼倖功名衆所憐』句，《竹嘯軒詩鈔》卷一作『世上功名好是閑』。

景陽鐘歌

老龍髯髯蟠秋草，草根蟪蛄吊昏曉。摩挲猶識永明年，銀泥幾見乾坤老。端門皷漏隔宫闈，夢暖香濃曉不知。殿角星殘聲乍響，景陽樓上畫眉時。雲龍門開移廟主，從此蒲牢臥紺宇。何似銅仙辭漢宫，廻望咸陽淚如雨。

題黄宣畫《魚障子》〔一〕

黄宣畫魚得名勝國時，于今猶傳畫魚陣。尋尺之間分島嶼，滚滚波濤起寒漲，千魚萬魚集堂上。小魚游泳随風浪，大魚獨立勢倔强。想當經營時，天趣妙入神。走筆埽絹素，欻忽開金鱗。

亦復工遠勢，沙平雲淡纖毫分。漁翁小艇楚江岸，美人竹竿淇水濱。又疑積石既鑿龍門通，水勢直趨滄海東。赤鯉已趁洪濤風，震電燁燁行虛空，騰身直上成飛龍。古來屈伸變化數伊吕，莘渭奮跡還相同。人生局束良可恥，汩没泥沙爲貪餌。縱遊宜入滄波中，勿復噞喁戀沼沚。收圖忽卷雲濤堆，匹綃隱隱生風雷。

校記

〔一〕一本題下有注『萬曆時人』，《一一齋詩》卷九題下亦有此注。

濟南雙忠祠 祀巡按御史長洲宋公、歷下知縣韓公

大軍向南下，屯聚攻危城。雲梯攀躡争先登，陣雲壓城城欲崩。御史率縣令，奮義抗强敵。殺馬食民，民不忍食。裹瘡吮血列防衛，援絶兵殘勢危急。是時日色無晶光，天地黯慘飛嚴霜。御史登城望闕拜，稱臣萬死無以報陛下，一身誓與城俱亡。須臾城隅陷，被執志不屈。大聲呵叱如震霆，面受刀傷漬殷血。沖天烈燄骸骼銷，原軫歸元竟空説。兩公同日死，騎箕遊昊穹。握拳透爪追英風，邦人立廟崇雙忠，神之來兮雲旗紅。嗚呼！千秋享祀歷城下，以媿爲人臣而懷二心者。

閲《三朝要典》

熹廟御極頽乾綱，疎遠保傅親貂璫。茄花委鬼互糾結，薰天勢燄何披猖。守原之問史貶斥，況令婦寺紊朝常。顧命老臣半誅戮，朝衣血裹投圜牆。清流白馬禍更慘，一網盡矣空巖廊。顛倒是非著穢史，手翻三案詞侜張。詞云挺擊陷國戚，追論可灼誣先皇。移宫曦鸞肆迫脅，康妃八妹奔蒼黄。更云筆削繼孔聖，大書特書明王章。永爲人臣不忠戒，冠以御製文煌煌。黨與秉筆亂忠佞，顧秉謙、黄立極、馮銓等。〔一〕霾閉日月無精光。同文館獄書黨籍，元祐君子遭摧戕。〔二〕二蔡二惇恣兒戲，竟使二帝幽窮荒。〔三〕此書千古同繆戾，力鉏忠耿扶奸彊。從來事往有定論，青蠅白璧終顯彰。刑餘死骨斵身後，正士祀典脩烝嘗。所惜國本既剥喪，再傳宗社旋淪亡。小人勿用著聖訓，承家開國須周防。

校記

〔一〕《竹嘯軒詩鈔》卷三此注中無馮銓。

〔二〕『遭摧戕』，《竹嘯軒詩鈔》卷三作『流炎荒』。

〔三〕《竹嘯軒詩鈔》卷三此詩中無『二蔡二惇恣兒戲，竟使二帝幽窮荒』两句。

張鐵橋畫鷹

鐵橋道人性疾惡，慣寫蒼鷹露奇狀。金眸閃爍爪拳鐵，猛氣稜稜出紙上。空堂孑立形軒然，百鳥驚飛不敢颺。陰山九月天雨雪，林木槎枒凍欲折。此時翻空入雲去，萬里高天灑毛血。胡爲斂翼棲枯枝，掉頸刷羽乖雄飛。〔一〕從知畫師有深意，要令鷙鳥藏霜威。草間狐兔不足擊，健翮且漫橫空馳。君不見，鵂鶹梟鳥多惡聲，封狼破鏡時從横。會須使汝食其肉，一洗宇宙歸澄清，坐看麒麟鸞鳳來明廷。

校記

〔一〕《竹嘯軒詩鈔》卷三作『棹頸獨刷毛羽齊』。

七夕詞

金風驅暑停紈扇，皓月舒波淡銀漢。聞説天家好别離，雙星此夕才相見。誰家新婦駐華軒，珠幰遥從隔巷看。誰家少婦嬌夫婿，綵縷縈鍼帶月穿。曝衣樓畔螢光濕，漏轉更深月華没。漫喜蜘蛛與巧絲，還憐烏鵲通靈匹。别有秦川竇氏妻，秋宵織錦坐蘭閨。三更無寐看牛女，腸斷空房烏夜啼。

憂旱〔一〕

《春秋》特書六月雨，六月不雨真天灾。况今五月至六月，千里赤地人民哀。版田确确苗不活，租牛戽水牛蹄脱。溝渠熯乾河底裂，農夫盡呌人力竭。冥冥曉霧迷高空，氛靄如同月逢晦。倏忽驕陽勢炎赫，雲師雨師竟何在。有司祈禱心勞攘，火焚蜥蜴同暴尫。誰能精誠格昊蒼，甘霖大沛歌時康。富家遏糴閉倉囷，愚民不靖聲喧呼。傳聞越邦亦亢旱，民情物力同艱虞。賤子三旬九得食，無田轉復憂稼穡。憂時爲歌雲漢詩，仰天歌罷長太息。

校記

〔一〕《一一齋詩》卷九題作『憂旱三首』。

平雲閣觀朱璧畫天神像歌

古來人物畫手誰最優？後有道子前虎頭。世間紛紛傳贋本，變眩今古唯朱繇。崑山朱璧繼吴顧，能工帝釋天人流。嘗從傑閣畫神像，墨黖粉默窮雕鎪。森羅布散滿牆壁，長廊黯慘風颼颼。衣裳肅穆拱玉簡，冠冕秀發垂珠旒。或挾長矢挽銅弩，或披重鎧操蛇矛。或穿旁脅撑六臂，或裂手掌開雙眸。驅使罔象，鞭策虎彪。左驂文貍，右騎青虬。飛龍躨跜，肥遺同遊。風馬隆隆，雲旗悠悠。䰩䰩鱻鱻，扶輪挾輈。别隊簇擁千貔貅，考録鬼魅聲喧啾。腰間纍纍懸髑髏，變態什伯從冥搜。或云有客來嵩丘，坐卧三日觀不休，臨摹十幅筆力遒。倏忽四合陰雲稠，雷轟電掣神鬼愁，天公下取人難收。從知不許傳佗州，歸然畫壁神彩留，世遠永無剥蝕憂。六丁呵護司諸幽，畫與高閣同千秋。

題顧且菴畫竹

且菴畫竹枝，見竹不見畫。淇園千畝藏胸中，揮埽但覺腕底快。沈生展畫圖，見畫如見竹。虚中强項故依然，對此可以療我俗。〔一〕滿堂蕭颯枝從横，葉葉盡帶風雨聲。知君久通篆籀法，不向尺寸摹其形。時無臣眼精賞識，十年浪走名難成。寫將幾幅鵝溪絹，付與時人論重輕。

校記

〔一〕『療我俗』，《竹嘯軒詩鈔》卷四作『療吾俗』。

愁霖嘆

陰氣凝結鵂鶹鳴，連旬霪雨如盆傾。河渠泛溢決隄岸，平疇新秧没强半。吴民比歲罹天灾，叩頭神座聲悲哀，仰視不見癡雲開。

聞説〔一〕郊原兩龍鬬，鍊石誰能補天漏？八荒四野無陽曦，乘船便可行中逵。富家米貴漸遏糴，窮簷瘦男多菜色，濕雲壓甑斷朝食。

校記

〔一〕『聞説』，《一一齋詩》卷十作『或詫』。

觀打魚行

鱄鮮門外稱水鄉，今年水漲流湯湯。田疇漂没水畜盛，多魚何必占豐穰。漁舟連翩破空入，喧聒聲如亂鵝鴨。四圍設網中鳴榔，挺叉齊向船頭立。江湖有路難潛逃，羣鱗未死神暗泣。須臾收網動盈萬，萬人鼓舞千人看。輕舠滿載堆如銀，雪白花光雙目眩。近來魚價如泥賤，洲渚團聚來稗販。剖魚納鹽入魚腹，血色殷紅染沙岸。中有金鯉魚，尾赤雷火燒。失水偶遭罟罶制，厥勢猶欲興波濤。雖未成龍有神氣，勸君莫漫揮霜刀。將錢買魚付湍瀨，潋波如風去何快。前途祝汝慎出入，禍患更須防意外。過河從古泣枯魚，威鳳祥麟盡可虞。危機到處皆砧俎，愁煞神龍遇豫且。

鬼車

夜寒慘澹陰風呼，長天呷嘎疑訓狐。乍東乍西無定響，倏斷倏續行空虛。一聲初起衆聲應，似有萬鬼同悲歔。家人聞聲滅燈火，掩耳且勿驚童雛。蠻奴拍手嗾犬吠，羣犬狂叫奔街衢。或云妖鳥鬼部領，滿車載鬼雲端趨。車中鬼眼運鬼手，下瞰鷄鶩殘其軀。或云此物最荒怪，兩翼十首形容殊。當年天狗斷一首，至今頸血猶模糊。淋漓一滴濺華屋，高門大宅應焚如。世間無物比陰毒，但所過處思驅除。吾生疾惡性最猛，擬抽砮矢彎雕弧。玄雲漫天暗如漆，何從覓影行誅鉏。夜深飛鳴勢轉盛，欲挾鬼族遊清都。妖麼莫漫矜得意，東方會見升金烏。

于清端公紀績圖〔一〕

大江東來鼓餘怒，舊是周郎用兵處。我公校武坐廣場，士卒鐃歌詠朱鷺。兩手滿月開雕弧，黄閒三發中百步。分會決勝氣既雄，掀髯一飲金罍空。吏民觀者争踴躍，公乎毋乃天神同。時平尚宜講威武，况復滇海交傳烽。不似詞人酧江月，一尊看卷千堆雪。

右赤壁校射

金陵帝王州，繁華甲諸郡。莠民雜其間，奸宄日豪横。長官唯營私，有罪何暇問。公來迅疾行雷霆，彊梁惡少難藏形。巨魁投窜餘譴責，兒童婦女稱神明。公從何處得踪跡，傳説市肆常微行。戟門晨開喧角吹，騶馬行來衆人避。愚民争看真青天，咄咄如聞詫奇事。白鬚頳顔一老翁，前宵共飲屠沽中。

右市肆微行

校記

〔一〕《竹嘯軒詩鈔》卷五詩題作『題于清端公紀績圖』，共三首，多一首《義聱資行》。

送魏昭士還寧都

畊廡子，乃居金精之山、翠微之峰。吾聞高峰可望不可到，天半削出青芙蓉。前朝闔室避寇亂，鑿雲披霧家其中。神州沉淪亂梟鏡，獨有此地無兵戎。伯叔季子文章伯，稽古窮年抱遺册。

置身萬仞蒼山巔，放眼還嫌九州窄，鶴書徵召不肯來。南山之南北山此，歲在龍蛇喪老成。後賢繼起今耆碩。畊廡子，乃從金精之山、翠微之峰入吴市。當時曾寓闔閭城，兩鬢枯蓬一彈指。文社詩壇半已荒，酒徒畫史還餘幾？末路相知托少年，輸心傾倒竟誰是？余本江湖漫浪人，相逢握手專諸里。酒酣爲爾歌窮途，聞者掉頭並充耳。九月霜露降，河橋官柳疎。征車落莫歸寧都，故山猿鶴相吟呼。磨丹漬墨傳家學，高卧雲峰好著書。

錢武肅王鐵券歌

錢塘錢氏王家孫，忠懿以後爲齊民。家藏乾寧舊鐵券，精采敓目光彌新。自言先世曾避賊，亂離棄擲江之濆。漁人網魚得古鐵，有如周鼎出泗濱。裔孫换歸十斛米，世世什襲稱家珍。文云皇帝嘉賚汝，官汝太尉兼諸軍。誅宏殺昌湯渠寇，捍衛王室崇殊勳。恕汝九死子三死，長河泰華國永存。欽哉汝謬其敬聽，頒示天下文云云。從來事往祇陳迹，唐家事業同煙雲。吴越四傳旋納土，至今臨安宫闕皆成塵。我來浙西訪古迹，錢王寂莫留荒墳。昔聞山林裹錦繡，今見壞道眠麒麟。表忠舊觀亦頽廢，斷碣剥蝕叢荊榛。隆隆霸業竟何在？惟有銘功鏤版傳千春。子孫奕世念祖德，無忝忠孝承清門。

刈麥行

前年麥田三尺水，去年麥田半枯死。今年二麥俱有秋，高下黄雲遍千里。磨鐮霍霍割上場，婦子打晒田家忙。紛紛落磑白於雪，瓦甑時聞餅餌香。老農食罷吞聲哭，三年乍見今年熟。

雞樹歌爲顧嗣宗賦

陶齋坐我雞樹下，擘牋命作雞樹歌。横空無力盤硬語，敢繼北海銘娑羅。君家何年有此樹？詢諸故老歲已多。老人大父孩幼日，已見合抱廻交柯。託根相傳炎宋代，屢遭兵燹神㧑訶。直枝參天接雲霧，樛幹俯地緣煙蘿。童童青蓋蔭數畝，空際不見行義〔一〕娥。耳邊時聞雷雨作，樹外仍覺天晴和。花開遠近透香氣，恍疑天畔飛曼陀。纍纍結實供采摘，手潔乍喜新揉搓。孫枝於今亦拔地，蘢葱密葉榮前坡。主人齋閣構其下，盤桓髣髴軸與薖。時招賓朋共觴酌，餖飣鮭菜烹桑鵝。軒牕陰沉醉朝雨，濃緑掩暎朱顏酡。千年之樹吾所羨，坐閲時世驚流波。摩挲老幹三太息，此身自訝同蓬科。

校記

〔一〕『義』，應爲『羲』，刊刻之誤。

焦山古鼎歌

焦山如嬴江面屯，金山對峙疑弟晜。金山千尋富樓觀，此間寶氣光乾坤。瘞鶴舊銘就磨滅，周宣古鼎今完存。枯木堂前古松下，遥見高座巍然蹲。刻劃贔屭夔魍態，藏伏饕餮蚩尤魂。雷回雲紜互鎔鑄，古篆倒挂釵脚痕。中云錫廷臣世惠，餘字撟舌暗難言。先王法物起恭敬，那敢漫用指掌捫。老僧爲予説軼事，袁江嚴相勢燄傾崑崙。金玉錦綺不足貴，載將彝器歸私門。神物不受權相辱，光氣黯慘雲渾渾。冰山摧崩目轉睫，此鼎仍復來祇園。永歸禪窟閱人世，鐘魚貝梵同曉昏。聞言稔知象教力，權奸赫奕何足論！是時夕陽落江面，江光煙霧相摩吞。驚風呼號神鬼怒，䬃浪迅疾雷霆奔。回看寶鼎發光怪，歊雲直上騰天閽。

鑿冰行

月寒霜清水生骨，夜半膠黏厚盈尺。嗚金四野鳩〔一〕壯丁，侵曉打冰雙足赤。白梧亂下河腹開，一片玻瓈細分坼。大聲蒼崖崩巨石，小聲戈矛互舂擊。水深没髁衣露肘，手足皴〔二〕裂無人色。千筐萬筥來河干，納於淩去陰成高〔三〕山。瑣碎琮琤響寒玉，白龍鱗甲池中蟠。臘月上弦逢甲子，明年海物填街市。共指冰山十丈餘，金錢堆積應相似。〔四〕晚天颯颯號霜風，朝來凍合馮夷宮。

校記

〔一〕『鳩』，《一一齋詩》卷三作『集』。

〔二〕『皴』，《一一齋詩》卷三作『綻』。

〔三〕『高』，《一一齋詩》卷三作『冰』。

〔四〕『臘月上弦逢甲子，明年海物填街市。共指冰山十丈餘，金錢堆積應相似』，《一一齋詩》卷三作『窨户點查犒酒米藏冰家名「窨户」，鵠面鳩形走如市。爭誇明歲多海鮮，堆積金錢等丘壘』。

客談燒山事甚詳，詩以紀之

叢山合沓藏於菀，目睒舌磍常負隅。封狼貗貐連玄狐，醜類朋比甘爲奴。食人白骨堆霜顱，下及麇鹿牛羊豬。倀魂蚩蚩效前驅，獵人蹶張墮雕弧。時當臘月風割膚，蕭蕭苦竹鳴黄蘆。四山草木僵不蘇，壯夫憤激忘其軀。火攻巢穴良可夫，始焉數點疑火珠。乍隱乍現光模糊，忽看烈燄漫空虚。炎炎照耀千里餘，林神社鬼來獻諛。返風滅火大雨濡，山君咆哮走郊墟。血人於牙肆吞屠，上帝赫怒行天誅。祝融經天色純朱，彤旛赤纛翩絳旟。火龍蜿蜒火馬俱，巖焦谷爛驚斯須。榛莽灌櫟遭焚如，山精木魅潛逃逋。炮燖猛獸燔厥徒，存者竄伏黨與孤。兒童伸手編其鬚，往時猙獰安在乎？開闢險徑爲坦塗，遠近寧貼無驚呼。除妖降祥理則符，麒麟騶虞世豈無？嗚呼！麒麟騶虞世豈無？

後鑿冰行

海氛既息海鮮盛，洋客販鮮輕性命。舳艫載冰入滄海，冰賈如金未能平去。吴中窨户慣射利，歲歲藏冰互相慶。每當臘月河流堅，水面削平似明鏡。五更號令鳩窮民，赤脚層水立難定。衝寒掊擊裂十指，入水支撑割雙脛。大聲驚破天吴宫，百丈鱗鱗河腹迸。岸旁觀者誰氏子？錦服狐裘氣豪横。驩呼拍手詫奇絶，水戰水嬉無此勝。吁嗟觀者何不仁？令我轉益憂心怲。半死勞餖飣？安得百室歌阜成，小户家家飯盈甑。時開茅宇迎冬暄，不向冰淵陷泥濘。藏冰有制掌凌去人，調燮陰陽準月令。

歲暮行

歲云暮矣增百憂，跳丸轉轂日月遒。終年學道成鹵莽，終歲著書俱謬悠。年過四十不得志，開口且莫談封侯。曾參殺人市有虎，聞者那復窮根由？射工伺影人所畏，他山攻玉吾何尤！丈夫懷抱在遠大，肯取將相酬恩讐？不然閑閑卧窮谷，春來黽勉攜耝耰。

蒜山守風〔一〕

礮車雲起風威急，江聲號鳴江起立。打頭十丈浪花矗，倒激蒼崖半崖濕。颿檣争向蒜山〔二〕泊，獨上層嵐望寥廓。長江如龍互屈盤，金焦挺然列雙角。沙洲一抹晴雲横，蘆中何處炊煙生？天寒日落不成寐，卧聽金山粥鼓聲。

校記

〔一〕『蒜山守風』，《竹嘯軒詩鈔》卷八作『銀山守風』。

〔二〕『蒜山』，《竹嘯軒詩鈔》卷八作『銀山』。

趙忠毅公名南星鐵如意歌爲蔣半闗賦

蔣侯購得鐵如意，銀絲鏤飾存款識。額圖太極八卦形，背列天垣斗星位。銘辭無多語詰屈，廉而不劌君子器。銘詞。流傳知自忠毅公，年月日與姓名備。維公生值桓靈朝，婦寺秉政同宣驕。紛紜鉤黨禍正慘，孟博繫獄訴咎繇。城狐社鼠不易去，悲歌擊節心憂焦。上方請劒空有志，唾壺敲缺真無聊。賢臣從古一網盡，遺禦魑魅投邊郊。邊草荒荒斷行跡，邊風蕭條邊月白。尚書振臂忽起舞，手持故物還拂拭。一揮天地欲低昂，想見鬚髯立如戟。賜環無詔來邊庭，萬里忠魂歸不得。陵谷變換廟鼎遷，尚書手澤今依然。光彩爛爛照四筵，鬼膽震慴那敢前！珊瑚二尺不足擊，指揮並勿談枯禪。蔣侯蔣侯，知爾所寳在人不在物，要令忠義之氣垂千年。

墨驢行贈朱玉田

玉田畫驢工意不工似，筆所欲到神先行。張旭草書並神速，〔一〕腕下頃刻寒風生。四蹄特特聳長耳，仰首欲向長空鳴。荒郵蹴踏殘月白，一鞭指點遥山横。吾聞玉田素得酒中趣，醉後揮毫有神助。邇來無處索酒嘗，貌出蹇驢非健步。昨朝醉酒寫作圖，淋灕潑墨還如故。君不見，杜陵旅食京華春，騎驢每叩富兒門。詩人潦倒有如此，畫師沈淪何復云？願君勿畫千里馬，悠悠誰是知馬者？

校記

〔一〕『張旭草書並神速』，《竹嘯軒詩鈔》卷八作『史猶急就張旭草』。

黃山松歌爲翁霽堂作

古盎倏見盤虬龍，鱗甲剥落蒼苔封。蟉枝偃伏三尺許，豈是峨嵋頂上萬年不長孤生松？問松托根來何從？乃在黃山六六之奇峰。黃山山高接霄漢，古松連蜷掛巖畔。怒裂石罅斷土膏，日月光華潤枝幹。工人善鎚鑿，長絙繫其軀。下縋俯絶澗，萬丈懸空虛。磊砢山骨巧斲破，一卷怪石連根株。遠從洞府寂深處，千里移置幽人廬。空堂時有煙靄起，天都雲氣髣髴來庭隅。我對黃山松，想象黃山巔。浮丘與容成，雲際時往還。安得身騎白鹿蒼崖間，松肪食罷體輕舉，抗手羣峰迎列仙。

古銅章歌爲施一山考功賦

一室寶氣相騰旋，疑有鼎光高燭天。主人開囊出示古銅印，知自秦漢之時留人間。螭頭龜紐色斑駁，土蝕苔侵半欲落。小篆秦相文，破體垂垂挂釵腳，急就漢人製，馬上從横偶然作。風迴鸞鳳體軒翥，劍斫蛟鼉勢騰躍。別有紅文緑字形模糊，如鐫非鐫鑿非鑿。上自公侯印，下及行軍符。牙門部曲別騎將，蠻夷邑長家丞俱。私家小印著名氏，星羅棋布人人殊。嬴顛劉蹶幾興敗，廟社鐘鏞竟安在？雲煙過眼十七朝，此印蒼涼閲人代。應有精靈永護持，歷遭塵劫常不壞。先生博物窮討蒐，嗜古以外無營求。静坐齋閣觀衆妙，蒼然古色盈雙眸。左陳犧尊右敦牟，更列瓦泰連彝舟。閑將金薤細摩弄，留侯馬遷皆我儔。中有留侯、太史公二印。鴻文高隱師往哲，人與古印同千秋。

蔡將軍歌

名人龍，吴縣人。天啓壬戌進士，仕得潯州守備。遇猺民亂，力戰死。子至中召死士入藤峽，俘其魁，縱火焚之，藤峽平。詔贈人龍遊擊將軍。

蔡侯人世飛將軍，身長九尺勇絶倫。左射右射開六鈞，上馬下馬舉百斤。生兒更似李亞子，一門驍勇非常人。時逢猺獞反藤峽，草木爲屋山爲門。猿猱出没肆攫奪，青天白日誅平民。將軍奉詔入重地，膽大直欲通於身。十蕩十决勢莫敵，生鶻横入烏鴉羣。峽深路險援兵絶，漫山賊衆如蜂屯。將軍願死不願生，呼聲動天雙目瞋。伏劍血流體僵立，義憤上訴天爲昏。郎君慟哭召死士，拔刀誓衆風雷奔。前驅遇賊氣欲吞，殺賊不異屠雞豚。深入巢穴縛渠寇，揮刃刲膾何紛綸。餘黨拘攣夾碪斧，一火木石俱遭焚。埽清藤峽只旦夕，報主差足酬先臣。當年平播矺朝棟，史書劉綎昭殊勳。楊應龍反播州，將軍劉綎討平之。朝棟，應龍子也。將軍父子闕紀録，雖經贈爵終沈淪。敢告史右秉特筆，臣忠子孝光乾坤。

華陽令沈公殉節詩

公諱雲祚，太倉人。崇禎庚辰進士，授華陽令。張獻忠陷成都，罵賊，死。王師平蜀後，幼子荀蔚作《蜀難紀略》上當事，備史官采擇，後公得崇祀〔一〕云。

風塵暗王室，梟鏡狀蜀川。夔門已下如破竹，成都一髮千鈞懸。縣令告内江，内江王係蜀王弟。内江告蜀府。散金百萬，感激軍伍。忘身殺賊報天子，在天之靈仰列祖。不然疆埸豕突玉石焚，爲賊守財徒自苦。徙薪曲突謀不庸，賊兵蜂屯蟻聚來環攻，礮車奮擊摧崇墉。守陴奔竄四門陷，遠近烈燄天俱紅。是時神京〔二〕適殘破，鼎湖龍去難攀從。街衢廛市盡羶穢，〔三〕灰燼廟社移鐘鏞。兩地生靈盡塗炭，蜀都千里萬里不欲留兒童。血人於牙，談笑殺戮，吾生爾生族爾族。幽囚臣僚列枷杻，脅以刀鋸誘以禄。赫赫華陽公，嚙齒裂兩目。有口吞賊輩，豈肯食賊粟。呼聲未絶身首分，此日何人收骨肉？錦江之水帶血流，白日猶聞鬼神哭。彼蒼回殺氣，應運生聖人。命將斬旄頭，一劍清妖氛。兩川坦道無荆榛，破巢幸有完卵存。陳情當事達九閽，天子曰俞，命爾史臣表忠烈，大書特書日月照耀懸高旻。嗚呼！千秋可配睢陽之齒常山舌，嗟爾降賊諸人草間活。

校記

〔一〕『後公得崇祀』,《竹嘯軒詩鈔》卷九作『後奉俞旨,公得崇祀』。
〔二〕『神京』,《竹嘯軒詩鈔》卷九作『京邑』。
〔三〕『鼎湖』以下两句,《竹嘯軒詩鈔》卷九無。

題湯式九畫像光啓

遯軒豪蕩才不羈,唾棄珪組輕如泥。酒酣淋漓拔劍舞,四座閃爍生虹霓。中年作畫窮物態,花竹翎毛壓儕輩。生動還令西爽驚,童西爽,雲間人。蕭疎欲接南田派。惲南田,毗陵人。權門屏幛苦難求,貧士綃縑不辭繪。從此得名四十年,年光冉冉近華顛。盛名終古遭坎壈,卜居無室囊無錢。高人寂寞徒爲爾,豪士頹唐亦可憐。披圖髣髴見顔色,白眼看天岸巾幘。當時激壯故依然,驥馬長鳴悲伏櫪。酒仙劍俠老畫師,後世聲名有人識。

送范一元秀才從軍甘肅

蘇臺置尊酒,送客此從征。霜林楓欲丹,秋動千山聲。吴山木葉向人落,邊境此時風雪惡。

雪填阬谷馬不行，風割肌膚陣難斫。萬里之行君莫辭，將軍奉命西出師。燉煌嘉峪久屯戍，要需賓佐參戎機。銅籠伐鼓祈連下，旌旆飄翻蔽原野。軍中齊把緑沉槍，帳下争騎珠勒馬。誰人抵掌共談兵，知是吳中一儒者。王師指日靖烽煙，備取長繩縛左賢。煩君奏捷草露布，佇看三日達甘泉。城南少婦心傷止，還役應歌《杕杜篇》。

題繁川春遠圖送費滋衡歸蜀省墓

春雲渺渺繁川路，萬里歸人此中去。澄江巴字向天廻，約略雲安郭邊樹。淮海飄零五十年，故鄉城邑尚依然。知君瞻拜松楸道，落日空山聞杜鵑。

石鼓歌

九天星精化爲石，墜落平地三千霜。纍纍十鼓重琬琰，迄今太學森寒芒。籀文蝌蚪形髣髴，强尋跟肘推偏傍。車攻馬同建旄旐，東都氣象何焜煌。蛟龍觺觺牙角厲，羣靈荒忽駿鸞凰。字傳三百三十四，其餘齾缺難推詳。始從陳倉歷鳳翔，輦來燕京由靖康。飄零遷徙閱兵火，石刻直欲關興亡。周秦真蹟多漫滅，穆滿馬磴傳荒唐。嶧山之碑遭野火，之罘片石付渺茫。中興〔一〕獵碣獨無恙，成周昭代遥相望。神明鬼物永呵護，天應眷念岐西王。〔二〕聖賢法物理不朽，豈以世遠淪滄桑。傳聞禹碑在岣嶁，紅文緑字垂琳琅。昌黎搜索不相遇，咨嗟涕淚流滂滂。後人尋山得踪跡，恍惚雲際摩青蒼。安得移載置一處，皋益申甫陪同堂。方今聖皇崇道術，辟雍鐘鼓紛趨蹌。圜橋聽講日千計，何止觀者如堵牆。討蒐遺文補殘缺，駸駸趯趯煩校量。長楊從獵撰詞賦，敷陳功德追岐陽。自慙貧賤伏草莽，仰望無路排天閶。

校記

〔一〕『中興』，《竹嘯軒詩鈔》卷十一作『岐西』。

〔二〕『岐西』，《竹嘯軒詩鈔》作『中興』。

後愁霖嘆

前年赤地千餘里，去年三吴逢大水。今年霪雨仍不休，波濤滚滚通平疇，魚鼈出没蛟龍遊。田家有麥刈不得，對此嗷嗷嘆無食。

吾家老屋牆垣圮，堂堦泥深没屐齒。中宵檐溜鳴奔湍，牀牀屋漏無時乾，風吹燈昏四壁寒。曉聞鄰家壓茆屋，風雨聲中一家哭。

比歲柴荒賈無比，况今菜麥淹欲死。百斤三百青銅錢，鄉邨日高無爨煙。窮民忍饑伐林木，帶雨擔向豪家鬻，鬻之豪家爛魚肉。

狂歌行贈金蘊亭移居

丈夫不能馳騁疆場間，博取狀貌圖凌煙。便當雲卧避塵世，安能逐逐城市，終日不得開心顔？之子少負封侯相，置身宛在青雲上。西之秦晉北幽燕，挾策常思干伯王。功名蹭蹬無所成，冷落微官氣凋喪。朝泛宛溪水，暮宿敬亭雲。乞錢不遇蘇司業，糴米誰過鄭廣文。歸來依舊棲吴門，日飲美酒顔微醺。耳語欲鄙程不識，射虎自詑飛將軍。酒酣耳熱吐高論，謬悠荒怪不顧驚人羣。年來每遭俗眼白，途窮四顧乾坤窄。大鵬甘與鷦鷯伍，騄駬翻隨駑駘迹。塵埃擾擾上鬚眉，壯志消磨竟何益？幡然便欲辭喧囂，卜宅江邨弄泉石。白雲冣深處，高卧林塘幽。垂綸釣魴鯉，荷笠騎畊牛。偶然興到著篇翰，寓言髣髴逍遥遊。雲霄萬里無夢寐，閑身分作坳堂舟。緊予僻處鮮水頭，東西相隔路阻修。望而不見心懷愁，何當訪爾隨白鷗？相逢命酒但痛飲，狂歌直欲尋丹丘，握手一笑三千秋。

歸愚詩鈔卷九

長洲沈德潛碻士

七言古詩長短句附

有酒行懷宋介軒在曹縣，陳樹滋在端州

有酒且欲歌，今夕明月入户光華白。同向天涯照故人，把酒依稀見顔色。故人作客之何方？近者曹南遠炎荒。名場潦倒兩君子，當年意氣俱飛揚。介軒才調驚吾吴，豪興直欲傾江湖。相逢坐上每痛飲，酒酣拍手歌烏烏。雕鎪萬象怒真宰，要令片語人間無。青丘陳生吾畏友，胸中雲夢吞八九。落筆能争造化功，巨靈神斧媧皇手。狂來脱帽向諸侯，萬歲千秋一杯酒。壯心未肯閑蒿萊，趿履同上昭王臺，會看詄蕩天門開。隋珠棄擲賤魚目，霜蹄蹩躠慙駑駘。老大天邊作羈客，世人齪齪安得知其才？思君願君歸去來，何須橐筆隨鄒枚！此中唯可飲美酒，虚名於我何

有哉？君不見，李杜文章足千古，世間富貴俱塵埃。何當與爾坐明月，一曲狂歌酒百杯。

芙蓉映水歌和方〔一〕蓂朔

江潭一夜飛清霜，芙蓉寂漠開寒塘。宛如美人對明鏡，碧空影裏涵紅妝。誰家少婦〔二〕搴湘芷，見此躊躇暮愁起。遥天瑟瑟鯉魚風，剪斷紅芳落秋水。

校記

〔一〕《竹嘯軒詩鈔》卷十二無『方』字。

〔二〕『少婦』，《竹嘯軒詩鈔》卷十二作『少女』。

今日行 集李實君玉洲草堂

今日何日會良友？玉洲草堂具區口。灘頭雪浪走垂虹，庭際春風動高柳。眼前俱是我輩客，跌宕情懷付杯酒。興酣豪翰飛不停，片語驚人壓曹偶。回思往事二十年，吴中哲匠推横山。竹垞先生鴛水至，〔一〕招引文士登詞壇。霸才從横押强韻，紛披金薤垂琅玕。兩賢先後墓草宿，文星掩卻光芒寒。風流雲散欻轉睫，往往花月顔無歡。于今兩鬢星星出，豈意相逢復此日？前輩敦槃如夢寐，後生文雅堪追述。健筆疑揮巨靈斧，清泠似奏湘妃瑟。所憐蕉萃百不如，江湖索莫多愁疾。肘間係印輸達官，塞外立功慙戍卒。男兒半屬可憐人，雌伏雄飛竟難必。當筵月出流清光，春雲淡蕩隨風揚。中宵欲別不忍別，前路彼此愁茫茫。由來良會偶然耳，朋輩聚首難爲常。萬事撥棄不凝道，爲君泥飲傾壺觴。

校記

〔一〕『竹垞先生鴛水至』，《竹嘯軒詩鈔》卷十三作『鴛湖先生於越至』。

魏傳巖畫墨竹歌

鄗南公子髯如戟，眼中無物氣無敵。醉餘揮筆埽竹枝，倏忽琅玕勢千尺。一叢新長成籊龍，亭亭直上梢青空。一叢磵畔忽斜出，寒梢俯地煙濛濛。一叢偃蹇穿石罅，蕭疎鳳尾搖清風。兩枝枯幹頭且童，勁節中斷如截蔥。其後崇岡怪石各異態，千梢萬毒隨橫從。乃知成竹在胸次，元氣入手人無功。自言北地寒威酷，只有黃沙少脩竹。平生愛竹如性命，借此豪端洗塵俗。披圖溼氣來滿堂，觀者動色神蒼茫。恍惚風雨黃陵鷓鴣語，令人咫尺遊瀟湘。

大風行七月二十日

黑雲如潑墨，欻忽漫蒼穹。鬼神慘澹行虛空，天乃大雷電以風。狂風度江勢逾急，吹動江水江起立，長鯨老蛟神暗泣。須臾驟雨如盆傾，雨師風伯縱復橫。齊軍萬弩射馬陵，屋瓦大震昆陽城。二儀清濁那能辨，羲娥停足不敢東西行。華屋傾，大木拔。城垣崩，帆檣折。沙户居民盡奔竄，頃刻性命隨魚鼈。我時寄跡江之皋，遠聽風雨連波濤。中宵屋漏數移榻，髣髴杜甫屋上卷卻三重茆。朝來神色惝恍不得定，剪紙欲把驚魂招。或言淮徐以南、維揚以北，千里同惡風，山隧谷湧不休息。長空飛鳥斷行迹，胡商賈客淚霑臆。百歲老人詫奇特，天意微茫詎能識？吾鄉卑濕稱水鄉，前年急雨秋禾傷。此番風暴可無恙？西成還許歌豐穰。不然寧可吾廬獨受破，把茅猶得遮垣牆。迢迢南望天一方，何時消息到我傍？對案欲飲還停觴。晚天陰雲復四合，仰望空際心茫茫。

月夜汲中灃〔一〕泉泉在江心石簰之側

浮玉山頭月光起，金波鱗鱗〔二〕漾千里。微風〔三〕不動水無聲，短棹直入空明裏。〔四〕江心有泉名中泠，尋源何處窮冥冥。〔五〕珠沫難逢窟穴秘，〔六〕銅瓶深墜蛟龍驚。〔七〕千層濁浪名泉出，一勺清寒徹肌骨。〔八〕歸拾松枝活火煎，地爐已熟江中月。〔九〕月夜見珠沫起處，知是泉穴，然珠沫不常見也。

校記

〔一〕『瀘』，《一一齋詩》卷四作『泠』。
〔二〕『鱗鱗』，《一一齋詩》卷四作『粼粼』。
〔三〕『微風』，《一一齋詩》卷四作『江風』。
〔四〕『短棹出入空明裏』，《一一齋詩》卷四作『一棹出入冰壺裏』。
〔五〕『尋源何處窮冥冥』，《一一齋詩》卷四作『千層濁浪分渭涇』。
〔六〕『珠沫難逢窟穴秘』，《一一齋詩》卷四作『素綆上牽波細細』。
〔七〕『銅瓶深墜蛟龍驚』，《一一齋詩》卷四作『銅缾下墜深冥冥』。
〔八〕『千層濁浪名泉出，一勺清寒徹肌骨』，《一一齋詩》卷四作『名泉出自蛟龍窟，乳泛珠跳勢蓬勃』。
〔九〕『地爐已熟江中月』，《一一齋詩》卷四作『旋渦翻舞江心月』。

得盧生景程書卻寄

三山古渡西津岸，忽得鯉魚長尺半。烹魚中有盧生書，言言勸我加餐飯。人生別離情日新，同心豈在長相見。賤子何以答綢繆，當食臨風倚增嘆。朱方留滯薄寒初，故里伊人天一隅。多景樓頭向南望，白雲何處是姑蘇？

地震行

戊戌五月廿一日，秦中地吼如牛〔一〕鳴。須臾震動數千里，砰訇恐是天根傾。臨洮鞏昌勢尤劇，雉堞圮壞無完城。伏羌郊外地迸裂，通渭城内山奔崩。人民廬井入九地，谿壑欻忽成丘陵。五臺呀然陷一角，南五臺山。下視千丈深冥冥。吾聞《春秋》記灾異，聖人特筆昭創懲。山崩者二地震五，其事更異書無冰。唯時宗周弛綱紀，天遣灾變相頻仍。方今聖皇位九五，經紀上下還清寧。滋液滲漉普煦育，熙熙萬類霑生成。如何方輿偶缺陷，三輔遠近紛震驚？野人不識造物意，叩首直欲排天扃。伯宗有問絳人對，乘縵撤樂非無憑。况聞秦隴歲不登，燉煌郡外方屯兵。

校記

〔一〕『牛』，《竹嘯軒詩鈔》卷十三作『雷』。

遊焦山作歌

昔年輕舟溯浮玉，焦山，舊名。中流逆浪騰蛟鼉。同舟驚悸不肯濟，相望數里無如何。今來截江徑橫渡，一舸放溜如擲梭。象山勢屜屭，焦山對昂俄。帆風忽轉睫，送客登陂陀。金銀佛寺隱蒼翠，懸崖萬樹交枝柯。瘞鶴舊銘字有無，三詔洞口垂煙蘿。入雲頗嫌衣袂重，曳杖不覺巉巖多。山巔有亭欻開豁，俯看千里惟洪波。長空遥遥飛鳥盡，下似隱見堆鼉螺。東流會合想滄海，西日經過應岷峨。斷霞餘靄散江面，但見江光一氣相吞摩。眼前佳景豈易得，轉惜壯歲淪蹉跎。十五年前總如夢，中間空見奔羲娥。名山招我須急往，今日差免山靈訶。吸江亭邊且高卧，人生遑復知其佗，天半拍手歌狂歌。

寄周允武欽萊昆仲，兼訊陳大樹滋

東坡四海一子由，我無兄弟誰與儔？平生求友過饑渴，中歲得遇錢唐周。大周便娟若處子，筆下能挽銀河流。小周病鶴癯而修，獨奏古音戛鳴球。相逢鬭險盤硬語，談笑直欲分鴻溝。我生屈强頗自負，對君那敢輕挾輈。[一]鴉軍得勝振旗鼓，隴山敗將慙復羞。酒醒夢斷忽二紀，崩波日月誰能留。虚名從古不可食，潦倒直似囚山囚。君家兄弟亦寂寞，鵬鳥見笑蜩與鳩。男兒一事差自信，不同陛楯呼伶優。今年我作南徐客，懷古獨上芙蓉樓。三山煙景落杖底，江光萬里囊中收。新詩束笋遠相寄，文采有媿珊瑚鈎。禾苗稂莠襍疆畔，煩君芟薙勤耡耰。故鄉相遇陳驚座，爲道故人方壯遊。

校記

〔一〕『對君那敢輕挾輈』，《竹嘯軒詩鈔》卷十三作『放子何止出一頭』。

南徐寓中作歌六首

有客留滯江之涘，終日昏昏常隱几。眼枯見骨耳欲聾，去年落牙今落齒。中心煩冤誰能理，夜長不眠攬衣起。空庭有樹風怒號，感此怦怦淚如泚。

我生弱齡遭破家，盗賊水旱頻相加。死喪接踵先祖逝，噩夢歲值龍與蛇。清時遺民守貞白，四十餘年人莫識。賤子未能述祖德，百憂填膺感今昔。

母兮鞠我歷勤苦，慈烏哺兒𢿦毛羽。鷙風墮巢難奮飛，奄然物化歸黄土。烏雛夜夜啼向天，于今三紀如雲煙。宵來有夢牽衣泣，依然乳哺孩提年。

有弟丹唇髮如漆，髫年俊邁誰與匹？無端摧折棠棣枝，使我獨行至今日。鶺鴒原頭飛且鳴，人無兄弟難爲情。年年奠汝一杯酒，三尺土邊青草生。

小人無母誰我親？先子怙恃兼一身。恩勤鞠子傷形神，可憐生我不得力。陽和煦育成棘薪，褐衣藿食未終養。章服列鼎爲何人？天高此恨難重陳。

有獺有獺捕魴鯉，歸祭其先能反始。馬醫皂丐亦薦新，羔豚未享空爲人。寒食飄零大江岸，墓田迢迢隔鄉縣。老妻代我陳麥飯，回望南雲腸欲斷。

登陽山絶頂

秦餘杭山不知幾千丈，箭闕嵯峨在天上。捫蘿陟磴身忽高，下界送眼難爲狀。羣山起伏遥相從，髣髴長老呼兒童。山沓水合渺無際，但見太湖隱隱環西東。青天微茫不在外，白日恍惚沈其中。峰廻境斷陰風呼，行人到此寒肌膚。老湫昏冥龍所都，往年投符禱甘雨，神物出没雄牙鬚。山川終古閟靈異，唯有句吴霸業歸虚無。章明妖夢占俱應，黑犬亡吴事前定。遠道奔亡悔已遲，山中枉殺公孫聖。風前憑吊空歔欷，何處鐘聲入清聽？此時日欲落樵徑。寒雲還山腰，諸峰若浮動，倏忽中斷青巑岏。左望館娃宫，右望鐘吾山，夫差冷魄何足唤？願爲赤松弟子采藥煙巒間，我雖老矣能躋攀。

宋磁注水匜歌爲顧秀野太史賦

匜高四寸，腹徑三寸七分，口殺其腹之二。始掘地爲池，得古井見焉，共九器，俱毁敗，惟匜獨存。中實古錢，翠色如泥，迎風即凝。貯水，經久不壞，識者目爲宋磁也。

閭丘先生劇好事，古玩纍纍案間置。彝舟瓦泰連犧尊，敓目如遊賈胡肆。硯北還陳注水匜，形模渾樸無款識。依稀認得北宋年，似辨齊桓古銅器。傳聞得自古井中，瓶罌上下堆幾重。五銖之錢實滿腹，柔因井渫堅因風。羸其瓶罌匜好在，天意護惜人無功。水泉一勺久不壞，炎月清冷如嚴冬。錢王秘器人罕覯，越窑奪卻千峰秀。此匜聲價共低昂，鄭旦夷光孰妍陋。晶瑩滑澤識官窑，宣和以前靖國後。政和間，因定磁粗陋，京師燒造，名官窑。汴京離黍艮嶽亡，塵劫茫茫逢北狩。小物流傳天地間，何年入井藏深甃。土蝕苔侵千載餘，一朝光采重璠璵。主人齋閣静相對，挹水磨丹日注書。争似西京晉靈冢，重淵空躍玉蟾蜍。

飼鶴散人歌爲尤在京賦

散人逃名入巖谷，散人采藥尋杞菊。三旬九食不關心，飼鶴惟謀鶴糧足。松門深處雲冥冥，起卧手把浮丘經。放鶴招鶴還跨鶴，天風送汝遊玉京，超遥笑指瓊田青。

題祖山人雲響圖 善琴

山人夜登匡廬山，排雲直上香爐雙劍之峰巔。忽聞山間白雲作聲響，恍惚驚霆漱玉來空天。疑是雲之聲，不聞他山嵐氣鳴淙潺。疑是泉之聲，但見滃然萬頃凝浮煙。雲中有泉泉入耳，是雲是泉得琴理。歸來寫入三尺桐，千疊雲泉座間起。

復旱

日出未出如血紅，火雲燒天蒸毒風。下田亦作十字坼，上田禾苗等枯蓬。黄衣道士窮法術，訛言天意當乾封。去年荒旱苦乏食，縣令喈血鞭耕農。蜂喧蟻屯不肯靖，九死那惜罹凶終。愚民可懲亦可閔，仁者終願全哀鴻。今年旱魃復爲虐，天高難問真夢夢。傳聞金壇溧水間，蝗蝻過處田俱空。義興百里染沴氣，老耆憔悴連兒童。往者湛恩下南國，截漕十萬防災凶。出陳易新有良法，要令江左無疲癃。黠吏飽死窮檐餓，官長何必皆瘖聾。養鸇驅爵豈天意，轉瞬赫怒回宸衷。夜深不眠坐待旦，海嶠月出天之東。仰首商聲誦雲漢，忍令雕敝丁吾躬？

星霣行

東方明星光爛爛，西行百丈疾於電。芒角射地櫪馬驚，剨然有聲起天半。疋布横空亘銀漢，半明半滅光不散。或言晃朗天門開，或言天狗聲如雷。或言天欃或枉矢，紛紜議論何有哉？今皇涵育徧八極，要使萬類如提孩。何爲垂象示儆省，祥桑雉雊同妖灾。天官之書理難測，回斡彼蒼君相職。

集九賢堂贈任翼聖、高滸文、儲定伯、于爾喈、向之，主人蔡方山，兼以志别

我乘白黿泝荒江，江流浩浩山蒼蒼。曁陽城邊一長嘯，天地容我羇人狂。故交别離已三載，訪舊驚看鬚鬢改。高堂置酒會衆賓，屈指坐間某某在。任子老手文章雄，醖釀六籍光熊熊。高子儲子氣相伉，位置欲闖逞西京上。二于擲筆鏗有聲，左顧右眄縱復横。主人蔡子富文藻，朱鳳摧隤羽毛好。相逢大笑披襟懷，酣呼跌宕傾尊罍。感君意氣與君友，笙匏異器聲相諧。男兒窮達自有命，但須胸次空纖埃。江湖無用五石瓠，廟堂有待千尋材。誰能低眉折腰向權貴，舉動齪

齪令人哀。日晚霜風動江口，當筵忽聽蛟龍吼。醉來起舞鐵如意，仰看高天燦星斗。欲別惜別難分手，爲君更盡尊中酒。明日伯勞燕子東西飛，千里江雲重回首。

訛言行

烏啞啞，狗觫觫，狐狸跳踉坐高屋。訛言一夜傳滿城，城中居人半號哭。雞聲角角，鼓聲斷絶，扶男携女出城闕。縣官來，太守來。榜示彈壓不肯止，荒村深處依蒿萊。訛言煽惑犯王法，唐虞盛世何爲哉？探丸惡少紛成羣，帶刀放火行劫人。平沙古岸荻蘆渚，白日往往沉冤魂。告縣官，縣官謂言：唐虞盛世安有此？告太守，太守謂言：訛言煽惑當誅汝。汝曹奔竄自送死，愚民吞聲淚如泚。

贈王耘渠丈兼道别

昔年相遇秦淮樓，樓頭買醉澆牢愁。今年秦淮復相見，落拓依然縱談讌。髭鬚白盡兩頰紅，興高奪稍羣英中。酒酣耳熱肝膽露，豪情右眄還左顧。先生少主文章盟，使筆直使秋空鷹。跨海欲擊掉尾鯨，意氣魁壘山嶽傾。豫章干雲世難用，龍泉貫斗衆眼盲。一官如泥等閑棄，鳳鳥肯逐羣雞鳴。杜陵老去依幕府，醉後登牀傲嚴武。青鞵萬里歸去來，滿徑蓬蒿守環堵。回空那及猗氏盈，名塞滄瀛竟何補？唯餘愛才一寸心，結交忘年到爾汝。酒间誦我新詩篇，爲言逸興凌雲煙。低昂奮袖時起舞，淮樓四座停歌筵。我生厄塞殊自憐，途窮迴車年復年。一人知己可不恨，何況推獎逢高賢。爲雲爲龍未可定，東西南北，安得相周旋？春花落盡辭鄉久，歸心觸撥濃於酒。東風知我重離羣，當筵吹折秦淮柳。前途彼此兩茫茫，天邊明月分清光。遥憶君家著書處，金壇山下松花香。

吴小仙《雙松醉仙圖》

半天雲雷卷中起，龍吟虎吼空堂裏。誰掃雙松勢千尺？吴生小仙醉時墨。几席陰森失豪素，上拂玄冥真宰怒。林間中酒一丈人，頽然高卧忘其身。松風滿壑吹不醒，一卧直欲三千春。何時起來松下更飲酒，笑問乾坤無恙否？

苦熱三首

赤烏萬翅張雲霄，祝融施鞭火龍驕。熱氣毒淫飛鳥墜，海枯山焦豈天意？晝長難食夜難寐。

嗚呼！世間非無峨嵋積雪匡廬泉，安得驅之俄頃來眼前？清涼之國變燻灼，炎官操權一何虐？南山女妭稱旱怪，風雷起處向空拜，倏忽火雲燒天外。毒風卷地飛黃塵，發狂大叫心如焚，道旁暍死多行人。河渠乾枯井泉竭，吳中癲旱兼酷熱。空堂揮扇汗如雨，農夫煎熬心更苦。連年荒旱可柰何？血淚不救田中禾。而况炎天萬里運橐駝，酒泉郡外方横戈。

采茶辭

采茶早，冰芽小。采茶晚，緑雲滿。女兒連袂山谷中，擷將鷹觜盛筠籠。歸來炒焙趁時候，地鑪慢火家家紅。公家榷茶問茶户，上品緘封奉官府。今年葉卷芽枏焦，恰值三春斷雷雨。莽園辛苦償茶租，田間菜麥還乾枯。

未央宫瓦歌爲何子未賦

故人示我古時瓦，傳聞掘得長安中。摩抄古篆未央字，漢家宫闕倉池東。營宫立闕由蕭相，龍首樊川作隄防。尊嚴豈藉叔孫通，天子由來在天上。清涼温室武帝成，繡栭玉碣琉璃帳。鼉聲紫色居漸臺，臺殿西京旋淪喪。轉瞬雲煙十七朝，關中王氣幾回消。右平左城今安在？片瓦翻然聲價高。何郎胸懷好古癖，坐右琳瑯滿金石。周秦法物巧蒐羅，但惜咸陽失金狄。區區古瓦襲錦綈，昕夕相看等珪璧。陶器千秋那足傳，漢高文武自英賢。漳河銅雀休珍重，睨鼎奸雄賤老瞞。

集黄尊古《草堂觀山水圖》作歌，時黄將遊武夷

五年相別今相見，綠酒青燈夜開燕。主人酒酣示我新畫圖，壁間高挂鵝溪絹。江流一漚水，山岳數蟻丘。咫尺萬餘里，浩氣凌滄洲。空堂嵐氣出復没，耳邊似聞熊羆叫嘯清猿愁。忽然川廻山斷勢平遠，清沱淺渚林塘幽。陰晴明晦遁變態，粉墨真許追冥搜。坐間劉廣文湘洲，嗟咨嘆欲絶。亦有王文學學舒。睇眂分豪末。我時把酒還披衿，意興能窮造物窟。我謂主人工畫如工文，筆未落時先凝神。主人謂我作文如作畫，要使筆力回千鈞。主賓相視復相笑，此中三昧，外人那得探其真？我不能畫解畫理，如君畫師辭客兼一身。酒闌脱帽意氣豪，自言趫捷追猿猱。遍歷五岳到絶域，采玉河畔嘗遊遨。武夷九曲未沿溯，使我夢寐心煩勞。今日有酒且痛飲，明朝茫茫寒浪横輕舠。三十六峰試芒屩，歸來皴染開丘壑。高堂置酒邀我看，神往仙巖聽仙樂。水樂，亦名仙樂。

飲徐星友澹園

家貧愛客如性命，典衣沽酒紛飣飣。蜃虀鱠縷堆盘高，藏鉤卷波分其曹。談天炙轂氣豪縱，如鷹下韝還解絛。屢醒屢醉日將暮，春風作顛留我住，閑園吹折櫻桃樹。

吾生落拓頗自負，作詩恥落元和後，見君新辭輒斂手。酒闌滾滾千餘言，赤城霞氣匡廬泉。張王元白非俊物，逸氣直欲追青蓮。丈夫眼前得失何足道？文采要是争千年。

主人酒酣斫地夜起舞，肝肺槎牙向人吐。黄金散盡何須來？那能齪齪同商賈！有絲不繡春申君，沽酒還酹劉伶墳。所居在春申封邑，宅旁有劉伶墓。放歌一曲千山春，聽君高談氣磈礧，眼中之人見之子。

秋雨嘆

秋來陰雨四十日，黑雲漫空太陽匿。鬼車鵂梟白晝鳴，客子相對無人色。百歲老農皆嘆息，眼中未見罹此厄。漏天有罅誰補塞？愁霖一點血一滴。

郊原滔滔决堤岸，田間鯉魚長尺半。行人指點白水中，萬井禾頭揔麋爛。天家恩詔減浮糧，不向牽牛怨服箱。波臣何爲奪民食?搔首欲問天蒼茫。

鮑南皋得東坡先生遺像,屬賦長句

東坡先生天人流,高文大節無與儔。鳳鳥剪翅魚中鉤,畢生竄逐罹窮愁。身騎箕尾名千秋,遺像珍重逾琳球。短笻箬笠髯而修,白描妙手輕朱繇。當年謫官判杭州,來往時作金焦遊,至今圖畫朱方留。南皋詩老遊江濱,戴公山畔餐煙雲。時夢坡老通吟魂,卷圖相贈來野人。六百載後逢其真,忠義滿腹流精神。豈獨文采長鮮新,誰爲尚友追先民?溪毛烹茗明信敦,薦以真乙東坡所造酒名。香清芬,作詩一笑君應聞。用東坡題太白像句。

王節婦詩

譆譆出出廟有聲,又聞亳社妖鳥鳴。宋灾伯姬坐焚死,待姆不至捐其生。王家婦操勵冰蘗,鞠子空閨戒姑息。共姜矢志念我儀,伯姬守禮身不惜。火龍火馬興妖灾,一朝母子成飛灰。寸心耿耿不磨滅,金石可貫雲爲開。至今疑聞鬼神泣,行人過此心悲哀。共姬之葬昭特筆,千載金壇共高節。

邊頤公潑墨圖

髯翁示我潑墨圖，貌出髯翁氣豪宕。胸中隱隱盤欝律，芒角吐餘高十丈。兒童汲井磨隃麋，握筆縱横勢一放。煙雲竹樹紛空堂，水鳥山禽欲飛颺。提刀四顧想庖丁，殘墨淋漓神愈王。乃知好手能通靈，觀者直似無丹青，滿堂嘆息如有聲。美人捧研動顔色，仿佛太白得句沉香亭。邊頤公，誰敵手？呂紀孫龍兩失真，白陽天池差對偶。飛潛動植皆爾師，詎向古人求尚友。披圖如見張旭醉，後作草書墨池濡首還狂走。邊頤公，興欲顛，知爾墨妙原從天。廟堂待爾圖民艱，更須潑墨恣揮灑，一寫《豳風・七月》篇。

簡汪茶圃〔一〕

少歲乍聞汪君名，健筆能賦東西京。中年乍識汪君面，翻恨十載遲相見。後來並見汪君心，清逾冰雪高雲岑。長嘯凌瀛洲，遠眺萬里外。蓬壺腳底遊，組綬腰間佩。頭顱如許故依然，富貴神仙兩茫昧。胸中堆阜那能平，欝律衡嵩恒華岱。草堂小築琴河邊，遠聞嘉客喜欲顛。留客每恨囊無錢，拔釵沽酒釵已盡，笑泥紅閨明鏡前。安仁悼亡詩屢賦，窮廬抱影同枯禪。今春我作尋山行，感君爲我開柴荆。山蔬小摘具賓主，適意勿限醉與醒。驥子突兀才且英，咿嚘肯逐蒼蠅鳴。蘭蓀年才五六齡，見我拱揖稱先生。淹留日夕滯歸棹，梅花開落枝空横。别來秋風生金粟，巘巘前發值君懸弧。辰大衍，恰五十，賓朋齊稱介壽觴，茶圃酣嬉醉三日。醒來自嘲還自賀，湖山風月容高卧。廣文先生豈賤貧？秀才未及官人大。兩官分俸三十石，廿載行看救寒餓。《簡兮》之詩君且歌，醉拍瓦甂無人和。人生放達樂有餘，富貴神仙是誰箇？君不見，梁園金谷成飛塵，紫皇玉女焉能親？閉門著書壽無算，後有子雲知子雲。

校記

〔一〕十四卷本《歸愚詩鈔》詩題後有『時值其五十壽辰』。

德壽宫梅石歌同諸襄七太史作

荒園疊疊芙蓉石，古梅凋萎留碑刻。石刻古梅係藍瑛筆。此是當時德壽宫，光堯遺迹人能識。半壁江山異京洛，上皇老去耽娱樂。聚遠樓前面面風，一德格天舊時閣。孝宗即以秦檜第爲宅。宫中别構小湖山，萬壑雲煙在此間。方丈蓬壺真可到，龍沙毳帳幾曾還。飛來峰勢當空走，兩種苔梅世希有。梅上苔如緑絲，各長尺許。花石應留朱勔餘，依稀艮岳成堆阜。内侍傳呼史相公浩，兩宫上壽斟玉斗。上皇沉醉呼先生，君臣懽燕同朋友。寒香深處拜君恩，恩與丘山長不朽。故宫轉眼鑠寒煙，燦錦瑶津事惘然。六帝陵邊無玉椀，萬年枝上有啼鵑。種瓜老圃來作主，石刻蒼涼埋宿莽。風前憑吊小朝廷，獨立斜陽誰與語？惟有園中石丈人，閑看興亡自今古。

雨餘泛舟三潭同厲樊榭孝廉作

雲移高峰峰不定，湖波過雨光逾淨。佳人仿佛洗鉛華，隔紗微窺晚裝靚。一枝柔櫓蒼茫外，緑蓑青笠玄真態。不遇南屏孫太初，枯禪瘦鶴誰同載？輕船準擬泊三潭，鷗鷺爲羣我最堪。聽罷晚鐘煙際宿，荷花深處夢江南。

宋徽宗《鸜鵒圖》

徽廟畫手天所縱，花卉翎毛無伯仲。時危點筆太清樓，萬里江山供戲弄。至今流傳《鸜鵒圖》，御押垂垂挂當空。松枝纖末起長風，羽族鬨張勢飛動。一鳥鬬敗力已殫，翻身下墜轉向天。一鳥憑空奮拳擊，忽監其腦難回旋。一鳥旁矚欲相助，不許雄猛摧衰殘。從知渲染有至理，扶持合在危與顛。如何助金滅耶律，欺人孤寡前盟寒。燕雲雖復兵禍結，如以鳥雀隨鷹鸇。靖康之耻繼懷愍，萬里龍沙夢初醒。鸜之鵒之公辱之，稠宋佶桓略相等。畫圖早已露先幾，誰向幾先發深省？馬角難從塞外生，有人將畫寄朝廷。朱弁在沙漠寄六帝御容及徽宗御畫歸。披圖似帶冰霜氣，可是來從五國城。

詩社諸友漸次淪没，不勝盛衰聚散之感，作歌一章，柬舊同好

夙習嗜詩教，文雅防漂淪。當年結詩課，素心聚南村。後來聯北郭，十子追前民。虵珠荆玉競懷寶，扶輪承蓋正始存。諸公雖非天廟器，能教山澤聞韶鈞。電光鳥影逾二紀，叠見剪紙招吟魂。鍛亭張景崧與息廬馮念祖，一淪幽燕一西秦。鹵塘徐夔與有九陳睿思，近没敬亭遠海濱。方柏堂釋岑霽老榦一枝折，方外詩卷歸幻塵。鉏茆張錫祚、靈洲方還繼凋喪，兩山荒荒墓草新。方舟沈用濟一棺淮水湄，鹿牀顧紹敏影堂羞渚蘋。恥庵陳培脉今年亦乘化，詩壇故友已十人。痛惜逝者行自念，南皮感舊同嚬呻。人生郁有金石固？要使文采能通神。卻憐筋力近衰邁，老馬絆足難追奔。而况臨安久留滯，塵埃擾擾羈孤身。吾黨崢嶸二三子，驚才逸足雄人文。窮廬休令嘆岑寂，學海直欲窺涯垠。相期努力探道要，勿以萬里回征輪。明年我臥靈巖雲，嚶嚶鳴鳥求其羣。圖中諸子俱好在，嘗寫《北郭詩人圖》。鰲翻鯨掣仍紛綸。淮南叢桂泝小雅，湘江香草懷靈均。不見古賢建安以來傷綺麗，希聖有作追獲麟。

錢唐江觀潮

龕山赭山山爲亹，海潮約束狂崩奔。兩儀黯黮風雲昏，初來素蜺形蜿蜿。倏忽萬騎聲喧喧，雷鼓紞紞車啍啍。銀城十丈高言言，連營卷雪馳戈鞬。地維震撼天爲掀，蛟龍簸蕩鯨鰲翻。白馬驟處翩紅旛，疑有伍胥文種魂。生爲敵仇死弟舅，帝遣下雪平生冤。回漩衝擊忽一噴，越山龍鳳留青痕，沙陧百里勢欲吞。千夫鼓噪升高原，心悸膽折神俱惛。迎潮舟人勇斴賁，擘箭入浪無攀援。人忽偃臥船軒軒，三入三出達海門。輕將性命隨魚黿，灝渺一氣運渾元。乍噓乍噏通靈源，隨日應月爲更番。千秋消沉付潺湲，天吴江妃爾亦煩。何時塹閉天地根，五龍停鞭息九鯤。人生長命安愚芚。波瀾不起還胚渾，緑章吾將叫天閽。

歸愚詩鈔卷十

長洲沈德潛碻士

七言古詩長短句附

井南草盧歌爲超亭賦

君公隱牆東，何栩棲竈北。伊人結廬井之南，數間仿佛盧仝屋。欹斜散木相枝撐，薜荔緑牆影濃緑。日高偃臥猶未起，土銼疎煙煮榆粥。出則把鉏犂，入還課誦讀。有時落筆掃絹素，鴻戲蛇驚餘百軸。饑不逢井上李，渴惟飲井中泉。井甘汲多泉易竭，何如苦井春秋冬夏常涓涓？前朝陳五經名繼，養母謝青紫。鶴書徵召來門閭，處士井邊方汲水。子今奉母情相同，飲水啜菽顔懽喜。子居井南，我居井西。村墟望茆屋，籬落聞鳴雞。往來晨夕時扶藜，還愁汲古乏修綆。相期赤文緑字同參稽，我老讓子窺天倪。

戴文進看碑圖

魏武未嘗渡江，看碑會稽之上虞，其事莫須有也。因已載雜記中，故詩亦從俗。

三百年後碑當墮，當墮不墮逢王叵。此言似諺還似謡，不解解之無不可。曹公看碑事有無，錢唐戴進文進名進。寫出《江上看碑圖》。浩浩江流勢欲走，撑空贔屭昂其首。碑陰仰看者爲誰？面目生動軒須眉。一人緋袍一官緑，大帶撻尾腰間垂。前者解賾若有得，後者沉吟良苦思。從人奚官好結束，罽靴短後羌兒眼。三鬃剪出桃花駒，嚙尾嘶風与翹足。此文傳是蔡雍贊，敏绝楊修識黄絹。老瞞心忌伏兵機，就烹偏在能鳴雁。聰明受患今古同，畫師微意傳豪翰。吁嗟乎，才子渝則戕其身，范史云：『修雖才子，渝我淳則。』愛深舐犢空傷神。何如投江抱屍知有父，碑雖磨滅心常存。披圖似聽波濤響，仿佛空江孝女魂。

漢將行

漢京崇閥閱，漢代多高勳。鼓刀狗屠皆得勢，何况衛霍天家親？天家之親本榮貴，叱咤風雲衆人畏。渾邪此日尚稱王，詔遣立功向邊地。追隨不數執金吾，鞭撻常加騎都尉。歸來獻捷覲王都，劒履公然殿上趨。姓名已勒燕然石，方略還成充國圖。請奪田園武安客，横行朝市霍家奴。寶器徵求歸邸第，通侯爵賞及童雛。誓辭真許天長久，雨露恩私無日無。禍福循環倚還伏，從來欹器常傾覆。井泉流溢鵖晝鳴，氂纓加劒全家哭。鐵券丹書返内庭，柘林兔苑移他族。報恩之子倏操戈，珠履三千去何速。北邙抔土竟無存，萬事豪華如轉燭。前車之覆後車誡，後車不誡終當敗。寶田驕横揔淪亡，博陸功名空蓋代。君不見，波浪掀天舸艦危，使帆全在轉帆時。功成早辦藏弓意，只有浮家范蠡知。〔一〕

校記

〔一〕『只有浮家范蠡知』，十四卷本《歸愚詩鈔》作『輸與江湖釣客知』。

妙空巖觀日出

蒼蒼山，山在洪流萬里長江間。怒濤如雷日轟激，澄波似帶相回環。其中有巖名妙空，崱屴百丈標芙蓉。上摩半天之星斗，下盤九地之蛟龍。鉤梯直上安禪窟，飛閣凌虚勢突兀。眠雲高枕岩之幽，殘夜推窗見紅日。空中疑聽天雞鳴，車輪湧出從東瀛。天地忽開萬象生，俄然六合皆光明。發狂大叫震〔一〕空谷，礫礫雲霄鶻離木。卻聽鐘聲早渡江，回頭惟見春〔二〕波緑。

校記

〔一〕『震』，十四卷本《歸愚詩鈔》作『振』。

〔二〕『春』，十四卷本《歸愚詩鈔》作『寒』。

夏　鎮　漢祖爲亭長處

亭長居然作天子，千秋空亭留泗水。劉興項蹶如奕棋，高才捷足偶得之。

舟行魯齊境，不得望嶽，作歌

婚嫁勞我生，年來已粗畢。而何五嶽遊，虛願未償一？今年西笑之神京，願上太山絶頂凌崢嶸。第一峰頭駐雙足，放眼萬里窺蓬瀛。扁舟迢迢越淮甸，順流忽過鐘吾縣。泗水亭荒憶漢業，嶧山碑廢懷秦篆。杜陵南池紀文藻，太白酒樓緬觴讌。魚、陶、蒙、艾四山名。指點中，岱宗隔斷青難見。同舟吳季子恂士，示我太山圖。蒼蒼十八盤，上有神人居。樓觀縹緲間，雲氣乍有無。七十二君封禪處，金泥玉簡空追模。星辰高壓從下看，帝座直逼憑空呼。其下亭亭云云列培塿，恍如長老招手兒孫趨。畫圖令我興飛越，轉惜天門無路節難扶。黃河雖經流澔瀚，青帝未識雲模糊。山靈笑我胸次隘，那能氣吞齊魯，直溯鴻蒙初。宵來夢羽人，授我秘府册，携贈仙人九節杖，宇内名山許探歷。他年終作岱嶽遊，日觀高高夜棲息。三更看湧扶桑輪，羣飛海水揺金碧。

洗象行

將軍列坐圍廣場，旌旗耀日風飄揚。都人讙呼看洗象，車馬蟻聚羣奔忙。儀仗前行喧角吹，衆象岧嶢二十四。鑾奴控引入玉河，遊戲波濤似平地。斗然起立旋偃伏，黿鼉之宫肆騰蹴。長鼻卷水水亂飛，噴灑高空濕原陸。成羣連隊何崢嶸，往來出没縱復横。奴人狎習通象意，詭傳蠻語聲傖獰。忽從象背入潭底，失勢一落人皆驚。三軍伐鼓氣逾倍，萬人呌譟波翻海。回身踴躍上層厓，歌唱闐闐如奏凱。前年南掌國名。俱懷柔，重譯賓至職業修。進來馴象工拜舞，玉階立仗隨公侯。因觀洗象識服遠，海隅日出通共球。拂箖香象奮威武，聖朝仁獸來中土。君不見，一角麒麟産東魯。時山左奏麒麟生。

喜　雪

小雪大雪不雨雪，雨雪乃在冬將徂。夜寒偃臥不成寐，冷氣栗烈僵體軀。吴蠶食葉紙窓響，曉看上下歸模糊。開門朔風卷衣袂，絲絲撲面濕鬢鬢。冥濛雲際露雙闕，瓊樓瑶觀神仙居。鬖髿連綿三晝夜，節序已屆春之初。填阬堆谷盈尺許，有待霢霂均沾濡。我聞雪爲百穀精，無雪應繼無冰書。冬天恒燠陽氣泄，蝗蝻蠕動堪憂虞。深宫齋心默祈禱，旋見六出飄空虚。聖人即祚善繼述，夔皋共鯀區殊途。茅拔距脱誦石介，一庭六詔齊歌呼。蠲租肆赦沛恩澤，萬國漸免傷肌膚。黄衣白足各解散，梟鳥破鏡同誅屠。從知帝心即天意，有觸斯應覘斯須。衆惟魚矣牧人夢，豐年有兆良非誣。吾居寓廬雪滿户，積素凝結堅門樞。呼童縛帚掃庭際，置以瓦鼎爇地爐。初疑松風吹謖謖，又似蚓竅鳴嗚嗚。主人授簡散南院，芝庭宫允。點袍撲馬旋清都。邀我作詩紀瑞雪，硬語直欲盤韓蘇。七言共成白戰體，五夜相對青燈孤。何當唤取摩詰手，寫出西山晴雪圖。

憫忠寺寶塔頌碑

君不見，唐宗征遼虚奏績，不歸將卒歸殘魄。遺骸山積築高墳，建寺憫忠憑佛力。遺人更立鄭公碑，事後悔心竟何益？四傳天寶開窮邊，蕃將代漢專漢權。阿犖肆毒擾天紀，唐家父子遭播遷。豺狼梟鏡自賊殺，安史相繼雄幽燕。磚塔屹立憫忠寺，思明揚頌文腥羶。范陽入朝旋畔逆，虚尊唐帝爲光天。刀輪折鋒火弈息，逈出三界超四禪。彌天罪業歷塵劫，龍象那許歸慈緣。撰文傳是不矜筆，范陽功曹參軍張不矜文。蘇靈芝書體遒逸。幽州之地留古碑，贔屭千秋高突兀。我欲長繩倒此石，粗砂磨治還本質，勿使穢跡峙禪窟。吁嗟乎，奸雄劇賊横相干，四紀耄荒嗤阿瞞。喜功好大繩祖武，開國還思天可汗。

塞北省親圖爲范笏峰題

代郡古稱設險地，控扼榆林衛幽薊。偏頭寧武連雁門，三面邊防争地利。范侯一麾乃出守，車前朱幡印在肘。龍泉斷割無艱難，代北循良滿人口。公子吴中望白雲，迢迢天末來省親。遠慰嚴君定省志，輕軒穩御太夫人。裹糧北上三千里，先詣神京去天咫。太行西折走居庸，宣府雄藩畫疆紀。柳屯枳嶺迤邐過，白草黄羊舊軍壘。河流繚繞環邊牆，峭壁萬仞開中央。戍樓旌竿矗雲表，瀑布衝擊聞雷硠。北嶽諸峰互鉤帶，大同遥指天蒼茫。主人闟袍白面郎，霜蹄蹴踏馳飛黄。黄須奴子控鞍勒，顴高眼突疑羯羌。鼻尖出火煙吐吻，便思拓弓騁馬從兩狼。此行省覲匪校獵，餓鴟那暇鳴枯桑。前眺飛狐入雲路，鷹隼迅擊愁難度。僕馬班班木杪行，想象版輿天際去。從兹官舍覲慈顔，兩世承歡孺子慕。畫圖渲染生輝光，人物山川揔真趣。惟有春暉寸草心，難將至樂傳毫素。放眼漠漠黄雲平，心游如在焦家坪。親闈調膳廣微志，絶塞安邊魏尚名。吁嗟乎，吾生孤露慙色養，老去胸懷餘跌踼。卷圖顧眄從復横，力戰雲中緬飛將。

唐明皇太山封禪碑

有客經行太山歸，示我明皇封禪磨崖碑。高文典册儷姚姒，塗改點竄辭瑰奇。鋪張五聖佑萬禩，合撰兩大周八維。御書古隸體蒼勁，光和苦縣相攀追。箕張昂萃勢向背，龍蟠蛟走形躨跜。吾聞聖王爲民請命福宇内，恭儉力行屏驕泰。建極錫極憑王心，不在禎符仰神賚。有虞攝位勤東巡，燔柴祀天首泰岱。七十二君封禪俱荒唐，玉檢金泥付茫昧。開元初政媲太宗，勤政務本先深宫。詔焚珠玉定服御，禁奏祥瑞書年豐。而何侈心忽萌動？張説聳慂來東封。汾陰已見答后土，太山直欲通玄穹。百官扈蹕四夷侍，萬國表賀昭豐功。君道貴謙忌盈滿，天寶秕政早已覘凶終。宫中王母落日留，蝦蟇忽變長黄虬。雄狐腹劍稱伊周，更議封禪凝天休。西嶽祠火停宸遊，漁陽鼙鼓驚延秋。青騾蒼黄奔益州，迴望岱嶽雲悠悠。升中秘册仍探不？靈武徵兵時倥傯。諸將攀龍還附鳳，華夷並力收兩京。紀功崖石煩磨礱去，漫郎老筆顔公書，中興更勒浯溪頌。

凌氏如松堂文讌觀劇

置酒高堂夜撾鼓，錦幃卷處紛歌舞。霓裳拍序鐵板聲，傳出英雄與兒女。梨園子弟聲價高，法曲親聞天尺五。座中半是人中龍，盛名煜爚推南東。鴻文素積玄圃玉，榮遇直上長楊宫。妙年聯翩擅豪氣，俊邁似欲無終童。而我頽齡亦在列，何異春苑飛秋蓬。憶昔康熙歲辛巳，横山先生執牛耳。堂開如松延衆英，一時冠蓋襄陽里。酒酣樂作翻新曲，時朱翁素臣製曲，有《杜少陵獻三大禮賦》《琴操》《問禪》，楊升庵《伎女遊春》諸劇。龍笛鵾絃鬪聲伎。雲鬟小隊舞柘枝，雪面參軍墮簪珥。流風無迹彩雲散，花月歡場曾有幾？側身天地念前塵，日月奔波一彈指。雪中鴻爪記當初，重上華堂三紀餘。此日庭前喬木在，往時筵上故人無。封胡羯末逢公姓，樹蕙滋蘭憶左徒。絃管聲中增嘆息，綺筵慙媿白髭鬚。

贈魏浮尊道士

虞山畫師獨往客，五岳經行一笻屐。歸來潑墨掃煙雲，胸次山川有誰敵？晚年倦作諸侯賓，筆牀茶竈移吴門。升堂弟子有數輩，誰其秀出今浮尊。浮尊道人餐霞子，谷神養就長不死。愛將餘事弄丹青，山是真山水真水。尊前示我《海嶽圖》，方丈蓬壺乍有無。泰岱松雲落几席，蠶叢殘雪寒肌膚。恍然坐我煙水窟，獨往精神呼欲出，殷勤爲我寫幽居。酒罷看君重落筆，草堂築近館娃宫，野店山橋處處通。疎鐘杳杳傳雲外，嵐翠重重落鏡中。故園如此不棲宿，馬蹄空踏京塵紅。知君畫意通窈渺，風我還山讀書好。青鞵布韈逐仙翁，林屋相將拾瑶草。

送馬力畚歸維揚〔一〕

昔人定交杵臼間，惟我與君定交舉場内。三條燭盡漏箭移，圓月光中静相對。高談肝膈吐芒角，天下英雄使君冣。君家拔螯城先登，而我過都鷁自退。别來歲月頻推遷，中間萬事變滅如雲煙。蘆溝橋畔忽相遇，馬上共揖珊瑚鞭。惟時網羅頓八埏，鳳麟騏驥來幽燕。尚方給札分羣賢，期門旅賁共驚嘆，争看殿上走筆如飛泉。昌黎中書竟黜落，杜老回首終南邊。爾我分張各鄉縣，一水迢迢渺銀漢。蔡雍乍賞爨下殘，莊生詎作溝中斷。今年會面仍燕京，健筆老去能掣横。山鯨雅軍斫陣氣，無敵小夫那敢相搪撑！天馬蹶足駑駘進，遇合從古難爲憑。豐臺勺藥花將吐，遊子匆匆抽别緒。折取將離送遠人，前路茫茫别如雨。八年廻憶定交初，無限牢愁轉難語。待君馬首從南來，請看龍劒會合黄金臺。

校記

〔一〕十四卷本《歸愚詩鈔》詩題作『送馬力畚同學歸維揚』。

書馬文毅公《彙草辨疑》後

文毅公，名雄鎮，遼左人，官粵西巡撫。康熙甲寅，叛將孫延齡通逆藩吴三桂，以兵圍巡撫署，欲降公。公自縊，解救之，不得死。持佩刀自刺，奪其刀，不得死。幽囚凡四年，公取歷代草書，細分點畫，部居類聚，名《彙草辨疑》。其標目楷書，妾顧氏筆也。後延齡感公忠，有歸順意。逆藩知之，遣其子殺延齡，因殺公。公從死者，夫人李氏，妾顧氏、某氏，二幼子，媳董氏，二女僕，諸老道、厨人、圉卒以下，共四十餘人。長子、次子，公先遣入朝告變，得不死。逆平後，朝廷贈爵予謚。公之子得草書於灰燼餘，有天意云。

臣死國，子死父。妻妾死夫，僕死主。一門靖節今古難，飲食如飴視刀俎。幽囚密室辨草書，點畫波磔分形模。寸心有主那肯亂？授經黄霸同恬愉。簪花小楷侍姬注，區部標目疑文儒。身騎箕尾正氣在，神鬼呵護干戈餘。長蛇剪屠猰貐殪，青史千秋表忠義，旌公大節重公藝。書傳顔平原，歌傳文信國，與公三絶同手澤。鐙前翻閲逢精靈，恨血燐燐到今碧。

北郭詩人歌

石帆詩理通優曇，老去彌勒爲同龕。論詩將令森兵鈐，齗齗嶽嶽加針砭。張蕣九畹。鶴沙襞積抽繭蠶，一韻未慊終身慙。脱棄家室無膠粘，華亭張少弋鉽。迂邨期期語諵諵。友朋山水性所湛，五言六代窮搜探。純鉤不露寒芒銛，周欽萊準。山人飼鶴南山南。結芝朮友鄰菊潭，新句澄徹開鏡函。古澹直欲聞韶咸，尤在京依。何人使筆馳風帆？毛公諧謔饒清酣，擲紙一笑掀銀髯。毛遇汲樹杞。敬亭縱飲神憨憨，擊缶恥發聲韽韽，吐語萬象供鐫鑱。宣城洪鳴佩鈞。白松奇陣鼓且儳，生馬不施勒與銜，意氣直欲降章邯。朱雲友玉蛟。木鳶居士神安恬，懷人吊古臨風檐。晚唐元代中州兼，蜂釀崖蜜中邊甜。朱念祖受新。陳生入世百不諳，嗜奇獵古貪夫貪。樂府神味伊涼甘，誰其歌者宜何戡？陳經邦奎。錢塘詩老氣渾涵，胸羅豫章與楩楠。吐納衆有含洪纖，勺湖荒穢俱夷芟。遠追曹阮君其堪，兩賢左右同驂驔，先後十載埋雲嵐。錢塘家方舟用濟、廣南方東華朝。

題凌静圃願遊黄海圖

我聞天都黄山三十有六峰，峰峰巉絶形巃嵸。匪夷所思足荒幻，出理境外誰能窮？山石無定態，欹昂騁伏，獸奔鬼攫兼横縱。古松斷塵土，千年不長偃蹇突怒蟠窋巃。雲從一峰忽飛出，迷漫南北連西東。巒嶺有無隱復現，卷舒聚散随天風。恍如神山可望不可到，樓觀縹緲仙人宫。心驚魄悸忽作望洋嘆，茫茫濤浪直欲連層穹。世間此境可造訪，身無仙骨無繇逢。伊人列仙曹，胸次雲中鴻。九峰三泖，夙昔釣遊處，東華軟土那受塵埃蒙。故園黄山嘗入夢，先世本天都人。倏忽飛度青芙蓉。置身如在蓮花最高頂，俯看但覺兜羅綿現煙濛濛。星辰列碁枰，日月跳樊籠。雲旗影悠悠，風馬聲隆隆。青鸞絳節，導以雙童，其中疑有軒轅之駕隨飛龍。浮丘伯，容成公，御風乘氣一一來追從。夢遊雖已到神境，終墮惚恍歸虚空。青鞵布襪願獨往，還思着屐直踏雲千重。繪圖寫奇狀，滅没難爲容。哦詩吐懷抱，煙霞滿心胸。息壤在彼詎可負，焉能直待抽卻手版扶孤笻？願君裹糧携宿舂，我當追随比駏蛩。生平百事俱疎慵，獨有尋山賈勇情偏濃。更聞羅浮離合風，雨中匡廬千丈懸玉虹。武夷水樂聲潺淙，天台石梁跨穹窿。雁湖瀑布廬山同，豈獨海外推方蓬？請君廣抱九宇願，他日遍遊洞天福地，四方上下尋仙蹤。

覺生寺大鐘歌

牙角鬌鬌蟠老龍，色相古黝兼青紅，旋蟲躨跜列衆獸，旁羅鬼怪諸姦凶。重逾萬石更萬石，漢高廟器將毋同。金泥傳自明永樂，遷都北地仍燕封。廟社既建鼎吕定，次及梵宇成華鐘。道衍監造役梟氏，數倍仙掌鎔金銅。彌陀華嚴薈全部，沈學士度筆藏稜鋒。懸之傑閣入雲表，六僧舉杵齊撞舂。當年燕飛啄孺子，南兵百萬爲沙蟲。抄連瓜蔓凝碧血，禍延赤族鋤羣忠。憑仗佛力消黑業，趪趪聲徹天門重。恒河沙數至無算，火燄滅熄刀輪空。從來王者貴不殺，豈緣象教尊禪宗。神孫更創萬壽寺，大璫勢力移其中。熹宗以後委諸地，龍臥沙草雲難從。熙朝郭西建寶刹，重樓複殿棟宇隆。錫名覺生代木鐸，警醒憒憒憐愚蒙。鐘從廢寺徙新構，萬牛廻首驅徒工。鯨鏗鼉鳴整課誦，響達長樂隨天風。我來郊原訪林麓，一徑委折趨靈宮。諦眎古蹟决雙眥，偉觀一豁平生胸。因思雞鳴埭西北，巨鐘蝕土眠蒿蓬。摩挱永樂二年鑄，兩地禱福邀天功。一鐘淪棄聲久啞，一鐘叩擊驚頑聾。蒲牢亦等遇不遇，何況士類分雌雄？獨惜大鏞置佛地，虛無秖伴金仙蹤。今皇崇道講經學，鴻都觀禮來耆童。始終條理藉法物，曷不輦載歸辟雍。於倫〔一〕於樂頌聖德，相和鼉鼓聲逢逢。

校記

〔一〕『倫』，十四卷本《歸愚詩鈔》作『論』。

長江萬里圖

江濤洶洶空堂起，岷山導江至揚子。揚一益二包荆襄，匹練中間萬餘里。人民城郭迺〔一〕隱見，無限楓林雜蘭芷。老我驚心歲月遒，頻年楚尾與吴頭。渚宫玉壘勞魂夢，至喜亭邊未放舟。披圖欲溯江源去，載卻雲旗賦遠遊。

校記

〔一〕『逓』，十四卷本《歸愚詩鈔》作『迢』。

沉舟嘆

韓莊牐外洪流急，颪駕浪頭丈餘立。欹帆側柁衝浪行，觸石收帆勢難及。滿船客子無人色，性命死生判呼吸。隣船救人飛鳥過，得脱蛟涎自稱賀。心怦目眩耳亦聾，剪紙招魂有誰箇。吾生窮薄理則那，兩日空郵坐寒餓。人生何處無波瀾？丈夫行路從來難。前途不逢傾險地，那識坐卧平時安？朝來换船鼓柁去，遥天煙浪心茫然。

耕巖草堂歌

前朝宣城徵君家眉生歸隱地也，孫檸崖來吴，屬余作歌

陵陽徵君壽民。偉丈夫，思陵召對來陳書。危言指斥樞輔罪，請罷閣部事。奪情忘父塹林烏。刻期滅寇寇轉熾，瘡痏流毒成癰疽。疊陳三疏辭愈厲，甘伏斧鑕忘其軀。書生不死偶然耳，虎鬚捋罷回征車。鼎湖龍去丁陽九，一馬渡江嚮南走。卧薪嘗膽了不聞，但對長星勸杯酒。太阿有柄付汪黄，欲斬陳東并曹偶。徵君亡命同張儉，正值真人起龍戰。掃清海宇無風塵，長夜漫

漫有時旦。歸來故山結草堂，把耒畊巖脱憂患。剩塘環其外，洪林亘其前。近接麻姑嶺，遥望敬亭山。山間猿鶴時往還，徵君著述年復年，得意便欲忘言詮。忽然奮筆誅謏姦，廻思請劒躋天關。龍髯既遠難追攀，徵君長往同逝川。後賢樂志眠雲煙，讀書作畫畊石田。千里迢迢到吴會，愛余晞髮辭埃壒。橐中出示徵君書，陳亮劉蕡見風概。〔一〕梟鸞分别有同心，薑桂由來重前輩。何時芒鞵蹋破姑山雲？草堂深處彷佛逢徵君。

校記

〔一〕十四卷本《歸愚詩鈔》此句下有注『集十二卷』。

訪程蒓江於晚甘園，蒓江季父風衣、周白民、邊頤公、丘庸謹、砥瀾亦至，日暮言别

珠湖一曲波瀰瀰，明鏡乍磨清見底。篙師導我上艀艖，直到疎楊深處艤。此邦佳士雜狂狷，主客相逢弄柔翰。前者唱于後唱喁，樂事從來我曹擅。雄飛雌伏那有常？一笑浮雲看變幻。相送還携酒滿壺，廻船欲聽晚啼烏。參差樓閣銜斜照，身在松年平遠圖。

趙北口懷古

燕南垂、趙北際，猛鷙公孫曾割据。中央如礪擬赤符，妄以童謡應祥瑞。雄心枉自殺劉虞，兵敗身燔竟何濟？此日空留戰伐名，溦溦河水有餘清。垂楊萬樹漁千户，眼底何曾話易京？

花圃歌同李玉洲前輩作

豐臺花步聯阡陌，老圃家家好顔色。四圍縛樹代重垣，一路樊籬限生客。香風不斷醉行人，此地還應號花國。護花勝是護家兒，攘剔滋培貴及時。汲井灌餘私雨澤，設帷張處減炎曦。垂枝䪁葉翩翾態，有韵無言綽約姿。冬日唐花榮地窖，火烘暖氣春先報。朱朱白白雪中開，不使化工歸大造。虎丘花衖冣知名，浙地名花聚馬塍。明麗當時數吴越，芳華此日讓神京。種花祖業傳孫子，賽罷花神列花市。移花擔入鳳城中，换得錢歸滿家喜。生平不省把耕犁，衣食年年在紅紫。别有平泉舊日莊，主人徂謝業全荒。王孫木在移僧舍，簡子花名。枝摧委路旁。鋤菜兒童平故苑，失羣狐兔竄高堂。相逢花圃澆花叟，指點名園話夕陽。

救饑行爲家茉園侍御作

傳聞淮徐間，饑民日屯聚。草根食盡剥木皮，到處俱成白榆樹。饑腸結澀喉出火，全家十人五顛仆。前年兒女隨路鬻，今年兒女無鬻處。子棄死父，妻棄死夫，同行不顧婦與姑。道旁過者那敢視？烏鳶啄屍滿路隅。長官入告惜軀命，誰當閶闔窮號呼？吾家真御史，慷慨陳奏牘。流民宿壽連濮曹，寫盡逃亡一路哭。及今無策散遣歸，蟻子還防變蠆毒。宫中聖人廣諏詢，救焚拯溺切廼身。截漕振荒待麥熟，已遣大吏遍拊循。更因此言疊散振，摠欲活此七十餘萬之窮民。即今三輔歌雲漢，惟懼灾荒繼淮甸。應天以實不以文，九重下詔求直諫。回斡有方能指陳，願爾更奏金華殿。

種竹詩爲茉園侍御作

長安塵沙瞇雙目，白草荒荒少修竹。主人庭前種得三五竿，便有清風到荷屋。當堦還餘半弓地，更補新梢喜攢簇。近垂蘿逕煙濛濛，遠和松濤響謖謖。著書日夕静相對，彷佛良朋伴幽獨。春來忽報苔花破，迸出萌芽抽碧玉。同人携酒互來看，比賀添丁蕃似續。主人往日戀西溪，北高峰陰碩人軸。梅花爲國竹爲海，寒香林裏須眉緑。今來日下養籜龍，幾枝儼對篔簹谷。物情少見便爲貴，有似水居重麋鹿。或云主人嘉植託微意，勁節磥砢聊自勖。或云讀罷殘書畝菜根，不逐紛紛饜粱肉。主人聞言笑不答，注目檀欒翠如沐。呼童汲井貯寒泉，砌下新添數叢菊。

苦熱行

長安酷熱真無奈秝，火繖炎官勢方大。幽燕轉似頭痛山，常有惡風逼虚座。朝堂東帶汗如雨，况復長驅走鈴馱。鬱烟處處蒸毒滛，塵块時時迷堀堁。街頭日有暍死人，五城共報千百箇。我生眠食故依然，不獨白憐還自賀。招邀怕赴河朔飲，欵謁愁逢襬襶過。避炎偏受歊陽煎，盡日煩冤甑中坐。夢魂忽到冷泉亭，龠淪緑淨不可唾。長松激響翠欲飛，怪石穿空雲可臥。夢廻依舊落此間，散髮無緣洗塵涴。起行愁思立中庭，百感茫茫閔勞瘅。郊宫禱雨信杳然，新月上弦斜半破。

觀盂蘭盆會作歌

半明半滅燈火青，鬼王現出形猙獰。寺僧高座誦梵經，左手持訣，右手摇鈴。鈴聲響，衆聲滅。梵語遲，梵語疾。呪開枉死城，幽魂争向城中出。陰風索索吹纸船，燐光熠熠棲纸錢，似霧非霧煙非煙。一時觀者顔如死灰色，恍惚百千萬鬼來筵前。貴達官，賤廝養。老尫羸，壯倔强。高者俯，卑者仰。近者前，遠者望。或屬暴亡，或久納壙。或連卷傴僂，或沉淵搤吭。耶孃妻子聯袂來，一鬼天然一形相。佛尊大開甘露門，夜深同赴盂蘭盆。當筵飲罷功德水，忘卻身是空中魂。魂歸月落天欲曙，高僧塵中募緣去。

楊忠烈公祠

古來慘毒那有此，獄中畢命六君子！諸公連類首應山，婦寺義兒同切齒。惟公激烈稱孤忠，倉卒定變先移宫。後陳二十四大罪，照徹鬼膽磨青銅。搏擊不中受奇禍，骸骼暴日屍生蟲。妻孥城樓飽風雪，身後餘毒流無窮。人之云亡邦國瘁，明社沈淪等兒戲。只有孤臣一片心，地下可訴高皇帝。德安故里有遺祠，颯颯靈風欲滿旗。行人下馬肅瞻拜，如見鬚髯戟立時。

歸愚詩鈔卷十一

長洲沈德潛碻士

七言古詩 長短句附

爲椒園題李太白像

金鑾殿比蓬門裏，視高將軍如鼠子。眼中早識郭汾陽，尋常狂士那有此？詩人酒人復仙人，三公之位糠粃耳。埋骨青山山亦靈，斯人至今常不死。披圖意氣餘浩然，高空朗朗長庚懸。〔一〕

校記

〔一〕『高空朗朗長庚懸』，十四卷本《歸愚詩鈔》作『吾欲因之學醉眠』。

韓昌黎像

佛骨可以燒，鱷魚可以驅。王廷湊亂可以諭，生平大節何炳如！文能追賈董還，詩不受李杜縛。與公爲敵者宵人，藉公成名者來學。嗚呼！公之精神貫星斗，氣敚賁育夫何有，當今誰爲寫生手？

奉敕恭賦《三希堂》歌

江左風流數王氏，司徒以後多聞人。羲獻父子樹清節，法護文學超常倫。勳名一家著史册，翰墨千載流精神。《快雪時晴》羲之帖。洵書聖，《中秋》獻之帖。姿媚中藏筋。《伯遠》珣帖。一帖推後勁，遒逸自足追前塵。東晉至今十六代，離合聚散同煙雲。太清樓空幾泯滅，秋豁堂廢疑沈淪。至寶閱世永不壞，鬼神呵護留乾坤。從來法物聚所好，歸諸秘府紛羅陳。聖皇勤政得清暇，披玩卷軸時討論。一字品題物逾重，圖球並作天家珍。三希名堂世希有，何啻朱鳳兼白麟？吾皇寄托别有在，字同義異窮聖真。寓意於物匪留意，頤神養性常如春。遊心理窟無止步，濂溪《易通》曾有云。惟士希賢賢希聖，聖人希天直欲探天根。萬里雖遠終可到，立志恢廓無涯垠。士人黽勉臻上達，而况上聖德性通高旻。法書珍重秖簡翰，游泳六藝緣依仁。小臣拜手敬瞻玩，摩抄那敢指掌捫。晉人筆墨貴鳳髓，睿藻箴昜揚龍文。承命作歌識卷末，疑有榮光騰起爛爛輝星辰。

伏生授經圖

祖龍燒《書》經學廢，《典》《謨》《誓》《誥》墜於地。濟南博士抱遺經，一髮千鈞此身寄。帝遣太常往受學，二十八篇傳大義。有唐道子寫作圖，後人粉本工追摹。九十老翁牀上坐，客拜堦下如生徒。齒危髮秀詞謇拙，女子傳述言非誣。粤若稽古堯舜禹，講畫豈必皆眉鬚？齊人潁川語齟齬，略通屬讀傳其麄。厥後張生歐陽遞授受，夏侯大小俱通儒。恭王欲壞孔子宅，科斗古文出孔壁。梅賾以後諸本興，汨作九工亂白黑。兩家真僞無定論，入主出奴互掎摭。但期不謬歷聖心，聚訟古今竟何益？披圖別有感慨增，惜哉家令枉受經。輔導胄子棄典樂，刻深陗直乖和平。謀削七國中奇禍，劉安鼂危父已明。申商之術害萬世，當年誤學張恢生。卷圖爲語治經者，慎勿變易趨刑名。嗚呼，慎勿變易趨刑名！

爲程風沂給諫題張南華宮詹畫扇

南華居士美且髯，散仙偶作人間緣。潑墨成畫摠遊戲，欲與張旭同稱顛。有時經月不點筆，有時片刻掃盡牀頭牋。偶爲知交寫方曲，興所到處神隨焉。杈枒老樹蒼而堅，雜以修竹形便娟。怪石突怒勢欲走，下有縱横廻折飛來泉。胸中郇存倪黄董巨法？畫從我心心從天。斯人幻化去無着，詎有形影過花甎。惟餘筆跡在人世，匹郭忠恕疑神仙。故人開匣共睇眎，墨瀋猶濕常新鮮。知君念舊因貴畫，肯使聯綿過眼飄雲煙？爲莊爲惠憶濠濮，得魚得兔忘蹄筌。交情畫理兩珍重，與君洛誦《秋水》《外物》《南華》篇。

題諸襄七太史友松照

峨嵋頂上松，萬年不長蟠虯龍。泰山壇邊松，老榦曾受秦皇封。嶽麓寺前松雙株，參天入高穹。探奇道遠不易遇，何如春暉堂畔昕夕晤對枝横從？此松種自項襄毅，下潤寒泉固根柢。腹空皮剥質蒼堅，三百餘年有英氣。嘉禾太史公，清隋無匹儔。孤生挺特絶因倚，於世落落無營求。秉松之德與松友，受命獨正，飽經冰雪神彌遒。斯立哦松脱塵垢，先生撫松志尚友。襄毅立功此立言，卷軸景鐘同不朽。凌霄附喬木，桃李榮陽春。樗材散木不中削與斤，惟有凌霜直幹棲煙雲，明堂藉爾爲重棼。披圖疑有濤聲起，先生之風清如水。

奉敕題韓幹《照夜白圖》

曹將軍貌照夜白，龍池十日飛霹靂。弟子韓幹亦有圖，筆力幾與師相敵。肉中有骨藏丰稜，塵外能邀九方識。籋雲泄鳥欲騰空，碧眼圉人騎不得。杜陵遊戲作貶語，蘇子按圖重推激。天閑萬匹皆臣師，肯服陳閎受驅役。此卷流傳已千載，歸之内府珍尺璧。天家十駿有畫本，上命工寫十駿圖。月窟西來過重譯。超驤俱是千里足，豈數當年好頭赤？惜乎未逢韓幹手，誰爲神龍表奇特？良工良驥兩相須，披卷英風起槽櫪。

玉甕歌應制

廣寒殿中大玉海，聲價高於古鼎鼐。于闐職貢供雕鐫，水族百怪窮神姦。詐馬宴餘陳几席，障以闌杆耀金碧。君臣飲酒歌樂豈，取醉正須三十石。劫灰飛後歸琳宫，伴侣瓦缶醃青菘。有如周宣獵碣缺辛鼓，民間作臼供杵舂。

文明之世榮光發，寶鼎仍從泗濵出。移置承光殿名。位帖妥，牟敦舟彝共羅列。金源古檜蟠青虬，檜一株，相傳金時物。蔭此至元温潤質。從來精氣難埋藏，塵埃拂拭增輝光。聖朝不貴難得物，寶器自合登明堂。嗚呼，寶器自合登明堂，豈獨軒轅瑪瑙之甕盛天漿？

海灾行

怪風卷海海水奔，衝决廬舍成通津。萬民爲魚白日昏，波心黿慘屯冤魂。十六年間兩遭毒，壬子至今兩灾。胡爲虐此千邨萬落之窮民？我將叩天關、謁天帝，請誅雨師風伯兼波臣，抉破陰霾洗氛沴。方今聖人愛蒼赤，普天捐復俾安宅。海疆一角偏受災，日昃九重抱饑溺。小臣無術能救時，退食自公慙飽食。故鄉廻望心茫然，何時蕩汩下地生炊煙？

紅豆軒詩爲顧備九賦

有宋遺民元處士，手栽佳卉臨軒戺。花房交絡冣高枝，流丹顆顆相思子。遺民老去隨雲煙，白雪清風憶曩賢。宋玉故居歸庾信，添將花木似平泉。《尚書》文采聯盤敦對，紅豆莊前盛冠蓋。黨人南北獨稱魁，闉闍風華亦爲冣。此時庭院點腥紅，鸚鵡啄餘重珠貝。俄然滄海已揚塵，江令歸來鬢似銀。絳雲遭炬俱成燼，珍木無花不受春。名園從此成荒圃，牧豎樵翁俱作主。名葩伐去六十年，望裏蒼涼滿荆楚。前年復見抽新株，枝葉扶疎點絳柎。仍似勻圓垂火齊，依然的皪綴珊瑚。前人精爽寄花木，不與尋常校菀枯。孫枝斂抑承先步，肯比尚書自矜譽。順治庚子，紅豆復花。牧齋引爲己瑞，作詩十章。年年封殖保天和，願拜韓宣美嘉樹。

《洞庭秋泛圖》爲顧備九題

木葉下，洞庭波，客子遠遊歸思多。木蘭之枻煙中過，篷牕閑披白鷺蓑，胸吞雲夢歌《九歌》。鷓鴣啼煙猿狖嘯，蒽茜楓林送歸棹。君山一點吐青螺，湘女風鬟鏡中照。采罷芙蓉散旅愁，振衣高上岳陽樓。吴頭楚尾凌空望，便欲乘風萬里流。

題翁朗夫《三十三山草堂圖》江陰三十三山，香山其一也

君家本黟山，〔一〕三十有六峰。本天都人。一從來暨陽，卜此半畝宫。香山蓉水間，樹屋聊稱傭。萍蓬忽漫遊九宇，文翰翩翩推阮瑀。常將忠信涉波濤，豈獨聲華合賓主。紛綸大論出小心，哂彼登牀傲嚴武。老來結念在故園，某樹某丘釣遊所。白雲蓊翳仍還山，三十三山天所予。石闌鬪語鴨，青隴鞭耕牛。鵝鼻渚畔拏輕舟，春申事業竟安在？惟餘一羣狐兔眠荒邱，有時興高寄託逍遥遊。等觀鯤鵬與蜩鳩，世間萬物能齊不？三十三山入圖繪，白石清流塵坱外。何如並

畫六六峰，兩地雲松各相待。

校記

〔一〕『君家本黟山』，十四卷本《歸愚詩鈔》作『君家世棲託』。

題董文敏仿米畫

欲雨不雨山有無，欲霽不霽林糢餬。欲露不露村際屋，欲没不没煙中途。香光得自米顛法，瀟湘白雲今有圖。興來神來傾墨汁，百三十年絹猶濕。

題王石谷《夏山雨霽圖》

雷聲殷殷如轉磨，後山雨腳前山過。須臾雨止風亦收，日光射罅雲欲破。近看餘藹停陰陰，遠望翠嵐横箇箇。耳邊忽送淙潺聲，懸溜下垂玉虹大。烏目山人寫作圖，淋漓元氣誰能那？此時遥憶拂水巖，倒躍飛流灑佛座。封泥静看果摇落，刷羽徐聞鳥鳴和。四山不見一人行，知有巢居正雲卧。

題晚聞主人畫主人名穆，僖王孫也。畫《松風奔泉》《古藤怪石》《高人抱琴獨坐》

坐間欲歘狂飈起，旋聽奔流激雙耳。空堂恍惚聚精靈，炎月生寒徹肌理。睇觀知是王孫筆，萬壑松濤泉汩汩。古藤如幄摇晴空，突怒蛟蛇勢難掣。中有逸士湛幽林，虚巘獨坐横清琴。想見伯牙刺船至海上，鳥鳴水湧皆琴心。忘言得意足天趣，仿佛古調一曲聞歔欷。王孫仙去時未久，此卷已慁庸人手。到今仍入閭平家，肯使簡珠落塵垢。披圖如挹太古風，高山流水只在無絃中。〔一〕

校記

〔一〕十四卷本《歸愚詩鈔》詩後有注云『今歸慎郡王』。

冒雪錢唐江行抵富陽

凍雲凝結天茫茫，山勢合沓江湯湯。飛廉滕六作遊戲，送我迷漫馳帆檣。鬖髿連綿不肯止，睇望皛淼無紀壃。千巖積素形仿佛，掀篷寒氣侵肌骨。恍逢海上蓬瀛間，白色鳳麟銀作闕。閑身疑入清虚宫，一片心神總超越。錢唐已遠天欲暮，煙火依稀富陽路。此時雞犬寂無聲，獨枕寒潮伴鷗鷺。

登文殊臺作歌

天都峙其左，蓮花拱其右。硃砂頫於前，玉屏環於後。其餘臚列如兒孫，或起或伏或仰首。我時象獅二巖石名。擁衛高蘢葱，下臨無極混溟濛。山半忽起雲蓬蓬，疎松奏樂鳴天風，身世恍在虚無中。我欲招容成、揖浮丘，試問丹經寶鼎將何求？無爲清静亦得成仙不？青鸞白鳳杳無迹，放眼天外雲悠悠。孤筇獨立冣高頂，寓言朗誦《逍遥遊》。

黄山看雲海歌在文殊臺作

老夫新從人海回，又到黄山看雲海。天公知我性好奇，頓使羣山態俱改。夜來宿霧收，曉望朝霞鮮。㚬㚬一縷雲，倏上遥峰巔。俄然峰嶺〔一〕合，瀰漫相連延。青螺欲定忽欲動，層疊湧出兜羅綿。遠近平鋪總一色，浮天吞岸那得窮其邊？横空洶洶浩無迹，恍惚驚濤互衝激。鏗鍧鞺鞳聲不聞，湫漻茫洋势何極？白銀宫〔二〕闕杳渺間，疑是蓬壺方丈仙人域。木華有語道不到，鄒衍荒唐詫奇特。須臾微陽穿漏天風來，解破白衣絢金碧。我時登臺眺望如望洋，晃朗真堪盪胸臆。往事追憶東坡翁，登州羈迹爲寓公。蜃氣收時見海市，自信人棄非天窮。我今亦得見黄海，生平夙願天能從。作歌漫繼王局後，有無變幻聊相同。歌成雲歸海旋散，仍見高天杲日光曈曨。

校記

〔一〕『峰嶺』，《黄山遊草》作『峰峰』。

〔二〕『宫』，《黄山遊草》作『空』。

登光明頂放歌 黄山最高处，宜中秋望月

陟萬仞兮層巔，忽空明兮景無邊。千峰萬嶺兮俱在下，天都蓮華秖許齊其肩。我遺世兮陋蟻壤，坐平臺兮睇莽蒼。俯一氣兮無垠，收萬象於盈掌。攬全歙兮玲瓏，跨宛陵兮西東。池陽兮堆阜之形，似廬江兮衣帶之混濛。指匡山於天末兮，疑有五老隱見於雲中。嗚呼！人生溷濁兮苦羈束，百年一睫兮如短燭。浮雲變幻兮忽有無，安得日擾擾兮隨蠻觸。何如掃除一切兮心與天游，升高望遠兮身世俱浮。置身黟山之絶頂兮，便如鳳麟海外之神洲。於時青鸞兮迎客，白鳳兮翔留。似聞浮丘阮仙向我笑，謂我三千年前居此爲同儔。何當載美酒兮清夜，坐明月兮中秋？此山此月兮足千古，詎必更尋玉京深處開瓊樓。

越王臺

卧龍山巔越王臺，重重磴級躋崔嵬。人民城郭雙屐下，山光湖影千盤廻。當年治吴憑越甲，忘卻請臣與請妾。鴟夷逋遁文種誅，烏喙秪堪共危急。無疆再世旋淪亡，春殿繁華惟一睫。我本姑蘇臺畔人，偶來於越踏煙雲。霸圖消歇名山在，倚杖峰頭弔夕曛。

問賀監故宅

季真老去乞閑身，天子裁詩賜舊臣。歸里黄冠寄高尚，鑑湖一曲全其真。放翁作歌弔狂客，艇子往來隨所適。菱租魚市足逍遥，道士莊前尋故迹。到今湖水半湮淪，誰問前民往時宅。我亦清時遇聖明，賦詩餞送許歸耕。四明湖畔思前事，今古相關無限情。

登華頂

崑崙遠脉趨南東，蜿蜒磅礴天爲工。靈氣團結聳天柱，台岳上與星辰通。回環聯絡八百里，中藏千朵萬朵靈奇峰。就中一峰號華頂，位當華蓋乃是神仙宫。其高萬有八千丈，蔽日干雲勢無兩。霓裳羽節時經過，玉洞金庭斷塵坱。御風列子庶可行，我亦胡然把笻杖。升崖曉日光初暾，纖雲掃盡無翳昏，目光所到窮涯垠。四山重重互圍裹，巒嶺巑巑攢空旻。宛如蓮鬚蓮瓣相擁簇，中央蓮臺突起羣稱尊。東望太末，西眺括蒼。南瞻雁宕，北睇錢塘。一杯杳渺指瀛海，此中洲島何微茫？收之一一在襟帶，何須鄒衍摇吻談荒唐。我將陋燕昭，嗤漢武。想域外之遊觀，失當前之近取。神仙只在靈臺中，底羡身輕長毛羽。今年我攬黄山奇，旋經天台上厜㕒。別有匡廬九華與武彝，羅浮離合並九疑。名山有路終可到，安能喧局甕裹儕醯雞？青鞵布襪行攀躋。

華頂觀日月同度 十月朔

五更陟層巔，爲觀海日出。曉星猶動摇，微雲漸開豁。空中千道紅光流，近蒸兩瀆遠十洲。玫瑰靺鞨匪一狀，變幻金蛇紫色窮雙眸。一痕吐出浮淡白，陰精將死餘殘魄。纖阿微露光晶瑩，羲馭旋升勢炎赩。車輪上湧，來從東瀛。赤金鎔汁，圓靈所傾。雲際恍惚天雞鳴，海波吞吐疑有聲，蟾蜍走匿歸瑶京。萬山照耀棲鳥驚，六合内外皆光明。或云陽月之朔歲一度，萬八千丈之峰入煙霧。行人觀者空往還，百歲老人難一遇。我來恰逢天氣清，自是天公默相助。古來日月如合璧，五星如連珠。章蔀紀元之會誠有諸，後人不見疑虛無。請登天台華頂看奇景，親見玉兔踆走翔金烏，心胸開豁毋拘墟。

天台萬年藤杖歌

天台老僧贈我萬年古藤杖，磥砢夭矯難爲狀。斷根削枝瘦骨存，龍性由來體倔强。把持卓地聲鏗然，羸老扶持神亦王。此藤曠古全其天，風饕雪嚙逾精堅。嶰谷之竹亦後起，冥靈大椿讓爾先。結根抽條不知是何世，應是循蜚疏仡之代軒羲前。老夫老去卻忘老，不藉扶笻振枯槁。興高遠出尋名山，仗爾梯空入縹緲。人生當著幾兩屐，一杖吾生差足了。因念窮檐老耄空皤皤，扶携無藉疲癃多。孔光恭受靈壽杖，有負君賜工媕婀。吁嗟乎！安得四方老壽頤天和？

董宗伯《煙江疊嶂圖》用東坡韻

似煙非烟山非山，羣山吐煙山藏烟。香光潑墨作遊戲，造化在手然乎然。溟濛合沓杳難極，但見空際飛出無聲泉。斜穿林壑勢忽斷，逆折下走成廻川。村落幾處隱復見，板橋沙嶼前山前。平湖渺渺雲作岸，輕舟泛泛波連天。畫禪筆與晉卿異，不願皴染歸清妍。楚山彷佛在堂上，便欲指點雲夢長沙田。往時楚中持使節，興高眺覽忘衰年。正則荃蘅尚菴藹，湘靈環珮疑嬋娟。漢江一棹入煙雨，迥異繡被舟中眠。對景如逢虎兒畫，哦詩更憶東坡仙。於今八載付夢寐，雪泥鴻爪空塵緣。披圖雲煙倏過眼，萬事撥棄且須高誦《逍遥篇》。

題《繡谷圖》

盤猗示我《繡谷圖》，知是先人棲息處。林端一角露埤堄，隝裏千株叢竹樹。圖書插架羅古今，朋舊携筇話情愫。仿佛盧鴻草堂輞川莊，前後名賢賦章句。烏目山人寫作圖，到今五十年來同旦暮。先生出守之鑾雲，和風着物俱回春。要荒之地化舊俗，瓊儋往昔留奇人。拂衣歸來遂初服，閲世紛紛笑蠻觸。谷口幽人卧野雲，巷中遠客停征軸。匠門秀野已淪亡，領袖騷壇唯繡谷。我亦時來共觴酌，興到吟牋分尺幅。有如江黄蓼六避荆楚，敢比韓孟雲龍共相逐。先生倏載雲旗遊，三徑不改林塘幽。紀羣之交締兩世，晤言泉石餘風流。手書碑版照遠近，池中黑水蟠蛟虬。屬我補題舊畫卷，前民神采想象依雲樓。寒碧高文壓卷首，小言詹詹殿其後，竊附末光期可久。卷首爲大宗伯韓文懿公。

四面松爲王生岡齡賦

前年遊黄海，直造天都峰。峰巔怪松裂石罅，樹樹屈曲蟠蛟龍。欲劚一枝不可得，翹首悵望煙雲中。今來楓江忽相見，王氏園中挺孤幹。青銅古鐵質比堅，閲歷年華了無算。縱橫正側枝盤拏，鱗鬣之而總奇觀。初疑偃蓋張甆盆，諦視折旋幾回變。行人到此目屢移，詫嘆奇松宜四面。根荄藏石中，歲久漸成石。對待判死生，渾合混形跡。是松是石難强名，造化神通那能識？主人無事來閑亭，點筆欲貌蚴蟉形。宛然相對天都冣高頂，如遇浮邱跨鶴來空冥。靈心幻入虚無際，寫出虬枝面回青。

二禽

鴨媒笑鸕鷀，笑汝貪食魚。朱絲繫頸不下腹，專利漁者何其愚！鸕鷀笑鴨媒，笑汝太狡獪。唼唼呼羣入網羅，故作相親陷同類。二禽性異醜則同，終身常在傾危中。不見忘機自得者，江頭獨有信天翁。

奉敕題韓滉《七才子圖》

晉公畫手孰比肩？人物變態分媸妍。《五羊》《擊壤》二圖名。藝苑傳，《七才子卷》圖唐賢。延清才調真便娟，樓頭落紙飛雲煙。君詩獨留那可删？景龍風格開衆先。摩詰詩畫兼通禪，宫槐落葉心悁悁。陳琳庾信語可憐，司勳揮灑疑從天。黄鶴白雲詩一篇，壓倒餘子誰能攀？嘉州補衮君王前，後參軍事之窮邊。羽聲慷慨驚朱鳶，史白諫議羞寒蟬。書擅飛白形翩翩，正史放失毋乃偏。誰超逸者李青蓮？工詩縱酒還遊仙。三公千乘粃糠然，老年浪跡歸青山。達夫老去爲達官，學詩晚歲旋登壇，高岑並峙雙峰巔。七子先後爲同班，風巾雨笠何掀掀。青騾白牯驪騮騵，連轡並轡疑出關。倘逢尹喜談幽元，一一點染歸素紈。杜陵襄陽何逸焉，其故難詰姑舍旃。畫圖歷久色未蔫，神物呵護逾千年。歸諸秘府珍璵璠，聖人題詠天藻宣。榮光上燭輝星躔，此卷長留天地間。

奉敕恭題御筆《古幹梅圖》

御園磁盆放古梅，一枝早報三陽回。着花不多意簡淡，時有醃醃香風來。根株剥蝕欲枯朽，孤幹抽英换老醜。略施淺色染冰肌，綽約仙人中卯酒。此花培自江之南，常同優钵依花龕。無翼而飛移内苑，天家雨露饒滋涵。不須雀啄破蓓蕾，春到自逗顔微酣。九重貌取秪用墨，天趣何須尚嫵嫱？九方相馬意略同，牝牡驪黄只形迹。淋漓餘興賞以詩，嘉卉能邀聖人識。冰霜鍊盡老此材，一遇品題重標格。去年六御之湖濱，馬家山畔梅千村。留題恰在香雪海，韻事傳徧三吴民。回鑾以後遠此景，還藉古盎傳餘芬。摩挲老幹託詩畫，如對寒流萬壑雲。

題徐文長《雪中雜花圖》

夙聞王摩詰，雪中畫芭蕉。用意每出造物外，世人俗見空訾嗷。青藤山人更荒幻，花蘤紛紛寫凌亂。春秋冬夏襍然陳，飛雪壓枝堆素練。每當换景詫詭譎，睇眎寒光目摇眴。想當點墨時，縱飲傾千巵。醉中忘物並忘我，筆所着處俱神奇。到今殘瀝沾紙上，酒氣猶復餘淋漓。張旭善草書，得自渾脱音駝。舞。山人筆墨惟師心，變化横縱自爲主。千載質之王右丞，相視而笑稱良朋。

蔡墨濤《西征驅羊圖》

渾邪未納款，上將西出兵。橐駝馬匹載糗糒，千隊萬隊之龍庭。長官奉檄出嘉峪，驅羊徧踏山崚嶒。蔡侯牧民如牧羊，撲抶無事惟恐傷。十羊九牧古人誡，不擾其性歸馴良。蔡侯役羊如役民，不徐不疾安其羣。從後鞭之衆趨走，白雲一片來軍屯。天似穹廬籠四野，石彈馬蹄沙没踝。茫茫前路安所之？何妨直至陰山下。將軍貂帳夜起舞，吹螺纔罷紛擊鼓。割羊燔炙犒三軍，士飽而歌命争賭。頭曼屈服不敢驕，略似羊羣順而俯。蔡侯沙場歸，命工寫作圖。敕勒川畔軒眉滇，矜矜䱹䱹驅羚羭。於今歲月逾一紀，披卷猶見奔馳初。嗚呼，披卷猶見奔馳初，邊臣功伐可使淪江湖。

歸愚詩鈔卷十二

長洲沈德潛碻士

五言律詩

訪如來菴

寒雲護山頂，隱見〔一〕最高峰。遂造林中寺，纔〔二〕聞午後鐘。牕明半嶺雪，門掩斷崖松。分院平生願，從誰話箭鋒？

校記

〔一〕『隱見』，《一一齋詩》卷八作『斷續』。

〔二〕『纔』，《一一齋詩》卷八作『微』。

春日郜行

果腹竟何事？蕭然曳屐行。閑共白雲往，步尋流水聲。墟煙凝雨重，耕犢負犂輕。獨立板橋望，春山面面横。

吴江道中

煙裏鳴柔櫓，舟行趁蚤潮。湖寬雲作岸，邑小市侵〔一〕橋。野鴈藏蘆葉，溪魚上柳條。那堪霜降後，楓落正蕭蕭。

校記

〔一〕『侵』，《一一齋詩》卷八作『微』。

過鍾山

跋馬鍾山路，經過舊御溝。空聞抱龍虎，唯見牧羊牛。衰草眠〔一〕翁仲，西風賽蔣侯。不堪頻眺覽，從古帝王州。

校記

〔一〕『眠』，《一一齋詩》卷十作『欹』。

北極閣

傑閣高無際，凌空得大觀。皇州憑一望，龍氣有千盤。海日當窓湧，〔一〕天風入座〔二〕寒。淒涼舊宫殿，碧瓦半摧殘。

校記

〔一〕『湧』，《一一齋詩》卷十作『挂』。

〔二〕『入座』，《一一齋詩》卷十作『徹座』。

謁韋刺史祠

昔賢曾典郡，千載〔一〕剩荒祠。性嬾常參佛，官閑日詠詩。几筵留鼠跡，帷幔罥蛛絲。後學空希古，〔二〕宗風媿左司。

校記

〔一〕『千載』，《竹嘯軒詩鈔》卷二作『千古』。
〔二〕『希古』，《竹嘯軒詩鈔》卷二作『瞻拜』。

韓忠武王墓

佐命豐碑在，鴻文勒戰功。錦衣堪服敵，金册竟和戎。驢背懷諸將，尊前慟兩宫。千年埋骨地，松柏起悲風。

牡丹

頓覺春光麗，平臺放幾叢。衆芳齊讓品，國色豈求工？煙重合朝露，枝低受晚風。家園殊得地，不獨上林中。

花信闌珊候，偏開第一花。自能端品格，不厭近繁華。步障通香氣，閑庭散綺霞。閨中曉妝罷，相對惜紛葩。〔一〕

校記

〔一〕『相對惜紛葩』，《竹嘯軒詩鈔》卷二作『看到日將斜』。

意　行

意行無遠近，芒屩恣幽尋。一徑入花塢，衆溪藏竹陰。斷橋蒼蘚積，古洞白雲深。静向山房坐，悠然清道心。

秋日過浴梟涇

田家無面勢〔一〕，草屋亂西東。菱渚半邊白，楓林兩岸〔二〕紅。摘葵清露下，撲棗夕陽中。村社吾常與，鄉音喜漸通。

校記

〔一〕『田家無面勢』，《竹嘯軒詩鈔》卷六作『江流遶村落』。

〔二〕『兩岸』，《竹嘯軒詩鈔》卷六作『一片』。

過二棄草堂悼横山先生

往歲談經處，風流不可親。珠龕猶在座，講席已凝塵。落日語山鬼，空堂薦渚蘋。招魂歌楚些，目極重傷春。

身後竟何有？荒涼數畝園。古藤纏怪石，野竹穴隤垣。卜壤虚堂斧，承家望子孫。平泉餘草木，應憶衛公言。

宿圓通菴

到此何妨歇？空門自得朋。力農君已慣，問偈我無能。雲過留虚榻，風寒濇佛燈。夜深枯坐久，顧影亦疑僧。

樾亭上人見示《九秋新詠》

感秋時得句，句句作秋聲。自足煙霞氣，能輕島可名。道心枯木静，幽思石泉清。媿乏江淹筆，從君擬未成。

次京口作[一]

山頭甘露寺，隔岸[二]佛貍城。爲憶南朝事，因談北府兵。天空寒雁落，人静晚潮生。鄰舫聞吹篴，偏傷旅客情。

校記

〔一〕《一一齋詩》卷十作題作『京口』，共有二首，此詩爲第二首。

〔二〕『隔岸』，《一一齋詩》卷十作『江畔』。

金　山

四顧臨無地，[一]孤峰亦壯哉。天風盤鸛鶴，海月上樓臺。鐘梵從空落，江山入座來。[二]雲堂龍聽法，深夜挾潮迴。[三]

校記

〔一〕『四顧臨無地』，《一一齋詩》卷十作『千古南徐鎮』。

〔二〕『鐘梵從空落，江山入座來』，《一一齋詩》卷十作『船趁沙洲泊，人聽粥鼓來』。

〔三〕『雲堂龍聽法，深夜挾潮廻』，《一一齋詩》卷十作『夜深龍入座，江面挾潮廻』。

夏日述感七首

旱潦頻仍後，三吴風景殊。民貧輕揖讓，力盡畏征輸。瘠土農皆散，平田麥已蕪。吾生慙俯仰，觸目總艱虞。

糠籺聊充腹，遷延及草根。長官齊設粥，黎庶最銜恩。奔走誰家子？哀鳴到處村。吏胥休蠹食，國法至公存。

癘疫連三月，災荒歷二年。空村多鬼語，茅屋少炊煙。乞命祟淫祀，招魂赴野田。四方俱掩胔，感此意茫然。

豪家閉倉廩，米價日頻加。世事已如此，吾饑豈有涯？爲儒唯飲水，學道媿餐霞。但冀泛舟役，湘潭到客艖。

三尺森然在，無良尚有徒。探丸分黑白，劫客隱萑苻。聖主時蠲賦，賢臣欲繪圖。爾曹須向善，回首免刑誅。

身世空搔首，茫茫總不堪。多金高甲第，無食賤丁男。救弊須良策，哀時敢戲談。傳聞鴻雁羽，肅肅去淮南。時淮民多就食四方。

五行多錯迕，恒雨又恒暘。乍看修堤急，旋聞戽水忙。憂時勞丙吉，占策問京房。玉燭資調燮，還期格昊蒼。

謁文信國祠

先生今不死，萬古仰完人。興喪由天命，安危仗此身。厓山俱赴難，燕市獨成仁。遺廟平江路，輝煌俎豆新。

故君淪漠北，幼主立中朝。家國存餘燼，風霜識後凋。臣心《指南録》，天意浙江潮。此日羞蘋藻，誰人賦《大招》？

一旅圖興復，孤臣立國難，俘囚歸北地，生死著南冠。正氣千秋在，丹心後代看。先生有《丹心集》。西臺舊賓客，慟哭淚汍瀾。

旌節臨吴地，今傳信國祠。蛟龍蟠古柏，風雨卷靈旗。高棟巍峨日，忠魂陟降時。朔方起輦谷，寂寞幾人知。

岳鄂王墓

今古含冤地，孤臣舊死忠。已成三字獄，竟廢十年功。匡復憑諸將，沉淪念故宮。六陵殘毁後，泉壤泣英雄。

大將廻戈日，中原陷敵時。朝廷輸幣帛，父老望威儀。天意竟如此，神靈儼在兹。千秋見孤憤，認取向南枝。

玉泉觀魚

石甃紅泉畔，遨遊金碧魚。聽經朝誦候，得食午齋餘。罛罶從無患，江湖或不如。衆生通佛性，爲傍化人居。

靈隱寺贈諦暉上人

慧祖開山處，禪關澗壑深。雲生窓户裏，泉響竹松陰。齋盋空葷味，蒲團長道心。相逢老尊宿，閑話去來今。

冷泉亭

怪峰廻合處，一水鑑虚明。不記何年冷，能令萬古清。涵空天倒映，穿石磵常鳴。静向亭隅坐，泠然滌性情。

簡楊大瓢

遼左歸來後，蕭然鬢有霜。書宗王大令，碑陋段文昌。濯足清溪裏，浮瓢滄海旁。有《濯足》《大瓢》二圖。樓頭每搔首，鄉思正茫茫。

沴疫

沴疫徧孤村，人家半掩門。鴞鳴欺白晝，鬼語聚黄昏。巫祝頻祈禳，親朋少慰存。病多聞脉理，方藥許同論。

王新城尚書寄書尤滄湄宫贊，書中垂問鄙人，云：『横山門下，尚有詩人。』不勝今昔之感。末並述去官之由，云與横山同受某公中傷。此新城病中口授語也。感賦四章，末章兼志哀輓

三百年來久，風騷讓此賢。慙無水曹句，辱荷尚書憐。千里吴雲隔，雙魚汶水傳。野夫承下訊，惆悵倚江天。

横山全盛日，請業遍門牆。一老嗟淪没，羣愚故謗傷。閑雲封講席，古柳卧書堂。故友悲今昔，青青墓草荒。

虎豹天閽踞，雲房未許窺。漫教尤衆女，只自怨蛾眉。歷下揮談麈，汾湖把釣絲。後先同放棄，恰遂白雲期。

又見文星闇，緣知歲在辰。濟南無作者，海内失詩人。虚附青雲士，難賡白雪春。虞翻同感泣，此意向誰陳？

漫與〔一〕

見説岐山鳳，和鳴及盛時。羊腸千折險，虎口一生危。直節風霜鍊，清名草木知。重華真至聖，款款許陳詞。

荃蕙成蕭艾，芳馨忽變更。申申詈正則，下下考陽城。擊斷憑卿貳，寬仁仰聖明。猶存三代直，野老有公評。

校記

〔一〕《竹嘯軒詩鈔》卷七共三首，此收前兩首。

有感

天上風雷過，人間氣象新。狐羣竟濡尾，象齒足焚身。有媿〔一〕文章伯，誰爲社稷臣？爾曹堪一笑，回首等埃塵。

校記

〔一〕「有媿」，《竹嘯軒詩鈔》卷八作「虛負」。

遊良常山

齋心遊地肺，高步躡雲關。塵跡不能到，仙真時往還。風雷生絶壑，猿鳥響空山。百折丹臺水，潺湲出世間。

茅君餐术處，古洞號華陽。天際雲軿下，林端白鵠翔。煙霞封石竃，龍虎卧丹房。更渡桃花崦，松風礀壑涼。

我來朱陽館，不見陶通明。想象碧桃下，悠然吹玉笙。琅函藏虎峪，遺蜕記雷平。是處堪怡悦，白雲無限情。

賦得海上生明月

天水相連處，煙消浴太陰。潛龍驚夜静，老兔上波心。明滅三山遠，蒼茫一氣深。何人弄横笛，遷客欲沾襟。

熱

毒熱今年甚，三旬此亢暘。有風偏助暑，近水不生涼。土燥牛蹄裂，山焦木葉黄。朱門正娱客，乘月引清商。

旱

奸宄方潛跡，驕陽又告災。萬山争出火，六月不聞雷。血向焦禾滴，心因竭澤灰，昊天湏感格，尚及免蒿萊。

過徐元嘆落木菴

朝市滄桑後，孤身老蓽門。斯人不可作，空憶舊吟魂。大地留詩卷，香林代子孫。因知落木意，萬物在歸根。譚友夏送元嘆歸吴，曰：『今落木歸根矣。』

送樾亭上人遊五臺

已作無家客，空囊任遠遊。七斤携布衲，萬里向并州。虎穴身堪宿，人煙飯許投。曇鸞遺跡在，巖下訪前修。

五臺高崒嵂，六月斷炎蒸。壁射黄河影，崖藏太古冰。半空開寶筏，直上把金繩。絫罷文殊法，歸燃智者燈。

雨中過李芥軒村莊，流連旬日，感舊述懷，成詩四章，示主人，與林石文山共和之

茅逕雲水路，百里入空濛。人隔寒林外，舟行暮靄中。到門三徑雨，對榻一簾風。共覺年華晚，燈前感鬢蓬。

海内逃名者，如君有幾人。野雲殊澹蕩，老鶴倍精神。善卷躭高隱，滎公分食貧。白頭懷舊友，慟哭古遺民。戴南枝隱士。

羣彦當時會，過從意氣豪。雲龍並韓孟，酒築合荆高。别後關河隔，相思夢寐勞。更憐泉下

客，古墓滿蓬蒿。湖邨陸子物故十餘年矣。

風雨連綿日，林園寂寞時。相邀二三子，同此話心期。鄰叟今詞伯，華林石。門生老畫師。程文山。留予江上棹，未忍采將離。

淫潦二首

淫潦逾旬月，沉災倍往年。茭葑攢古路，濤浪蹴平田。穀貴難論價，人饑仰食鮮。窮檐生計少，灑淚向高天。

水光百里合，雲氣萬家昏。牛馬色難辨，龍蛇勢自尊。窮民稀作市，儉歲早關門。爲語龔黃輩，探丸今尚存。

復雨

新晴餘黤黮，極目正汪洋。何事復陰雨，終然蔽太陽。鵂鶹鳴古屋，鼉黽上高堂。無路排閶闔，天心豈渺茫。

雨不止

虹見偏催雨，雲晴忽送雷。二儀無闔闢，萬井有汙萊。螺蛤難爲命，蒼黎且莫哀。發倉聞減價，稍喜補沉災。

簡朱元博

貧作諸侯士，黄河古岸邊。高才且留滯，吾道合屯邅。波浪愁孤客，文章屬晚年。清詞倘能寄，應爲故人傳。

吴天三月雨，無麥漸無禾。故國不堪命，異方愁若何。熊羆屯絶塞，鸞鳳入虞羅。知爾百端集，臨風寄慨多。

方氏楮蔭軒即事

軒前交罨畫，竹柏已成林。欲取不材木，還留楮樹陰。主人静無事，永日此彈琴。唯有白鷗鳥，悠悠共素心。

暮天微雨歇，片月浸湖波。樹色過橋暗，秋聲入夜多。濕螢依水草，山鬼語煙蘿。不寐空搔首，亭隅坐放歌。

歸鴈和方東華

萬族迎春氣，征鴻返朔方。此行慎辛苦，邊塞尚冰霜。久客憐摧羽，長天恐斷行。南中風物好，曾否憶沅湘。

物性偏知候，歸飛向遠天。一聲辭澤國，萬里破春煙。前路臨關近，鄉心較客先。莫過張掖郡，諸將正防邊。

舟發蓉湖過史漢公墓

十里蓉湖路，鄉音此地分。野塘孤客棹，衰草故人墳。遺稾沈智井，閑門鎖亂雲。梨花寒食候，誰爲薦夫君。

詠蟬

抱葉一身輕，乘時亦善鳴。迎風添遠韻，移樹帶殘聲。轉化慙吾拙，無求見汝清。夕陽疎雨後，相對若爲情。

送劉東郊之閩中

節序逢摇落，况當君遠行。難爲今日別，并見古人情。客路千江雨，秋心萬木聲。蔗洲如已過，應近越王城。

四海爲家客，閩中又此回。不須行旅斷，已是夜猿哀。馬甲隨潮入，鮫宫向月開。知君重懷古，獨上釣龍臺。

贈方舟兄[一]

嶺海宗工後，[二]吾兄此代興。風雲悲絶塞，禾黍感荒陵。足跡天邊到，才名城外騰。老來心力健，猶似脱韝鷹。

校記

〔一〕《竹嘯軒詩鈔》卷十一《贈方舟兄》詩有兩首，此爲第一首。
〔二〕《竹嘯軒詩鈔》卷十一此句後有注：『梁葯亭、屈翁山、陳元孝三先生。』

送馮文子宰禮縣舊名漢陽

聞説漢陽路，高高欲上天。不辭風雪苦，萬里赴祁連。儉歲方艱食，屯軍正控弦。勸農兼草檄，待爾長官賢。

老去始爲郎，西行入鞏昌。山川過雍隴，民物襍氐羌。救俗惟寬賦，籌邊在墾荒。從知官閣裏，不暇夢錢唐。

寄宋南園文選

乍得田園樂，幡然重策勳。平羌方用武，參選亦從軍。輸輓征途慣，勤勞聖主聞。傳來消息苦，風雪入羊羣。

三載留邊地，遥聞鬢欲皤。轅門森號令，賓佐理干戈。策馬黄雲亂，燒荒白草多。聖皇今赫怒，不許郅支和。

夙昔工詩筆，聲名二宋齊。令兄介軒。如何文苑客，久落大荒西。坐卧憑戎馬，晨昏厭鼓鼙。籌邊聊得暇，儻寄數行題。

西極

西極未歸化，王師議取殘。丁男徵六郡，甲士重三韓。青海天將盡，陰山火亦寒。誰同傅介子，談笑斬樓蘭。

次京口〔一〕

日晚南徐鎮，重關勢屹然。黿鼉衝浪出，鼓角遍營傳。月偃千檣影，風低萬井煙。茫茫南北限，漫説可投鞭。

校記

〔一〕與《竹嘯軒詩鈔》所録同，與《一一齋詩》所收有不同之處。《一一齋詩》卷十詩題作『京口』，詩全文爲：『今古稱雄鎮，三山勢屹然。城垣嚴鎖鑰，士卒整戈鋋。月卧干檣影，風低萬井煙。茫茫南北限，漫説可投鞭』。

七夕

天下相思夜，風光已入秋。露霑乞巧席，月照故鄉樓。砧杵千家動，雲山雨地愁。遥知小兒女，不獨看牽牛。

寄汪漁隱松蘿昆仲

憶泛木蘭舟，湖波竹箭流。白隄遊女路，紅雨酒家樓。時序輕雲過，關山落日愁。因思虎林叟，雙鬢又逢秋。謂方舟兄。

夜

嚴城聞鼓角，客夜倍淒涼。節序催雙鬢，關河滯一方。孤燈當月澹，歸夢入秋長。漸覺金風冷，寒衣倘寄將。

夜　發

古壘戍旗收，煙中起棹謳。風霜欺短褐，星漢入歸舟。鐙動江樓影，蛩吟野岸秋。往來常此路，欲白旅人頭。

雲陽驛

舟發雲陽驛，遥聞車馬喧。漁家船作市，戍卒佛同門。過眼江湖下，驚心歲月奔。寄奴征戰地，興敗與誰論。

王韓起見過時值九日

把卷思良友，天涯客正來。江鄉逢令節，陰雨罷登臺。貧賤甘吾道，文章讓汝才。悲懷兼别緒，欵欵話深杯。

落魄滯江臯，三年一布袍。長貧真到骨，衆論尚吹毛。摧抑名偏盛，艱難志愈高。撫時還慟哭，賈誼是吾曹。

季子祠懷古

斜日延陵郡，秋風季子祠。荒庭飛野馬，老樹宿寒鴟。十字褒尼父，千秋並喜時。躬耕兼待命，懷古不勝思。

客途

溜溜水鳴渠，蕭蕭樹繞廬。年豐村有米，江近網多魚。菜把歸官市，樵薪上小車。客途聊記此，他日憶南徐。

獨立

獨立溪橋晚，霜寒日色昏。漁煙吹浦口，藜杖入松門。鐘動遥知寺，鴉歸自識村。美人天外思，搔首竟無言。

送人從軍

卜式輸家日，班超投筆年。一身能許國，萬里且籌邊。霜月窺龍劍，黄沙撲錦韉。遥知竇車騎，待爾勒燕然。

聞浙西兵過

浙西戎馬鋭，有詔赴雲州。虓虎初離穴，饑鷹欲下韝。驍騰貪賭命，跳盪快封侯。敢道滇南遠，陰山戰未休。

兵甲江南過，星躔太白高。三軍嚴號令，萬里肅秋毫。雲合魚麗陣，花團雕錦袍。材官應努力，莫使聖心勞。

懷謝立夫廣南

五嶺愁猿外，音書不易聞。春風一尊酒，憶爾在南雲。官舍修山史，炎方重古文。娵隅作蠻語，應笑郝參軍。

望海門

眼落鳥飛外，茫茫澤國東。江分山脉斷，天劃海門通。雲樹混元氣，波濤蹴太空。羊鶻曾殺敵，指點話奇功。鶻殺倭景于此。

計希深見過不值，寄詩訪横山先生遺稾，奉答二章

田父扶犂出，幽人放棹過。叩門黄葉滿，留客白雲多。佳話傳樵牧，餘情繞薜蘿。媿虚賓主禮，惆悵送煙波。

先哲遊梁地，荒墳拜逸民。尊君甫草先生修謝茂秦墓。後賢過茂苑，遺稿問詩人。文采竟何益，子孫今更貧。因君能念舊，感激欲傷神。

燕

是物宜高舉，何爲獨近人。往來尋善地，下上語陽春。鼎俎本無累，聰明豈誤身。茅檐依故主，知爾不辭貧。

歸愚詩鈔卷十三

長洲沈德潛確士

五言律詩

熟食日

總是傷心處，况當寒食時。一番江上雨，無限故園悲。魚菽虛盈几，棠梨自滿枝。邛山回首望，腸斷杜陵詩。

櫻桃

豈是成都種，離離一樹勻。顆含庭際鳥，紅照坐中人。異地方迎夏，故鄉誰薦親？風前無限感，不忍遽嘗新。

題《蜀難記略》後

華陽沈公殉流寇張獻忠之難，幼孤豹文播遷於蜀，逾二十餘年始歸，作《蜀難紀略》，與吴梅村《紀略》各異。

全蜀竟塗炭，皇天亦不仁。守官甘鼎鑊，亂世有君臣。板蕩遭亡國，兵戈剩後人。馳驅駹笮路，廿載歷風塵。

萬里歸來日，空招異國魂。君親皆至性，忠孝有危言。字積王褒淚，聲兼巴峽猿。聖朝求實録，良史在清門。

挽張岳未

科名真累汝，遠徼作勞臣。守正偏逢厲，尊生轉殞身。遺〔一〕棺歸故國，家食〔二〕仰何人？媿我同磨鏡，空將絮酒陳。

校記

〔一〕『遺』，《竹嘯軒詩鈔》卷十六作『一』。

〔二〕『家食』，《竹嘯軒詩鈔》卷十六作『八口』。

旱四首

夏旱連秋旱，陰陽嗟久訛。黄埃飛下隰，血淚滴枯禾。直訝火生井，誰看豕涉波。愁時虛有願，無力挽天河。

三月閉雷聲，天公令不行。禱詩繁露術，憂切望雲情。孝婦疑遭戮，弘羊或待烹。宵來每翹首，星漢影從横。

旱田過白露，得雨半無功。况值吐花候，偏生動地風。兼旬禾盡偃，萬畝粒將空。回憶祈年日，窮檐一笑中。

兖豫告災日，燕秦待賑年。如何古吴地，原野復蕭然。蒼赤唯存骨，强良不畏天。安民先禁暴，專望大臣賢。

九日登君山

秋興莽牢落，江光混窅冥。客中逢九日，木末坐孤亭。狐兔罔嵐竄，魚龍几席腥。一杯澆楚相，吾欲問精靈。

送陳樹滋

更異他時別，愁懷知萬端。存亡悲骨肉，去住慨艱難。辭葉衰楊晚，移枝烏鵲寒。故交或念汝，珍重向長安。

舟次詠懷二首時五十初度

天地冰霜候，風濤漂泊身。匆匆逢五十，欸欸話悲辛。同及門諸子。蒿蔚憐衰草，泥沙困涸鱗。篷窓把村酒，遣興轉傷神。

孤舟去住輕，野宿就荒城。遲暮易增嘆，雲山空復情。微軀慚救過，儉歲拙謀生。百感難成寐，長天旅雁聲。

梅花樓文讌和杜雲川太史韻〔一〕

山間雲作牖，木末石爲樓。酒置王珣宅，人來柳惲洲。家綸翁編修。蒲葵方令節，湖海總名流。何處《梅花落》，聲聲笛韻幽。

雜坐鳥巢外，披襟嵐翠中。一尊懷霸業，半嶺受天風。泉石言俱妙，漁樵道亦同。涉江來日事，蘭槳興何窮。重五前二日。

校記

〔一〕詩題《竹嘯軒詩鈔》卷十八作『梅花樓文讌，時重五前二日』。

輓宋南園文選

纔復銓衡舊，重爲出塞行。虎頭空異相，馬革足平生。淚下三邊卒，魂歸萬里程。知公遺恨在，絶域未休兵。

主聖容孤直，臣勞咎獨賢。聲名重紊選，心血盡籌邊。清論朝班上，遺棺雪嶺前。乘槎有歸時乙未七夕，不數日，南園從軍西上。口，未及漢張騫。

憶昔論文日，城南坐小樓。把杯當七夕，分手竟千秋。白雁飛空到，黃雲望欲愁。《大招》吾有作，何處是秦州。

晚秋雜興〔一〕

亢陽連四月，凶歲歷三年。恭遇成湯世，難回覆閔天。西風動茅屋，荒草滿原田。黃雀虛求食，飛鳴亦可憐。

蓬户炊常斷，朱門廩亦空。已判離骨肉，無處鬻兒童。井邑征求裏，牛羊涕淚中。誰能師鄭監，圖繪達深宮。

知交徂謝後，頓使寸心灰。舊篋存三賦，新辭詠八哀。秋飆凉病骨，落日上高臺。莽莽環瀛內，誰人解愛才？

安邊資重鎮，防寇及深秋。應有金城略，能紓玉座憂。西戎連種類，諸將拜公侯。何日旄頭落，龍庭兵甲休。

北闕須才畯，山林士氣增。蒐羅到麻葦，曲直中鈎繩。周燮逃名苦，孫弘對策能。虛聲應共雪，莫負璽書徵。

校記

〔一〕《竹嘯軒詩鈔》卷十八共七首，此處無第二、第六首。

生田王氏幽居〔一〕

竹静江喧地，幽人好結廬。歲時看草木，朋舊託樵漁。每種陶潛秫，曾焚阮裕車。機心久忘却，争茅任羣狙。

一姓成郵落，三農作比隣。打門無俗吏，載酒有閑人。網得河魚賤，分歸社肉均。從知塵世裏，猶見古風淳。

可詩亭畔路，係顧仲瑛讀書處。今作輞川莊。聲伎隨流水，風華續瓣香。紉蘭嘗憶楚，曳杖或歌商。俯仰無窮意，登臨送夕陽。

山遠遥分翠，江空欲上潮。橋危呼小艇，路失認遺樵。禮法從吾簡，清詞信口謡。閑園逢老樹，荄榦見前朝。

伯子清才富，瑶林集孔鸞。恥歌白石粲，聊得碩人寬。東觀羣簪筆，南陔獨采蘭。三公真不换，日侍寢門歡。

校記

〔一〕十四卷本《歸愚詩鈔》卷一此組詩共有六首，此處無第四首。

真孃墓

千古消魂處，高原葬舞羣。松間蘇小墓，花下薛濤墳。名自詩人得，山從霸主分。講臺聽法後，應已斷行雲。

鞠〔一〕

獨立三秋後，花開白露團。不容人玩狎，曾見晉衣冠。酒盡何妨對，饑來或許餐。果能存晚節，任爾夜霜寒。

天意存高潔，疎籬試晚香。風前人共淡，月下影俱凉。豈敢怨遲暮，無心及艷陽。不逢陶令采，寂莫亦何傷。

校記

〔一〕『鞠』，疑刻寫誤，應爲『菊』。

簡李鹿山中丞〔一〕

虎阜聊雲卧，青山竟可賒。憂民還有淚，報國已無家。病蓄三年艾，閑看七里花。海疆沈竹楗，何日障風沙。〔二〕

哲匠多能事，新詩品自尊。風花餘道趣，飲食總君恩。慮澹秾華謝，聲希正始存。媿非吴季子，古樂敢深論。

校記

〔一〕十四卷本《歸愚詩鈔》卷一同題組詩有三首。

〔二〕十四卷本《歸愚詩鈔》卷一此處有小注：『時詔公修築海塘。』

挽方舟兄

射陽凶問到，轉憶送征車。衢路踟躕頃，文章付託餘。那堪成永訣，無望慰離居。媿我非玄晏，《三都序》不如。

荷鍤吾生事，憐君死未埋。一棺依古佛，千里阻清淮。兒子寒披葛，姬人病典釵。還思少年底用山陽姓名還在口，几席已凝塵。高格追前哲，他年重此人。吟壇聯北郭，僧寺往來頻。日，裘馬洛陽街。
去，才傷向秀神。

宿李芥軒邨莊 芥軒失明三載

又成今夕會，寒雨草堂前。別久疑殘夢，顏衰憶往年。深談呼剪燭，縱酒欲忘天。捧杖童孫侍，欣看後輩賢。
天亦難殘汝，依然愛苦吟。世人俱信耳，此老不盲心。有恨緣懷舊，無眠只擁衾。伯鸞遺跡在，明發約相尋。時約鴻山之遊。

山居雜詩

久囂思靜理，買宅得山居。豈敢慕高蹈，聊云愛我廬。頹垣限雞犬，喬木辨村墟。隙地堪爲圃，吾將此荷鉏。
地與花宮並，鐘聲早暮聞。農過時賣畚，客到偶論文。帆帶洞庭雨，屐穿茶塢雲。自躭閑趣味，未遣衆人分。

綠蔭隣家樹，香流户外溪。門外通香水溪。幽花難識種，好鳥各成啼。拾橡空林近，劚苓野徑迷。鹿門期可遂，安穩報山妻。

一水塵氛斷，人情尚率真。負薪徵賤價，賒酒許比鄰。時説長官好，還憐寡婦貧。秋深聞社鼓，報賽及良辰。

身閑諳物態，小小亦關心。怒哂螳螂臂，哀憐蟋蟀唫。豆花凉雨落，瓜蔓早霜侵。無限櫹槮意，風前理淨琴。

歲稔風光好，山村事事宜。施僧家有飯，請藥里添醫。雀鬧收禾日，蜂喧割蜜時。況聞緩征賦，歡喜到童兒。

憶昔椒茆叟，張子永夫。居同岸上船。胸中滿冰雪，得句摠雲煙。牙曠久不作，歔欷誰復傳？寂憐埋骨後，寂寞研山前。

樹屋舊名傭，年衰竟作翁。畫圖添晉服，蒼翠接吴宫。山好遊難定，交新氣已通。偶然懷故里，東望靄濛濛。

散食遊魚喜，吟詩野鳥聽。饑臨乞米帖，閑注相牛經。厨顧龍俱錣，由光鴻已冥。聊同南郭卧，不辱北山靈。

焚身緣象齒，累俗爲猪肝。與世一無攖，始知天地寬。藥苗隨徑采，茶竈任童安。行覓鍾吾路，即穹窿山赤松子采藥處。空巖問大丹。

贈張時升〔一〕

身立窮通外，家居圖畫間。潮回疑蝕岸，雲動欲移山。穴並臺佟鑿，門如栗里關。因思塵世裏，只有此人閑。

校記

〔一〕十四卷本《歸愚詩鈔》卷二題爲『贈張邁軒』。

不寐

寒夜何時旦，虚窓月尚明。燈昏殘焰小，衾冷曉霜清。多謗緣違俗，無成爲近名。鐘聲來枕上，耿耿念平生。

信宿王湖柏山莊，兼贈令嗣再軍

杖履有餘緑，人家在竹林。不教猿鶴怨，自得薜蘿心。先德甘陵部，新辭《梁父吟》。壁間留古篆，相對感人琴。陳隱君陽山。

世事不能到，深松瘦石邊。人心清止水，山色澹秋煙。落葉從風埽，寒花得露妍。精藍處處有，随意訪枯禪。

令子才飛動，心輕章句儒。續編分紀傳，輯歷代史傳。舞蔗代戈殳。豪氣堪磨盾，嘉名在棄繻。吾生高興減，對爾那能無。

相約把枯藤，尋山我尚能。嶺兼飛鳥度，磴逐野猱升。雲木摠堪畫，張子墨岑指示畫理。僧寮亦得朋。斷崖留姓字，到處記吾曾。

答彭殿撰芝庭

憶昔論文日，城南互主賓。狂言容我盡，交態見君真。海宇傳三策，山林滯一身。行藏均努力，事國與安貧。

三載分張後，窮廬獨坐愁。仙舟懷李郭，逝水悵應劉。西塘、鹿牀諸君。往事鴻留爪，虛名魚中鈎。因君遠相問，將此寄麟洲。

爲踐煙嵐約，移家近巙村。隣園種香草，巧匠斲山根。念舊龍鸞夢，留雲薜荔門。他年倘相過，欵欵話琴尊。

内子六十

辛苦吾家婦，新秋五紀初。長齋非奉佛，達理不關書。井爲澆花汲，菹因待客儲。無慙令狐子，安穩勸耕鋤。

紙閣傳觴夕，相看歲月侵。樊英曾答拜，祝牧久同心。世賤藏山璞，君箴躍冶金。前期能不負，偕老白雲岑。

林處士墓

生死占孤山，荒墳枕碧湍。節高種放隱，詩勝孟郊寒。封禪書無稾，埋藏硯有端。何從薦秋菊，清水奠岡巒。

錢塘詠懷古跡八首

家國兩無負，英名今古存。恨應遺越絶，目已抉吴門。氣壯東南會，潮翻天地根。誰人歌小海，踏浪弔忠魂。

走海鞭山者，紆回到會稽。雄心驚惡水，侈頌比玄圭。山鬼璧曾獻，真人藥轉迷。惟餘繫纜石，聞在浙江西。

偶過忠清里，猶傳僕射祠。已承頽水命，忍聽《緑衣》詩。直道身難惜，投荒志不移。愛州魑魅地，魂斷楚湘纍。

販豎忽侯王，乘時擩土疆。誓書頒鐵券，强弩捍錢塘。衣繡榮喬木，歌風耀故鄉。生平留缺陷，無力討朱梁。

翫魄儼靈宫，棲霞一望中。長城偏自壞，痛歆竟成空。父老悲南渡，松楸戰北風。復讐抱遺恨，生值魯莊公。

彊寇南侵日，君王避敵時。守臣康允之。方竄海，縣令獨興師。隴上陳安死，彭衙狼瞫馳。霍山遺廟在，英氣滿靈旗。兀术陷臨安，縣令朱蹕與尉曹金勝、祝威戰死。朱蹕見《宋史》，金勝、祝威見鄭子文記。

死不臣劉豫，羈留十七年。絶糧卧區脱，哭主向冰天。麟閣無名氏，仙芝地名。有墓田。議和真誤國，痛恨並忠宣。洪皓。

神龍困魚服，司馬握兵權。早决飴甥計，羞同宋室遷。廟堂勞定位，刀爼荅籌邊。晤對文山像，忘身知有年。忠肅自任事後嘗懸文文山像於卧所。

聞潮

萬騎奔殘夜，潮聲到枕邊。羣山疑走海，一氣想浮天。秋月照無夢，江神助不眠。聞根他日斷，任爾撼枯禪。

高郵

秦郵稱澤國，厥土信〔一〕塗泥。波漲城疑下，堤高屋自低。漁舟千葉小，米市萬家齊。指點文游蹟，荒臺路欲迷。

校記

〔一〕『信』，十四卷本《歸愚詩鈔》作『洵』。

渡黄河

濁水天邊下，驚雷耳畔過。榜人貪利涉，歌笑渡黄河。筊竹長堤接，魚龍積氣多。平生仗忠信，未覺狎風波。

合流洶湧處，望裏杳冥冥。午日照無色，陰風觸自腥。天涵三楚白，山斷兩淮青。不敢吹長笛，蛟龍恐出聽。

水宿

水宿又風餐，初經行路難。載書關吏厭，止酒僕人讙。魯道看平坦，吴雲望渺漫。家中如有夢，先或到長安。

太白酒樓孔巢父等觴太白於此，碑云任城令賀知章，乃誤傳也，賀未嘗爲任城令

賓主一尊酒，高樓千古傳。斯人不可作，勝事空當年。盪胸納河濟，舉手攀雲煙。誰爲後來

者，倚檻心茫然。

過臨清

半里分雙牐，千檣争一門。招商足魚米，徵税及雞豚。風掃沙成陣，堤高水落痕。前途指恩縣，野泊已黄昏。

黄金臺

霸業莽岑寂，千秋尚有臺。當年諸國士，豈爲黄金來。日照薊門澹，雲飛碣石開。盛朝多稷契，誰數樂生才。

題杜少陵像

道子久不作，何人畫少陵。杜鵑春再拜，駿馬老還騰。萬里懷宫闕，孤舟斷友朋。憂時蕉萃意，貌出竟誰能？

朱鳳失琅玕，翻飛不暫安。饑寒依舊友，諫諍落微官。入蜀詩篇老，浮湘去住難。千秋傳帶笠，想像髩毛殘。

朗夫贈裘

持贈羔羊緎，窮冬正積陰。耐寒〔一〕貧士骨，共暖〔二〕故交心。客路酬難稱，衰年感倍深。遥憐玉關戍，誰念雪霜侵？

校記

〔一〕『耐寒』，十四卷本《歸愚詩鈔》卷四作『寒雖』。

〔二〕『共暖』，十四卷本《歸愚詩鈔》卷四作『暖自』。

春雪

五出簁簁下，偏乘暖律回。誰云不到地，知是欲侵梅。鴈路迷難返，鶯林冷未來。此時豪貴客，先上望春臺。

春睡美無度，曉驚雪滿檐。因風墮平砌，先燕入輕簾。消易山容出，寒留酒價添。土膏知欲動，不待雨簾纖。

詠蝶

冉冉度鄰牆，翩翾小鳳凰。翻風兼柳絮，飲露宿花房。妬爲蛾眉好，憐因金粉香。前身誰貌汝？稿本有滕王。

筵上看日本刀

四座繞晴虹，名刀認海東。刀流霜氣白，光閃燭花紅。鍛鍊經夷島，飛騰泣鬼雄。時清方偃武，虚爾立邊功。

泊舟版牐

淮流清見底，愛此晚停橈。市鬧知冬盡，僧閑嘆客勞。河壖兒祀竃，淮上小兒祀竃，以其無過也。郵店婦司庖。明日騎騾去，春風拂緼袍。

客中除夕〔一〕

歲自途間改，杯從客裏傳。盍簪良士駕，草具主人筵。短燭身千里，中宵夢兩年。曉鐘徐動後，又擬涉清川。將渡沂水。

校記

〔一〕十四卷本《歸愚詩鈔》卷五題下有注：『時宿李莊。』

早　行

荒雞催月落，草草走長途。柝響塹疑近，魯人呼戍所爲『塹』。沙平路欲無。風威寒馬骨，冰凌上人鬚。後隊時相失，蒼茫顧僕夫。

蒙陰道中

路轉嵐光改，沙飛日色昏。戍樓高在嶺，山縣小於邨。俗野懷枝鹿，民窮賦篋飧。宣尼思變魯，惆悵與誰論。

望　嶽

大造愛奇崛，産兹東海間。五方羣長岱，九宇總無山。青帝靈難接，天門路可攀。何須凌絶頂，胸已隘塵寰。

謁嶽廟

閟殿崇東國，唯神配極聞。鐘沈汶源水，香和泰山雲。檜柏森靈氣，碑銘辨古文。升階肅瞻拜，萬慮静紛紜。

交河遇雪

風雪交河道，遥空望渺漫。燕齊同一色，天地失雙丸。爲念無衣苦，還憐邊境寒。軺車馳百里，不覺路行難。

過蘆溝橋

桑乾流百折，到此激盤渦。今古利名客，俱從橋上過。風沙揚旦暮，鎖鑰壯關河。塵海茫茫際，誰人發浩歌。

送琛亭都統防秋

長征兵久息，慮遠亦防秋。作鎮隣魚海，籌邊仗虎頭。名高北平守，氣敵義陽侯。不待資參佐，中軍有壯猶。

欲別赴龍荒，相邀共舉觴。古書巢脉望，寶劍耀魚腸。詞人馬大鉢贈魚腸古劍。意氣看飛舞，詩篇入混茫。尊前歌一曲，鐃吹合清商。

去去白龍堆，邊庭暖氣回。衛身金甲在，服遠玉關開。不藉葡萄入，還聞天馬徠。瓜期應屈指，西望久裴徊。

張鐵橋畫馬

高士寫神駿，生龍在眼前。壯心馳塞上，絶足占鷹先。戰鬬神俱出，調良性亦傳。何時真買得，便與躡雲煙。

畫 鷹

華嶽峰巔鳥，驚看上匹綃。高懷一點染，爽氣在雲霄。勁翮自無敵，凡材不敢驕。倘能呼汝下，會看别鸞梟。

歸愚詩鈔卷十四

長洲沈德潛碻士

五言律詩

秋雨浹旬，恐傷農事。又聞河決兖豫間，嘅焉有作

經旬韜日月，秋雨苦兼風。城市雲煙裏，輪蹄泥淖中。那堪傷稼穡，況已熾螟蝨。回斡憑元老，毋令賦有饑。

傳聞河水決，兖豫勢滔滔。瓠子宫難築，懷山浪自高。官曹勤補救，鴻鴈正鳴號。曲突從先見，何煩聖主勞。

史閣部墓葬衣冠處〔一〕

閣部餘丘壟，碑文筆有神。蟲蛇殘四鎮，冠劍葬孤臣。一死人長在，千秋草不春。忠魂吊蘿石，左懋第。南北並成仁。

校記

〔一〕十四卷本《歸愚詩鈔》小注還有『高士杜濬志墓』。

吴桓王墓

驍騰同項籍，兵到避英鋒。身欲迎炎帝，人偏犯白龍。石麟依古堞，金鴈拾耕農。遺恨知難泯，吴王受魏封。

過高酣亭懷施覺菴先生

十年重過此，獨上高酣亭。遥憶閉門者，忍饑時誦經。鶴空雲外白，蘚剩雨餘青。可作思隨武，先民有典型。

内子七十

七十吾憐汝，長貧老歲華。苦諳黄蘗味，澹采白蘋花。清話聽揮麈，寒燈課績麻。殷勤勸歸隱，肯艷七香車。

贈張聲夏

獨抱遺經在，空山老此身。從來有心者，轉屬喪明人。尸祝庚桑楚，紛綸井大春。他年《高士傳》，誰爲表前民。

下相夜泊

舟泊鍾吾驛，茫茫浪不平。荒祠尊項籍，霸業指彭城。霜月蓬間影，黄河枕上聲。高天聞鴈語，辛苦亦長征。

南　池

任城勺水地，猶號古南池。杜老留題後，何人更詠詩。曹劉辭並失，稷契願誰知？日晚空潭上，臨流有所思。

過阜城

廿里漫河路，荒凉劉豫城。民窮輕習禮，土滿少躬耕。北國封齊帝，中原擾宋兵。爾曹堪一笑，遺臭亦垂名。

賈閬仙墓

斷碣房山道，荒荒歲月深。微官留古墓，落日在楓林。詩瘦秋山骨，禪通老佛心。精靈發高唱，不是鮑家吟。

顧南千到寓，投詩三章，如其數報之

值我懷鄉候，逢君作客來。姓名仍草莽，鬢髮滿塵埃。朱鳳憐摧羽，青雲孰愛才。無窮身世感，落日弔金臺。

天涯同促膝，只當故鄉看。倍覺輸心快，都緣會面難。開尊逢雨過，跋燭到更闌。聽罷談存没，茫茫感百端。

乍脱北征軸，長歌《東武吟》。誰於塵海際，鼓此枯桐琴。玄酒味無味，湘流深復深。不須人共賞，吾道在幽沈。

七十詠懷

鳥影匆匆過，蹉跎七十年。童心仍少歲，耄學媿前賢。客况淹塵海，家山夢蕙櫋。行藏中自忖，不用問筳篿。

待詔憐方朔，修書問宋祁。斯人今不作，懷古重歔欷。米讓侏儒飽，文防札闥譏。滑稽吾未敢，秉燭繼餘暉。

黄流蕩凶歲，山左并淮徐。草樹難爲食，蒼黎竟作魚。詔聞頒帑藏，功未奠河渠。俯仰暫安飽，匡時計已疎。

辭家分兩地，踪跡似秋蓬。老我燕山北，荆妻葑水東。久無鄉信到，秖仗夢魂通。此夕家園話，應憐鶴髮翁。

交爲詩篇定，情因離别深。相思共寒月，獨寤託清琴。豈以關山故，而忘屈宋心。諸公應待我，他日並題襟。

故舊兼隣比，閑門老薜蘿。連牆時晏笑，踏雪此經過。旅邸情逾密，風霜氣轉和。不須屠狗客，醉後亦高歌。

送顧古湫同年之楚南

客中仍作客，秋序況蕭槮。本是騷人侶，應聞楚地砧。竹留妃子淚，江見左徒心。知爾相思夢，遥歸楓樹林。

水國宜孤鶴，何妨滯楚汀？鄭公能愛士，杜老自忘形。香草時堪攬，清猿不厭聽。他時傳雅奏，鼓瑟是湘靈。

跨馬

筋力摧頹後，居然跨馬行。略聞蹄趹蹶，未見勢縱橫。顧眄原吾輩，蹉跎媿此生。他時服王事，猶得試長征。

題葯齋張公觀穫讀書圖

黼黻明廷日，超然念故鄉。遺安心自穩，務本業毋荒。鄴架三千卷，成都八百桑。龍眠山色好，不數午橋莊。元老垂庭訓，歸田示樸真。朱皇灑宸翰，念舊重臣鄰。聖祖御書即文端公詩句，宗伯取其意寫圖。〔一〕鐘鼎承前緒，經畬望後人。課畊兼雒誦，報國在還淳。使節臨吳地，衡文歷九年。清風動江國，和氣滿霜天。投老懷疏廣，揮毫付鄭虔。披圖同御李，杖屨想安便。未許竟抽簪，君恩深復深。遂初臣子意，典禮聖人心。縹帙時繙閱，黃雲寄詠吟。明農他日事，放浪故山岑。

校記

〔一〕此注十四卷本《歸愚詩鈔》卷十置詩末。

過長新店，路逢蔡子芳三、袁生質中入都，即言别

人海驚初見，相憐是故人。四年情倍結，萬緒話難申。燕鴈更南北，禪宗互主賓。匆匆又言别，各自起征塵。

晚行清苑道中

雲水蒼茫際，軺車有路通。人行亂霞外，馬渡急流中。秋柝敲荒戍，村歌唱晚風。前途任栖宿，星使等征蓬。

風雨渡滹沱河

屢遇月生暈，還看豕涉波。朝來風雨急，衝浪渡滹沱。我僕俱無色，中流敢放歌。何心懷麥飯，冒險此經過。

平靖關

荆豫分疆處，天然屹此關。斷崖通一綫，絶頂控千山。地險風雲壯，時清戍守閑。當年龍戰日，飛鳥尚難還。

宿滎澤

薄暮投滎澤，黄河古岸邊。怒濤寒到枕，長夜醒如年。事國慙無術，褆躬合省愆。明朝經衛地，抑戒誦遺編。

客中讀《楚辭》作

遊楚難忘楚，歸途讀《楚辭》。宗臣無可適，懷石竟何疑？荒幻文偏韻，芬葩志愈悲。一篇三致意，往復寂堪思。

失君懷謇謇，有姊詈申申。呵壁天難問，求媒鴆不親。歸魂辰漵遠，虚願太初鄰。讀罷悲風起，空林若有人。

夜夢張存中太史郵亭共話。雲天黯慘，彌望一色。問何地，曰相見坡也，時泣下不止。既寤惘然。賦詩以志悲感

故交俄見夢，話舊坐離亭。地入蠻煙黑，魂經楓樹青。一棺歸故里，三世仗單丁。未聽山陽笛，風前涕欲零。

夜宿中書省偶述

獨宿絲綸閣，虛堂鐙火清。窺檐星漢影，記夜柝鈴聲。報稱慙須鬢，踈慵負聖明。家園通夢寐，遊釣憶平生。

孤　鴈

憐爾無儔侶，飛飛雲路深。長空惟片羽，中夜有哀音。天地留高節，關河抱苦心。離羣吾亦

感，顧影動清吟。

聖駕東巡恭紀

東巡當二月，大典叶《虞書》。花柳舒顔候，山川效順餘。六飛天子駕，數仞聖人居。望幸連齊魯，顒顒待罕旗。

統緒君師合，心源接大成。宫牆瞻禮器，堂斧拜佳城。壁殷金絲奏，林叢蓍草莖。諸賢分道脉，一體莫瑶觥。

至論開龍瞶，鴻文焕昊穹。先師經展謁，前聖復尊崇。淵樂金天德，勤施家相功。廟陵親灌獻，爲道屈皇躬。

虔祝慈寧福，鑾輿陟泰山。嶽推東國長，秩領上公班。燔燎郊壇際，升香帝座間。莫言天下小，海外亦人寰。

已告升中禮，旋經濟水南。閭閻咨父老，耕鑿慰丁男。麥隴當春茁，皇心望雨甘。天人相協應，子惠萬方覃。

秋蜨

金粉嗟零落，高飛恐未宜。翻風随葉亂，浥露得香遲。荒草留殘夢，緐花憶故枝。休將紈扇撲，憐爾已違時。

秋燕

霜露冷毛衣，無心戀錦幃。穿花成往事，讓鴈欲先歸。舊主難輕别，過時合退飛。明年春社日，好認故園扉。

秋塘

芙蓉零落後，目渺水粼粼。鷗外移孤棹，波間溯美人。衰楊身共晚，芳草夢猶春。便擬携朋好，沿隄采白蘋。

秋山

頓覺遥嵐改，排空分外青。煙消除障礙，骨瘦見瓏玲。霜樹媚幽壑，寒流界翠屏。猿聲清徹耳，一倍不堪聽。

秋村

葭菼蒼茫外，遥知原上村。稻收喧鳥雀，芋熟聚兒孫。賽社家家酒，春寒處處屯。朱陳遺意在，歲稔互通婚。

秋戍

繡甲撲霜花，疆場老歲華。西風嘶鐵馬，涼月卧龍沙。箭下三更令，魂驚萬里家。渾邪猶未滅，莫厭聽秋笳。

秋琴

猶是枯桐質，絃絃商意侵。偶然一揮手，四座摠蕭森。落雁空江思，猗蘭中谷心。誰爲相和曲，湘瑟亦哀音。

秋鏡

舊日盤龍在，秋窓随意安。已逢金氣滿，倍訝月光寒。抱影憐飛箨，驚心憶故鸞。不勝遲暮意，惆悵若爲看。

奉辭果親王四首

詔命談經籍，相將樂孔顔。亥年逾絳老，酉室啓名山。幸遇間平德，深慙枚馬班。頽齡許歸里，一舸返江關。

帝眷深同氣，分桐自弱齡。賓筵常設醴，高座日横經。討論羣儒折，風儀百辟型。餘閑論馬射，飛騎似流星。

侍宴親華鄂，新詩壓柏梁。好彈符子建，陳思王詩文好人譏彈，應時改定。吹瑁陋邠王。謬厕平臺客，同賡雅樂章。驪歌雖疊唱，未忍解歸航。

滿目王孫草，萋萋送玉珂。裝輕添墨寶，帆遠載恩波。古篆鐫龍藻，命工鐫刻賜詩中句。佳篇耀薜蘿。回思陪講席，風雨共磋磨。

謝皋羽墓

丞相已成仁，遺民剩一身。西臺曾慟哭，古墓不逢春。朱鳥魂應返，嚴祠地許鄰。高吟晞髮詠，山鬼亦傷神。

水碓

水勢觸輪鳴，溪流藉不平。桔槔依樣轉，杵臼自傳聲。袖手身都暇，營心機漸生。因憐五噫客，勞苦滯吴城。

宿茅篷

抱影山齋宿，虛巖斷衆紛。峰高遲上月，閣敞淡棲雲。鸛鶴息還警，風泉静更聞。老僧話桑梓，儒墨許同羣。悟千上人俗本吴江。

宿師子林

巉巖師子林，樵者始能尋。奇秀到庵盡，荒寒引境深。松龕静夜火，菜把道人心。高卧清無夢，山雲入户侵。

桃花溪

桃花峰直下，下有桃花溪。溪水去無盡，花林望欲迷。隖深時見鹿，村斷不聞雞。爲憶虞山叟，空懷結屋棲。牧齋欲買山，棲息於此。

遊蘭亭用右軍序中字成詩

遊目山陰地，風流仰昔賢。能同觴詠趣，豈感歲時遷。品類咸齊矣，情懷此快然。臨文相契合，不異永和年。

放情九字內，春暮集同羣。大化在不舍，至人曾有云。聽觀隨所遇，述作寄斯文。俯仰形骸外，無爲慨與欣。

老至興不倦，和風此暢遊。清湍長激激，林竹每修修。崇有終爲妄，樂天得自由。古人期可悟，異世與同流。

蕭山舟夜同葉義山作

西興鐘鼓歇，烏榜泛江波。星斗窺牕入，峰巒避客過。清言謝煙火，幽夢繞雲蘿。明發山陰道，風流憶永和。〔一〕

校記

〔一〕『風流憶永和』，《台山遊草》作『懷賢訪澗阿』，句下有注：『徐笠三同學。』

宿古能仁寺

地溯許詢宅，門當秦望山。齋禽生意滿，補衲道心閑。食力安耕鑿，援儒慕孔顔。我來同野鳥，一宿便飛還。

秦望山

富貴無窮願，惟求不死方。高峰望瀛海，仙藥想遐〔一〕荒。山鬼貽嘲笑，真人竟渺茫。只餘徐福市，開國近榑桑。

校記

〔一〕『遐』，《台山遊草》作『窮』。

國清寺

五峰圍合處，古寺遶溪流。智者燈常在，寒山蛻尚留。野雲凝佛座，空翠入經樓。覺路忘喧寂，無煩入冥搜。

題翁霽堂徵君《秋林覓句圖》

秋山無俗樹，曳杖入寒林。境與人俱瘦，思隨雲共深。飛來天外句，證到古賢心。不盡橚槮意，歸歟鼓淨琴。

題家冠雲徵君《登岱圖》

丈人峰直上，放眼入沧溟。雲罨天門白，山連海國青。仰堪捫日月，俯自隘云亭。腹有琅玕在，披呈叩帝扃。

曉　起

土壁耿殘燭，夢回天未明。簾前霜月影，門外鐸鈴聲。寒逼爐疑燼，風高屩覺輕。長途我已慣，不用怯晨征。

謁孟夫子祠

夢寐懷鄒邑，今來亞聖堂。斯文天不喪，吾道日重光。古木森松檜，豐碑峙漢唐。薪傳應有俟，誰復數荀揚。

過阿縣渡河至陽穀縣作

兩岸曉争渡，喧喧鵝鴨聲。羣冰乘溜下，一筏受風横。出險方知餒，登車始問程。遥遥指陽穀，帶月且宵征。

懷熙孫

憶爾小於菟，相望天一隅。已聞讓梨棗，還許識之無。入夜遥通夢，歸家定挽鬚。他時能念祖，世業是臞儒。

有白項烏巢高樹，童子緣樹取其雛。老烏呼噪甚哀，羣烏相助，如望救然。衆閔之，許童子錢文。童計獲利，乃置雛於巢。老烏還巢，仍飛鳴向人作感謝狀。予有觸焉，因作詩紀其事

父子本天性，人禽實共之。融融緣晏樂，戚戚爲傾危。豈意烏巢穩，而來童子闚。驚呼頻遶樹，望救不勝悲。利欲回傾險，頑心去幾何。下民看牖户，羣烏返喬柯。天地饒機變，江河足網羅。人生隨感觸，莫忘涉風波。

早渡黄河

烏榜上朝旭，長天掃積霾。千秋響濤浪，一線界黄淮。利濟期平日，風雲動壯懷。溯源虚有願，萬里渺無涯。

題袁質中照

平章惟百卉，工課命童兒。不斷滋培力，何妨雨露私。本根能着潤，蕉萃亦逢時。繪出養人術，當官或未知。

右《灌花圖》

落筆清風起，移將竹作林。山王聊削跡，鸞鳳待遺音。培土量乾濕，埋根酌淺深。凌雲看異日，植節更虛心。

右《種竹圖》

送王蘭成計偕北上

之子魁南國，邦人願枕經。此行冰雪路，歷盡短長亭。水湧黄流濁，山横岱嶽青。廣川三策在，望爾封明廷。

寄劉光禄繩遠

塵海相逢日，襟懷迥出塵。指囷今魯肅，投轄古陳遵。諷喻皆忠告，談諧足性真。座中生意滿，寒月亦回春。

南園詩社地，前哲此吟哦。倡和仍羊仲，風流續小坡。思深唐魏體，格備短長歌。尺素傳吳下，期予効切磋。尊人有《南園倡和詩》，光禄仍結詩社，嘗乞予點定。

前者忽班荆，分張歲又更。偶披《涑水集》，如見故交情。重鐫《涑水集》見贈。三晉風雲壯，中吴煙水清。何時重會合，懷舊詠嚶鳴。

贈汪蘅圃廣文兼送北上

匠氏楹爲杙，高才且伏跧。家山遠黄海，吴苑借青氊。元草五千字，文名三十年。源明今未遇，沽酒恐無錢。

號舍相逢日，癸卯歲。君年秪十齡。登龍數前哲，述鄭魚門先生賞識。瀉水誦遺經。憶昔翻疑夢，方今復聚萍。還期鼓雲翼，瞬息向南溟。

一載相依倚，新知又故人。小心歸矩矱，清論出風塵。老我如逢鏡，諸生共飲醇。品文輕茁軋，道味欲探真。

風雪閉天地，輕裝方遠征。衰楊無可折，村酒若爲傾。毛鷙乖經術，慈良足性情。願將調劑手，一爲救罷氓。

歸愚詩鈔卷十五

長洲沈德潛碻士

七言律詩

張中丞廟

雲旗髣髴下江濱，猶見危城百戰身。忍使河山無扞衛，要令寇賊識君臣。魂歸朱鳥天常黯，血葬萇弘草不春。萬古南雷同廟食，陣雲邊月想威神。

北固山懷古〔一〕

突兀層崖枕碧流，如羊狠石跡還留。縱横戎馬三分國，牢落江山一倚樓。鐵甕日沉殘角起，海門月暗暮潮收。憑高把酒澆天塹，身世茫茫我欲愁。

校記

〔一〕此詩《歸愚詩鈔》《竹嘯軒詩鈔》《一一齋詩》都收録，但詩文各各不同。《竹嘯軒詩鈔》卷一作『突兀層崖枕碧流，如羊狠石跡還留。百年戎馬三分國，萬古江山一倚樓。鐵甕日沉殘角起，海門月暗暮潮收。憑高酹酒悲天塹，吴楚蒼茫荻葦秋』。《一一齋詩》卷三作『拔地危崖枕碧流，如羊狠石跡還留。百年戎馬三分國，萬古江山一倚樓。鐵甕日沉殘角起，海門月上暮潮收。故宫廢壘今安在？極目蒼凉蘆荻秋』。

過真州

揚州西去真州路，萬樹垂楊繞岸栽。野店酒香帆盡落，寒塘漁散鷺初回。曉風殘月屯田墓，零露浮雲魏帝臺。此夕臨江動離思，白沙亭畔笛聲哀。

金陵詠古

石頭作鎮號巖疆，〔一〕鼎足三分此一方。更從武昌誇虎踞，〔二〕不知名將下龍驤。紫髯空自争荆楚，青蓋旋看入洛陽。太息雄圖消歇盡，霸才終古憶周郎。

琅琊踐位仰龍孫，破碎山河半壁存。擊楫渡江惟祖逖，枕戈待旦有劉琨。乍聞決策收河朔，〔三〕又見稱兵犯白門。〔四〕至竟偏安成底事，神州淹没不堪論。

天心久矣去彭城，五載荒王召寇兵。左衛重臣方伺釁，官家小袴尚微行。穿鍼帳殿星河晚，露刃宫門玉座傾。從此石頭城下過，民間羞説褚淵生。

閲武堂前楊柳新，至尊稗販媚妃嬪。作宫爲讀《西京賦》，種樹能回六月春。刀敕家家齊設宴，金蓮步步不生塵。吹笙未歇雲龍破，枉祀鍾山蔣帝神。

朱雀航南奮戰功，俄然稱帝〔五〕霸圖雄。如何灌水彭城日，〔六〕正值談經同泰中。白馬青絲謡已驗，金甌玉座〔七〕語成空。多情猶有臺城柳，煙雨年年繞故宫。

臨平湖草忽然開，手掌河山釀禍胎。玉樹新聲終夜奏，黄龍巨艦蔽江來。胭肢宫井身俱辱，麋鹿姑蘇語更哀。〔八〕爲問江郎入隋去，擘牋容費舊時才。

鴛鴦寺主重華年，無限〔九〕風光錦洞天。妙舞凌波移素韈，寶珠不夜燭芳筵。碧收天水真堪笑，曲念家山亦可憐。冣是舒州徐騎省，傷心故主作降牋。〔十〕

真人濠泗起干戈，直取金陵作帝都。姑孰乍收籌滅漢，豫章才下遣平吴。威儀朝野仍司隸，職貢球琛遍海隅。〔十一〕宋祖唐宗難並駕，千秋赤帝許同符。

逐燕高飛起戰争，帝星偏傍冀方明。書生枉自謀人國，豎子何堪典重兵？浪説潛龍蟠大澤，〔十二〕誰迎老佛返神京？更憐瓜蔓誅夷地，碧血凝成草不生。

江山半壁尚堪支，何事君臣逐晏娭？玉殿選聲朝中酒，吴綾蘸筆夜填詞。北來共説神兵下，南渡俄看舊鼎移。開府廣陵空有恨，枉教四鎮列熊羆。〔十三〕

校記

〔一〕『石頭作鎮號嚴疆』句，《竹嘯軒詩鈔》卷一、《一一齋詩》卷十均爲『石頭如虎踞巖疆』。

〔二〕『更徙武昌誇虎踞』，《竹嘯軒詩鈔》卷一、《一一齋詩》卷十均爲『但恃江流横鐵索』。

〔三〕『河朔』，《一一齋詩》卷十爲『雍阪』。

〔四〕『又見稱兵犯白門』，《一一齋詩》卷十爲『又見豺聲據白門』。

〔五〕『俄然稱帝』，《竹嘯軒詩鈔》卷一作『金甌無缺』。

〔六〕『如何灌水彭城日』，《竹嘯軒詩鈔》卷一爲『如何決堰長淮日』。

〔七〕『金甌玉座』，《竹嘯軒詩鈔》卷一爲『黄龍紫氣』。

〔八〕『胭肢宫井身俱辱，麋鹿姑蘇語更哀』兩句，《一一齋詩》卷十爲『泉枯宫井生秋草，響絶殘鐘付刼灰』。

〔九〕『無限』，《一一齋詩》卷十爲『貯得』。

〔十〕『最是舒州徐騎省，傷心故主作降牋』，《一一齋詩》卷十爲『最是汴京歸命後，傷心重撥琵琶絃』。

〔十一〕『威儀朝野仍司隸，職貢球琛遍海隅』，《一一齋詩》卷十爲『熊羆此日弛荒寢，圭璧當年遍海隅』。
〔十二〕『潛龍蟠大澤』，《一一齋詩》卷十爲『神龍潛草野』。
〔十三〕『枉教四鎮列熊羆』，《一一齋詩》卷十、《竹嘯軒詩鈔》卷一均爲『寒潮嗚咽至今悲』。

觀音閣在燕子磯旁

匼𠑊峭壁聳雲端，高閣千尋俯激湍。隔岸潮聲凭檻聽，過江山色卷簾看。鵰盤寥廓秋風急，帆入空濛夕照殘。極目長天杳無際，楚雲漠漠不勝寒。

白隄春興

破楚門西更向西，畫船雙槳白公隄。人家臨水花爲市，僧舍沿山石作梯。弱柳似隨歌扇拂，好鶯偏傍舞筵啼。討春年少情難盡，不許亭亭日色低。

詠鶴

毛羽𦏁𦏁白雪輕，傳書天外度滄瀛。山頭月曉常留影，秋夜露寒時有聲。閬苑好尋新去路，溪塘下慰故交情。知君不是乘軒者，萬壑松風入夢清。

詠塵

軟土茫茫埽不開，九州下視等浮埃。麻姑東海經三見，王導西風障幾回。金谷乍疑牀上跡，昆明須認劫餘灰。飛揚獨避清閑地，可到嚴陵舊釣臺。〔一〕

野馬絪緼隙影過，拂梁爲起魯人歌。史雲甑内生常滿，虞愿床頭積幾多。九斛清涼輸野叟，六根變滅問禪那。笑佗但識東華路，撲面狂飆奈爾何。

校記

〔一〕『可到嚴陵舊釣臺』，《竹嘯軒詩鈔》卷二爲『不到山崖水次來』。

靈巖

琴堂獨上俯嶙峋，吴越興亡總刼塵。香草自荒麛鹿徑，空山曾識苧蘿人。雲迷石磴疑無路，花放禪房别有春。極目煙波堪一葦，浮家應問五湖濱。

干將墩

鑄劍初成竟殺身，句吴霸業旋沉淪。始知神武威强敵，不用兵戈擾四鄰。白骨已消歸下土，青蛇時出恐耕人。莫邪應亦同埋此，恨血千年碧草春。

潤州〔一〕

第一江山賦遠遊，〔二〕驚濤〔三〕千里望中收。干戈百戰餘軍壘，花柳三春憶酒樓。海嶽庵邊煙霧暝，〔四〕真珠泉畔荻蘆秋。興高更蠟登山屐，直上巔崖瞰五州。〔五〕五州山，京口山，最高者望見五州，故名。

校記

〔一〕《一一齋詩》卷七此詩詩題爲『潤州懷古』。

〔二〕『賦遠遊』，《竹嘯軒詩鈔》卷三、《一一齋詩》卷七均爲『古潤州』。且《一一齋詩》卷七句後注云：『吴琚題「天下第一江山」。』

〔三〕『驚濤』，《一一齋詩》卷七爲『岷濤』。

〔四〕『海嶽庵邊煙霧暝』，《竹嘯軒詩鈔》卷三、《一一齋詩》卷七爲『黄鶴山頭煙霧暝』。

〔五〕『興高更蠟登山屐，直上巔崖瞰五州』，《竹嘯軒詩鈔》卷三爲『風高戍卒鳴殘角，入夜嗚嗚動客愁』。後無注。《一一齋詩》卷七爲『風高城上鳴殘角，入夜嗚嗚動客愁』。其後無注。

阻風上多景樓

甘露寺前雲作門，多景樓下雲爲屯。天風欲摇嵐嶺動，山勢疑逐波濤奔。瓜步帆檣沙際泊，蕪城煙樹望中昏。鄉關咫尺阻歸路，寂莫寒江斷客魂。

寄史漢公

青山自署老遺民，往事茫茫付劫塵。湖海飄零一杯酒，漁樵收拾百年身。閑中筆削修山史，

静裏工夫養谷神。西照頭陀戴南枝。今物化，傭書誰給庾郎貧。〔一〕

校記

〔一〕《一一齋詩》卷九此詩後有注：『南枝傭書給徐俟齋先生，羨餘以給漢公。』

登江陰興國寺浮圖

興劇攀登最上頭，聳身雲表豁雙眸。百年戰伐山河壯，萬里風霜草木秋。匝地蒼蠅喧短巷，滔天白馬走中流。老僧指點春申墓，衰草斜陽土一丘。

秋懷

烏鵲空依月下枝，窮廬抱影不勝悲。菊芳蘭秀知秋序，露白葭蒼憶水湄。庾信離愁《枯樹賦》，少陵幽怨《杜鵑詩》。感時最是縈懷抱，一夜清霜染鬢絲。

清秋天地景蒼涼，黄葉千邨一夕霜。但儆探丸分黑白，不聞刈稻詠倉箱。西風餓犬嗥空巷，落月寒雞叫隔牆。爲語龔黄勞〔一〕補救，可容閭井有流亡。

酒竭長瓶百感興，夜長挑盡草堂燈。風高舊苑思調馬，霜落〔二〕荒原想按鷹。自詫〔三〕空囊同〔四〕趙臺，還誇豪氣比〔五〕陳登。悲歌擊筑平生事，燕市遨遊媿未能。

花月歡場事已非，故交別後鴈書稀。鄉園秋老霜華冷，關塞風寒木葉飛。幕府談兵增意氣，侯門投策傲輕肥。杜陵也有安危志，老大悲傷尚布衣。

校記

〔一〕『勞』，《竹嘯軒詩鈔》卷四爲『勤』。

〔二〕『霜落』，《一一齋詩》卷十爲『草殺』。

〔三〕『自詫』，《竹嘯軒詩鈔》卷四爲『已作』。

〔四〕『同』，《一一齋詩》卷十爲『狂』，《竹嘯軒詩鈔》卷四爲『窮』。

〔五〕『比』，《竹嘯軒詩鈔》卷四、《一一齋詩》卷十均爲『老』。

偶成

纔就文章鬭色絲，朱絃疏越是吾師。争誇丹雘塗施日，正值〔一〕風騷歇絶時。帝子嬋娟懷杜若，美人遲暮詠江蘺。劇憐韶濩雲山曲，却共皇荂漫點嗤。〔二〕

校記

〔一〕『正值』，《竹嘯軒詩鈔》卷六爲『應是』。

〔二〕『却共皇夸漫點嗤』，《竹嘯軒詩鈔》卷六爲『却被巴人漫點嗤』。

使　者

使者南來密網羅，楚囚嚴譴荷殳戈。健兒已入回中籍，少婦新成塞下歌。木葉山高人罕到，松花江遠鳥難過。遥知鄉隴關心處，目斷吴天奈爾何。

暨陽翁霽堂〔一〕枉過草堂

風竹蕭蕭晝掩門，久無笻屐破苔痕。忽傳江上青衫客，來訪溪南黄葉邨。千里相思勞仲悌，一人知己感虞翻。文章自是吾生事，試與高賢對榻論。

校記

〔一〕『霽堂』，《竹嘯軒詩鈔》卷五作『静子』。

于忠肅公廟〔一〕

宰木豐碑拱墓門，旌功祠畔禮忠魂。孤臣決策安中國，羣小訛傳召外藩。共信玉符存内府，空教熱血灑荒原。隔湖相望棲鴉嶺，岳墓。兩地深沉萬古冤。

校記

〔一〕『廟』，《竹嘯軒詩鈔》卷六爲『墓』。

吴山懷古

大觀亭榭俯丹梯，千尺峰巔一〔一〕杖藜。孤嶺界分城内外，曲江劃破浙東西。潮頭如馬當空立，山勢猶龍入望低。吴越興亡總陳迹，伍胥英爽震羣黎。〔二〕

三千〔三〕强弩捍錢唐，賜券分茅異姓王。五季代傳唐土地，百年廟受宋蒸嘗。林柯曾寵將軍號，溪谷還沾錦繡光。所惜兵强名義正，未從羅隱伐朱梁。〔四〕

夫差曾報闔閭仇，宋室南遷事竟休。和議有人增歲幣，偏安無詔復神州。中朝已灑萇弘血，塞北空聞杜宇愁。莫上鳳凰山頂望，冬青誰認舊陵丘。

襄樊失守勢飄摇，半壁河山付北朝。餘燼但依新會水，無情深恨浙江潮。君臣俘馘歸沙漠，宫殿荒凉遍黍苗。唯有青山終古在，夕陽回首客魂消。

校記

〔一〕「一」，《竹嘯軒詩鈔》卷六爲「策」。

〔二〕「伍胥英爽震羣黎」，《竹嘯軒詩鈔》卷六爲「伍胥祠畔草萋迷」。

〔三〕「三千」，《竹嘯軒詩鈔》卷六爲「手持」。

〔四〕此二句，《竹嘯軒詩鈔》卷六爲「今日吴山遠凝睇，表忠舊觀久凄凉」。

遊雲棲寺

長松萬壑蛟龍吟，引我入山深復深。老僧修行唯贊佛，客子訪道還洗心。巖前白雲有來去，池裏青蓮無古今。誰能此地結茆屋，壁觀峰頂常幽尋。

和尤滄湄宫贊書興

歸田久已補南陔，時向閑園步屧回。半壁夕陽山雨歇，一池新漲水禽來。煙霞好語傳賓座，鸞鳳清音上嘯臺。莫問錢王舊亭榭，荒原處處有蒿萊。

家人生日

廿年負戴久相依，恰值黔婁生計非。顧我無才勞馬磨，憐君有淚灑牛衣。青裙縞袂風常在，錦幙香車願已違。不用鹿門方避跡，前程共指釣魚磯。

嬾性相將竹石居，批風抹雪半生餘。曉寒龜手親提甕，夜永篝燈伴著書。出塞未須愁失馬，過河曾爲泣枯魚。野蔬充膳尋常事，元相家風在我廬。

南轅北轍總難行，之子相邀變姓名。不厭蓬蒿知有命，偶談梵貝證無生。年光荏苒當迎亥，斗柄昏黄看指庚。四十窮愁真負汝，他家夫壻已專城。

梅花

殘雪初消欲暝天，幾枝冷艷破春妍。山邊郵落澗邊路，籬外幽香竹外煙。自我相思經一載，與君偕隱已多年。惜花兼怕催人老，扶杖更深看不眠。

寄郭青溪代簡

君家竹屋青溪陰，溪流洄曲深復深。閑時射鴨雲水際，長日讀書松桂林。要共楚臣吟《橘頌》，還同漁父歌挐音。許我渡江遠相訪，能來不來愁我心。

秦皇

蠶食終教并六王，美人鐘鼓實咸陽。太山壇祭迷風雨，博浪車行駭〔一〕虎狼。萬里築城天漠漠，三壺求藥海茫茫。燒書乍歇驪山火，地下誰能禁牧羊。

校記

〔一〕『駭』，《竹嘯軒詩鈔》卷七爲『驚』。

漢武

鼓吹橫汾樂未央，算商搜粟許爲郎。鑿空使者通西域，傾國佳人出北方。天馬遠徠兵力困，金盤高扢露華涼。劇憐鰲屋仙遊後，乙帳虚懸明月光。

聞詔二首

忽傳涣汗出深宫，婦孺歡娱四國同。明主自容王敬伯，〔一〕何人不證魏元忠。已無雄虺吞靈魄，郍許浮雲障碧空。回斡化工應此日，東南萬户待春風。

當年温旨罷桁楊，詠檜詩成更中傷。水面射工能伺影，天邊麗日正重光。一錢久已知劉寵，滿篋何妨謗樂羊。漫説湘潭歸去好，君恩未許老畊桑。

校記

〔一〕『明主自容王敬伯』，《竹嘯軒詩鈔》卷七爲『明主自知張子孝』。

客中生日

滿庭黄葉滿床塵，紅燭青尊夜欲分。真覺光陰如過客，可堪四十竟無聞。中宵孤館聽殘雨，遠道佳人合暮雲。遥憶故園茅屋裏，焚香爲禮玉晨君。

句曲招鶴樓同朱恭季作〔一〕

高棟平臨蒼翠間，春風與客共躋攀。浮空影動龍江水，入座雲分地肺山。把酒晴窗官舍静，抄書永日小胥閑。疎簾清簟無人到，萬里寥天一鶴還。

校記

〔一〕《竹嘯軒詩鈔》卷九後有注云：『學使署中。』

遊崇禧觀贈詹律師〔一〕

排空鐵鎖入高旻，雞犬無聲隔世塵。古屋雲深藏劍舄，平壇月上禮星辰。金羊石虎堦前獸，琪草神芝洞口春。徐甲不須求去切，故應常御出關人。

校記

〔一〕『詹律師』，《竹嘯軒詩鈔》卷八作『李律師』。

贈朱原博兼送之曹南

兩地衡茆隔澗阿，雞鳴風雨數相過。身當薄俗文章賤，人到貧交氣誼多。寒月辭鄉逢白鴈，曹州作客渡黄河。赤符遺廟今還在，酹酒荒天起浩歌。

姑蘇懷古〔一〕

己辰門外弔荒基，〔二〕空憶〔三〕郊臺僭祀時。遺俗至今歌白紵，居人終古恨黄池。出亡有兆符占夢，破國無端爲獻椙。至竟〔四〕荆榛叢舊苑，野烏啼斷伍胥〔五〕祠。

今古英雄東逝波，張吴〔六〕事業竟如何〔七〕。未能請吏同錢俶，漫欲稱尊比趙佗。北面慶雲天子氣，西風黄葉小兒歌。故宫回首閑憑弔，陂隴荒凉蔓草多。

校記

〔一〕《一一齋詩》卷九此詩題爲『姑蘇懷古三首』，共三首詩，此處録兩首。

〔二〕『己辰門外弔荒基』，《一一齋詩》卷九作『梧宫秋氣最堪悲』。

〔三〕『空憶』，《一一齋詩》卷九爲『漫説』。

〔四〕『至竟』，《一一齋詩》卷九爲『太息』。
〔五〕『胥』，《一一齋詩》卷九爲『員』。
〔六〕『吴』，《一一齋詩》卷九爲『王』。
〔七〕《一一齋詩》卷九此句後有注云：『淮民至今猶稱張王。』

卞忠貞公祠

祠宇荒凉傍石城，摩挲斷碣識忠貞。不容達士傷名教，曾慮强臣擁重兵。力戰負創天欲怒，握拳透爪賊還驚。青溪一水流遺恨，風雨寒潮氣未平。

黄侍中祠

金川失守竟難支，羅刹磯頭空誓師。杜宇無歸憐蜀帝，江魚有腹葬湘纍。制詞詆斥傳良史，血影鮮明認斷碑。〔一〕一曲神絃魂欲返，荒祠落日卷靈旗。

校記

〔一〕『制詞詆斥傳良史，血影鮮明認斷碑』，《竹嘯軒詩鈔》卷九作：『哀詞自昔遺良史，血影於今認斷碑。』

月夜渡江

萬里金波照眼明，布帆十幅破空行。微茫欲没三山影，浩蕩還流六代聲。水底魚龍驚静夜，天邊牛斗轉深更。長風瞬息過京口，楚尾吴頭無限情。

寄江陰王韓起

河橋把袂燕飛初，又值霜林萬木疎。往日聲華應更好，比來眠食竟何如。白雲古寺還聽講，黄葉閑門想著書。臘盡江頭冰欲解，故人正好遺雙魚。

舊邊詩九首

我國家内外一統，萬方寧謐。揆文奮武，無遠弗届矣。閲《明史》，見季年屯政不修，邊事日壞，民生凋敝，因作《舊邊》九首述往事，益以慶太平也。

憑闕俯海舊邊疆，一線迢遥指薊方。外國梯航通貢賦，高麗貢道。中邦門户重隄防。渾河冰合勞飛輓，長白霜清冷戰場。誰識天心正東眷，鬱葱王氣在遼陽。

右遼東

漁陽重地衛幽燕，倒馬飛狐關嶺連。自徙寧藩無外鎮，遂令古北急防邊。初以大寧爲外邊。永樂間，寧王内徙，而薊始重内邊矣。牧人度阪時驅馬，名將當關日控弦。不有築城楊御史，恐教羽檄達甘泉。都御史楊博修邊牆，設防禦，敵患少卻。

右薊鎮

大寧棄後守開平，又見蒼黄失重城。土木變後，開平、興和亦不能守。正憶文皇犂絶塞，翻憐英廟誤親征。風旗蔽野晨挑戰，雪帳連山夜斫營。設險正須防上谷，安邊總爲翼神京。

右宣府

代北燒荒草木空，防秋從古重雲中。二關形勝環寧武，三面烽煙繞大同。俺答内侵邊柝苦，吉囊遠寇陣雲紅。行間欲問平戎策，魏尚當年有戰功。

右大同

蘇武城頭落日低，明妃塚畔暮雲迷。重臣逐寇籌方略，都御史何喬新逐寇於灰溝，設善後六策。遺孽操戈釀禍梯。吉囊。疲馬帶瘡馳代北，士兵枵腹守山西。不聞仁愿防邊日，張仁愿。

歲歲荒原動鼓鼙。

右山西

榆林遠過臯狼鎮，洪武新兵設備多。末季無人恢套口，中朝有恨棄魚河。正統時所棄。三更急雪還傳箭，萬竈饑軍且枕戈。能向延綏勤挽粟，馬騰士飽定如何。

右榆林

賀蘭層嶂入雲霄，五衛蒼茫殺氣遥。冰結黄河飛敵騎，風高紅寺落盤鵰。牛羊野老常驅隴，弓箭遊軍各在腰。共識靈洲沃衍地，蒿萊滿目莽蕭條。

右寧夏

鎮連八郡咽喉地，戍鼓邊笳晝夜聞。鞏鳳徵兵須轉餉，每歲調臨鞏西鳳兵防守，芻糧在本軍額内支給，非策也。甘蘭失勢莫移軍。移甘蘭軍獨駐花馬池，亦非策之上者。霜嚴萬堡停樵爨，雲暗千山亂馬羣。倚劒儻能籌勝算，獨教虞詡立殊勳。詡守階州，開漕道，招流亡，羌人慴服。

右固原

平羌斥堠界山丹，白草黄沙没馬鞍。萬里洗兵西水弱，三軍鳴劒黑風寒。永寧地險周防急，哈密鞭長戍守難。欲慰廟堂勤遠意，留屯邊境起凋殘。

右甘肅

同許雪邨滄浪亭迎秋次原韻

暮天雨散暑初收，展席空亭俯碧流。吾鄙才華文酒合，古人名字播遷留。風翻荷氣消殘醉，露濕蟬聲報早秋。入夜不妨歸棹緩，亂螢相送過溪頭。

贈金海翁太史

古來直道去官多，天與南園足放歌。達士卷中唯頌酒，寓公門外已張羅。柯亭劉井前塵斷，荔浦珠江短夢過。散髮佯狂吾自得，老年誰遣慎風波。

九日飲南園詩屋時南園文選從軍塞外

風雨朝來物候催，故人招飲當登臺。山容隱隱城邊出，鴈語聲聲塞上來。四海喜逢朋輩在，百年敢負菊花開。遥憐此日陽關客，萬里浮雲首重回。

顧秀野太史招集妙巖亭立夏前一日

妙巖亭子與僧鄰，清磬聲中坐衆賓。隔岸野花飛著水，傍檻幽鳥語留春。器之有約應燒筍，張翰初歸合煮蒓。時煮蕁羹供客。醉後高歌頻斫地，不辭披豁見天真。

姓名自昔滿清都，歸卧青山號醉愚。仕宦憑渠爲令僕，文章從古屬江湖。坐間郝可無豪士，世上何妨重酒徒。後晤更期花墅宿，秋風不遣月明孤。

歸愚詩鈔卷十六

長洲沈德潛碻士

七言律詩

遊金山

一桂能防萬里流，此間勝概冠南州。半空日月窗前過，無地樓臺水面浮。歷亂帆檣京口暮，微茫煙樹海門秋。振衣直上留雲處，何許乾坤是十洲。留雲亭可以望海。

涵虛高閣勢堪憑，十五年前客共登。人事幾隨雲變滅，江流還作雪奔騰。目窮健鶻橫飛處，身立諸天最上層。對此茫茫百端集，輸他黃葉坐龕僧。

丁卯橋許仲晦幽居處，墓在橋南

詩人丁卯橋邊住，此日還尋丁卯橋。幾點鷺鷗閑帶雨，一灣蒲稗晚通潮。空林盡處語山鬼，野徑斷時逢墮樵。不柰更求張祜宅，橫塘荒草久蕭蕭。

陳少陽祠宋太學生東〔一〕

宋代園陵草木荒，儒生祠宇獨靈長。堂堦日落松杉冷，奏疏霜寒史册光。肉食自來輕社稷，草茅終古係興亡。知公地下多遺恨，南渡君臣負李綱。

校記

〔一〕『東』，《竹嘯軒詩鈔》卷十三無此字。

宗忠簡公墓

徑走澶淵溯上游，渡河直欲復神州。晉元已作南遷計，諸葛空懷北伐謀。當日廟堂違奏議，只今樵牧護松楸。請看京峴山邊水，日落濤聲恨未休。

舟往吴江過聖將兄〔一〕故居

鴈汉才過又釣汀，片帆行處浪花腥。春回遠樹天邊緑，雲散諸峰鳥外青。終古人琴隨逝水，勞生歲月寄〔二〕郵亭。草堂寂寞封松竹，不忍重看處士星。

校記

〔一〕『聖將兄』，《竹嘯軒詩鈔》卷十三作『聖將大兄』。

〔二〕『寄』，《竹嘯軒詩鈔》卷十三作『記』。

野泊懷李芥軒

渺渺江流漾淺沙，絲絲楊柳綰輕槎。愁邊細雨寒塘路，夢裏青山處士家。可向寰中游五岳，還從門外覓三車。何時穩放鵝湖棹，共醉東園一畝花。

舟行蘭陵道中時清明日

清明佳節轉離家，白舫青簾向水涯。殘雨杏花江驛冷，春風楊柳酒帘斜。綀塘煙火通官道，京口山川指暮霞。卻羡龐公上冢日，鹿門妻子守耕畬。

和陳樹滋徐州懷古

沛豐千里莽從横，楚漢紛紜此鬭争。將相侯王寧有種？英雄豎子孰成名。山連芒碭雲常合，水繞彭門浪不平。戲馬歌風總消歇，荒原煙雨遍春畊。

春興

春來踪跡倦朱方，偶到登臨意轉傷。折戟沈沙猶廢壘，斷碑荒草自斜陽。執蘭隊裏逢新序，啼鳥聲中憶故鄉。讀罷栩陽離别賦，豈須庾信始悲涼。

月魄偏於畢宿從，一春强半濕雲封。厥田下下淹三麥，其雨淫淫困九農。永夜鵂鶹矜鼓吹，平池科斗狎魚龍。寄言丙吉勤調燮，久矣揚州重挽供。

候鴈俱從關外飛，邊庭還復冷征衣。七旬未見苗民格，〔一〕萬里虚聞定遠歸。塞上臨風看玉劍，閨中對月憶金微。織皮聖世宜通貢，莫使天戈西極揮。

結綬連翩賦北征，春風頻送故人行。巢由稷契無高下，廊廟江湖有重輕。叱御已聞過折阪，籌邊還欲請長纓。獨餘潦倒南徐客，閑向中田看耦耕。

校記

〔一〕『七旬未見苗民格』，《竹嘯軒詩鈔》卷十四作『七旬終見苗民逆』。

同京口余文圻登蒜山，憩清寧道院，時春盡日〔一〕

吴破魏時，武侯運籌山間，故名『算』。後改名『蒜』。宋武帝破孫恩兵十萬，在此山下

相携笻竹上晴空，木末遥遥磴道通。鐵甕帆檣雙屐下，佛貍城郭亂煙中。運籌羽扇懷王佐，破敵長刀數霸功。事業銷沉山色在，底須吾輩别雌雄。

峰顛突兀睇無垠，吴楚蒼茫幾點塵。身世遷流成逆旅，〔二〕江山游衍屬閑身。〔三〕松門瘦石樵家路，瑶草金光道院春。慙媿玉皇香案吏，堦前暫作埽花人。

閑房小駐酌流霞，塵外知交雲外家。詞客瓢中惟白雪，道人袖底有青蛇。天涯渺渺憐巢燕，

世事紛紛送落花。春去漫嫌時序速，六龍鞭後不停車。

校記

〔一〕《竹嘯軒詩鈔》卷十四詩無『時春盡日』，詩題下小注亦無。

〔二〕『身世遷流成逆旅』，《竹嘯軒詩鈔》卷九作『天地本來成逆旅』。

〔三〕『江山游衍屬閑身』，《竹嘯軒詩鈔》卷九作『江山從古屬閒身』。

别南徐諸友

朱方浪迹已三年，簪盍萍逢賴衆賢。載酒市樓分小杓，鬭茶僧舍颺輕煙。離心飛動看黄鵠，歸計疎狂種石田。他日懷人屢廻首，知予吟望五湖船。

九日集陽山朱氏莊

黄葉聲中白雁來，登高不用上層臺。一時兄弟聯吴越，四海文章屬草萊。雲外寺鐘催晚照，天邊嵐翠落深杯。故交未赴萸囊約，目斷籃輿首重廻。遲陳虎文隱君不至。

説劍狂歌意氣真，豈須木落感蕭晨。唑饒白髮天容老，家有黄花主不貧。霸業銷磨餘古蹟〔一〕，名山管領足詞人。酒闌預訂明年會，珍重尊前强健身。

校記

〔一〕『古蹟』，《竹嘯軒詩鈔》卷十五作『故蹟』。

德清道中將入李明府署〔一〕

過盡南湖路幾灣，魚塘菱浦碧迴環。前期人指鳥飛外，竟日舟行桑影間。野老喧時農社集，亂雲深處訟庭閒。縣名恰與貧官稱，會聽琴聲響衆山。衙署在亂山中。

校記

〔一〕『李明府署』，《竹嘯軒詩鈔》卷十六作『明府李公署』。

蘭　臺

蘭臺空署赴輪臺，詔遣從軍萬里來。食禄自應持正論，至尊終是重良才。不教天遠投魑魅，更許兵屯闢草萊。想象高秋望京國，一時回首白龍堆。

禁軍

禁軍屯戍幾經年，帝胄臨戎赴極邊。稽顙虛傳唐突厥，轉輸遠過漢居延。廟堂赤芾憂勞外，郡邑牂羊涕泪前。聞道西安正氛祲，秋風萬井少炊煙。

和顧十一太史重葺秀野園人日題壁

料理林園又一時，重來魚鳥識前期。無窮身世看棋局，幾許悲驤入酒巵。鄴下舊遊懷異物，西堂得句憶連枝。巡檐每值梅花發，人日春風合詠詩。

遍躡山巔並水涯，常携布韈與青鞵。仙凡隔處興難盡，猿鶴棲邊境自佳。能以《壯遊》追杜甫，還將志怪補《齊諧》。即今穩卧高齋日，萬里風雲動曠懷。

吴下詩壇孰與齊，還樓人物緬林棲。丙丁甲乙分標格，范揭虞楊入品題。招隱每依蘐桂畔，醉吟時到夕陽西。邇來轉欲藏文采，悟得郊原斷尾雞。

北郭尋徐幼文故宅

名流舊日此棲遲，滿隖煙雲獨到時。十子聲華隨逝水，半郉瓜瓠上疎籬。蜀山避地青田鶴，洛郡飛纓太廟犧。更惜松楸迷處所，秋墳誰聽鮑家詩。吴人張習云北郭未遂首丘。

晚蟬

抱葉聲聲咽亂蟬，平林静處晚凉天。無情蕭瑟絃中韻，不盡空濛柳外煙。孤館坐深殘雨後，行人棲斷夕陽前。漢廷幾許貂冠客，飲露清宵讓汝賢。

柳〔一〕

馬尾青絲蘸緑波，深閨相對蹙雙蛾。娉婷市上煙初重，宛轉橋邊態自多。汴水昔年人在否，金城往事感如何？可堪『飛絮』『鵝毛』句，腸斷江南庾信歌。

校記

〔一〕此詩《一一齋詩》卷一題爲『新柳』，全詩爲：『葉葉風開染黛螺，麴塵如縷蘸清波。初烘薄日春還淺，纔對離筵恨已多。汴水昔年人在否，金城往事感如何？不堪更詠「鵝毛」句，愁絶江南庾信歌。』

江邨

苦霧寒煙一望昏，秋風秋雨滿江村。波浮衰草遥知岸，船過疎林竟入門。儉歲四隣無好語，愁人獨夜有驚魂。子桑卧病經旬久，裹飯誰令古道存？

九日

村北邨南皆水漲，江鄉此日阻登高。誰家籬下開黄菊，何處親朋送濁醪？得勢虵龍羣鼓舞，無糧鴻鴈自鳴號。可堪更縱傷時目，獨閉閑門首重搔。

酬駱遇安次元韻〔一〕

杯行到手豈辭停，會合官齋幾度經。異地相逢頭欲白，故人共對眼還青。方干遇客唯三拜，翁卷成詩號『四靈』。不敢筵前歌《折柳》，天涯無限短長亭。

校記

〔一〕十四卷本《歸愚詩鈔》卷二爲組詩，共兩首，此處所録爲第一首。

王西澗僉憲招飲賦贈

接引辭流老愈謙，山莊留客夜厭厭。酒懷還逐風情好，詩律真同將令嚴。屋角一枝梅破蕚，天邊半鏡月窺簾。閒身正許關農事，穀日欣聞大有占。時正月八日。

雲山高卧是君恩，往事追思歲月奔。虎尾履餘猶有悸，衮衣補就略無痕。青尊紅燭人逾健，《花史》《茶經》客共論。相約鏗鏘押强韻，雪車冰柱集韓門。時與同人倡和險韻成集。

梅花次韻

掩映孤村傍野橋，更無人處見丰標。西牆影動月初上，南國春寒雪未消。散與清香連水竹，分將幽夢到漁樵。叵憐曉角吹殘日，魂魄難歌楚些招。

寄魏念庭憲副

世事波瀾憂患餘，幾年踪跡滯姑胥。主恩未報心常戀，藥性能諳病已除。落日空江悲伍員，秋風古巷吊鱄諸。宵來忽作家園夢，安穩閒乘下澤車。

戟門兵衛舊森羅，楚尾吴頭歲月多。鈴閣競傳朱鷺曲，錦幃細聽雪兒歌。當年曾執臯陶法，嘗署臬事。此日誰禁醉尉訶？試問翟公舊賓客，朝來竟有幾人過？

甲子重經氣尚豪，感時中夜首頻搔。青天有問偕吾黨，白首同歸笑汝曹。謂排擠諸人。閱世險如穿虎峪，注書細比析牛毛。注《大易》《老》《莊》等書。還聞柳玭規兒子，莫負從前門第高。

好山多屬郡城西，小鳥翩翾易木棲。不接名賢揮玉麈，自憐病眼失金鎞。官衙醉月懷鴻爪，虚谷眠雲學馬蹄。橘刺藤梢今宛在，鄭公應過浣花溪。

歸吴即事次王雨豐孝兼送别韻

先遣歸心到古吴，輕帆如葉漾風蒲。地連桑竹多平遠，山入雲煙忽有無。一路渚蘋隨意采，幾家郫釀傍船沽。自憐天與滄洲福，小別西湖又五湖。

湖水真同別意深，湖天入望結重陰。薛蘿遥憶巖阿趣，鷗鳥常存浩蕩心。十畝君堪詠閑泄，一竿我已泯升沉。明朝短棹香溪路，飽聽田間快活吟。

問宋故宫

鳳皇山下舊東華，一帶荒林噪亂鴉。廢殿有人携杖履，掖門無樹挂袈裟。朝周玉馬悲元子，卧棘銅駝嘆永嘉。惟有翩躚雙蛺蜨，春來還覓苑牆花。

牧馬場邊感寂寥，相逢佛子話前朝。聲聞白鴈遺民泣，劫换紅羊王氣消。曾建一瓶楊璉塔，仍來三折伍胥潮。内人斜廢無人識，拾得釵鈿是野樵。

題陶甄夫畫芍藥

甄夫名者，楚之湘潭人。考某，於磨盤山兵敗戰死。甄夫既長，買一漁舟，往來吴楚間。工畫，尤長花卉，淮陽人獨重之。此畫爲南江作，不知何人，蓋寓揚時筆也。丁酉歲，予相見於金陵，古貌古心，年已八十餘矣。未幾，没。生平見山陰布衣楊賓傳文中，目以遺民云。

貌取將離邗水濆，圖中此日挹清芬。品齊海上三珠樹，色並郇公五朵雲。鄂渚沿洄舊漁艇，磨盤慟哭故將軍。瓶花猶帶遺民泪，曾讀山陰處士文。

毛逸槎園居

萬緣抛盡愛林丘，領略閒園景趣幽。一道溪流環藥圃，四圍嵐翠入書樓。月明蘿屋花含笑，露下松梢鶴警秋。欲向包山訪仙蹟，門前時泊五湖舟。

北上述懷別諸同學

老驥空懷千里程，三條燭下夢魂驚。南轅北轍終何濟？西抹東塗浪得名。匹馬漫思随李廣，悲歌無意和荆卿。衰年也受交章薦，慙愧吴公識賈生。

買山已過鉅山西，蕙帶荷衣製欲齊。拾橡風林呼稚子，灌花月夜並荆妻。出門遥指天雙闕，故里空閒雨一犁。爲語雲巖猿鶴伴，終教與爾共幽棲。

折柳歌聞尊酒餘，故人於此送征車。聯吟北郭懷中歲，予年四十餘，結北郭詩社。分手河梁及夏初。畏我友朋宜養拙，生逢堯舜敢逃虚。他時憑眺燕臺上，目斷南鴻尺一書。

舟行魚臺，如故鄉風景。同倪稼咸、吴恂士賦

荻蕭兩岸景萋迷，一路舟行傍大隄。黄土牆邊春店酒，緑楊村裏午時雞。篷窓點筆親風雅，時校勘唐宋人詩集。水檻看山認魯齊。賴有同袍相慰藉，鄉心不用八行題。

送潘南林太守南還

冥鴻旋見向南天，折柳歌聞悵别筵。邊郡尚懷慈似母，當途偏棄直如弦。蘆溝曉月徐驅馬，淮甸平流穩放船。他日結鄰應踐約，故山同耨鶴糧田。

九日同人黑窰廠登高

崇岡突兀俯南城，木落寒林眼倍明。雙闕參差佳氣合，三關層叠暮雲横。風霜慘澹重陽節，燕趙悲歌終古情。况有酒人同會合，一杯便欲酹荆卿。

煙光歘忽移山嵐，日晚佇立餘清酣。鴈聲嘹淚來絶塞，龍影恍惚藏澄潭。下有烏龍潭。百

年身世醉莫問，四海弟兄情所湛。極目無端動歸思，高歌一曲《望江南》。

客中除夕

清尊孤燭伴閒身，撥盡爐灰夜向晨。素練未消殘砌雪，蒼龍已轉隔年春。燕山風物依朋舊，南國杯盤話遠人。添歲並興除歲感，他鄉何似故鄉親。

舟抵津門

歸去來分問水濱，潞河留滯又經旬。千盤曲岸紆帆影，半夜狂飆駭榜人。冬霧冥濛遮瀰縣，海濤洶湧撼天津。不妨横索逢關吏，萬斛閑愁一葉身。

到村後述興五首

儋耳漫傳蘇軾死，吴下傳予已死。羌邨已得杜陵歸。故林仍喜松篁好，老屋俄驚卷軸非。鄰酒賒餘多負券，秋禾登後有啼饑。劍鋒寸折雄心盡，無復哀歌叹短衣。

曾上燕臺俯薊門，排雲便擬謁重閽。挽弓誤射南山虎，跋浪空騰北海鯤。甑破竟須同孟敏，閽開何用謁公孫？家園自有生涯在，只合耡雲薜荔村。

親朋知我乍歸來，短陌過從笑口開。傲骨共看餘骯髒，素衣差信少塵埃。談深存没憑燒燭，户偪冰霜仗把杯。相約同羣入山去，衝寒高上望湖臺。

滿隖煙雲洞壑扃，入天峰色舊時青。談禪曾共劉訏聽，着屐還同謝客經。淡味素躭餘水厄，命山僧烹白雲泉。故交重遇有山靈。長鑱托命吾生事，準擬天寒斸茯苓。

飽歷羊腸問路岐，茫茫前去欲何之？未能入幕依嚴武，且可彈琴侶戴逵。放浪五湖聊快意，光榮二鳥偶乘時。區區馬指堪齊否？一卷《南華》是我師。

喜徐澂齋太史南還

遭逢盛世賦歸與，孫綽於今果遂初。安樂窩中閒自在，雞豚社裏晚相於。鐘傳半夜夢方斷，艾畜三年病已除。近日更聞添臂力，鄉人争乞擘窠書。

冰霜同把異鄉巵，〔一〕故里相逢秋半時。江左清華有君在，吟壇風雅是吾師。四愁都忘張平子，三樂能全榮啓期。他日追〔二〕從入山去，鍾吾深處采靈芝。

校記

〔一〕此句十四卷本《歸愚詩鈔》卷五其下有注：『丙辰冬招飲旅寓。』

〔二〕『追』，十四卷本《歸愚詩鈔》卷五作『相』。

盛青嶁入蜀，詩以憶之

詞人迢遞泝三巴，更指蠶叢路尚賒。鑿險地曾開力士，搜奇天許作詩家。風雲八陣懷忠武，流落孤臣吊浣花。旅食不愁淹歲月，從來吾道在天涯。

人日長清道中懷周子欽萊

人日勞勞濟水旁，柳條初動欲舒黃。鶴辭故籠閒難就，馬歷長途老未忘。孤客驅車纔過魯，舊交帶索合歌商。懷賢望遠同高適，何處題詩寄草堂？

道中憶西湖

不到西湖已六年，當年時上缺瓜船。玉缸花撲家家酒，碧盌茶分處處泉。楊柳陰遮遊子騎，芰荷香入美人筵。即今茆店雞聲裏，魂夢還尋放鶴仙。

郵　亭

十里亭連五里亭，勞勞車馬此常經。往來驛路兼長短，迎送離筵襍醉醒。逐客遇窮身暫宿，美人天遠跡還停。春風不識傷心處，又遣垂楊踠地青。

夾竹桃

柔條灼灼復猗猗，翠篠紅芳間一枝。似借淇園君子德，好添南國美人姿。迎風含淚憐湘女，抱節無言訝息嬀。自是有筠兼有色，何妨開到薄寒時。

戲詠半錢

姹女河間數忽停，飛蚨已破舊時青。平分輪郭難成式，盡改方員不受形。留得看囊仍是澁，縱教使鬼也無靈。沈郎榆莢依然在，圜影垂垂散滿庭。

簷冰

銅溝歷亂正堆鹽，湅合流澌勢漸嚴。倒挂燕釵齊露脚，平垂鴛瓦各抽尖。月移凌影横虚牖，風折寒聲落短檐。贏得紅閨倚闌看，樓頭高卷水晶簾。

歸愚詩鈔卷十七

長洲沈德潛確士

七言律詩

臚唱恭紀

鳴鞭静後奏簫韶，御幄香濃入絳霄。鹵簿叠陳儀仗肅，鴻臚三唱姓名標。羽毛共看翻靈鳳，文采争傳賦洞簫。天半倘逢雲五色，魏公碩望在同朝。

賜給文綺坊儀恭紀

恩榮宴後集朝簪，錫予聯綿惠澤深。中使自天頒采帛，度支傳命授兼金。千絲織作憐寒夜，萬國輸將識苦心。來自田間難報稱，願持潔白守規箴。

遊澄懷園

名園水木互縈洄，地近離宫淨點埃。虞褚並官親禁掖，班揚[一]分宅住樓臺。荷風入座香難散，鷗侶依人夢不猜。行到苑牆遥指點，此間合號小蓬萊。

校記

〔一〕『班揚』，十四卷本《歸愚詩鈔》卷六作『鄒枚』。

欽點庶常恭紀

古木槎枒忽遇春，也隨侍從拜新綸。許親香案稱仙吏，望見紅雲識聖人。甲觀西山探秘册，柯亭劉井話前塵。自憐老去頭盈雪，漫擬終軍對白麟。

次壽山陳公秋夜詠懷韻

絡角明河影欲沉，夜窓對酒倦孤斟。聽砧道遠衣難授，汲古年衰綆未深。大隱敢承金馬詔，小山時動緑蘿心。生平願作安恬翼，棲息還依直木陰。

早朝

明河澹後肅朝儀，湛露零餘潤玉墀。辨色千官瞻北極，當陽五位面南離。風傳鳳律諧韶樂，日射螭坳上羽旗。親見虞廷歌喜起，天顔豈獨近臣知。

送張鴻勳南還

忽夢吴江舊釣磯，金風初動賦旋歸。酒沽燕市人同醉，路指南雲鴈共飛。千疊亂山車騎晚，一篙秋水鱠鱸肥。到家羡爾天倫樂，脱却征衣换綵衣。

野泊〔一〕

津鼓停餘泊小船，灘聲中夜不成眠。透篷寒氣霜初落，到枕清光月尚圓。撲滿敢忘知己贈，扊扅還憶老妻賢。歸心付與南飛鴈，先到香溪雲水邊。

校記

〔一〕十四卷本《歸愚詩鈔》卷七詩題後有小注『己未冬』。

偶述〔一〕

乍離豹尾來南國，未習龍韜領武功。絃管聲中消永晝，蕙蘭叢裏醉春風。但聞議價酬明月，
郰識啼饑託鞠藭。燕雀紛紛巢幕上，可看天際有飛鴻。
香氣常濃夢不清，更聞方士説長生。一從天上傳黄紙，便聽臺邊歇玉笙。請室歸餘尊獄吏，
仙班散後失飛瓊。蔭公空有閒雞犬，肯向崤函試盜鳴。

校記

〔一〕十四卷本《歸愚詩鈔》詩題作『有感』。

贈英夢堂

把君詩卷過殘冬，此夕尊前喜乍逢。僑札定交通縞紵，孟韓相遇合雲龍。黄河浪動冰初解，白鴈聲寒霜尚濃。明日分飛悵回首，淮南煙樹隔重重。

晚泊夏鎮，東爲沛縣，屬江南省；西爲滕縣，屬山東省；中以康阜樓界之。予舟適在樓下，詩記其事

舟泊一灣分兩省，樓高百尺記三層。故宫魂魄常思沛，經界公私尚憶滕。土人指文公行井田處。户插竹枝風自古，兒垂花勝歲方增。夜寒篷底難成寐，坐擁殘編對一燈。

簡趙秋谷先生〔一〕

年少才華擅藝林，八旬忘卻鬢霜侵。早投簪紱功名薄，高卧雲山歲月深。世外漁樵肝膽地，寰中花鳥短長吟。秋風銅狄思前事，眼底何人識此心？

匠門樓閣着神仙，先生來吴，每寓匠門書屋。載酒逍遥任醉眠。月夜聽箏紅燭院，風前覓句緑楊船。吴都碩果俱往矣，魯殿靈光獨巋然。御李倘能隨杖屨，後先己未亦同年。先生係前己未。

校記

〔一〕十四卷本《歸愚詩鈔》卷七詩題作『趙秋谷先生八十』。

贈查榴齋

宣武門前日欲晡，塵埃握手共歌呼。孟韓聯句懷秋雨，高李論文憶酒壚。己未年詩社事。羡子蒼鷹揚健翮，憐予老馬闇長途。還期吟社堅前約，看摘驪龍頷下珠。

忘卻人間行路難，文鵷無意覓琅玕。狂歌恥詠南山矸，縱酒思吞北海乾。少歲已經漂鬼國，中年還惜翦飛翰。自將清福驕吾黨，萬笏西山放眼看。

和金質甫太史移居

玉堂不改舊寒氈，歲每移居當轉遷。二應才名原國士，三蘇文望本家傳。詞頭合草明光硯，鶴料須增負郭田。静息寸心觀物變，鬭雞訟鹿總堪憐。

田竇豪華舊結歡，兒童曾向逐金丸。一從兔苑移他族，誰向銅池憶達官？此日吟壇春入座，當年舞袖晝生寒。眼前不盡乘除感，閒話同君倚曲闌。地爲豪家故宅。

壬戌元旦用文待詔乙卯元旦韻

聲聞長樂曉鐘傳，曙色初分歲又遷。上日恰逢天際雪，散朝還帶殿中煙。夔龍接席尊前輩，園綺同羣覺少年。祝國但祈暘雨若，雅詩首詠《甫田》篇。

送杭堇浦太史

殿頭磊落吐鴻辭，文采何嘗憚作犧。王吉上書明聖主，劉蕡對策治平時。隣翁既雨談牆築，新婦初婚議竈炊。歸去西湖理場圃，青青還藝向陽葵。

送座主泰安公歸里〔一〕

宰臣幾箇返家山，此日君恩許就閒。官職已辭黄閣老，夢魂猶入紫宸班。舜華堯韭關榮謝，張丈殷兄訂往還。後會預期随杖屨，天門高頂〔二〕共躋攀。

校記

〔一〕十四卷本《歸愚詩鈔》卷九詩題作『送泰安公歸里』，無『座主』二字。

〔二〕『天門高頂』，十四卷本《歸愚詩鈔》卷九作『丈人峯頂』。

題謝時臣畫二首

三山參錯疑京口，一派茫洋想大江。浪影遠兼雲路闊，潮聲直到海門降。望中旌旆瓜洲戍，煙外檣帆估客艭。指點丹青頻利涉，吴頭楚尾是鄉邦。

右京口圖

傑閣登臨眼界空，乾坤浮水入鴻蒙。樓臺隱見神山際，城郭青紅海市中。徐福三千歸縹緲，田横五百想英雄。披圖便有凌虚意，颯颯遥乘萬里風。

右觀海圖

史局漫興

侵曉隨曹入史宬，深嚴丹禁似蓬瀛。簾旌香撲花初放，鈴索聲停鳥不驚。前輩風流歸澹蕩，朋儕辯論總和平。胡毋博學吾何有？消得閒官一味清。

晉水龍騰漸式微，分來史册出天扉。分校新舊《唐書》。辭章完善稱劉昫，識見高明許宋祁。淮雨別風沿謬誤，魯魚亥豕想依稀。校讐掃葉真相似，勿使常遺後代譏。

史成勝代存殷鑒，詔定編年準紫陽。五位深仁推敬帝，一朝實録混焦芳。分纂《孝宗敬皇帝》，其實録出焦芳手，不足憑也。是非不晦芒垂宿，提挈分明綱在綱。自媿衰年難稱職，空聞劉氏説三長。

驢〔一〕

貧家飼秣已三年，負重何嘗暫息肩。夜静天街鳴落月，秋深石逕踏荒煙。病來猶勝童奴嬾，老去偏餘筋力堅。他日探梅騎汝去，銅坑山畔太湖邊。

校記

〔一〕十四卷本《歸愚詩鈔》卷九題作『戲慰驢』。

犬〔一〕

緑蘿門逕少車音，如豹聲傳小巷深。長夜破雲嘷月魄，短籬斜照卧花陰。也隨鈴柝防家具，略近腥羶諒主心。况復多情迎舊客，知予還往重朋簪。

校記

〔一〕十四卷本《歸愚詩鈔》卷九詩題爲『戲贈犬』。

碡碌

圭角磨礲見渾成，田間閒卧傍柴荆。質因厚重從人棄，地爲高低仗爾平。也受牧童敲細火，還隨農父碾香秔。誰將頑石加箋疏，耒耜經中補令名。

寄朱木鳶

齊女門邊昔宴遊，别來歲月幾遷流。賞詩應已高麟閣，耽酒何妨號醉侯。風泛素蘭虚室静，露零叢桂小山幽。聞君話我盈頭雪，官燭讎書夜未休。

寄周迂村

移家自得天隨友，尤飼鶴，居皮市。迂村自甫里移家，居臨頓里，恰符皮陸棲隱地。偕隱相攜孺仲妻。向共閑吟追汐社，近聞直釣坐清溪。行藏齒冷乘軒鶴，文采心驚斷尾雞。何日随君還故業？一蓑煙雨課畊犁。

和許紅橋同年春讌之作

接席無非淡蕩人，唐花開落五分春。九重天上聽仙樂，百罰盃前鬥健身。過眼光風吹馬耳，別人衷曲轉車輪。紅橋將之粵西。桂林隔斷雲南北，此去關河萬里新。

略似江鄉草被堤，閑園好在鳳城西。清談縱酒風生座，高閣看山雲滿梯。願汝循良師卓魯，任予迂怪並燕齊。庭前小鳥知人意，也惜離羣故故啼。

紅橋疊韻見寄随疊韻報之

當筵聊復綴陳人，老眼逢春不當春。世事喧呶一杯酒，前途珍重百年身。蕙蘭同臭歸紉佩，椎鑿無心任斲輪。莫唱陽關第三疊，青青怕見柳條新。

醉餘随意坐春隄，晼晚流光夕照西。行遠不須追電馬，學仙豈問上天梯。娱人紅杏枝枝綻，送客青山箇箇齊。到日陽和宜散布，窮檐萬户有兒嗁。

題長新店壁

悠悠前路發行旌，古驛皇華第一程。燕市故人憐小别，楚天雄服數長征。題橋素簿辭臣願，負弩何煩長吏迎。記得往年曾此宿，青袍錣羽老諸生。

過柏鄉魏氏懷念庭觀察

鄗南夙昔神遊地，此日來過兼濟堂。諸子鎖門緣領郡，故交化鶴可還鄉。卅年歲月驚駒影，百卷風騷緬葯房。猶有家聲未零落，行人指點午橋莊。謂文毅公。

謁湯陰岳侯祠 古蕩陰里

巍峨祠宇蕩陰城，故里人欽英武名。草木至今還共惜，忠奸自昔竟誰明。獄成三字臣何怨，代隔千秋衆不平。此日庭前雙古栢，風來猶作戰場聲。

殷少師比干墓

少師遺墓氣森沈，屹立豐碑蘚不侵。日月朗懸尼父筆，墓碑六字，相傳孔子書。兒童争識聖人心。死同孤竹分先後，諫並龍逢照古今。明水欲陳無可奠，聊抒忱悃託微吟。〔一〕

校記

〔一〕十四卷本《歸愚詩鈔》卷十此詩最後一句作『空林日落暮蟬吟』。

懷茱園侍御

用拙每逢當路忌，復官倍荷聖人恩。鏡從磨後光逾顯，竹受風餘勁故存。書卷向鄰移蠹簡，草花隨地藝芳蓀。待予歸日追吟社，緑酒紅燈共細論。

懷吴生南勤

葑溪諸老俱奄忽，此日吴生獨擅場。經義半空盤鳥道，古歌千里下風檣。碎琴逢爾來燕市，相馬偏予赴楚疆。北望京華屢回首，浮雲落照杳茫茫。

漢陽渡江之武昌

中流畫舸泛虚明，鐃吹横空響更清。一路帆檣似梳櫛，三層樓閣想蓬瀛。漢陽樹與秋雲淡，黄鵠磯連沙溆平。憑弔英雄繼王粲，粲有《漢末英雄記》。此行差不負南征。

黄鶴樓

鶴去樓空事渺茫，楚雲漠漠樹蒼蒼。酌三杯酒月隄曉，流萬古情江水長。不遇謫仙吹玉篴，曾聞狂客坐胡床。有客羽衣賦詩云：『興高老子胡床上，秋在仙人鐵笛中。』時傳寫，目爲狂客。登臨此地懷京國，也似金臺望故鄉。

鸚鵡洲弔禰處士

蟻視曹公氣不摧，蘭焚玉碎劇堪哀。故人慷慨推奇士，亂世從横露俊才。洲沚何妨激濤浪，文章郝肯辱蒿萊。祇令後代經過者，煙水茫茫酹一杯。

鎖闈即事呈同事諸公

桂香濃處月輪員，棘院深深别有天。歷塊正須千里駿，搜奇恐媿九方歅。諸公秉鑑除纖翳，老眼〔一〕持衡戒小偏。汲水煎茶非我事，〔二〕好詩只〔三〕讓大蘇傳。試院煎茶，東坡監試時事，衡文恐無暇及此。〔四〕

慘淡經營各逞思，打頭屋裏吐瑰奇。蠶聲食葉管齊下，駒影騰空日漸移。鼓瑟湘靈有神助，運斤輪扁寸心知。可能五夜饒餘勇，興滿三〔五〕條燭盡時。

經義由來貴大純，胸中抱負捻探真。芻靈木偶防因陋，土伯蛇神戒鬥新。清廟遺音原淡淡，高樓落紙敢頻頻。熊劉風範今存否？願爲荆襄辨玉珉。

號舍曾經十七回，康熙丙子始。偶逢天澤潤枯荄。選才已與屠龍遇，變色還因談虎來。欲報聖明憑翰簡，敢期朋好鼓衰頹。諸生發軔從兹始，突兀同登郭隗臺。

校記

〔一〕『眼』，十四卷本《歸愚詩鈔》卷十作『我』。

〔二〕『汲水煎茶非我事』，十四卷本《歸愚詩鈔》卷十作『汲水煎茶似無暇』。

〔三〕『只』，十四卷本《歸愚詩鈔》卷十作『合』。

〔四〕此注十四卷本《歸愚詩鈔》卷十此詩後無。

〔五〕『三』，十四卷本《歸愚詩鈔》卷十爲『二』。

大風登黃鶴樓

危樓切漢形建瓴，俯瞰遼廓風翏泠。〔一〕波流洄漩奔白馬，洲嶼滅没浮青萍。隔江遥接埤堄影，高座還覺魚龍腥。千秋招鶴鸛不返，天際依舊雲冥冥。

校記

〔一〕『危樓切漢形建瓴，俯瞰遼廓風翏泠』，十四卷本《歸愚詩鈔》卷十作『危樓切漢風翏泠，梯空直上逢仙靈』。

楚人湯雲山，前明萬曆丙午生，年一百三十九矣。訪之漢陽門外，相見頃，曾孫侍側，不扶杖，能拜起。耳聰目明，問以眠食，曰『健飯多睡』，次及方藥，曰『生平無病，不知藥也』。古所云『地行仙』者，即其人邪？因系以詩

竇公老壽更誰倫？漢文帝時人，年一百八十。今日重逢漢水濱。身歷八朝同木石，心空六鑿返真淳。不寒不暑忘將我，無藥無方説與人。親接履綦殊自失，可容樗散傍莊椿。

挽倪幀塘同年

書來病臥格孫城，歸去旋聞殞此生。金殿萬言同作賦丙辰，軺車一兩共長征戊午。多文爲富編初就，有子承家學待成。比似方干差足慰，身前鄉舉已題名。

寒瓜

瓜區是處見纍纍，獨有寒瓜種最遲。茆舍秋風常穩臥，槿籬細雨每平垂。斷壺聊共烹蒸慣，食肉安知滋味宜？遥想故林蘿[一]屋底，依然爛煮晚炊時。荆婦長齋，嘗植此瓜代飯。

校記

〔一〕『蘿』，十四卷本《歸愚詩鈔》卷十作『茅』。

登盤山

漁陽重鎮削芙蓉，紫盖攀躋第一峰。亂石雲中蹲虎豹，寒泉松頂走蛟龍。微茫海氣環無外，層疊邊城繞幾重？身在棲猿最高處，擬將白日挂孤筇。

天窮漠北鬱崔巍，佛海龍池獨往來。纔上半山無鳥雀，早知下界起雲雷。隱居爲指田盤谷，舞劔還尋李靖臺。到此并忘身世感，茫茫大地總浮埃。

首夏同盛子青嶁、謝生、岳生、薛生上賓、許生樸園、家禮存看豐臺芍藥，過王氏園

開到將離四月天，城南随路訪平泉。銖衣寳靨俱留眄，瘦燕肥環總可憐。一抹山横飛鳥外，孤筇人倚亂霞邊。諸君終作探花使，慘緑應推最少年。

路入花源柳半遮，亭臺舊是故侯家。繁華頓醒三更夢，明麗仍披五色霞。邃户飛飛通乳燕，野田閣閣鬧鳴蛙。登臨振觸鄉園景，仿佛神遊葑水涯。地即祖氏園，王阮亭尚書賦詩所云『水田一帶學僧衣』也。

晉秩宫詹恭紀

每依講幄侍龍顔，寵命新從天上頒。蒼玉銀章儀竊忝，韋賢孔霸學難攀。仍修經史縻官廩，虚憶蒓鱸夢故山。列坐宫坊總前輩，敢云辭苑領清班。

武闈即事，次壁間王衷白大司馬元韻名圖，前明萬曆庚戌大總裁，詩勒石於壁

棘院重垣深復深，去年羣從翠華臨。曾陪虎觀談經術，好遣鷹揚列禁林。見獵興高餘激壯，腐毫事往已幽沈。評量鈐略諸公在，共識聞雞起舞心。

簡命頻仍恩遇深，冰淵在抱履還臨。龍媒要使來西極，鴞鳥何難集泮林？鎖闥風微簾影静，全堂月朗漏聲沉。豐城倘有寒芒起，肯失張華望氣心。

政事堂述懷

曉入綸扉露點清，閒庭鈴索静無聲。赤文重叠承天語，緑綬追隨佐宰衡。老病乍除緣祝噎，時病噎初愈。君恩未報緩歸畊。只慙莫效纖毫職，空割堂餐飫大烹。

溧陽史〔一〕師相懸御書於堂，招集宴飲有作

驪珠顆顆煥天章，此日高懸畫錦堂。正值賜書褒李沆，還須飛白記歐陽。六官遞著匡襄績，九宇頻移節鉞光。内外宣勞三十載，故教錫予等旂常。

一堂賓主樂昇平，宴飲傳將傳説羹。堦下管弦惟法曲，座中纓芾半門生。隆恩自合酬調燮，歡會還應念癸庚。咫尺依然對雲日，榮光朗映上台明。

校記

〔一〕十四卷本《歸愚詩鈔》卷十一詩題中無「史」字。

題王孟亭太守硯影

孟亭，髯也。得硯於燕城，背刻髯而笠屐者，或曰東坡像也，或曰阮亭影也。孟亭得之，即從而我之，命予賦詩

或肖東坡或阮亭，孟亭得此兩忘形。髯翁是我還非我，端石無靈亦有靈。若箇雕鐫遺歲月，與君南北共飄零。眉山蠶尾白田叟，一笑何須更勒銘。

送張石帆歸京江

野鳥南飛破碧天，敦盤良會即離筵。燕吴賓主情千古，江海波瀾手一編。歸去何人供鶴料，閒來有業耨芹田。芹田在蒜山下。何時共踏金鰲頂，笑指蓬壺萬里煙。

詠雨衣和塞曉亭閣學

豈須白鷺織成蓑，更異騷人製芰荷。斟酌雨暘關去就，捐除文采任遮羅。何妨尋菊披襟往，自可衝泥挈領過。以瓦爲之方不漏，古來進諫諷偏多。

詠　針

繡出鴛鴦仗翠娥，金鍼付與劇摩挲。山中磨杵終當就，月下穿絲自許過。綿裡裹餘全不露，芥邊投去兩無訛。莫嗤金線頻頻壓，補袞由來功最多。

白燕

漢宫釵影見差池，偶度銀塘颺羽儀。珠箔樓頭高卷處，芹泥梁上乍銜時。掠殘柳絮虚無態，剪破梨雲低亞枝。京洛何妨共棲宿，素衣未必化爲緇。

鴈字〔一〕

鍾繇字跡擬羣鴻，今見鴻文體勢同。蓊蠮塞邊秋寫怨，鳳凰樓畔夜書空。問奇共識天章麗，觀象還誇鳥篆工。畢竟太虚無一點，漸看飛白入冥濛。

家雞野鶩點紛紛，望裹成行入亂雲。偶到華山應落墨，若過衡嶽亦廻文。天邊波磔疑三折，水次横斜認八分。爲問清真王逸少，可將此幅换鵝羣。

校記

〔一〕《一一齋詩》卷七《鴈字》詩文爲：『一行鳥跡破秋旻，陣影横斜體勢分。偶到華山應落筆華頂有落鴈峯，若過衡岳亦廻文衡州有廻鴈峯。《大招》寫就飛湘水，《天問》摹成叫楚雲。爲語清真王逸少，莫將此幅换鵞群。』

蘆花被

貧家聊禦薄寒侵，瑟瑟飛花入布衾。鋪卻石牀清氣滿，堆將紙帳野雲深。閒眠秋雪成幽夢，肯羨青綾失素心。繡被焚香張翠蓋，鄂君此味未能尋。

霜篷

野泊溪灣月色沉，孤篷便有早霜侵。露凝清入漁師夢，光透寒欺估客衾。長夜未掀時悄悄，短舷方蓋氣森森。曉來埽卻凌空去，試聽煙中欸乃音。

酒旗

青帘挑出勢輕盈，楊柳邨中望眼明。山店低垂朝露重，河橋斜卷暮煙橫。香招遊子停來往，影落春流漾淺清。料得一竿花雨外，吴姬喚客若爲情。

夢亡室俞夫人，醒哭以詩

南北幽明兩不堪，夢中恍惚月沉潭。三年我未看瓜苦，四紀君惟饜薺甘。抱病但聞辭藥石，懺亡豈仗瞿曇法，一卷儒書諒已諳。素不信佛氏教。

終身布衣蒿簪，殮時始易以冠佩。蓋棺始得易衣簪。

歸愚詩鈔卷十八

長洲沈德潛碻士

七言律詩

歸舟雜興

乞假南歸，舟中無事，俯仰身世，欣慨交心。隨所感觸，即事成詩。〔一〕

輕裝重上潞河船，無限歸心在鴈先。衰柳長堤仍滿目，霜髭雪鬢倍當年。鬲津杳渺寒雲外，漷縣蒼茫夕照前。〔二〕何事石尤偏阻客，南行轉似上青天。

渾流盤屈到津門，同譜過從好慰存。王進士緯係舊交，同姓進士弘模係竹墩分支。嗚鳥求聲欣得友，藝葵壅土欲培根。他時勳業需公立，此日風騷共我論。酒罷河干歌《折柳》，離筵賓主總消魂。

宴罷瀛臺幸五臺，鑾旗遥指路崔巍。六飛高御峰徐上，萬古嚴冰暖欲開。上有太古冰。天子巡行歌洛矣，羣工颺拜和康哉。小臣未得驂騶從，西望秦雲首屢迴。

稽天積潦自清秋，迷漫徐淮勢不流。離散丁男鴻鴈苦，焦勞丙夜廟堂憂。空聞賈讓籌三策，誰佐重華奠九州。稍喜大臣權補救，春來還得試耡耰。

朽木何心更向陽，散仙偶得近雲房。七旬乍離漁樵隊，五載旋參政事堂。自信秉心惟拙訥，敢云報國有文章。還山預約唐溪友，元結依然是漫郎。

先人清德久云徂，墓道年來缺剪蕪。婦豎聊聞春薦盎，松楸空憶夜啼烏。主恩錫命連三世，子職邀榮返五湖。爲善古今無不報，《瀧岡阡表》語非誣。

闔門送我涕漣洏，死别堪憐即此時。五十年間荼並苦，三千里外藕藏絲。那能真到稠桑驛，不忍重吟落葉詩。此後何人共風雪？殯宫素帳已塵緇。

北郭詩人舊盍簪，黄鍾宫律恥鞀鞀。日邊偶爾淹車轍，吴下空教憶雅南。擬結小亭圖孟浩，還成新句付何戡。聯吟刻燭歸來事，鞭弭周旋我尚堪。

助我諸賢共切磋，追随煮字舊行窩。程門敢比吟風月，王氏曾同廢蓼莪。出岫閒雲且臺閣，藏山名璞尚巖阿。離羣計日應重合，故業相邀一訂訛。

楊柳塘邊葑水溪，當年聚族住東西。傍橋〔三〕屋繞湖三面，沿路人畊雨一犁。越陌度阡來密友，挽車提甕仗荆妻。于今往事空追憶，魂夢過從徑不迷。

生平不敢受恩私，古道由來重感知。曾以賦棋呼小友，還因詠草賞新詩。九原可作惟隨武，千里相思是向期。更有姓名留夾袋，樹人心事切調饑。

筇屐尋幽舊冣能，幾年留滯阻飛騰。東西石屼神常歷，南北高峰夢屢登。蕭寺鐘魚記黃鶴，燈船鼓吹話金陵。南歸更與山靈約，布襪青鞵興轉增。

校記

〔一〕十四卷本《歸愚詩鈔》卷十二此詩序還有『言無倫次』句。

〔二〕『高津杳渺寒雲外，漷縣蒼茫夕照前』，十四卷本《歸愚詩鈔》卷十二作『碧雲期會人千里，白雪翻披手一編』。後有小注：『時讀翁徵士霽堂詩，將之泲上往晤。』

〔三〕『傍』，十四卷本《歸愚詩鈔》卷十二爲『過』。

贈翁霽堂徵士

麗山湖畔欵煙蘿，屈指年華嘆逝波。交自貧時情倍切，人當老去感偏多。聲光豈附青雲士，纓芾空嘲春夢婆。此日任城同會合，酒樓眺覽足高歌。城有太白酒樓。

河隄草草話匆匆，四十年餘憶積悰。徵士濮田虛種秫，郎君薄宦久哦松。鄭公幕府淹高駕，黃歇名山待瘦筇。他日歸來試相訪，空江蘭槳采芙蓉。

賦得殘月如新月

顧兔留痕秖一規，宛然昏候吐纖眉。魄殘略近哉生象，弦短翻同乍上時。遊子早行疑夜淺，深閨遥拜訝更遲。請看秋柳霜黄色，轉似春初萬縷絲。

恭題御筆畫梅 幀首有御題七言近體

百年鐵骨風霜鍊，一點冰心天地知。御筆寫神兼寫格，藝林無畫亦無詩。香流南國凝晴雪，影動西牆見折枝。可惜逋仙老巖壑，沉淪未遇聖人時。

菊枕和周蘭坡前輩韻

囊裡寒花三徑收，晚香合藉老夫頭。盛將霜露人原潔，臥異邯鄲趣自幽。五夜晏休疑在谷，四時輾轉總逢秋。獨醒不覺遲遲起，夢入柴桑爲小留。

奉敕題《驄馬圖》策〔一〕凌所貢馬

憑將健筆寫追風，流汗成珠氣吐虹。立向玉墀雲委地，來從青海鳥行空。五花叱撥宜通貢，萬里渠搜願效忠。自是德威能服遠，聖朝豈數貳師功。

校記

〔一〕『策』，十四卷本《歸愚詩鈔》卷十四作『此策』。

闈中即事和鄂虛亭少司馬韻

鎖闈挍閲静無喧，派别紛紜匯一門。高望欲窮千里目，虛衷聊〔一〕答九重恩。途經朱陸分同異，辭到楊劉絶本根。先正宗風應好在，與君漬墨細尋論。

校記

〔一〕『聊』，十四卷本《歸愚詩鈔》卷十四作『能』。

送阮澂園太史南還

玩占已得遯初爻，野鶴翛然返故巢。肯上危牆争蝜蝂，劇憐虚牖罥蠨蛸。自娱聊復酬賓戲，尚白何須解客嘲。不比〔一〕分岐送臨賀，都亭應集〔二〕舊時交。

辦將布襪與青鞵，中歲抽身亦復佳。歸里熏篪分雅樂，留賓葵藿飫清齋。〔三〕五雲渺渺前塵夢，十畝閑閑佚士懷。〔四〕况有丘遲共初服，砥瀾太史先後歸。一竿取次釣清淮。

校記

〔一〕『不比』，十四卷本《歸愚詩鈔》卷十四爲『此日』。

〔二〕『應集』，十四卷本《歸愚詩鈔》卷十四爲『應有』。

〔三〕『留賓葵藿飫清齋』，十四卷本《歸愚詩鈔》卷十四爲『留賓闤闠拔荆釵』。

〔四〕『佚士』，十四卷本《歸愚詩鈔》卷十四爲『異日』。

西湖隄散步同雷翠庭大銀臺作〔一〕

左帶平田右帶湖，晴虹一路繞菰蒲。波間柳影疎兼密，雲際山容有忽無。遺臭豐碑舊閹豎，煎茶古寺老浮屠。寺有碑，頌魏忠賢功，時寺僧煎茶餉客。閒遊宛似蘇隄畔，欲向橋邊問酒壚。

校記

〔一〕十四卷本《歸愚詩鈔》卷十四此詩詩題爲『西湖堤散步』，無後『同雷翠庭大銀臺作』。

初寒夜園居詠懷

木落園林霜降初，松牕月上看疑虛。燈昏一穗留殘熖，鼠耗千聲齧敗書。聖主恩深憐老病，度支禄減棄迂疎。有旨：原銜食俸，農曹减去其半。哦詩偶憶高常侍，舊日漁樵在孟諸。

紙帳寒光分外明，蕭然枕簟有餘清。鰥魚難合經宵目，老馬還諳千里程。南國閭閻虛告糴，西川險隘正連營。頻添身世無窮思，已聽村雞報五更。

禁旅

禁旅連屯獠洞邊，捷書猶未達甘泉。廟堂推轂惟元輔，衛霍成功自壯年。梯磴懸軍無險地，盤山轉粟上高天。不須七番兼擒縱，戮取鯨鯢奏凱旋。

紀恩陛辭恭呈四律

蓬藁數載貳春官，趨侍承華道孔顔。身老蹉跎難稱職，主恩優渥許還山。此行就日辭丹鳳，敢擬臨風放白鷴。五夜夢魂餘眷戀，早朝猶入紫宸班。

傳來天藻下衡廬，異數猶頒〔一〕去國餘。寒士舊曾依澗壑，詩人老矣注蟲魚。遺榮疏廣同歸里，〔二〕解組知章並遂初。應有白虹千丈起，賜書光氣燭空虚。

皇言披閲倍心欽，糺縵卿雲共朗吟。法祖敬天隨感觸，勤民求士入規箴。登臨岱頂山俱小，泛涉瀛洲瀆未深。一十三年宵旰意，金和玉節總愔愔。

輕舠一葉返煙蘿，回首紅雲憶馺娑。常諭鄉鄰天子聖，不忘痦寐碩人薖。太平日月扶筇杖，無恙筋骸足嘯歌。萬壽五旬臣望九，還期隨衆拜鑾坡。〔三〕

校記

〔一〕『頒』，十四卷本《歸愚詩鈔》卷十四作『霑』。

〔二〕『遺榮疏廣同歸里』，十四卷本《歸愚詩鈔》卷十四作『歸鄉疏廣同知足』。

〔三〕十四卷本《歸愚詩鈔》卷十四詩末有注：『前陛辭日皇上語也。』

奉辭皇長子三律

叨陪講席到蓬瀛，詔許衰齡得課耕。敢謂還鄉並疏傅，自慙稽古比桓榮。觀開甲地窮經籍，食卻邪蒿輔性情。博士邢岐謂菜有不正之名，非殿下所食。見《北史》。談道幾忘天胄貴，披陳迂論每硁硁。

禮隆尚齒到羣儒，頭白尤承晉接餘。聊藉他山攻美玉，豈因老驥識長途。三年曉露趨雙闕，一帆輕風返五湖。此去南枝巢越鳥，日邊遥羡上林烏。同輔導諸公。

朝嬰夕側養根源，奮武敷文並討論。稽考典墳尊古訓，調嫻馬射率諸昆。貴能下賤真忘勢，智可容愚樂受言。别後相期崇令德，豈徒辭賦擅繽翻。

出都日承戊辰諸通門祖餞都亭賦詩言别

回首春明轍故遲，都亭祖道悵分岐。别當晚歲情逾黯，酒到離筵醉不辭。老我沙鷗尋舊侶，諸君葵草向陽曦。他時耿耿難忘處，燕樹吴雲兩地思。

塔影園文讌四律

桂香入座午風清，簪盍閒園會友生。嘉客携羣來鹿水，王貢士鶴書、孝廉鳳喈諸子。仙槎浮浪自滄瀛。葉進士子敬、主人李貢士健林諸子。吾衰幸未車生耳，類聚欣占鳳善鳴。若箇當筵馳陣馬，文成先吐句庚庚。

對酒當歌歌可夫，由來良會重吾吴。文章聲價關金石，霸業消沉弔蟪蛄。嵐翠斷邊銜落照，波光定處卧浮圖。興高狂語頻驚坐，依舊江湖一釣徒。

社事飄零散慎交，敦槃此日續西郊。道存砥礪聯三益，象取乾離玩六爻。剖異正須分黑白，和聲終貴合絃匏。諸君預擬明堂詠，肯效揚雲作《解嘲》。

地是野王文讌地，時當白帝駐車時。千秋懷古每如此，四國名流某在斯。深喜蘇瓌真有子，曹黄門諤庭令子菽衣，時有文譽。還希杜甫願多師。只慙老我摧頽甚，空豔梅邨修禊詩。

閲邸鈔，見俞旨訪經學之士，中間齒及臣名。捧誦之下幾於感泣，賦詩恭紀

得歸下里賦閒居，帝眷依然念散樗。一技自慙同韈線，九重偏許耨經畬。衰年短燭光無幾，

古訓良苗立有餘。願脱皮毛勤樸學，漫教詞賦慕相如。

述　興

老去翻然賦壯遊，錢唐風物漫勾留。一千里外煙霞客，三百灘邊舴艋舟。流水桃花隨所遇，青鸞綘節豈難求？此行期與容成晤，直到天都峰頂頭。

潛口汪麗青園居

地近仙都每換形，幽居略似枕煙庭。水洄曲沚半篙緑，山入空亭數點青。采藥負苓俱得友，養魚相鶴也成經。萬花開放憑君管，便擬蓉城石與丁。

慈光寺

盤盤躡磴上慈光，知是先朝選佛場。四面金容具圓滿，三層寶閣入微茫。鳥鳴山樂同聲和，木放蓮花隔院香。老衲劇談興廢事，空門也復感滄桑。四面佛及木蓮花，明神宗敕賜。木蓮花，山中只一本。山樂鳥，山外亦無。

南鎮

《周禮》會稽推首望，大神作鎮鎮南方。位同炎宿垂朱鳥，德秉離明祀赤璋。寢殿閟宮常肅穆，雲車風馬每勝驤。吾皇報饗勤咸秩，總爲蒼生祝降康。

禹陵

於越當年朝玉帛，苗山終古禁樵蘇。平成得所還天地，功德相兼合典謨。龍槨〔一〕不須歸夏邑，寢園自合並蒼梧。漫因窆石滋浮議，博辨由來是陋儒。

校記

〔一〕『槨』，《黃山遊草》作『輴』。

和邵灑夫孝廉桃花園詩

閒園四面簇明霞，地近滄浪半隱家。手把一編惟種樹，序當三月好看花。亞枝臥水觀空色，麗蕊翻風襍整斜。仿佛仙源塵跡外，不教人羨邵平瓜。

佳種移來自五茸，從松江移植。編籬插棘付園公。不容人到花垂地，微覺香生蝗繞叢。寂寞洗妝經夜雨，惺忪破曆笑東風。春來莫謂無功業，竟日平章千樹紅。

寓園寫懷

家山隨處覓安恬，借得郊園跡暫淹。漸脱儀文惟就嬾，願分花藥亦傷廉。翻書驅蠹常堆榻，留燕成巢日卷簾。況有白雲素怡悦，不須期約每棲檐。

歸來不辱草堂靈，長日閑閑坐小亭。飽食有緣須菜甲，生機無限問園丁。入雲穠樹屏中緑，渡水名山鏡裏青。底事未捐文字習，晴窓常注種魚經。

消受幽居六月涼，吾廬客寓兩相忘。歸休合就愚公谷，眺遠聊同華子岡。村社逢人談稼穡，晝眠無事遇羲皇。隔垣便是招提境，鐘磬聲聲打夕陽。

老鶴歸巢不出林，元規塵起郍能侵。主恩代蓄三年艾，前陛辭日，上賜五食丸藥止病。農業還仍十載心。硯石山宜詩格瘦，桃花潭比友情深。園主人爲汪子硯貽。雪泥他日懷指爪，渺渺鴻飛倘許尋。

登莫釐峰

東山突兀此峰尊，縹緲相望似弟昆。杖底白雲千疊起，袖邊紅日一丸奔。魚龍積氣常屯聚，濤浪穿空互吐吞。隋代荒墳虚想象，清樽何處酹忠魂？莫釐將軍，隋時忠臣，葬於此山，峰以是名。

遇柳下季墓

豐碑高峙嶧山東，柳下遺墟入望中。自昔枉朝行直道，到今寒月想和風。一言私謚妻能定，三黜遺賢相末公。隴畔采樵還禁否，春來草樹可蘢葱？

蒙恩賜貂裘恭紀

羔羊五緎微臣職，特給豐貂禮數寬。捧出自開天府笥，披時更重侍中冠。筋骸頽老能添煖，風雪飄零不畏寒。拜賜彤墀耀金紫，旁人幾作上公看。

張墨岑招飲

座間語笑半吴儂，我輩由來禮數慵。春信先於殘臘報，故交偏在客途逢。舊遊似話三生石，薄醉還圖九里松。時寫浙西山水。霜柝聲聲窗外起，東華已息軟塵蹤。

舟過宿遷

片帆下相隄邊下，如馬奔騰亦快哉。平野茫茫當艦過，河流滾滾盪胸來。喑嗚叱咤人千古，慷慨悲歌酒一杯。前路楚坡雲水畔，英雄剩有釣魚臺。

泛黄浦，至陳生龍巘家，夜宿春雨樓

申浦茫茫赴急流，此間遥泝鳳麟洲。尋仙不羨秋風客，訪舊還登春雨樓。未遇杏花遲語妙，素耽桂樹守巖幽。寒燈同爾翻遺册，騷雅分明屬故侯。時同閱上海國初諸遺老詩。

題李勉百孝廉詩卷後

唐宋宣呶論不平，君詩有主自能鳴。思抽乙乙中懷苦，句吐庚庚衆眼驚。采擷莊蘅希屈宋，別裁鄭衛溯咸英。老夫僊矣無能役，待爾東瀛掣大鯨。

送王鳳喈孝廉北上，兼柬錢曉徵、褚搢升二中翰

酒半離亭客便興，辭鄉偏覺氣崚嶒。霜寒白雁初留影，棹破黄河未合水。策獻治安師賈誼，志輕温飽緬王曾。相逢薇省諸君子，共上金臺冣上層。

張鐵珊見過出示詩卷

斷雲相失復相逢，廿載流光憶舊容。顧我歸休安退鷁，惜君偃伏尚潛龍。西泠花月前塵夢，南國人琴午夜鐘。共話辛亥歲修《西湖志》事。時諸前輩、諸同學半成古人。共約他時泛蘭櫂，鴛鴦湖畔采芙蓉。

陸堂陸聚緱先生。韻語味深沉，似舅欣聞正始音。希澹自諧前代樂，和平如遇古人心。金

多不賣《長門賦》，興到還成吴會吟。近日更逢三益友，舒雲亭明府。並探琴德在愔愔。

潘森千藝花馴鶴圖

素躭香草狎胎仙，閑裹尋忙嗜獨偏。高價每償花市券，短犁時耨鶴糧田。滋培有術量晴雨，馴擾無機適性天。和靖曼卿俱尚友，此中佳趣足忘年。

題王蘭成《三泖漁莊圖》

魚扈連延接鴈汀，伊人新勒草堂銘。三重湖泛天邊白，九點螺横鳥外青。菰米飯炊香淡淡，水仙操動韻泠泠。往來時有樵夫迹，問答微言揔性靈。

題家澹所草書後

空堂蛟虬忽然走，怪底阿咸稱冣能。極縱横中合規矩，似斷續處偏飛騰。擔夫劍器吾師法，芭蕉柿葉誰因仍。近來古拙參漢隸，更躋高格窮崚嶒。

歸愚詩鈔卷十九

長洲沈德潛確士

五言長律

謁孝陵二十韻

大業開江甸，真符啓帝王。九州紛割據，一劍掃欃槍。將帥風雲合，乾坤日月光，酬庸頒誓誥，定禮徧要荒。湯沐隆濠府，梯航會建康。治功仁欲浹，遺詔語難忘。丹寢江流繞，金燈鍾阜藏。鬼神朝法駕，龍虎護雲房。一自炎精失，俄看寶祚亡。閟宫來牧豎，隧道走牛羊。華表傾雙闕，穹碑卧兩廊。聖朝尊盛烈，御筆煥天章。聖祖有『治隆唐宋』御筆。典守仍宫監，儀文倣奉常。草茅登殿陛，稽拜肅冠裳。靈氣開珠匣，龍形儼玉牀，虬鬚唐帝子，隆准漢高皇。謁高帝御徘徊松柏容。異代原陵舊，春風茀草長。初無麥秀感，似有黍離傷。王氣銷南國，空巖並北邙。徘徊松柏路，斜日下紅牆。

蟬鳴高樹間

野樹濛濛合，涼蟬嘒嘒吟。高枝無俗韻，清夜有遺音。喧覺寒塘静，晴添素月陰。風疎聲欲斷，煙重響逾深。遠舉非吾分，無求共此心。因懷傅休奕，幽興滿園林。

孤雲帶鴈來

向夜孤雲動，清秋朔鴈哀。半空兼影度，一片逐聲來。舒卷行疑斷，虛無翮並開。相將經絳闕，依約過霜臺。潤物應無迹，同羣自不猜。遥知寓直者，天漢仰昭回。

春莫集橋西草堂十二韻

五畒橋西宅，閑門雜樹交。紅垂櫻半熟，緑嫩筍全包。花氣移蜂穴，泥香落燕巢。陶廬真自愛，元叟戲稱聱。屨滿賓齊駕，筵開主命庖。青絲携桂酒，玉手潔蘭肴。雅量逾三爵，清言豈載諏。字令阿買寫，詩付虎兒鈔。宴樂觀需象，棲遲玩遯爻。晚庭飛蠛蠓，虚牖織蠨蛸。江郭煙初暝，城樓鼓乍敲。歸途重分袂，纖月挂林梢。

御試保和殿賦得因風想玉珂

直宿龍樓近，良宵儼在公。堂空宜受月，珂動想因風。節以清飆送，音緣天籟通。憑虚諧律吕，結念響瓏璁。隱隱梧垣外，遥遥銀箭中。趨朝應待命，入覲緬和衷。境静神逾肅，身閑耳倍聰。朝來陳諫草，悃欵達深宫。

御試賦得春蠶作繭得咸字

蠶月條桑候，蠶家閉户嚴。纏緜絲漸吐，宛轉縷俱銜。巧性形維肖，藏身裹似緘。員時疑比甕，挂處想棲巖。理緒覘多藴，文心悟不凡。已看筐滿滿，旋摘手摻摻。黼黻憑繅藉，荆揚足貢函。冰絃成五色，清廟奏韶咸。

御試賦得折檻旌直臣得交字

漢室容强諫，賢奸豈混淆。剄方難自屈，柔佞鄙能包。欲褫無良魄，寧爲没口匏。誅心霜共凜，攀檻虎同虓。呼籲聲偏激，旌揚忠可教。殿廷留跡象，史册勵衡茆。聖代懸鞀鐸，羣材恥斗筲。孝成何足慕？占叶地天交。

秋澄萬景清館課

秋序平分候，相看秋月明。九霄唯皓皓，一氣欲盈盈。浪息瞻銀漢，樓開想玉京。流雲寒失影，零露寂無聲。環宇冰壺徹，涵空寶鏡泓。當筵燈自淡，遶樹鵲頻驚。輪滿光難晦，更深境倍清。遥知西掖客，漢殿浥金莖。

瀛臺侍宴，用唐李嶠《甘露殿應制》韻分賦，得橋字

行殿聳岧嶢，筵開坐九霄。君臣同樂豈，聲振協簫韶。法酒三漿泛，官厨五味調。恩魚跳玉

尺，仙柳拂紅橋。已聽歌行葦，前一日宴宗支之近者。還聞賦蓼蕭。宴餘賓禮數，許蕩木蘭橈。

吼山 山經開鑿後，轉成奇巧

舟許穿山入，晨偏幻夕冥。水光涵澹白，石骨露空青。錐鑿翻天巧，玲瓏訝地靈。鳥閑常傍客，魚定每聽經。前哲能躭隱，陶石簣先生隱居於此。名巖樂改形。來遊難遽别，棹轉幾回停。

七言長律

恭賦御製五風十雨杏花邨

太和元氣靄無垠，一抹輕霞護蓽門。柳外青帘堪問酒，水邊紅樹自成村。嫩寒藏處香疑歛，早霧開餘氣欲温。長養風過寧着迹，霏微雨潤不留痕。綿延阡陌兼濃淡，調適陰晴計曉昏。佇待迎新賜煙火，漸逢作社賽雞豚。繪圖豳俗還三古，傳寫茆檐在九閽。無象太平今有象，田家遍荷聖人恩。

賦得珮聲歸向鳳池頭

千官濟濟出彤墀，又值分曹向午時。花影覆邊行緩緩，玉聲和處步遲遲。清鏘遥聽鵷鸞合，宮徵徐傳左右宜。接迹班聯餘整肅，散朝音節詎參差。鑪香惹袖來鰲極，槐蔭垂雲向鳳池。鈴索不聞歸院落，詔書裁罷布綸絲。盛時龍袞無煩補，學士珪璋願獻規。猶想餘音諧律吕，羔羊退食自委蛇。

玉壺冰

虹影寒光起坐隅，空明映徹異懸珠。獻羔開後仍疑水，剖璞攻來略並盂。雙美無瑕應作偶，纖塵不滓恰相符。外周温潤藏晶魄，中滿清泠藉瑾瑜。朗潔兩重虚可受，玲瓏一片用當需。暫停白羽何須拂，遠避青蠅郁許汙。君子秉心維共矢，直臣勵節每同趨。熙朝正貴含章質，抱玉懷冰敢自渝。

御試紀恩詩八韻

御試辭曹集鳳麟，班聯賜坐席重裀。大官掌膳烹調和，中使宣恩賚予頻。初夏律長將應姤，試日爲四月晦日。自鳴鐘動恰當辰。天顔有喜逢甘雨，帝語如春及小臣。蠶食葉聲齊走筆，頻添紋皺各傳神。廷前折檻懷炎漢，潭底藏珠媚水濱試題。聖藻品題爲座主，翰林甲乙是門人。拜颺又值明良代，感激遥聞到隱淪。

五言絶句

宿張氏草堂〔一〕

醉向空堂臥，三更夢始回。江聲並急雨，同到枕邊來。

校記

〔一〕詩題《一一齋詩》卷三題作『宿張氏草堂枕上口占』。

樵

趫捷類猿公，峭壁斫枯樹。黄葉身上秋，白雲山下路。

題陸叔平畫晚景

依微鳥外山，迢遞煙中驛。日暮何所之？愁絶舟行客。

和張永夫歸郡雜詠

松杉徑

愛此松杉徑，天寒晚行藥。四顧寂無言，空林殘雪落。

南湖

侵晨泛南湖，湖光漾寒碧。漁船正早炊，微煙起蘆荻。

北　垞

白雲生高原，忽渡南湖去。遥知隔溪人，應與雲相遇。

竹　亭

翠靄晚欲滴，微風清幽林。美人瀟湘來，空亭彈素琴。

浴鷺溪

鷺鷥愛脩潔，飛來浴溪水。溪翁無機心，相對澹如此。

曉　起

踈星淡已無，纖月猶木杪。天末明霞生，煙中散羣鳥。

問　渡

斜日晚悠悠，寒江古渡頭。隔溪人不見，獨立蓼花洲。

過青暘鎮〔一〕

彌望脩竹林，人家住叢緑。日午炊煙生，雞聲出茅屋。

校記

〔一〕詩題《竹嘯軒詩鈔》卷八作『青暘鎮』。

題邵僧彌畫

松風響高空，飛流挂遥巘。道人抱琴來，心與孤雲遠。

芥軒行樂圖

雲開天地空，雲歸溪谷杳。客至迷行蹤，欲待呼童埽。埽雲。

飛流挂絶壑，萬丈與石鬭。道人斷聞根，終年坐虚竇。觀瀑。

十里五里花，千堆萬堆雪。緩拖藤杖行，清香散林樾。探梅。

萬古有此月，百年無此身。舉杯邀月飲，同爾謫仙人。對月。

詠古二首〔一〕

挂劍臺

高臺空想象，古墓亦消沉。千金季子劍，千秋季子心。

歌風臺

登臺歌大風，亭長作天子。韓彭安在哉？徒勞思猛士。

校記

〔一〕詩題《竹嘯軒詩鈔》卷十五作《和懷古二首》。

題畫

空山無人踪，風泉多靜理。古洞歸寒雲，石牀落松子。

題余南臯照手把卷，旁列酒甕尊罍諸具

耳熱酒酣後，依然誦《石經》。始知吾黨醉，還異衆人醒。

題《桃花源圖》

廬舍圍花竹，牛羊散術阡。誰言秦網密，此地有閒田。

世外淳俱散，山中業未荒。不知秦以後，仍是夢羲皇。

鶴　柴

仙禽何處来，髣髴緱山嶺。林陰午梦餘，松風吹不醒。

夜訪金立斯張罣亭，時予將爲日下之行，賦斷句言別

別友過楓江，寒鐘坐餘歇。情多轉難言，共步東塘月。

楓江夜泊

野宿随寒雁，辭家第一宵。星星漁火亂，知是泊楓橋。
柝響已深更，隣舟人語歇。不忍便安眠，貪看故山月。

石屋

石屋巖之幽，霜降寒威滿。山猿繞屋號，轉欲依人煖。

道中口占

孤負依依柳，車行不住輪。道旁雙隻堠，送盡往来人。

晚晴

雲開逗夕陽，水落穿淺土。時見叱牛翁，一犂帶殘雨。

顗考叔故里

舍肉君能悟，登城身自危。如何純孝者，亦有挾輈時。

題黄尊古畫

千丈危崖裂，巴船石罅行。忽從天上落，驚定賀重生。巴船出峽圖。

峩嵋高極天，春月景殊絶。山南萬樹花，山北千崖雪。峩嵋春月圖。

渴猿戲層崖，什伯互連臂。下縋飲江流，逢人不相避。猿戲圖。

五　臺〔一〕

五層臺已極，陰壑晝常昏。六月吹殘雪，飄飄度鴈门。

校記

〔一〕十四卷本《歸愚詩鈔》卷十四題作『聽客談五臺黄山之異，紀以二詩』，此録其一。

老人峰

羣峭攢高青，巔崖立石叟。見我老人来，雲端爲招手。

上小心坡

盤陀入層雲，側足陟碕礒。平生凛冰淵，小心匪今始。

卧龍松在文殊道中〔一〕

老松當澗卧，横榦皴蒼鱗。撫之悚然敬，如遇隆中人。

校記

〔一〕『在文殊道中』，《黄山遊草》作『在文殊院道中』。

迎送松在小心坡

兩株相廻盤，客過互相向。送迎古今人，羨爾能揖讓。

破石松在一線天

松石兩相争，松怒裂崖石。不知始何年，想象自開闢。

舟曉

推篷靄濛濛，涯岸那能辨。煙際棹聲來，兩船不相見。

筏渡

急溜陷平沙，横渡筏爲亂。津逮一睫間，何須分彼岸。

天柱峰

帝閔東南卑，特教聳一柱。巔頂雲煙中，恍疑入天路。

七言絶句

看梅〔一〕

的皪清冰散滿枝，寒香浥浥出踈籬。夕陽野水煙邨〔二〕路，記取籃輿獨到時。

校記

〔一〕詩題《一一齋詩》卷十作『韓園看梅』。

〔二〕『邨』，《一一齋詩》卷十作『中』。

渡江

中流擘〔一〕箭下危磯，望裏遥山入翠微。颿影猶龍衝浪出，水聲疑雨挾舟飛。

一葉輕船趁好風，金焦雙峙亂流中。船頭不怕蛟龍窟，貪看鯨波浴日紅。

校記

〔一〕『擘』，《一一齋詩》卷十作『劈』。

鶯脰湖詞

湖波起縠晚風餘，一抹殘霞畫不如。傍岸漁家盡收網，緑楊深處賣銀魚。

西湖雜句〔一〕

六橋楊柳罥輕煙，細雨絲絲汎畫船。乍識淡妝西子面，亂頭粗服更天然。
意行初過望湖亭，教伎樓邊步暫停。禪榻鬢絲空學道，閒情猶問舊西泠。
女伴閒行過浄慈，金錢暗擲卜歸期。鷲峰尚有飛來日，不信狂夫愛别離。
南渡江山入眼明，荷香桂子若爲情。卻憐一片臨安月，同照龍沙五國城。
湖光宜雨冣宜晴，好景偏憐夜色清。十里畫船歌舞歇，月明徐聽按箏聲。
晚風颯颯林端生，雷峰塔前夕照明。南屏鐘動鳥飛絶，人在亂山缺處行。
數聲柔櫓劃波還，暮色蒼然滿四山。勘破西湖塵土夢，夜涼月白話禪關。

校記

〔一〕《竹嘯軒詩鈔》卷六此組詩有八首。

懷友十二章

髭鬚白盡眼還明，彌勒同龕寄此生。曾憶往年豪興在，更闌剪燭〔一〕共談兵。竹堂沈莊懷。

囊中小筆通靈畫，篋裏清詞正始音。數載相思不相見，鵝湖真與別情深。梁谿李芥軒。

故人久侍金鑾直，門下齊歸供奉班。垂老一官羈鄮縣，天教看遍會稽山。錢塘馮文子。

荻溪樵叟侯門客，疎放還餘舊性情。君過南朝故宫闕，斷腸應共沈初明。荻溪王千里。

二陸臺邊日把鉏，側身天地一農夫。遠遊忽過九疑去，細雨黄陵聽鷓鴣。雲間顧鵬洲。

黄河遶舍走奔渾，留滯曹南秋復春。赤芾麻衣休共處，故園杞菊待歸人。甫里陳樹滋。

決計入山深復深，女蘿山鬼發清吟。高歌一聲振林樾，舉世無人知此心。研山張永夫。

脱帽歌呼號酒狂，吴門煙月薊門霜。知君廣武山邊過，匹馬寒風弔戰場。薊門馬寓公。

草草相逢旋離羣，孤舟日暮雨紛紛。此行遥入黄山路，三十六峰眠白雲。暨陽翁静子。

廿載才名滯海隅，冷官依舊守菰蘆。乞氣錢郗有蘇司業，射雉虚傳賈大夫。張歗竹。

草堂蹋雪遠相尋，二妙分題漢上襟。真箇把君詩過日，秋蘭芳杜美人心。甫里周允武欽萊。

千年古木不生枝，此意惟應野衲知。遥憶雲堂夜深坐。五言清誦孟公詩。柏堂樾亭上人。

校記

〔一〕『更闌剪燭』，《竹嘯軒詩鈔》卷六作『夜闌燒燭』。

磨劍圖

青蛇一握泉三尺，磨去銅花光倍寒。自昔干將持補履，莫教輕示衆人看。

題計希深《讀莊圖》

長安歸後守菰蘆，一卷《南華》得故吾。滋味世間真腐鼠，從渠仰視嚇鵷雛。

物理區區郲足齊？莊生辯論亦支離。從知忘象忘言處，只在蘧蘧化蝶時。

壯志欲馳玄圃軔，晚年真息漢陰機。靈均憔悴蒙莊達，請問先生孰是非。

一朵牡丹爲蔣綉谷賦〔一〕

名花是處委芳塵，一朵腥紅照暮春。應是館娃香散後，五湖留得泛舟人。

校記

〔一〕詩題《一一齋詩》卷五、《竹嘯軒詩鈔》卷八均爲『詠一朵牡丹』。

題楊大瓢《黄冠圖》

絶塞歸来萬里身，黄冠欲作老閑民。四明湖畔如相遇，髣髴山陰賀季真。

齋心擬謁武夷君，瓢笠何妨伴水雲。自寫道經能入妙，不教逸少籠鵝羣。

某太守屬題《三峽圖》

三峽高懸萬仞流，三聲猿嘯萬重愁。憑君唱徹公無渡，灧澦何曾斷客舟。

戲爲絶句

從来臭腐即神奇，決擇鎔陶在我爲。何事爾曹談墨守，少陵詩法已多師。

杜陵豈是邨夫子？一任兒曹笑未休。崑崙河源不挂眼，轉道黄河是濁流。

瞽叟箧中冰雪吟，九疑高高浯水深。誰人洗卻箏笛耳，一聽雲山韶濩音。

興寄那如奉禮詩，女蘿山鬼是吾師。時賢不識楚騷體，只賞天驚石破辭。

共憐獺祭驅材富，更説西崑體格卑。今古玉溪無定論，幾人誦述到韓碑。

端明學士渭南伯，兩宋才華此獨優。後人嗤點太容易，滄海何妨有横流。

吴中櫂歌

湖上春風太作顛，湖邊女兒試春船。十三嬌小能摇櫓，一聲劃破水中天。

鴉黄楊柳罩漁磯，鴨觜船從港口歸。與郎鴛脰湖邊宿，共看鴛鴦對對飛。

浪暖桃花三尺强，五湖煙雨泛蒼茫。自是吴鄉生計穩，憑他三月下瞿唐。

官船峩峨来往過，看儂打槳聽儂歌。盡日風波共摇蕩，不知人世有風波。

觀劇

落花飄絮點歌筵，小隊鑾韡劇可憐。莫唱《雨霖鈴》夜曲，坐中還有李龜年。坐有舊歌者。

市樓南院委塵沙，樂府仍聞奏阮家。拋擲河山等閒事，臨春先有《後庭花》。弘光時，阮大鋮成《燕子箋》樂府進御。

贈舊歌者

誰遣何戡唱《渭城》？匆匆恰有遠人行。一聲乍起腸應斷，爭忍聽他第四聲。

清尊紅燭眼模餬，如夢如塵話舊都。鼓吹燈船休再問，寒潮空到莫愁湖。

家倫翁編修碧浪泛艑圖〔一〕

不向君王乞鑑湖，一篷隨處逐飛鳧。白魚紫蟹青菰飯，便欲煙波作釣徒。

苕溪霅溪夾鏡明，浮玉鮑山如送迎。袯襫染雲艑載月，閒身較穩近蓬瀛。

具區遠近碧灣環，樵婢漁童往復還。讓爾澎湖船萬斛，龍涎影裏到中山。時徐澂齋編修出使琉球。徐係壬辰第三人，觚翁第二人也。

校記

〔一〕『家觚翁』，《竹嘯軒詩鈔》卷十五作『家厚餘翁』，組詩共四首。此只收三首。

楊柳枝詞次宋玉才韻〔一〕

麴塵縷縷颺春潭，野店官橋總不堪。吴娃貪綰同心結，只緣春色在江南。
白門幾樹昔曾攀，莫愁湖邊灣復灣。倘問前朝南院子，衹餘煙雨拂銅鐶。
汴堤風物畫難工，走馬歸來類轉蓬。記得垂楊千萬樹，飛花還繞舊隋宫。
蘇州煙樹最消魂，鴈齒紅橋幾處邨。白傅詩中添半格，柳枝髣髴並桃根。
杏花邨中雨連綿，摇颺酒旗斜帶煙。柔條欲折不忍折，留繫吴孃鴨觜船。
夫婿飄零飛絮同，東西南北逐回風。深閨隨處多棖觸，不獨紅樓眺望中。

校記

〔一〕《竹嘯軒詩鈔》卷十六同題組詩共十首，此只收其中六首。

漁歌五章題《漁樂圖》

娶婦生兒總在船，開筵雜坐五湖煙。濁酒瓦盆同一醉，憑渠高臥夕陽天。

我儂家計問煙波，醉後何妨便唱歌。不種官田辦租賦，那知世上有催科。

捉船運漕去聲。走淮流，商船民船日夜愁。獨有漁船無用處，鸕鷀閒放蓼花洲。

漁家女兒雙髻丫，鬢邊斜插蕪青花。不怕江湖相音率。欺得，白頭浪裏響魚叉。

獨木橋邊榆柳邨，橛頭船傍舊柴門。看罷老牛閒舐犢，也含餅餌飫兒孫。

羅浮蝶詞和顧嗣宗〔一〕

四百峰頭五色雲，翩躚鳳子錦爲文。深閨莫便矜穠麗，空賭箱中金縷裙。

雲綃霧縠舞僊僊，擅得嘉名七洞天。朱明洞，一名胡蝶洞。從古修眉受謠諑，漫矜丰格最便娟。

故鄉縹緲近蓬萊，来傍吴宫舊館娃。曾與麻姑作仙使，等閒肯上美人釵。

林花落盡始飛翻，深鎖金籠未是恩。知爾夢魂難忘處，蠻煙蜑雨海邊邨。

略同么鳳鎩毛衣，輸與青寧自在飛。文采可憐真累汝，石樓何日帶雲歸。

校記

〔一〕『顧嗣宗』，《竹嘯軒詩鈔》卷十七作『同學顧嗣宗』。

秦淮雜詠

六代南唐勝朝興壞，前已見《金陵詠古》詩矣。秦淮風物，觸緒〔一〕成詩。事皆瑣雜，不復倫次。

六代江山久寂寥，勝朝宮闕亦煙銷。秖餘燕子憐春色，依舊銜泥過内橋。

賜第中山寵舊勳，於今華屋亦埃塵。東西園裏無人到，時有流鶯怨晚春。

不數廻風唱麗娟，懷寧一曲萬人憐。家亡國破〔二〕渾閒事，留得新聲燕子牋。

十四樓空煙雨寒，居人猶説馬湘蘭。紅妝季布誰能識？楊宛張回一例看。

鼓吹燈船續舊京，當年楚客氣崢嶸。清辭欲下銅仙淚，曾聽前朝煞尾聲。合肥龔尚書芝麓續燈船鼓吹之勝，命客賦《再聞燈船鼓吹歌》。楚人杜于皇長句擅場，合肥顧夫人以百金贈之。

横波寫出楚江春，詩句蘼蕪字斬新。〔三〕地老天荒〔四〕趙承旨，多情應爲管夫人。金陵周氏藏顧横波畫蘭，上有柳蘼蕪題句。顧係合肥龔尚書夫人，名眉生。柳係虞山錢尚書姬，名是，字如是，蘼蕪小字也。

紫金山翠石城東，望裏牛羊夕照中。此日通天臺畔過，並無沈炯哭秋風。

褒鄂勳名重李家，後賢縱酒是生涯。醉中閒却携鋤手，嬾種東陵子母瓜。中山靈壁後人，俱隱於酒。

绿楊影裏撥琵琶，小隊蠻妝學內家。前代興亡誰解惜？更無人唱《後庭花》。

流寓詞人錢飲光，兩雄並角杜于皇。百年儒雅消磨盡，何處荒墳弔夕陽。

長板橋南舊酒樓，昔年曾此記觥籌。主人莫訝容顏老，已到秦淮十度遊。

校記

〔一〕『緒』，《竹嘯軒詩鈔》卷十八作『興』。

〔二〕『家亡國破』，《竹嘯軒詩鈔》卷十八作『天荒地老』。

〔三〕『字斬新』，《竹嘯軒詩鈔》卷十八作『字字新』。

〔四〕『天荒地老』，《竹嘯軒詩鈔》卷十八作『家亡國破』。

曾葉生《獨釣圖》

紛紛陽鱎漫鶩猜，任爾波流去復來。莫怪凡魚俱棄却，當年曾上釣龍臺。閩粵並有釣龍臺，葉生舊遊地也。

歸愚詩鈔卷二十

長洲沈德潛碻士

七言絶句

花朝飲王千里寓樓，同雲間陸圃玉

高樓縱酒合歌呼，相對蒼茫感髩鬚。三十年前談往事，輕塵短夢兩糢餬。

男兒失路總無憀，客邸相逢壯志消。紅杏緑楊春滿眼，却忘今日是花朝。

登樓作賦擅才華，嘆逝分明散曉霞。誰向白楊成柱後，尊前還弔故侯家。千里、圃玉皆徹侯張氏故客，是日述張氏盛衰事。

六代江山念廢興，郁能醉後任瞢騰。鈎簾欲認龍蟠處，一角雲煙露蔣陵。

秋暮

磚碌閒眠秋莫時，寒風斜日冷茆茨。幾家田裏餘秔稻，只有南來鴻鴈知。

題小停雲未了畫

清世遺民有祖風，興來點筆不求工。大痴寫樹忘添葉，無限溪山未了中。
小閣松陰夕照邊，曾於竹塢弔前賢。相門袍笏皆零落，只有雲煙似往年。

雨泊話舊

寒雨蕭蕭夜打篷，篷窗相對一燈紅。十年無限存亡感，並入空江話雨中。

西湖嬉春絶句

問水亭邊上小船，青山白塔故依然。旗亭買醉三生夢，重到西湖廿四年。

處處紅樓映緑波，缺爪船裏載青娥。中流試聽船孃唱，半是銷金鍋子歌。
三壺真在水中央，郝數前朝十錦塘。剗葑引泉王副使，種桃插柳李都堂。
裏湖外湖水連空，南高雲接北高峰。錦帶橋頭與郎別，花神廟畔又相逢。
魚羹曾説宋五嫂，賣酒還聞蕭九孃。誰向壚頭問前事？春風忙煞冶遊郎。
堤邊女兒試春衣，三三五五映芳菲。錢王遺事人能説，猶唱花開緩緩歸。
葛隝舊爲師相宅，半閒堂外斷人行。蟋蟀鬬餘軍務了，不應更説救樊城。
鳳皇山頭日欲曛，銅駝石馬臥寒雲。曾下初明眼中淚，錢家宮殿趙家墳。
孤山山北妾家樓，紙帳孤眠春復秋。怕見石函橋外水，一湖分作兩河流。
看潮来到三郎祠，等潮等過日斜時。近日浙江潮失信，不須嫁與弄潮兒。
十里長隄偏種花，花間摇漾酒帘斜。大蘇風流人不識，偏問西泠蘇小家。

題諸襄七太史[一]《月中清露點朝衣圖》

一庭清氣潤蒼苔，望裏微茫是禁槐。腰下佩魚猶未解，廣寒初聽紫雲回。

校記

〔一〕『諸襄七太史』，十四卷本《歸愚詩鈔》爲『諸太史』，無『襄七』二字。

晤程子蒓江，並得淮上諸友消息〔一〕

白下分飛各夢牽，天涯相見倍相憐。青袍爾我原依舊，只有容顔異往年。

周郎白民。歷落嶔嵚者，聞道垂綸向碧潭。爲語鷽鳩休竊笑，雲鵬歛翼倦圖南。

一官手版日匆忙，素旐旋看返故鄉。劉子萬資。消息傳来傾老泪，底須聞篴過山陽。

風物誰莊程氏園名。費夢思，殿春花藥放千枝。何時會合諸名士，賭取旗亭畫壁詩。

校記

〔一〕十四卷本《歸愚詩鈔》卷四收五首，此録四首。

同李玉洲太史，張鴻勳、家椒園二上舍，暨李傅天、兒子種松，豐臺看勺藥

豐臺遠近並栽花，拄杖敲門野老家。随意殿春寨一朵，狂來欲插帽檐斜。

柔枝穠態若爲情，客裏看花眼倍明。略似少陵臨水見，五家合隊麗人行。

文窓雕砌付蒼煙，開到名花轉可憐。猶有園丁閒把耒，逢人還訴舊平泉。

載酒開園賦折枝，風流七子憶南皮。廿年鳥影匆匆過，互對名花看髩絲。戊戌歲，吴中諸子置酒秀野園，邀玉洲與予看花。

題郭善夫明府《度隴圖》

隴阪崎嶇不可行，隴頭流水斷腸聲。晚年宦海風波惡，始覺黄金子午平。
相逢燕市共歌呼，欲覓當時舊酒徒。尚有出關豪興在，夜寒燒燭讀兵符。

南還口號

軺車一兩潞河東，回首長安夕照紅。無限離情難忘處，西山蒼翠夢魂中。
冰雪泠泠太古音，枯桐三尺意深沉。《皇荂》一曲君能賞，枉費成連海上心。
遥指雲巖有故廬，野人只合伴猿狙。自嘲一事輸韓愈，光範門前不上書。

鍾吾驛

鍾吾古驛黄河濱，粘天白浪無昏晨。相逢津吏爲予説，看盡南還北往人。

蠶女辭

箔裏蠶多每怕飢，蠶孃忌客閉荆扉。紅蠶成繭無多日，又爲鄰家製嫁衣。

題河東君遺像

零落蘼蕪〔一〕七十春，畫中依舊見豐神。墮樓一樣能輕死，肯負多情石季倫。尚書爲爾輕高節，腸斷文君放誕時。身後遺民作佳傳，西方别有美人思。高士顧苓作傳。苓，字云美。

校記

〔一〕『蘼蕪』，十四卷本《歸愚詩鈔》卷五，『蘼蕪』後有注云『小字』。

沂城至蒙陰記途中所見

墻圍黄土路沿沙，夫把犁鋤婦作家。肯信歌樓殘月夜，醉教紅袖撥琵琶。

書《東坡詩集》後

海外何愁瘴癘深？華嚴法界入高吟。宣仁龍馭迴天後，誰見孤臣萬里心？

書《放翁詩集》後

幕府淹留仗友朋，南山射虎興飛騰。可憐輸與杜陵老，未詠收京紀中興。

書《錢牧齋詩集》後

南部甘陵〔一〕數黨魁，晚逃禪悦劇堪哀。白頭江總歸來後，猶費陳宫作賦才。

校記

〔一〕『甘陵』，十四卷本《歸愚詩鈔》卷六作『甘林』。

書《吴梅邨詩集》後

蓬萊班裏舊仙卿，辭卻青山悔遠行。擬作祠陽離别賦，江南愁殺庾蘭成。

懷人絶句

負戴還同廡下春，詩篇意度自從容。知君老去聞根斷，不聽寒山半夜鐘。金東塘。夫婦偕隠，俱工詩，近患耳病。

清辭碑碣許磨鎸，幕府歸来剩一氊。養鶴不愁糧粒斷，朝来收得賣文錢。李客山。

空明水月通禪觀，縹緲雲山無定蹤。何日從君泛湖去？瘦筇同上莫釐峰。黄蕉亭。丁巳同遊西洞庭，約更遊東山，未果。

黄木扶胥入句中，海濤筆陣互争雄。酒闌倘話少年事，馬上能彎兩石弓。許竹素。時留廣東，少歲長弓刀馬矟。

孺人稚子家庭樂，况有門生載酒過。暇日竹亭聊送目，亂山三面點青螺。倪頔塘。

未嘗獺祭才原富，自愛林居拙獨存。新買一船雲水外，載將桃葉與杔根。厲樊榭。

解吟風雨一身秋，少歲才名著遠遊。此日荒江勤述作，不須王粲更登樓。翁朗夫。少時作客，分賦簑衣，有『風雨一身秋』句，因此得名。

官閣依人計總非，到家穩臥釣魚磯。篋中一卷桃花紙，載得巴江歛閣歸。盛青嶁。時入蜀歸。

添籌閣上進巵匜，一室春和藹藹時。補罷白華纔閣筆，弄孫又詠晬盤詩。韓補瓢。

何妨仙跡尋徐福？亦自狂名續牧皮。縱酒説詩空眼界，依然瀛海泛舟時。黄野鴻。嘗之海外，後成《説詩》一卷，多創論。

白雲留得伊人住，卻有閒人嬲不堪。老鶴氋氃謀遠颺，北山之北南山南。薛一瓢。寫《白雲留我圖》見志。

夢斷長安十五年，采蘭時到小山前。彩衣不把宮袍換，和得《笙詩》第一篇。邵灑夫。

暫停雲鶴與羣鴻，摹鍾傳書。眉黛描將一倍工。門内更聞添樂事，弄兒聲出小窓中。陳遠邨。

愛汝玉山草堂静，杜句。五年相聚共論文。松筠近日聞深鎖，閒卻溪南十畝雲。王鶴書。〔一〕

高才於世真何礙，流輩偏多忌姓名。願爾養雞師紀渻，莫教盛氣與能鳴。蔡芳三。

臨池還比課詩忙，積案紛紛復滿牀。共愛元和新樣腳，漫耽古拙學鍾張。錢訥生。

著書何必爲窮愁？矻矻花橋水閣頭。傳得匠門衣鉢在，憑渠談笑割鴻溝。顧禄百。

沿門濃緑稻苗齊，課了新詩旋灌畦。舊是吾家棲隱地，夢魂常繞采葑溪。楊雙山。

調饍高堂樂有餘，夜長忘却似鰥魚。賦琴樓上牙籤富，要讀人間未見書。蔣子宣。

《石經》㙂疏俱穿穴，旁及《茶經》又《鶴經》。更把一竿閒釣雪，灘名。遠随鷗鷺入煙汀。家冠雲。

永嘉歸後更移家，家具何曾滿一車。賒酒命兒書約券，收綸留鶴守空槎。家湘舟。

一龕佛火話松關，五載奔忙彈指間。憶得枯禪引泉脉，潺湲送客出名山。心澄上人。

曾寫青山送遠征，道人忘世轉多情。别來更寫青山否？待我歸時荷鍤行。魏浮樽道士。

校記

〔一〕十四卷本《歸愚詩鈔》卷六『王鶴書』後有『近以選文留吴城』句。

西山探梅〔一〕

芒鞵重蹋梅花國，五載匆匆彈指過。午夜高眠萬松上，諸天花雨落鬘陀。

日邊歸後此身輕，竹杖挑雲到化城。聽罷無生萬緑静，臨流不用濯塵纓。

才過野店便溪橋，携却詩囊又酒瓢。但覓幽香冣深處，不須前路問山樵。

石樓高傍彈山開，遠近湖光入座来。莫笑老夫筋力倦，一笻直上萬峰臺。

山間處處起高墳，百尺豐碑勒舊勲。獨有珍珠塢中墓，徐侯齋先生。峨嵋晴雪太山雲。

留題石壁韻敲鏗，韓孟聯吟縱復横。此日尋僧共茶話，輕塵短夢似三生。乙酉春，與匠門先生用險韻，同賦石壁，今已三十五年矣。

鉢盂山畔路微茫，曾破煙波泛野航。鴻爪雪泥懷往事，閒身真箇到漁洋。新城尚書愛其名，未嘗到也。

吴越名賢聚六浮，俄然金谷已山丘。清才不逐豪華散，請看湖波終古流。李長蘅欲建六浮閣於查山，不果。張翁文萃成之。壬午春，觴詠名流於此，極一時之盛。然今人所知者，長蘅也。

上陽郙中野人家，閑園樹樹枝槎枒。客到無人管迎送，送迎只有古梅花。

香雪海邊日欲曛，花光湖影杳難分。道人迷却還山路，只道漫漫總白雲。

校記

〔一〕十四卷本《歸愚詩鈔》卷七詩題爲『西山探梅十絶句』。

題葉天寥先生遺像先生後歸空門

趙嬈曹節干天紀，王〔一〕八朱三覆地維。歸隱深山足高蹈，逢萌戴盎是吾師。

一笻一笠老林泉，經卷《楞伽》手一編。大地山河總空幻，並忘身在義熙年。

校記

〔一〕『王』，十四卷本《歸愚詩鈔》卷七爲『黄』。

過京口訪余江干，墓草已宿〔一〕

賞詩高閣會羣賢，鳥影匆匆二十年。重過人琴俱不見，詩瓢空挂素帷前。
曾寫清辭手一編，老來追憶已茫然。何時丁卯橋頭過，麥飯生芻弔墓田。

校記

〔一〕十四卷本《歸愚詩鈔》卷七詩題末有『賦二斷句』四字。

書吴日千詩稿後松江人，名騏

晞髮清辭老愈工，壬申選外有宗風。呻吟無病君休笑，曾見銅仙泣漢宫。

憶故鄉風景〔一〕

扁舟曾過緑楊邨，一帶梨雲訪蓽門。驚起沙鷗時一兩，前溪飛破淡煙痕。

西鄰客號種花癡，忙入春來無了時。月夜移將書帶草，雨餘扶起海棠絲。

山店家家放杜鵑，深紅淺白各争妍。當筵誰唱玲瓏曲，便當新聲蜀國絃。

香溪兩岸緑陰肥，晴日濛濛罨釣磯。倒影波心流不去，碧雲飛染美人衣。

海燕初来荻笋抽，鷺飛橋畔水如油。老夫閒立磯頭看，三寸銀魚恰上鈎。

野花作雪柳吹綿，記得江鄉三月天。閒向合流菴裏坐，雨前茶煑白雲泉。

校記

〔一〕十四卷本《歸愚詩鈔》卷七録七首，此録六首。

爲張鴻勳題元人唐伯庸《百駿圖》

百駿還同八駿良，一時捷足遇〔一〕孫陽。如何細草江南岸，偏剩權奇老驌驦。

校記

〔一〕『遇』字底本模糊，據八十七卷本《歸愚集》補。

移寓五章〔一〕

荒堤繚繞鳳城西，槐柳陰陰色欲齊。仍是〔二〕采葑溪上往，春深只少鵓鴣啼。

屋角時聞噪晚鴉，土墻一帶任周遮。行人欲認詩人寓，老樹邨邊第二家。

素心彷彿似南邨，玉洲南華前輩、家椒園侍御，寓俱鄰近。拄杖扶攜日叩門。山史茶經商搉了，還將琴價互評論。

菜市喧呶遠見聞，人家多半樹榆枌。憫忠古寺鄰顔巷，時聽鐘聲打白雲。

庭滿林陰借兩家，一編每坐日西斜。明知泥上留鴻爪，也把長鑱种杏花。

校記

〔一〕十四卷本《歸愚詩鈔》卷七詩題爲『移寓六章報李玉洲前輩』。

〔二〕『是』，十四卷本《歸愚詩鈔》卷七爲『似』。

紀恩詩八章有序

六月初十日，編修臣德潛以授職之初，隨班引見。奏對畢，皇上諭輔臣云：『沈德潛係老名士，令和《消夏十詠》，餘願和者亦和。』時於内閣軍機房分給筆札，賜飯及餅餌瓜果。午刻至未，成詩十章進呈。同和者，編修臣裘曰修、蔣麟昌、鞠遜行，檢討臣陳世烈、廖鴻章。越翼日，傳旨嘉獎，賜文紗、越葛有差。伏念皇上天授之質、日新之學，敕幾清暇，流爲詠歌。雖偶然賦物，無非茂對，時育物各得所至意。而臣以庸碌下材，得與賡歌矢音之末，有餘榮焉。因成紀恩八章，以志太平盛事。

罘罳流影耀珠櫺，奏對班聯俯禁廷。望見紅雲最深處，勾陳擁衛紫微星。

日上螭坳正未晡，内官承旨爲傳呼。小臣親沐官家問，知是江南老腐儒。

捧出天章焕采毫，驪珠光遠燭神皋。金和玉節超今古，山到嵩高莫並高。

上方珍果給詞臣，拜罷君恩覔句新。蠕動肖翹經茂對，那能寫貌更傳神。

西抹東塗憶往年，偶然羸馬亦騰騫。十章和就君王詠，細聽南風奏舜絃。

越葛龍紗織乍成，旋逢君賜出延英。擎歸兒女争傳看，被服能教暑氣清。

御園遥望似蓬萊，水殿雲房相向開。珥筆從臣輕輦過，荷花香裏謝恩來。

誰道鮎魚上竹竿，老年恩遇海天寬。藝林此日傳佳話，便作《卷阿》歌詠看。

題静默上人照〔一〕

面目誰能見本真？清言指示宰官身。沸湯忽現青蓮朵，禄位能輕便活人。有大獄未決，上人曰：『諸公能稍輕禄位，則無冤矣。』

校記

〔一〕十四卷本《歸愚詩鈔》卷八收入組詩三首，此是第二首。

憶方外亡友樾亭

壯歲聯吟得古歡，應時改定受譏彈。年來自媿無高格，不見彌天釋道安。

方外情親似弟𡢃，幻雲散後了無痕。軍持拂子俱零落，只有寒流遶寺門。

畫　菊

淡墨踈踈寫晚香，此花開日即重陽。東郊桃李俱前輩，憐爾枝頭帶曉霜。

汪夫人畫蘭遺册

空谷無人亦自芳，紅閨寫出墨痕香。海山去後無消息，零落西風憶佩纕。

杜蘭香去逐天風，盡册空留妆閣中。猶有庭前舊時草，秋来開到夕陽紅。閨蘭名。

野　渡

孤村摇颺酒旗風，野岸人家緑柳中。略似江南渡旁渡，一灣秋水晚霞紅。

過邯鄲道吕仙祠

高枕初醒萬境空，坐间指點有仙翁。世途無限勞勞者，都〔一〕入盧生一夢中。

夢魂顛倒捻非真，結想由来是夙因。此枕倘邀田父夢，只争多稼勝鄉隣。

校記

〔一〕『都』，十四卷本《歸愚詩鈔》卷十爲『總』。

過許州

到處陂塘決決流，垂楊百里罨平疇。行人便覺須眉緑，一路蟬聲過許州。

夢亡友徐龍友

黯黯魂来楓樹林，髩毛未覺雪霜侵。賞詩使酒論刀稍，依舊平生一片心。

闈中對月

烏鵲飜飛欲遶林，虚堂疑受雪霜侵。最憐一片清秋月，同照天涯多士心。

衰　柳

衰容轉似麴塵黄，摇落長堤倍可傷。滿眼漢南蕉萃意，棲烏嘑斷五更霜。

風姿郍復舊娉婷，夢想官橋一路青。欲贈遠行無可折，離心空付短長亭。

枝頭不障月輪圓，相對寒潭意惘然。只恐春風太多事，依前吹出萬條煙。

和塞曉亭閣學過薊州作

煙樹糢餬不辨村，平沙随路認車痕。自嘲南國菰蘆客，風雪盤雕入薊門。

題潘森千册〔一〕

秋　蘭

紫莖緑葉楚江濤，賫蕬何緣共作林？不用臨風叹遲暮，無求真見美人心。

玉　簪

花徑誰遺白玉簪？插来初綰髮鬖鬖。影娥池畔休閑立，也恐搔頭堕碧潭。

金　錢

不須輪郭略成形，曉露初開夜已零。顧我本無和嶠癖，任他榮落散空庭。

雞　冠

花冠排比白成蹊，虎落秋容一望齊。佳卉也通莊叟意，無聲獨立夕陽西。

秋　葵

玉露零餘吐嫩黄，秋庭忽見道家妝。世緣已謝歸仙籍，也復傾心向太陽。

白　蘋

貼水平鋪幾點秋，搴芳孤棹自夷猶。湖濱一夜西風起，無限愁心柳惲洲。

木芙蓉

微霜點後醉江干，一片紅雲漾碧瀾。豈必石丁才作主？愛花我亦是仙官。

蘆　花

蕭蕭瑟瑟半江風，凉露蒼茫遠望中。秋雪叢邊移釣艇，野漁恰是白頭翁。

校記

〔一〕十四卷本《歸愚詩鈔》卷十三組詩總題爲『詠秋花八首』。

席上作

一曲迴波四坐春，銖衣穩稱可憐身。羅虬百首應增入，比得紅兒是此人。
沙蟲猿鶴滿天涯，扇畫桃花當鈿釵。唱罷東塘舊時曲，又牽愁思到秦淮。

奉敕題王詵《瀛海仙山圖》

晉卿位望本豪華，寫出蓬瀛海外家。舊與蘇仙同討論，故應骨髓入煙霞。
寶笈妝藏重鼎彝，當年偶屬傅延之。從知天筆標題者，曾遇湓江灑泪時。建炎時，此卷棄擲於湓江路傍，延之買得，不禁灑淚。見延之自記。

題趙飲谷《説劒圖》

青蛇三尺慁風塵，誰識周防志士身。百鍊精剛化柔鐵，莫教説劍向時人。

送吴自堂宰嘉祥古武城邑，因麒麟出，改今名

一路流亡缺爨煙，君行鳩鵠可安眠？不須更奏麒麟見，但願耕牛遍野田。

春闈校士作〔一〕

春闈校士遣春官，奉命由来報稱難。老去自憐雙眼瞇，名花恐在霧中看。

棘院論文夜不眠，探驪敢惜涉深淵。風檐慘澹經營處，辛苦親嘗四十年。

九宇同探帝里春，嘔心争試墨痕新。日華五色休輕擲，肯負長安下第人。

校記

〔一〕十四卷本《歸愚詩鈔》卷十四于『闈中即事和鄂虚亭少司馬韻』後題『又三首』。

七夕辭四首

銀漢無聲月吐眉，凉風瑟瑟動虚帷。自吟落葉哀蟬後，並忘仙家會合期。

玉露金風入夜寒，絳河絡角亦生瀾。東西隔斷無由渡，天路從来作合難。
那堪靈匹又分襟，略似參商悵別深。獨有姮娥無伴侶，此生不起別離心。
璇宮莫怨渺難攀，地久天長往復還。只有生離無死別，果然天上勝人間。

題《狩獵圖》

五石雕弓滿月開，沙場忽聽響晴雷。左賢倘欲知名姓，曾射南山猛虎来。
驕馬騰空並鳥飛，失林窮獸那能歸。披圖更憶随龍馭，萬騎漁陽雪打圍。乙丑正月，從駕過薊州事。

查尚樸《行役圖》

蹇驢特特去匆匆，踪跡年年類轉蓬。萬里是家家是客，並忘身在道途中。

迮耕石《水村取適圖》〔一〕

天隨風趣想依稀，短棹衝寒雪尚飛。但使寸心無一事，取魚取適總忘機。

荻蘆叢畔發清音，可是吴吟是越吟？生計由来冣安穩，釣船不到大江心。

水鄉到處足蒓鱸，合向煙波作釣徒。閒喚樵青蕩輕桨，順流直溯女兒湖。

萬里崎嶇行路難，滇黔秦蜀興俱闌。歸来倍覺風光好，珍重生涯釣雪灘。

校記

〔一〕十四卷本《歸愚詩鈔》詩題前有『題』字，詩有五首。

槖駝

馬𩯁腫背見因稀，受制羌兒不用鞿。憐爾蹣跚非健步，可能送得木蘭歸。

夜泊聽雨

入夜篷窓罨散絲，深更殘溜滴遲遲。夢餘忘卻空江畔，猶認春明聽漏時。

出黄山作

六六奇峰向我迎，穿雲涉澗一身輕。歸來笑答同人問，真箇懸崖撒手行。

新昌道中〔一〕

穩坐籃輿似御風，秋山看遍瘦玲瓏。此身自分真無事，盡日白雲紅樹中。

校記

〔一〕《黄山遊草》共兩首，此爲第一首。

題簪花圖遺照

簪花風格舊曾聞，久矣雲英化彩雲。不種小桃花一樹，何人知是薛濤墳？曾遇當筵冰雪姿，輕塵短夢悵何之！卷中此日重相見，猶認春風舞柘枝。繡谷留春春可憐，傾城名士總寒煙。老夫莫怪襟懷惡，觸撥閒情五十年。庚辰歲遇憶孃於歌筵，今五十餘年矣。

王岡齡園居

闢地爲園只數弓，四時花木總成藂。一聲玉罄主人出，身在衡山畫卷中。主人慕文待詔高品，每作畫仿之，所葺園亦宛然文氏畫圖。

清池風過起漣漪，時有文魚作隊嬉。雲影天光隨領取，不應獨許晦翁知。

大澤深山未易遊，一邱一壑自風流。莊生齊物君能悟，已到三壺與十洲。

連蜷叢桂小山旁，玉露初零綻早黄。悟得吾無隱乎爾，庭前處處木樨香。

底羡齊雲與落星，小樓眺望入沉冥。空窓添得琴書潤，送盡吴山面面青。

梅林竹徑遠塵闤，點筆空庭盡日閑。風物眼前俱稿本，不須粉墨仿荊關。

觀劇席上作

主人愛士聚名流，特敞歌筵命小留。幻出海山無限景，此身疑已到蓬邱。

歌舞吴宫香色迷，舘娃散後鳥空啼。泛湖一去無踪跡，誰識儂家舊姓西？用東坡語意。

鴻溝割後轉連兵，垓下聞歌盡楚聲。騅與虞兮抛不得，英雄自古最多情。

絶代佳人去紫臺，寸心未死已成灰。李陵碑畔纖纖草，莫遣生連青冢來。

清平絶調洗陳因，妃子名花共占春。力士脱鞾污我足，才人真箇目無人。

梨花葬處近郵亭，蜀道歸來夢乍醒。夜静更長聽不得，攪人離思雨霖鈴。

梨園往事散如煙，一曲琵琶劇可憐。冣是春殘花謝候，江南零落李龜年。

掣肘汪黄勢不支，杜充那可任安危。渡河殺賊平生願，垂死長吟蜀相詩。

鏡花水月夢偏驚，因夢生情是至情。今古不離情字裏，情深能死復能生。

秋江一棹遠分離，苦甚巴山夜雨時。江畔芙蓉亦傷别，替人憔悴減容姿。

夏嚴雞鬭議喁喧，江西呼人爲雞。夏、嚴二相在朝，衆人趨之。有以昌黎『大雞昂然来，小雞聳而待』爲戲者。師未興時已喪元。宰相不須悲禍烈，風波亭獄更沉冤。

翰苑瀛臺法曲傳，衆仙如在大羅天。於今仙樂重經耳，割肉歸来憶往年。賜宴翰苑瀛臺，時許諸臣携席以歸。

論明詩十二斷句

青邱詩筆籠羣英，鸚鵡才高累此生。惟有性情難滅没，天教瓦缶到今鳴。集名《缶鳴》。

白燕新篇只鬭華，七言斷句數袁家。黍離恐觸興朝忌，樂府休歌《楊白花》。海叟作《楊白花》樂府，明祖謂其有故君之思，佯狂，始免於禍。

三楊以後詩界靡，崛起西涯號中興。北地雄才經冶鑄，見空洞述志詩。漫將勝廣比茶陵。元美謂西涯之於北地，猶陳涉之啓漢高，非篤論也。

李何角立敬皇年，力掃纖穠障臣川。何事受之輕詆讕，一朝風雅許松圓。

清才冣數徐昌穀，年少居然格老成。《談藝録》中宗法在，李青蓮更謝宣城。

長句升菴獨擅場，才人偏遣戍蠻荒。閨中錦字何由寄？空望金雞下夜郎。

君寀風裁孰與憐？蘇門清嘯並超塵。味無味處偏多味，不使才華見性真。

王李相高過詡詩，虞山掎摭太求瑕。披沙大有良金在，正格終難黜兩家。

眇目山人足性靈，詩盟寒後苦飄零。王、李始推茂秦爲盟主，後乃斥之。後来誰弔荒墳者？

只有吴江計改亭。計東，號改亭，過中州，修山人墓。

舞雩沂水高忠憲，泌水衡門歸季思。却笑雕鏤冰雪輩，終身但解覓新辭。

一袁熄後鍾譚起，下里徒聞嘈囋音。獨有黄門持雅正，枇杷晚翠歲寒心。陳卧子。

討抉經腴髩雪侵，遺民述作讓亭林。即將韻語論忠愛，半是摇摇行邁心。

歸愚詩鈔餘集

歸愚詩鈔餘集

吾師《歸愚詩鈔》二十卷，行世既久，海外争購之，同於雞林賈人之得白傅詩矣。兹又成餘集若干卷，薰沐誦之，其長篇大幅，包絡宇宙，滅没變化，出奇無窮，老杜之欲掣鯨魚碧海中也。其近體律絶，工整開闔，渾成一氣，語近情遥，老杜之『老去漸於詩律細』也。而其中忠愛聖主，寢寐縈懷，比於老杜之每飯不忘君，終身荷聖情，若同一軌。且吾師之詩，又有不可及者。古今詩人，年華既暮，風旨不失，鋒刃盡銷，評者擬諸掃殘毫穎。師則與年並高，進而不已。人推大年，詩歸大雅。烏可得而涯量之耶？謹成跋語，用志仰瞻。

乾隆丙戌秋七月，會稽門生梁國治拜題

歸愚詩鈔餘集卷一

長洲沈德潛歸愚

除夕得南字次王柳南韻

老年日月似奔駸，餘景宵來倍覺貪。怕見桃符更歲尾，喜逢橘樹返江南。鑪煨榾柮薪留焰，盤整虀鹽味轉甘。獨坐虛堂照形影，自嘲枯寂類瞿曇。

元旦得鞵字

上日晴和散宿霾，太平風物與人偕。貽孫有穀從吾願，占歲維魚慰衆懷。招友隔年儲白墮，遊山計日辦青鞵。聰明鞭出誠何用？不向堯夫學打乖。堯夫有《打乖吟》。

陳授衣閉門覓句圖

擅長對客揮豪，仍自閉門覓句。裨諶謀野則獲，之子避人澄慮。思乙乙其若抽，想非非而難駐。妙語天外飛來，塵境静中滌去。嗒然吾自忘吾，直與羲皇相遇。此時門外行人，誰識此中樂趣？

慈烏三章爲留太師母賦

慈烏哺雛，夙夜勤劬。手口並瘁，羽毛欲枯。翳太夫人，稱寡早歲。襁褓一雛，絶續攸係。鞠之育之，疾痛腹之。學術督之，忠孝朂之。子業勤矣。子行敦矣，可報所天，此心殫矣。

烏雛報母，孝思罔極。事君顯揚，表陳母德。帝從其請，予以褒錫。龍沙遠宦，雲山萬重。歲請一歸，寢門融融。年逾周甲，宛如孩童。致政還家，昕夕相對。弄兒親前，親心所愛。天倫之樂，何殊老萊去聲。

得天之全，無如松柏。常歷歲寒，堅逾金石。母節久著，達於楓宸。母壽彌高，葆全天真。紀年八十，如四十耳。壽觴遥稱，長筵既啓。昔感冰霜，今添福履。小子歸吴，仍畊石田。遥望師門，邈然雲天。聊成小詩，祝母大年。

鄧尉看梅次商邱宋中丞韵

放艇自溪南，花村露尚含。籬邊點晴雪，波外吐遥嵐。古刹無須問，名園不猒探。告歸同野鹿，澗壑詎懷慙。烏語花間變，鐘聲煙際沉。來經泰玄墓，一聽穎師琴。天藻星辰麗，離宫殿閣深。寒林葵草在，時展向陽心。

綿津膺節鉞，餘興寄江河。籃轝尋春遠，幽香得句多。寺樓仍舊額，野客此高歌。俯仰思前事，雲煙五紀過。宋公題詩在康熙癸酉歲。

近得中丞什，滋圃莊公。清詞艾蒳香。傾心廣平賦，走筆贊公房。已共農甿樂，還增山谷光。命予賡古調，小水媿茫洋。

到處千堆雪，連林廿里花。平臺漸零落，董墳六浮閣等處。古樹尚槎枒。茗荈随鑪飲，兒童看客嘩。園丁懽折贈，插帽有寒葩。

偏踏舊名山，辭僧蒼翠間。歸途認牛跡，野渡問漁蠻。寒浪自今古，孤雲共往還。後時魂夢裏，依約戀嶄顔。

由拈花寺至積翠茆篷，同周迂邨、張石顯、徐無執

言詣鍾吾陰，舍舟遵枉渚。路迷誤亦佳，屈折穿林莽。空翠引遊屐，法宫露坦堵。拈花選佛場，主席認初祖。微笑示本源，妙義超言語。積翠連茆篷，深入徑紆阻。蘱行隱風幡，懸巖動齋鼓。同行淨塵心，誰賓復誰主？回憶數載前，籃輿此軒舉。輕雲散無痕，鴻爪留何許。已往付前塵，當境吾能取。何時續後遊，依然挾徒侶。一笑語金仙，待我青蓮宇。

過錢家磡

上陽村落晚煙籠，穿過松林與桂蘩。我泝昔遊疑夢寐，人看生客聚兒童。山銜斜照明殘影，湖漾長天動遠空。爲憶漁洋老詞伯，吟壇誰繼舊宗風。磡接漁洋山，新城王阮亭尚書取此爲號。

恭頌萬壽詩十章謹序

庚午中秋前二日，恭逢皇上萬壽聖節，普天率土忭舞謳吟。臣蒙恩歸老，未得隨在廷諸

臣稱觴獻壽。謹撰七言律詩十章。頌述御極以來，實心實政。雖輕塵足嶽，細流納海，於聖德神功，未能表揚萬一。然衢歌巷語，發於誠心，有歡忻踴躍而不能自已者也。敬録蕪辭，上陳叡座。

聖筭天齊屆四旬，秋光將半氣如春。萬方暘雨徵時若，四海謳歌頌至仁。侍詠壽康天下養，稱觥殿陛古風淳。小臣未與躋堂列，抒寫葵衷望北辰。

旰食宵衣積歲年，憂勞終日每乾乾。蕩平有道能承祖，賞罰無私揔法天。九寓爲家均利澤，一夫失所閔顛連。即今華渚流虹候，奉勑宣停進御筵。

元氣調和育萬靈，從來至治在求寧。村農鼓腹由寬賦，獄草侵扉爲減刑。水旱奏聞頻泛漕，關梁弛禁不留扃。年年頌祝無疆日，金鑑常看納九齡。

聖朝吏治防文具，勤政精於涖政初。奏牘答批晨露下，班聯召對午風餘。封疆廑念勞清問，守令親宣重簡書。從此普天俱額手，窮檐望澤總非虛。

天縱多能孕古今，聖人文思孰窺尋？鴻章闡洩苞符閟，韻語葩流雅頌音。餘事蛟龍歸結撰，閑情粉墨叶高深。儒生藝術慙蕪陋，羌管難和玉軫琴。

藝林茁軋雜嚶呦，東下滔滔日未休。一自宸衷泝姬孔，幾回詔遣黜楊劉？遍蒐髦士探經囿，會聚鴻文上選樓。碩學庶能儲體用，明廷行遇鳳麟遊。

偃息鯨波六服安，戎兵克詰尚桓桓。廟堂選將威名肅，獠峝聞風心膽寒。西旅輸誠先納賮策淩，南蠻革面亦騰歡金川。白狼樂府添歌詠，真見飛鴞化采鸞。
虞典巡行六馭來，勾陳前導掃氛埃。溯源宗祖經長白，祈福慈寧上五臺。隆禮大成千聖接，升中東岱萬山開。於今吴越歌衢者，望幸顒顒遍草萊。
陽回枯榦亦抽莖，耄歲經帷侍聖明。憶入綸扉參宰輔，旋司邦禮貳春卿。君恩真覺同天覆，臣志惟期似水清。更賜歸田老農圃，山林常頌泰階平。
聖聽維新聖壽長，望中微曜燭天閶。居山正值千秋節，懷闕遥陳萬歲觴。昔後臣寮朝玉陛，皇上三十聖壽時，臣爲庶吉士。今先父老拜雲房。十年天許還康健，稱祝重來釦砌旁。皇上賜詩中語意，許臣於五十聖壽時重來拜祝。

河臺尹師壽

謝傅門庭代秉鈞，鴻文早占鳳池春。參機密勿來三殿，開府東南記五巡。寸寸丹衷惟報國，絲絲華髮揔憂民。秦滇吴蜀邀宸眷，頻許蒼生倚重臣。
文武由来憲萬邦，旌麾重喜駐清江。慮殫疏鑿功旋奏，誠格魚龍氣盡降。飢溺已蘇懸磬室，歌謳争擁碧油幢。投艱遺大行無事，從此金隄息怒瀧。
名留夾袋薦吴儂，頓使枯魚從去。躍龍。雕朽不辭歸大匠，應聲真許扣洪鐘。自慚老耄離雙闕，彌望忠貞答九重。此日荷衣參黼座，玉堂舊事話從容。

雲淡風和秀麥天，梵宫處處浴金仙。淮黄正奏安瀾日，申甫争傳降嶽年。紅藥花翻春已殿，素蟾光吐月初弦。轉頭甲子欣逢閏，兩度稱觥醉綺筵。

黄芍藥詞

魏國曾逢金帶圍，今朝花市見依稀。一枝已占中央色，不羡唐家更賜緋。

花比鵝兒對酒黄，藥闌初見道家妝。將離莫謂無情思，也似葵心向太陽。

殿春新種出塵寰，姹紫鞓紅一例删。應與額黄同嫵媚，風神相映夕陽山。

御園花相各分曹，親見金盂品最高。圓明園有金盤盂芍藥一種。此日邗江復相見，夢魂疑侍柘黄袍。

黄牡丹詩壓衆流，前朝佳話著揚州。此花别有翻階色，誰吐新詞號狀頭。維揚鄭超宗家開黄牡丹，集名流賦詩，定廣南黎遂球第一，超宗鐫『黄牡丹狀元』金章贈之。

婪尾蔟中絶異姿，金泥點出半酣枝。畫家鮮得曹娥帖，絹上重題幼婦辭。

官浦草堂文讌

節近書雲集素文，擘牋各自鬬娥媌。驚才蜀水流三峽，險語秦師出二崤。老我心空歸澮澮，諸君志大合嘐嘐。還須矢願輕温飽，馬上看花薄孟郊。

文成旋遣酒頻澆，樂奏徐聽響六么。法曲丝縈抽百縷，飛觴鯨吸笑三蕉。敦盤自合聯無競，車笠終期訂久要。日影短餘歸路晚，城樓鳴柝已寒宵。

九日横雲山王氏園登高

客到名園似聚萍，登高携屐上空亭。遥胷湖影三重白，入座嵐光九點青。那許題糕譏往哲，還宜採菊制頹齡。欲尋二陸臺邊路，共指飛鴻下遠汀。

題董東山少宗伯畫鎖院中作，寫趙松雪《松陰亭子圖》意

東山前身松雪翁，寄興常在煙雲中。典文餘閑聊點筆，意在筆先勢超忽。寫出松陰亭子意，

天半無端落空翠。亭中不着一閑人，松杪疑聞響清吹。想當心手相應時，機趣欲流縱則逝。署同號舍費苦心，神妙忽來斷思議。松雪翁，鷗波亭，到今白蘋洲畔餘清泠。東山能事通幽靈，知君鎖院揮毫處，神往吴山點點青。

題漸江畫 歙人，前明諸生，後爲僧

石陗松寒見性真，枯禪原是古遺民。略同嬾瓚矜高格，畫裏何曾着一人。

戊亥歲交

還山六度逢除夕，此夕襟情倍灑然。炬列千門迎亥歲，迎亥，見《列仙傳》。雪深四尺忆丁〔一〕年。少時雪深四尺，明年大有，此夕復然。永懷先澤新宗祏，未报〔二〕君恩媿俸錢。明稔但祈旸雨叙，豈須郭外有原田？積雪初晴淑氣含，條風拂拂自東南。周旋爾我形神影，閲歷年華八十三。挾刺禰衡儀久廢，尋梅孟浩興猶耽。可能文債俱焚券，不受絲牽異絸蠶。

校記

〔一〕『尺忆丁』，三字脱，八十七卷本《歸愚集》作『尺忆丁』。

〔二〕「报」字脱，八十七卷本《归愚集》作「报」。

自丹陽至白下，遇雨即事，同徵士翁霽堂

石城前去路，發軔自雲陽。霧氣横林斷，鳩聲逐婦忙。墓田逢祭掃，村店問茶湯。令節偏爲客，新煙憶故鄉。清明後一日。

徃日槐花俟，常經勾曲城。已同流水逝，重跨蹇驢行。市近人煙雜，年豐飯價平。舊題猶在壁，剥蝕半分明。

占候月雖畢，連朝陰靄中。鳥呼泥滑滑，人冒雨濛濛。隴麥齊添盛，園桃欲放紅。土膏欣已動，豈嘆路行窮。

徵君金石友，旅夜對牀眠。此席三生話，當時兩少年。迂踈吾自笑，落落爾俱憐。相訂槃薖約，同畊葑水煙。

遇雨高梁鎮，授餐淳化關。飯抄紅白米，煙罨有無山。人在利名外，途經吴楚間。秦淮聊托宿，嫩柳若爲攀。

白下回水陸苦雨即事

雨師偏愛客，一路送將歸。僕馬罷無色，帆檣濕不飛。下田淹宿麥，上已戀冬衣。獨有漁翁喜，垂綸坐石磯。

望江樓在江陰君山

萬感茫茫處，洪流望不窮。馬駝沙名。平劃界，鵝鼻渚名。倒涵空。海氣浮天外，江聲入座中。臨風懷楚相，何地問蒿蓬？

水灾

二月雨，六月雨，中間晴霽無幾許。鵂鶹怪聲白晝鳴，黽蛙跳踉怒如虎。下田成白浪，農民望俱休。中田水没岸，禾頭漾波流。惟餘高田禾黍還油油。還油油，私喜樂。轉眼間，痔錢鑄。

蟲災

癘氣久欝蒸，蟲災滿阡陌。食根者蟊食節蟹，食心者螟食葉螣，四蟲作朋縱復横。田祖悠悠溺其職，沃以膏，飶轉驕。青青苗，成屋毛。天心覆被，胡降此蟄？蟄必有因，召者誰人？我欲問天，高高難陳。

風灾

蠢蟲肆毒餘，飽食偶然赦。時至亦抽莖，滿望納禾稼。大塊忽噫動，地風熛怒，那復分雌雄？三晝夜，風始息。禾盡偃，遍疆場，所吐花，白毛白。回憶祈年，祭先嗇。鬼神不靈，空嗜飲食，同聲一哭無顏色。

霜災

時維八月中，高空降玄霜。豐年遭此成歉歲，而況大風以後加摧戕。婦竪腰鐮刈，歸棄擲以餧鵝鴨，鵝鴨不食。告荒向官吏，扑扶臀無膚。愚民剥樹皮，到處成白榆。我慰愚民爾無苦，聖人仁覆天同溥，即看賑卹周我土。

山行

嵐翠濛濛淡不分，竹兜一路過榆枌。此行適遂煙霞興，纔到披雲又汲雲。二庵名。

光福至元墓紀所見

歷歷榆皮看欲盡，嗸嗷雁語聽俱哀。憐渠家近梅花國，空對紫莊嶺名。與米堆山名。

過粥廠口號

設粥郊原爲療饑，殘黎頻觸長官威。誰云不食嗟来食？得食何妨扑扶歸。

題李鶴峰學使《聽雪圖》

松風鳴高空，寒流瀉巖穴。公餘静無事，科頭坐林樾。攜此無絃琴，聽彼有聲雪。傾耳太古音，入目冰壺潔。有得在無心，默然仰寥泬。回憶點蒼山，雲煙渺天末。

題龔恪中探梅小照

眼界曾看大九州，歸來林壑此間遊。孤山鄧尉何須定？但遇梅花便小留。杖藜徐步入山樊，冷艷蕤中翠羽翻。真是幾時修得到，目成心醉澹無言。

哭周迂村

昔年泛西湖，邂逅逢迂村。以詩爲針引，道合如弟昆。吟社聯北郭，劘刃俱齗齗。論詩登君堂，闈中解留賓。樺燭添長夜，襆被加重温。以兹三十年，既久情彌敦。後予羈春明，慨焉念離群。君爲北地遊，相將吊燕雲。超然利名外，三月還吴門。及予賦歸來，君過萊蕪貧。暮年數良友，明星朗清晨。重期合雲龍，吐藻揚奇芬。俄焉竟長別，未及歌《招魂》。嘆逝行自念，崦嵫感餘曛。

君家最能詩，詩外無所事。寒暖由他人，饑飽非所計。闔閭門户持，匪獨主中饋。垂老賦悼亡，百事捻顛躓。籩目而豺聲，日夕互窺伺。剥牀漸剥膚，猩猩連狒狒。侮奪不十年，卓錐苦無地。詠詩轉辛勤，絶異東野句。短歌無哀音，食荼得甘味。皆緣心和平，南雅久漸漬。聞君彌留時，視身如委蜕。惟憂詩不傳，空負平生嗜。一言慰吾友，杜陵詩可據。應任老夫傳，此責予敢避。

輓盛青嶁

河干送君歸，倏忽成古人。殘墨猶在匣，卷軸縱横陳。分張只句餘，茵席已凝塵。把君未成詩，塗乙費苦辛。苦辛夫何爲？要使句有神。神存形忽摧，性靈返於真。笑言如昨日，後晤付夢魂。萬事歸無無，請看空天雲。

去春霽堂翁。殂，今春迂村周。逝。青嶁旋徃從，泉下若相遅去聲。善人復詩人，名场擅談藝。迂村詩已雕，霽堂亦相繼。君詩富倍之，手書藏篋笥。柏匱付誰人？蠹蝕愁廢棄。想望文壇心，選擇予所司去聲。别裁指日成，予選本朝詩集，名《别裁》。慰我膠漆契。

往年客巴蜀，詩得江山助。後爲燕京遊，亦擬長揚賦。閒平重宿學，設醴崇師傅。薦雄竟無人，十載衣仍素。歸來卧草堂，依然理章句。分席尋漁樵，抱瓮灌瓜芋。而何辭人寰？一寐長不寤。從茲雲巖東，誰問詩人處？

世風日滔滔，况當大無年。禮讓化貪暴，鬼蜮逞姦頑。君不忍見聞，亡後俱泯焉。脱此塵垢累，轉適逍遥天。昔有張永夫，與君契忘年。生居靈巖東，死葬靈巖前。魂魄兩相過，越度陌與阡。同唱鮑家詩，秋林冷蒼煙。

不繫舟詩爲望山尹公賦

絶異張融岸上居，流行坎止任徐徐。檣篙綍繂俱無著，吴蜀秦滇縱所如。莊叟虚舟饒澹蕩，歐公畫舫足安舒。年華閲歷行三紀，總在風恬浪静餘。

白雲爲幃繞虚亭，似艦廻廊取次經。淮水通池分淺碧，蔣山窺户送遥青。垂楊舊種皆生癭，初任兩江時所植。老鶴重歸屢换翎。五次南邦作邦憲，濟川隨處仰台星。

持身入世擬舟航，清漏聲聲夜話長。風際使帆防滿足，峽中轉棹忌蒼黄。當年曾庇千間厦，此日重過數仞牆。聞説遠夷欽潞國，會看作楫服戎荒。

祈雨謡

鐵冶禁，南門闔，祈雨一依《繁露》法。火雲燒空，日蒸毒風，田中依舊多生蟲。去年大荒，今年大疫，農死過半無粒食。棄田不救田龜坼，長官督道流作樂。心誠求洗滌衢路，通渠溝道流窘迫。心繁憂夜來，星漢亘天宇。廣川術不靈，轉思卜式語：烹弘羊，天乃雨。

外孫章光重照

石牀散帙坐空林，商氣蕭椮寄素襟。豈獨凜秋宜誦習，四時捻見古人心。

不遇同心獨賞奇，讀書以外更尋思。夕葵負米前賢句，知爾難忘母氏慈。

獨絸抽將不盡絲，每於故紙得新知。披圖我憶兒童日，五夜青鐙有味時。

過江王謝數門庭，群季通明共醉經。素文、鶴書、湘御、九儀四先生，以經學擅聲吴中。光重，素文曾孫也。今日凋零惟一綫，望渠雪後草重青。

夏日雜詠十章

吴中饑歲後，觸目揔荒凉。樹剥榆皮盡，泥穿山骨傷。西山泥可食，遠近鑿山以求，然多得病死者。無家留餓犬，有病卧牂羊。仁愛皇天意，誰歟召此殃？

米價頻年貴，今年又倍之。無方謀粒食，到處棄童兒。截漕去聲。還停税，通商更設糜。四郊俱灑淚，感荷聖人慈。

入春纒大疫，城郭遍山村。故鬼連新鬼，招魂不返魂。投阡憑藁席，沉水飽魚黿。日暮無人跡，通衢不覺喧。

入告緣開府，營私誤吏胥。假公填壑谷，隨意肆侵漁。幻妄雲千叠，陰幽鬼一車。淫人今已富，天道竟何如。

救荒先保富，富户貴施仁。保富源常足，施仁惠可均。誰令私室擁，自觸長官嗔。遠近滋紛擾，何時風俗淳？

兒時頻水旱，麥飯舊曾咽。康熙辛酉壬戌。夭椓逢今日，流亡倍往年。養苗除碩鼠，吴江令以侵賑去官。掩胔避烏鳶。城外各設義冢。剛斷兼慈惠，還期大吏賢。

暘雨乖時若，天行一氣訛。祈晴雲被隴，望澤日焦禾。彊以傭偏少，時病死相半。原田廢尚多。惟期川廣熟，大舸泛江波。

能員才力大，政外有餘情。已擅盧醫術，旋調傅説羹。驅魈喧爆竹，禳疹擊銅鉦。近日事。曲誤還能顧，時聞奏樂聲。

素友今無幾，依稀霜後蓬。那堪遭歎歲，相次喪詩翁。周迂村、盛青嶁、汪山樵、朱木鳶，百日中相繼殂謝。南雅繁音外，人琴淚眼中。有懷誰共語？寂莫對涼風。

賜閑堪養性，老病疊相仍。金散師疏傅，詩庸媿杜陵。趨朝心每憶，平寇興還勝。指日禽頭曼，鐃歌奏尚能。平金川口奉勅撰《鐃歌》八章。

喜　雨

祈雨壇已除，道流各解散。天心頓然回，忍令[illegible]裁患。西郊雲密密，民望恐虛願。俄然天飄傾，助以大雷電。急注同箭疾，想象昆陽戰。連綿昏旦接，霑足遐邇徧。土潤變龜坼，枯苗忽葱蒨。生機捷平時，翻因受乾熯。四野起謳歌，歡欣滿郊甸。吾儕慶重生，揔荷皇天眷。不爾癘疫餘，分作溝壑轉。從慈仰天和，窮檐許餐飯。

傅玉笥前輩招同邵濟川太史遊西湖南山，經法相寺，登陶家莊，紀勝有作

前輩招邀上野航，雨餘開霽棹迴塘。千塍新稻俱垂實，一路殘荷尚送香。到寺根塵參色相，登山江海入微茫。兹遊好補舊遊缺，全覽西施濃淡粧。

過孤山有感

重到孤山十五年，橋邊古柳尚欹眠。摩挲且爲遲遲去，曾繫詩人書畫船。

題　照

軺車一兩赴京畿，中饋支持芼蕨薇。記得月寒霜落候，五更爲我著朝衣。
南北追随二紀餘，依然縞袂茜裻初。空齋静坐如相待，望我歸修種樹書。

題陶莊

閑随猿鳥上崇岡，認取泉明水石莊。聽雪四時心自浄，眠雲一榻夢俱涼。松篁罨畫添嵐翠，湖海浮空帶夕陽。應與仇池同擅勝，御題汪氏『小有天園』，以仇池得名。詎因荆楚小江黄。

十齡童子應文虹草書歌

杜勤總角擅草書，少陵詩作汗血駒。會當一日走千里，豈與凡馬争馳驅？眼中之人應氏子。雙瞳烔烔照秋水。十行齊卜手繙書，一點不加文落紙。即今十歲氣食牛，腕下有力千鈞遒。直疑前身是顛素，振筆直欲凌千秋。硯坳墨汁傾一斗，剡藤径丈懸座右。三尺微軀踞上床，如椽巨筆握雙手。胸藏成竹落筆先，倏忽雲煙飛户牖。青天颯沓風雨來，白日黯黮蛟虬走。滿堂觀者如堵牆，各各目眩神飛揚。若無一縑酬一字，驟令屏幛生輝光。彼童歛手無矜色，倒注清泉洗餘墨。擘箋細楷寫黄庭，縱逸翻然歸謹飭。八法從來非小技，縱横出没皆游藝。要知筆正先正心，諫議堂堂明大義。汝今作書學右軍，家雞野鶩徒紛紜。他時廟堂待汝扛鼎力，懸梯二十五丈題淩雲。

中秋遇雨，無月，以詩催之，次莊滋圃大中丞元韵

豈是圓靈上故遲？姮娥此夕斂光儀。平分秋序偏逢畢，高掩星河竟失箕。散步長干知寂若，打頭矮屋憶凄其。予於中秋號舍遇雨屢次。太空可遣浮雲破，朗照依然遍九逵。

雨散後月色如晝，仍次前韻

雲散冰輪湧未遲，中霄仍復吐清儀。鎖闈氣逼凝霜雪，銀漢芒垂認斗箕。多士苦思神往矣，中丞勤問夜何其？明明如月懸高鑑，從此飛鴻卜漸逵。

十七夜對月有懷，三次前韻

纔虧圓影上非遲，高下寒光澈二儀。步月清宵依北斗，驚心昨歲咏南箕。序占洪範宜暘若，水漲臨淮念贅其。臨淮邑名，漢呂更始，封贅其侯。千里詩成傳遠道，付將鴻羽入雲逵。

廖瀛海先生遺照

相逢卷軸氣冲融，林下時披謖謖風。三十年前追往事，曾於床下拜龐公。

毛鷙紛紜刷羽翰，清泉淵静息波瀾。姓名未達明光殿，不善承顔事上官。

門巷和風拂衆人，四方都養往來頻。五經講論如翻水，不數紛綸井大春。

田園久矣歸蕪没，惟有經畬價直多。膝下衣言窮理奥，豈徒詩格小東坡。

往歲詞場掉臂行，東塗西抹媿虚名。一人知己吾無恨，况是賢豪著品評。向日試作，先生詳加評論。

丹陽赴句容途中口占

丹陽郭外赴晨征，一路田間慶阜成。霜雪平鋪辨蕎麥，蛇蛟互結認香秔。名山已字雲中見，古邑勾形馬首迎。茅山似句漏，故邑名句曲，人誤認章句之句。憶得往年頻過此，負書盈篋不勝情。

贈周貫之廣南人，即用其贈人韻

稱名回憶舊容龐，藝苑如君定寡雙。結字有鋒徐季海，吟詩多瘦賈長江。金陵同與冠裳會，粉署還聞杖戟撞。別後相逢更何日？知予翹首望三瀧。

歸愚詩鈔餘集卷二

長洲沈德潛歸愚

望山尹師招遊攝山賦詩六章

金陵多名山，攝山此爲冠。藥草能攝生，嘉名人共羡。一峰散三峰，峰峰入霄漢。獻花與祖堂，俯視疑角丱。栖霞古道場，名跡俱可按。舊玩揔持碑，夢魂常眷戀。今來日已曛，辭塵宿僧院。月白照藜床，一心澄止觀。明當踏層雲，芒鞵夙曾辦。

清晨露猶零，言穿古松徑。樹樹六朝青，受命同一正。圍抱三兩人，過者悚然敬。當年造餘艎，議欲伐其性。大吏許護持，竺庵和尚請於大吏。至今交手慶。更種三千株，蒼欝助名勝。竺庵徒楚雲所種，見王漁洋《與宋商邱札》。雖爲山澤材，行逢天子聖。旋登萬松臺，軒檻且虛凭。長風動深林，龍吟入清聽。

我慕蕭思話，相賞在松石。長松撫鱗鬣，奇石遇岝峉。來過石佛龕，三丈有餘尺。紆曲經紫峰，陗削細分拆。虚閣構其下，屏蔽如幄帟。閣右攀高巘，龍象鐫石壁。一佛化衆身，什伯千萬億。化身仍一身，誰主復誰客？踸踔足稍疲，月臺聊憇息。下聽淙潺聲，行當認泉脉。

山腰有二泉，真珠與白鹿。石穴出細流，幽幽滴滲漉。歲久藤蔓淤，無能下巖谷。一從建離宮，刜蘚通洄洑。澗底白雲流，奔騰下飛瀑。山靈信有靈，獻伎効臣僕。高僧得虎跑，而況天子福。從兹松石間，日夕響琴筑。

高望天開巖，足力猶可上。排雲逐征鳥，到頂愜心賞。長江如龍蟠，遠睇環沆漭。金人開遁處，名河亦名蕩。名槍河，即黄天蕩。隱隱見帆檣，南北互還往，倏忽天風來，衆壑發清響。振衣千仞岡，開襟納萬象。擬驂鸞鶴遊，輒作天際想。

名山本天成，構造在人事。元公經緯胸，高下煩位置。上體卑宫心，松雲略塗塈。招邀羣公遊，尋幽屏車騎。杖藜代僮奴，衣裳雜荷芰。山僧爲導引，徧踐煙霞際。相於賦清辭，旨同音各異。羣公叶雅南，下里難相儷。後時焕宸章，更仰天文麗。

和王生罔齡移居南園元韻二首

城居仿佛似村居，竹木扶疎畫不如。有客只談山水趣，無爲時讀老莊書。彈琴笑聽牛鳴盎，鋤壤欣逢鼠棄蔬。採藥養生聞許邁，何妨泛宅過桐盧。

宛似文家玉磬居，長卿爲慕藺相如。知君興到還成賦，勸我年衰更著書。與客問禪經佛寺，呼童引水灌畦蔬。銘成陋室殊謙退，敢比南陽諸葛廬。

聖駕重幸江浙，恭擬樂府一十二章，上呈睿覽 謹序

欽惟皇上尊居九重，慮周萬里。於辛未仲春，敬循古制，述祖德，巡視江浙，省方察吏，蠲租給復，行慶施惠，億兆踴躍。《舜典》：『天子五載一巡守。』歲乙亥，兩邦人民咸謂明歲已屆五載，顒顒望幸。大吏上陳，奉有俞旨。是秋，因吴越偏灾，上命暫停鑾輿。爰截漕緩征，通商停稅，四方運粟，民不受困。歲丙子，秋成既登，臣民復請，情辭倍摯，帝乃重舉。時巡，留兩省漕粟、運銅鼓鑄，復蠲二十一年以前積逋。膏澤廣被，江海同沾。明詔既下，侍皇太后鳳輦，於孟春吉日啓行。維燕齊東魯，以暨吴越，人民靡不翹首拭目，以望六龍。謂：『吾曹何幸？而生聖人之世，且親見聖人之容也！』臣歸里以來，蒙恩賜俸、賜詩、賜福、賜序，兼賜冠服。曆自古未有之遭逢，無從報效。違離闕庭，瞬息五載。區區之心，朝夕寤寐，未嘗不在皇上左右。今幸再瞻天表，傾寫微忱，敬成樂府十有二章，仰志至德於永永無極！

歲在辛未，天子時邁南巡。式序拊恤，仁義遍及臣民。太和洋溢，煦然萬物皆春。經今五載，未奉屬車清塵。望君如歲，惟期暘雨時均。如懷父母，惟期渥以恩勤。環轅呼籲，大吏據以

上陳。帝從民請，萬族額手歡欣。

右《民望幸》一章，章十六句。

水灾蟲灾，風霜迭摧。南方凋瘁，益以癘疫。聖人聞之，心周草萊。暫停警蹕，緩下河淮。詔書停征，租吏不催。截漕賑貸，歡聲如雷。運粟楚蜀，源源而來。深宫默禱，願蘇提孩。至誠格天，天心可回。

右《綏南服》一章，章十八句。

昊天鑒帝誠，賜以暘雨若。禾苗俱芃芃，計畝倍收穫。夫勤于田，婦勤于家。烏犍卧隴，黄雲落耞。比鄰作社，鼓聲鼕鼕。父老既醉，扶掖兒童。歡言天子活我，轉凶爲豐。君歸上天之仁，民歸天子之功。

右《慶有年》一章，章十六句。

民再請，吏再陳。其情彌懇，辭彌真。天子曰：『俞哉，朕當從民之欲。與民相見，嘉其誠朴。』方今高堰隄工，相視堅築。况江浙爲財賦重地，尊親倍篤。乃諏吉日，下南土。遵虞帝之五載一巡，知爲法古。循聖祖之閱歲一巡，知爲述祖。

右《帝允巡》一章，章十七句。

九重頒詔恤民力，省方播德匪取適。歲當乍豐鴻始宅，休養萬民應保息。松雲棟牖去雕飾，五采繽紛戒狼籍。魚龍曼衍概遠斥，敷揚論旨大臣責，甚勿以文不以實。御厨清泉自攜給，一物不擾民共識。帝心仁愛洽萬國，惟懷永圖慎儉德。

右《警浮華》一章，章十三句。

帝仁同天，雨露連綿。絲綸頻宣，留漕廿萬。平糶里閈，免艱食患。運海疆銅，鑪冶範鎔。泉布流通，江浙歲無。除復積逋，免其追呼。兩邦編户，懽忭鼓舞。遭逢聖主，莫報主恩。辭朴情真，金甌萬年。

右《恩疊霈》一章，章十八句。

聖人孝，奉慈寧。随鳳輦，省寢興。齋栗愉婉，敬侍長征。婦孺聚觀，喜動顔色。謂一人至尊，勤脩子職。而况我儕草莽，廼敢勃谿，違逆於時？和氣周流，人倫化導。合天下之歡以爲歡，合天下之孝以爲孝，此之謂大孝。

右《奉慈寧》一章，章十七句。

黄淮要衝，實維高堰。一防泛溢通淮，一防横决漕挽。我皇相度，務俾盡善。惟浚河身，足以容流；堅月隄，足以束版。清能敵黄流，黄不入運口。急泄尾閭，泥沙下走。聖人指揮萬世功，淮徐維揚奠定中，河漕兩利無終窮。

右《固金隄》一章，章十六句。

下朱方，幸吴疆。巡兩浙，經於越。指石城，駐金陵。輿馬互奔馳，勿踐青青麥。旽庶覲天顔，歡呼連巷陌，萬口一辭頌帝德。帝乃求民瘼，整官方。謁往古之園寢，修前賢之烝嘗。山川效靈，娱情名勝。明麗清嘉，幽深淵静。幾務餘閒玩物華，已乘陽氣行時令。

右《巡江浙》一章，章二十一句。

前者憂民之憂，解澤滂流。今兹樂民之樂，萬類咸若。士樂膠序，農樂田桑。賈樂懋遷，商樂關梁。微行采虆，樂執懿筐。民樂君萬壽維祺，君樂民男恬婦熙。聖人感人心，而天下和平。君民樂，于胥樂兮！

右《君民樂》一章，章十七句。

天縱多能，宏章焕兮。包乾括坤，三才貫兮。旦旦熊熊，麗雲漢兮。羣臣賡和，僵且汗兮。譬諸游夏，一辭莫能贊兮。鸞廻龍騰，吾皇揮藻翰兮。鐫勒貞珉，名山頓燦爛兮。吴越兩邦，虹光燭天半兮。

右《麗天文》一章，章十六句。

九載歸田，永懷聖德。賜俸周貧，賜文冠籍。冠服洊加，惟恩之特。久睽天顔，如赤子離慈父母側。兹來河濱，恭迎鑾輅。齋肅覲揚，重瞻六御。抒寫葵忱，聊憑蕪句。等賦天繪海之無從，惟擊壤歌衢之可庶。

右《迎鑾輅》一章，章十六句。

和慎郡王、果親王、皇三子、皇四子見懷元韻四律

寒泉瘦石繞吾廬，抱獨常令故舊踈。忽值間平投卷軸，深慙老耄謝經鋤。高情稠叠兼金似，雅韻芬葩蜀錦如。地隔千重神自浹，何須渺渺嘆愁予。

九載睽違金馬廬，頭銜新易是迂踈。遠尋石髓和雲煮，閑種山花帶月鋤。帝子瑶華託休父，程少司馬莘田寄到。鄙人藻采媿相如。貴能下賤情難忘，遙望燕臺一跂予。

鴻章五色下衡廬，知我尋山興未踈。黄海看雲時著屐，赤城採藥自攜鋤。欣承錦叚情何若，欲和韶音品不如。從此薛蘿添潤澤，寧云歲晏孰華予。

濃翠濛濛庵草廬，松棚豆架景蕭踈。看山每曳鳩頭杖，種樹常攜鴉觜鋤。天室下詢情渥矣，田居仰答意恬如。自慚作序非玄宴，時作《果親王詩序》。嘅息粗才獨在予。『嘅獨在予』，淵明語。

北固山

高閣真疑坐碧霄，鐘聲遠送海門潮。峯間片石留三國，狠石。檻外空江咽六朝。雲樹微茫緬吴楚，黛螺左右列金焦。貪看落照淹歸騎，不覺清笳起麗譙。

海月亭望金山次玉笥太史韵

忠武運籌處，亭在筭山旁。巉巖卓小亭。浪浮虚檻白，山入短窓青。折阪停千騎，行宫衛百靈。欲窮觀海想，東望窅冥冥。

和盧雅雨運使紅橋脩禊詩

飛花片片撲僊舟，十里園亭許逗遛。上巳風光同洛涘，維揚明麗勝蘇州。壺觴不用紅裠侍，賡唱齊將白雪酬。時值初三新月見，二分應挂苑西頭。

漁洋脩禊盛當年，鬥句虹梁雁齒前。官職久離隋苑曲，風流常憶蜀岡巔。隄邊今續紅橋會，天上同乘春水船。憑弔名賢尋往跡，平山松已幾圍圓。

畫閣雲樓兩岸通，竹西行殿冠南東。翠華乍過淮揚郡，雅席群歌熙皥風。碧玉父流分瀲灎，堵波雙插入冥濛。鈿車寶馬匆匆處，如在蓬壺三島中。

病起三春從聖明，無心閒聽賣餳聲。未陪花嶼空神往，漫向蘭亭想氣清。詩格舊聞推潁水，盧照鄰晚居潁水。騷壇今喜在蕪城。金山故蹟勞重志，博雅還同劉仲更。仲更志《慶曆編》，時雅雨修《金山志》，故云。

七夕後一日，同人石湖秋泛，次芝庭少司馬元韻

乍過靈匹會，同泛野塘秋。棹轉楞枷翠，湖分笠澤流。歲豐無碩鼠，亭舊有盟鷗。欲訪淳熙翰，崖邊爲小留。范文穆築盟鷗亭，宋孝宗賜文穆「石湖」二字，勒於崖石。

船窗空翠滿，席上捻無塵。風静安驚羽，波恬息躁鱗。鐘傳山寺遠，旗漾酒樓新。共得林泉趣，超遙物外身。

座上答贈芝庭少司馬次韻

江都首對策，子政職繙書。歸補南陔詠，三公樂不如。春明曾接軫，葑水亦連閭。商略農桑

事，相將度筍輿。

題《萬里歸蜀圖》費此度因張獻忠之亂，自成都徙揚。後欲歸，未果。子若孫相繼還，成先志也。

蜀道亂梟獍，移家淮海濱。百年懷水木，三世夢峨岷。子越千重嶂，孫抽萬里身。滋衡先歸省墓，姪元舉繼之。後先能繼志，不負錦江春。

峽裏船憑纜，危崕百丈牽。千層穿白浪，一線上青天。煙火疑城堡，松雲想墓田。到家償夙願，洗眼認山川。

題吴梅查《疏泉圖》

松風萬壑聲飀飀，寒泉相和鳴幽幽。舊時湮淤略疏導，導之屈折縈沙洲。人工便可引天巧，不滯水與心同流。幽人無事静相對，置身每在白雲外。閑中悟得行水方，就下自然無窒礙。山水清音終古新，琴絃那可比天真。移情即是我師在，海上何須訪子春。

贈蔣子宣時值五十

辛齋抱疾三年餘，牀第跼曲難安舒。木强周昌並形似，半人鑿齒同肢軀。人言天意不可問，君子何獨嬰艱虞。詎知艱虞正玉汝，高卧嗜欲胥蠲除。冥心閉關静中静，木雞之養容如愚。外塞中腴理偏足，《德充符》篇信有諸。今年正逢大衍數，友朋贈詩束笋如。辛齊得詩迭倡和，並建旗鼓操戈殳。鸦軍戟陣兩勁敵，客主酣戰誰嬴輸？更聞選詩綜歷代，仰面點筆區珉玗。删淫黜哇歸正始，選樓乃在東臯隅。秋來四體俱運動，不須兒子肩籃輿。三曰康寧一曰壽，許君兩得辭非諛。明年我欲遊匡廬，大江鼓枻君相於。扶笻齊上香鑪之峯最高頂，俯視下界膠膠擾擾同軒渠。

虎邱玉蘭歌

同遊者，彭少司馬芝庭、阮太史澂園、廖太史南崖、汪廣文雨良、王文學存素、梁山人壽堂諸公，皆賦詩，予亦繼作

虎邱山背玉蘭樹，千春疑有神明護。臃腫拳曲仍高撐，腹空嵌石同兒乳。榦如虬龍根積鐵，天成轉似人工鑄。花開冷艷漫雲衢，覆蓋招提徧瓊璐。行人高望眩銀海，清氣逼餘難久注。傳

閩花石成綱年，朱勔採訪窮民間。搜巖剔藪貢洛下，苑囿仿佛三神山。此樹撥遺置吴苑，何異高士雲中眠。於今艮嶽久灰燼，海湧一樹偏流傳。客來正值花繁會，坐對霜華增感概。朱氏子孫遭迸逐，潛逃郊外依蒿萊去。種花花街轉成名，相沿祖業擔花賣。朱勔家绿水園，吴人逐其子孫，潛逃郊外種花，今名花街。惟餘巘畔最高柯，曾歷宣和舊侈忲。人生鳥影電光同，卉木蒼涼閱朝代。拙政山茶久已枯，梅村歌後艷吴都。筆墨從來能壽世，賦詩作繪仗通儒。坐中恰有丹青手，王、梁二君。倩寫晴嵐古雪圖。

過崑山錢子訥生、張生蔭嘉寓齋，流連日夕，次其秋興元韻

故人知我訪松寮，迎客相攜過野橋。涼入素襟風滿座，光寒吟席月臨宵。亂蛩依砌聲方咽，黠鼠窺燈氣欲驕。共話知交零落盡，清魂可用楚詞招。劉湘洲、汪萬育、朱受谷、陶韻清、周鯤莊、劉大樸諸君俱已下世。

墓前碑碣舊摩挲，夏太常、歸太僕二公墓。廿載惟憑夢寐過。熙甫文章經史合，仲昭筆墨雨風多。重來遼鶴悲身世，獨向空巖發嘯歌。天地蒼涼宜覓醉，豈徒卑濕飲無何。

年來百穀幾曾成，中澤哀鴻寄此生。鼠翼不妨兼虎翼，鹿城幾欲近狼城。羊化爲狼，見《述異記》。今秋許熟南東畝，卜歲能安魚鳥情。吾輩談深方夜永，風傳梧竹韻雙清。

曩時童穉競來看，依舊章逢一例寒。猶喜門生情誼洽，故教連夕酒杯寬。泉林清話供心醉，冰玉新辭入耳餐。明發相期上嵐嶺，入雲餘興未曾闌。

秋興次錢訥生韻

荒原重搆似僧寮，門俯清溪傍板橋。隙地種花仍舊圃，秋燈課誦永今宵。兒時遊釣仍尋覓，故里逢迎敢希驕。大隱於今還小隱，林栖不待左思招。

石渠秘笈舊挪杪，此日花甎夢寐過。侍直屢賡天藻富，退朝常惹御香多。就閒已草《歸田賦》，獨處還吟牧犢歌。來往秋江采蘅杜，路人不識問誰何。

葺詩數載帙垂成，采玉披沙仗友生。古體要令追正始，五言誰許破長城。詞場風旨祛塵俗，當代人文見性情。雅鄭分明雲解駁，仰看秋宇泬寥清。

故交凋謝籜同看，到處吟壇席已寒。《杕杜》虚期君子適，《考槃》自賦碩人寬。臨文有罅誰箴闕，送老無朋孰勸餐。讀罷《八哀》餘愴悢，凜秋感舊獨憑闌。

題王鶴書《看梅圖》

向南枝榦受春温，隨意經行水竹村。看到目成唯是笑，坐來心醉欲忘言。鉛華盡卻誰真賞，風骨雙清許並論。我本萬峰臺畔客，披圖便已動吟魂。

題《放鶴圖》

開籠有客放仙禽，粉墨傳將高曠心。碧落千雪随目遠，丹砂一點入雲深。溪塘已別孤山主，
閬苑還棲瓊樹林。倘過女牀逢伴侶，青鸞相和矢清音。

題《半帆圖》

酒取半醺花半放，尚留一半有餘思。蒲帆十幅纔張五，不與他人較速遲。
輕舠無意破長空，細看秋山樹樹紅。聞説前途波浪惡，不須更使滿帆風。

題宋瑴庭觀察《杏花春雨圖》

北闕陳情辭薊北，南陔補詠返江南。柳穠一路風光潤，花濕千村雨意含。歸里板輿歡御母，
家園芳草樹宜男。贈君不用裁新什，紅杏尚書句㝡堪。

題金會川觀察《天際歸舟圖》集《歸去來辭》字

天路輕舟颺，鄉園息有期。歡焉就衡宇，行矣樂清時。老稚欣矯首，壺觴感賦詩。恍親吾願得，心事幾人知。

已審崎嶇路，情同倦鳥休。棹舟來窈窕，圖有二青衣棹舟。歸里事田疇。扶杖尋雲木，携琴憩壑丘。登臨悵孤往，不願息交遊。

追和望山尹師同袁子才同年遊攝山詩次韻

天台黃海纔遊遍，又到金陵上攝山。杖履入林雲共遠，巔崖銜日鳥同還。曾經訪古搜碑石，尋江總刻石詩，不遇。猶記題名剔蘚斑。別後三年成往事，心期常在萬松間。

尋山元老力堪勝，不藉扶攜白足僧。澗號桃花浴曲曲，峯名玉冠上層層。峰名紗帽，上改今名。亭臺位置天工巧，賦咏清華哲匠能。未得相隨共酬唱，自嘲年耄比聾丞。

壑轉坡回境不窮，離宮髣髴翠微宮。千龕石佛青崖側，六代蒼松紫閣東。新句遙傳金玉響，昔遊追憶夢魂通。後時仍見停鑾輅，依舊雲光朵朵紅。

清時別見元才子，日下紅塵不願嘗。師弟歸依情自浹，林泉眠食興偏長。繖山溪谷尋俱熟，形似繖，亦名繖山。宦海風濤涉久忘。我欲續遊偕故友，策將小蹇過丹陽。

四時詞

曉日曈曨萬花谷，鶯聲睍睆如調曲。侍兒纖手卷湘簾，花缺春山似蛾绿。晴窓試展衍波箋，欲寫春江花月篇。墻角何人傳笑語？東家院落戲鞦韆。

雕梁燕子雙雙語，堦下榴花紅幾許。簾櫳深處囀歌喉，一曲新翻吴白紵。田田蓮葉點廻塘，雁齒紅橋水一方。莫放蘭橈打波去，恐驚七十二鴛鴦。

桐陰一葉飛繚繞，紈扇纔停秋尚蚤。房幃夜搗鳳仙花，要使猩紅上指爪。看罷天邊牛女星，玉奴年小最關情。曉窗私貯金盤水，也學同袍弄化生。

押闌四角垂銀蒜，睡鴨微温餘獸炭。小鬟曉起共喧嘩，報道堆監滿庭院。寒風不到五侯家，白玉樓高望眼賒。簾外暗香通縷縷，一枝已放早梅花。

秋日錢香樹先生過訪，適素心蘭盛開，相與玩花話舊，共成古詩二章，以『素心』二字爲韻

秋蘭清絕塵，頗愜逸人趣。況此太初質，含芳抱幽素。小齋正敷花，雪膚超衆嫭。哲匠適遠來，會合抒情愫。挹香湘簾通，玩質紗裯護。謂是物之尤，意外偶相遇。忘言淡有神，欲語難輕吐。因茲矢同心，賓主有餘慕。

人生重晚節，願比松桂林。先生引疾歸，夙望朝野欽。予耄先引年，安居解水潯。九重頒清俸，同受君恩深。相見每相勗，贈言等銘箴。潔白答主眷，時凜微埃侵。此日念同臭，對花發長吟。去文返質素，堅茲歲寒心。

張墨岑《荔柿圖》爲何子未賦

歲云暮矣天風寒，閉門却掃疑空山。主人平日恥言利，樂處每在瓢與簞。忽有故人打門至，手出圖書權相示。披圖顏色耀滿堂，赬虯火樹紛連綴。寫生荔柿如天生，寓言利市聊游戲。儒者星宿羅心胸，方寸堆阜高華嵩。家徒四壁氣英邁，目輕朱頓同飛蓬。胡爲此圖羨榮利？如貫

三倍心追徒。我知畫師工託諷，與古爲徒家屢空。迎將富貴捷有神，鞭出聰明竟何用。迎富貴、鞭聰明，吴中歲朝風俗。滔滔東下波同流，問君果否能違衆？主人一笑謝故人，守吾鈍拙安吾貧。柿園荔浦奪人目，何如樸素還天真。朝來小園梅破蕚，喜見大地回陽春。

歸愚詩鈔餘集卷三

長洲沈德潛歸愚

和任處泉太守移居快閣詩次元韻

處泉自杭遷越之東武山下，歸田後，移居鑑湖之濱。近放翁快閣址建閣，仍以『快』名。成詩四章，屬和

宦途泥爪感飛鴻，息駕寧同陌上蓬。東武移家山繞宅，鑑湖起閣水涵空。何妨滂浪同聱叟，白可棲遲比放翁。回憶曲江公讌日，杏花香裏躍青驄。

山川相待盍歸乎？隨處林泉足自娱。道士莊前懷羽客，若耶溪畔問耕夫。擁書課子羹墻見，抱甕澆畦卉木蘇。快月快心成快句，聳肩還復撚吟鬚。

買山只用賣文錢，天與高人得静便。户外每停談藝駕，渡頭時泊載花船。雲門遥泝千層浪，柳陌平鋪一抹煙。閣上卷簾聊縱目，千巖萬壑似連阡。

可是君家煮字窩，吟風弄月興如何？柳河松島故鄉遠，紅蓼白蘋此地多。竹柴開餘緣放鶴，

道經寫就許籠鵝。老懷欲鼓山陰楫，想像高蹤一和歌。

繡谷後己卯送春

曉鐘欲動春旋去，卯初迎夏。繡谷徐開北海尊。試問春歸向何處？黯然若箇不消魂。

餞春嘉客氣崢嶸，老我瞢騰愴舊情。座上細談前己卯，恍如石畔話三生。

淵明舊有《閒情賦》，小閣簪花爲寫真。爲張憶孃寫《簪花圖》。此日當筵重把卷，惜春還惜畫中人。

六十年間似轉蓬，哀顔聊借酒杯紅。請看明歲迎春客，仍是今番送別翁。

題盧雅雨《平山高會圖》

千樹蒼松萬樹梅，使君高會集群才。江干車馬紅橋路，多向平山授簡來。

撚鬚脱幘坐和風，待客憑闌俯碧空。雲外金焦時隱見，果然山色有無中。

最愛山頭第五泉，汲來供客手親煎。風流到處人争説，欲接歐陽七百年。

晦叔曾來守此州，雲山高閣宴中秋。君家愛士同前哲，應有題詩秦少游。呂晦叔守揚，建雲山閣。中秋賞宴，少遊即席賦詩。

漁洋修禊傳佳話，人影衣香彼一時。游女也諳當日事，沿堤齊唱《冶春詞》。

倘許追随大雅倫，明年擬渡大江濱。春光九十依稀閱，合與林翁作後塵。漁洋修禊，林翁茂之以望九入席。《冶春》詞有『坐閱春光九十年』句。

題方西疇詩册

畫西施之貌，規孟賁之目。近人作詩少性靈，漢魏三唐惟刻鵠。摹腔竊句步後塵，不作子孫作奴僕。西疇居士才丰昌，筆走陣馬馳風檣。稱心而言嫗亦解，中藏諷論慨以慷。大言混涵納江海，小言刻畫窮毫芒。一人心手羅衆妙，元白皮陸兼蘇黄。龍眠方息翁，老眼具老手。丹黄甲乙費斟量，爲玉爲珉細分剖。西疇愛詩尤愛評，一册裝成比瓊玖。册後還傳作者真，三紋添頰見風神。放翁團扇同珍重，後代應知識此人。

南園消夏和吴人虬

南園幽曠地，夏日冣清凉。修竹斷煩暑，池荷遞遠香。著書懷石磵，俞石磵著《易》於此。濯足向滄浪。真趣憑抒寫，名言吾已忘。

宛似小紅潭，穠陰罨古庵。境荒人共棄，林密我能貪。野鳥敲門慣，畦蔬供客甘。老僧方結夏，公案不須參。

恭紀聖躬禱雨詩 謹序

己卯歲，京師亢暘，民艱種植。皇上憂心欽欽，命地官發粟平糶，夏官清理刑獄。聖躬步禱雩祭告天，情辭懇摯。天鑒至誠，甘霖大沛。民困得蘇。臣閱邸鈔，讀皇上反躬自責之文，循環往復，悱惻動人，不自覺其感激而欲涕也。恭成四言古詩一章，頌揚聖德，用以昭示臣庶。其詞曰：

上天仁愛，覆被下土。五行告愆，窮檐失所。天之宗子，實維民主。一氣感通，如子事父。爲民誠求，求無弗與。歲在己卯，炎炎朔方。去秋徂冬，春夏亢陽。井泉既枯，遠載車箱。來牟既無，何待餱糧。三輔連延，薦瘥孔傷。旱之始盛，熛風揚塵。旱既太甚，郊原如焚。屏翳失御，列缺停鞭。雨師風伯，溺職昏昏。帝心憂閔，閔彼顛連。爰命度支，廣發廩粟。減賈平糶，民不枵腹。爰命司寇，清理岸獄。矜疑可平，斷者復續。瞻仰高穹，杲日仍酷。迺釋鑾輅，步炎歊中。至尊降尊，斂神瘁躬。祈社稷壇，肅肅躬躬。大雩祀天，樂備禮隆。神其鑒諸，視明聽聰。虔制祝文，爲民請命。憂旱年年，今年太盛。下民有罪，憐其貧病。百辟有缺，勉其從政。予惟不德，勿累萬姓。惟大父母，閔予憂瘉。情隘辭蹙，竭忱盡慮。不厭瀆陳，再三呼籲。今兹降雨，涸鮒蘇鮒。今兹不雨，孑遺是懼。在昔成湯，六事自責。禱於桑林，天心昭格。在昔周宣，遇烖乾惕。雲漢作歌，仍叔代白。我皇繼之，克邁前德。天心頓回，出雲油油。澍以大澤，西優西柔。連綿昕夕，徧及四郊叶。嘘枯潤槁，生機盈眸。春疇雖蕪，猶望有秋。勅命大吏，下曁尹牧。播告農人，時未三伏。藝稌於窪，藝菽於陸。窘窮有助，耔本黄犢。近連鄉村，遠屆山谷。歡呼雷動，男婦耆嬰。天子活我，異人同聲。何以報主？我力我耕。何以報主？我安我氓。甘雨未來，擬捐此生。臣聞置郵，聖心憂焦。事天如父，有急呼號。積誠上干，轉移旨朝。臣慙林居，未分焦勞。作詩抒忱，聊比衢謡。

又蟲災

秋半苗俱秀，農家喜歲豐。那堪逢毒熱，蒸鬱遍生蟲。蟊賊朋交聚，膏腴粒盡空。糞多，力勤者尤甚。東南財賦地，天庾恐難充。

又風災

甌窶竟失望，未絶惟汙邪。三日風拔木，千村稻空華。漸成鳧雁食，專仰湘潭艖。所冀聖恩渥，窮檐勿咨嗟。

贈朱雲友

老去初無俗慮牽，一生花月費雕鐫。移居家具疑東野，覓句辭𡍼替樂天。歲月增加書亥字，園廬榮盛憶丁年。聲華付與兒曹事，從此安恬食與眠。

自昔敦盤同角逐，十年南北隔關河。歸田依舊雲龍合，讀書真如夢寐過。閲《北郭十子圖》，相距三十餘年矣。木雁中間聊寄托，羲娥天際任奔波。他時耕釣能忘老，共荷江東白鷺蓑。

過黄潛善墓

墓在包山旁，諭葬碑尚存。云太傅黄公之墓。千載下竟無人平其墓者。或留此穢迹，供人唾罵，亦無不可，因作詩紀之。

包山山下姦諛墓，千載依然松柏桐。不顧興邦沮宗澤，惡聞直諫斬陳東。始堅和議樞衡日，和議成於秦檜，初定計者黃潛善也。聽講浮屠奔竄中。看罷桓碑餘憤激，金陵穢塚略相同。孟珙出兵，屯兵馬於秦檜墓上，令其溲溺，謂之穢塚。

戲題旗亭樂府

盧雅雨取王之渙旗亭畫壁事，聯合開寶乾元兩朝，成新樂府。運意吐詞，可追玉茗，因系以詩。

畫壁旗亭爲賭詩，品詩高下屬名姬。而今樂府翻新調，重唱『黃河遠上』詞。

才士由來送五窮，飄零南北似飛蓬。惟餘浩氣凌霄漢，不入權姦籠絡中。

漁陽鼙鼓震天關，天子無能庇玉環。獨有雙鬟工智巧，虎狼窟裏竟生還。

特爲文人吐奇氣，鵷雛卑伏忽飛騫。科名一準方干例，地下何妨中狀元。

長安零落李龜年，兒女傳譌代剖宣。不獨情深情更正，爲情離散爲情圓。

鏡花水月俱空幻，官閣填詞韻冣清。已許新聲追玉茗，風流還溯柳耆卿。

觀《燕子箋》劇席上戲題

新辭進自阮懷寧，一德君臣醉不醒。聲色但教娱耳目，何須顧惜小朝庭？

兵戈蝵裏寫温柔，合付宫中鞠部頭。《燕子箋》同《後庭曲》，兩朝天子摠無愁。

尚書自昔曾由竇，况是姦窮欲遁時。狗國狗門聞晏子，狀元聊復試爲之。

紅氍毹上響歌筵，兒女情長衆所憐。半壁河山等閒送，只今嬴得看場圓。

題蔣蟠猗照

绿染陂塘紅染林，閒行何事驟駸駸。眼前花柳生機滿，身在春中底用尋。《尋春圖》。

跋馬歸來日未晡，興高蘸墨掃霜鼯。依然筆與心俱正，驚倒薑芽斂手徒。《遊藝圖》。

邊徼髫齡學枕戈，中年毫翰費研摩。嗤他絳灌連隨陸，射得雙鵰又换鵝。

陸宣公墓古柏重青，詩以紀事

齊女門外宣公墓，墓有輪囷古柏樹。根株蟠屈蚪龍形，枯萎堅如金鐵鑄。一枝忽挺青蘢葱，天矯撑空入雲路。忠貞之氣永不磨，歷刼依然鬼神護。惟公生當德宗朝，重利刻鷙兼宣驕。姦諛腹心致喪亂，乘輿遷播同逋逃。興元詔下悍將泣，公草興元罪己詔，悍將强卒俱感泣。平賊迎駕馳風飆。從知文德能服遠，帝謂陸九惟汝勞。而胡長安甫平定，充盈內庫違直諍。宵人蛾聚紛讙呶，參憬延齡響斯應。巴蜀貶後編醫方，不敢著書防伺偵。忠州藁葬歸蘇州，兩地堂封互爭競。

熙朝修墓旌忠良，大吏葺祠表恭敬。新枝秉時森黛色，仿彿孔明廟前栢。往來瞻望群悚然，卜馬停車駐笻屐。裔孫作記鐫豐碑，保寧太守錦。好手圖形準標格。貢士王廷魁。貞元到今生埋存，一邱千古藏靈魄。忠姦身後揔分明，流芳遺臭俱留名。君不見，黃潛善墓包山下，鬱鬱松楸帶穢腥。

禽言四章

泥滑滑

泥滑滑，泥滑滑，十步行，五防跌。前人跌，後人嗤。君勿嗤，後人復有嗤君時。

脱却布袴

脱却布袴，脱却布袴，布袴脱來償租賦。下田災傷籽粒無，公堂扑抶窮追呼，脱却布袴鬻無虞。

行不得也哥哥

行不得也哥哥，平地太行與黄河。衽席訟獄，飲食風波。寸荆尺棘將如何？行不得也哥哥。

提胡盧

提胡盧，胡盧沽酒酒滿沽，醉來險阻皆夷除。忘物忘天並忘吾，提胡盧。

開元寺佛盋

古鉢浮來滄海東，玲瓏琢就想神工。僧持乞食分紅粒，龍起騰雲上碧空。石佛自超炎火外，晉建興中，有二石佛浮來，後火焚不壞。帝青不入刧灰中。一經睿覽逾增重，丁丑歲，帝幸開元寺，僧以鉢上呈。長並旃檀護法宫。

丹青引贈家南蘋

學詩多識鳥獸草木名，作畫能傳鳥獸草木形。毛蟲羽蟲各瓌異，嘉卉嘉樹同敷榮。宗炳獅，戴嵩牛，曹將軍馬，易元吉猴，賨師綸鳳，薛稷鶴，黄荃、趙昌，折枝花木時無儔。專家一長已傳世，那能一心一手兼窮搜？我家南蘋翁，寫生入奇妙。飛潛動植通幽靈，磅礴解衣每騰趠。胸中有主旁無人，筆欲到處神先到。斯須擲筆圖已完，自寫其天氣淵浩。滿堂觀者動顔色，謂是人工敚天造。聲名盈區夏，流播海島中。日本之國東復東，君長遣使書幣通。仙舟破浪如行空，設館授粲禮數隆。眼看扶桑之枝挂紅日，手寫中華以外兜離荒幻之夷風。三年頓作還鄉夢，萬里行如騎白鳳。鮫珠火齊堆滿盤，卉服紛紜拜而送。歸途屢遇顛連人，急人患難如抱痛。黄金散盡何須來？陸賈之裒仍缺空。妻孥相見各歡然，依舊席門守菰葑。南蘋翁，歲月深，作畫不管霜毛侵。前年贈我九獅之圖柏鹿卷，寓言善頌還善箴。我生結習耽謳吟，與君老年矻矻同一心，輸君懷抱常愔愔。安得剌舩縱君至海上，看君潑墨繪海相於更聽成連琴？

輓顧大司成震滄

當代多文人，經師竟誰是？吾友蓉湖濱，治經抉精髓。折中準聖心，雜説掃糠粃。世務不暇知，皇皇殖其體。當路揚於朝，謂是申伏比。授官少司成，國子留正軌。受官不受禄，蕭然住畎畝叶。感恩欲瞻天，寒月來京邸。瞻天却無由，君門仍萬里。予時侍君側，祝皇太后萬壽來京，上命和《無逸圖》詩。代陳忠愛指。帝語許近光，匍匐上堂陛。嗚咽帝膝前，請卹考與妣。帝鑒其孝思，遇之以恩禮。褒贈兼賜詩，天顔實有喜。歸來益枕經，矻矻忘暮齒。林居復晉秩，寵榮蔑加矣。自分百無能，窮經報天子。一身任千秋，與經共生死。斯人今云亡，敗簏餘萬紙。繼續又何人？抱經究終始。遥望九龍山，悲風天末起。

輓方文輈進士

老鶴鳴一聲，群鳥喧啾息。伊人兩浙秀，崛起千夫特。汲古沃本根，枝葉從芟剔。制義姑射仙，古文大鵬翼。避庸如避讐，援弱如援溺。仕宦疑電光，一過無留迹。友教比河汾，房杜資講畫。帝廷大臣多係請業之士。憶昔志館中，辛亥歲同修《浙江通志》。暑寒共晨夕。談諧融卷軸，肺腑空柴棘。自憐齡已隤，無能受君益。別去廿載餘，睦州復良覿。聲音宛當時，容顔互難識。離久話倍長，交舊情逾戚。前年叙予文，議論判白黑。健筆牛能挽，灝氣潮可射。而胡六月餘，凶問傳我側。嘆逝士衡傷，自念子桓畫。老淚下潸然，似聽山陽篴。

王日初山水

亭延山色虚留影，澗瀉泉聲冷入扉。境地過清無客到，閑堦惟見長苔衣。

文待詔畫山水

繞岸清波餘澹滟，交柯老樹長莓苔。幽人貪看遠山色，曳杖斜陽獨往來。翰苑丹黄手一編，衡山先生年六十官待詔，亦與修史。老來自合賦歸田。閑將筆墨供揮灑，管領溪山三十年。

題《太真上馬圖》趙鷗波筆，外孫章光重所藏

女官扶醉上金鞍，從幸華清擁玉環。合隊四家猶未到，秖應並轡向驪山。海棠浥露獨承恩，組繡蕤中侍至尊。此日江妃方作賦，珍珠謝卻守長門。無復炎方進荔支，郎當驛畔馬行遲。可堪夜雨淋鈴候，回憶聯鑣繡嶺時。宋王孫貌唐天子，傳出障平。泥艷道途。何似長康工諷諫，脱簪辭輦各成圖。

題長女小影

黄鵠歌成劇可憐，生孩遺腹得綿延。披圖莫訝儀容老，心血幾枯三十年。

兒女長成連嫁娶，煢煢門户獨支持。四時俱是冰霜景，秋月春花總不知。
母病母喪均累汝，閨中代子報慈親。時松兒随予在京。貞松孝竹分枝幹，獨汝青青並一身。

恭獻皇上聖武布昭蕩平西域雅詩謹序

欽惟我國家聖聖相承，揆文奮武。皇上監御以來，文德武功、仁育義正固已薄海内外罔不臣服矣。廼有準噶爾者，雄長西域，賊虐同類。前聖祖仁皇帝親征問罪，閔其屈服，未加殄殲。世宗憲皇帝行師致討，志在懷柔，竢其歸化。邇因西戎台吉阿睦爾撒納等。來告達瓦齊篡弒其主，皇上赫然一怒，謂人人得而誅之，況天家尤宜正罪。神機獨斷，兩路進兵。大軍所過，西人額手，部落紛紜，咸來奔命。兵不血刃，共禽罪人。皇上奠定遐荒，方欲收兵絶塞，而阿酋狼子野心，羽纛朱輪，棄而背畔，肆擾戕賊。皇上特遣重兵，飛翰前進。神威所加，匹如壓卵。阿酋知罪在難容，勢窮遠竄。至俄羅斯，自幸可脱誅夷。而天譴莫逃，冥殛殞命，逆天者之必亡，一也。阿酋受誅，回酋旋起。大和卓木、小和卓木。兄弟連結，負恩反噬。向爲準噶爾拘囚，我師救之者。皇上震怒有加，别遣將帥。大將軍惠勇率其麾，深入險阻。逆回恃衆，敢圍我師。將軍持重固守，不輕突圍。而天家復遣副將軍德、參贊衮、參贊赫德，驅馬進援。夜擣賊營，外攻内奮，陷堅批亢。賊潰鼠奔，回紇别部歸心協力，助誅遺孽，逆回兄弟奔入拔達山。拔達山汗名素坦沙。畏威懷德，殲此二酋。既獮既薙，上表稱臣。逆天者之必亡，又一也。捷書上陳，皇上盅然謙抑，謂乎佑本於昊天，謨烈原於祖考。爰是力辭鴻號，迓福慈寧。山陵帝寢，次第告虔。論賞計功，殊恩郊勞。勒大文於國學，以告武成。發至論於九重，以開羣惑。蕩蕩乎，巍巍乎！未有成功之速，拓地之遠，而又讓善冲漠，不矜功伐，如我皇上者也！臣嘗讀《六月》《采芑》《江漢》《常武》諸詩，知周宣王伐玁狁、定淮夷之功。讀韓碑柳雅，知唐憲宗平吴元濟之功。夫薄伐玁狁，不過太原。淮夷淮西，近在南服。而尹吉甫、召虎、韓愈、柳宗元諸臣，猶鋪張揚厲弗絶。今天子掃平西域，時不及五年，地擴二萬餘里，功高古帝王，有不可數計者。而可無紀實之辭，以抒忱悃乎？臣本舊史官，職司載筆。歸里以來，寵賚優渥，報效無由。竊不自揣，作爲雅詩十四章，宣揚聖人至仁大武，以示臣庶。其辭曰：

維天丕冒，煦育群生。沴氣盤鬱，震以雷霆。維帝則天，不廢戎兵。奠此西陲，風清龍庭。功高無外，惟斷斯成。斷由於明，仰中天之曜靈。一章。

蠢兹準夷，根蟠西域。恃遠而驕，牙角鬌鬌。聖祖世宗，惡真毒螫。冀其改革，討而赦之。未遑訊馘，辟如癰疽，久乃自潰圻。二章

彼達瓦齊，惛迷駤駿。篡奪其魁，翹翹自喜。台吉來奔，呼籲帝所叶。帝曰普天，皆我赤子。徂征龍荒，忍令其疻痏。決機興戎，軍行如駛。三章。

師行所過，壺漿以勞。別部氈裘，爲我前導。謂向時狂癡，翻然夢覺。鼓行而西，直抵伊犁。寇窮縶縛，何啻豨與雞？四章。

西戎乍貼，阿酋蒙恩。狂謀未遂，欲爲揔台吉。叛逆忽焉。擾我軍臺，戕我重臣。帝命大軍，掎之角之，蹙之覆之。酋屻遠颺，倍道逐之。茫茫煙海，欲竄匿而鳩族之。五章。

海濱諸夷，皆明順逆。何人無人心？受此鬼蜮。何地無人倫？容此背德。近俄羅斯，思翻羽翮。彼蒼不容，默行誅殛。陳屍沙漠，驗兹殘賊。六章。

復有逆回，相繼跳踉。嚮受卵翼，出之鑊湯。弟兄及嗰，沸羹蜩螗。帝命臣惠，密授廟謨。汝毋緩毋躁，乘機前驅。別遣策應。鋭師奔趨。惠拜受命，維帝其訓。七章。

將軍從天下，一夫當千務。擣賊巢，轥其墉垣。羣回沓來，蟻聚蜂喧。敢圍王旅，螳臂思搏。王旅掘壕，得粟千屯，得鉛萬九。粟飽士腹，丸擊賊人，天助我六軍。八章。

帝遣虎臣，捷行夾攻。戰馬蹴踏，飛隼游龍。中權奮勇，外内衝擊，鞭雷驅霆。賊群僵踣，勢窮爬跪。遠離窟宅，來奔拔達山，冀延殘魄。九章。

彼素坦沙，秉心恭敬。歸順聖明，疾惡梟獍。維此梟獍，自投罿羅。折馘函首，郵傳皇家，息五年之天戈。逆回平矣，西陲寧矣。二萬里餘，咸稽拜而歸誠矣。十章。

露布遥傳，達於深宫。上陳慈寧，告天地祖宗。于郊于廟，山陵攸同。而公而侯，酬而勳庸。御制鴻文，勒石辟雍。繼承宏休，垂裕無窮。圜橋門而觀者，舉肅然曰天子之功。十一章。

撻伐伊始，訛言紛出。遠在遐荒外，莫量虛實。皇衷瑩然，不惑不搖。決萬里於几席，籌年歲於昏朝。燭之以明，持之以斷。保大定功，如操左券。聖論開惑，覺曩時之瞶眩。十二章。

回紇土風，劣於夔魍。向耽殺戮，今安熙穰。男職游牧，婦職饋饟。識生人樂，羣養群長。天朝規畫，區域城堙。設官分理，湔澣維新。沾大皇帝之仁，煖然如春。十三章。

邊疆無垠，定于當陽。耆定既歌，坐開明堂。聖心兢業，猶警不蔑。武備修飭，文教宣揚。無告孩育，有知享王。保泰持盈，永綏萬方。十四章。

卯辰歲交

終歲匆忙付刼塵，朝來歸軌息閑身。壠頭正喜兼旬雪，臈尾先支數日春。異地催詩添雅韻，香樹前輩來索和詩。山園送菜念陳人。蘋蘩薦罷瞻遺像，慚媿烏雛報苦辛。

一抹初昜曜遠嵐，田居聊爾整纓簪。問年八袠還餘八，望歲三登許應三。雲路有階人共躡，春光無價我能貪。銅阬西磧梅開未？願上籃輿次第探。

歸愚詩鈔餘集卷四

長洲沈德潛歸愚

恭進萬壽頌言謹序

庚辰仲秋，十有三日，值皇上五旬萬壽，薄海内外懽忭恭祝。微臣歸休田里，受恩最深。預擬來京，隨諸臣後，嵩呼拜舞。緣聖心憫臣老耄，下詔勿涉長途。謹遵恩旨，在籍稱祝。恭進頌言一十四章，述皇上仁心仁政，言言紀實，不涉夸浮。從兹聖人萬壽，日進無疆。微臣里言，歲增有什。雖同賦天繪海之難，竊附《擊壤》《塗歌》之末。染翰上呈，伏祈睿鑒。

其一

大衍五十，推廣彌增。萬有一千五百有零，聖壽準之，同符清寧。心乾體舒，德厚神凝。序方中秋，月滿氣清。承聖母歡，侍讌稱觥。太和元氣，充溢宫庭。

其二

豳風頌聲，萬方一概。近而班聯，遍及草萊去。重舌貫胸，騰歡無外。各獻厥誠，尊親永戴。微臣歸田，老臥雲莊。依斗望京，高天蒼茫。遥攄悃忱，稱萬歲觴。

其三

天體無爲，清静莫莫脉。天德行健，運行無迹。我皇法天，自强不息。比周文王，朝至日昃。政行九宇，慮周一息。萬幾咸理，撫辰凝績。協應天心，一誠昭格。

其四

下武維周，王配三后。我皇配京，亦承三聖後。繩繩綿綿，翼翼兢兢。締造艱難，成業弗易勝。前聖已行，守文循之。前聖欲行，用武臣之善繼善述，維下武之匹。

其五

玉露未晞，問安壽康。少焉勤政，批答奏章。引見百僚，封疆守令。天語諄諄，循職惟稱。大法小廉，歸於一敬。散朝騎射，如雲如龍。晏閑無時，精神倍充。勤勞得壽，勝殷三宗。

其六

包含六合，聖心愔愔。或旱或滂，殷憂欽欽。責已告虔，上帝居歆。偶陳偏災，賑蠲疊霈。一夫顛連，皇躬如瘝。倉廩平糶，關梁減征。損上益下，其道光明。今逢聖壽，御筵命停。金鑑在心，無煩九齡。

其七

聖人天縱，彌勤典學。四庫冶鎔，七略優渥。日月在胸，星宿在握。理歸一中，取醇去駁。評量古文，名論卓犖。作君兼作師，先覺覺後覺。讀樂善之琅函，譬蟻垤之仰嶽。

其八

衆人成詩，雕鏤言語。我后成詩，迅疾風雨。陳馬風檣，員規方矩。風騷漢唐，彙成機杼。餘閑作書，三希是寶叶補。屈伸龍蟠，回翔鳳舞。道德流輝，藝空今古。萬象三才，一人宗主。

其九

至聖道隆，繼天立極。萬乘東臨，曲阜之宅，升堂侑饗，豆庶俎碩。布席横經，天子講論。鏡瑩日明，披陳奥藴。四民戎索，園橋聽訓。前聖作矣，後聖述矣。述作相承，其揆一矣。

其十

取士以文，維經爾哉。理中法正，前哲授哉。楊劉軋茁荒怪，文淺陋哉。中流一壺，誰補救哉。明旨正之，長夜仍白晝哉。自今伊始，六藝能浣漱哉。文體茂哉，茂哉！

其十一

平金川，南人不復反。平準夷，西戎咸納欵。叛寇逆狪，連結駏驉。天家用兵，遆次剪除。

五載蕩平二萬餘里，西人來歸猶我赤子。俾耕俾牧，俾室家安敉。稱太皇帝，了然冠履。敬告山陵，祖考式憑，慶四海之永清。

其十二

五載一巡，遵行先烈。恭侍鳳輦，兩巡江浙。澤無弗周，民無弗悅。今將及期，民望如歲。佇清蹕之豫遊，慰窮檐之困憊。慈寧萬壽，待祝重光。至尊萬壽，先祝上章。值華渚流虹之候，覘普天率土之慶。叶羌。

其十三

被天之德，德無可稱。臣蒙主恩，與天難名。告歸一紀，頹齡望九。木石四隣，風花三友。時或寫心，擊甕拊缻。常喻鄉曲，爲太平民。耕鑿無事，四時皆春。三皇同壽，頌謠聖人。

其十四

詩頌萬年，興鴛鴦之畢羅。微臣祝嘏，擬浮江而涉河。帝心憐閔，耄年難任奔波。明降諭旨，謂汝安於厥家。父母孩育，大君仁恩較多。聊仿九如，麤辭竊比衢歌。祝聖母壽，定來重拜鑾坡。

次尹師滄浪亭晚秋韻

空亭臨水晝生凉，元老登臨愛景光。境曠鳶魚殊活潑，秋高竹柏倍青蒼。錢王臺榭成荒圃，子美詩篇挹古香。紱冕卻饒塵外趣，果然邱壑道難忘。

不擊舟從吴苑留，江天景物句相酬。隔城翠嶺堆無際，匝地黄雲報有秋。民瘼關心聊慰藉，年華屈指計遷流。撫吴至今逾三十年。濯纓濯足分清濁，放眼滄浪水閣頭。

謁望山尹師於公署即次元韻

飫聞清論寸心凉，似對靈珠夜有光。真境文章神味淡，老年師弟鬢毛蒼。舜華堯韭留秋序，孔思周情續瓣香。回憶殿廷推引日，名藏夾袋肯相忘。

南園風物暫勾留，下士過從許唱酬。楊柳半髡城畔景，芙蓉三醉客邊秋。掃除蒙翳歸中立，静鎮紛囂息横流。會見行旌還白下，雲帆如駛出吴頭。

題畫竹

拈將禿筆掃寒枝，拂拂清風起墨池。記得夢魂曾見處，黄陵古廟月斜時。

薛一瓢祭虎邱文清公祠，予往觀禮。禮成，同之玉蘭山房。時花當全盛，前此未之見也。既歸，一瓢命孫壽魚寫圖，余作詩紀事

虎邱玉蘭花之海，看花每歲非其時。早或乍放破蓓蕾，遲或衰謝紛離披。今來非爲看花至，從祀薛氏文清祠。主賓齋心共肅穆，神明迎送陳歌辭。禮成越嶺赴山館，睒睒寒光逼人眼。芳葩一色堆如銀，樓殿連延籠罩滿。日華無罅难到地，亭午清陰訝已晚。幽香冷艷凝不流，蜨蜨雄蜂跡俱斷。歸來夢寐留餘思，晴雪依稀入清眄。主人命孫寫作圖，淡墨揮灑神能橅。尺幅短短得全理，浪費筆墨胡爲乎？展卷滿堂動顔色，晶瑩幾案疑冰壺。一言敢爲文孫勗，畫品君家脱塵俗。人生當居冣上層，黄芠趙昌願毋足。更從藝苑探本原，目想心游讀書録。

和顧景嶽月滿樓詩次章並當贈言

何事重懷庾亮樓？此間足散長卿愁。微吟選韻花生筆，望遠搴簾月在鈎。《七略》書篇千古業，九天風露十分秋。置身高曠超塵俗，浩蕩前期似白鷗。

弄月吟風坐小樓，嘯歌詎惹古今愁。掃塵清静無須帚，釣直安閒底用鈎。喜懼縈心常愛日，温和對客不驚秋。知君正有翔鸞興，未便忘機狎海鷗。

題《看奕圖》

手握星辰布算工，侵邊奪腹互争雄。局殘一着分成敗，只在旁觀冷眼中。

寂寂無聲下子遲，踈簾清簟看移時。收枰畢竟歸空局，一笑從前費苦思。

不寐

轉側難成寐，宵長倦體肢。耳鳴三歲久，血耗十分衰。檢點無心過，推敲有病詩。寸腸千百結，又到曉雞時。

假寐何曾着？徐聽漏點長。燈昏留短焰，鼠點嘯空堂。夢斷三旬夜，衾寒十月霜。希夷倘相遇，穩睡覓良方。

客氏拜

劉公戫吏部從書肆中買『客氏拜』三字一紙。字如碗大，係奉聖夫人帖也。友人喬慕韓亦得一帖，賦詩。予成新樂府，紀其事。

客氏拜，拜所私。不拜崔呈秀，定拜魏廣微。錦輿呵殿東華門，老祖太太疑天人，九千歲對無至尊。客氏拜，拜客仍回九重内。移星換斗無人知，宫中潛納李園妹。宫中納有身者多人，欲爲春申君事，思陵命浣衣局掠殺之。

江陰二忠祠

國朝定鼎後，獨江陰城不下。守城者，閻應元、陳明選二典史也。大兵攻圍戰鬥，三閱月，力盡，城始破。閻、陳闔家死之。城中婦女胥沈於江，無一辱者。周之頑民，即殷之義

士。事既久，建二忠祠祀之，以勵臣節。詳見邵長蘅《閻典史傳》中。巷戰市人争决命，

桀犬吠堯存志節，彈丸下邑守彌堅。八方傳檄胥歸化，二尉同心不順天。

城崩婦女摠投淵。曁陽許續睢陽烈，聖代旌揚肅豆籩。

金會川觀察將之衢府任，作詩留别，次韻送之

除夕吾方擬送窮，值君歸櫂順條風。君於除夕北歸。論交誼與紀羣合，話舊時宜煙雨濛。

膏澤已沾山左右，聲名又播浙西東。歌驪計日行旌發，遥指江鄉杳靄中。

七里瀧流清見底，使君一路泛星槎。恐驚穩臥巢中鳥，誰聽清歌陌上花。關隘舊爲争險地，

耿逆謀出仙霞關，李文襄以重兵鎮之，全浙俱安。耕桑今屬太平家。之官應念從星月，望闕常懷

捧日霞。

蔣雲𦁚半閔半月硯歌

昔賢結廬名半閔，滄桑以後亡其宅。後人亦仍半閔名，誦揚清芬守先澤。掩關著述老歲年，

放眼千秋兩間窄。齋中無物伴寂莫，有硯出自中巖石。山骨天匠巧斵成，形質似月哉生覇。寒

蟾老兔尚藏形，山河之影難全識。半闋恰稱半月名，癡黠長康倍憐惜。顧長康、癡黠各半。主人於利如贅肬，主人於名等浮漚。人閒萬事輕唾弃，世德駿烈吾所求。無田可畊食破硯，硯枯那復生窮愁。龍唇鳳味不知貴，守此片石同春秋。旁人大笑寶燕石，主人私喜珍琳球。半闋之中屋打頭，半月之硯雲光浮。詞源滾滾不肯休，文采陸離駴俗眼。世上誰識珊瑚鉤？硯田有蕪盡芟薙。半生吃吃勤鉏耰，傳家仿佛范喬研，敢述祖德詒孫謀。

慶遠查司馬新葺龍溪黄文節公祠，詩紀其事

宜州城西古龍溪，羣峰倒影涵玻瓈。蠻荒絶遠闢靈境，天遣才士長羇栖。涪翁太史古遺直，筆挾風霜辯奸慝。同文獄起紹聖朝，遠竄涪戎歷巴僰。转徙宜州入瘴鄉，中原一髮天茫茫。瓊雷淮海斷尺素，故人天末遙相望。閒却玉堂揮翰手，日坐南樓弄文酒。州民絃誦被餘風，俎豆衣冠志不朽。誰與踵事新榱桷，前有張公後查守。自言少小嗜公書，手追心慕窮三餘。恨不識公時夢見，天教作合來邊隅。肖公遺像酹公酒，恍披絳帳親師儒。吾聞漫堂作圖事坡老，旁列己像供灑掃。一麾出守得黄州，精誠感召通幽渺。君今好古將無同，出處進退師涪翁。亭葺寶華池洗墨，流傳韻事垂無窮。

戴星垣松風覓句圖

閉門覓句陳無己，君獨尋詩邱壑中。謖謖濤聲助吟興，化工相與自然工。
詩成何必使人驚？天外飛來韻冣清。炎月忽然涼到骨，句中字字有松聲。
知爾詩情寄楚湘，肯同穠艷鬥新裝。三春桃李皆零落，只有松風意味長。

錢香樹先生[一]屬題夜紡授經圖，述母德、感君恩也。謹成四章

來往不停，行健同像。一燈熒熒，子依母膝。以紡喻學，功歸無息。體會母心，罔敢自暇逸。敬姜正論，禔躬在勞。勞成佚敗，以訓兒曹。賢母敬勤，入夜猶紡。車如轉輪，循環來往。

人不明經，雜學傍門。母也授之，無間晨與昏。紡既盈筐，卷期讀破。咿啞咿唔，兩聲相和。

雞鳴向晨，相忘勞瘁。典籍菑畬，取精棄其邪。五經紛綸，母教同師儒。

經術致身，遭唐虞代。鳳舉鵬摶，風雲交會。樊侯補衮，子政傳經。回憶困窮，户庭清泠。

勤業耽道，母德維馨。匪母氏教，斷機無成。命工繪圖，賦詩見志。子孫繩繩，寶之奕世。

篇章圖畫，達於深宫。賜詩寵嘉，奬孝勸忠。藝林重焉，賡和衆焉，賤子有餘恫焉。賤子兒

時，母亦課書。身後褒封，嗟章服之已虗。敬誦天章，心儀懿教。緬主聖而臣直，羡母賢而子孝。

校記

〔一〕『先生』，《沈歸愚詩文稿·北上草》爲『司寇』，《沈歸愚詩文稿·近草》爲『尚書』。

題王罔齡倣文衡山畫

如削煙嵐插碧霄，松林主客自逍遙。修將山史分泉品，那有餘閒話市朝。

後來變化先追倣，畫擬停雲已及肩。滅没更超形象外，請看相馬九方歅。

題王二癡畫

巫山插高穹，白雲束層嶂。巴船雲際落，不敢回頭望。

絶磴梯雲上，廻看路欲無。四山人跡斷，風雨一樵夫。

高山出雲雲作雨，雨復還山潤林莽。化機遷轉兩相忘，山耶雲耶誰賔主。

翔風呼號雪滿山，天地疑在虚無間。遺童修琴出山路，抱琴歸來迷故步。

結　想

結想三台與萬羊，夢醒蚤已熟黄粱。何如素位安邁軸，三百寒梅八百桑。

寓園即事，次李孝廉勉百韻，呈陳際唐明府

曲徑廻廊次第探，池光漾漾柳毶毶。淺紅破萼風林艷，衆緑添穠雨氣涵。罥礿横斜新鴈齒，藤蘿沿蔓小雲嵐。石闌點筆吾能慣，活潑天機試静參。

論文同術復同方，卷帙平分上下床。規矩自應宗正始，汪洋亦許入蒙莊。憐余老眼揩磨淨，讓爾清光尺寸量。千劍並時齊出匣，一條秋水是干將。

浩蕩乾坤兩葉萍，長征燕薊屢曾經。旋歸好慰魯參母，勉百計偕北上，心動，歸，恰值母病，見子歸，旋愈。作客同依揚子亭。雲霧乍收天際白，竹梧遥送檻前青。主人情重如投轄，雅會何妨數日停。

鶯脰湖邊蕩畫橈，到來契合永今朝。琴彈山水賓同聽，鶴放雲天主自招。已信盍簪歌《杕杜》，還期反哺化鴟鴞。碑銘只在村農口，記取桐鄉五袴淫。

小淑

幼女如小鳥，投人絶可憐。分甘讓佳果，自愛整行纏。嬉戲偷新句，習予新句一二，戲謂自作。縱横抹采牋。曉妝貪出衆，一樣貼花鈿。

題文信國像

像係元水曹黄瓚筆。明沈學士度書《信國本傳》，共六千餘言。

炎午勞生祭，師門認木真。隻身留正氣，萬古仰成仁。學士書增重，曹郎畫絶倫。當時遺臭者，同是狀頭人。宋未亡，留夢炎降元，伐宋。留亦狀元，史入《叛臣傳》。

過鶯脰湖

鶯脰湖光似鏡明，片帆斜日此經行。越頭吳尾分疆域，柳色桑陰管送迎。傍岸漁家垂網密，中流亭子與波平。名平波。風塵不入清宵夢，臨水無煩更濯纓。

文待詔畫蘭亭修禊於扇，并書右軍序文。同學邵瀧夫得之，屬予賦詩

衡山先生藝林最，六法八法幾無對。曾寫山陰修稧圖，羣賢列坐囂塵外。右軍一叙書入神，點畫臨摹與神會。晉人風度便面中，流觴曲水疑溶溶。昭陵繭紙久滅没，把玩方曲猶重逢。玉磬山房舊藏庋，到今開匣生清風。瀧夫嗜古已成癖，金薤琳琅堆几席。生平最重文先生，斷紙零縑等尺璧。夢魂常與先生遊，笑言揖讓如莫逆。心領神摹從尚友，叠扇一朝爲君有。仿佛衡山親授之，永日摩挲難釋手。示我同看晉代賢，崇山峻嶺故依然。辯才藏本今誰見，得此風姿絶可憐。匪獨凝神文待詔，置身如在永和年。

夏日苦雨用東坡黄州寒食韻

米價日漸增，窮民愁乏食。苦雨連三旬，麥爛真可惜。羲娥光不流，郊原氣蕭瑟。去冬逾春温，江澍無點雪。入夏成漏天，屏翳操全力。青苗何處栽，彌望平田白。

已届小暑節，陰沉猶未已。江國雨爲天，郲村雲霧裏。柴荒不易得，帶濕燒青葦。吴中禮讓

俗，年來薄於紙。水患更迫之，紛争徧閭里。憂端如埜雲，隨觸時時起。

題王樓山中丞遺照十二首

出　峽

船從天上落，迅疾指夷陵。兩岸劍攢簇，千層雪沸騰。陽曦光欲斷，歌嘯興偏增。折坂何難下，前賢匪獨能。

入　棧

棧道入雲端，飛流下急湍。鈎連兼鳥度，曲折訝龍盤。浩氣雲霄濶，危途天地寬。險夷憑一視，隨在路平安。

桃花源

桃源本寓言，非仙非隱士。後無問津者，煙霞笑人矣。公來駐行旌，静坐花林裏。汲泉煮新茶，一啜空塵滓。遙想古洞中，風物羲皇似。歲歲開桃花，窅然隔雲水。

飛雲巖

天雲忽翻飛，飛向黔中住。層疊成奇巖，谺然勢軒翥。客來本探奇，危險那復顧。登山必登巔，梯級上雲路。來往不逢人，惟與雲相遇。奇境難久留，又恐雲飛去。

觀　海

胸藏大九州，目極大四海。何來筭步人，局束嗤章亥。

黄鶴樓

憶昔楚遊日，高歌黄鶴樓。今觀圖畫裏，前輩足風流。雲擁晴川閣，江沉鸚鵡洲。禰衡墓在洲，今沉於江矣。後先同弔禰，文采最招尤。予與公同有《弔禰處士》詩。

秋夜讀書

秋氣萬象肅，入夜尤深沉。已謝政務勞，把卷殊愔愔。匪獨窺津涯，窔奥期探尋。此時商聲動，颯沓蔜幽林。結念既已專，無由擾清襟。汲深得修綆，如見軒虞心。

征途積雪

積雪赴長安，征途一冷官。無衣念民瘼，忘却路行難。

勸　農

雨餘布穀鳴，三春已云半。勞苦性所安，况逢達官勸。慰諭如和風，静聽徧畛畔。從兹力耕鑿，分外非我願。祭祀到虎貓，踪蹟斷州縣。常爲太平民，遺安無異患。

瑟齋

寬取有容，嚴取堅栗。兩者相調，中和寧謐。君子防踈，名齋曰瑟。歛之又歛，退藏於密。

塔影樓

樓前窣堵當雲屏，簾幙搴餘睇遠青。霄漢常瞻帝里日，畢箕時念庶民星。涵空池影心俱淨，入座荷風德並馨。相對友朋無可畏，稚圭不賦草堂靈。

龍潭探梅

江干仿佛孤山路，香雪簸中暫停步。存得廣平鐵石心，何妨重作梅花賦。

題曹友梅《蒼茫自詠圖》

洄溪疊巘窅然深，那復跫然有足音。迥異秦川對酒日，清詞却會杜陵心。入望蒼茫有所思，江蘺采罷苦吟詩。憑渠山鬼迎人笑，忘象忘言捴不知。雲林獨立喜哦松，松下寒泉挂白龍。平遠溪山題欲遍，請君直上冣高峰。

題家駿天《中峯讀書圖》

讀書隨處有真樂，况入名山深復深。片念集將千載事，清心證入古人心。暮靄朝煙供卧起，鈎玄提要任畋漁。會心欲到羲軒際，不向包山竊《禹書》。當年我亦寓中峰，聽徹寒泉和古松。只是讀書輸脉望，阿蒙自笑舊吴儂。

竹爐山房某上人茶話

瀹茗靈泉畔，爐煙竹外凝。羡君出世客，留我在家僧。蒴熟松濤瀉，池平練影澄。卷中瞻睿藻，回憶六龍乘。辛未丁丑，皇上兩次題竹爐畫卷。

境深嵐嶺合，空翠若爲凝。座列青衫客，謂王生岡齡、顧生景嶽。禪參白足僧。品泉陸鴻漸，示法佛圖澄。茶罷尋山去，藍輿亦可乘。

張未君畫竹歌

南華先生畫中仙，畫師寸心心師天。不拘董巨舊模範，筆所到處生雲煙。南華仙去誰人續，有子紛披工寫竹。睢園萬緣蟠胸中，潑墨淋漓生氣足。瘦骨挺勁縱復横，枝枝葉葉風雨聲。張芝草書君悟得，左盤右蹴俱神行。須臾揮灑十數紙，滿堂色動人皆驚。知君畫法本家學，不受文同夏昹縛。况當卷軸浸潤餘，書味流行樂復樂。勸君扃鐍藏籊龍，恐逐風霆作勢歸雲中。

次萬恬怡入邨韻

領略煙村水木疎，曠懷随在是蘧盧。片言每示觀空法，一卷時修種樹書。平視險夷忘嶽垤，會心活潑捴鳶魚。何須短棹随漁父，更覓桃源世外居。

題孫石芝照

東海之濱，虞山之麓，伊人在焉，棲遲吾谷。誦述祖先，朋儕樵牧。讀有用書，羅列簡牘。醉心春秋，耽如貪慾。經傳類分，按類篡録。成《春秋類求》一書。閲世活人。劚芝采蕢。人訝其怪，我羨其樸。利澹心夷，道深行獨。四時春風，中無不足。有樂難名，勿諼勿告。

橋西一草堂燕集次韻

草堂仿佛百花潭，良夜留賓興正酣。學劍學書吾久廢，種瓜種豆爾能甘。寒燈影裏憐鬚鬓，清漏聲中誦雅南。小友連翩俱健者，飽看折阪走驚驂。

題周松靄著書齋

虞鄉著書緣窮愁，斯言感憤實謬悠。著書闡明天人理，豈因牢落方勤搜。君家結廬瀕滄海，眼界胸襟足魁壘。大庭對策旋歸來，穿穴書林仍不改。枕經葄史同飲食，中正和平斟奇僻。更讀人間未見書，内外逸書並紬繹。一心直欲窮千秋，醞釀畋漁供擘畫。高齋竟日寂無聲，仰面屋梁神貊貊。經術經世尊所聞，他時出政康邱民。不爲法吏爲循吏，真讀書人能活人。

題海鹽張瓜圃遺像

士有位不列於朝，而懿德行於鄉。君子既難其施惠之博，而尤重其天爵之尊、内行之良。張君瓜圃，緬生平品概，無忝乎《南陔》《白華》之二章。今觀墓誌所稱，以爲有餘則應，不足則辭。合仁人之公溥，不同俠士之激昂。此第表其重然諾、好施與，猶矜誇腹背之羽，而搏扶遙而上者，忘乎鵬翼之難量。予考《周禮》六行，首孝友，次睦婣，次任恤。由親及疎，事莫先乎倫常。瓜圃孝養二親，素聞曾閔；和協兄弟，竊比田姜。因而錫類推恩，賙窮卹匱，不遺餘力。一時受者，懷其德澤；即不受者，亦重其表坊。噫！瓜圃徃矣。聞厥子燕昌賢而有文，其言情訴哀，纏綿悱惻，見於思親之九章。於戲！其父德可録，其子孝可揚。予於張氏，樂道其脩名之能立，並覘厥後之克昌。

朱進士琰得溪山酒客所畫桃花蝴蝶，題詩其上寄余。託意深至，愧不敢當，作此以謝

一代論騷雅，如君足擅場。此才偏落拓，獨立自蒼茫。緑泛當風艷，紅飛雜雨凉。寄來一幅紙，猶帶浣花香。

染筆溪山裏，桃花古洞春。吾寧前度客，未見此中人。託意看題畫，傳詩與問津。精誠酬不得，來詩云『奉持彷彿精誠宣』。長望水粼粼。

歸愚詩鈔餘集卷五

長洲沈德潛歸愚

歷代聖母圖贊

嫘祖

黄帝元妃，西陵氏女。性通蠶桑，成繭抽緒。以供衣服，三冬可禦。往時窮民，草衣露處。皴瘃中膚，盼望炎暑。教民育蠶，衣被九宇。豈惟九宇，暖垂萬古。後世薦馨，報功嫘祖。

堯母

大哉帝堯，是名放勳。母曰慶都，嬪於高辛。孕十四月，誕生聖人。長育母家，爲侯爲君。天人雲日，文武聖神。歸本母教，懿德維坤。漢代鉤弋，亦久任身。十四月生弗陵。妄思比方，堯母之門。

姜嫄

有邰姜嫄，作嬪帝嚳。祈子郊禖，履武虔肅。履帝武，謂從帝嚳行也。天鑒其誠，聖嗣生育。生育過易，棄之勿鞠。神靈默祐，收歸似續。匍匐樹藝，能播百穀。粒食生民，萬禩蒙福。漢重讖緯，史遷著書。履巨人跡，聖母受誣。以幻爲祥，龍漦同符。掃而空之，毋爲古愚。

太姜

邠遷於岐，實維太王。尊生避狄，轉禍降祥。走馬並轡，爰及太姜。循沮漆水，言之岐陽。相視土宇，厥妃匡襄。迺作廟社，迺定紀疆。天立厥配，受命孔長。先瓞後瓜，子孫其昌。

太任

摯國任氏，殷之諸侯。生有仲女，來嫁于周。作王季配，德行聿修。有身胎教，中正和柔。誕育聖子，在母不憂。在母不憂，靈異蚤識。太王愛孫，欲傳季歷。伯仲潛行，季也得國。揆厥所由，母教在昔。思媚周姜，後先同德。

太姒

《關雎》次章，求得聖配。莘女維行，親迎洽渭。澣衣克儉，治葛克勤。不妬多男，振振繩繩。俗美風清，化行南國。修齊之教，始于宮掖。代有聖母，德福綿延。天命興周，垂八百年。

漢馬太后

漢代母后，權歸外家。馬后正位，歛抑豪奢。常衣疏麤，不加緣飾。姬主朝請，望異法服叶。謂姬主言，紈綺可惜。此繒朴素，物宜染色。讀書明理，不干朝政。舅爵當侯，太后不聽。再實之木，根傷必甚。晚年清静，含飴弄孫。終身謙肅，用光先人。后爲馬援幼女。

宋曹太后

武惠彬。女孫，作配仁宗。定衛士亂，昏夜從容。歷英而神，祖母尊崇。慈而能嚴，德兼春冬。外家子弟，毋來深宫。嘗謂帝言，心勿輕縱。吉凶悔吝，俱生于動。吉一而已，凶悔吝衆。佳兵漫延，新法喧閧。二事周防，一言並中。

宋高太皇太后

宣仁當國，哲宗冲幼。相司馬光，有言必售，新法掃除，政惟由舊。召見蘇軾，問卿遷官。答遇聖明，燼灰復燃。后曰不然，先帝素懷。讀卿文章，每嘆奇才。軾因感泣，上動二聖。金蓮送歸，嘉其忠藎。聽政八年，衆正盈廷。宵人潛伏，華夏綏寧。女中堯舜，史筆特稱。

《歷代聖母圖》書後

從來天生首出之人，爲天下君，必生坤順之女，爲聖人配。故當時爲聖后，再傳爲聖母。史册所載，可攷而知也。鉅靈循蜚之代，荒遠無可稽矣。始於黄帝，元妃曰嫘祖。次堯母，次姜嫄，次太姜，次太任，次太姒，次漢明德馬太后，次宋仁宗后曹太后，次英宗后高太皇太后。此九后者，或配聖人，或毓聖嗣，或開衣食之本，或抑外家之權，或弭患格心而朝廷安，或行政用人而疆宇靖。雖其間不無安勉升降之分，而德福相兼，前後同一軌也。兹者恭遇崇慶慈宣，康惠敦和，裕壽純禧，皇太后躬備至德，誕育至尊。語叶風詩，動循典禮。均平母教，煦燠慈恩。逢瘨旱而祈禱齋宫，值偏灾而賑蠲瘠土。省刑必憑三刺，減賦尤重三吳。金川獻捷，殲止渠魁。西域蕩平，綏延荒服。凡聖天子之仁育義正，文德武功，澤被乎寰中域外者，皆體母后之意而次第行之。則母后之德，洵爲宫中堯舜。而嫘祖以迄宣仁，其盛德厚福，有復見於今兹者也。歲當辛巳，節届履端。恭值皇太后七旬萬壽，天子衮衣戲綵，玉液稱觥。瑶圃綻乎寒梅，彤廷飛乎瑞雪。皇畿内外，並集共球。海隅蒼黎，齊來頌祝。詔開三殿，恩賚九州。合億兆之歡以爲歡，並河山之壽以爲壽。一人大孝，萬物同春。臣受恩最深，同於天覆。身歸下里，心戀朝端。仍赴闕廷，追隨卿貳。書雲節序，拜手歌呼。敬進《歷代聖母圖》九幅，系以贊辭。上陳慈寧，俯賜披覽。雖尋常粉墨，疎陋語言，末由上窺坤厚之德於萬一，而中心之誠，發於悃款，寔有見於當今聖母一人，可以兼古來之聖母九人者。發而爲言，有忘其蒙昧而不能自已者矣。謹同愚民，上獻芹曝。

短歌行

程功貴遲，着鞭貴疾。千里之遠，尺地可必。忘機任運，海翁塞翁。信天而行，毋傷途窮。初服不植木落，不壅土崩。人生百年，日唯兢兢。蔬屩乍脱，忽耽媮樂。富貴而淫，惟禽之若。遂矣，完行斯賢。半九十里，末路孔艱。

陽月十有七日，諸通家爲余稱壽

羣龍命駕枉相存，此夕稱觥誼倍惇。弦管繞梁皆法曲，金貂奉席捴通門。窺人缺月纔過滿，入座寒風亦轉温。計日壽康開壽域，相偕九老拜重闇。

九老會紀恩詩

枕流漱石久歸田，來祝慈寧典禮虔。文職武功同九老，分班計歲各千年。海疆畫手鬚眉肖，天際殊恩錫予駢。人比會昌餘兩倍，熙朝盛事正連綿。

賜遊香山紀恩詩

香山連延萬壽山，彙聚秀靈環嶺嶠。九老敬恭祝嘏餘，帝命衍遊共登眺。經行身在畫圖中，隨處亭臺傍崕隩。到山疑入蓬萊宮，縹緲雲端金碧耀。升階陟嶺歷層巔，〔一〕鳳閣鸞坡許深造。殿名『勤政』理萬幾，堂額『佩文』窮聖奧。天潢領袖衆老臣，分坐三班相慰勞。夔龍暮齒未衰隤，褒鄂餘年尚排奡。末座蒙恩予告歸，久稱煙客眠藜藿。問年依約有三千，會昌佳會何足道。合諸臣壽壽慈寧，九宇同稱聖人孝。醉酒微添頰上春，飽德虛懷寸心報。坐久高春已下舂，林外鴉羣互鳴噪。出城不倩月留人，歸路何妨風落帽。抽毫擬作紀恩詩，小言恐受樵夫笑。南還誇示吴中人，人間天上吾曾到。

校記

〔一〕『升階陟嶺歷層巔』，《沈歸愚詩文稿·北上草》爲『升階陟磴上層巔』。

經畬主人招飲話舊，贈詩四章，謹次元韻奉簡

田居久悉小人依，仍抱葵忱向日畿。天室倍增交誼重，上林深惜故羣稀。周蘭坡、雷翠庭、鄂虛亭、郭韵清諸公已成古人。簷前嵐翠疑侵座，架上書香欲染衣。自笑心枯同廢井，詞場那許突重圍。

大雅窺尋李杜壇，曾陪几席共追歡。帙甑仙蠹何妨蝕，盟許閒鷗摠不寒。語到清真自忘倦，韻逢競病豈辭難。詞源冣是天潢富，合有才名壓建安。

共將文字助傳觴，霞佩真看集衆芳。台岳散仙能猎古，齊次風少宗伯同謁主人。鮮溪野客亦雕章。行踪似寄漁樵隊，心跡常依日月旁。回憶銅龍悲帝子，篋中遺草和芸香。定安親王皇三子詩文有待鐫刻。

七子曾聞賦草蟲，同人會合小山中。顧端卿、施靖波諸君俱在坐，共得七人。髩毛一色偕霜白，顔面三分仗酒紅。竊比香山與良會，敢從栗里慕高風。後時十載重相見，更向春明祝華嵩。

題魏忠節公暨孝子孝烈先生遺像

委鬼當頭坐，當時謡語。居然稱上公。奄人重正人，欲認爲同宗。忠節堅拒攖其鋒，況繼楊左攻姦兇，維時太阿倒持天聽聾。詔下削籍旋逮問，萬衆號泣喧耆童。坐贓提入鎮撫獄，五日一比備慘毒。豈有貪贓楊大洪，汪文言刑訊時語。廓園清節同冰玉。大聲呵斥許顯純，鬼胆欲破刑逾酷。中夜斃命神鬼哀，出獄無从識面目。父能盡忠，子能盡孝。始焉尾檻車，百計營求免淩虐。繼焉持喪歸，日夕呼號無可告。病深靡去藥，吾父獄中誰爲毉？夜昏不點燭，吾父獄中誰與煇？後公而死纔百日，地下唯恐遲追隨。三光忽回陽，忠姦判彼此。日星河嶽六君子，黨惡蛆蟲糞穢耳。遺貌挺然還穆然，武塘正氣心仰止。嗚呼！父忠臣，子孝子，千祼斯人長不死！

紀　夢

夜夢年少時，嚴君大呵斥。謂爾青子衿，而絶無器識。居心貴和平，爾未除柴棘。立身貴中正，爾尚流偏側。治經得糟粕，讀史欠分擘。西抹而東塗，務華斷根植。貧賤終廼身，腐艸同閶寂。苟且紲珪組，竊禄點朝籍。爾不廻軌途，汙下日沈溺。大杖焉能逃？長跪受扑責。醒來淚盈枕，檢點平生隙。九十既耄荒，無成猶夙昔。前路有幾何？欲進愁仍晝。深媿嚴君言，拊心自驚惕。

題秦澗泉學士種樹圖

胸藏養人術，託興養樹始。宋人助長反害之，橐駝任天得其旨。園中卉木高下攢，梧竹蓉桂争便娟。獨有喬松挺千尺，株幹盤屈栖雲煙。廟堂需作棟梁具，子落成樹俱參天。主人呼童爾敬聽，回土之宜順物性。芟薙賨蕣毋淹留，培護本根使寧定。奇懷何日非良辰，静閲閑園四序春。即論種樹書中術，愜當應無第二人。

殘夜作

夢醒懷故園，三千有餘里。霜月滿虚窓，寒鷄唱初起。

南還日諸通門郵亭送別

十年三度返東吴，珍重通門送老夫。謂我就閑能養静，眠雲弄月守夷途。多君行義緣求志，拜手揚休贊廟謨。别去相思寸心在，憑將尺素达冰壺。

冰床

水面能安坐，堅凝似鏡光。疾駈緣引索，穩渡勝浮航。不設主賔席，難分上下床。戰兢聞有訓，終是戒垂堂。

炙硯

黑水凝古瓦，蒼然鐵色同。難揮兔毫紫，専藉地爐紅。離坎〔一〕功相濟，中和氣自融。從知調燮理，人事挽天工。

校記

〔一〕『離坎』，《沈歸愚詩文稿・北上草》爲『水火』。

旅店早起示外孫章光重

五更寒氣偪，客路合晨興。指直衣難結，鬚堅冰易凝。風霜老我慣，扶掖外孫能。共上征車去，陽烏望漸升。

風雪途中口號

漫天飛絮送歸程，郵吏相逢問姓名。九十老翁何所事？三千長路雪中行。

九月辭家歲已闌，經行風雪慣眠餐。姑蘇城裏京華夢，遥夜焚香祝萬安。

過德州追憶田在田國博

杜亭良晤一尊同，己巳年事。此日經過嘆斷蓬。國子先生餘道氣，漁洋高弟失宗風。人琴消歇霜中柳，南北奔馳塞上鴻。爾我粗留詩卷在，後賢莫認注魚蟲。

晤椒園觀察於開山驛留宿旋志別

積雪千峰裏，經行劇苦辛。險過三折阪，欣晤一家人。古驛眠餐便，山村厨傳貧。夜寒情話密，和氣暖如春。

惜别難爲别，愚衷爲爾陳。建言防瑣屑，秉臬勵精神。藻耀才宜歛，艱難志益伸。分飛雖異地，魂夢兩相親。

泰山積雪

岱宗封積雪，不辨兩儀形。俯接云亭白，全遮齊魯青。寒光連北極，朔氣合東溟。消凍需時日，飛流下建領。

過泰安府，太守李又川、教授江金鄉，皆同年友也，置酒話舊，詩以紀之

亂山殘雪駐鞍韉，故友相迎古驛前。東武吟餘懽此會，大羅天上憶當年。主因念舊看鬚髩，酒可消寒治几筵。明發分張各廻首，後期何地兩茫然。

勗熙孫

孫子聰明質，岐途認貴真。勤荒區一念，榮落判終身。爲善初無累，多文自不貧。果能承世業，枯榦許回春。

淮城除夕

南還忽漫滯河壖，阻絶帆檣水腹堅。淮海限人依古院，冰霜邀客過殘年。懷鄉天遠愁多緒，向夕寒消酒有權。聽徹漏聲搽不寐，庭前讓爾鶴安眠。

元　日

曙光微動曉鐘傳，閏歲欣逢第一天。九老首春剛九十，三吴歸路計三千。朋來誼協同人象，淮上舊友新知，攜酒席，咸來餽歲。雪積占應大有年。指日東南風信好，依然穩放渡江船。

漂母墓

進食不求報，母言規市恩。韓侯违此意，鐘室竟沉冤。巾幗留祠廟，清淮照墓門。後來憑弔者，唯感飯王孫。

弔韓淮陰

自古功高總不酬，韓侯背畔竟何由。果然曾掣陳豨臂，胡弗先從蒯徹謀。推食解衣藏釣餌，封齊王楚伏酋矛。後人頻灑英雄淚，恨與長淮水共流。

壬午元日，阮紫坪進士見過，出示贈嚴桐峰、齊息園兩前輩及贈余詩，並讀桐峰、息園和作，因次元韻

依棲古寺静無譁，上日高天散晓霞。冰鮮未聞風有信，腸枯難使筆生花。喜逢小友存羈客，出示新辭近作家。半屬懷人半抒景，煙雲滿紙捻清華。

前輩風流絶點塵，後生酬唱楚江濵。已投立雪程門詠，同答看花杏苑人。天際凝嚴猶合凍，卷中和藹自生春。旁觀老我閒尋味，比似桃源欲問津。

清聲小鳳自翩翩，家學能承玉局仙。石立高空初不倚，臬標中直信無偏。蓬虆當我懸車日，彩筆逢君獻賦年。花發春明覘遇合，上林辭藻藝林傳。

到　家

家人慰我返京華，未述寒暄先自誇。一事生平真絶勝，三千里路看銀花。

遊法螺，用謝康樂《登江中孤嶼》韻

一身随境轉，宛似螺形旋。舊蹊故不改，新景俄相延。沼鑿有聲雪，屈注成清川。亭臺互向背，雲木相澂鮮。賞心得妙善，難藉文辭傳。翹望黄屋臨，契此山中緣。天藻揮灑之，一贏自千年。

遊華同花山，用盧山諸道人《遊石門》詩韻

尋山不暇嬾，老年興還生。華山雖舊遊，依然發高情。長松比端士，傑閣疑魯城。直上蓮花峰，撒手身猶輕。夕陽翻倒影，下窺萬象清。青蓮可延年，虚聞羽人經。忘情返冲漠，澹定遊青冥。

第二泉

到處山泉清，斯泉更寧定。風過不起波，淵涵自天性。中虚本靈明，塵滓何煩屏。浥取

供人求，吴船日延亘。不盈亦不虧，利澤無究竟。第一讓中泠，鴻漸偶然評。中泠汲江心，銅瓶下長絙。收瓶雜江流，空傳此名勝。第二實第一，品移高且敻。我來名泉傍，方圓互窺映。有方、圓二泉。不須煮龍團，對此心目淨。贈以濂溪言，主静静無静。日暝欲言旋，林端一聲磬。

陪錢尚書香樹先生過聽松庵，重閲御題竹爐卷

杖履從哲匠，來過聽松庵。庵藏竹爐卷，佳話傳東南。老僧奉卷出，重錦加縢緘。開緘次展閲，氣静心安恬。畫筆富林莽，詩篇互趁趨。於今四百載，前後歌瞿曇。天章題卷首，萬象俱包含。衆作競鬭餤，共許光炎炎。日月一照臨，爝火同歸潛。衆作起堆阜，自謂形巉巖。五岳拔雲表，下視皆勾尖。鑾輿兩經過，茶具賦再三。從駕司寇公，香樹先生。賡和莊以嚴。賤子亦載賡，小言空詹詹。卷中有兩人之詩。收卷歸老僧，遇俗毋輕拈。天子今省方，顧卹于民喦。六龍駐九龍，惠山本名九龍。題句應重添。煮泉邀睿賞，續卷增花龕。老我他時來，泉石將幽探。請以土缶聲，鞈鞈和韶咸。

遊龍井寄大宗上人

昔年經過風篁嶺，嶺畔泉飛號龍井。辨才老此交名賢東坡，儒墨何妨歸合併。千年茗艼還留名，塔院閑堂剩荒梗。今來龍井改舊觀，鳥道蟠折升煙巒。樓臺凌空巧結構，金碧照耀青雲端。遍搜山骨堆衆皺，曲導泉脉奔驚湍。山花預期開爛漫，卉木亦鮮同迎鑾。至尊觀海駐清蹕，客子差可先遊盤。上人把晤風泉裏，不問頭銜問年齒。茶瓜留客足清歡，障面俗塵俱一洗。對君如對老辨才，顧我漸非蘇學士。相送溪橋日欲斜，虎溪三過笑聲嘩。辨才送東坡至風篁嶺，左右笑曰：『遠公又過虎溪矣！』連此番三重，公案。別時一語君須記，翹望名山龍井茶。

書《陳龍川集》後

君父大讐不顧報，宋高宗罪通於天。孝宗深恥事讎敵，諸臣庸猥圖安便。火燄已熸起餘燄，永康崛起陳龍川。龍川志高見卓爍，帝皇王霸鎔才略。著《中興論》凡五篇，恢復中原定疆索。天下大勢荆與襄，連屬東南控關洛。金人未據急徙都，蟠結本根漸開拓。網羅豪傑足兵食，元氣充盈振疲弱。人心既固天心歸，總在君心奮然作。上書天子黼座驚，牓諸朝堂議勇行。庸臣齷齪巧詆讕，秦檜故智仍盈廷。逮下岸獄肆搒掠，帝恕一死留餘生。後成進士擢第一，對策可匹王龜齡。之官未及溘然逝，此後誰復談中興。披讀遺文神欲動，飛揚之内含哀痛。宵人抗扼天亦摧，梟鳥長鳴斷鳴鳳。杜陵有句移贈之，『古來材大難爲用』。

呈制府尹師次見贈詩扇元韻

座中盎盎四時春，淨洗吴閶桃李塵。覆庇還逾萬間厦，謳思遍及兩江人。贈來方曲風常滿，哦罷妃豨句有神。年老門生無以答，頌言惟願永綏民。

簡錢尚書香樹先生次前一首韻

經學紛綸井大春，門庭如水不沾塵。歸田仍晉六卿秩，賜會相偕九老人。乘下澤車閒適體，扶靈壽杖静怡神。九老俱賜杖。泳遊平世安耕鑿，歌嘯常先擊壤民。

集王生岡齡停雲齋時岡齡年五十

葵榴正芳葩，高齋集朋輩。座無塵中客，語言脱拘閡。論詩尊風格，看畫別宗派。有客觴主人，年華乍云艾。前路無窮期，祝君盛名位。我亦觴主人，名位身以外。年高不責躬，多壽反爲累。老我嘗懷慙，君行庶無悔。更有客進言，今日良燕會。身世姑勿談，同遊醉鄉内。把酒復看花，化工滿庭際。萬事付自然，水流與雲在。

賦得踈影横斜水清淺

清波泠艷兩依因，一片空明迥絶塵。虛白倒流千點雪，昏黄斜漾幾枝春。磵邊蟠屈寒垂照，潭底迷離淡寫真。水月鏡花同幻影，逋仙句裏想風神。

王明君

臨行呼父母，胡地作閼支。首禍歸婁敬，何煩殺畫師。

過某尚書墓

冢旁家比漢淮陰，此日經過寄慨深。行己或輕三不朽，居官可凛四知金。桓碑中斷文華失，翁仲横眠莽棘侵。何似珍珠塢間墓，徐昭法枋。松風傳寫逸民心。

喜逢家椒園歸里

雪中送我分車騎，去冬送别於開山驛。湖上逢君卸席帆。陳臬已遷新執法，歸田仍領舊頭銜。主恩未報留餘願，民隱常懷感至誠。有待賜環同往日，向以建言去官，旋命復。豈應托命把長鑱。

治黄腸日作

人生戀長年，百年一彈指。擾擾名利塲，昏昏溺金紫。畢竟歸虚無，風吹過馬耳。我生年九十，飯未三遺失。及身治黄腸，随時可生死。古來真達人，生死兩忘矣。何須荷鍤埋，烏鳶與螻塏。我未忘形骸，猶然滯成毁。此身非我身，任彼飛光駛。一笑仰高天，空明淨無滓。

日本臣高彝書來，乞作詩序，並呈詩五章，文采可觀。然華夷界限，不應通也。却所請，而紀其事

文教覃敷被九夷，榑桑使者寄清辭。未聞蠻布弓衣織。敢比雞林國相知。尊奉中朝犾忱悃，章明典禮慎防維。不教筆墨傳荒遠，悵望停雲我所師。遠夷求文衡山筆墨者，公服朝服見之，不應其請。

歸愚詩鈔餘集卷六

長洲沈德潛歸愚

題黄尊古五州山圖爲郭千里賦

少歲嘗登五州山，攀缘自矜腰腳頑。峯顛獨立窮兩目，吴頭楚尾雲漫漫。到今追溯同夢寐，六紀日月奔雙丸。郭家座上山岁崱，畫本恍如舊遊歷。松林匝岸疑百重，樵路侵雲欲千尺。上連天色下江光，一片空明浩無極。誰人寫此大斧劈，虞山畫師獨往客。畫師久矣埋煙巒，流落人間少真跡。君家得此南宗派，堂上名山日盼睞。主人惜畫重家傳，老我披圖感年邁。此生那復重遨遊，對景分明眺五州。往時餘興仍飛動，筋力衰隤氣尚遒。後山指點停笻屐，卧看滄江萬里流。山後有『卧看滄江』四字，字大丈許。

遊南徐左氏家園，丹谷子留賓款洽，探歷高深，并讀諸子投贈詩，限寒字爲韵，皆雅音也。予亦依韵成律，以貽主人

朱方薖軸甃盤桓，賓主相諧得静觀。雲際樓開延日月，池邊石甃幻林巒。琳瑯投贈都歸雅，鷗鷺聯盟總不寒。别後依依計良覿，夢魂應復繞江干。

贈蔣淳含表弟 時年七十

我家之祖母，君家之祖姑。再世復締姻，親誼同劉盧。君性莊而和，話言絶嬉戲。準理料事機，燭照兼數計。行與年俱增，名隨實偕重。裕後藉一經，高齋聽弦誦。冉冉届七旬，禮讓逾恂恂。登堂酌君酒，滿座皆陽春。

憶昔問字時，年華正英少。下筆走風雲，研精探道要。小心謝阮嵇，正論誅羿奡。不逢九方歅，冀野失良驃。晚年辭秋闈，登高發長嘯。游心慕風騷，澹泊入微妙。我時已歸休，相將發同調。衡茆葆天真，歡焉老游釣。

後遊攝山詩

歲丙子從制府尹師遊攝山，成詩六章。尹師依韻次和，並呈御覽。皇上亦賜和六章。君和臣詩，前史未聞，誠古今罕有之遭也！今秋九月，重爲攝山之遊。逐景盤桓，逐題吟詠，過前此之未經，補前詩之缺略，復得十有二章。小言詹詹，自媿不文。聊以紀載名山，頌揚聖德云爾。

彩虹明鏡

謝朓北樓下，采虹跨明鏡。攝山山徑旁，境地倍名勝。蜿蜒隄並接，空明天倒映。遙嵐互合圍，前路指幽敻。雲散身共閒，波流心與淨。遇目總化機，鳶魚任翔泳。

幽居

山居無弗幽，此間幽之最。淺水静不波，古木森成兑。石露萬朵雲，嵌空分向背。米顛倘過之，欲拜不勝拜。山禽寂無聲，如入清凉界。梵放偶然聞，枯禪在雲外。

般若臺下有泉，名真珠

穠緑罨層臺，臺高俯碧澗。老僧延我入，曲折歷深院。説法窮諸天，照空斷凡願。下掬真珠泉，滴瀝當崖濺。疑坐祝融峯，般若禪師所居。恍對茱萸沜。夜靜眠繩床，此身如夢幻。

桃花澗

春和放夭桃，峭壁綴艷冶。風過紅雨飛，紛紛亂飄灑。隨波下絶壑，迴旋繞蘭若。吞吐隨魚戲，文章自天寫。即是武陵源，何煩問津也。

紫峰閣

一峰勢嵯峨，圍抱以屏障。分割仍聯屬，奇巧幻形相。聳峙効地靈，玲瓏斲天匠。古木罅縫生，清流走石上。梯雲上高閣，心目俱一放。紫氣欲撲人，空翠同難狀。彷佛函關來，曾否向東望。

玉冠峯

峰頂層而折，取象稱紗帽。聖心嫌俚俗，人爵特衆好。位嗤臧孫竊，品重嚴陵釣。易以玉冠名，舊名爲一掃。温潤更縝密，君子德維肖。一峯冠羣峰，天章雲日耀。旁有御製七言古詩。

千佛巖

石佛四丈餘，越嶺遇千佛。一佛身化千，千佛心仍一。心心返真如，空洞原無物。而胡楊璉髡，鐫佛穢巖穴。浙西飛來峯，楊璉真伽鐫佛像千餘，一夕告成。彼爲名山痏，此爲渡世筏。過者心地凉，塵氛頓然豁。

九株松松名御題

崖畔攢古松，青青六朝色。樹樹虬龍形，九株尤挺特。圍抱三兩人，仰望望無極。眷注聖主心，嘉名肇寵錫。謂如古大臣，立朝正而直。蔦蘿絶攀緣，鸞鶴同栖息。在廷九老會，準此爲標格。

叠浪崖

名山江海形，巔崕堆衆皺。重重静疑動，層層起還伏。不聞聲鞳鞳，似覺勢奔驟。往年黄山遊，雲海失巒岫。此日遊棲霞，無雲山欲走。樵人踏浪歌，擕擔隨猿狖。

萬松臺

受命松獨正，萬松共嚴肅。登臺眺松海，豈數淇園竹。晴天似陰森，夏月失炎燠。延翠入高樓御書『延翠』，几席有餘緑。四山清風來，龍吟滿巖谷。

白鹿泉

白鹿舊名泉，歲久淤泥滓。搜鑿山髓穿，奔流疾於駛。白龍隨白雲，瀠繞離宮裏。逸人品泉脉，皇心念田里。引之到下方，天顔倍有喜。

最高峯

登山必登巔，衰老力尚努。盤盤身忽高，放眼眺吴楚。俯見大江流，風颿如走馬叶。東望海門潮，西指燕磯滸。六代遞雲烟，南宋鬬龍虎。一氣籠山川，寸心貯今古。名勝那肯忘，後遊興還鼓。他時夢寐中，恍惚遊天姥。

九十詠懷

鮮水東偏老腐儒，生平動履總迂愚。庭前不長鈎衣棘，樹上唯慙返哺烏。耄耋心空猶稚子，崎嶇步穩亦夷途。邇來無力償文債，門外時聞索舊逋。

壯歲編摩戒燕安，文壇已築又詩壇。鑒衡哲匠明如月，交契同心臭比蘭。馬足争馳防坂折，菊英晚放耐霜寒。西山秘笈常䌷閱，心跡清餘眼界寬。

不受人恩受主恩，桑榆返照似朝暾。遷除卿貳典三禮，掄選文材矼九門。預教追從黄閣老，文和張公管領上書房課業。告歸遊釣緑楊村。赤城雲海徐探歷，禪跡仙踪亦討論。

賜糈晉秩卧雲年，入覲仍親黼座前。鶴和自天頒『鶴性』，八秩時，賜『鶴性松身』額。詩魔下敕許『詩仙』。今年春，賜『九衰詩仙』額。會隨九老携筇杖，畊課三農共陌阡。節過履端逢壽日，兒孫綵服戲聯翩。

贈李五峯書家

匹練爲箄箄如帚，墨池研磨墨盈斗，滿腹精神運以肘。下手雲垂海欲立，書成虎攫龍疑走。旁觀乍見怪且驚，一時動色齊呿口。張芝張旭推書仙，此法二公未曾有。古人未有今初開，奇人創竪無胚胎，指頭作畫爲同儕。贈我壽字長丈許，希夷字外稱驚才。陳希夷有大壽字，係一筆書。他時青雲之端書扁額，左揮右霍能推排，知君不愁懸空高上凌雲臺。

刈　獲

刈獲野田空，郊原人望中。稻孫經雨緑，鵶舅受霜紅。里社看農醉，村春識歲豐。輸租餘粟米，黽勉築牛宫。

戴生星垣招遊師林，讌集賦詩，成七言古六首[一]

師林締構四百年，到今古蹟仍天然。一從宸遊涖泉石，萬彙欣榮潤山澤。天章御畫俄頃成，缶鳴雲林失顔色。四方從兹仰師林，山疑增高水增深。

招客遊遨戴安道，時光乍過秋之杪。元精熤爚羅羣英，白髮飄蕭餘一老。主人玉樹臨清風，生平愛客聯雲龍。指點高峰連洞壑，引人漸入烟霞中。

閑雲邀我入空谷，屈折玲瓏透巖腹。乍高忽下下復高，已伏旋升升又伏。從空滴訝玉鐘乳，撲面飛驚白蝙蝠。須臾仰見天日晶，如蟻穿珠通九曲。

出谷陟磴險可捫，諸峯迎客環而屯。一十有二狻猊尊，白松五株離厚坤。龍文石上蟠長根，士賓憩息依雲門。撫松更擷蘅與蓀，靈均靖節同探論。

文章交情總歸厚，欲賦新詩先飲酒。酒量大小人難同，少者三蕉多千鍾。酒酣下筆走風雨，天外飛來得奇語。座中大叫能通神，狂歌喚起荆蠻民。〔倪雲林別字。〕

柏堂上人在昔同尋幽，雪泥印爪飛鴻留。今來柏堂久徂謝。飛鴻復與羣龍游。羣龍逵路待騰踔，老我阡術看鋤耰。相逢自顧衰頹矣，眼中之人數諸子。

校記

〔一〕《沈歸愚詩文稿·近草》詩題爲『戴生星垣招遊師林，讌集賦詩，成七言古五首』，無第六首。

題顧花橋春在圖

披圖如遇性情真，杖履逍遥自在身。胸次盎然天趣滿，四時一氣揔陽春。

鑄史鎔經日泳游，地山爻象最温柔。行人欲入春風座，認取花橋水閣頭。

雨竹夢中作

灑灑復濛濛，千竿混一叢。湘娥無限泪，并入亂煙中。

过虎邱花衖偶作

緑水園中路，由來朱勔家。子孫遭衆遣，竄伏業栽花。艮岳久成刼，山塘轉鬥華。可能存隙地，留與種桑麻。

山行

亂山合沓緑陰遮，一路紆廻步淺沙。桑眼開餘經雨潤，麥鬌漾處受風斜。嶺頭古寺聲聲磬，天末孤村點點鴉。行到前林尋硯石，𡾊村石可琢硯。叩門頻問野人家。

讀《三國志》偶作

連吴拒魏隆中語，遺恨吞吴戚是讐。義勇並亡如虎將，忠貞專仗武鄉侯。出師先定南方亂，垂死還深北伐謀。身願喪邦逢后主，論成仇國有譙周。

鰉魚

朝來石首滿吴中，玉骨金鱗衆味空。萬里不驚滄海窟，一番又值楝花風。上方郤貢緣勤卹，病衲嘗新許變通。莫怪老饕先厭飫，凌陰都在葑溪東。余家前後左右多藏冰所。

太學古槐既萎復榮作歌

彝倫堂前古槐樹，根株疑從鐵石鑄。老龍鱗爪忽凋枯，四十年無鬼神護。一朝兔目重青青，通體復返幽蟉形。行人見者互詫嘆，共道荄榦通仙靈。樹本元代許衡植，明英宗朝盛如冪。諸生行禮遮班聯，唯懼儀文舛繩尺。維時司成李時勉，薙取旁枝去昏墨。時勉正直忤王振，讒伐官樹當誅殛。荷校講經語齗齗，呼籲士子三千人。振心惶悸懼激變，令脱囚服還成均。此樹到今五百載，屢閱人代同昏辰。今皇造士重太學，許衡時勉供拔擢。寺人之職唯掃除，不許片言達幃幄。古槐既萎仍敷榮，卉木無情亦知覺。樹木已古還樹人，佇看明廷來鸑鷟。

元祐黨籍碑

宫中殂落女堯舜，元祐改元稱紹聖。羣邪競張紹述名，蔡卞章惇氣豪横。正士竄逐朝堂空，更請斲棺禁子姓。後來并請廢宣仁，人頭畜鳴梟與獍。二惇二蔡相駢聯，京也後起權尤專。端禮門前立碑碣，元祐黨籍窮雕鐫。司馬相公奸黨首，凡百二十均兇頑。人臣不職永昭鑒，爲千萬代區忠姦。星變詔令寬黨籍，夜半黄門毁碑石。蔡京厲聲碑可毁，其名不可並湮沕。那知後人三代直，睹茲榻本珍珪璧。諸賢滙萃譜牒同，星斗一天芒四射。石工安民免鐫名，名轉因之留史册。追原胎旣由熙豐，熙豐柄政惟荆公。桑孔心術託周禮，新法擾亂羣洶洶。元豐末年九宇困，國家未富蒼黎空。惇卞紹述交讒訌，膠膠擾擾同蛆蟲。直至南渡終兵戎，由來聚斂之臣盜臣下，承家開國須明聰，勿教言利之毒流無窮。

賦得一卧滄江驚歲晚

一葉輕裝日下歸，歸來安穩卧苔磯。漁樵仍覓當時友，篋笥還留舊賜衣。黄髮鏡中驚冉冉，玉堂天上夢依依。江湖滿地皆生意，未遣人窺杜德機。

寄袁簡齋同年次其見贈元韻

齯齯休教溷乃公，胷懷夷白想光風。攝山巒嶺家園裏，即焦弱侯故園，因山開壑，名小棲霞。曼倩剛方諧語中。學道自能平磈磊，觀空轉復擅明聰。來吴欲訪工詩者，旗鼓誰人角兩雄。大羅同日賦咸英，鈍拙今慙漢馬卿。會比香山儕九老，班聯詞館憶三生。青輚布韈供遊覽，漁弟樵兄識姓名。良友傳詩寫方曲，和風披拂不勝情。以詩扇見遺。

過張匠門先生舊園

依舊穠陰罨古牆，孝廉船廢小滄桑。庾家故宅幾忘宋，天上文星未改張。藥裹素通羊叔子，羊祜爲蔡雍外孫，匠門外孫顧花橋與余善。爨桐曾賞蔡中郎。遺編久矣流人世，豈藉名園數辟疆。

夏日汲雲庵即事

以汲雲名庵

相傳鑿井時，井中有雲。徐牆東云，地下皆天，宜有雲也，因

山川滌滌氣如焚，古寺深林可避氛。午日蔽餘忘却暑，寒泉汲到總成雲。井蛇瓶雀留公案，紙帳麻鞵失逸羣。月輪上人已示寂。偃臥羲皇通夢寐，起首遙岫掛斜曛。

送喬廣文勉百歸里

以榼爲杙兮，翩然來吴。官卑道尊兮，教宗先儒。入座兮春融，滿堂兮清風。郤門人之束脩

兮，時飽餐兮青菘。忽有懷兮歛翮，遂陳情兮力穡。長官謂而兮孤清，留作衆人兮矜式。矢年老兮當休，敢自許兮盟閒鷗？先人兮遺軌，先人介夫先生以薦舉授銅陵教諭，一載歸。君繼武兮知止。同孤鶴兮翻飛，辭羣龍兮褰衣。縱棹園兮久離，仍遊釣兮苔磯。弟著書兮綿邈，兄長歸兮商搉。天爵尊兮天倫樂，余顧影兮離羣。江水限兮隔重雲，每北望兮傷神，浥松風之清泠兮如見夫君。

懷舊詩十三章

陳未齋浩

望衡對宇憶當年，會面無勞度陌阡。談藝竟忘前後輩，留賓不論雨晴天。先生之楚懸冰鑑，時督學湖北。老我歸吴種石田。何日𪊨材重請益，蓬茆或許化蘅荃。

田退齋懋

嫵媚魏徵今復見，春明十載久相於。人推秉直從天性，帝許還山讀父書。輦下重逢鬢髩改，江干又别鴈魚疎。退齋此日真能退，六鷁徐徐過宋餘。

儲梅夫麟趾

同朝心性最和平，勇出仁人見理明。一疏風雷標正直，四方狐鼠歛縱横。隱之轉遇貪泉爽，東野偏成棘句鳴。知爾愛梅難遠贈，臨風攀折若爲情。

阮裴園學浩

襆被蕭然返故林，白雲舒卷見胸襟。經傳東魯先生教，蘭采南陔稚子心。杖履並扶荆樹樂，雝喈雙聽鳳雛音。選樓詩卷遥相遺，與令弟澂園先生選館閣詩二十卷。情比清淮共淺深。

馮潛齋成修

有恃未能兼有怙，省親奏請越江河。初生時考已遠出不歸，奏請省親。先人宇内無踪影，弟子篇中廢《蓼莪》。校士文俱金就範，居官門已雀堪羅。知君歸去清於水，應自恬然安樂窩。

顧古湫鎮

健筆凌空似爽鳩，遲遲遇合氣偏遒。日邊多士經陶鑄，前代鴻文徧討搜。選前明詩文二百餘卷。攜屐且賒遊五嶽，築亭已擬號『三休』。故鄉同譜遥相待，有味蒓鱸及好秋。

邵叔宀齊燾

少年詞舘擅清佳，中歲翩然謝玉階。課子塤篪勤雪案，欵賓闤闠拔金釵。流當東海纔堪枕，詩哂西崑卻類俳。相約登山看拂水，何時會合著青鞋。

喬劍溪億

穠麗新聲並嘖嘈，君家風格頗能高。似無未處偏多味，笑反騷餘自合騷。千里相思聯縞帶，時挾詩來吴，與予賞駮。二難合志樂林臯。令兄勉伯辭官歸里。家園縱櫂堪垂釣，不用天池掣巨鼇。

王林屋愫

大地山川皆我師，太常遺法此分支。煙客太常姪有耳患。聞塵欲斷憑雙目，妙手將揮費三思。豪貴難求倪瓚畫，朋儕兼得右丞詩。圖成，得意者必係以詩。兒郎也授南宗派，略比書家羲獻之。

曹震亭學詩

一官禄養慰慈親，和易無煩長吏嗔。弦誦有懷期化俗，山林相約早抽身。文宗庾信工金玉，教被應璩作鳳麟。弟文埴，庚辰傳臚。應璩，應瑒弟也。應，平聲。料得天都眺雲海，斷凡橋畔倚筇人。

邵蔚田嗣宗

夙昔詞壇重軼羣，於今接席溯榆枌。笑言静挹中和氣，商訂徐披海岳文。吴苑告歸千里雪，燕山望遠萬重雲。囑君司教宗墳典，净掃皇荂張我軍。時教習庶吉士。

荆蔭南如棠

三載詞垣出禁闈，分符能卹小人依。婁江綏輯强梁遠，沛縣諴和訟獄稀。薦剡有章揚衆母，大中丞榕門陳公以循吏第一薦。莪蒿無路報春暉。居憂黎庶咸翹望，終願勤民慰渴饑。

家椒園廷芳

贈爾詩篇詠《伐檀》，歸休以後寸心安。門風和藹三冬暖，家計冰清六月寒。粤秀衡文曾鼓篋，鰲峰講學更觀瀾。掃除柴棘平夷險，忘卻人間行路難。

讀韋左司、元微之詩有感

左司少年時，身爲三衛郎。報讐快刼奪，留宿邯鄲倡。讀書忽静治，掃地還焚香。爲政拊寸心，俸錢媿流亡。詩品晚愈高，直欲追柴桑。元稹始居官，嶽嶽殊懷方。奏論忤中人，貶謫面受傷。而胡焂改節，以詩媚貂璫。官尊身乃賤，赧顔中書堂。韻語亦日卑，妍悦無慨慷。人生判薰蕕，末路嚴周防。長堤穿蟻穴，一決誰能償。百里半九十，斯語毋相忘。

贈汪秀峰

羊腸飽歷識窮通，律素名齋見素風。閲世卉看無患子，忘機鳥並信天翁。才華坌涌緣聰穎，圭角光晶就斵礲。比似汪倫情好在，桃花潭水淺深同。

題王二癡《白雲棲圖》

地在虞山劍門西。相傳太公望石屋，黄子久栖息於此，後爲僧廬，興廢者屢。今蓮公上人修葺居之，名『白雲棲』。王次峰作畫，余系以詩。

大痴石屋幽棲處，傳是當年尚父廬。一自畫師仙去後，白雲深閉洞門虚。
林壑旋成佛子門，秉除又掃舊巢痕。於今穩作安禪室，面壁常依兩足尊。
披圖指點劍門西，一路松泉徑不迷。寫出白雲終古色，依然仍向石林栖。
二痴雅慕黄公望，畫筆癡情皆我師。六法沈酣捐世味，盡教占斷十分癡。

閱河間獻王傳作

嫚秦焚書典籍滅，漢文求書半殘缺。伏申老死無完經，後進迷茫失津筏。維時王霸兼措施，德禮刑威孰區別。醇儒對策董江都，鼂錯公孫參桀黠。河間散帛求遺書，先秦舊本偏搜括。物歸所好不脛來，六經孔孟書齊出。珁諸内府頒四方，羣仰高天瞻日月。後賢注疏殊紛綸，賈逵鄭康成。諸儒遞傳述。宋儒析理入微芒，千聖一燈永昭揭。濂洛關閩祀文廟，有功聖學窮經術。河間當日不購書，後代何緣親聖哲。况聞獻樂對三雍，文約指明中理窟。從祀還應增獻王，毛公董相堪同列。

輓徐媛詩

媛生時，母夢寒梅一枝墮於庭。性甚孝，生平愛梅。《南樓吟稿》中，詠梅詩甚多。殁之日，庭前所蒔梅多凋落，符母夢也。見家學子《徐媛傳》中。

幾生修到比寒梅，琢雪鏤冰不易才。裝閣補亡同束皙，箋詩第一是《南陔》。
南樓點筆苦沈思，一樣蒼茫獨立時。拈出詠梅超逸句，誰嫌渠是女郎詩。

飄然鶴駕謝衡門，仙草從來未有根。庭下梅花也凋落，曉風殘月並招魂。

戲詠白頭公鳥

微禽未老頭先白，不共珍禽入檻籠。飲啄自如無縶縛，白頭公勝黑頭公。

戲詠十姊妹花

名花攢簇最昌丰，同氣連枝羨彼穠。合隊五家重合隊，杜陵野老未曾逢。

禽言二章

婆餅焦

婆餅焦，婆腹枵，新婦田中歸無膳。堪烹調，依然炊餅武火燒。武火燒，質堅牢，阿婆難食聲喧呶。新婦涕泣連昏朝，婆餅焦。

姑惡

姑惡，姑惡，姑不惡。小姑反脣姑怒作，小姑歡欣姑亦樂。博小姑懽奉羹臛，姑不惡。

述感

富者衆之怨，貧者衆所輕。富者衹自豐，罔知忌滿盈。貧者衹自卑，苟賤人嗤憎。所以富與貧，齪齪無令名。吾聞古君子，境異心同清。處富不驕吝，處貧能安貞。彼此地相易，終始無變更。扶桑不逞炎，沍谷不畏冰。天爵賦自天，兩忘枯與榮。俯視人間世，擾擾徒紛爭。

富者重得貴，輿臺巽尊崇。貴者又欲富，挾勢能殷充。兩者共艷羨，經畫輪班工。當其互相索，赫赫張雄風。究之膏遇火，俄頃銷煁烘。回首竟何有？如在煙雲中。陋巷有迂士，不計窮與通。爭敓任龍虎，得失閔雞蟲。坐覺陶頓陋，并哂金張空。矯首盼高天，雲霄有飛鴻。

題蔣玉照《復園圖》

復園續圖戊午歲，主賓老少共聯綴。予時訪舊來名園，亦貌儀容坐亭内。冉冉十年歲丁卯，展圖重似遊花島。於今又閱十六春癸未，卷中粉墨常鮮新。唯餘日月走驚雹，人事奔波雲變幻。

離者旋合復離，冠裳蘿薜途分岐。往年角丱已强壯，一麾出守須猷爲。老我歸休踰耄悼，返顧自覺形神疲。亭中坐者幾不識，轉問旁客斯爲誰。主人素位謝縈擾，身世每若遊軒羲。與予相逢共尊酒，歌呼嗚嗚拊瓦缶。相期胸次掃垢氛，夢寐中間無愧忸。前途萬事殊茫茫，安分之餘吾何有。卷圖珍重歸畫禪，借董思翁室名。不知重來觀畫爲何年。

題蔣紹初《駐馬看雲圖》即送之甘肅

甘州路，凉州路，高高欲上青天去。焉支山，祈連山，猿鳥絶跡誰能攀？·蔣生迢遙赴邊鎮，繢圖狀山川，屈折兼隱磷。停鞭按轡故遲遲，良驥無從顯神駿。半空形裊裊，忽湧兜羅綿。須臾播蕩作，雲海混茫湫渶疑無邊。峰巒動定不一態，勒馬飽看宛然白。銀宫闕，仙山巔，此地前朝戰争所，瓦剌番夷鬭豺虎。於今九宇輸悃誠，酒泉張掖均樂土。之子萬里遊，利名兩無取。訪舊聯主賓，尋幽寫險阻。嘔心奇句捶鍊成，直擬驚天逗秋雨。興欲盡，歸去來，平羌風物一一收拾襄中回。跋馬南望天一角，白雲杳渺仿佛逾河淮。遥憶慈闈倚閭望，疾驅急願趨庭階，融融藹藹仍提孩。

題家長潔松壑觀泉照

松風謖謖，流泉淙淙。中有一人坐盤石，虬髯赤足那復修儀容。之子往時走沙漠，萬里曾破千芒屬。浮天無岸泛海南，大魚舉翅如張帆。珠崕地卑滋毒濕，憑弔瓊儋出而入。險艱遍閱歸去來，婉容事母，母氏歡顏開。天倫樂兼山水樂，蒼龍蟠屈其巔，高瀉雲濤堆。臯堯峰，鍾吾陰，天籟地籟交清音。此間洗耳還洗心，中藏琴理非鼓琴。何湏追隨成連刺船去？循陔得暇探高深，願爾靈臺不擾常愔愔。

莊大中丞滋圃次東坡《聚星堂雪》詩見示，仍白戰體也，余〔一〕亦屬和

蒼山獨存松柏葉，天公降康下飛雪。小雪大雪齊應令，節届大寒霏未絶。野水頻添礀壑膩，空林紊積槎枒折。休叢狐兔隊欲僵，入地蝗蝻種俱滅。中丞關心在民瘼，吐辭健筆鯨堪掣。默會元穹契真宰，匪矜雲錦輕殘纈。吟成劇喜兆有年，又見中庭漾騷屑。浹旬漸成邱阜形，堅凝詎比風花瞥。粗才屬和準聚星，湔剷陳言恐勦説。呈之哲匠媿小巫，翹望洪鈩鑄頑鐵。

校記

〔一〕『余』，《沈歸愚詩文稿·近草》爲『潛』。

歸愚詩鈔餘集卷七

長洲沈德潛歸愚

歲庚午遊黄山天台，越十五年矣，夜夢重遊，戲作歌記之

昔年遊黄山，獅林絶頂能躋攀。兜羅綿現鋪作海，浮天無岸，頓覺峰嶠成湍瀾。昔年遊天台，穿雲直登拜經臺。五更海水忽騰沸，但見紅輪吞吐湧出雲濤堆。於今十五年，筋骸竟頽敗。砌級苦難升，欲進時轉退。扶持顛蹷憑童奴，有似附狼方走狽。生平不盡山水胸，自忖無緣償宿債。宵來夢魂中，意興偏雄豪。赤城與黄海，巾屐重遊遨。涉澗清泠踏泉石，踰嶺迅疾追猿猱。寒山拾得邀我觀空話禪寂，軒轅容成許我煉藥歸仙曹。我謂兩山尚拘縛，凌空直欲窮寥廓。一心不肯受籠囚，兩大從知是帷幕。雞鳴夢醒留餘聲，猶謂九點烟中尋五嶽。

楊謙山同年《焚香掃地圖》

退朝息紕紛，闔户慎君守。縷縷藝都梁，閒閒攜敝帚。同到大羅天上，歸來各有閒忙。老我搬柴運水，君家掃地焚香。穿穴殘編似少時，蕭蕭梧竹蔭書帷。畫師傳出天然景，直欲高風替左司。韋左司焚香掃地而坐。

漁歌三章題家醒士照

閒身不羨玉堂仙，泛宅苕溪霅水邊。醒時唱，醉時眠，安穩生涯是釣船。東湖東去小蓬瀛地名，相狎漁師蕩槳行。同鷗夢，濯塵纓，不著羊裘晦姓名。占斷鳧沙與鶴汀，非夷非惠付沈冥。攜阿對，喚樵青，欸乃聲中過洞庭。

司徒廟古栢歌

司徒廟前四古栢，不知何年生、何年植。銅根石榦鐵作枝，見者驚心動魂魄。一株清，憑空直上干青冥。伯夷之風表高節，霜威凜凜栖神靈。一株奇，奇在通體骨與皮。自根盤盤到顛末，宛然邪幅纏膚肌。一株古，雷火燒餘中朽腐。高空大可藏蛟虬，四面人圍倍參伍。一株怪，天工作意逞狡獪。樛枝到地仍撐空，横榦斜穿向而背。從來樹木重以人，孔明廟栢傳千春。司徒未必漢高密，附會祠祀尊功臣。我來瞻眺三嘆息，百年日月同奔輪。閲世有此樹，閲世無此身。人牛苟無三不朽，蓬科一例歸泯泯。

入西山作

積雨春山似廩秋，漂摇泠艷那能留。我來擬作羅浮夢，卻值名姝欲墮樓。

晴雪飄餘付淺莎，旋看文杏發高柯。錢家磡畔花爲業，一路紅雲漾緑波。磡傍太湖。

過程自山逸園，留飲，兼讀其配生香詩草

逸園風物揔天真，把晤清言出世塵。酌醴烹葵咄嗟辦，賣文錢缺也留賓。亭中對聯有『賣文錢到便留賓』句，特戲及之。

偕隱名山深復深，唱酬逸韻泛清琴。從知霧閣雲窓畔，並協湘江屈宋心。

積　陰

積陰霠霠地蒸菌，霧氣迷漫疑海蜃。豐隆屏翳交乘權，羲御無光返輪軫。矜張鼓吹鳴鵂鶹，跳踉横從看蛙黽。接旬霪潦河流盈，倒灌平田失畦畛。青青菜麥根漸傷，頗類病軀加癮疹。遥聞浚河千萬夫，眠食泥中可憐憫。自慚老耄困書窓，屋漏移床就欄楯。翹望金烏翔半空，不問趙衰與趙盾。方今聖人覆同天，要使萬物無一損。重臣咸願體聖心，披腹告天積誠悃。佇看大地回腸和，天人感應從來近。

木　皂

杏花村裏隸人過，木强儀容側弁俄。知爾賢於欒郤後，也同良吏善催科。疲癃殘疾憐無告，此日奔忙有職司。到處打門謀醉飽，淵明何用拙言辭。

題張商言心鏡圖

明鏡鏡眼前，心鏡鏡千古。治亂與聖狂，瞭如兩目覩。還以心鏡心，默默判否可叶。方寸本虛，浮雲着何所？無我中洞然，萬端歸有主。磨鏡仍此心，終身念鄒魯。

贈張商言

少歲詞場得令名，子山兼擅柳耆鄉。湘東金管留君處，五色雲霞腕底生。曉風殘月短長亭，數徧吴山魯岫青。過岱直須登日觀，紅輪飽看湧東溟。時將之山左。

閱《温體仁傳》

烏程作相後，險刻媚深宫。賢路一人斷，君心八載蒙。共相八年。生前戕國脉，死後謚文忠。今則《姦臣傳》，千秋秉至公。

歸舟一路所見

孤舟行不繫，空負柳依依。紅過化人域，香來釀酒扉。秧齊覘土潤，麥刈療農饑。指點家園近，徵茫認釣磯。

賦得誰家新燕啄春泥

社燕更番到野塘，春膏潤處掠偏忙。頻穿穠緑勞纖嘴，徐遺殘紅上畫梁。牖淺不須桑土葺，巢融猶帶落花香。主家可否烏衣巷，似弔興衰訴夕陽。

病起雜興

病餘乍起仗扶藜，平視桑榆夕照西。半世日中飛野馬，一身甕裏綴醯雞。書多疑義思亡友，語少同心憶故妻。識得萬緣歸寂寞，不齊物理本來齊。

静媿停雲淡媿僧，鏡中面目自堪憎。齒無略似盧仝婢，耳障還疑黄霸丞。六月貯冰心共冷，三年蓄艾病偏仍。遠人苦索新詞句，勉使蟲蛇入剡藤。時有索詩并書者。

偃仰蝸廬衰病時，拂塵滌硯强支持。一杯濁酒養生主，半卷殘書來夢兇。壯恥虚名同水涸，老堅拙性怕冰澌。何妨事事居人後，此意生徒未遣知。

江村高卧免勞形，飽看溪山眼倍青。五字未能詩换骨，四家還慕畫通靈。元四大家中已得倪黄二幅。難酬聖主〔一〕陳天保，聊爲鄉鄰講《孝經》。只恐殘年未聞道，没寧存順媿《西銘》。

校記

〔一〕『聖主』,《沈歸愚詩文稿・近草》作『聖王』。

贈寫真陸星三

爾胡不寫褒公與鄂公,凌烟高閣標英風。爾胡不寫羨門與安期,大四海上同遨嬉。爾胡不寫石崇與王愷,錦幛珊瑚鬬財賄。區區偏寫歸愚叟,六珁中有斯人不?胸無一物湛苦吟。享以千金實敝帚,年來軀體傷龍鍾。目暗耳聾面梨耇,寫真且莫全形神。恐使旁觀嗤老醜,雨笠煙簑及好春,東阡南術課鋤芸。能安下潠陶潛業,不惹西風庾亮塵。寫余擊壤偕田父,同作堯天耕鑿人。

病餘

耄年病體强扶持,方寸粗安便當醫。閙裏尋忙種花藥,動中得静夢黄羲。山光欲活同人玩,書味難名偶自知。物我恬熙歸造化,太空不受本無私。

閒　中

閒中聞見日紛歧，擾擾膠膠付五噫。細閲顛當成網處，静看蝜蝂上牆時。海枯乍息千層浪，柯爛纔終一局棋。心似碧空無點翳，羊腸蛇退亦平夷。

書《劍南詩稿》後

杜陵詠收京，眼見安史滅。放翁志復讎，欲飲金人血。八年奉檄梁益間，昌雪射虎來南山。《出師》二表感前軌，輪囷肝膽思追攀。夢中上馬能殺賊，赤手奪得松亭關。那知淹留虚左券，改調東南成浪漫。適興惟探山水窟，入朝肯伍麒麟楦。冉冉鬢毛無可白，達觀轉覺身爲患。病追思卷白波，彌留還望恢赤縣。六十年間萬首詩，杜陵風格是師資。兩公莫作詩人看，大義公忠並屬之。

劍南詩草多復多，中間豈無複與譌。後人嗤點太容易，以枚數闔傷繁苛。朱竹垞太史。〔一〕名篇堆積若蓬葆，得精遺粗貴檢校。忘身報國表孤忠，切理厭心聞大道。來讀晦庵新著書，放翁句。盛氣豪情期一掃。醉猶温克夢齋莊，外物不移仁義飽。放翁詩中語意。杜韓後勁眉山公，詩筆回斡分天功。一爐鎔冶金銀銅，異世誰人許接武？劍南老子堪追踪，仙才學力各分擅，曲則異矣功歸同。宗唐祧宋非吾事，[二]繼續東坡有放翁。[三]

校記

〔一〕『太史』，《沈歸愚詩文稿·近草》作『檢討』。

〔二〕『非吾事』，《沈歸愚詩文稿·近草》作『吾何敢』。

〔三〕『繼續東坡有放翁』，《沈歸愚詩文稿·近草》爲『前有東坡後放翁』。

食蜜浸荔支，因憶往年賜荔事，成二斷句

側生蜜漬自炎方，玉質依然失味香。因憶東坡遭謗日，轉因貶竄得親嘗。

丹荔當年貢七閩，盆中采摘賜嘗新。擎歸二顆爭傳看，共道天家厚老臣。時賜諸王二顆，餘皆一顆。德潛以假歸，還朝，亦賜二顆，蓋特恩也。

又病

詩病多於馬，我病多於詩。耄年如枯木，病又摧其枝。縱遇李八百，恐亦難醫治。庶幾空寸

心，無思自無爲。絶物既未能，清淨知何時。委順還虚無，怡然静竢之。

陳礪庭同年南歸來晤

十載陳留遠俗塵，歸來魚鳥亦相親。敢辭能吏爲循吏，不棄陳人念故人。筐篋盡除仍樸學，炎歊相對似陽春。他時更結枌榆社，知水仁山共有鄰。

書錢彦仲同年詩草後

翩然辭禄賦旋歸，寄示新編墨乍晞。古體不難歌競病，樂章直欲擬妃豨。烹鮮力瘁蘇窮轍，愛日心枯失晚暉。本爲養母辭官歸里，喪親，幾於滅性。愁苦語多歡樂少，咀唫我亦起歔欷。

瀆川歸舟即目

雲山平遠斷還連，路入清谿散術阡。收網漁翁沽白小，持鹽隣嫗聘烏圓。俗諺以鹽换貓曰聘。三家村口仍聯社，萬斗渠中盡藝田。無象太平誰績出，秧歌聲裏樂豐年。

咏　史

紛紛猿鶴與蟲沙，漢末唐衰付嘆嗟。標榜過高成黨錮，驅除不密禍邦家。爲傭樹屋方離患，以杞包瓜可去邪。披讀史書占易象，和平中正協亨嘉。

題觀朝槿圖

朝看紛紛開，暮看紛紛落。朝開暮落落復開，畢竟浮榮歸寂寞。主人習静山中去，霧壑雲巖不知處。飽聽澗水與松風，日夕清泠淡塵慮。炙手鄭楊叚薛家，向榮自許無垠涯。江河倘作西流水，世途自合趨穠華。君請看，木槿花。

觀捕魚

設網提網密捕魚，鷗鷺更放滿河渠。何如留取鯤鯢種，更待他年五寸餘。

覽平準書

平準功名世共沿，紛紜體國各爭先。銅山料得君家有，可向天公買少年。

田家四時辭

杏花着雨半村開，隴畔聲聲布穀催。父老連年輸税早，料無縣隸打門來。
炎天耘耨困耆童，田水如湯急赴工。《七月》詩篇無此景，故應寫出補《豳風》。
蟊賊盲風雨不傷，四郊共送稻花香。償租還可藏餘粒，轉憶前年饜粃糠。
無煩隣女夜舂寒，户户盤匜勸飽餐。社鼓散餘田父醉，扶歸更飲合家歡。吴俗大小除宴飲，名合家歡。

自咎

蹇步聊乘下澤車，衰年客感未全除。言多散漫周防懈，夢少齋莊功力疎。孤負歲華儕衛武，緬懷風樹泣臯魚。朋交近寄童時課，有媿青燈誦習初。客有寄余少時會課文者。

閱《晉書》暨《南北史》作

女禍從古盛，司馬氏尤烈。賈充女爲后，婬暴無比埒。毒弑太后楊，父駿首領絶。旋殺太子遹，黨惡助姦黠。惠帝任拘孿，衆憒那可閼。起兵趙王倫，誅后斷蠆蝎。八王互吞屠，骨肉無苟活。内變既舛常，外寇自竊發。劉淵擾中華，群胡亂如髮。天子服青衣，帝后事獫羯。界分南北朝，六代共争奪。拓跋魏較賢，餘俱嗜誅殺。天地何無情，江山日流血。大單于爲始，宇文贇爲末。二百八十年，豆分而瓜裂。揆厥禍所由，一女肆顛譎。兵戈起掖廷，仿佛宗周烕。易象占家人，順巽利貞吉。家正天下正，威如匪剛決。讀史準卦爻，永以樹圭臬。

張魏公

殺曲端，薦秦檜。富平失，符離敗。末路殉國矢復讐，功罪紛綸一身備。南軒令子儒者宗，溯源厥考德與功。行狀萬言表公忠，誰作文？朱徽公。

韓蘄王墓

硯山山下蘄王墓，秖有墓門無宰樹。穴旁祔葬六夫人，一門忠義英靈聚。嵬峨佐命定勳碑，代遠不磨鬼神護。維王生值昏庸朝，誓雪國恥心堅牢。剪除苗傅安帝位，帝書忠勇褒功高。金人趨江覘形勢，江畔伏兵潛布置。鼓聲乍動廟兵出，三騎竄亡禽二騎。軍令江中鼓響，岸兵先入，廟兵旋出。金人五騎來窺，廟兵聞鼓先出，止獲二騎，兀术墜馬跳而免。兀术轉戰欲渡江，邀擊江中擄其壻。鐵絚拽船虜勢窮，使船如馬南軍雄。八千卒拒十萬衆，金人不復窺江東。宣撫兩淮兵力勁，鏖戰大儀出奇陣。中興武功誰與匹？惟有岳侯並忠藎。和議甘成寵賊臣，金牌速召岳家軍。功廢十年地俱喪，獄成三字天爲昏。九宇英雄盡解體，一人明哲聊全身。閉口不言當世事，西湖跨蹇同齊民。縱酒酣嬉病而死，名山窀穸藏煙雲。即今饗祀久湮缺，榛莽半鄰狐兔穴。道旁過者竦形神，遙望穹碑重英烈。縱令碑毀邱阜平，名姓中天光日月。棲霞古墓向南枝，兩地神明共昭揭。君請看，秦家穢冢石城邊，穢德彌天不見天。何湏兵馬遺溲溺，〔一〕遺臭千年更萬年。

校記

〔一〕《歸愚詩文稿・近草》句後有注：『孟珙出兵，屯兵馬於秦檜冢上，因名「穢冢」。』

郭月巖前輩寄示詩稿，並贈詩六斷句，作此奉答

披卷如聞焦尾琴，體兼鐘鼎與山林。縱餘金玉雕鐫語，捻協雲嵐韻濩音。

前輩風流愛景光，林園養静壽而康。憐予後進如同學，量校年華長十霜。

病軀乍起辱相存，粔籹家餥餉蓽門。不遣白衣來送酒，知予斷飲棄匏尊。

塗抹巃才浪得名，未聞雅奏韻和平。知公繡出鴛鴦好，可許金針付後生。

聞蛩

鶴警聽初罷，幽蛩又續鳴。報寒依四壁，弔月到三更。唐魏風雖改，夷商氣自清。感秋思覓句，和我苦吟聲。

過澗上草堂懷俟齋先生

草堂岑寂四無鄰，舊結衡茆養性真。共信臺佟漢遺老，翻憐嵇紹晉忠臣。心中有史應沈井，畫裏無塵不着人。此日攜笻訪薖軸，沙泉還復漾清淪。

任同知新祠

明嘉靖中，倭寇南侵，所過殘破。任環爲蘇州同知，與力戰，身幾危。時有難民萬餘來奔，開城全活之。後屢斬級，立戰功，詳見曹邦輔附傳中。倭滅後，吴中祠祀，久爲二氏占。今擇地鼎新，仍春秋祀，見人心之公也！作詩紀之。

瘦同知涖吴中日，倭寇兵戈力獨當。身受三創拚决戰，城留萬衆活逋亡。荒祠鳩踞棲龍象，新宇鳧趨藝版香。寄語分符司牧者，卹民捍患是官方。

傷足口號

傷足難瘳並子春，下堂蹉跌過三旬。一身痛楚猶堪忍，行殆惟慙辱二親。

拊摩不痲恨更長，鼠耗燈殘夜未央。眄望曙光猶望赦，寒雞初唱月如霜。

一體傷餘四體困，屈伸轉側捴艱辛。初無蜀漢春秋筆，也使旁人唤半人。

瘝不能行走且僵，病夫同病强扶將。莊生漫説雞三足，兩足偏教一足傷。

入朝久合攜笻杖，自恃平安忽受侵。此後倘能還舊質，敢忘履薄與臨深。

題練塘圖陳煥畫

練塘風物吾曾領，讀畫如逢舊釣磯。老樹綴花偏有韻，閒鷗入夢自無機。山容缺藉雲來補，水勢高疑岸失圍。一棄輕帆訪遺逸，蒼葭何處掩紫扉。煥自題訪笏林丈。

偶述

胡椒八百斛，珊瑚三尺株。多財賈大禍，千古笑其愚。胡來蚩蚩厮養卒，秉鏄一朝穿利窟。邯鄲來嫁有名倡，垣窌常充不祥物。道旁嘖嘖羨餘風，謂是錚錚鐵中傑。俄然天上麗刑章，灰燼家園成一吷。吁嗟乎！此曹顧財不顧身。士人只合甘清貧，安樂窩中無限春。

答竹谿諸詩人

詩教閱古今，温厚歸一揆。詩何嘗愚人？詩人自愚耳！苟且就淺夷，黄茅與白葦。鬪異矜幻荒，蛇神兼牛鬼。詩壇日以盈，誰歟究宗旨？吴江竹谿社，同川袁子質中招同志諸人，每季課詩于較書巢。俊才並有斐。炎月結詩課，角藝執鞭弭。我時移扁舟，荷風送涯涘。來過校書巢，遠香散棐几。入座禮讓餘，披讀古今體。性真驅氛埃，清風掃糠粃。諸君轉降心，退焉就條理。贈我新詩篇，願言侍杖履。謂我識途馬，舊本疾於駛。今雖伏槽櫪，猶堪越槍壘。發蹤指前途，導引走千里。我爲諸君言，識味緣暮齒。初無誘進方，惟期遵舊軌。靈明爲之輿，紀律爲之軓。驂靳藉文華，運轉憑驅使。盎然流神韻，粹然協宮徵。功深不計功，温厚諧正始。諸君各努力，老我行休矣。

箜篌引

驚濤半空立，顛風當斷渡。何來野叟欲渡河，小婦挽之那能住？飢蛟方伺人，翁乃果其腹。婦彈箜篌，哀歌當哭。旁人聽之，傷心慘目。人知渡河翁喪身，詎知無形之河常陷人。一朝忽失足，性真日淪汩。茫茫名利塲，四方上下肆奔突。到頭沈喪狂瀾中，賸有敗名爲口實。閨中亦鼓廿五絃，聞者嬉笑誰哀憐。

病中偶憶史事，口號五章

獻帝拘幽帝業虚，遠藩奉表帝劉虞。虞亦帝室之胄，爲幽州牧，有仁政，青徐士庶歸者百萬。

袁紹、韓馥奉表稱帝，虞責諸人大義。堅辭欲避匈奴去，忠藎偏遭賊瓚誅。爲公孫瓚所殺。

武曌改唐諸武盛，獨餘攸緒謝朝纓。攜妻並入空山老，腥穢藪中冰雪清。屢召不受宫，〔一〕妻即武后女，更難。

陳橋兵變事從容，禪詔徐徐出袖中。五代史成歐永叔，未聞直筆表韓通。

齊黄横議削籓封，燕邸兵强計畫窮。瓜蔓並抄功罪異，難同練鐵並稱忠。齊黄末路，罪更在奔竄。

馬阮人頭而畜鳴，惟漁聲色戮忠貞。天心東眷開昌運，不禦神兵禦左兵。

校記

〔一〕『宫』，疑爲『官』。

書白司馬《琵琶》引後

江州司馬遭遷謫，聽罷琵琶淚欲枯。爾日蒼生未寧靖，儲將痛哭比唐衢。

不寐感懷

足傷逾兩月，入夜最孤清。人靖鼠羣嘯，天寒雞失鳴。循名慙未實，袪過檢偏盈。病體何時減？春和或許輕。

贈顧花橋

藝苑相於五十年，吴中耆舊未能先。選騷意度鎔無迹，遷固丰裁握有權。共信春和歸杖履，并教都養脱蹄筌。兒曹也復傳家學，雨露行看潤海壖。

和作

顧詒禄

閲世遥遥望百年，離宫佳會坐居先。會九老於香山行宫，分三行坐。窺尋聖藻如師弟，御製時命公校閲，賜詩云：『天子門生更故人。』管領名山即事權。扶杖松間開鶴柴，垂竿溪畔棄漁筌。春來迎駕承恩旨，二老無勞溯水壖。新奉旨命公偕錢尚書陳羣常州迎駕。前次賜詩，有『二老江浙之大老』句。

題王受南小照

玉山文讌

往歲論文金粟田，相傳頤仲瑛讀書處。友朋師弟聚聯綿。於今圖畫重相見，雲散風流四十年。

秦淮移棹

秦淮秋漲水平鋪，長板橋邊問酒罏。自别省闈空想望，燈船仍到石城無。

潼關曉度

潼關天險勢崔嵬，四扇門中輕騎來。空際河聲連嶽色，心胸眼界萬重開。

曲江春眺

杏林猶見幾株紅，唐代題名一掃空。直上慈恩高塔望，秦關百二亂雲中。

龍門觀瀑

飛流萬斛下龍門，曲折成河到海渾。人世並疑天際落，何須絶頂上崑崙。

榆林觀獵

榆塞相逢校獵徒，風毛雨血灑平蕪。漁陽吾侍天家狩，乙丑春，從駕觀獵。圍合中藏八陣圖。

棧道秋風

蜀棧盤盤欲上天，狂飆鼓動落烏鳶。殷勤將事忘夷險，來往均如度陌阡。

灞橋餞送

西土參軍十八年，歸途餞送灞橋邊。清風明月俱將去，劉寵無須撿大錢。〔一〕

校記

〔一〕『劉寵無須撿大錢』，《沈歸愚詩文稿·近草》作『不用劉寬撿大錢』。

甲申除夕

四序除餘病尚淹，青燈枯坐類瞿曇。此身剩有筋皮骨，明日居然九十三。學道半塗年力邁，迎鑾近地聖恩覃。旨諭迎駕在〔一〕常州。潭山斗柄梅開日，可飲清香往草庵。

和作

錢陳羣

經學桓榮老愈淹，修眉廣額一雲曇。詩篇行世百千萬，年紀過予一十三。賜杖雙擕承眷渥，温綸同拜被恩覃。從今莫負探梅約，林屋蕺中共結庵。

校記

〔一〕「在」，《沈歸愚詩文稿·近草》爲「只在」。

歸愚詩鈔餘集卷八

長洲沈德潛歸愚

正月二日小讌歸愚齋，諸君有詩，余亦繼作

元辰乍過氣晴明，聊簇辛盤聚友生。揖讓雍容賓有禮，景光韶麗雨無正。秖談風月成佳會，不寫牢愁信善鳴。計日羣才逢召試，欣看鳳羽集蓬瀛。時座中友有應召試者。

新正二日讌集歸愚齋即席呈誨

王廷魁

上日纔過候，蓬瀛淑氣深。早懸新剪勝，月之十四日立春。重接舊華簪。詩酒雲龍會，文章天地心。臘殘梅未破，計日待幽尋。

題劉源字伴院，國初人凌煙功臣圖

曹霸曾貌凌煙閣上諸功臣，二十四人各有神。此畫世遠久磨滅，秖餘杜陵詩句留其真。於今復見劉源筆，願續古賢望堂室。滿纸生氣氣絶塵，宛是唐家舊人物。長孫柄國傳憂勞，鄭公嫵媚容能描。永興德藝備五絶，正直和藹看風標。其餘猛將彪而彌，長戈大戟千人英。倘遇强敵身逾輕，疾疑天馬鷙比鷹。中有一將尤錚錚，鬚髮半白顏猶頳。袒衣偏露，刀箭傷損人皆驚。知是鄂公被謗後，一雪晚年欲反之惡聲。曹將軍畫幾步武，畫院衆人首俱俯。劉源畫名許聖祖，此圖傳觀出天府。當時世祖定鼎多從龍，蕭曹絳灌来沛豐。運籌决策幃幄中，忘身酣戰成奇功。源乎源乎，爾與諸公出入金華殿，可曾一一下筆開生面？

漁

志不在得魚，得魚亦不賣。人超夷惠間，興寄煙波外。

樵

嶺兼野猱升，斫取自然利。終日無機心，險夷捻一視。

耕

婦女勤餉饁，彊以同聽命。和風滿溝塍，夏畦未爲病。

牧

牧牛牛自肥，肥在節勞逸。勿令牧牛人，獨得惠養術。

梅影

月上西墻横瘦影，翛然畫出景森沉。微微似帶冰霜氣，淡淡還涵天地心。翠羽飛尋難着迹，美人入夢暫留陰。老夫欲折無從折，白髮盈頭那許簪。

春　草

紅紫禁寒蘁乍萌，如袍青草已敷榮。托根不喜依城市，抽葉何妨近芷蘅。霞外遥看生意滿，雨餘入望淡煙横。康成書帶非他族，道趣相關無限情。

泊舟白家橋雨雪中迎駕

雪點寒梅雨灑塵，迎鑾小艇泊河濱。遲洄水次雲凝棹，沾濕花間香惹身。臣病未嫺三跪禮，天言有喜十分春。從兹南服承恩渥，霡霂融餘萬彙新。

奉勅再詠攝山十二景仍次前韻

名山先得水，旋環儼明鏡。不須架雙橋，已奪北樓勝。長隄界飛虹，霞光兩分映。移步境漸深，梯巖匪遼夐，憑兹山水清，一洗障礙净。中心有鳶魚，觸目皆飛泳。

右采虹明鏡

煙霞能笑人，此地煙霞冣。幽幽二水合，取象比重兑。叠石安雲巖，兩泯觸與背。古木石罅蟠，枝條勿剪拜。明知僧紹域，忘却龍潭界。久憇不忍離，超然塵刧外。

右幽居

老僧住高臺，臺下繞碧澗。同人話箭鋒，道着許分院。緊余本鈍根，空抱人天願。觀水未探源，一勺亦旁溉。想象祝融師，坐卧冰崖洪。祝融般若師。了兹般若緣，萬境歸夢幻。

右般若臺

春雨本無色，著樹染穠冶。深山空翠盈，夭桃忽飄灑。紅雨逐波流，空明真般若。無文乃有文，悠然我心寫。試問諸陶潛，同寓言否也。

右桃花澗

傑閣雲滿梯，對面石爲障。廻抱如屏風，界畫露形相。奇巧成自天，鏤斲不待匠。鑾輅幸南服，幾餘臨閣上。清泉穿石鳴，古樹交花放。紫氣從東來，光華慶雲狀。聖人明四目，千里憑一望。

管寧蹈東海，所帶惟白帽。後人重烏紗，石名從衆好。名紗帽峯。實德庶不刊，虚聲徒强

右紫光閣

釣。帝易玉冠峰，鄙見落葉掃。圭璧比衛武，人與玉維肖。令名傳無窮，光遠真有耀。

右玉冠峯

越嶺遇層崕，崖上鐫千佛。一人懷一心，千佛心則一。是佛即是心，心心惟濟物。濟物與物忘，無湏坐巖穴。迷津滿塵寰，何處求寶筏。有相非相間，領取心披豁。

右千佛巖

山多齊梁松，取幹不取色。九株尤瑰奇，如逢百夫特。圍抱剩有餘，参天渺難極。聖人兩詠之，典重自申錫。秉性得中正，立體挺孤直。散材避成林，衆鳥不敢息。比似盛世臣，弼諧壽平格。

右九株松

昌黎詠南山，山石瘦兼皺。攝山重沓堆，似起而忽伏。鵬怒仍歛翼，馬逸復廻驟。宛宛濤浪紋，變此穹谷岫。疑是愚公術，移山使之走。動静無定形，轉恐驚猱狖。

右叠浪崖

衆木取敷榮，長松貴整肅。九株俯萬株，萬株俯叢竹。未秋疑先秋，時燠每忘燠。延緑上高臺，鬚眉頓然緑。尋幽客少過，濃雲滿虚谷。

良工認山脉，剔泉去浮滓。白鹿分真珠，亦泉名。一往奔清駛。惜如高隐人，潛藏重崖裹。帝心欲引導，流注下郊里。歲歲潤原田，君民大歡喜。

右萬松臺

從狩升層崕，無力亦須努。置身最上巔，下視皆平楚。至尊如履平，命停輿與馬叶。長江萬里流，四望徧島溆。文武左右侍，風雲從龍虎。蕩平撫當今，戰争弔往古。微臣才力弱，詎敢懸抱鼓。賡歌達仙都，爲仗西池姥。

右白鹿泉

右最高峰

奉勅再詠焦山古鼎仍次前韻

京江南岸山如屯，江心金焦比弟昆。海門東去渺無極，直欲包乾而括坤。焦山古碑銘瘞鶴，舊書磨滅形空存。惟餘古鼎紀周代，寶座不用黿趺蹲。質分砂丹雜瓜緑，神留月魄兼冰魂。周文周宣争剖析，轉同刻舟求劍痕。往年過此曾載筆，自慙詹詹誠小言。雪泥鴻爪偶疥壁，山樵野牧俱摩捫。至尊停鑾一揮灑，大如環海高崑崙。後人那敢重吐啖，布鼓詎合来雷門。廻視新城二王作，士禄銓曹、士正司寇皆有古詩。小水傍海波流渾。遂令維摩方丈室，光耀重比芙蓉園。方今翠華復經此，春分星鳥明深昏。仍前盤屈押强韻，鼓鐘合樂聲於論。氣象萬千捻可攝，雲夢八九何妨吞。維時寶鼎發光怪，江光擁護煙雲奔。況逢天藻耀九宇，龍文鳳翽瞻重閽。

清明日讀《楚辭》作

病體纏綿勢莫支，兼旬風雨正愁時。一百六日過寒食，二十五篇披《楚辭》。乍聽餳簫童稚集，長吟《山鬼》士林悲。鄰家聞奏旗亭曲，新火光陰寫艷思。

彭亦武園居

編籬剪棘庾園成，卉木無機適性情。新放小紅低抱蝶，舊存穠緑暗巢鶯。堤通示浦宜栽葑，吴王時，東南門名示浦，後易葑門。水接滄浪便濯纓。莊惠之間聊寄興，利名以外樂平生。

宋慤亭園居

舘面南城谷枕涯，文園不羡洛陽街。詞分古本珍金縷，花記先開篆玉牌。引棹入門池比鏡，引河水從橋下入門，可以移棹。留賓劇飲酒如淮。萲庭春永宜男草名。茁，敦叙天倫樂事偕。

王方九園居

傍水誅茆坡壟平，平章品物亦勳名。養魚自許知魚樂，種菊何妨餐菊英。俗慮本無無用滌，生機富有有誰爭。鄰園主入紅塵去，未便清流更濯纓。

食櫻桃作

包山野客餉朱櫻，并起嘗新感舊情。隔冷不妨資内熱，年衰尤覺助神清。匀圓追憶嚴親賜，傾寫遥傳京口城。余素愛櫻，時館於京江，嚴親遠寄。此日孤生念前事，餐餘惟有涕從横。

袁鼎上新娶旋别，數載不歸，因作《新婚别》詩，同杜題，不同杜意

季女初歸作苦妻，匆忙言别又歌驪。辛壬癸甲身旋出，南北東西路不齊。燕子梁間聞短嘆，花枝樓上笑單栖。雷聲隱隱車聲似，果否蕭郎歸馬嘶。

題家坳堂觀生小照

觀我生，觀民生，所貴克己心和平。此心歆然不自滿，民之渭涇已渭涇。東田歷政粵黔楚，邇年又莅江之滸。民風土俗分剛柔，到處窮檐無失所。於今帝命仍楚南，陳時臬事君能戡。觀我觀民兩無咎，要使中正兼慈嚴。披圖如浥太和氣，卉木流泉捴生意。

題李漪亭照

出處分兩途，行藏實一揆。結念樂煙波，縈情戀符璽。膠固終其身，孔顔之所鄙。吾友陳臬事，欽恤寸心裏。刑期協于中，燕息無刻晷。政靖偶蕭閒，興趣寄山水。天機活潑餘，何處留塵滓。畫師解其意，點筆脱金紫。峭壁瀉流泉，秋林入杖履。随意采荃蘅，忘卻宰官矣。他時任封疆，責重在寧敉。神遊五岳間，九宇落眼底。妙手更傳神，栖情到無始。

姜念劬《琴鶴歸舟圖》

棄官輕一葉，短棹泛閒身。楚澤煙波遠，吴山猨鳥親。三生石上話，九老會中人。歸與九老會。自得衡茅趣，相期善養真。鶴飛天末去，琴暫案間留。地隔宣城隴，神依諫草樓。家聲承四世，樂意寓三休。圖寫歸舟景，還從景外求。

題毛士尊遺照

孝笋不逢慈竹護，半竿那許上凌霄。緑垂風折人同殞，魂散惟聞少婦招。嫠婦持家那可持，無田艱食又無兒。常瞻遺挂聲幽咽，捻是哀猿腸斷時。

題朱蓉溪《待漏圖》

述職趋金闕，宫壺漏未殘。玉珂晨騎列，銀燭曉光寒。民隱諳艱苦，對章上治安。回車猶戀戀，翹望五雲端。

朝罷圖

朝罷花林遠，初陽露欲晞。徐徐收玉策，欵欵换宫衣。蘭茁家兒戲，桃夭素女依。功成歸故里，來往釣魚磯。

病體

病體空齋坐，兼旬正面牆。形儕習鑿齒，碑薄叚文昌。時温平淮西碑。架上書千牘，園中八百桑。永懷無一遂，老去揔茫茫。

愁

春日逢霖潦，炎天又旱乾。時聞米價貴，那許寸心安。況值强梁輩，常探黑白丸。大臣勤勦撫，應已奏金鑾。

漢宮詞

秋風停扇時宜退，内苑逢熊身獨當。漢室不應滋禍水，燕飛那得入昭陽。

唐宮詞

寵愛三千并一身，他生海外許相親。江妃此日無梳洗，况是上陽白髮人。

漁陽鼙鼓

漁陽鼙鼓震如雷，合隊楊家宴乍回。飛騎紅塵馳告急，宫中猶認荔支來。

古　意

往歲辭家楊柳青，兩年西北任飄零。南歸書到人東去，風裏楊花又化萍。

蘇李泣別圖

少卿相送子卿還，南望迢迢入漢關。賸有交情難忘却，涕零不是念家山。

旄節摧頹仍自持，塞垣客餞涕漣洏。漢臣亦有悽然處，此後從無會面時。
故友分飛類轉蓬，歸來皓首已稱翁。茂陵經過應垂淚，玉露金盤望裏空。

李高士客山飯牛遺照

飯牛柳下飽青莎，牛與人同戀澗阿。不用之齊更之楚，何須扣角起商歌。
君携隴畔驅牛策，我泛溪頭放鴨船。披畫追尋少年事，南皮聚散渺雲烟。予與客山定交，年止三十。

戲爲捉搦曲

吴王宫中開雙井，虎邱巘前下雙綆。女兒在家枕去。孤枕，胡弗早嫁合雙影。
世間那有苦甘蔗，女兒哭泣緣出嫁。喜心翻倒淚欲瀉，闔閣中人同五霸。

秋　晚

山低去鳥路，人聚晚霞天。一水明殘照，孤村上暮煙。牛羊歸斷阪，鳧雁集平田。舉目天然畫，松年未易傳。劉松年自謂最工晚景。

梅

冰肌澹澹凝清霰，鐵骨稜稜卧野雲。國士無雙許持贈，名山孑立有誰羣。

蘭

不隨蘼麥茂幽林，種避當門免見侵。人世何妨無采佩，已邀尼父賞貞心。

菊

蘵桂零餘吐晚香，籬邊相遇即柴桑。絶無穠冶人争重，只爲柔枝耐得霜。

竹

千个放稍能卻暑，一生抱節更虚中。北窗相對靖無事，消盡閒心付太空。

梅 和作

戴　奎

戌削通身清十分，返魂香動静中聞。東皇太乙君先占，獨向嚴寒擁白雲。

蘭

猗蘭空谷自成蕟，不與凡蕟較異同。造化生機本無限，艾蕭各自領春風。

菊

插桵扶弱斷欹斜，白露團餘旋吐花。佳色可餐随處有，而胡品重獨陶家。

竹

滿塢蒼筤澗壑陰，炎瞷那許到幽林。山王嵇阮人傳寫，誰識淇泉君子心。

吏胥

吏胥如虎狼，秉性在吞噬。遇虎狼可逃，遇吏胥難避。猙獰奉官符，到處肆怒嘷。雞狗不得寧，全家受鋒刺。無計鬻兒女，聊以供飽醉。牽累及里鄰，拘縶同嬉戲。虎狼不能飛，此更添兩翅。虎狼不成羣，此更千百輩。官能吏亦能，如指臂使畀。誰云是虎狼，快比千里蹭。民俗漸凋傷，天心自仁愛。騶虞得天心，仁風被草萊，不須用殄戮，久久化醜類。虎狼亦回心，其慶民攸塈。

老境

九十三年序屢更，倩人扶侍似孩嬰。耐貧自信能安素，多病天教學養生。耳患對賓添啞笑，心枯走筆類荒傖。故交漸次歸零落，嘆逝臨風涕泗橫。

難將蔗境擬頹齡，坐卧無時失静寧。聽世務迷南北戒，唐一行分天下爲南北二戒。下堂堦歷短長亭。漫云方寸歸夷白，自笑詩篇付殺青。歲鐫一卷。取暖晴窓動憐閔，凍蠅點點困疎櫺。

庚申歲，泊舟燕子磯，遇默默上人，云夜夢客入寺，即君之儀容，前緣也。屬寫贈言，因題二語贈之。時默默年九十有三，詢其名，云興洞。歲辛未，皇上南巡，興洞迎駕江干，上賜以詩，時年一百有四矣。後消息杳然，夜，上人入夢，未知生存與否，因成是詩

燕子磯頭逢老衲，桫欏樹下話前緣。翳予素體無言教，知爾能參不語禪。天子賜詩褒佛子，地仙得壽奉金仙。宵來夢寐重相遇，遙望江雲意惘然。

廣南士人述惠仲孺學士督學始末，因系以詩

文驅積弊崇根柢，節礪炎方首潔清。爲整官常因下石，有藩司某欲抗行，學士奉勅抑之。其人晉卿貳，因誣奏。尚餘人色且修城。羣經疏解垂彜訓，多士孫曾徧誦聲。配食韓山同趙德，薦馨只合采荃蘅。

戈氏洋松歌 主人南屏有詩

戈氏庭前海雲聚，下有東洋一松樹。寸寸節節生横枝，翠潤疑承雨初澍。島酋移上蜑人船，萬里天風鬼神助。途長物少價直昂，得者快如得玉璐。衆爲主人言，中邦罕此奇秀株。岳麓雙松久焦枯，泰山五大夫松安在乎？峨眉頂上萬年不長之松存畫圖。此松榑桑旭日常照耀，根堅幹挺珍中都。我爲主人言，所見短而淺，大夏偉觀未掛眼。攝山山半萬樹松，九株雄長如羣龍。兩人合抱未能抱，中正直上凌蒼穹。至尊作歌泐巖石，比似九老，思日贊贊襄天工。時舉九老會。方今聲教徧四海，日本漸被天之東。倫常文物一變徐福舊，草木亦長中華風。主人聞言，開拓心胷。洋松竊比攝山樹，何翅江黄，仰視荆楚，瓶執鞭弭相追從。

偶感

飛蛾投烈燄，螘子溺脂膏。今人多戀貝，忘卻利旁刀。

曾貫之之陝，雷履吉之川，均來乞詩，合賦以應

軼士誰爲境地囚，揚鑣分路向雄州。秦川扼險風雲壯，蜀道盤空猿鳥愁。兩服兩驂過白狄，三朝三暮下黄牛。送君我亦添豪興，夢寐追從賦遠遊。連下四章，舊詩遺軼，附録於此。

偶述

乍離豹尾來南國，未習龍韜領武功。絃管聲中消永晝，蕙蘭芨裏醉春風。但聞議價酬明月，誰識啼飢託鞠藭。燕雀紛紛巢幕上，可看天際有冥鴻。

香氣沉濃夢不清，况逢方士説長生。一從天上傳黄紙，便聽場中歈玉笙。請室歸餘尊獄吏，仙班散後失飛瓊。薛公空有閑雞狗，誰向崤函試盜鳴。

魏耕廡之子失記名字自西江來吴，旋往會稽訪友，詩以送之

乍離江右來江左，又下吴江向越江。雲外鴻飛送征客，林間楓落點蓬窓。天涯風俗殊鄉縣，

蘭臭知交託異邦。歸老奇峰勤著述，代居金精山之翠微峯。大文彌樸衆心降。

顧健亭畫龍

畫虎不畫風，幽谷虎嘯風。自從畫龍先畫雲，雲氣布濩蟠龍身。東雲出鱗西露爪，馬鬣三騣潤枯稿。健亭贈畫時，炎月方爞爞。乍懸諸壁聞靊霳，曉來田疇水滿歡耕農。畫龍幾欲同真龍，何必遠追陳所翁？

歸愚詩鈔餘集卷九

長洲沈德潛歸愚

題徐友竹山水長卷

身在廬山外，乃得廬山真。超然脱形像，縱筆傳其神。徐君興來寫山水，綿綿延延勢千里。無依無傍往而復，忽斷忽續起兼止。正峰運以斧劈皴，樹石微茫水瀰瀰。寫時輕舟停板閘，千艘邪許聲喧沓。不聞不見凝於神，瓜步閘如泛苕霅。謙言追仿吴漁山，興會已趋黄董閒。萬木奇峰北苑本。緬機理，富春山卷大癡本。思沿緣。香光臨橅不相似，此趣難與他人傳。見董香光自記。還君畫卷有餘戀，夢寐常欲親煙鬟。

翟子厚山水歌

畫師心，心師天。九州四海憑雲烟，囊括元氣神理全。畫家失此意，界域分區區。寸山尺水一一窮追摹，追摹形跡拙變化，源頭既涸聊枝梧。翟君蹶然起，高懷脱形似。胸中如有造化爐，意在筆先後着紙。左揮右攉氣欲流，諦觀便是真山水。大家逸品兼有之，前身畫師應在此。紛綸衆手各擅場，眼中之人見之子。畫師心，心師天。天機參以人，驅山走海逾精堅。願君更師荆關董巨維摩詰，鎔冶衆妙忘蹄筌。君家不求名，韜晦守蓬篳。負米養高堂，調膳馨有飶。詎知逃名名轉高，鶴鳴九霄聲自徹。方今廟堂稔悉民依艱，欲繪《豳風》與《無逸》。宋璟公忠倘進圖，待君揮灑通靈筆。

恭輓榮親王詩五章

龍種天然異，英資自性成。規言而矩行，夕側與朝嬰。治識和平理，艱諳稼穡情。問安時起早，不用聽雞鳴。

仁孝孚天意，英年禮數恭。後塵随玉輅，中厩賜飛龍。出塞常教侍，行圍獨許從。經文兼緯武，每得帝怡容。

往歲蒙恩詔，瀛州侍説書。孔顔尋樂趣，風雅味經畬。砥業千秋上，同堂三載餘。歸田時夢想，髣髴授經初。

祝釐來日下，重入上書房。披讀新辭翰，丰裁近漢唐。引今同弔古，贈幣更傳觴。相別時無幾，驚聞返昊蒼。

已侵二豎祟，難覓九還丹。聖主神傷劇，輟朝還減餐。臣衰停繭足，禮闕拜金棺。揮涕書窗下，空教老淚乾。

贈顧生景岳

炎月歸來耐苦辛，素衣曾未染緇塵。劉蕡共指虛陳策，子羽仍須貌取人。石抱堅貞終作障，樹深根柢自逢春。光榮二鳥尋常事，從古明廷待鳳麟。

馬湘蘭寫蘭

樓空南市等南柯，季布朱家數翠娥。王百谷序湘蘭詩，有『紅裝季布，翠袖朱家』句。寫出素蘭同寫照，風流合付顧横波。龔合肥妾顧眉生亦工寫蘭，號横波夫人。

女史胡佩蘭寫蘭 汪秀峯篋室

蕭艾揚揚勢欲侵，幽蘭黯澹弱難禁。卻憐霧閣雲窗客，傳出湘九江畹心。

風塵郝有鄭思肖，閨閣還同管仲姬。竟體芳蘭工寫意，蕙纕瓊佩有餘思。

寫懷示吴氏老妾

勸我拋書卷，卿言亦復佳。此身猶長物，世事豈縈懷。時接樵漁隊，何妨禮數乖。所嫌艱步履，無處著青鞵。

懷松兒熙孫在途

舟行炎暑候，知爾劇艱辛。地隔三千里，心馳十二辰。家書無可寄，歸信揔非真。乾鵲時虚報，愆期又浹旬。路河至吴中約行四旬，今已逾六旬。

養閒

酬應紛紜擾夢魂，老年仍合住江村。疑愁忽喜花含笑，似别重逢月到門。馬勃牛溲隨得失，鼠肝蟲臂任評論。養閒把釣溪頭坐，久久常教片石温。

松兒熙孫到家

入夜兒孫至，青燈尚未殘。燈前互相看，各自喜平安。

背立美人圖

環珮廻身獨立時，烏雲冉冉髩垂絲。漢庭聞有毛延壽，不遺紅顔對畫師。

客至 戈漢溪

老去稀朋舊，懷人日幾回。閑門斜照入，芒屩故交來。各自看顔面，同然把酒杯。座間香氣滿，夜合值花開。

題杖

年來行動憑筇竹，五尺隨身乍及肩。擕汝多情同伴侣，扶人无咎得安便。矯將屈曲湏留直，嗤彼模稜欲就圓。炎午有時聊棄置，清凉穩向北牕眠。

賦得老病人扶再拜難

狟蹷相依難獨行，衰年拜手恐危傾。江干亦駐閑車馬，病體非關懶送迎。長揖向人聞汲黯，折腰辭位有淵明。老夫那敢同前哲，聊比罏頭缺足鐺。

田家苦

朱陳村，吏打門。往時喧擾連雞豚，况今村落艱饔飱。旱年逢妖魃，租牛車水牛蹄裂。潦年雨不休，湖波吞岸淹禾頭。冬天無米償田主，吏瞋官責誰憐汝。田家之苦無與同，嫁女仍事田家翁。

題錢貢《流鶯深樹圖》

草長河堤緑漸肥，流鶯深樹静相依。金丸正落韓嫣手，勸汝前途莫浪飛。

秋　夜

乍退炎威候，徐聽長短更。身同枯木静，夢比石泉清。礙月藤蘿影，繅風絡緯聲。遠鐘雲外動，耿耿若爲情。

鐘室冤

相君面，可遂封侯願。相君背，可極富與貴。蒯通三説信不從，觧衣推食牢籠中。一朝定漢鼎，便欲除英雄。功高不賞賞刀俎，鐘室血濺遭凶終。婦人毒手三族赤，君王真喜假憐惜。區區功狗何足烹？翁烹分我一杯羹。

四知金

故人懷金至，謂是暮夜時。爾謂無人知，爾知我知天地知。古人品嚴正，後人量寬容。千萬人知亦可受，郤諸郤諸爲不恭。

令公來

譌聞令公死，回紇重兵寇。邊鄙傳呼令公來，下馬迎拜聲如雷。令公手攜藥葛羅，兩邦和好何用尋干戈。答言叛臣懷光實牽引，今見令公煺頑蠢。公説回紇擊吐蕃，破敵取利兼交歡。時吐蕃虜金帛牛馬無數。執酒爲誓違者滅，衆酋踴躍傳巫言。此行不交戰，見一大人還。一騎能退數萬衆，公忠誠懇威桓桓。他時魚朝恩，邀遊章敬寺。慷慨抒直言，不中元載計。寺人亦與回紇同，拊膺流涕乃見觀軍容。

讀史有感

五丈原，朱仙鎮。五丈原驚落大星，朱仙鎮僞傳君命。伯約計欲興降王，鍾鄧雖戕究灰燼。獄成三字君稱臣，堂堂天朝等一郡。混分正閏沿温公，推重賊臣陋邱濬。瓊山謂秦檜有再造功。讀史茫茫中不平，夢寐清宵起愁悶。

帖海歌爲戈漢溪作

柘湖戈君工八法，骨幹稜稜振疲苶。龍跳虎卧求縱横，方矩員規願寧帖。生平事業恒於斯，那比淺人輕涉獵。溯源前代勤討搜，儲奧蘊精羅法帖。嗜同利慾注古碑，坐卧碑下忘寒饑。搨摹數日乃辭去，東西南北到處尋求古之師。上從魏晉下唐宋，奚囊滿後方肯言旋歸。衆人競觀號碑海，多多益善供翻披。往者御頒古帖工雕鐫，羲之以下三王全。《快雪》《中秋》《不〔一〕遠》。三希嘉名帝筆錫，三十二卷一一輝星躔。戈家諸帖只小海，眎大四海茫洋絡地連高天。四海外有大四海。戈君筆力精而堅，幾欲直到秋毫顛。更思溯源久久當探源，請君忘日忘月窮追攀。

校記

〔一〕『不』，疑應爲『伯』。

早鴈

萬里長征少匹儔，相逢歸燕各分投。起憑羽翼超群隊，來赴沅湘及半秋。浩蕩遽離關塞遠，經營先遂稻粱謀。飛鳴乍動紅樓聽，頓惹龍庭無限愁。

送　别

衰柳不堪折，離筵殊艸草。相贈無他言，只是鄉園好。

銅雀妓

疑冢七十二，臺端望豈真。白頭銅雀妓，又教晉宫人。

贈張歕人

水抱村廻處，幽人啓竹扉。樊畦添虎落，防雨晒牛衣。談討惟耕鑿，平章到蕨薇。自嫌心擾擾，未息漢陰機。

書高忠憲、歸季思詩集後

味淡而旨，語淺而深。二人同道，古人同心。水流自東，鳥投自林。曾點詠歸，昭文鼓琴。

書孟東野詩後

孟詩高深，寒非定評去。陗險摩天，淵涵開鏡。敵韓比肩，壓島逕庭去。目爲詩囚，後人語病。

書元道州詩後

道州天民，吐辭如矢。民物關身，雲山入髓。篋中成集，俱亡友詩。返朴斲滓。古韻濩音，不諧里耳。

無憂

未能尋樂自無憂，豈獨三休事事休。隨地可開歡笑口，憑天常覆雪霜頭。養閒應讓盧鴻乙，知足嘗聞馬少游。多病底須儲藥物，此身以内亦何求。

留山嵇公遺照像騎白牛，秉耒，前後列二美人，時未入閩中

往時文信國，亦嘗鶩聲華。後來起兵勤王事，萬死如飴報天家。鴻山嵇公天下士，興來命寫行看子。白牛長耜疑耕農，前後雙鬟侍紈綺。簡兮幽興寄榛苓，應望西方懷彼美。范公忠貞。相邀之八閩，是賓是主忠而純。重遠封疆主鎮撫，正大議論寘開陳。維時逆藩肆跋扈，耿應吴逆。兵威覊縶鳳與麟。太尉笏欲擊畔寇，平原論每伸强臣。范公既授命，嵇公亦成仁。蛇豕膺剪屠，忠義褒絲綸。峩峩鴻山畔，相隨瀋陽貞。烈鋩寒色，王光星辰。後賢韋平傳世業，繩繩繼繼連文孫。今餘九十載，高風鎮長在。後學披卷決眥看，珍重逾於古鼎鼐。吾家夙有信國像，五千餘言書像上沈學士度書《信國傳》。高懸正氣流溢空堂中，魑魅竄逃那敢向？嵇公遺容，超遥清曠。尚友古人，許隨輩行。文人學士倘往觀，知圖畫之嬉娱，慕捐軀之激壯。

信口吟

句律推敲費苦心，憑心傾吐是元音。人憐穠麗韓京兆，我愛蒼茫斛律金。

閱《焦芳傳》

泌陽真醜謬，媚閹必争先。首事宦官劉瑾，稱門下。陰鷙逾張綵，亦瑾黨。仇讎疾謝遷。正人無入相，逆子互秉權。遷浙人劉健江右，人因作《南人不可爲相圖》進呈。子黄中亦險惡。流寇空揮刃，胷懷憤未捐。流寇趙鍵〔一〕入泌陽，失芳父子，縛艸人斬之，後臨刑，曰：『恨未手刃此賊！』

校記

〔一〕『鍵』，應爲『鐩』。

閱朱童蒙奏疏

罪名歸講學，發難自童蒙。理欲何須剖，忠良務力攻。清流投濁水，九廟喪三公。温體仁、薛國觀輩排斥〔一〕正人，致戕國脉。宋代思陳賈，讒言今古同。賈劾朱文公僞學。

校記

〔一〕『斤』，刊刻之誤，應爲『斥』。

題凌藝薌同年遺照

胸次真堪隘九州，醉餘得句與天遊。賞詩别有麒麟閣，那數人間萬户侯。
齊年零落似晨星，遺掛高瞻舊日形。一語寄君應快意，承家有子已窮經。

寄彭司馬

司馬安和足性情，近聞天語得真評。包容干犯婁師德，藻耀才華宋子京。督過偏形能厚重，左遷轉信兆台衡。彼哉枉用工嗤點，薋菉終難掩杜蘅。

書盛青嶁《蜀地草堂詩》後

大材誰肯用？垂老客蠻方。世事歸詩史，生涯寄草堂。許身期稷契，旅食斷舟航。讀罷青嶁句，清言帶雪霜。

攬鏡

驀見曾相識，自驚還自嗤。少從何處失，老向此中知。天地成吾醜，風霜豈爾私。問誰長不改，嘆息一何癡。

詠桃花源

漁父曾探洞裏春，問津太守忽迷津。春光大地原無雨，徒使桃花笑世人。

輓晚峯上人

鏡中形相了無痕，好句常留薜荔門。閣閉古松飛冷吹，櫓驚殘夢醒吟魂。『松聲閑不往』『櫓聲殘夢醒』，皆晚峯佳句。離家鞠育縈晨夕，求友風騷互討論。明月有聲人示寂，居月聲菴，因韓貞文『江流月有聲』句得名。超然世外脱塵昏。

讀《信陵君傳》

七十侯生工計畫，竊符椎鄙立奇功。邯鄲圍觧難歸國，毛薛言危急返躬。入賀敵仇頻間諜，坐湛酒色老英雄。漢家祠祀兼守冢，異代還欽下士風。

御畫梅石，兼成御製詩叙，碑刻賜臣，敬作歌以紀

宋德壽宫有梅石，石存故址苔梅枯。後人繪畫勒碑碣，云是藍瑛之所圖。瑣屑紀載入邑志，士人筆墨疑非誣。至尊省方來浙右，萬幾清暇過通衢。審觀知出兩人手，畫梅孫杕工形模。藍瑛秪肖石硌确，而胡志乘殊糢糊。畫圖錯誤細事耳，人物蒙昧當何如？認紫爲朱雅爲鄭，混曲爲直賢爲愚。聖人分剖正舛謬，亦寫梅石勤民餘。天地之心露華鄂，堅貞之性存崎嶇。更成長句紀其實，煌煌訓誡箴文儒。碑刻賞賚頒菰蘆，微臣受賜珍瑶瑜。草堂榮光煥爛起，宛如孤山晤林逋。敬瞻天藻仰天縱，心神髣髴經天都。

猿戲聯句 沈歸愚　王岡齡　顧綏堂　戴星垣

武林吏胥攜黑猿至家，演擲比立繩伎婦，奇巧過之。吏云：『猿已二千年矣，捋人鬚，其人多壽。』時不聞啼聲，頻索果食。同人聯句紀其事。

白猿已昇仙，黑猿罹罟罭。歲月經二千，歸愚。覊絆受伍伯。爲吏胥所有。驅走登堂皇，綏堂。役使工跳擲。柱石一線懸，岡齡。左右五楹隔。乍看形勢局，星垣。倏訝奔騰驀。凌空如御風，歸愚。危立絶旁翼。婀娜肖姬姜，綏堂。縱橫弄矛戟。仰面臥屢翻，岡齡。俯身轉旋側。挂下墮樓姝，星垣。逆行退飛鷁。近挽人髭鬚，高攀屋瓴甋。驚駭者一座，歸愚。曲踴者三百陌。緘口聲不聞，綏堂。饞腹果頻索。而胡山澤臞，岡齡。未脱塵坱戹。終當放巖嶅，星垣。還期練精魄。更歷千年餘，通體化爲白。歸愚。

舟行口號

順風人所欣，逆風人所怨。天公無如何，難滿衆人願。

楊澹園《負米圖》

昕夕長吟不匱詩，六旬顔色似童兒。人生晝錦尋常事，至樂無如負米時。

荆軻

悲歌易水髮衝冠，匕首投時身已殘。壯士豈惟疎劍術，誤將嬴政比齊桓。

詠史

夫人利刃漫投，博浪飛椎誤擊。兩人報復未成，已喪祖龍精魄。

顧花橋惠鴨與柑，并示七律，次韵奉和

五十年餘誼盍簪，每逢奥義互幽探。感君不吝能言鴨，餉我還兼乍破柑。泛艇往來疑李郭，

閑居投贈比僑郯。新詩頒示聊賡和，有韻無痕近雅南。

張鐵珊治生壙屬予賦詩

我昔治黃腸，舉動疑放宕。從兹閱歲華，可生亦可喪。張君年未耄，便已營生壙。随地得牛眠，不受青烏誑。并不藉子孫，卜吉謀歸藏。安命以俟時，終身無悢悢。少余三十年，結念饒清曠。緬懷古達人，生死兩相忘。烏鳶螻蟻食，何庸預周防。此身本非吾，執着俱礙障。轉覺司空圖，猶未脱塵坱。更與張君約，超遥外形相。海闊寥天空，一笑俱無恙。

丁亥元日

東旭麗空欣上日，南方捐漕去。樂堯天。九重繩武高千古，百歲流光賒五年。盤裏齏鹽堆臘尾，庭中梅萼綻春先。六日立春。惟期文債能焚券，老境于斯得静便。

望雨

井泉幾欲竭，望澤徧東南。乍喜雲黯黮，旋看天蔚藍。但須除甲子，諺云：『春甲子雨，乘船入市。』揔願慰丁男。好雨乘時降，群情倍覺甘。

鄧尉觀梅雜詠

乍入梅花國，東方上曉暾。風吹殘雪樹，烟動隔湖村。野趣連籬落，清香散蓽門。肩輿隨屈折，幾欲冷吟魂。

已過香雪海，花氣更氤氲。銅井銅阬合，長圻長版分。清寒沁心腑，笳竹入煙雲。鼓吹遊山者，風流未遣聞。

潭山山下户，産業在梅椿。紅白枝攢一，東西路界雙。接梅者分潭東潭西。窖花珍北地，京師冬月，窖中以火烘花，春花俱放，名曰唐花。接榦讓吴邦。耕鑿毋捐棄，還思隴上龐。

逸園梅聚處，樹樹蔭佳城。程氏兩世廬墓處。騰嘯臺邊望，湖光接太清。山肴陳几席，摻手潔調烹。座右咿嚶語，歡聽小鳳聲。

棲息來初地，還元高閣旁。隸書遺老筆，徐俟齋先生。清句廣平章。宋商邱中丞。窓外湖光湧，烟中山色蒼。漁洋山。新城邀尚書愛山之名，因以自號。賜謚，文簡。詩品重漁洋。

舟行至蜀岡上平山堂紀一路所見

放艇紅橋畔，經行入畫圖。花林紛四序，樓觀儼三壺。堆阜森高嶺，通川淼大湖。岸旁遊冶客，連轡躍陶駼。

第五泉邊過，王虛舟書三字。淮東第一觀。蔣拙存書五字。古岡隨邐迤，怪石欲飛搏。禪宇塵囂外，天章雲日端。御詩二十餘碑。僧雛供導引，到處許盤桓。歐蘇留古蹟，後代每追尋。山借南徐色，人懷北宋心。兩區江界限，四度帝登臨。爲憶蕪城賦，昇平感自今。

春半梅方綻，岡前幾萬蘤。林深難覓路，香透不因風。紺色餘銀色，玉蝶十分之八。人工奪化工。御題三字額，御書小香雪。佳景憶吴中。

日暮幾忘返，尋芳不厭頻。紅霞旋送晚，翠袖尚探春。酒旆招花雨，香輪碾玉塵。二分明月好，恰照詠歸人。

五人墓

『五人之墓』四字，吴冏卿無障所題，重予以人之名也。偶經虎阜，途間感賦。

人踐人之實，不媿人之名。五人雖匹夫，義激轟雷霆。奮擊死緹騎，已亦捐其生。市井喪首領，猰貐歛縱横。吴中奮擊後，魏閹不復差緹騎矣。要離伍員墓，五人並崢嶸。嗤彼魏黨流，靦焉列冠纓。誰復許以人，空負人之形。

自題《萬峰獨立圖》用岡齡韻

九點煙光望欲齊，層層雲路破空躋。一丸紅日當笻過，百疊蒼松並鳥低。何用更尋穿石溜，劇憐虚羡上天梯。昔年黄海曾探歷，始信峰巔着品題。

題歸愚師《萬峰獨立圖》

王廷魁

天際羣峰望不齊，捫蘿躡磴獨攀躋。身從飛鳥行邊立，山向孤笻拄處低。半嶺嵐光抽石筍，千堆松翠入雲梯。心空目曠誰同領，直欲磨崖手自題。

卞培基園中海棠盛開，招顧花橋、星橋昆弟暨諸同人讌飲，賦詩唱和，成卷，予題其卷端

閭邱卞君恥獻玉，小圃種花殊馥郁。海棠綻候集詩人，飲酒看花日不足。詩人比擬寫紅雲，姑射仙人天女羣。薄霧籠藏神綽約，微陽注助體氤氳。乍疑妝洗留餘艷，又似春眠暈淺痕。杜老錦城欣過雨叶，東坡定惠嗤桃李。老夫十載滯春明，每遇春花携杖履。憫忠古寺海棠開，日向空庭散遠懷。花睡願持紅獨照，花癡不避衆人咍。於今寂處情黯默，隔户敷花倦遊覽。披吟佳製羡才華，動我玉堂天上感。

歸愚詩鈔餘集卷十

長洲沈德潛歸愚

立身

人之立身，貴挺貞幹。素丝染黑，色難回换。未協中行，毋狂寧狷。狂可僞爲，狷能自斷。勿云混茫，躋登有岸。百里爲程，九十猶半。

謹言

出言不慎，禍機所伏。良言温和，惡言流毒。以口戕口，悖無不復。守口如瓶，瓶防傾覆。後悔已晚，前譽當贖。金人三緘，勉哉自勗。

退讓

人思上人，争端斯起。觸觸呶呶，攢如蟲蟗。禮實爲讓，力行身體。同田讓畔，同行讓趾。六鷁退飛，回步準此。終身讓人，師朱仁軌。地曠天空，行雲流水。

改過

盡善良難，得過偶誤。護過過積，病入沈痼。有過改之，跖回舜路。萬里路分，從前失步。勇行毋需，自强莫助。秦穆榮懷，誓由悔悟。

顧星橋〔一〕遊任城太白酒樓、少陵南池，作歌紀勝，客多和作，予亦繼和

人生胸中有奇鼻，遇名勝處必憑弔。任城李杜留古蹟，專待奇人筆騰趠。星橋上登太白樓，樓頭縱酒澆牢愁。尚友知章並巢父，放眼濟汾窮黄流。歌呼謫仙疑響應，欲與上下論千秋。俯

臨南池勺水地，洗馬鳴蟬懷古句。許身稷契憑心游，去國間關等目遇。江東渭北境各分，兩賢存没同情愫。懷古放筆揮長箋，光芒煜耀聲矗矗。縱之横之復沈着，那肯降格趨便娟。友朋和詩兼作畫，王二痴作圖。要使佳話人流傳。我昔任城停策蹇，酒樓南池恣遊覽。鯫生拜謁李杜壇，語極小心仍放膽。於今閲歷三紀餘，詩卷飄零歸黯澹。披吟星橋酬唱作，緩堂顧。勁敵服其敢。中懷鼓舞神方酣，老我蹲蹲還坎坎。

校記

〔一〕『顧星橋』，《沈歸愚詩文稿·詩稿》爲『顧生宗泰』。

韓氏小林屋詩

幽虚洞天，忽在城市。周君東村堆詭奇，歸氏湛初樂栖止。枕流漱石長子孫，百餘年後家遷徙。先哲韓貞文，買宅眠煙雲。貞文幸脱馬阮禍，避地於此全天真。原嘗春陵素斷絶，顧厨俊及皆同人。時來論文復縱酒，追話南渡醜正惡直羣狺狺。後來祖龍忽降雪，軒然棟宇遭煜爚。林木焦爛琴鶴空，古洞惟留白石鑿。文孫補瓢起重築，駕屋梯雲追往躅。添籌高閣奉親餘，種樹引泉遶空谷。石芝石筍緬在神，顔以令名小林屋。補瓢中壽，令嗣接武。奕華風流，後人述祖。招邀世好共觴酌，老我蹣跚猶舊雨。入古洞，遊清虚。雖無金庭與玉柱，隔凡髣髴同紆徐。我來炎月，廪秋泠如。可以静坐，可以操觚。貞文文筆植根柢，補瓢詩卷無枝梧。左披右覽心已醉，何必更向包山竊《禹書》？

漫與

風來月到豈尋求，目想心游付短謳。洞裏桃花無漢魏，梁間燕子有春秋。東坡慎重三千牘，太白高談十二樓。我意不然惟漫與，一生何苦事冥搜。〔一〕

校記

〔一〕後四句，《沈歸愚詩文稿·詩稿》作：『物情隨在皆天趣，人事相將共水流。率意寫懷惟漫與，底須辛苦事冥搜。』

張睢陽廟

暨陽江畔睢陽廟，遺像尊嚴厲有神。力障孤城經百戰，深明天道在人倫。勁兵援救遲三日，鄰境嬉娛忌二臣。堦下烏金鑄羣醜，安禄山、史思明、尹子奇、賀蘭進明。路旁公憤斫還瞋。

随口吟夢中得前四句，後足成之

世途隱躍千層浪，心地寬閒四季春。皓月自能邀醉客，名花何必惱詩人。爲無爲處消凡慮，材不材間置此身。夢裏鹿蕉俱勿擾，那知九域有勞薪。

杜文貞公贊

脱賊難，奔靈武，救房琯，安上皇。拜杜鵑而激憤，念龍池而感愴。遠依朋舊滯巴蜀，浮舟江漢殂耒陽。披公詩集，知讀書萬卷，許身稷契，望京華而每飯不忘。瞻公遺像，知杜陵之在草堂，比屈左徒之沅湘、陶徵士之柴桑。豈獨三朝詩史？光文苑於有唐。

讀杜詩

《詩》三百篇《騷》廿五，能倔起者杜陵翁。拔地倚天星宿海，千門萬户建章宫。友朋留滯兵戈際，稷契襟懷奔竄中。宋人偏誚村夫子，遺卻黄鐘聽候蟲。〔一〕

校記

〔一〕『宋人偏誚村夫子，遺卻黄鐘聽候蟲』，《沈歸愚詩文稿·詩稿》作：『後來還誚村夫子，蚍蜉撼樹嗤昏蒙。』

除夕送世求歸里

老屋微薰榾柮烟，依然腐糲作離筵。君行百里崑山路，一葉舟中度兩年。

戊子元日年九十六〔一〕

百年三萬六千塲舊句，今日尚賒千八百。條風拂拂東南來，和氣着人融體脈。屠蘇後飲獨老翁，微醉兩旁藉扶掖。童孫十數拜膝前，以首頷之難盡識。性同陶令懶折腰，並殊汲黯惟長揖。去歲先支半月春，庭前卉木看甲坼。西山晴雪欲放梅，南畝連雲待抽麥。五風十雨占有年，不轉桔槔披襏襫。鄰人歡喜聽我言，行市豚蹄祀先穡。諛詞願我百歲餘，從茲日夕安眠食。

校記

〔一〕『年九十六』，《沈歸愚詩文稿·詩稿》無此題注。

詠　梅

菊死蘭摧衆樹髡，幾株鐵骨卧雲根。開春寂寂惟孤立，臨水垂垂自一村。寫爾高寒難出手，與人投契在無言。只愁曉角吹殘候，何處〔一〕能招仙子魂。

校記

〔一〕『何處』，《沈歸愚詩文稿·詩稿》爲『若箇』。

伍子胥

胸懷怨毒走强鄰，破楚興吴志已伸。卻使讓邦成簒奪，進鱄諸者是誰人。

陶靖節

晉有處士存，中年謝官守。山川非舊容，松菊自吾友。撫松契正直，餐菊延衰朽。意非取沉酣，興到時飲酒。道可隨汙隆，口能緘擊剖。黄唐邈難追，彌縫重魯叟。至今西山節，高風緬五柳。

觀《長生殿》劇

天長地久兩情綿，一破潼關頓棄捐。雨際聞鈴荒主泣，墓前觀襪衆人憐。道流海外傳仙語，私誓秋宵締宿緣。舊事淒凉誰寫出？江南零落李龜年。

觀《盡忠傳奇》座上作

小朝廷議犬狺狺，大將長驅捷比神。拓地十年誣作叛，格天一德聳稱臣。秦檜建一德格天之閣。莫須有定風波獄，歸去來全明哲身。從此國讐無可報，萬年遺臭欵金人。

恭題御詠棉花圖詩，即以祝制府方宜田七十壽

島夷卉服即吉貝，經著其名未詳僃。漢代始有棉之稱，外域貢入中華界。花黃如葵實如雪，實亦稱花泯區別。去核揚花織成匹，衣被可補豳風缺。初由關隴及南東，燕薊相延等吳越。所嫌播種芟摘收成方，九字未免分工拙。宜田制府繢作圖，上陳黼座詳形模。天章昭回麗雲漢，神

農耒耜經同符。制府賡颺綴幅末，一心一德唐虞如。緊昔杜陵廣厦千萬間，遮蔽天下寒士安如山。白傅大裘非繒纊，展覆杭州人士無號寒。兩公虚願未能遂，制府寔效周人寰。老少貧富徧取暖，豈獨樹桑墻下，五十以上披羅紈？沐公陽煦功，祝公壽稠疊。七十誰云是古稀？盛世老人百四十。湖北湯雲山，御賜『再閲古稀』額。公今忠敬抒悃忱，國計民生賴綏緝。七秩年華同少壯，邦畿三輔翹首望。祝公爲展棉華國，綿延大年壽無量。

陽塢西山蔡氏屬題

石公巘畔舊沙隄，陽塢風光業畛畦。耕織問奴還問婢，昏晨聞犬復聞雞。無私花柳家家樹，有約雲山箇箇齊。不逐世情勞智慧，桃源近在洞庭西。

桐鄉歸舟即事

辭却名園上小舟，深林一路聽啼鳩。墻桑條盡疑無葉，隴麥垂餘報有秋。半雨半風遲鼓棹，乍暄乍冷尚披裘。前途處處堪栖泊，入夢何妨共埜鷗。

題《桃源圖》

桃花潭水深復深，閒鼓蘭檝携清琴。一時送者自厓返，讓爾仙源獨往尋。

顧生星橋饋予毫颍花糕，并係以詩，次韻奉答

麗句傳來類廣騷，瓊瑶餉我匪投桃。擬歸五色江淹筆，難補重陽夢得糕。誼乏紵衣酬縞帶，辭虚孟峭敵韓豪。蝤蛑應哂王公默，只送蘇髯把二螯。

《灌畦圖》爲汪宗彝賦〔一〕

大造潤萬物，偶有竭澤時。人功能回斡，甘雨亦可私。伊人每晨起，抱瓮灌土宜。丈夫志遠大，豈爲尺寸基？民生勤不匱，所忌閒體肢。陶侃運甓意，聊及畦蔬滋。作圖示後人，觸目知勤施。〔二〕

校記

〔一〕《沈歸愚詩文稿·詩稿》詩題無『爲汪宗彝賦』四字。

〔二〕《沈歸愚詩文稿·詩稿》詩末多『他時澤窮檐，要使忘寒饑』兩句。

師子林〔一〕　恭和御題元韻

倪迂畫卷無由見，到此如窺孏瓚心。忽折忽廻随步履，屢高屢伏愜幽尋。攀躋白石聽松閣，髣髴黄山師子林。黄山絶頂。天藻賡歌難着筆，雲烟韶濩仰元音。

四百多年淨明地，暫憇便息氛瞷心。滄浪亭鬧偶一往，辟疆園廢何須尋？舊詩首推高季迪，幽趣獨飫倪雲林。後生不厭迭携屐，喜聽古澗鳴清音。

校記

〔一〕『師子林』，《沈歸愚詩文稿·詩稿》爲『過師林』。

惠枝南《乘槎圖》

胸懷九宇寬，大海亦利涉。何須更乘桴，浮槎自寧貼。浩浩随風濤，蛟龍鰕鉏狎。紅日海底升，神山天際疊。倘逢方子春，相與周六合。

陳楚望〔一〕《西山挹爽圖》

秋山清在氣，詩人清在心。清心挹清氣，襟抱殊愔愔。嵐光落小艇，泉聲答幽林。即此天趣足，至樂何須尋。

校記

〔一〕『陳楚望』，《沈歸愚詩文稿·詩稿》爲『陳生景良』。

過江湖散人祠

天隨祠宇枕清湍，笠澤高風緬考盤。兩地同心聯襲美，九原授職類方干。卷中詳誌畊犁具，庭下常留鬭鴨闌。我對散人慙未散，何時安穩把魚竿？

蔣公遜先生祠〔一〕

先生〔二〕名德峻，高文純行。成名後不仕，廣行善事，創育嬰堂。廢産幾盡，不倦。無大父母同忘物我，翊建堂皇廣育嬰。陶鎔墳典成經義，荒寒誰復念生平？祠傍天隨秖兩楹，子，邦人祀之，祠在天隨祀側。

舊田廬盡合孤清。春秋倘有邦人薦，只向溪頭采杜蘅。

校記

〔一〕《沈歸愚詩文稿·詩稿》詩題無『先生』二字。

〔二〕『先生』，《沈歸愚詩文稿·詩稿》作『公』。

賦得燕蹴飛花落舞筵

畫鷁開餘香氣微，掠花新燕入簾飛。烏衣翻翅歡歌席，紅雨當筵點舞衣。扇把輕圓承片片，手垂大小互依依。尋巢鳥去情難已，斜照西陂未忍歸。

題吴漁山畫

高樓聊送目，遥山點微黛。斜照散晴空，餘光在鴉背。

春日禊詠〔一〕

乍遇芳苞坼，還看紅雨飛。枝間春鳥語，喚起又催歸。皆鳥名，喚起，亦名喚春。

擇地營新壘，銜泥並故曹。君看梁上燕，揔爲育雛勞。

老耄無朋友，庭中花卉親。幽蘭一枝秀，便是素心人。

同赴枌榆社，歸來日欲曛。呼童脩耒耜，明旦是春分。

穠艷歸何有？清光到處新。美人依翠竹，紅袖表餘春。

校記

詩題『春日禊詠』，《沈歸愚詩文稿・詩稿》作『春日禊詠口號』。

過彭園看花留飲

時當首夏釀餘寒，園放名花許縱觀。未敢撥雲追李白，聊同遇雨過蘇端。草亭苔印閒人屐，兼味盤供佳客餐。琴撫無絃琴理得，何須更問董庭蘭？座有琴師乞薦大吏。

過　江

銀濤高湧聲淙淙，風張帆腹飛長江。縱眼看山如馬走，一時都放過篷窻。

題程渭溪照

書味與琴心，有待知音賞。故人期未來，已見明月上。

題《垂釣圖》

木末芙蓉艷晚秋，垂綸小艇自夷猶。游魚莫向深淵避，直釣從來不着鉤。
何知魚計知魚樂，瘦石清渠〔一〕一棹横。山外憑他風浪湧，釣船只傍淺灘行。〔二〕

校記

〔一〕「清渠」，《沈歸愚詩文稿·詩稿》作「清灘」。
〔二〕「釣船只傍淺灘行」，《沈歸愚詩文稿·詩稿》作「釣舡不傍淺灘行」。

徐北山遺照

遺照如孤鶴，空山每倦飛。松花亭午膳，蘿帶晚秋衣。居處庚桑楚，行藏杜德機。無兒傳柏匱，詩卷付歔欷。

輓鐵瓢子

鐵瓢吾舊識，户入靈巖雲。曾慕張三影，還師顧八分。名山供日用，野鹿許同羣。桑扈俄湮忽，歌聲並哭聞。

戲詠蝨

微沂旋成質，無名忽有名。褌中能匿影，鬢上竟横行。王猛真慷慨，商君混品評。二十六篇以仁義禮樂爲蝨。最憐生甲胄，滇境尚屯兵。

論文

根柢厚餘辭藻麗，文人矻矻判純尨。蟻穿珠孔須通九，箭著鵰身並下雙。候到枚遲同馬速，材多陸海並潘江。鎔陶卷軸能新得，堪擬邊城築受降。

題《清明易簡圖》

清明上河事纖繁，宋臣寫者張擇端。宫殿橋梁及人物，舟車市肆連重闤。尊卑老少男婦班，萬人䥫䥫蜂螘攢。鬚眉生動形態別，書窻摹寫逾一年。可惜畫圖滯絶域，金玉陡向沙漠擲。播遷轉入鈐山堂，父子鋒芒肆辛螫。嚴敗旋經入内延，寺人攫出同鬼蜮。詭云糜爛太液池，實售豪民置荆棘。靈物埋藏二百春，神光焯爍難遮匿。小臣偶得之，上呈九重内。敢將魚目混珠光，漫取碔砆昭玉粹。題中『易簡』二字有深思，宋代奢華異唐魏。此圖深得聖人心，公正和平永康泰。乾以易知，坤以簡能。易簡而天下之理得，聖心易象同光明。他人觀圖賞纖悉，聖人觀圖等《無逸》。

《清明易簡圖》疏解

張擇端畫圖長卷本有二幅：一歸張英公家，名《清明上河圖》，有張著跋，今此圖不流傳矣；一藏金源汴京，無跋，應即《易簡圖》也。見《吴匏庵文集》。金天輔五年，即宋徽宗宣和三年，内府之物，何以遽入外邦？按宣和四年，遣童貫、蔡攸助金滅遼。二人邪佞，又皆工畫。時子女、玉帛、土地，俱不吝惜。安知不以此圖媚金？天輔得之，以賜錢妃，一時事也。貞元二年，金主亮有題字，又有二璽。

明代歸李東陽賓之，圖有二大印。又歸王世貞元美，亦有印。嚴嵩巧取豪敚，有分宜二印，子世蕃有東樓子二圖印。見《歷代鑒藏畫家》。嵩敗，畫入大内。小内臣竊出，詭云藏御溝石洞中，積雨縻爛，畫歸烏有。見《書畫譜》。其實售於吴中妝藏家，今妝藏子孫不復存矣。宋代，清明上河極累葉之奢靡矣！擇端本翰林，寓諷諫，畫成一年有餘，難矣，而轉曰『易』；人物一萬有餘，繁矣，而轉曰『簡』。乾以易知，坤以簡能。大易精藴，該此二言，專爲奢靡鑒戒。外人不知，但稱上河，從其便也。詠詩張文友、薛舜舉，俱無可攷。

臣德潛蹉跌受傷，皇上兩賜重蓑，得以蘇息。賦詩紀恩，共二十六韻

天産〔一〕瑶光精，功效重宇内。三椏齊短長，五葉分向背。通體肖人形，呼吸起凋斃。前代上黨珍，於今長白貴。王氣鍾遼陽，薓蓑竟無味。椵下欝葱葱，精靈此間聚。内府慎閟藏，鄭重

不輕賜。微臣甲申冬，蹉跌足幾躃。彥威〔二〕號半人，比之倍顛躓。扶掖下堂階，中心還惴惴。九重迭賜葠，節次蘇骫骳。心思亦漸開，差堪著文藝。留月觀古書，臨晨認奇字。從今以往年，匪獨天公賚。援筆叙瑶光〔三〕，永感君恩大。期頤倘可希，作歌志保艾。

校記

〔一〕『天産』，《沈歸愚詩文稿·詩稿》作『人參』。

〔二〕『彥威』，《沈歸愚詩文稿·詩稿》作『鑿齒』。

〔三〕『瑶光』，《沈歸愚詩文稿·詩稿》作『人參』。

停舟光福鎮，觀者雜沓，於甫里亦然。余愛《世説》中『看煞』二字，詩以自嘲

衛玠丰神人看煞，老夫衰邁等秋蓬。停舟兩岸羣排比，看煞滿頭白髮翁。

送齊次風前輩還台

冰霜縞皓兮馳向北，黑風箭疾兮難藏匿。桓魋作惡兮累乃弟，執政懲愆兮同一胍。惶惶然

昕夕之堙阨兮，類鷲鷹之不息。皇仁兮如天，釋羈滯兮放歸田。自北還南兮，比病膏肓而竟痊。經岱宗涉黄流兮，喜天門之高峻，忘濁水之奔湍。渡長江兮至吴苑，相逢兮恍夢寐之晤言。送君歸去兮，性情超越。睇遠峯之飛來，攀釣臺之高潔。登華頂兮，候日出之光晶。升天姥兮，俯衆山之缺𪏭。憑杖履之悠悠兮，比舊遊兮活潑，歸去來兮懷君恩。準王導之無罪兮，不貽害於王敦。從兹偃仰，浩蕩於名山兮，與太初兮爲鄰。繄予心兮殷殷，相見何時兮勞五夜之夢魂。

詠眼鏡

雙瞳老去覺蒙屯，聊借晶光引本真。霧散障兼雲散影，日重光更月重輪。偏加遮盖明全復，可信虚圓鑑得神。披豁心盲應自主，豈須覓鏡淨囂塵。

詠烟艸

八閩滋種族，九宇徧氤氲。筒内通炎氣，胷中吐白雲。助薑均去穢，遇酒共添醺。名盖露者，可以醉客。就火方知味，寧同象齒焚。

詠繡毬花

緑珠原素質，垂幹俯晴空。一朵匀圓足，羣葩攢簇同。廣塲抛不得，裝閣繡還工。蹴踘軍中戲，相看重即戎。

舟行至甪直

泛泛輕船逐水鷖，筆牀茗椀自扶携。硯池飛入梨花雨，書篋沾將燕子泥。古跡吴宫難訪問，吴宫亦有在吴淞江畔，陸魯望有《問吴宫辭》。高人魯望孰攀躋。徃時詩友俱零落，陳耻菴、許子遜、雪牀上人。〔一〕不忍重尋舊釣溪。

校記

〔一〕此小注不見於《沈歸愚詩文稿·詩稿》。

過鶴山書院 祠祀魏文靖公

真德秀，真小人。魏了翁，僞君子。史彌遠忌正直人，門下逢迎肆醜詆。理宗重儒尊道範，高位易名慎終始。文靖講學，偶來吴中，正論侃侃開童蒙。大道在人倫日用，不談微妙歸元空。文襄周公恍。祠祀崇名賢，後來籩豆修而處。粤西陳公重理輯，今大學士陳公弘謀撫吴時。要令享祀垂千年。而今那有史彌遠，門下斷無吽嘷狂噬同成犬。目爲真小人、僞君子者，御史成太。衆人惡之，改『太』爲『犬』，《續綱目》詳載。

邊臣

邊臣計欲靖窮荒，納欵蒙欺禍永昌。萬里整軍嚴號令，三更結束冒冰霜。滇黔接壤頻輸送，廊廟仁民免糗糧。指日天威熄鋒刃，四夷環衛捴來王。

久旱倣白傅體

伏陰不能興，剛燥緣亢陽。六月逓七月，雷電無聲光。上田龜字坼，下田秧漸黄。港汊水斷絶，戽救空奔忙。祈雨師江都，城門闔南方。江都術不效，建議將暴尫。咸指魃爲虐，此鬼殊披猖。目在頂之上，身材三尺强。僵屍久而化，厥性同貪狼。横行疾於風，千尺能飛搶。所指雲翳散，豐隆亦妝藏。同類多獑魖，相助疑蜩螗。道流並進言，且任由疇荒。不則降祲疫，有生遍罹殃。我心大不然，萬類毋張皇。昊天本仁愛，肯使民胥戕。九重更同天，宵旰懷如傷。德盛沴自消，妖魃旋逋亡。翹望甘雨降，猶及供神倉。亢旱雖有憂，終許歌時康。

示書院諸生

闈墨人人費揣摩，性靈汩没滯偏頗。請看帆逐湘流轉，九面衡山望裏過。
一掃蠅蚊展羽聲，吐辭嶽嶽與觥觥。杜韓兩語標宗旨，巨刃摩天掣大鯨。

林邱

抽身久矣返林邱，歸里已二十年。家計何心問豆區。花下覓香饒舞蝶，水濱成夢少閒鷗。
書無封禪同君復，歸卧烟霞想鄴侯。藝苑欲窮千里目，耄年難更上層樓。

題女士照時將入道

冰雪聰明絶點塵，蒲團禪榻可棲身。庭前老樹無枝葉，恰對良宵歎旦人。

一家飄散等烟雲，五字千言許賣文。願入山林勤學道，步虛敬禮玉晨君。

銅雀臺望塚

疑塚七十二，臺中望眼荒。漳濵滿碑石，何處是君王？

題戴愚堂侍御《觀夜潮圖》

我昔觀潮六和塔，瀇瀁無邊響鞳鞜。混茫一氣涵長空，萬馬横奔勢駊騀。枚叟形容那能到，滌盪心胸振疲苶。所惜五夜未眺覽，江頭日落城門闔。伊人觀潮月如晝，高踞吴山俯巖岫。素車白馬掀天來，中夜鍧轟互馳驟。南陽宰魄伍相魂，想象波心猶戰鬬。一輪涌作萬冰輪，老兔潮頭向空走。此時身在光明藏，軋坱無垠洗昏瞀。紫陽峰頂呼丁仙，丁野鶴得道處。飛來野鶴何翩翩。相逢不作人世語，仿佛東海談桑田。便欲乘空御風去，金銀樓觀三山巔。畫圖清光出塵表，素娥素蜺入同在幽虚天。伊人方寸起堆阜，三長五難擅君手。驚濤靈府漂泥沙，朗月澄懷鑑妍醜。觀潮興寄冰壺中，雲夢真堪吞八九。披圖爲我補缺陷，此景從前未曾有。何時與君共酹曲江月，淋淋看湧兼天之冰雪。

輓顧禄百

會合逾三日，俄然作古人。性情能灑落，議論見精神。天意摧圭璧，詞壇失鳳麟。遺言存六警，字字可傳薪。警己並警後人，是其絶筆。

少年依外祖，張匠門先生。廿載住都門。同輩南皮儁，追從壯海鯤。文場經屢挫，家訓守彌惇。反璞還鄉國，耕鋤道自尊。

詩是君家事，文與古爲徒。風騷窺婉麗，遷固得規橅。藝苑傳真脉，吴中有大巫。所憐滯山澤，未上禹皋謨。

老我無朋舊，惟君是古懽。君能防象齒，我不累豬肝。誼訂聯椒桂，文期颺羽翰。風流雲復散，淚滴自闌干。

避俗

數竿修竹自爲林，避俗何須徑地深。客到宴眠嗤嬾癖，衷年獵古類書淫。清風明月非錢買，雲穴桃源有路尋。入夜偶成蝴蝶夢，蘧蘧栩栩捻無心。

簡程在山，時年六十

無官一身輕，名埸久謝安。薖軸有子萬事足，膝前已長新鸑鷟。平章卉木四時春，流眄烟波千里日。興高得句寫天懷，漱石枕流餐杞菊。雲窓霧閣和清詞，秦嘉自合聯徐淑。老我頻年爲探梅，逸園每到停輪轂。主人留客入花林，賣文錢勝供肴蔌。今歲君當六十辰，天倫樂事饒清福。人婦同行小婦隨張謂句，鳳毛侍母齊恭祝。巢禽鳴噪當歌謳，山犺走趨代童僕。我睽一水缺稱觥，傳聞韻事超凡俗。十年準擬躋君堂，取醉安眠萬花谷。

冰　花 元人有題無詩 補録舊時作

犁星没後水波平，凍合偏疑勢向榮。乍履輕霜看吐艷，即烘淡日欲藏英。未春風信敷還歛，作雪天工剪並成。莫笑清華易消歇，楊家石相已山傾。

良工鏤斵巧難施，澤畔鱗鱗見異姿。凝艷不教青帝主，鬬華休遺夏蟲知。騷人弭楫搴應薄，神女臨流看欲澌。計日遊魚便争上，江頭早發向南枝。

新歲作自警

衛武作《抑誡》，其年九十五。我今逾二年，宜哲偏莽魯。威儀漸頽荒，話言失揚詡。提耳無良朋，動定難協楶。年多反爲累，日月咎之府。及今凜德隅，前愆尚思補。雲霄本高空，力在振毛羽。委化晨夕間，無慙仰與俯。

題温迂齋照

迂齋胸存嗜古癖，寫照欲倣西園圖。晉卿主客細撫畫，侍立先及雙名姝。精神全注蘇玉局，灑就長箋並短幅。驚看峭壁走龍蛇，米老揮毫徃而復。其餘面目俱有神，共得名賢一十六。迂齋静對烏皮几，背蔭長松面流水。披圖如與前哲遊，筆墨中間覓知己。嘐然連喚吾師乎，吾師吾師在蘇米。蘇米於今七百春，古今兩兩共傳真。後來神往西園者，細數圖中十七人。

過德雲菴贈貫中上人

石瘦松寒磵壑深，德雲古刹晝陰陰。名花麗處俱禪意，時牡丹盛開。慈烏呼餘亦道心。問我年經九十七，與君晤頃去來今。披尋新句離寒儉，蔬筍能輕島可吟。

贈王蓮涇次其自壽元韻文恪公後

庭前古朴許齊年，先澤繩繩閱幾傳。魏氏笏存常貯篋，范家硯授半爲田。齋名半硯。問禪雲外尋蕭寺，乘興溪頭上釣船。不比公孫須薦引，公孫弘六十薦賢良方正。紅塵休到白鷗邊。傍水心同水不波，住白蓮涇。徑開生意滿青莎。築垣每藉王承福，養樹還依郭橐駝。書就欲憑黄耳寄，吟成可付雪見歌。邇來更與羲皇遇，窓北安眠返太和。

蚊

晝伏宵行到處攢，王敦拔劒斫偏難。衰齡幾點文人血，又被微虫當飽餐。

蚤

忽刺忽跳原不定，欲捫欲逐揔難捐。知伊善補蚊虫闕，同類爲朋攪夜眠。

蛓

白堞交飛孕此蟲，螫人毛孔利於鋒。外張文采中藏毒，可是前身許敬宗。

蠅

逐臭嗜羶羣自聚，止樊點黑巧頻施。營營正值炎威候，請看清霜隕籜時。

吴大中丞蟻園雨中觀耕照

緬惟古大臣，結念在稼穡。周公詠《豳風》，《七月》重民食。周禮歛豳雅，樂章籥中繹。後賢存此心，遥遥接九罭。中丞東魯秀，中正純學識。累功任封疆，燕寢勤經畫。惠義兼敷施，八州安衽席。王公仲舒後，唐御史中丞。公實並標格。察吏阜民暇，輕裝向山澤。雖非田大夫，觀耕勉勞力。微雨飄濛濛，清流瀉湜湜。農夫方立苗，疎密立有則。好風翼平田，懷新藴顏色。老少唱邨歌，齊聲宕胸臆。上謝靈雨恩，下感大吏德。公也如不聞，回車勵臣職。畫師爲傳神，精氣餘筆墨。披卷如遇公，豳圖展良覿。

雜感

曾聞宵夢入空槐，醒後胸襟可得開。屈子問天天不答，柳州乞巧巧生災。毉時未易肱三折，弔古全憑酒一杯。身世茫茫感何限，揮戈能使曜靈迴。

潦後舟行紀所見作，倣白傅

放舟往嘉禾，遥指二百程。茫茫一水白，竟日田中行。禾苗沈波底，茭葉浮青青。農夫議築岸，内外鏡面平。盡力挽淤泥，堆垛聊支撑。狂風挾雨來，圍岸仍奔傾。田家無奈何，遠近聞哭聲。爾且停哭聲，九重重羣生。大吏倘入告，亟欲蘇疲氓。會看黄紙下，仁育同孩嬰。

汪屺瞻《采蘭樹萱照》

之子循陔，言采其蘭。取香取潔，聊羞晨餐。取香伊何？德馨斯悦。取潔伊何？親心白雪。春陽煦草，温温欣欣。小草青青，太和長春。

他人樹萱，意取忘憂。之子樹萱，憂無春秋。他人樹萱，花名兒女。之子樹萱，永懷賢母叶。何以報親？事君立身。讀書萬卷，敢辭艱辛。

家有鸜鵒，默不能言，因贈以詩

鸜鵒能言鳥，而胡一語無？豈緣天性默，合傍主人愚。文采原應斂，因依自不孤。倘逢鴻漸陸，相送上雲衢。

放艇

霪潦兼旬雨氣昏，今朝放艇受微暄。堤平白水閑鷗静，風順青山健馬奔。稌黍預愁虧賦斂，蚌螺或許當饔飧。前途邱阜頻聞鼓，作社欣逢此一邨。

關公廟

地産光明佐，天開義勇人。三分勤戰伐，一氣定君臣。華夏威俱震，公忠髯軼倫。國朝崇祀典，武廟肅精禋。

過遁村作

雌霓入。偏催雨，陰雲忽蔽暘。橋低尋別路，浪湧泊輕航。到處浮棺槨，誰家煮稻粱。縣官防缺税，遣吏早修倉。

將進酒

予不能飲酒，然素慕酒中之趣，因擬是篇。

勳業讓人，尊罍入手。原嘗春陵千載豪，嵇阮山劉一杯酒。酒中之樂嬰孩如，肝膽楚越俱消除，醉鄉乃在天地初。

輓蔣門管孺人

一家内政力撑持，十八年無暇佚時。奉上相夫勤未了，苦辛旋又鞠諸兒。
千文事略話周遮，奉倩多情校倍加。安穩道山休繫念，兒郎定不衣蘆花。

題潘南屏《夢廬圖》

昔聞漢蔡邕，親卒依墓舍。亦聞晉王裒，攀柏號晝夜。赤烏白雀感庭除，古來孝子皆流亞。披閱潘君《夢廬圖》，虞邱風樹同號呼。無形無聲伺視聽，平日昊天罔極追勞劬。親喪哀戚幾滅性，豈止躃踴哭泣傷肌膚。築廬墓側誓徃守，以病沉淹床褥久。中夜徃徃夢見之，便欲存亡同聚首。繼因溘逝願未成，魂魄終應依隴畝。後人囑友寫圖名夢廬，傳出孝思期不朽。吁嗟孝子多仁人，流俗何獨遺其親？截裾出門戀官位，白雲千載無音塵。存日未盡循陔養，秋霜春露誰悲辛？潘君報本銜哀思，思親身後無窮期。《白華》可補《蓼莪》廢，畫圖用意直欲希風詩。

題高澹懷制府照

維公從龍之後裔，封疆重任此身寄。風沙蹀躞馬蹄忙，英俊兒郎同一騎。平生警戒耽游遨，敢云我獨肩賢勞。爲上爲德下旰庶，夢寐亦復心週遭。馳驅鞍勒殫臣職，文經武緯原同條。後人他日蹶然起，下九折坂疾於駛。公忠報國惟勤劬，同騎之時示此旨。

書《元遺山詩》後

遺山仕值哀宗日，詩帶蒼涼幽咽聲。雲外廻瞻故宫闕，行踪髣髴庾蘭成。

周忠介公祠詩代迎送神曲

代荔椒兮栗梅，貯清酤兮深杯。神之來兮平旦，顔温麗兮心鐵漢。後五人兮追隨，頎而武者顔佩韋。清風爲車白雲馬，龍爲御兮翩翩而來下。神入廟兮誰相陪？神故友兮徐公銀臺。兩公當日身值傾危，談往事兮髮冲冠，訴交誼兮心爲開。訓示士民兮禔躬不仆，寧直繩兮毋爲曲就。

倘值扶賢而鋤姦兮，又何妨陷胸而决脰。彼許顯純之淫刑、倪文煥之犬㗋，比蛆蟲糞穢之糺結兮，千萬年而遺殠。芳筵散兮分游纓，銀臺先已升青冥。神之後裔猶在祊，神飭子孫勿自輕。念爾祖兮嶽嶽骩骩，神在天兮心怦怦。春秋享祀兮時來家庭！

偶興

孔顔道正中，别趣在沮溺。德義獎莫從，身心寄超逸。彊𤰝安我生，轉覺天地窄。鳳凰鳥中聖，難挽閑鷗適。

萬壽節同彭司馬芝庭、韓洗馬瀝芳、許太史陶邨祝釐，既讌集，芝庭賦詩恭紀，予亦繼賦

聖筭無疆並大鈞，平分秋序近芳辰。祝釐忭舞隨前哲，讌坐談諧集衆賓。金馬玉堂天上感，杜詩韓筆句中神。憐余老耄難爲役，壟畝臣同壟畝民。

小山桂下槿籬邊，玉笋班中列少年。後進暫羈追電足，前良同望大羅天。座中静聽霓裳奏，闕下縈懷金鑑篇。雅樂停餘車騎散，八分涼月向人圓。

張氏牡丹花歌

示浦門南張叟家，庭中齊放牡丹花。榦多年歲老成樹，横卧於地雙蛟蛇。攢枝直上儼林立，枝枝朵朵流朝霞。客來數花餘八百，吴中無處同光華。奇花卻從何處得？幾載工夫費培植。主人細説先朝事，座客静聽聲寂默。先朝養士重文臣，一入木天儷圭璧。宫詹聲望壓詞曹，胷次卻嫌樹柴棘。甲第豪華擅里閭，名園結構傷財力。疊石成山遍種花，買花卻用千金直。此花昔在業臺中，錦幕常遮一捻紅。竟日尊罍留狎客，終朝絃管醉春風。日烘露染花常盛，勢徃時移事不同。蟻賊縱横九宇毁，燕薊殘餘廟廷改。鼎湖龍去臣應從，不願攀髯戀軀體。遊移甯伏賊廷歸，故國檄文正其罪。逋亡異地衆喧呶，横暴駈之入鴛水。蒿里旋歌事已空，空園荆莽埋芳茝。屋後婆提僧舍移，堦前花蘂山人買。兩本買來六十年，托根茅舍竹籬邊。西子何堪泛湖去，要令寂寞全其天。項氏物爲張氏物，花時客到每盤桓。我聞君語再三嘆，相對石闌細娱玩。從今此地閲年多，花海那能無變换？世事繁華有幾時，古今惟許逸情知。年年且願攜良友，縠雨來看潤漫枝。此予年三十時作，追録於此。